EL LIBRO DE LOS MISTERIOS

JONATHAN CAHN

CASA CREACIÓN
Para vivir la Palabra

Para vivir la Palabra

MANTÉNGANSE ALERTA;
PERMANEZCAN FIRMES EN LA FE;
SEAN VALIENTES Y FUERTES.
—1 CORINTIOS 16:13 (NVI)

El libro de los misterios por Jonathan Cahn
Publicado por Casa Creación
Miami, Florida
www.casacreacion.com
©2016, 2021 Derechos reservados

Library of Congress Control Number: 2016949006
ISBN: 978-1-62998-864-1
E-ISBN: 978-1-62999-007-1

Desarrollo editorial: *Grupo Nivel Uno, Inc.*
Diseño interior: *Grupo Nivel Uno, Inc.*

Publicado originalmente en inglés bajo el título:
The Book of Mysteries
por Frontline Charisma Media/Charisma House Book Group,
Lake Mary, FL 32746 USA
Copyright © 2016 Jonathan Cahn

Visite la página web del autor: www.jonathancahn.com

Nota de la editorial: Aunque el autor hizo todo lo posible por proveer teléfonos y páginas
de Internet correctas al momento de la publicación de este libro, ni la editorial ni el autor se
responsabilizan por errores o cambios que puedan surgir luego de haberse publicado.

Impreso en Colombia

21 22 23 24 25 LBS 9 8 7 6 5 4 3 2 1

A Renata, mi amor y mi tesoro, por su amor, su aliento, su paciencia y su fidelidad, sin los cuales no se habría escrito este libro.

A Eliel y Dael, las joyas preciosas y el gozo sorprendente de nuestras vidas.

A mi madre y mi padre, por el regalo de la vida, y por todas las bendiciones que me han dado.

Y a Aquel que es el Misterio de todos los misterios, el Dador de todos los dones, y el Don que está detrás de todos ellos.

ÍNDICE

EL PRINCIPIO

"¿QUIÉN ES USTED?", pregunté.

"Un maestro", respondió él.

"Un maestro, ¿de qué?".

"Misterios".

"¿Y dónde enseña usted?".

"Aquí".

"¿En el desierto?".

"¿Qué mejor lugar para encontrar la verdad sin distracciones?".

"¿En una escuela?".

"Algunos lo llamarían así", replicó él.

"¿Y quiénes son sus alumnos?".

"Buscadores de verdad".

"¿Cómo saben ellos llegar…al desierto?".

"Por el boca a boca…un encuentro, si así ha de ser. Simplemente sucede en el encuentro…como en este".

"¿Como en este encuentro?".

"Si así ha de ser".

"¿Y dónde viven sus alumnos?".

"Hay muchos alojamientos".

"¿Dormitorios?".

"Eso sería exagerarlo un poco", respondió él. "Cuartos, moradas, cámaras".

"¿Y cuánto cuesta…?".

"¿Asistir?".

"Sí".

"No tiene costo".

"¿Cómo es posible eso?".

"Si alguien está buscando de verdad, se le proporciona".

"¿De veras?".

"Venga", dijo él.

"¿A la escuela?".

"Venga y verá".

"No puedo", dije yo. "Estoy en mitad de cierto viaje".

"¿Por un desierto de Oriente Medio?", dijo él.

"Sí".

"¿Y qué es exactamente lo que espera encontrar?".

"Nada, solo…".

"¿Está de viaje para encontrar nada?".

"Me gusta viajar".

"¿Sin ningún destino?".

"Ninguno en particular".

"Pero ¿y si hubiera un destino?".

"¿A qué se refiere?".

"¿Y si hubiera algo que usted debiera encontrar?".

"Como ¿qué?".

"Venga y verá. Está a punto de comenzar el año nuevo, y es un buen momento para empezar".

"¿Para empezar?".

"El nuevo curso. El curso que yo enseño empieza con el año nuevo y termina al final del año".

"No puedo".

"Claro que puede", dijo él.

"Me refiero a que no sé si debería".

"Lo hará", afirmó él, "si así ha de ser".

Así comenzó todo: un encuentro no planeado en medio de un desierto. No sé qué fue más absurdo, si lo que él me dijo sobre su "escuela" o el hecho de que yo realmente terminé allí como uno de sus alumnos. Y no puedo decir exactamente qué fue lo que me condujo a dar ese paso; quizá fue pensar que si no lo hacía, siempre me preguntaría cómo habría sido haberlo hecho y lamentaría no haber aprovechado la oportunidad.

—————✶—————

No había nada común sobre la escuela. Los alojamientos eran escasos como se esperaría al considerar la ubicación donde estaban, y aun así, eso no parecía importar a ninguno de los alumnos, que provenían de todos los ámbitos de la sociedad y de una amplia variedad de lugares.

No era un terreno totalmente desértico. Había arboledas, plantas, viñas y flores, mantenidos con sumo cuidado; y también estaban las personas de las regiones circundantes, los nómadas, los pastores, los muchos moradores del desierto que vivían en tiendas en campamentos o en aldeas que salpicaban el árido paisaje. Aproximadamente a una hora caminando desde la escuela había una ciudad pequeña. Yo iba hasta allí en ocasiones, y también iban otros de la escuela, para comprar víveres, para observar y, cuando era apropiado, para intentar aplicar las lecciones que nos daban.

La escuela tenía otras clases y maestros, pero claramente él era destacado y quien supervisaba todo; era tan destacado que lo conocían simplemente como "el maestro", y por eso con más razón no podía entender por qué él me escogió como uno de sus alumnos.

Él vivía una vida sencilla y ascética, al igual que todos los demás en la escuela, la cual estaba en consonancia con la meta de eliminar todas las distracciones. Sacábamos el agua de un pozo, y en la noche la escuela se iluminaba con velas y lámparas de aceite; era como si a todos nos transportaran a épocas antiguas y, sin embargo, al mismo tiempo el maestro parecía ser muy consciente de lo que sucedía en el extenso mundo del que la escuela parecía estar tan distanciada. Tampoco era reacio a hacer uso de cualquier herramienta o servicio del mundo moderno que sirviera a los propósitos de las enseñanzas.

En cuanto a las enseñanzas mismas, no eran menos comunes que la escuela donde se daban. La mayoría de clases que me daban se componían solamente de mí y el maestro; no había ninguna hora o lugar fijados, y podían tener lugar temprano en la mañana, en mitad del día o avanzada la noche, y en llanuras del desierto, en cumbres de montañas, en las colinas o en cámaras iluminadas con lámparas de aceite, mientras mirábamos una de las aldeas de tiendas o mientras íbamos de viaje en camellos por el desierto. Había veces en que la enseñanza era desencadenada o iniciada por los entornos o por algo que veíamos, o al menos eso parecía. Yo nunca parecía poder decir si la enseñanza se basaba en los entornos o si los entornos se basaban en la enseñanza; y había algunas enseñanzas que se producían como respuesta a una de mis preguntas. Cada enseñanza impartía un misterio o verdad; algunos misterios se construían sobre otros misterios o formaban juntos un misterio mayor. Al final de cada enseñanza él me daba una tarea que hacer, una misión para aplicar a mi vida lo que había aprendido ese día.

Yo escribía un diario en el que anotaba lo que él me enseñaba y nuestras conversaciones todo lo bien que podía recordarlas: las enseñanzas, los misterios, las preguntas y respuestas, y las referencias que podía encontrar más adelante sobre eso encajaban con lo que él me decía. Por lo tanto, al final del curso y del año yo había anotado trescientos sesenta y cinco misterios, uno por cada día del año, una enseñanza, un misterio y una misión.

Lo siguiente es el registro de lo que el maestro me mostró, los misterios que él impartió, como los recibí en el año en que viví en el desierto.

INFINIDAD EN UNA VASIJA

ERA POR LA mañana. El maestro llegó a mi cuarto sosteniendo una pequeña vasija de barro.

"Una pregunta", dijo. "¿Puede lo que es pequeño contener lo que es grande?".

"No", respondí yo.

"¿Puede lo que es finito englobar lo que es infinito?".

"No", dije de nuevo.

"Pero puede", replicó él.

"¿Cómo?".

Elevó la vasija y le quitó la tapa.

"Puede", dijo otra vez. "Puede si es una vasija abierta. Una vasija cerrada nunca puede contener nada que sea mayor que su propio tamaño; pero una vasija abierta no tiene limitaciones. Ahora puede contener el soplido del viento o el torrente de la lluvia; incluso podría contener la corriente de un río".

"Tomaría mucho tiempo contener un río".

"Podría tomar una eternidad, pero el principio es el mismo".

"Y la razón por la que usted me muestra esto es...".

"¿Qué es mayor, lo que usted conoce o lo que no conoce?".

"Lo que no conozco, diría yo".

"Entonces, es sabio que usted busque lo que no conoce".

"Supongo que sí".

"Pero ¿cómo contiene lo que es mayor que usted...lo que es mayor que su capacidad para comprender?".

"Siendo una vasija abierta", dije yo.

"Sí", dijo el maestro. "Solamente si usted se abre puede llegar a conocer lo que no sabe ya; y solamente convirtiéndose en una vasija abierta puede contener lo que es mayor que usted mismo. La verdad es siempre más grande que nuestro conocimiento. Su mente y su corazón son finitos, vasijas de barro; pero la verdad no tiene fin. Dios no tiene fin. El Eterno es infinito...siempre está fluyendo".

"Como el río", dije yo.

"Sí", replicó él, "pero cuando la vasija se abre, se vuelve ilimitada, y puede contener las aguas del río...Así que abra su mente, su corazón y su vida, porque solamente la vasija abierta y un corazón abierto pueden contener la infinidad de Dios".

La misión: Hoy, abra su mente, su corazón y su vida a aquello que aún no conoce, para que pueda contener lo que es mayor que usted mismo.

Isaías 55:1–9; Jeremías 33:3; 2 Corintios 4:7

EL YO SOY DE TODOS LOS YO SOY

EL SEGUNDO DÍA fue cuando entendí que no habría un tiempo fijado para la llegada del maestro. Él entró en la tarde.

"¿Conoce el nombre de Dios?", preguntó el maestro.

"No creo que lo sepa".

"Se compone de cuatro letras hebreas: la *yud*, la *heh*, la *vav* y la *heh*: YHVH. Es el más sagrado de los nombres, tan sagrado que algunos se niegan a pronunciarlo, y aun así, usted lo dice todo el tiempo".

"¿El nombre sagrado de Dios?", pregunté yo. "¿Cómo podría hacerlo cuando nunca lo supe?".

"Cuando habla de usted mismo, dice el Nombre".

"No entiendo".

"Cuando se siente feliz, dice: 'Yo soy feliz', y cuando no es así, dice: 'Yo estoy triste'. Cuando usted les dice a otros quién es, dice 'Yo soy' seguido de su nombre. *YHVH* significa 'Yo Soy'. Es el nombre del Eterno, el nombre de Dios. Su nombre es *Yo Soy*".

"Entonces todos decimos su nombre".

"Sí. Y usted lo ha dicho siempre; está intercalado en el tejido de la existencia para que cuando hable de usted mismo, deba decir el nombre de Él".

"¿A qué se debe eso?".

"A que su existencia proviene de la existencia de Él. Él es el Yo Soy de toda existencia…el Yo Soy de todos los Yo soy. Su *Yo soy* existe solamente debido al *Yo Soy* de Él; y como usted existe de Él, solamente de Él puede encontrar la razón y el propósito de su existencia. Por lo tanto, cuando usted dice su nombre, debe decir siempre el nombre de Él; y siempre debe decir primero el nombre de Él".

"Porque…".

"Porque la existencia de Él es primero y la existencia de usted fluye de la de Él. Ese es el flujo de la existencia; por lo tanto, debe ponerlo a Él primero y después dejar que todo fluya de eso. Deje que todo comience con Él y fluya de Él; ese es el secreto de la vida. No solo vivir *para* Él, sino también vivir su vida *desde* Él, vivir de la vida de Él, moverse del movimiento de Él, actuar de las acciones de Él, sentir desde el corazón de Él, ser del ser de Él, y llegar a ser quien usted es desde quien Él es…Yo soy".

La misión: Hoy, aprenda el secreto de vivir cada momento desde la vida de Él, hacer desde el hacer de Él, amar desde el amor de Él, y ser desde el ser de Él.

Éxodo 3:14–15; Hechos 17:28

EL SHANÁ

ÉL SE ACERCÓ a mí en la noche.

"¿Qué es un año?", preguntó el maestro.

"Trescientos sesenta y cinco días", respondí yo.

"Pero en la lengua sagrada de la Escritura es más que eso. Se llama el *shaná*…y contiene un secreto. La palabra *shaná* está unida al número dos".

"No capto la relación".

"*Shaná* puede significar el segundo, el duplicado o el repetido. En el ámbito natural, en el ámbito de la astrofísica y la naturaleza, el año es la repetición de lo que ya ha sido…la rotación de la tierra alrededor del sol…la llegada del invierno, la primavera, el verano y el otoño…el brotar de las flores y cuando se marchitan, el renacimiento de la naturaleza y su muerte, la misma progresión, la misma repetición de lo que ya fue. Por eso un año es un shaná, la repetición del pasado. Y ahora tiene delante de usted un nuevo año, y ¿qué tipo de año será?".

"¿A qué se refiere?".

"La naturaleza de la naturaleza es repetir, y nosotros vivimos, por naturaleza, como criaturas de hábitos. Gravitamos hacia hacer lo que hemos hecho antes, las mismas rutinas y cursos, incluso cuando esas rutinas y cursos son dañinos para nosotros. Por lo tanto, ¿qué será para usted el shaná este próximo año?".

"Bueno, si el año significa la repetición, supongo que no tengo mucho donde elegir. Principalmente será igual que el anterior".

"Pero *sí* tiene donde elegir", dijo él. "Mire, la palabra hebrea *shaná* tiene un significado doble. No significa solamente la repetición…también significa el cambio".

"¿Cómo puede la misma palabra significar lo contrario?".

"Del mismo modo que el año que tiene ante usted puede ser lo contrario. El camino del mundo es repetir, pero el camino de Dios es el camino de la novedad y el cambio. No puede conocer a Dios y no ser cambiado por conocerlo; y su voluntad es que el año, el shaná que hay por delante, no sea un tiempo de repetición sino de cambio, de nuevos comienzos, nuevos pasos, de salir de los viejos caminos y de la vieja naturaleza. Y si usted quiere experimentar un año de cosas nuevas, debe decidir vivir no en lo natural y caminar no por la naturaleza y su antigüedad y sus repeticiones, sino debe decidir vivir en lo sobrenatural y caminar en la voluntad y el poder de Aquel que hace nuevas todas las cosas. Viva en la tierra en el poder del cielo…y caminará en novedad de vida…y el año que hay por delante será un shaná…de cambio".

La misión: Hoy, salga de sus viejos caminos, hábitos y pasos. Haga lo que nunca antes ha hecho, pero debería haber hecho. Camine en la novedad del Espíritu.

Isaías 43:19; Romanos 6:4; 2 Corintios 5:17

El shaná

EL RUACH

É L ME LLEVÓ a una llanura abierta del desierto. Era un día ventoso; hacía tanto viento que era casi violento.

"Venga", dijo el maestro. Me pedía que caminara en contra del soplido del viento, y así lo hice.

"¿Cómo es caminar contra el viento?", me preguntó.

"Es una lucha", respondí yo.

"En el lenguaje de la Escritura", dijo él, "la palabra para *viento* es *ruach*; pero tiene otro significado, también significa el Espíritu. En hebreo, el Espíritu Santo es el Viento Santo. ¿Y qué sucede si usted camina contra el viento?".

"Crea resistencia. Se hace más difícil caminar, y uno se cansa".

"De la misma manera", dijo él, "cuando camina contra el Espíritu, eso crea una resistencia en su vida. Todo lo que usted hace se vuelve más difícil, y es necesaria más energía para hacer menos. Por lo tanto, cuando usted camina contra su Espíritu, está luchando contra el Viento; y no puede caminar contra la dirección del Viento sin cansarse y agotarse".

"¿Y cuál es la dirección del Viento, del Espíritu?".

"El Espíritu es el Espíritu *Santo*; por lo tanto, sopla en la dirección de lo santo, y sopla contra la dirección de lo impío. Ahora probemos otra cosa. Dese la vuelta y camine de nuevo, por el mismo camino que vino".

Así lo hice. Ahora caminaba en la dirección que soplaba el viento.

"¿Y cómo fue?", me preguntó.

"Fue mucho más fácil", dije yo.

"Eso es porque no había resistencia", replicó él. "Usted iba caminando en la dirección del viento, y el viento le ayudaba a caminar, le movía hacia delante y le hacía caminar con más facilidad. Por eso, cuando camina contra el viento crea resistencia, pero si se da la vuelta, entonces el viento le da poder. Así sucede con el Espíritu. Si usted se da la vuelta, si cambia de curso, si se arrepiente, si camina en el Espíritu, entonces la resistencia desaparecerá, y entonces el Espíritu le capacitará y le moverá hacia delante; y entonces todo lo que usted haga, lo que deba hacer, se volverá más fácil".

"Entonces si caminamos en el Espíritu", dije yo, "la vida pasará de ser una resistencia...a ser una brisa".

"Sí", dijo el maestro. "Aquellos que caminan en el Espíritu...tienen el Viento a sus espaldas".

La misión: ¿Qué parte de su vida está contra la dirección del Espíritu? Hoy, dese la vuelta y comience a caminar con el Viento a sus espaldas.

Juan 3:8; Hechos 2:2; Gálatas 5:16–17

DESIGNAR SUS DÍAS

"**Y**A HEMOS HABLADO del año que tiene por delante", dijo el maestro. "Hoy, hablaremos de los días que tiene por delante. ¿Qué aportarán a su vida los días que le quedan por vivir?".

"¿Cómo podría saberlo?" respondí. "Realmente no tengo voz al respecto".

"¿Y si pudiera?".

"¿Cómo?".

"Está escrito: 'Enséñanos a contar nuestros días'. ¿Qué significa eso?".

"Que nuestros días son limitados, y por eso es sabio contarlos".

"Correcto", dijo él. "Y es el primer significado de la escritura, pero en el lenguaje original es un secreto; y este secreto puede cambiar su vida, los días de su vida. En hebreo dice: 'Enséñanos a *manáh* nuestros días'. La misma palabra, *manáh*, aparece en el libro de Jonás donde está escrito que Dios *manáh* un pez, un gusano y el viento".

"Entonces *manáh* debe de significar más que contar".

"Así es. Significa preparar y designar. Así que no solo debe *contar* sus días, sino que debe aprender a *preparar* sus días, a *designar* sus días".

"¿Y eso qué significa?".

"Significa que no solo debe ver y esperar de forma pasiva hasta ver lo que sucederá con sus días. Tiene que prepararlos".

"¿Cómo puedo preparar mis días antes de que lleguen?".

"¿Cómo fueron los primeros días en el principio? No solo sucedieron. Antes de que existieran, Dios los preparó, los apartó, les dio un propósito. Así que si es usted hijo de Dios, debe hacer lo mismo".

"¿Cómo?".

"Oración".

"¿Orar por días que aún no existen?".

"La oración no es solo para lo que es, sino para lo que aún no es".

"Pero no puedo saber lo que ocurrirá".

"No importa lo que ocurra. Usted designa sus días en Dios para que traigan cosas buenas, los consagra para los propósitos de Dios. Y después usa sus días para lograr esos propósitos. No deje que sus días dicten su vida. Haga que su vida dicte sus días. Y no se conforme con que sus días pasen. Prepárelos, para que puedan convertirse en canales de bendición y vida. Designe sus días... para los propósitos del Altísimo".

La misión: Prepare los días venideros. Apártelos. Entréguelos en las manos de Dios y desígnelos para el cumplimiento de sus propósitos.

Salmo 90:12; Hechos 19:21

El shaná y el manáh

EL MISTERIO DE LA NOVIA

EN NUESTRO VIAJE a la ciudad, nos detuvimos en una colina cercana.

"Mire", dijo el maestro señalando a un acontecimiento en los límites de la ciudad.

"Parece una boda", respondí yo, "o los preparativos para una boda". La novia, con su vestido blanco, estaba de pie en un jardín con sus damas de honor.

"Está observando un misterio cósmico, la sombra de un misterio. La existencia", dijo él, "es una historia de amor...o tenía intención de ser una historia de amor. La novia es una imagen de aquello para lo que fue creado cada uno de nosotros".

"No lo entiendo".

"Fuimos creados para ser la novia, y por eso nunca podemos estar completos en nosotros mismos. Por eso, en lo profundo, en el centro mismo de nuestro ser, en la parte más profunda de nuestro corazón, buscamos ser llenados. Porque la novia es hecha para casarse. Por lo tanto, nunca podremos estar completos hasta que nos unamos a Aquel que está por encima de nosotros; y por eso pasamos nuestra vida intentando unirnos nosotros mismos...".

"Unirnos nosotros mismos ¿a qué?".

"A aquello que creemos que llenará los deseos de nuestro corazón: a personas, éxito, posesiones, logros, dinero, comodidad, aceptación, belleza, romance, familia, poder, un movimiento, una meta, y multitud de otras cosas. Porque la novia fue creada para casarse, y nunca puede descansar hasta que lo esté".

"Entonces ¿ninguna de esas cosas puede funcionar nunca?".

"No. Porque ninguna de esas cosas es el Novio".

"¿Y quién es el Novio?".

"El Novio es Dios, Aquel para quien fuimos creados".

"Entonces tenemos que encontrarlo a Él".

"Es algo más que eso", dijo él. "Una novia no solo encuentra al Novio; *se casa con Él*. Por lo tanto, no es suficiente con encontrar a Dios; debemos *casarnos con Él*".

"¿Casarnos con Dios? ¿Cómo?".

"Al unir a Dios cada parte de nuestra vida y de nuestro ser: nuestras partes más profundas, nuestro corazón, nuestra alma, nuestras heridas, nuestros deseos, todo. Solamente entonces podemos estar completos, y solamente entonces pueden ser satisfechos nuestros deseos y necesidades más profundos. Porque el misterio de nuestro corazón es el misterio de la novia; y la novia solo puede encontrar el ser completa en el Novio. Y el Novio de nuestra alma...es Dios".

La misión: Aparte cualquier cosa que sustituya la presencia de Él, y una a su Novio todo lo que usted es, sus partes más profundas.

Deuteronomio 6:5; Cantares 1:1–4; Efesios 5:28–32

EL PODER DE LA YUD

EL MAESTRO ME condujo al barranco del desierto donde nos sentamos en la arena, el uno frente al otro. Él agarró un palo y, con un movimiento muy ligero, creó la marca más pequeña en la arena.

"Esto puede cambiar su vida", dijo. "¿Un apóstrofe?".

"Una *yud*".

"¿Qué es una yud?".

"Una yud es una letra, la más pequeña de las letras hebreas…apenas más grande que un punto, tan pequeña que podría pasarla por alto. De la yud vinieron las letras romanas *I* y *J*. Y de la yud vino la letra griega *iota*".

"Como en el término 'ni una jota'".

"Sí, o como en 'ni un ápice'. Todo proviene de la misma letra diminuta".

"Entonces es la letra más pequeña. ¿Por qué es importante?".

"Ese es el punto…como la más pequeña de las letras, es muy importante. Es la yud la que comienza la palabra hebrea mayor y más sagrada: el sagrado nombre de Dios, *YHVH*, comienza con una yud. La tierra de Dios, *Israel*, comienza con una yud. La ciudad de Dios, *Jerusalén*, comienza con la yud; y el nombre *Jesús*, en hebreo, comienza, también, con una yud".

"¿Y qué significa todo eso?".

"La mayor de las palabras comienza con la más pequeña de las letras. Del mismo modo, las mayores obras de Dios comienzan con la pincelada más pequeña. La vida misma comienza en una escala tan pequeña que ni siquiera puede verse. Es el secreto de la yud".

"¿Y cómo lo aplicamos?".

"Somos llamados a lo nuevo y al cambio, pero por naturaleza evitamos tanto la novedad como el cambio. Por lo tanto, ¿cómo cambiamos? ¿Cómo pasamos de una vida de fracaso a una vida de victoria? Es una perspectiva abrumadora. Por lo tanto, ¿Cómo lo hacemos? Con la yud. Usted comienza dando el yud de los pasos, el más pequeño de los pasos pero hacia el mayor de los cambios. No comienza con una gran victoria, sino que da el yud, emprende una pequeña acción, un pequeño paso hacia esa gran victoria. Da ese paso, esa yud de valentía, esa jota de cambio, esa pequeña pincelada de nuevos comienzos, la yud de la vida que ha sido llamado a vivir. Usted comienza la mayor de las cosas con la pincelada más pequeña. Comienza aplicando el secreto de la yud".

La misión: Hoy, emprenda la acción más pequeña pero en una nueva dirección, el primer paso hacia la vida de victoria que ha sido llamado a vivir: la yud de un nuevo viaje.

Job 8:7; Hechos 3:4–9

El primer paso

EL MIDBAR

Él ME LLEVÓ en el desierto a un valle inmenso y rodeado de montañas rojizas, que se fueron volviendo paulatinamente más púrpura y azuladas a medida que se extendían en la distancia.

"¿Qué palabras vienen a su mente cuando mira al desierto?", dijo el maestro. "Seco...estéril...calor...austero...severo...difícil...amenazador...".

"Y cuando las personas atraviesan tiempos difíciles, momentos de pérdida, crisis, tragedia, soledad, conflicto, dificultad, problemas, separación, lágrimas, hablan de atravesar el desierto. Y sin embargo, el desierto es un lugar sagrado; fue en un desierto donde Dios dio su Ley, su Palabra, y donde Él reveló su presencia. El desierto es sagrado".

"Entonces, ¿los momentos difíciles en nuestras vidas son sagrados?".

"Para quienes son hijos de Él, sí".

"¿Y cómo es eso?".

"En hebreo, al desierto se le llama el *midbar*. *Midbar* viene de la raíz *dabar*; y *dabar* significa hablar. ¿Qué es el desierto? Es el midbar. ¿Y qué es el midbar? Es el lugar donde Dios habla, el lugar de su voz; es donde Dios nos habla de manera especial. ¿Por qué llevó Él a su pueblo al desierto, al midbar? Para poder hablarles. Él llevó a Moisés al midbar para hablarle mediante una zarza ardiente. Él llevó a Elías al midbar para hablarle en un susurro apacible. Y también Él nos lleva a nosotros al desierto para poder hablarnos".

"¿Qué hay en el desierto que lo convierte en el lugar donde Dios habla?".

"Mire a su alrededor", dijo él. "¿Qué ve?".

"No mucho...roca, arena, montañas".

"Por eso", dijo el maestro. "Dios habla, pero no oímos. Tenemos muchas distracciones; pero en el desierto ya no hay distracciones. De modo que Dios nos lleva al desierto para que podamos oír su voz; por lo tanto, no tenga temor ni desprecie el desierto en su vida, y no menosprecie el que Él quite las distracciones, sino acéptelo. Acérquese a Él, y escuche lo que Él esté diciendo. Busque oír su voz, y la oirá; porque el desierto en su vida no es solamente un desierto; es tierra santa...el midbar...el lugar de la voz de Él".

La misión: Quite las distracciones, esas cosas que evitan que usted oiga; y vaya al desierto, al midbar, y busque la voz de Dios.

Deuteronomio 8:2–16; Salmo 46:10; Jeremías 29:12–13; Lucas 3:2

SHAMAYIM Y ARETZ

ÉL ME LLEVÓ en la oscuridad de la noche hasta una llanura arenosa, y allí nos tumbamos y miramos los cielos llenos de estrellas.

"Es inmenso", dijo el maestro, sin apartar su mirada de los cielos.

"¿El cielo?", respondí yo. "Yo diría que lo es".

"En hebreo, la palabra para *cielo* es *shamayim*, y la palabra para *tierra* es *aretz*. Cuando escucha una palabra hebrea que termina en *im*, es una señal de que esa palabra está en plural. Por lo tanto, ¿qué le dice esto?".

"La palabra para cielo es plural...pero ¿la palabra para tierra no lo es?".

"Correcto. *Shamayim*, cielo, es plural, pero *aretz*, tierra, no lo es. Y no es solamente las palabras, es también lo que las palabras representan".

"Que es...".

"Lo que es terrenal está en singular; lo que pertenece al ámbito físico es finito. Todo lo que pertenece al ámbito físico está limitado, y por eso, independientemente de cuánto pueda obtener del ámbito terrenal, a pesar de cuántas posesiones terrenales posea, nunca podrá llenarle o hacerle sentir completo".

"Porque son limitadas", dije yo, "porque son finitas".

"Y por lo tanto, una vida enfocada en lo físico...".

"Es una vida llena de limitaciones".

"Pero si vacía su corazón de las cosas físicas...".

"Entonces uno se vacía de las limitaciones".

"Por lo tanto, las cosas de la tierra son finitas", dijo él, "pero las cosas del cielo son infinitas. Lo físico es limitado, pero lo espiritual es ilimitado. Solamente aquello que es espiritual, lo infinito, puede llenar el corazón".

"Pero ¿cómo puede uno alejarse de vivir en el ámbito terrenal?".

"No lo hace", dijo el maestro. "No podemos escapar a vivir *en* el ámbito terrenal, pero no tenemos que vivir la vida *del* ámbito terrenal. Usted debe manejar las cosas terrenales, pero no tiene que llenar su corazón de ellas. Fije su corazón en aquello que es celestial; llene su corazón de aquello que es espiritual. Porque el cielo es shamayim, y shamayim no tiene limitaciones y, por lo tanto, un corazón lleno de aquello que es espiritual y de lo que es celestial...".

"Se vuelve ilimitado".

La misión: ¿Cuáles son sus posesiones? Hoy, suéltelas. Libere su corazón de sus posesiones terrenales, y llénelo con lo espiritual y celestial.

Isaías 55:9; Filipenses 4:8–9

Los misterios hebreos I–IV

LA SANGRE DE LA SERPIENTE

"**¿L**A VE?", PREGUNTÓ el maestro.

"Detrás de la roca", respondí yo.

Era una serpiente, de color marrón y negro, que se deslizaba por la arena del desierto.

"¿Qué sabe sobre las serpientes?", me preguntó.

"Sé que hay que evitarlas".

"¿Nada más?".

"No mucho".

"Lo que debería saber es que las serpientes son de sangre fría".

"¿Por qué es importante eso?".

"Usted es de sangre caliente; y debido a eso puede correr y seguir corriendo. Pero una serpiente, al ser de sangre fría, está limitada en su capacidad para soportar, para seguir adelante. Por lo tanto, usted puede superarla".

"Es bueno saber eso", repliqué yo.

"En las Escrituras, la serpiente es un símbolo del mal".

"¿A qué se debe eso?".

"No es porque las serpientes sean malas en sí mismas, sino porque proporcionan una representación del mal. Con frecuencia se mueven retorciéndose; y por lo tanto, la naturaleza del mal es retorcerse. Una mentira es torcer la verdad. Lo impuro es torcer lo puro; y el mal, en sí mismo, es torcer lo bueno".

"Entonces, si las serpientes son de sangre fría, en cierto aspecto, ¿el mal es así?".

"Sí", dijo el maestro. "El mal es de sangre fría. Lo que significa es lo siguiente: aunque el mal puede tener sus victorias, su momento para moverse y golpear, se mantiene frío; por lo tanto, nunca puede perdurar. Pese a lo poderoso que pueda parecer el mal, pese a lo triunfante e imparable que pueda parecer, no puede perdurar. El engaño tiene la sangre fría. El odio tiene la sangre fría. La calumnia tiene la sangre fría. La opresión tiene la sangre fría. Todo mal tiene la sangre fría; y por lo tanto, el poder del mal es solamente a corto plazo y momentáneo. Sus días siempre están contados; y a la larga, siempre fracasa".

"Pero el bien no tiene la sangre fría", dije yo.

"Sí", replicó él. "Y al final, el bien siempre supera al mal; por lo tanto, persevere en lo bueno, siga moviéndose en lo que es verdadero, siga defendiendo lo que es correcto, y al final vencerá y prevalecerá".

La misión: Ante cualquier maldad, problema, ataque o pecado con el que se esté enfrentando, no abandone. No abandone, sino prosiga en el bien.

Isaías 54:17; Mateo 24:13; Juan 1:5

Destructores de serpientes I–IV

EL ROSTRO EN LAS AGUAS

CAMINAMOS DURANTE ALGÚN tiempo hasta que llegamos a un remanso de agua que estaba oculto al pie de una montaña del desierto. Nos sentamos al lado de la orilla.

"Sonría", dijo el maestro.

Y así lo hice.

"No", dijo, "sonría mirando a las aguas. Inclínese sobre las aguas y sonría".

Y así lo hice.

"Ahora ponga cara de enojo".

Y así lo hice.

"Ahora abra su mano y acérquela por encima de las aguas como si estuviera dando un regalo".

Y así lo hice.

"Ahora haga lo contrario".

"¿Qué es lo contrario?".

"Acerque su mano hacia las aguas, ciérrela y apártela, como si estuviera llevándose algo".

"No veo cuál es el sentido de esto".

"Ah, pero hay un sentido", dijo él, "y ese sentido es crítico que usted lo aprenda. Cuando sonrió a las aguas, había un hombre que le sonreía a usted".

"Mi reflejo".

"Y cuando miró con cara de enojo, el rostro de un hombre enojado le miraba a usted. Y cuando extendió su mano a las aguas para darle algo, la mano en las aguas también se estiró para darle a usted. Y cuando la estiró hacia las aguas para tomar algo, la mano también se apartó como si tomara algo de usted. Esta es la ley del reflejo. Lo que usted hace, le será hecho a usted. Si bendice a otros, será bendecido; si retira la bendición, sus bendiciones le serán retiradas. Si vive tomando, al final tomarán de usted. Si vive una vida de dar, al final le darán a usted. Condene a otros, y usted será condenado; perdone a otros, y será perdonado. Viva con una mano cerrada, y la mano de Él le será cerrada. Viva con una mano abierta, y la mano de Él estará abierta para usted. Lo que usted dé se le devolverá, y lo que tome también le será tomado; por lo tanto, viva una vida de amor, de dar, de bendición, de compasión, de una mano abierta. Cualquier cosa que haga, recuerde lo que vio aquí. Viva su vida teniendo en cuenta el rostro en las aguas".

La misión: ¿Qué busca usted de la vida y de los demás? Que hoy sea su objetivo dar a otros precisamente lo que usted busca.

Proverbios 27:19; Lucas 6:37–38; Gálatas 6:7–10

EL AMOR CÓSMICO

"**D**EFINA AMOR", DIJO el maestro.

"*Amor* es querer lo mejor para otro", respondí yo.

"Sí", dijo él. "Y para expresarlo de otro modo, *amor* es ponerse usted mismo en el lugar de otro, sentir sus sentimientos, ponerse en su lugar, llorar con sus lágrimas, alegrarse en sus alegrías, llevar sobre usted mismo sus cargas, y entregarle su vida".

"Me gusta eso".

"Las Escrituras declaran que Dios es amor", dijo él. "Si Dios es amor, Él debe de ser el mayor amor, el amor definitivo. "¿Cree usted que Dios nos ama?".

"Sí".

"Entonces, ¿qué debe hacer el amor?".

"El amor debe ponerse en el lugar del otro".

"Entonces, ¿cuál sería la mayor manifestación posible de amor?".

"Que Dios…¿se pusiera Él mismo en el lugar de otro?".

"¿Y cómo se manifestaría eso realmente? ¿Cuál sería la mayor manifestación de amor?".

"Dios tendría que ponerse Él mismo en nuestro lugar…Él tendría que caminar con nuestros zapatos".

"Sí, y sentir nuestros sentimientos".

"Y llorar con nuestras lágrimas".

"Y tomar sobre Él mismo nuestras cargas", dijo él, "y nuestro juicio…y nuestra muerte, para salvarnos, para darnos vida. Él entregaría su vida".

"Entonces, si Dios es amor", dije yo, "eso es lo que Él *haría*".

"Entonces", dijo el maestro, "la mayor manifestación posible de amor ya se ha manifestado…en nuestro planeta. Dios se ha puesto Él mismo en nuestro lugar. Y por lo tanto, no hay mayor amor…no hay mayor amor que se pudiera conocer jamás", dijo él. "Cuando usted lo siente y cuando no lo siente, eso no importa, pues no cambia nada. Nada de lo que usted haga puede alterar este amor; ninguna buena obra puede aumentarlo, y ningún pecado puede disminuirlo. Cuando usted lo siente y cuando no lo siente, de todos modos está ahí. No podemos cambiarlo, solamente podemos recibirlo y ser cambiados por él; solamente podemos permitir que nos cambie. Porque el mayor amor posible ya ha sido manifestado. Dios ha descendido, y solamente nos corresponde a nosotros recibirlo y hacer lo mismo".

La misión: Hoy, practique el amor divino y cósmico. Póngase en el lugar de otro: sus pies en sus zapatos, su corazón en el corazón de él o ella.

Juan 15:12–13; Romanos 5:6–8; Filipenses 2:5–9

Dios en nuestro lugar

EL CONTINUO ESTE-OESTE

Estaba amaneciendo. Observábamos el sol levantarse sobre el horizonte del desierto.

"*Kedem*", dijo el maestro. "Es la palabra hebrea para el este, una dirección de lo más crítico".

"¿Por qué?", pregunté.

"El Templo de Jerusalén fue construido según el kedem. Tenía que mirar hacia el este. El altar del sacrificio estaba en su extremo más oriental, el lugar santísimo estaba en el extremo más occidental, y todo lo demás estaba entre medias. Por lo tanto, todo en el templo existía en un continuo este-oeste. Todo lo que tenía lugar en el Templo lo hacía en un continuo este-oeste. Lo más importante, en el día más santísimo del año, Yom Kippur, se hacía expiación por los pecados de Israel, se apartaban del pueblo, en un continuo este-oeste. El sumo sacerdote ofrecía el sacrificio en el este, y después rociaba la sangre sobre el arca del pacto en el oeste, y hacía el camino de ida y regreso en un continuo este-oeste. Y el último acto del día veía los pecados del pueblo simbólicamente retirados del Templo y hacia el este del desierto".

"Pero ¿por qué es eso más importante que si fuera un continuo norte-sur?".

"Porque", dijo el maestro, "la tierra es una esfera...y gira sobre su eje sobre un continuo este-oeste; por lo tanto, la tierra tiene un polo norte y polo sur, pero no tiene un polo este y un polo oeste".

"Sigo sin entenderlo".

"¿Cuán lejos está el norte del sur?", preguntó él. "Es finito. Todo el norte llega a su fin en el Polo Norte; y todo el sur termina en el Polo Sur. Si el Templo se hubiera construido en un continuo norte-sur, entonces el pecado habría sido eliminado a unos miles de kilómetros del pecador, pero ¿cuán alejado está el este del oeste? El este y el oeste no tienen polos; por lo tanto, nunca terminan. El este y el oeste son infinitos, siguen para siempre. De hecho, la palabra hebrea para el este, *kedem*, también significa eterno".

"Pero en aquel entonces nadie sabía que la tierra era una esfera".

"Dios lo sabía. Y todo esto es una sombra de la expiación del Mesías, nuestra salvación; por lo tanto, en el Mesías, ¿hasta dónde aleja Dios de usted sus pecados? Hasta una infinidad...una eternidad. Y si usted tuviera toda la eternidad, nunca podría volver a encontrarlos. Como está escrito: 'Llevó nuestros pecados tan lejos de nosotros como está el oriente del occidente'".

La misión: Hoy, tome tiempo para meditar y asimilar el amor de Dios que llevó sus pecados tan lejos como está el oriente del occidente, y viva en consonancia.

Levítico 16:14; Salmo 103:10–12

El misterio del kedem

BESAR A DIOS

HUBO UNA REUNIÓN en la carpa abierta de la escuela; fue un tiempo de alabanza y adoración. Estábamos fuera de la carpa escuchando.

"¿En qué piensa cuando oye la palabra *adoración*?", preguntó el maestro.

"Cantos, himnos, oraciones, palabras de alabanza...".

"Esa es la forma de adoración externa", dijo él. "Así es como se manifiesta la adoración; pero ¿cuál es el corazón de la adoración?".

"No lo sé".

"Le daré una definición, un secreto; se encuentra en las Escrituras del Nuevo Pacto, y solamente aparece en griego. Es la palabra *proskuneo*. ¿Sabe lo que significa?".

Yo no tenía respuesta.

"Significa besar", dijo el maestro. "La adoración verdadera es besar. ¿Y qué revela eso? ¿Qué es un beso? Un beso es el más íntimo de los actos; por lo tanto, adorar ha de ser lo más íntimo que usted puede experimentar".

"¿Adorar a Dios es besar a Dios?".

"En el ámbito espiritual sí, besar desde el corazón, desde lo más profundo de su ser. Y cuando usted besa, no lo hace porque tenga que hacerlo, sino que lo hace libremente desde el corazón porque quiere hacerlo".

"Entonces la adoración verdadera nunca se hace por compulsión, sino libremente de lo que rebosa del corazón".

"¿Y por qué damos un beso?", preguntó el maestro.

"Por alegría".

"Sí", dijo él, "un beso es una expresión de alegría; y besar nos produce alegría. Entonces, la adoración verdadera es una expresión de alegría; adoramos por alegría, nuestra alegría se convierte en adoración y nuestra adoración se convierte en alegría".

"Maestro", dije yo, "no hemos dicho lo más obvio".

"Que es...".

"Besamos por amor", dije yo. "Un beso es una expresión de amor".

"Así es. Entonces, ¿qué es adoración verdadera?".

"Adoración es una expresión de amor".

"Sí", dijo el maestro. "Es tan sencillo como eso; es el acto más íntimo de amor y alegría. La adoración es tan sencilla...como besar a Dios".

La misión: Hoy, acérquese a Dios en adoración, en amor, en alegría, en la intimidad más profunda. Aprenda el secreto de besar a Dios.

Salmo 42:7–8; Cantares 1:2; Juan 4:24

Yishkeni: el beso divino

EL PARADIGMA DE LA NOCHE Y EL DÍA

ESE DÍA NO hubo lección; pero entonces, en medio de la noche él fue a mi cuarto y me despertó.

"Venga", dijo el maestro. "Es momento para la lección; vamos fuera".

Yo estaba medio dormido y no me emocionó la idea, pero, desde luego, me sometí. Él me llevó hasta una colina donde nos sentamos en la oscuridad de la noche.

"¿Qué viene primero, el día o la noche?", preguntó él.

"El día", respondí yo. "La noche llega cuando termina el día".

"Eso es lo que diría la mayoría de la gente; y así es como lo ve la mayoría de la gente en el mundo. El día conduce a la noche; pero no es así como Dios lo ve".

"¿Qué quiere decir?".

"Si el día conduce a la noche, entonces todo pasa de la luz a la oscuridad. Todo se pone oscuro; todo está en el proceso de oscurecerse. Y así es el camino del mundo; pasamos del día a la noche, de la juventud a la vejez, de la fuerza a la debilidad, y finalmente de la vida a la muerte. Del día a la noche. Es el camino del mundo, pero no es el camino de Dios. Cuando Dios creó el universo, no fue día y noche. Está escrito: 'Y fue la tarde y la mañana un día'. El día comenzó con la noche; hubo noche y después hubo día. En Dios, la noche es lo que está primero".

"Entonces, por eso los días festivos judíos siempre comienzan con la puesta del sol".

"Sí, y no solo los días festivos judíos, sino también cada día bíblico. Cada día comienza al atardecer. Hay noche y después mañana. El mundo pasa del día a la noche, pero en Dios, es lo contrario; va de la noche al día…de la oscuridad a la luz. Los hijos de este mundo viven del día a la noche, pero los hijos de Dios viven de la noche al día; nacen de nuevo en la oscuridad y avanzan hacia el día. Y si usted le pertenece a Dios, entonces ese es el orden de su vida; pasa de la oscuridad a la luz, de la debilidad a la fuerza, de la desesperación a la esperanza, de la culpabilidad a la inocencia, de las lágrimas a la alegría, y de la muerte a la vida. Y cada noche en su vida conducirá al amanecer; por lo tanto, viva según el sagrado orden del tiempo que Dios establece…para que toda su vida se esté moviendo siempre de la oscuridad a la luz".

La misión: ¿Qué oscuridad hay en su vida, la oscuridad del temor, del pecado, de los problemas, de la tristeza? Hoy, aléjese de eso y avance hacia la luz del día.

Génesis 1:3–5; Salmo 30:5; Efesios 5:8; 1 Pedro 2:9; 2 Pedro 1:19

La noche y el amanecer

EL TALEH

ÉL ME LLEVÓ por una quebrada que se abría a un valle. En el valle, un muchacho cuidaba de un rebaño de ovejas y corderos. Uno de los corderos se había alejado en dirección a nosotros.

"Mire", dijo el maestro, "un cordero, la más indefensa de las criaturas, tan indefensa que necesita un muchacho para protegerlo; y aun así, tiene una importancia cósmica".

"¿Cómo?", pregunté.

"El cordero es el tema principal de la Palabra de Dios. En Génesis, un muchacho le preguntó a su padre: '¿Dónde está el cordero...?'. Esa es la pregunta de la Escritura. En la Pascua, es el cordero el que muere para salvar al primogénito de cada casa, y la nación de Israel es salva por la sangre del cordero. En el Templo de Jerusalén se ofrecen corderos en sacrificio cada día de cada año; y entonces, en el capítulo cincuenta y tres de Isaías, se profetizó que un hombre daría su vida como un cordero sacrificial, 'como cordero fue llevado al matadero', y mediante su muerte encontraremos sanidad, perdón y bendición. ¿Ve usted el tema?".

"El cordero es la vida entregada para salvar o bendecir a otros".

"Sí, y para cubrir nuestros pecados. En hebreo, *taleh* significa cordero; y de *taleh* viene también la palabra que significa cobertura. El Cordero será nuestra cobertura. ¿Y quién es el Cordero? En toda la historia del mundo, ¿hay alguien conocido sobre todo por entregar su vida como una ofrenda, como un sacrificio, para que pudiéramos ser salvos?".

"Hay solamente uno que yo conozca", respondí. "¿Y no le llamaron 'el Cordero'?".

"Sí", dijo el maestro, "Mesías, el *Taleh Elohim*, el Cordero de Dios. Desde el principio se trataba todo del Cordero, la respuesta siempre estuvo ligada al Cordero. Pero ¿por qué un cordero?".

"No lo sé".

"Lo que el cordero significa es lo siguiente: habrá Alguien que es totalmente puro, inocente, sin tacha, sin maldad...y ese Alguien entregará su vida para salvar a quienes no son inocentes; pero ¿qué es sin tacha, qué es totalmente puro y bueno? ¿Cuál es el misterio del cordero?".

"Dígamelo".

"El misterio del cordero...es el misterio de Dios. El misterio es que Dios entregará su vida para salvarnos. Porque Dios es amor, y la naturaleza del amor es dar de sí mismo. El Taleh, el Cordero...*es* Dios".

La misión: Hoy, viva en el espíritu del Cordero. Que todo lo que haga sea hecho en amor; y viva para hacer que su vida sea una bendición para otros.

Génesis 22:1–18; Isaías 53:7; 1 Pedro 1:18–19; Apocalipsis 5:6–13

Los misterios del Cordero I–IV

CÓMO ALTERAR SU PASADO

ESTÁBAMOS SENTADOS EN su estudio. El maestro sostenía una cuerda color escarlata.

"Yo mismo la teñí", dijo. "La dejé sumergida en la solución durante varios días para asegurarme de que el tinte empapara cada fibra. ¿Cree que es posible *desteñir* la cuerda, volver a dejarla blanca?".

"Lo dudo".

"Pero está escrito: 'Aunque sus pecados sean como la escarlata, yo los haré tan blancos como la nieve'. Sería como desteñir la cuerda".

"Lo cual sería imposible", dije yo.

"Pero es incluso más imposible que eso. ¿Cómo hace que los pecados pasen de escarlata a blanco? Los pecados son pecados porque ya se han cometido; ya se han hecho; son parte del pasado, y el pasado ha terminado".

"Entonces el único modo de alterar un pecado...sería cambiar el pasado".

"Sí, y sin embargo las Escrituras están llenas de la promesa de que Dios un día borrará el pecado y lavará nuestra culpa. No se puede borrar el pecado o limpiar la culpa sin cambiar el pasado".

"Pero es imposible cambiar el pasado".

"El primer milagro registrado del Mesías fue transformar el agua en vino; pero el vino solo es vino si ha pasado el tiempo. Pero el vino del milagro no tuvo ningún pasado para poder envejecer y, en un sentido, tuvieron que darle un nuevo pasado. Si Dios puede dar un pasado donde no había pasado, entonces Él puede borrar un pasado donde antes había uno".

"Entonces la salvación", dije yo, "es desteñir la cuerda escarlata".

"Exactamente. Dios no solo perdona la cuerda escarlata o finge que no es escarlata; Él cambia su pasado y, por medio de eso, cambia su realidad. Él la destiñe".

"¿Y puede hacer Él eso?", pregunté.

"Dios dio existencia al tiempo, y Dios puede sacarlo de la existencia".

"Entonces no es simplemente que todo es lo mismo y somos perdonados a pesar de ello; es como si nunca hubiéramos pecado desde un principio".

"Y es aún más sorprendente que eso. No es solo *como si* nunca hubiéramos pecado sino que, en su redención, se ha *convertido* en que nunca hemos pecado. En la salvación, lo imposible se convierte en la realidad, el culpable se vuelve inocente, el manchado se vuelve puro, los rechazados se convierten en quienes siempre fueron hijos amados, y nuestros pecados, que eran como escarlata, se vuelven...blancos como la nieve".

La misión: Sumérjase en lo desteñido. Reciba del cielo su pasado cambiado, inocente, puro y querido, un pasado tan hermoso y tan blanco como la nieve.

Isaías 1:18; Lucas 7:37–47; 2 Corintios 5:21; 1 Juan 1:8–9

Como hijos amados

YESHÚA

"UNA PALABRA MUY importante", dijo el maestro, "es la palabra *yasha*. En hebreo, significa rescatar, ayudar, defender, preservar, hacer libre, lograr victoria, llevar a seguridad, sanar y salvar…una palabra y la respuesta a todo".

"¿Cómo es la respuesta a todo?", pregunté.

"*Yasha* es lo que buscamos toda nuestra vida, nos demos cuenta o no. Todos necesitamos ayuda, todos necesitamos libertad, todos necesitamos victoria, y todos, de una manera u otra, buscamos salvación. Y en hebreo, salvación viene de *yasha*. Y de la palabra *yasha* viene la palabra hebrea *yeshúa*. *Yeshúa* significa salvación; por lo tanto, en las Escrituras hebreas está escrito: 'él me ha sido por salvación'".

"¿Quién ha sido por salvación?".

"Dios", dijo él. "Dios ha sido por salvación. En otras palabras, Dios no fue solamente el Creador del universo, sino que también se convirtió en nuestra salvación; en otras palabras, Dios se convirtió en nuestra ayuda, nuestra defensa, nuestra preservación, nuestra libertad, nuestra victoria, nuestra salvación. Dios se convirtió en la respuesta a nuestras necesidades más grandes y más profundas. En hebreo, Dios se convirtió en *yeshúa*".

"Pero si la palabra *yeshúa* significa salvación, ¿cuál es la diferencia entre decir 'Dios se convirtió en salvación' o 'Dios se convirtió en *yeshúa*'?".

"De la palabra hebrea *yeshúa* viene el nombre Yeshúa; y cuando el nombre Yeshúa fue traducido al griego se convirtió en *Iesous*. Y cuando Iesous fue traducido al español, se convirtió en Jesús. Jesús es Yeshúa…Yeshúa es Jesús. Yeshúa es el nombre verdadero de quien el mundo conoce como Jesús".

"Entonces Dios se convertirá en Yeshúa. Dios se convertirá en Jesús".

"Y eso es exactamente lo que revela el nombre Yeshúa; significa literalmente Dios es mi salvación. La esperanza antigua era que un día Dios se convertiría en nuestro Yeshúa; y así lo ha hecho. Yeshua significa Dios se ha convertido en nuestro rescate, nuestra ayuda, nuestra libertad, nuestra sanidad, nuestra victoria y nuestra salvación. Dios se ha convertido en Yeshúa para ser la respuesta a cada necesidad. Así que la clave es tomar toda necesidad en su vida y unirla a ese Nombre, a Yeshúa, una palabra…y la respuesta a todo".

La misión: Dios se ha convertido en su Yeshúa, la respuesta concreta a sus necesidades más profundas. Deje que eso cale en su corazón y viva en consecuencia.

Éxodo 15:2; Salmo 118:14; Isaías 12:2; Mateo 1:21

Yeshúa: el Nombre

ALIYAH

"**V**ENGA", DIJO EL maestro.

"¿Dónde?", pregunté yo.

"Arriba", respondió. "Por una montaña".

Entonces me llevó a un viaje de media hora por el desierto hasta una montaña particularmente elevada.

"Vamos a subir", dijo.

Y así lo hicimos. No hubo nada fácil en la subida; tuve que descansar varias veces solamente para recuperar el aliento. Finalmente, llegamos a la cumbre.

"Mire eso", dijo él señalando hacia el majestuoso panorama que teníamos delante. "Es algo que solamente se puede ver desde aquí arriba, desde las alturas; valió la pena la subida…¿Sabe cómo se llama en hebreo lo que acabamos de hacer?".

"¿Tortura?".

"No", dijo él, "se llama *aliyah*. Significa la subida, la ascensión. Cuando lea en las Escrituras sobre el Mesías que va a Jerusalén, verá que se usa la palabra *subir* una y otra vez. ¿Por qué? Jerusalén es una ciudad que está sobre las montañas, así que para llegar hasta allí hay que subir. Por lo tanto, el viaje a Jerusalén se llama *Aliyah*…la ascensión; y no era solamente por el terreno físico sino también porque Jerusalén es la Ciudad Santa. Así que ir a Jerusalén es *hacer Aliyah*. En la era moderna, cuando el pueblo judío comenzó a regresar a la tierra de Israel, el regreso se llamó Aliyah. Ir a la Tierra Prometida se conocía como 'hacer Aliyah', 'el viaje ascendente'. A los hijos de Israel se les mandó hacer Aliyah; pero aquellos que son del Mesías son los hijos espirituales de Israel; por lo tanto, ¿qué significaría eso?".

"¿Ellos también tienen que hacer un Alijah?".

"Sí", dijo el maestro, "pero un pueblo espiritual debe hacer un viaje espiritual".

"¿Y cuál es el viaje?", pregunté. "¿Cuál es su Aliyah?".

"Sus vida", dijo el maestro. "Su vida. Su vida entera es el Aliyah. Su vida es un viaje, pero en Dios ha de ser un viaje ascendente…un ascenso cada vez más alto. ¿Cómo hace eso? Del mismo modo que ascendió por la montaña. Cada día se encontrará con opciones, y cada opción le dará la oportunidad de descender, de quedarse donde está, o de ascender. Escoja el camino más elevado, incluso si es más difícil, dé el paso más alto…que cada uno de sus pasos sea más alto que el paso anterior, que cada uno de sus días sea más alto que el día anterior. Y terminará caminando sobre cumbres de montañas…y su vida será un Aliyah".

La misión: Hoy, escoja el paso más alto, el acto más elevado, el terreno más elevado, el camino más alto en cada decisión. Comience a hacer de su vida un Aliyah.

Salmo 121; Marcos 10:32

EL MUNDO ES UN ESCABEL

Él ME LLEVÓ a su estudio y me indicó que me sentara en su silla. Delante de la silla había un escabel acolchonado.

"Relájese", me dijo, "y ponga los pies encima".

Y así lo hice. Él estaba callado, pero finalmente yo rompí el silencio.

"¿Y cuál es el misterio de hoy?", pregunté.

"Eso", dijo él. "Eso", volvió a decir señalando al escabel.

"¿El escabel?".

"Sí, el escabel. Y en él yace una revelación cósmica".

"¿Una revelación cósmica? Nunca lo habría pensado".

"Lo bastante cósmica para que Dios lo afirmara. 'El cielo es mi trono', dijo Él, 'y la tierra estrado de mis pies'. ¿Qué cree que significa?".

"¿Que la tierra es el lugar donde Dios pone sus pies?".

"Eso es totalmente correcto. El cielo es su trono, es el lugar donde Dios mora, el centro de su presencia, y donde Él descansa su peso; y la palabra para *peso* en hebreo es *kavode*. *Kavode* también significa gloria. El cielo es el lugar en el cual descansan el peso y la gloria de Dios".

"¿Y la tierra?".

"La tierra *no* es su trono, así que la tierra no puede sostener el peso de su gloria".

"Pero es su escabel".

"Sí, y por eso descansa sus pies en él. Lleva la huella de sus pies, pero nunca todo su peso. ¿Y qué revela esto?".

"¿Qué?".

"Usted vive en un mundo que es un escabel. La tierra es tan solo un escabel; no es el lugar donde usted puede descansar todo su peso o su bienestar. Sus posesiones son solamente posesiones de escabel; sus problemas son tan solo problemas de escabel; y su gloria es solamente una gloria de escabel. Usted no se sienta en un escabel; tan solo pone los pies encima…encima de sus problemas, encima de sus dificultades, encima de sus glorias. Usted descansa sus pies en él…ligeramente. Ese es el modo en que debemos vivir en un mundo que es un escabel".

"Entonces, ¿dónde *sí* descansamos nuestro peso?".

"En los lugares celestiales", dijo él. "Pero ese es otro misterio. Por ahora, disfrute del escabel".

La misión: Hoy, vea el mundo y todo lo que hay en él de una manera nueva, como el mundo que es un escabel, con problemas solo de escabel, y viva en consecuencia.

Isaías 66:1; Efesios 2:6; Colosenses 3:1–2

EL LATIDO DEL MILAGRO

ESTÁBAMOS SENTADOS EN dos piedras grandes en la base de una pequeña montaña. El maestro se inclinó hacia el suelo, agarró una piedra y me la entregó.

"¿Qué siente?", me preguntó.

"Nada", repliqué yo. "Una piedra".

Ahora ponga su mano en el cuello. ¿Siente algo?".

"Mi pulso".

"Pero la piedra no tiene pulso", dijo él.

"Claro que no".

"La piedra existe como piedra sin pulso; retiene su forma, su tamaño, su consistencia, sin necesidad de pulso; pero usted tiene pulso. Cada momento de su existencia pende de un latido, y en el momento en que ese latido se detiene, su existencia termina. Esa es la diferencia entre una piedra y su vida. Dios lo estableció. Las piedras solamente existen, pero la vida no solo existe, debe esforzarse por existir, luchar por existir. Su corazón debe seguir latiendo cada instante de su vida; incluso si usted no hace nada, su corazón late. Incluso cuando duerme, sigue latiendo cada momento para que usted pueda seguir con vida. Si desperdicia sus momentos en la tierra, sigue latiendo para que usted pueda desperdiciar su tiempo. Cuando usted peca, cuando murmura, cuando codicia y odia, sigue latiendo mientras lo hace. Cuando usted llora, cuando abandona la esperanza, sigue latiendo incluso en sus lágrimas y su desesperación, sigue luchando para que usted viva y pueda llorar".

"Así que la diferencia entre mi existencia y la de una piedra es...".

"Su vida no solo existe; se *esfuerza* por existir. Su vida es un milagro; cada uno de sus momentos es un milagro. Sus alegrías son un milagro, e incluso sus lágrimas son un milagro. Su vida es el regalo de Dios, y cada momento es sostenido por Él. Cada momento es un milagro".

"¿Cómo se aplica eso?".

"Deja de dar por sentada su vida; deja de desperdiciarla, de maltratarla, de tratarla como si fuera algo menor que el milagro que es; deja de permitir que su vida sea entregada al pecado y a lo que es menos que la voluntad de Dios. Atesora la existencia que se le ha confiado, y deja de tirar a la basura sus momentos. Trata su vida y su tiempo en la tierra como un tesoro; trata cada momento como si hubiera tras él un latido del corazón, luchando para que exista ese momento. En resumen... vive una vida digna... de cada latido".

La misión: Viva este día en el milagro de su existencia. Cuente cada latido y haga que sus momentos sean dignos de cada uno de ellos.

Salmo 139:14–17

Cuarenta millones de latidos

EL MISTERIO DE ELOHIM

"**B**′RESHEET BARA ELOHIM", dijo el maestro. "'En el principio creó Dios...'. Las primeras palabras de la Escritura. La palabra *Elohim* es Dios. ¿Observa usted algo con respecto a la palabra?".

"Termina en el *im* del que usted me habló".

"¿Y qué significa *im*?".

"Que es una palabra plural".

"Lo es... ¿y por qué es extraño eso?".

"¿Porque es la palabra para *Dios*?".

"Exactamente. Es la palabra para *Dios*, y aun así es una palabra plural".

"Entonces, ¿no debería traducirse como 'dioses'?".

"Podría traducirse de esa manera en otro contexto, pero la palabra que va al lado, *creó*, es la palabra hebrea *bara*, y *bara* no es plural sino singular".

"Un sustantivo en plural y un verbo en singular. ¿No rompería eso las reglas?".

"Sí... y lo hace... en la primera frase de la Escritura. Se debe a que aquí hay algo más profundo... un misterio".

"Que es...".

"La singularidad y la pluralidad de Dios. Y más allá de eso, en hebreo, cuando tenemos una palabra en plural que debería ser singular, eso nos dice que hay algo profundo acerca de la realidad que hay detrás de la palabra".

"Así que nos dice que hay algo profundo con respecto a Dios".

"Lo que está diciendo es que la realidad de Dios es tan trascendente, tan asombrosa y tan elevada, que no hay ninguna palabra en ningún idioma que pueda expresarla, ni siquiera la palabra *Dios* puede expresar la realidad de Dios. La palabra *Elohim* nos deja saber que cualquier cosa que pensemos que es Dios, Él es más que eso. A pesar de lo bueno que usted crea que Él es, Él es mejor; a pesar de lo hermoso, majestuoso y asombroso que usted piense, Él es más hermoso, es más majestuoso y es más asombroso; a pesar de lo increíble que crea que Él es, Él es incluso más increíble. Y a pesar de lo elevado que usted crea que Él es, Él está incluso por encima de eso. ¿Qué revela *Elohim*? Revela que a pesar de lo mucho que crea que conoce de Dios, siempre hay más por conocer, mucho más... y mucho más que mucho más. Así que no deje nunca de buscarlo a Él, pues su nombre es *Elohim*, y de lo asombroso que es no habrá fin".

La misión: Hoy, busque conocer a Dios como alguien que no conoce la mitad de Él. Busque conocerlo más, y de manera nueva, como si fuera la primera vez que lo hace.

Génesis 1:1; 1 Reyes 8:26; Job 38

CUYO NOMBRE ES COMO UNGÜENTO

EL MAESTRO ESTABA sentado dentro de uno de los jardines de la escuela, rodeado por una variedad de plantas, arbustos y árboles, todos ellos cercados por una pequeña pared de piedra. Me había pedido que me reuniera allí con él. Cuando entré en el jardín, noté que tenía en sus manos un pequeño rollo que estaba estudiando; y cuando me acerqué más pude oírle traduciendo su contenido.

"Tu nombre es como ungüento derramado…", dijo el maestro. "Es del Cantar de los Cantares, el canto de amor de las Escrituras, que habla de una novia y un novio; pero en su nivel más elevado, habla de Dios y nosotros. Dios, el Novio, y nosotros, la novia. Y aquí, al principio, la novia dice del Novio: 'Tu nombre es como ungüento derramado…'. ¿Qué cree que significa?".

"La novia está enamorada; y cuando uno está enamorado, el nombre de la persona amada es hermoso".

"Correcto", dijo él. "Y los ungüentos antiguos tenían el aroma de especias, fragancias dulces, así que la novia está diciendo que el nombre de su amado es como ungüento derramado, hermoso, que cae, y lleno de dulce fragancia. Pero si el Cantar de los Cantares, a su nivel más elevado, habla de Dios y nosotros, entonces ¿qué significa?".

"Que la novia debería estar enamorada del Novio. Que deberíamos estar enamorados de Dios, tanto, que solamente el oír su nombre nos daría alegría, que para nosotros su nombre sería como ungüento derramado".

"¿Y podría revelar incluso más que eso? La novia dice: 'Tu nombre es como ungüento'; por lo tanto, el nombre del Novio, el Amado, será como ungüento. ¿Hay alguien cuyo nombre sea ungüento?".

"No sé a lo que se refiere".

"¿Hay alguien conocido en este mundo por tener un nombre relacionado con derramar ungüento?".

"Si lo hay, no creo que lo haya oído nunca".

"Pero lo hay", dijo el maestro, "y lo ha oído. Es Aquel que es llamado 'el Cristo'. La palabra *Cristo* viene de *Christos*. *Christos* es una traducción de la palabra hebrea *Mashíach*, o Mesías, y el nombre *Mashíach* está unido al ungüento, pues significa el Ungido, Aquel ungido con aceite o ungüento".

"Aquel cuyo nombre es como ungüento…el Novio".

"Por lo tanto, Él es el Amado. Y si nosotros somos la novia, entonces hemos de estar tan enamorados de Él que su Nombre se vuelva para nosotros…como ungüento derramado".

La misión: Deléitese hoy en el nombre de su Amado. Deje que salga de sus labios, de su mente y de su corazón.

Cantar de los Cantares 1:3; Juan 1:41

Como ungüento puro

EL LUGAR SECRETO

ÍBAMOS CAMINANDO POR el lado de una montaña cuando él encontró una apertura que parecía que conducía a una cueva. Entró y me indicó que le siguiera.

"¿Sabe" dijo el maestro", cuál era el lugar más santo en la tierra?".

"No", respondí yo.

"Se llamaba el *kodesh hadodashim*. Significa el lugar santísimo".

"He escuchado de eso".

"Era el lugar más santo del santuario sagrado, la cámara más interior del Templo, donde solo se podía entrar el día más santo del año: Yom Kippur. Era allí donde tenía lugar el acontecimiento más importante del año, el acto de la expiación…el acto más santo en el lugar santísimo el día más santo. ¿Y sabe cuántas personas eran testigos de ese acto más santo?".

"No".

"Solo una: el sumo sacerdote que lo realizaba. Nadie más lo veía. ¿Cuántas personas cree que podían entrar al lugar santísimo?".

"No lo sé".

"Solamente una. Estaba hecho para que cupiera solo una persona…una persona y la gloria de Dios. Nadie más podía ver lo que sucedía allí, aunque era el acto más importante del año y del cual dependía la relación de cada uno con Dios. Todo tenía lugar en secreto. El acto más santo era el acto más secreto, el momento más santo, el momento más secreto; y el lugar más santo es el lugar secreto".

"¿Y cuál es el lugar más santo en la tierra ahora?".

"El lugar secreto", respondió.

"¿Y dónde está?".

"Está donde usted lo constituye; es donde usted va para estar con Él; es el lugar que solo puede contener a una persona, solamente usted y la presencia de Dios, y nada más. Así que el lugar secreto debe ser totalmente separado, totalmente secreto y totalmente apartado del resto de su vida, del mundo, incluso de las *cosas* de Dios. El lugar más santo solo tiene lugar para usted y para Él. Como está escrito: 'Paloma mía, que estás en los agujeros de la peña, en lo escondido de escarpados parajes, muéstrame tu rostro, hazme oír tu voz; porque dulce es la voz tuya, y hermoso tu aspecto'. Es el lugar más importante donde usted puede quedarse, porque es allí donde encontrará la presencia de Él, donde oirá su voz y verá su gloria, pues residen solamente en el lugar más santo…el lugar secreto".

La misión: Hoy, entre en el lugar secreto, apartado del mundo e incluso de las cosas de Él, lejos de todo, excepto de su presencia.

Éxodo 25:21–22; Cantar de los Cantares 2:14; Mateo 6:6

EL SEÑOR DEL EDÉN

NOS SENTAMOS EN un valle desierto rodeado de montañas. Entre nosotros había un pequeño arbusto de espinos. El maestro agarró una de sus ramas, la retorció, y la sostuvo delante de su vista.

"Espinos", dijo. "¿Se ha preguntado alguna vez por qué el Mesías llevó una corona de espinos?".

"Siempre me ha resultado algo extraño".

"Piénselo, una corona, un símbolo de realeza, poder, reinado, riqueza y gloria... y sin embargo no hecha de oro o piedras preciosas, sino de espinos. ¿Por qué? Cuando el hombre cayó, la consecuencia de esa caída fue la maldición; la tierra daría espinos. Los espinos fueron así la señal de la maldición, la señal de un mundo caído, una creación que ya no puede llevar el fruto que fue llamada a llevar, sino que ahora da espinos, dolor, laceración, sangre, lágrimas y destrucción".

Él me entregó la rama de espinos, y después continuó: "Ahora, cuando se pone una corona en la cabeza de un hombre, él se convierte en rey. En ese momento, el peso del reinado descansa sobre él; por lo tanto, ¿cuál es el misterio de la corona de espinos que pusieron en la cabeza del Mesías?".

"Cuando pusieron la corona en su cabeza, Él se convirtió en...".

"El Rey de los Espinos. Los espinos hablan de dolor y lágrimas, de modo que la corona de espinos significa que Él ahora soportará el dolor y las lágrimas del hombre. Los espinos hablan de laceración, y así Él será lacerado. Y los espinos están unidos a la maldición, y la maldición está unida a la muerte; por lo tanto, la corona de espinos ordena que el Mesías morirá, Él llevará el peso de la maldición sobre su cabeza. Él se convierte en el Rey de los Espinos, el Rey de la Maldición".

"Pero una corona también significa autoridad", dije yo. "Alguien que reina".

"Sí, y de ese modo al llevar el peso de la maldición, Él se convierte en rey sobre ella. Él se convierte en Rey de la Maldición".

"Y Rey de los Malditos".

"Rey de los Quebrantados, Rey de los Lacerados y Heridos, Rey de los Rechazados y Rey de las Lágrimas. De modo que todos los que han caído pueden acudir a Él y encontrar redención, porque Aquel que lleva la corona tiene autoridad sobre esas cosas... para convertir la tristeza en gozo, la muerte en vida, y los espinos en flores. Aquel que lleva la corona es el Señor de los Caídos, el Rey de los Espinos".

La misión: Hoy, lleve los espinos, las heridas, la vergüenza, las tristezas de su vida al Rey de los Espinos, y entréguelos a su autoridad.

Isaías 53:3–5; 61:1–3; Mateo 27:29; Gálatas 3:13

EL PODER DE LA EMUNÁH

"UNA DE LAS palabras más importantes", dijo el maestro, "es *fe*. Sin ella, no podemos ser salvos; y apartados de ella, no podemos hacer nada de valor celestial. No podemos vencer y no podemos vivir en victoria; por lo tanto, ¿qué es?", preguntó. "¿Qué es la fe?".

"Fe es creer", dije yo.

"Creer ¿qué?".

"Lo que no se puede ver".

"En hebreo, la palabra *emun* habla de lo que es seguro, sólido y verdadero; si añadimos *ah* a *emun*, se convierte en la palabra *emunáh*. *Emunáh* es la palabra hebrea para fe. ¿Qué le dice eso?".

"La fe está ligada a lo que es verdad".

"Sí. Y por eso la fe es muy sólida; no son ilusiones o una esperanza irreal. La fe está ligada a lo que es sólido como la roca: la verdad. La fe es aquello mediante lo cual nos unimos y nos arraigamos a la verdad, y la palabra *emunáh* significa también firme, establecido, estable y constante. Por lo tanto, cuanta más fe verdadera tenga, más firme se vuelve, más estable, más constante y más establecido; así que la fe", dijo el maestro, "hace que usted se haga fuerte".

Hizo una pausa por un momento antes de continuar. "Pero hay otra palabra hebrea que también viene de la misma raíz que *verdad* y *fe*, y usted ya la conoce. Es la palabra *amén*; incluso suena como *emun* y *emunáh*. Así que decir 'amén' es decir: 'Es cierto, estoy de acuerdo, sí'. Por lo tanto, ¿qué es fe? Fe es dar su *amén* al *emun* de Dios: su verdad. Fe es decir amén, sí a Dios; amén a su realidad, amén a su amor, y amén a su salvación... no solo con su boca, sino con su corazón, con su mente, con sus emociones, con su fuerza y su vida. 'Fe verdadera' es decir amén con todo su ser; y cuanto más grande, más fuerte y más confiado sea su amén, mayor y más poderosa será su fe. Por lo tanto, dé el amén de su corazón y su vida, el amén más fuerte que pueda dar a la Palabra, la verdad y el amor de Dios, y su vida se volverá emunáh, firme, establecida y tan sólida como la roca".

"¡Amén!", añadí yo.

La misión: Tome unas palabras de la Palabra de Dios hoy y exprese su amén más fuerte, el sí total de su corazón, alma, mente y voluntad.

Isaías 7:9; Colosenses 2:6–7; Hebreos 11:6

Emunáh

LOS IVRIM

"**E**N TIEMPOS ANTIGUOS", dijo el maestro, "al pueblo de Dios lo llamaban los hebreos. ¿Sabe qué significa la palabra *hebreo*?".

"¿Se refiere a qué significa *hebreo* en el idioma hebreo?".

"Sí".

"No tengo ni idea; todo me suena a griego".

"*Hebreo* en hebreo es la palabra *ivri*, el singular de *ivrim*: los hebreos. Y la palabra *ivri* viene de la raíz hebrea *avar*; y *avar* significa cruzar".

"¿Cuál es la relación?".

"Los ivrim, los hebreos, son aquellos que cruzan. Para salir de la tierra de Egipto tuvieron que cruzar el mar Rojo; para entrar en la Tierra Prometida tuvieron que cruzar el río Jordán. Son el pueblo que cruza, quienes dejan una tierra y entran en otra, quienes finalizan una vida y comienzan otra nueva. Pero los hebreos no son los únicos hebreos".

"¿Y qué significa *eso* exactamente?".

"La Palabra de Dios habla de otro pueblo unido a Israel…los seguidores del Mesías; ellos son hebreos de espíritu. Así que para ser salvo hay que ser un hebreo espiritual, hay que ser un ivri. Y para ser un hebreo, un ivri, hay que cruzar, hay que atravesar una barrera, hay que dejar una tierra y entrar en otra".

"O una vida para entrar en otra nueva", dije yo.

"Por lo tanto, ¿quién es el ivri?", preguntó.

"Quien ha conocido dos tierras, dos ámbitos, dos vidas".

"Quien ha nacido de nuevo", dijo él. "Ese es el ivri, el hebreo, quien ha cruzado, quien ha dejado la vida vieja y ha entrado en la nueva, quien ha atravesado la barrera, por medio del Mesías, de la oscuridad a la luz. Como está escrito: 'el que no naciere de nuevo, no puede ver el reino de Dios'".

"Entonces el Mesías es el Rey de los ivrim, el Rey de los hebreos".

"Lo es", dijo el maestro. "Pero ¿por qué?".

"Él es quien cruzó la barrera suprema: de la muerte a la vida; por lo tanto, Él es el ivri supremo, el Rey de los hebreos".

"Sí, el ivri de ivrim, el hebreo de hebreos, en quien está el poder para cruzar cualquier barrera, para salir de cualquier oscuridad y para entrar en toda tierra prometida".

La misión: ¿Qué barreras le están obstaculizando a usted y la voluntad de Dios en su vida? Identifíquelas; y después, por el poder del Mesías, comience a cruzar su Jordán. Usted es un ivri; nació de nuevo para cruzar.

Josué 3:14–17; Juan 3:3; 2 Corintios 5:17

EL MISTERIO DE MASADA

ESTÁBAMOS EN MEDIO de un valle grande, duro y amenazante.

"El profeta Ezequiel fue llevado en una visión a un valle lleno de huesos secos, los cuales, por la mano de Dios, se levantaron y cobraron vida y se convirtieron en un inmenso ejército. Fue una profecía de que la nación de Israel, aunque totalmente destruida, un día por la mano de Dios sería resucitada del sepulcro".

El maestro comenzó a caminar por el valle, revelando el misterio mientras lo hacía.

"En el primer siglo, los romanos destruyeron la nación de Israel. La última batalla de la nación tuvo lugar en la fortaleza montañosa en el desierto llamado Masada; fue allí donde sus últimos soldados llegaron a su fin, y por eso Masada se convirtió en el sepulcro de la antigua Israel. Pero entonces, después de dos mil años, la nación de Israel fue resucitada por la mano de Dios como se había anunciado en la visión de los huesos secos. El pueblo fue resucitado, sus ciudades fueron resucitadas, y el soldado israelí fue resucitado; y entonces la nación resucitada decidió regresar a su antiguo sepulcro".

"¿A Masada? ¿Por qué?".

"Para excavarla. El hombre que estaba a cargo de la excavación era uno de los soldados y arqueólogos más famosos de la nación, y soldados israelíes ayudaron en la excavación. De modo que sobre el sepulcro de los antiguos soldados de Israel caminaban sus soldados resucitados para ver lo que yacía oculto en sus ruinas".

"¿Y qué había oculto en las ruinas?".

"Un misterio profético…una Escritura. Había estado enterrada y oculta allí durante casi dos mil años".

"¿Y qué decía?".

"Era del libro de Ezequiel, la sección que contenía la profecía del valle de los huesos secos: 'He aquí yo abro vuestros sepulcros, pueblo mío, y os haré subir de vuestras sepulturas, y os traeré a la tierra de Israel'. De modo que la profecía estaba oculta allí mismo en el antiguo sepulcro de Israel, a la espera de que llegara en día en que sería descubierta, el día en que sus palabras se cumplieran y la nación resucitara de su tumba. Mire, Dios es real, y su voluntad es restaurar al quebrantado, dar esperanza al desesperado, y sacar vida de la muerte. No abandone nunca, porque nada es imposible para Dios…incluso la restauración de una nación de un valle de huesos secos".

La misión: Lleve ante Dios sus situaciones y problemas más desesperanzados. Crea a Dios para lo imposible. Viva y muévase en el poder de lo imposible.

Ezequiel 37:12–14; Lucas 1:37

El misterio de Masada

EL IDÉNTICO

"**E**N TIEMPOS ANTIGUOS", dijo el maestro, "en el día más santo del año, Yom Kippur, el día de Expiación, tenía lugar una ceremonia única. El sumo sacerdote se presentaba delante del pueblo con dos machos cabríos a su lado. Los dos machos cabríos tenían que ser idénticos en aspecto. Entonces, el sumo sacerdote se acercaba a una urna y sacaba dos suertes, una en cada mano. Cada suerte tenía inscrita una palabra hebrea distinta, y él entonces ponía una de las suertes sobre la cabeza del macho cabrío que estaba a su derecha, y otra sobre la cabeza del macho cabrío que estaba a su izquierda. Una de las piedras identificaba al macho cabrío que moriría como sacrificio por los pecados del pueblo, y la otra identificaba al macho cabrío que sería soltado. Por lo tanto, antes de que pudiera haber un sacrificio tenía que hacerse la presentación de los dos machos cabríos delante del pueblo y la asignación de las dos suertes y los dos destinos. ¿Y qué del Mesías?".

"¿A qué se refiere?".

"¿Qué sucedió antes de su sacrificio? Él fue presentado delante del pueblo, para escoger, para la asignación de los dos destinos".

"Por eso había dos", dije yo. "Por eso tuvo que haber dos hombres presentados delante del pueblo".

"Exactamente. Y solamente uno podía convertirse en el sacrificio. Por lo tanto, el Mesías tuvo que ser una de las dos vidas presentadas delante del pueblo para que se escogiera el sacrificio, y según el misterio de Yom Kippur, la otra vida tenía que ser soltada. Entonces, ¿qué le sucedió a la otra vida que fue presentada aquel día?".

"Fue liberada".

"¿Y cómo se llamaba?".

"Barrabás".

"Según los requisitos de la ceremonia antigua, los dos machos cabríos o vidas tenían que ser idénticas. El Mesías era el Hijo de Dios, el Hijo del Padre. ¿Sabe qué significa el nombre de Barrabás?".

"No".

"*Barrabás* viene de dos palabras hebreas: *bar*, que significa hijo, y *abba*, que significa padre. *Barrabás* significa el Hijo del Padre…dos vidas…cada una de ellas lleva el nombre de *el Hijo del Padre*. Por lo tanto, el sacrificio y la que fue soltada a causa del sacrificio debían de alguna manera ser idénticas; así que si Dios tuviera que morir en lugar de usted…".

"Él tendría que hacerse como yo".

"Él tendría que hacerse como usted, de carne y sangre, a semejanza de pecado. Él se convertiría en…su idéntico".

La misión: Viva hoy como si fuera alguien sentenciado a juicio, pero que en cambio ha sido liberado y se le ha dado una segunda oportunidad de vivir debido al amor y el sacrificio de Él.

Levítico 16:7–10; Mateo 27:15–24

El Idéntico

EL NO POSESIVO DIVINO

"**¿Q**UÉ TIENE USTED en este mundo?", preguntó el maestro. "¿Qué posee?".
"Muchas cosas", dije yo. "En este momento, la mayoría de ellas están almacenadas".

"Pero incluso cuando las saque del almacén, no las tendrá".

"¿Qué quiere decir?".

"Según las Escrituras, es imposible tenerlas".

"Pero hay muchas escrituras que hablan de tener cosas".

"En realidad no".

"Pero en la Biblia pueden encontrarse las palabras *tengo*, *mío*, *mi* y *su*".

"Todas ellas son traducciones y, hasta cierto grado, son precisas; pero hay algo más. En el hebreo de la Escritura no hay un verdadero verbo para 'tener'; no hay un modo exacto o real de decir 'tengo'. En la lengua divina no podemos poseer nada de este mundo".

"Pero ¿qué de todas las cosas que tenemos?".

"Como en hebreo, solamente lo parece, es una ilusión. Si fuera realmente nuestro, podríamos mantenerlo, pero no podemos mantener nada de este mundo. Todo lo que tenemos es temporal y, al final, tendremos que soltarlo todo. Lo que usted cree que tiene es solamente otorgado...prestado; y cuando cree que tiene lo que no tiene, vive en conflicto con la verdad y terminará luchando para mantener lo que no tiene. Solamente cuando lo suelta es cuando puede vivir en la verdad; por lo tanto, para vivir en la verdad tiene que vivir en el hebreo".

"¿Tener 'no tener'?".

"Sí, vivir con 'no tener'. Y si no tenemos, entonces no podemos tener ningún problema...ni preocupación. Puede que estén ahí, pero no los *poseemos*, no son nuestros, y ni siquiera podremos ser aplastados por el peso de nuestra propia vida...porque no tenemos nuestra vida...ni sus cargas".

"Pero no todo es temporal, de modo que debe de haber algo que podamos tener".

"Sí", dijo el maestro. "Hay una cosa que podemos tener".

"¿Qué?".

"Dios. Esa es la única posesión verdadera, y solamente cuando soltamos todo lo que no tenemos, es cuando podemos ser libres...para tenerlo a Él".

La misión: Hoy, aprenda el secreto de vivir con 'no tener'. Suelte sus posesiones, sus problemas, sus cargas, su vida; y posea a Dios.

Salmo 16:5; 2 Corintios 6:10; 1 Timoteo 6:6–11

EL PORTAL

CAMINAMOS ATRAVESANDO UN oscuro corredor dentro del edificio principal de la escuela. Al final del corredor había una puerta grande de madera, que tenía que tener al menos el doble de nuestra altura, aunque era difícil verla en la oscuridad. Cuando él la abrió, la oscuridad que había en el pasillo fue rota por la intensa luz del sol del desierto. Él se quedó al lado de la puerta y, mirando a la extensión, comenzó a hablar.

"El portal", dijo el maestro. "Permite entrar en otro ámbito".

"Suena místico", repliqué yo.

"La noche de la Pascua, se dijo a los hebreos que pusieran la sangre del cordero de Pascua sobre los dinteles de sus puertas, y que después entraran por la puerta manchada de sangre y se quedaran dentro de sus casas. Y cuando pasaron otra vez por esa puerta, sería por última vez; sería para salir de la tierra de esclavitud, para salir de sus viejas vidas, y para entrar a una vida nueva, a una identidad nueva, a un ámbito nuevo, y finalmente a una tierra nueva. La sangre del cordero transformó la puerta en un portal mediante el cual ellos podían dejar un mundo viejo y entrar en el nuevo. Siglos después llegaría otra Pascua, otro Cordero, y otro portal".

"La Pascua del Mesías".

"¿Y cuál fue el acontecimiento clave de aquel día?".

"Su muerte".

"Mediante la cruz. ¿Y de qué estaba hecha la cruz?".

"De travesaños de madera".

"Travesaños de madera marcados por la sangre del Cordero; y así, de nuevo en el día de la Pascua tenemos maderos marcados por la sangre, y de un cordero sacrificial. Por lo tanto, ¿qué es la cruz? No es solo un madero de ejecución; es un portal...una puerta; es el conjunto de maderos que forman la puerta, la puerta marcada por la sangre del Cordero pascual. Así que el único modo de que pueda conocerse verdaderamente es entrando".

"Pero ¿cómo se entra?", pregunté. "No hay apertura".

"Porque no es una puerta hacia otro lugar en este mundo; es una puerta hacia un ámbito distinto, es un portal hacia una nueva realidad, una nueva existencia. Es la puerta que nos permite dejar la vida vieja y entrar a un nuevo ámbito y una nueva vida; y el único modo de conocer una puerta es atravesarla, y solamente quienes lo hagan sabrán lo que es dejar el ámbito de Egipto y entrar en el ámbito de la Tierra Prometida...mediante el portal".

La misión: Hoy, use la puerta de Dios para dejar lo que nunca pudo dejar e ir donde nunca pudo ir. Entre por el portal.

Éxodo 12:21–27; Juan 10:9; Hebreos 10:19–20

El portal del cielo

LA TRINIDAD DEL AMOR

"**¿C**UÁL ES EL número del amor?", preguntó el maestro.

"No entiendo".

"¿Cuántos se necesitan para tener amor?".

"Más de uno", dije yo.

"El amor debe tener una fuente", dijo él, "de la que procede el amor, la que ama; de modo que tiene que haber al menos uno".

"Pero uno no es suficiente", repliqué yo. "No se puede tener amor si no hay nada o nadie a quien amar. Si no amamos nada, entonces no amamos".

"Eso es correcto", dijo él. "¿Y qué otra cosa se necesita para que exista el amor?".

"Un objeto", dije yo. "El amor necesita un objeto. El ser amado, el objeto del amor".

"Entonces tenemos dos: la fuente del amor y el objeto del amor. Pero también tenemos al amor mismo, el amor entre los dos, y el amor que une a los dos; por lo tanto, si tuviéramos que traducir el amor a su frase más básica, ¿qué necesitaríamos?".

"Un sujeto", dije yo.

"El sujeto es el 'Yo'", respondió él. "¿Y qué más?".

"Un objeto", dije.

"El objeto es el 'Tú'", replicó. ¿Y qué más?".

"Un verbo".

"Amar", dijo él. "Si lo unimos, ¿en qué se convierte?".

"Se convierte en: 'Yo te amo'".

"La expresión más básica de amor…¿y cuántas palabras se necesitaron?".

"Tres".

"Y al mismo tiempo, el amor es uno. Así que el amor es uno y el amor es tres…uno y tres al mismo tiempo. El amor es trino. En las Escrituras está escrito que 'Dios es amor'. Si Dios es amor, entonces Dios también es trino, uno y tres al mismo tiempo. ¿Quién es la fuente del amor, el 'yo'? El Padre, la fuente de todo amor. ¿Quién es el objeto de su amor, el 'tú'? El Hijo, el Mesías, a quien la Escritura llama 'el Amado'. ¿Y el amor que emana del Padre al Hijo? El Espíritu".

"El Amante, el Amado y el Amor…la trinidad del amor…tres y uno al mismo tiempo…la trinidad de Dios".

"Sí", dijo el maestro, "tan incomprensible y a la vez tan sencillo…como 'yo te amo'".

La misión: Participe de la trinidad del amor. Al igual que Dios le ha hecho a usted el objeto de su amor, hoy haga que quienes no lo merecen se conviertan en el objeto del amor de usted.

Isaías 46:16–17; Mateo 28:19–20; 1 Juan 4:16

EL DÍA DE RESHEET

ÉL ME LLEVÓ a una de las cámaras que había en el interior del edificio principal de la escuela. Más adelante supe que se llamaba la Cámara de los Rollos. Me condujo a lo que se parecía a un ornamentado baúl de madera llamado el arca, en cuyo interior había un largo rollo, que él sacó, desenrolló sobre una larga mesa de madera y comenzó a leer: "'Cuando hayáis entrado en la tierra…y seguéis su mies, traeréis al sacerdote una gavilla por primicia de los primeros frutos de vuestra siega. Y el sacerdote mecerá la gavilla delante de Jehová…el día siguiente del día de reposo'. Este es el día de Resheet. *Resheet* son las primicias, el principio de la cosecha, los primeros frutos, el primer grano, de una nueva cosecha. Las primicias representaban todo lo que sería cosechado o reunido en los días posteriores: el resto de la cosecha. Por lo tanto, el día de Resheet, la primera gavilla de la cosecha de primavera era elevada a Dios y dedicada a Él, y como representaba todas las gavillas que llegarían, mediante su consagración la cosecha entera era consagrada. Todo tenía lugar 'el día siguiente del día de reposo' de la Pascua, que era el día de la vida nueva, el día que sellaba el n del invierno y el comienzo de la primavera…y un día que contiene un misterio de proporciones cósmicas".

"¿Cómo es eso?".

"El mundo está caído. La maldición del invierno y la sombra de la muerte penden sobre él; pero la voluntad de Dios es redimirlo, y la promesa de redención es que un día la maldición de la muerte y la esterilidad del invierno serán rotas; y las primicias rompen el invierno…y producen vida nueva".

Él me miró. "¿Cuándo murió el Mesías?", me preguntó.

"En la Pascua", respondí.

"¿Y cuándo estuvo en el sepulcro?".

"El día de reposo".

"El día de reposo de la Pascua", dijo el maestro. "Entonces, ¿cuándo resucitó?".

"¡El día después del día de reposo de la Pascua!", dije yo. "El Día de Resheet…¡el Día de las primicias! Cuando las primicias son mecidas delante del Señor".

"El día de la resurrección el es día de Resheet. Tenía que suceder el día en que las primicias son levantadas de la tierra…porque Él es Resheet, las Primicias. Él es quien termina el invierno de nuestras vidas, que comienza la primavera y nos da vida nueva; y si las primicias representan a todos, y si Él ha vencido a la muerte y a este mundo…".

"Entonces yo también puedo…".

La misión: Si ha vencido Resheet, entonces usted también puede. Hoy, en plena confianza en el poder que se le dio el día de Resheet, ¡venza!

Levítico 23:9–11; 1 Corintios 15:20–23

El día de los nuevos comienzos

LA CASA DE PAN

ERA UN MISTERIO que tenía el beneficio añadido de un aperitivo de mediodía. Estábamos sentados en la arena del desierto cuando el maestro me ofreció pan, el cual acepté.

"*Lechem*", dijo él. "Es la palabra hebrea para *pan*. La palabra se utiliza en las oraciones judías para representar comida y sustento. ¿Por qué cree que el pan es tan importante?".

"Porque es 'el sustento de la vida'. Es una necesidad básica, pues nos sustenta, nos mantiene vivos, es lo que necesitamos".

"Eso es correcto", dijo él. "En hebreo, la palabra para *lugar* o *casa* es *beit*. Cuando ponemos *beit* junto con *lechem*, obtenemos *beit lechem*, que significaría...".

"El lugar de pan o la casa de pan".

"¿Y qué esperaría encontrar en la casa de pan?".

"Pan...desde luego".

"Esperaría encontrar pan, el sustento de la vida, en la casa de pan. Esperaría encontrar aquello que le sustenta, lo que necesita sobre todas las cosas".

"No lo entiendo".

"Solamente porque aún no lo reconoce".

"Reconocer, ¿qué?".

"*Beit lechem*, la casa de pan. Usted ya lo sabe; lo llamamos Belén".

"¡Belén!", exclamé yo. "¡La casa de pan! De modo que es allí donde encontramos el pan, lo que más necesitamos, lo que nos sustenta, nuestra necesidad más básica, el sustento de la vida...¡en Belén!".

"Sí", dijo el maestro, "de modo que si lo que más necesitáramos fuera dinero, si el dinero fuera el pan de nuestra vida, entonces lo que encontraríamos en Belén, la casa de pan, sería dinero. Si lo que más necesitáramos fuera éxito, entonces encontraríamos éxito allí; o si fuera aceptación, o placeres, o sustancias, o carreras profesionales, o posesiones, o cualquier otra cosa que deseáramos. Si alguna de esas cosas fuera lo que más necesitáramos, entonces eso es lo que habríamos encontrado en Belén. Pero no encontramos allí ninguna de esas cosas. ¿Qué es lo que encontramos en Belén?".

"A Él".

"A Él. Sí. Encontramos a Dios descendiendo a nuestras vidas. Por lo tanto, ¿qué revela eso?".

"Que más que ninguna otra cosa...lo necesitamos a Él".

"Sí. Lo que encontramos en la casa de pan...es el Pan de Vida".

La misión: Deje de satisfacer sus necesidades y deseos con lo que no es pan. Llene su corazón con el amor, la presencia y la plenitud de su pan verdadero: Él.

Miqueas 5:2; Juan 6:32–35

La casa de pan

LOS CAMINOS DE SION

CAMINÁBAMOS POR UN sendero del desierto que a veces era pedregoso y serpenteante, y en algunos puntos era peligroso. Otras veces se volvía más ancho, más parejo y era más fácil, como cuando atravesaba valles y llanuras. En cierto momento del viaje, el maestro me preguntó: "¿Cómo llamaría a este camino?".

"El Camino Pedregoso", respondí.

Entonces, cuando el terreno cambió, volvió a preguntarme: "Y ahora, ¿cómo lo llamaría?".

"El Camino Arenoso", le dije.

Esto mismo se repitió durante el viaje cada vez que había un marcado cambio en el paisaje. No me quedé sin nombres que poner al camino: "el Camino Serpenteante", "el Camino Abierto", "el Camino del Valle", "el Camino Peligroso", "el Camino Oscuro", y así seguimos hasta que llegamos a nuestro destino. Allí nos sentamos, y él comenzó a hablar.

"Cada vez que le pregunté cómo llamaría al camino", dijo el maestro, "se le ocurrió un nombre según cómo se veía o se sentía el camino; y a muchos caminos se les ponen nombres así, pero en la Tierra Santa es diferente. Los caminos más famosos en Sion no se nombran según se ven o se sienten, ni tampoco según su estado; en cambio, tienen nombres como el camino a Belén, el camino de Damasco, el camino de Emaús, y el camino de Jericó".

"Entonces los caminos más famosos de Sion llevan el nombre de lugares".

"No solo lugares, sino sus destinos. Sus nombres no provienen de cómo se ven sino de hacia dónde llevan. Este es el secreto de los caminos de Sion", dijo el maestro. "Así también en el viaje de su vida, descubrirá que el camino a veces será pedregoso, a veces llano, más duro, más fácil, peligroso, agradable, insoportable, alegre; pero nunca debe cometer el error de juzgar su camino o su vida según cómo se ve o cómo se siente. Un camino agradable puede conducir a un precipicio; y un camino duro y pedregoso puede conducir a la Ciudad Santa. Un camino agradable puede conducir al infierno, y un camino difícil puede conducir a bendición y vida eterna. Mire siempre el final de su curso, hacia dónde le está llevando; y si está en el camino correcto, no se desaliente por el tipo de terreno; nunca abandone. Siga adelante hacia su destino, porque lo que más importa es el final. Y su camino, y el viaje de su vida, no será conocido por su terreno, sino por el lugar al cual le llevó".

La misión: Hoy, aparte sus ojos de sus circunstancias y enfóquelos solamente en su destino. Prosiga a lo bueno, lo más elevado y lo celestial.

Mateo 7:13–14; Filipenses 3:12–14

EL KHATÁN

ESTÁBAMOS OTRA VEZ en la misma colina con vistas a la ciudad donde anteriormente habíamos visto a una novia y sus damas de honor. Nuevamente había una boda donde había tenido lugar la primera, y nuevamente yo podía ver a la novia y sus damas de honor.

"Donde hay una novia", dijo el maestro, "debe de haber un novio. Mire", dijo, señalando ligeramente a la izquierda del grupo. "¿Qué ve?".

"El novio y sus padrinos".

"En el misterio de la novia y el novio, ¿quién es el Novio?".

"Dios".

"En las Escrituras, en hebreo se le llama el *Khatán*".

"Khatán", repetí.

"*Khatán* significa el novio, pero es más profundo que eso, y puede traducirse como el que se une a sí mismo".

"Entonces otro nombre de Dios", dije yo, "es Aquel que se une a sí mismo".

"Sí; y si puede entender lo que significa eso, puede cambiar su vida. La mayoría de personas ven a Dios distante e inaccesible, a quien debemos convencer para que nos perdone. La mayoría de las religiones se basan en eso...en todo lo que tenemos que hacer para conseguir que Dios nos acepte; pero la verdad es radicalmente diferente. Dios es el Khatán, y por lo tanto, es Él quien quiere unirse a sí mismo a nosotros, es *su* naturaleza, *su* corazón y *su* deseo unir su vida a la nuestra. No tenemos que convencerlo para que nos ame, pues Él ya lo hace. El Khatán es amor...Aquel que *se hace uno con nosotros*. Y no somos nosotros quienes debemos acercarnos a Él...sino que es Él quien se acerca a nosotros; y en el misterio del Khatán está el misterio de todo...el misterio de la salvación. Porque Dios es el Khatán, Él se ha unido a sí mismo a nosotros; ha unido todo lo que Él es a todo lo que somos nosotros. Por lo tanto, no hay ninguna parte de nosotros a la que Él no se unirá...a pesar de lo oscura que sea, a pesar de lo pecadora que sea, a pesar de lo impía que sea. Porque Él es el Khatán, se unió a sí mismo incluso a nuestros pecados. ¿Qué es la muerte del Mesías en la cruz? Es el Khatán...Aquel que se une a sí mismo, uniéndose a todo lo que nosotros somos, incluso y en especial a las partes más impías de nuestra vida; y debido a este milagro, ya no hay nada que pueda separarnos de su amor. Porque Él es el Khatán, Aquel que se ha unido a sí mismo...a nosotros...completamente, totalmente, y para siempre".

La misión: Lleve al Khatán la parte de su vida más impía, oscura e intacta. Permita que Él la toque, y también cada parte de su vida.

Cantar de los Cantares 5:10−6:2; Isaías 54:5; 62:5; Juan 3:29

El misterio del Khatán

EL MISTERIO DEL ZEROA

ESTÁBAMOS SENTADOS ALREDEDOR de la fogata en la noche, el maestro y yo, y varios de los otros estudiantes.

"Uno de los objetos más misteriosos sobre la mesa de la Pascua se llama el *zeroa*".

"¿Qué es un zeroa?", preguntó uno de los estudiantes.

"El zeroa es aquello mediante lo cual, según las Escrituras hebreas, Dios hizo los cielos y la tierra; por lo tanto, todo lo que vemos, el universo mismo, llegó a existir por el zeroa. Cuando Dios sacó de Egipto a los hebreos en la Pascua, con milagros y maravillas, está escrito que lo hizo por el zeroa; y con respecto a la salvación, está escrito que el Señor dará a conocer su zeroa y toda la tierra verá la salvación de Dios".

"Pero ¿qué *es* el zeroa?", pregunté yo.

"El capítulo cincuenta y tres de Isaías contiene una profecía de Aquel que será herido y molido por nuestros pecados, que morirá por nuestro juicio, y quien, mediante su muerte, nos dará sanidad, vida y redención. Los antiguos rabinos lo identificaron como el Mesías; pero el capítulo comienza con esta pregunta: '¿Quién ha creído a nuestro mensaje y a quién se le ha revelado el poder del Señor?'".

"¿Entonces Isaías 53 es la revelación del zeroa?", pregunté.

"Sí", dijo el maestro. "El zeroa es Aquel que muere por nuestros pecados".

"Pero usted dijo que el zeroa también era un objeto en la mesa de la Pascua. ¿Qué objeto?", pregunté yo.

"El zeroa de la Pascua es el hueso de un cordero; por lo tanto, el zeroa tiene que ver con la muerte de un cordero".

"La muerte del cordero sería la muerte del Mesías", dijo otro de los estudiantes, "y eso lo relacionaría otra vez con Isaías 53".

"Pero ¿qué era el zeroa antes de eso, si estaba ahí en la creación?", pregunté yo.

"El zeroa es el poder de Dios", dijo él, "lo que cumple la voluntad de Dios, el brazo del Todopoderoso".

"El brazo del Todopoderoso", dije yo, "débil, partido, y muriendo en una cruz…".

"Sí, el amor de Dios", dijo el maestro. "El amor de Dios es el brazo del Todopoderoso; y no hay mayor poder en este mundo".

La misión: Hoy, participe en el poder del zeroa. Suelte para agarrar, ríndase para vencer, y muera a usted mismo para que pueda encontrar vida.

Deuteronomio 5:15; Isaías 52:10; 53:1–5; 59:16

LA PUERTA DEL MAL

"¿**C**ÓMO MANEJAMOS LA tentación?", preguntó él.

"La resistimos".

"Sí", dijo, "pero ¿cómo?".

Yo no respondí. No sabía lo que él estaba buscando.

"El libro de Proverbios revela cómo tratar la tentación del pecado sexual, la seducción de la adúltera. Está escrito: 'Aleja de ella tu camino, y no te acerques a la puerta de su casa'. Mire, la mejor manera de tratar la tentación es *no tratarla*".

"No lo entiendo".

"Si nos mantenemos alejados de la tentación, hay menos posibilidad de ser tentados; pero la Escritura va más allá de eso. Escuche otra vez. Dice: 'Aleja de ella tu camino, y no te acerques a *la puerta* de su casa'. Esta es una clave aún mayor, y revela que no es suficiente con mantenerse alejado de la tentación; debemos tener como meta mantenernos alejados de *la puerta de la tentación*. Piénselo; ¿qué es más atrayente, una persona que intenta seducirle, o una puerta?".

"La persona, por supuesto".

"¿Qué es más tentador, una sustancia que le haría adicto o una puerta?".

"La sustancia".

"¿Y qué es más probable que le haga daño o le haga temer, una situación peligrosa o una puerta?".

"La situación peligrosa, desde luego".

"Exactamente. Por lo tanto, en lugar de tratar con la persona, o la sustancia, o la situación de peligro, tratemos con la puerta. Trate con la puerta y evitará la tentación".

"Y la puerta, ¿qué es exactamente?".

"La puerta no es la tentación, ni el pecado; es *aquello que le conduciría a* la tentación y al pecado. Esa es la clave. Que su objetivo sea no solo evitar la tentación; localice la puerta a la tentación y entonces manténgase alejado de ella todo lo posible. Porque es sabio quien, en lugar de tratar con la tentación y el pecado, trata con las puertas".

La misión: Hoy, que sea su meta no solo evitar la tentación, sino también evitar incluso la puerta que conduce a ella. Enfóquese en la puerta, y manténgase alejado de ella.

Proverbios 5:3–8; 1 Corintios 10:13

LA SEMILLA CELESTIAL

É L SOSTENÍA EN una mano una bolsa de tela y en la otra una pequeña pala. Me llevó hasta un punto del terreno que había sido marcado para plantar; metió su mano en la bolsa y puso en la mía una muestra de su contenido.

"Semillas", dijo él. "Milagros en potencia. Cada una está llena del potencial para la vida, crecimiento, desarrollo y fruto. Todo está ahí en la simiente: el plan, todo lo que será, la planta, la flor, el árbol. Todo está en el interior de su cáscara. Ahora bien, ¿qué sucede si la semilla se queda en la bolsa?".

"Nada. No sucede nada".

"Exactamente. Todo su potencial permanece latente; pero si tomamos la semilla y la plantamos en la tierra, todo cambia. La semilla se hace una con la tierra; la cáscara se abre y la vida en el interior de la semilla se une a la tierra que la rodea; echa raíces y toma vida de la tierra. Se activa el plan, se desata la promesa, y el potencial se convierte en realidad".

"Entonces, ¿va a plantar las semillas?".

"Sí", dijo él, "pero esa no es la razón de que le haya traído aquí". Metió la mano en su bolsillo, sacó un libro y me lo entregó. Era una Biblia.

"¿Qué hay dentro de esto?", me preguntó.

"La Palabra", respondí.

"Semillas", replicó él. "La Palabra de Dios misma se refiere a la Palabra de Dios como una semilla. La Biblia es el recipiente de muchas semillas, y cada semilla, cada palabra, es un milagro en potencia; y como es una semilla, así es la Palabra de Dios. Cada palabra tiene el potencial de producir vida, crecimiento, desarrollo, fruto, y un milagro; todo está en el interior de la semilla, en el interior de la Palabra".

"Pero si la semilla se queda en la bolsa…".

"Si la Palabra se queda en las páginas y nunca se siembra, entonces su vida se queda encerrada. Por eso la Palabra debe sembrarse".

"Sembrarse, ¿en qué terreno?", pregunté.

"Debe sembrarse en el terreno de la vida", contestó él. "En las vidas de otros…y en el terreno de su propia vida. La semilla debe llegar a ser una con la tierra, y la Palabra debe llegar a ser una con su vida. Por lo tanto, tiene que sembrar la Palabra en cada situación de su vida y permitir que llegue a ser una con esa tierra: la tierra de su corazón, sus pensamientos, sus emociones, su vida. Porque cuando la Palabra se hace una con su vida, entonces su cáscara se romperá, su plan será activado, su promesa desatada, su vida liberada, y comenzará su milagro".

La misión: Hoy, tome una semilla de la Palabra de Dios y plántela en la tierra de su corazón. Permita que su promesa sea desatada y lleve fruto en su vida.

Mateo 13:3–23; 1 Pedro 1:23

Secretos de los sembradores

EL MISTERIO DE LOS ÁNGELES SECRETOS

É

L ME LLEVÓ a una alta montaña en el desierto y hasta una cueva que había cerca de su cumbre. Dentro de la cueva, no muy lejos de la entrada, había grabada una figura de aspecto humano con alas extendidas.

"¿Qué es?", le pregunté.

"Un ángel", dijo el maestro. "¿Qué sabe usted de los ángeles?".

"Son criaturas celestiales…enviadas por Dios…con alas".

"No todos tienen alas", dijo él. "Hay muchos tipos distintos de ángeles…querubines, serafines, ángeles guerreros, ángeles ministradores, y también…están los otros ángeles".

"¿Los otros ángeles?".

"Los ángeles terrenales", dijo.

"¿Ángeles terrenales?", respondí yo.

"Los que caminan por la tierra y son de carne y hueso, su división terrestre…distinta a los otros, pero ángeles de todos modos".

"Yo creía que un ángel era un ser *no* de carne y hueso".

"Las Escrituras dicen otra cosa. La palabra para *ángel* en las Escrituras hebreas es *malak*; y en las Escrituras del Nuevo Testamento, la palabra en griego es *angelos*. Está escrito: 'Luego habló Hageo, el *malak* del Señor'. Y el Mesías dijo del hombre conocido como Juan el Bautista: 'Este es de quien está escrito: He aquí, yo envío mi *angelos*'. Hageo y Juan eran ambos de carne y hueso y, sin embargo, a los dos se les llama ángeles: ángeles de Dios. ¿Qué es un ángel? Es un ser enviado por Dios, un mensajero, un emisario con una tarea divina, que lleva el mensaje de Dios especialmente a quienes viven en la tierra".

"Entonces, ¿quiénes son los ángeles terrenales?".

"Los que han nacido de nuevo", dijo él, "los que han nacido de arriba, que han nacido del cielo, sus mensajeros, aquellos que llevan el mensaje del cielo a quienes viven en la tierra".

"¿Y el mensaje?".

"Las Buenas Nuevas. En griego se llama el *euangel*, en español el *evangel*, como en evangelismo. Dentro de cada una de esas palabras hay otra palabra. ¿Lo ve?".

"La palabra *ángel*".

"Exactamente; no es por accidente. Porque si usted lleva el mensaje del cielo a quienes están en la tierra, su vida se convierte en angélica; por lo tanto, tome su tarea angélica y lleve buenas noticias, el mensaje divino, a quienes están en la tierra. Porque usted es el ángel terrenal de Él".

La misión: Hoy, comience a cumplir su misión angélica. Lleve el mensaje celestial a quienes están en la tierra. Viva este día como el ángel terrenal de Él.

Hageo 1:13; Malaquías 3:1; Marcos 16:15; Lucas 7:24–27

EL MISTERIO NAZARENO

EL MAESTRO ME había asignado una tarea basada en la escritura: "y vino y habitó en la ciudad que se llama Nazaret, para que se cumpliese lo que fue dicho por los profetas, que habría de ser llamado nazareno".

"Es del libro de Mateo", me dijo. "Su tarea es estudiar las Escrituras y encontrar la profecía donde se dice que el Mesías sería un nazareno".

Pasaron varias semanas hasta que él volvió a sacar el tema; pero entonces llegó el día.

"¿Ha encontrado la profecía del nazareno?", me preguntó.

"No", respondí. "No hay ninguna profecía que llame al Mesías nazareno".

"¿Observó que no dice 'lo que fue dicho por el *profeta*' sino 'lo que fue dicho por los *profetas*'?", dijo él. "De modo que la respuesta está no en un solo profeta o profecía sino en las voces colectivas de los profetas. ¿Y qué dicen los profetas del Mesías? Ellos hablan del Mesías como el Pámpano o rama. ¿Por qué el Pámpano? Por un lado, Él aparecería en la tierra en pequeñez, en debilidad, creciendo como un retoño o un brote. Él nacería entre nosotros en la genealogía, el árbol genealógico de la humanidad, y su presencia en la tierra entonces crecería, haciéndose cada vez mayor y llevando su fruto al mundo. En hebreo, una de las palabras para pámpano es *netzer*, que es la palabra que Isaías utiliza en su profecía del Mesías como el pámpano que sale de la línea de David. Si le añadimos un final, la palabra *netzer* se convierte en *netzeret*. Y *Netzeret* es el verdadero nombre del lugar que usted conoce como Nazaret".

"Entonces, *nazareno* habla del Mesías el Pámpano. Y *Nazaret* significaría...".

"*Nazaret* significaría el lugar del pámpano... el lugar del crecimiento del pámpano".

"El nombre perfecto", dije yo, "para el lugar donde crecería el Mesías... como un pámpano... y el lugar desde donde Él se desarrollaría".

"Se consideraba un lugar sin importancia, el lugar más anónimo e improbable".

"Entonces, ¿por qué lo escogió Dios?".

"Precisamente por esa razón. A Dios le encanta escoger lo improbable y porque no se trata de Nazaret; se trata de lo que viene por medio de Nazaret. Del mismo modo, no se trata de quiénes somos nosotros, ni tampoco importa lo capaces o incapaces que seamos, cuán imperfecta o pecaminosa haya sido nuestra vida... solo de que recibamos. Porque quien lo recibe a Él, por medio de esa vida llegará la vida de Dios; y de esa vida Él brotará para el mundo. Porque cada uno de nosotros es llamado... a ser la Nazaret de Él".

La misión: Deje que la vida del Mesías salga por medio de su vida. Permita que el amor de Él se manifieste mediante su amor y su vida se convierta en el pámpano de Él: su Nazaret.

Zacarías 3:8; Isaías 11:1–2; Mateo 2:23; Juan 15:1–5

Mesías el Pámpano

CÓMO MULTIPLICAR EL PAN

ERA MEDIODÍA, A punto de llegar la hora del almuerzo. La mayoría de los estudiantes se habían reunido en el salón común para almorzar. El maestro y yo estábamos sentados fuera.

"El Mesías estaba ministrando a una multitud de miles de personas", dijo él, "cuando surgió una crisis. La gente tenía hambre y no tenían prácticamente nada de comida, solo dos peces y cinco panes; 'tomando los cinco panes y los dos peces, y levantando los ojos al cielo, bendijo, y partió y dio los panes a los discípulos, y los discípulos a la multitud. Y comieron todos, y se saciaron; y recogieron lo que sobró de los pedazos, doce cestas llenas'. Se llama el milagro de la multiplicación. Comenzando solamente con dos peces y cinco panes, alimentaron a miles de personas; pero ¿cómo hizo Él ese milagro?".

"No lo dice".

"Pero sí lo dice", respondió él. "Escuche otra vez: 'y levantando los ojos al cielo, bendijo, y partió y dio los panes a los discípulos...'".

"¿Dio gracias?".

"Sí. Miró al cielo y dio gracias. Él dio gracias y se produjo el milagro. Ese es el secreto; esa es la clave para los milagros".

"¿Dar gracias?".

"Dar gracias es crucial para una vida de plenitud y bendición; además de eso, también nos da el poder para realizar el milagro de la multiplicación".

"¿Cómo?".

"Haciendo lo que hizo Él. No miramos lo poco que tenemos, o lo grande que es nuestro problema, o lo imposible de la situación. No tenemos pánico, no nos quejamos y no nos desalentamos por no tener suficiente; tomamos lo poco que tengamos, lo bueno que haya, sin importar cuán pequeño o inadecuado sea, y hacemos lo que hizo el Mesías. Lo elevamos al Señor y damos gracias por ello; y las bendiciones que tenemos se multiplicarán, si no en el mundo, entonces en nuestro corazón. Cuantas más gracias demos, menos hambre tendremos, y más plena y bendecida será nuestra vida".

"Entonces, para hacer milagros tengo que...".

"Dar gracias. Por lo que tenga, sin importar si es mucho o poco. Dé gracias incluso por lo que no es suficiente, y se multiplicará para convertirse en lo que es suficiente...y lo que es más que suficiente...Practique esta clave, y después comience a multiplicar su pan".

La misión: Deje de buscar más y deje de vivir en el ámbito del "no suficiente". Hoy, practique la gratitud por cada cosa; realice el acto de la multiplicación.

Mateo 14:14–21; 1 Tesalonicenses 5:18

El poder de dar gracias

EL ASHAM

EL MAESTRO ME llevó a la Cámara de los Rollos, pero ahora tras el arca de madera hasta los estantes donde había guardados muchos más rollos. Sacó uno de ellos de su estante y lo puso sobre la mesa.

"Este", dijo el maestro, "es el rollo de Isaías. Y este", dijo haciendo una pausa hasta que lo hubo desenrollado hasta el punto escogido, "es el capítulo cincuenta y tres, la profecía del Mesías sufriente".

Pasó su dedo por el texto hebreo y comenzó a leer en voz alta.

"'Con todo eso, Jehová quiso quebrantarlo, sujetándole a padecimiento. Cuando haya puesto su vida en expiación por el pecado...'. En tiempos antiguos", dijo, "uno de los sacrificios que se ofrecía en el Templo se llamaba el *asham*. El *asham* era la ofrenda por la culpa; quitaba la culpa de aquel que la ofrecía".

"Entonces, ¿*asham* significa la ofrenda por la culpa?".

"Sí, pero también tiene otro significado. *Asham* también significa *la culpa*".

"¿La ofrenda por la culpa *y* la culpa? Parece contradictorio".

"Sí, pero va junto. La ofrenda por la culpa solamente podía quitar la culpa de quien la ofrecía primero *convirtiéndose en la culpa*".

"Y lo que ha leído del rollo, ¿cómo se relaciona eso?", le pregunté.

"La profecía de Isaías describe al Mesías como herido, traspasado y aplastado por nuestros pecados; pero en hebreo va más allá, y dice que su vida se convertiría realmente en un Asham. Es algo increíble...porque *asham* es la misma palabra que se utiliza en el libro de Levítico para los sacrificios animales ofrecidos por los sacerdotes para redimir al culpable. Pero aquí se utiliza para hablar no de un sacrificio animal sino de una vida humana: el Mesías. El Mesías es el Asham. El Asham es el Mesías".

"Y eso significa que Él no solo muere para quitar nuestra culpa, sino también que Él se convierte en la culpa".

"Sí", dijo el maestro. "Por lo tanto, cuando usted lo ve a Él en la cruz, está viendo al Asham, el sacrificio, pero también la culpa misma".

"La culpa siendo clavada en la cruz".

"Sí", dijo él. "*Su* culpa clavada en la cruz; y si el Mesías es el Asham y el Asham es la culpa, entonces si el Asham muere, también ha muerto toda su culpa, toda su vergüenza, y todos sus lamentos. Todos ellos han muerto y se han ido...completamente y para siempre...Consumado es en el Asham".

La misión: Tome todos los lamentos, la vergüenza y la culpa que haya llevado en su vida. Entréguelos a Aquel que es su Asham, y suéltelos para siempre.

Isaías 53:7–11; 2 Corintios 5:21

El asham

EL MISTERIO DE LAS LLUVIAS

NO SUCEDÍA CON frecuencia, pero cuando sucedía era dramático. Era una lluvia del desierto. El maestro llegó a mi cámara justamente antes cuando comenzaba, y juntos observamos el aguacero por mi ventana.

"La lluvia produce vida", dijo él. "Sin ella, la vida cesaría. Esto es especialmente cierto para la tierra de Israel, que era especialmente dependiente de los aguaceros del cielo; pero había otro tipo de derramamiento en Israel".

"¿A qué se refiere?", le pregunté.

"Las Escrituras hablan de un derramamiento no de agua, sino del Espíritu, la lluvia del Espíritu".

"¿Cuál es la relación entre ambos, el Espíritu y la lluvia?".

"La lluvia se derrama desde el cielo y da vida a la tierra. El Espíritu se derrama desde el cielo y da vida a quienes lo reciben. El derramamiento de lluvia causa que la tierra estéril reviva y se vuelva fructífera; el derramamiento del Espíritu causa que las vidas estériles revivan y se vuelvan fructíferas".

"Y ese derramamiento…sucedió…".

"El día de Pentecostés. El Espíritu de Dios fue derramado sobre Jerusalén, sobre los discípulos; es el derramamiento que hace que las vidas estériles den fruto, es el derramamiento que produjo el libro de Hechos y cambió la historia del mundo".

"¿Ha habido alguna vez otro derramamiento igual?".

"Igual no", dijo él, "pero hay un misterio. Mire, no había solamente una lluvia en Israel; había dos lluvias distintas, cada una con su propio nombre. Una se llamaba *moreh*, la lluvia temprana, y la otra se llamaba *malkosh*, la lluvia tardía. Una llegaba en el otoño, y la otra en primavera…dos lluvias…dos derramamientos".

"Por lo tanto, si hay dos derramamientos de lluvia en la tierra de Israel…entonces ¿no se deduciría que habría dos de tales derramamientos del Espíritu Santo en la época?".

"Se *deduciría*", dijo él. "Y en el libro de Joel, Dios promete enviar las lluvias tempranas y las lluvias tardías, y derramar su Espíritu en los últimos tiempos; por lo tanto, debe de haber otro derramamiento. Y al igual que la lluvia temprana cayó sobre el pueblo de Israel, sobre los creyentes judíos y el mundo, así también caerá la lluvia tardía; y como fue en el primer derramamiento, así será en el segundo: lo estéril dará su fruto, y lo que estaba muerto volverá a vivir".

La misión: Busque el derramamiento de su Espíritu sobre su vida, para que toque su tierra seca y la haga fructífera. Prepárese y reciba su lluvia tardía.

Isaías 44:3–4; Joel 2:23–29; Hechos 2:17–18

LA ESPADA DE AMALEC

"LA GUERRA DEL Señor contra Amalec…será de generación en generación'. ¿Sabe quién es Amalec?", preguntó el maestro.

"Alguien en guerra con Dios", respondí.

"Y en guerra con la nación de Dios: Israel", dijo él. "Cuando los israelitas salieron de Egipto, fueron atacados por los amalecitas, el pueblo de Amalec. Los amalecitas fueron los primeros en hacer guerra contra los hijos de Israel. Ellos fueron derrotados, pero la guerra continuó. Siglos después, surgió allí un rey llamado Agag, un hombre malvado, cuya espada había puesto fin a incontables vidas. Dios decretó su final, un juicio que sería llevado a cabo por el profeta Samuel. Agag era amalecita, un descendiente de Amalec; hubo otra batalla en la guerra, pero no la última. Siglos más adelante, el pueblo judío fue esparcido por el Imperio Persa. Un oficial persa llamado Amán ascendió al poder…otro hombre malvado. Amán maquinó una trama para destruir al pueblo judío en todo el imperio, a todo hombre, mujer y niño; pero no tuvo éxito. Dios usó a la reina judía Ester y a su familiar, Mardoqueo, para frustrar el plan de Amán. Al final, Amán fue destruido y el pueblo judío fue salvado".

"Y cómo esto…"

"En el libro de Ester, a Amán se le llama agagueo; así, las Escrituras conectan a Amán con Agag, y el rey Agag era de Amalec. Por lo tanto, Amán era también de Amalec. Y la antigua guerra continuó…en otro escenario, en otro idioma y en otra tierra…y aun así la misma guerra. Era Amalec, en Amán, levantando su espada contra Dios y su pueblo, y era la mano del Señor, en Mardoqueo y Ester, haciendo guerra contra Amalec y protegiendo a su pueblo. ¿Qué revela esto? La Palabra de Dios es veraz; y la oscuridad siempre hará guerra contra la luz, y la luz siempre debe hacer guerra contra la oscuridad. Al final, no hay neutralidad; o dejamos que la oscuridad nos venza, o nosotros vencemos a la oscuridad. No hay terreno neutral. O la oscuridad destruirá a la luz, o la luz destruirá a la oscuridad".

"¿Cuál será…al final?".

"Hasta el final habrá guerra; pero sepa y esté siempre seguro de que, al final, solamente una puede prevalecer…la luz".

La misión: Cualquier oscuridad, concesión o impiedad que siga existiendo en su vida, a pesar de lo pequeña que sea, arránquela hoy. No hay terreno neutral.

Éxodo 17:8–16; 1 Samuel 15:8–33; Ester 3:1; 2 Corintios 2:14

LA LECHE DEL CIELO

"**C**UANDO VINIMOS A este mundo" dijo él, "entramos en él con un deseo. Deseábamos leche. No teníamos idea de lo que era la leche, pues nunca la habíamos probado ni la habíamos visto. No sabíamos que era real o qué era exactamente. Y sin embargo, el deseo de leche estaba en lo profundo de nuestro ser antes de que tuviéramos seguridad alguna de que existía". Hizo una pausa. "Y resultó que *sí* existía; resultó que lo que deseábamos, lo que conocíamos solamente por el hambre en el interior de nuestro ser...era real. Había una madre y el pecho de una madre para responder a nuestros deseos. ¿Sabe de dónde viene la palabra *madre*?".

"Nunca he pensado en eso".

"La palabra fue creada por bebés", dijo él. "En todo el mundo, en casi todos los idiomas de la tierra, puede oír en la palabra madre el llanto de un bebé: *mamá, mami, amma, ema, mai, mata* y *ma*. Viene de esos primeros deseos, el deseo de leche; y todas esas palabras dan testimonio de que existía una respuesta para nuestros deseos".

"Pero esto no se trata de bebés...".

"No. Nuestro deseo de leche se pasa, pero encontramos otro deseo en lo profundo de nuestro corazón...otro vacío...otra hambre...pero más profunda...un deseo al cual el mundo no responde nunca. Anhelamos lo perfecto: un amor perfecto, una felicidad perfecta, un contentamiento perfecto y una paz perfecta. Anhelamos lo que no falla, lo que nunca nos decepciona, ni envejece o se pasa. Deseamos lo eterno y lo perfecto; pero el mundo nunca puede responder a esos anhelos...y aun así permanecen con nosotros todos los días de nuestras vidas. Lo deseamos aunque nunca lo hemos probado; y nuestros deseos dan testimonio de que aquello que nunca hemos visto ni probado era real".

"Entonces como deseábamos la leche...y la leche existía... así anhelamos lo perfecto porque lo perfecto existe".

"Sí, y anhelamos un amor perfecto porque hay un Amor perfecto. Deseamos lo Eterno porque lo Eterno existe y el Eterno puso ese deseo en nuestro corazón para que lo buscáramos a Él...y lo encontráramos".

"Entonces, de la misma manera que nuestro deseo de leche una vez dio testimonio de que aunque aún no la habíamos visto, la leche existía, ahora el deseo que hay en nuestro corazón de lo perfecto, lo Eterno, del cielo, da testimonio de que aunque aún no lo hemos visto, el cielo existe. El cielo es real".

"Sí", dijo él, "nuestros anhelos más profundos son el testimonio de la leche del cielo".

La misión: ¿Cuáles son las necesidades y los deseos más profundos de su corazón? Únalos a Él. Llévelos a Él, y reciba de Él su llenura.

Eclesiastés 3:11; Romanos 8:22–23; Filipenses 4:6–9

El vientre del cielo

EL SEXTO DÍA

Los OTROS ESTUDIANTES habían entrado; y solamente el maestro y yo estábamos sentados fuera en uno de los jardines que pertenecían a la escuela. El sol comenzaba a ponerse.

"¿Cuándo fue el último día de la vida del Mesías?", me preguntó. "¿Cuándo comenzó?".

"El viernes", contesté. "La mañana del viernes".

"No", dijo él. "Se le olvida. ¿Cuándo comienza el día hebreo?".

"El día hebreo comienza siempre a la puesta del sol, la noche antes".

"Entonces, ¿cuándo comenzó su último día?".

"A la puesta del sol, la noche del jueves...en la Última Cena, la Pascua".

"Sí", dijo el maestro. "Cuando el sol se puso sobre Jerusalén, fue entonces cuando todo comenzó...su último día...Y todo se dirigió hacia su sufrimiento y muerte; todo comenzó al atardecer con la Pascua y el Cordero; después Él salió al huerto de Getsemaní donde lo arrestaron y lo llevaron ante los sacerdotes. Lo juzgaron y lo condenaron a muerte, y en la mañana lo llevaron ante Poncio Pilato. Allí fue golpeado, burlado, flagelado y llevado por las calles de Jerusalén para ser clavado en la cruz. Sufrió en agonía durante horas y después dijo: 'Consumado es', y murió. Bajaron su cuerpo y lo pusieron en un sepulcro. El sol se puso sobre Jerusalén, y terminó el día; todo ello tuvo lugar en ese período de tiempo exacto, desde el atardecer hasta el atardecer. Ahora bien, ¿cuál es el día del hombre?", preguntó. "¿El día en que el hombre fue creado?".

"El sexto día".

"¿Y cuándo es el sexto día?".

"¿El viernes?".

"Sí. ¿Y cuándo comienza el sexto día?".

"La noche del jueves a la puesta del sol, y termina la noche del viernes a la puesta del sol...de atardecer a atardecer, el sexto día".

"Entonces, todo tenía que comenzar al atardecer y durar hasta el siguiente atardecer. Él lo logró todo en el sexto día...el día del hombre. Él murió por los pecados del hombre, la culpa del hombre y la caída del hombre; lo hizo todo el día del hombre para lograr la redención del hombre; y fue el sexto día también cuando al hombre se le dio vida por primera vez...Así que ahora, en el Mesías, los hijos del hombre pueden volver a recibir vida y volver a encontrar vida, como en el principio...en el sexto día".

La misión: La vida del hombre se da el sexto día. Reciba su vida, su aliento y su nueva creación en el sexto día del Mesías.

Génesis 1:26–31; Marcos 15:42–43; Efesios 1:7

El misterio de la revelación del sexto día

EN AGUAS PROFUNDAS

EL MESÍAS ESTABA enseñando a las multitudes desde una barca en el mar de Galilea", dijo el maestro. "Se dirigió a su discípulo Simón y dijo: 'Lleva la barca hacia aguas más profundas, y echen allí las redes para pescar'. Y así lo hicieron. Recogieron tantos peces que sus redes comenzaban a romperse. ¿Qué ve en eso?".

"Es sabio escuchar al Mesías", respondí yo.

"Sí, pero ¿qué les dijo Él que hicieran?".

"Que lanzaran las redes en aguas más profundas y...".

"Lanzar a aguas más profundas. Ahí está...lanzar a aguas más profundas".

"¿Qué significa?", pregunté.

"Significa que los peces no estaban en las aguas poco profundas".

"Pero ¿qué significa para nosotros?".

"Significa que nuestras bendiciones tampoco están en las aguas poco profundas".

"Sigo sin entenderlo".

"Las bendiciones de Dios no se encuentran en las aguas poco profundas. No las encontraremos nadando en las aguas poco profundas de la fe".

Hizo una pausa por un momento como para pensar, y después continuó.

"Hay muchos que se llaman a sí mismos con el nombre del Mesías, pero la mayoría se queda solamente en las aguas poco profundas. Se quedan al lado de la orilla, porque se mantienen cerca de lo que es familiar y cómodo. Nunca dejan totalmente los viejos caminos, la vieja vida; por lo tanto, solamente conocen las aguas poco profundas de Dios. Otros que son llamados por su nombre nunca llegan a lanzarse, y nunca entran en las aguas profundas. Creen, pero con una fe poco profunda; leen las Escrituras, pero solamente ven la superficie, las aguas poco profundas de la Palabra. Oran, pero solamente en las aguas poco profundas de la oración; nunca entran en las aguas profundas. Y conocen del amor de Dios, pero nunca entran en las aguas profundas de su amor, y por eso nunca conocen las profundas bendiciones que Dios tiene para ellos. Pero si usted quiere las bendiciones de Dios, debe dejar las aguas poco profundas y lanzarse lejos de la orilla, lejos de sus distracciones, lejos de lo viejo y de lo familiar, y llegar a las aguas profundas...a las aguas profundas de la fe, las aguas profundas de su presencia, las aguas profundas de su Palabra, las aguas profundas de la adoración, de su gozo, de su voz, de su Espíritu y de su corazón. Es ahí donde sus bendiciones están a la espera de que las encuentre".

"¿Y los milagros?", pregunté yo.

"Milagros tan grandes que su red se romperá...Pero solamente cuando se aventure a las aguas profundas de Dios".

La misión: Láncese hoy a las aguas profundas de Dios, y eche allí su red para que pueda romperse con sus bendiciones.

Génesis 49:25; Lucas 5:4–11; 1 Corintios 2:10–13

EL MISTERIO DEL TAMID

ERA MEDIA TARDE. El maestro me llevó a una cámara en medio de la cual había un gran modelo de piedra dorada del Templo de Jerusalén. Lo veíamos desde lo que habría sido el lado oriental del Templo, por el lado más cercano al altar.

"'Esto es lo que ofrecerás sobre el altar'", dijo. Estaba recitando un pasaje de la Escritura. "'dos corderos de un año cada día, continuamente. Ofrecerás uno de los corderos por la mañana, y el otro cordero ofrecerás a la caída de la tarde'. "Esto", dijo, "era la ley del *tamid*. Tamid era el nombre dado a los sacrificios que habían de ofrecerse cada día en el Templo. Por lo tanto, cada día, las ofrendas comenzaban con el sacrificio del cordero en la mañana y terminaban con el sacrificio del cordero en la tarde. Todos los sacrificios se realizaban entre los dos".

"¿Había un ritual específico con respecto a la ofrenda del tamid?".

"El cordero de la mañana se ofrecía a la hora tercera del día. Con su muerte, las trompetas del Templo sonaban y las puertas del Templo se abrían. Entonces, aproximadamente a la hora novena, era sacrificado el sacrificio de la tarde y se ofrecía sobre el altar, y a esa hora terminaban todos los sacrificios".

"Entonces el cordero de la mañana se ofrecía a la hora tercera...¿Qué hora es esa?".

"Las nueve de la mañana. ¿Y cuándo fue crucificado el Mesías? A la misma hora, las nueve de la mañana. Por lo tanto, cuando el cordero de la mañana era sacrificado sobre el altar...".

"El Cordero de Dios fue elevado sobre el altar de la cruz...".

"Y sonaron las trompetas para anunciar el sacrificio, y se abrieron las puertas del Templo".

"Y el cordero de la tarde", dije yo, "a la hora novena, ¿qué hora era esa?".

"Las tres de la tarde", dijo él, "la misma hora en que el Mesías murió en la cruz...Por lo tanto, el sacrificio del Mesías comenzó con la ofrenda del cordero en la mañana y terminó con la ofrenda del cordero en la tarde, y todo ello tuvo lugar durante las seis horas de los sacrificios del Templo, entre los dos corderos, desde el primer sacrificio hasta el último. El Cordero de Dios", dijo el maestro, "es todo en todo, cubriendo cada momento, cada necesidad, cada pecado, cada problema y cada respuesta. Él es el Tamid".

"No me lo ha dicho; ¿qué significa *tamid*?".

"Significa continuo, diario, perpetuo, siempre y para siempre. Y por lo tanto, Él es su Tamid...Aquel que estará a su lado siempre...y será su respuesta continuamente, cada día, siempre y para siempre...Porque el Mesías es el Cordero, y no solo el Cordero...sino su Tamid".

La misión: Medite en el hecho de que el Mesías es su Tamid: la cobertura para cada momento de su vida, siempre y para siempre. Viva en consecuencia.

Éxodo 29:38–39; Marcos 15:25–37; Apocalipsis 7:9–17

El misterio del sacrifico del Viernes Santo

EL MUNDO DE LAS TIENDAS

ÉL ME CONDUJO a una llanura desde la cual podíamos ver un vasto panorama del desierto, las montañas, valles, cañones, llanuras, rocas y arena.

"Alberga un misterio profundo", dijo el maestro.

"¿Qué lo tiene?", pregunté yo.

"Esto...el desierto. Es el paisaje por donde el pueblo de Dios viajó de camino hacia la Tierra Prometida".

"Los israelitas".

"Sí. Para llegar a la Tierra Prometida tuvieron que viajar por el desierto, viviendo en tiendas. Y en eso está la revelación".

"La revelación, ¿de qué?", pregunté.

"Esta vida", dijo él. "Todo en este mundo es temporal. No es el lugar en el cual nos quedamos; es el lugar por el que viajamos. Atravesamos este mundo, pero no es nuestro hogar, es el mundo de las tiendas. Y todos nosotros somos solamente campistas. Todo en este mundo cambia, cada circunstancia, cada experiencia, cada etapa de la vida...todas ellas son tiendas. Vivimos en una tienda durante un período, y después pasamos a otra. La niñez fue una tienda en la cual vivimos una temporada y después avanzamos. Los buenos momentos, los malos momentos, los éxitos y fracasos, los problemas, las alegrías y tristezas, la vida adulta, la vejez...todas son solamente tiendas. Incluso el cuerpo físico, incluso eso es una tienda, temporal y siempre cambiante. La fragilidad misma de todo ello es un recordatorio de que solamente estamos viajando".

"Y viajamos ¿hacia dónde?", pregunté.

"Para el hijo de Dios, es el viaje a casa...el hogar de la Tierra Prometida...al cielo...el lugar donde dejamos nuestras tiendas y cambiamos lo que es temporal por lo que es eterno".

"¿Y cómo puedo aplicar eso?".

"En todos los aspectos", dijo él. "Sin importar lo que suceda en este mundo o en su propia vida, nunca olvide que no está usted en casa...solamente está viajando. Cada problema pasará, y cada tentación se desvanecerá; por lo tanto trátelos con ligereza, ya que no es el escenario lo que definirá su vida, no son las circunstancias, sino hacia dónde va. Mantenga sus ojos enfocados y su corazón fijo en su destino: en la Tierra Prometida. Y para todo el resto, solamente recuerde...que tan solo está acampando".

La misión: Viva este día como un campista. No quede atrapado en sus circunstancias, sino en cambio enfóquese en el viaje; y viaje con poco equipaje.

2 Corintios 4:16–5:5; Hebreos 11:8–16

La fiesta de la acampada

EL DESCENSO DEL CIELO

ERA LA MEDIA tarde, y estábamos sentados fuera en una llanura en el desierto. Él señalaba hacia el cielo.

"Los cielos", dijo el maestro, "una sombra del cielo verdadero y definitivo. ¿Cómo se llega allí?", preguntó. "¿Cómo podemos entrar al cielo?".

"La mayoría de personas dirían que se entra al cielo haciendo buenas obras".

"Sí", replicó él. "La mayoría de las religiones dirían eso. Si hacemos muchas buenas obras, si evitamos la maldad lo suficiente, si dominamos la disciplina, si ponemos fin al yo, si obtenemos la iluminación, entonces llegamos al cielo. Pero ¿es ese el camino?".

"¿Usted diría que no lo es?".

"Si se basa en lo que nosotros hacemos, entonces la fuente de nuestra salvación somos nosotros mismos; y si pudiéramos salvarnos por nosotros mismos, entonces no necesitaríamos la salvación en un principio. ¿Cómo puede llegar la respuesta de aquel que tiene necesidad de la respuesta? Es como decirle a un hombre que se está ahogando que si nada lo suficiente, podría salvarse a él mismo. Si supiera nadar lo suficientemente bien, no se estaría ahogando; él sería el socorrista".

"Entonces, ¿cuál es la respuesta?".

"La respuesta es que el problema nunca puede responder él mismo; solamente la respuesta *puede responder*. Por lo tanto, lo terrenal nunca puede obtener lo celestial, pero lo celestial *puede* obtener lo terrenal".

"¿Qué quiere decir?".

"La salvación nunca puede llegar de la tierra al cielo... pero puede llegar del cielo a la tierra. Todos esos caminos son manos que se extienden hacia el cielo, pero la respuesta es radicalmente diferente, ya que es una mano que se extiende hacia la tierra. La respuesta debe venir de la Respuesta. Por lo tanto, la salvación nunca puede *terminar* en el cielo. Debe *comenzar* allí".

"Entonces, no se trata tanto de llegar al cielo".

"No", dijo él, "se trata de que el cielo llegue a nosotros".

"El cielo descendiendo... a nosotros".

"El descenso del cielo... lo celestial visitando lo terrenal... Aquel que es celestial convirtiéndose en terrenal... para que lo terrenal pudiera llegar a ser celestial".

"Entonces no se trata de obtener nada".

"No", dijo él, "se trata de recibirlo todo... comenzando con el cielo".

La misión: Que su meta sea hoy no esforzarse por el cielo, sino permitir que el cielo, su amor, sus bendiciones y su gozo, lleguen hasta usted.

Isaías 45:8; 55:10–11; Juan 6:51

Jehová de Nazaret

YAMIM NORAIM: LOS DÍAS DE ASOMBRO

"**L**OS DÍAS QUE dan comienzo al mes hebreo de tishri", dijo él, "desde la Fiesta de las Trompetas hasta Yom Kippur, se consideran el período más santo del calendario bíblico".

"¿Por qué?".

"Son los días del arrepentimiento. Cuando suena el shofar en la Fiesta de las Trompetas, señala que quedan solo diez días hasta Yom Kippur; y Yom Kippur está unido al sello del destino eterno de la persona, como en el día del Juicio. Pero no son solo estos dos días los que se consideran más santos, sino los diez. Juntos, se denominan *Yamim Noraim*, los días de Asombro, o los días asombrosos".

"¿Por qué asombrosos?".

"Porque su fin se vincula con el día del Juicio final. De modo que declaran que la persona no tiene una eternidad para arrepentirse o para enmendar las cosas; solamente tiene estos días fijados antes de que todo quede sellado".

"Entonces deben de ser bastante intensos".

"Lo son. Durante los días de Asombro, los judíos practicantes hacen todo lo que pueden para ponerse en paz con Dios, para enderezar las cosas con los demás, para perdonar y ser perdonados, para arrepentirse, atar cabos sueltos, y arreglar lo que estaba mal. Todo tiene que quedar terminado antes de la puesta del sol de la víspera de Yom Kippur".

"Pero ¿se aplica esto a nosotros ahora, en el Mesías?", pregunté yo.

"Los días de Asombro son una sombra de algo mucho mayor. Porque los días que tenemos en la tierra no son eternos, tienen determinado un final, y a su fin llega la eternidad, comenzando con el día del Juicio cuando queda sellado nuestro destino, sea para una eternidad o la otra. Y el único período de tiempo que tenemos para decidir nuestro destino son los días de esta vida, los días que tenemos ahora en la tierra. Cuando lleguen a su fin, todo estará sellado. Por lo tanto, estos son los únicos días que tendremos jamás para ponernos en paz con Dios, para enderezar las cosas con los demás, y para arreglar lo que esté mal. Por eso si quiere estar en paz con Dios, póngase en paz con Dios ahora; si quiere enderezar las cosas con los demás, hágalo ahora; si alguna vez quiere elevarse hasta su llamamiento, elévese ahora; y cualquier bien que haga alguna vez en su vida, hágalo ahora. Porque el tiempo que le queda en la tierra no es nada menos que el Yamim Noraim...sus días de Asombro".

La misión: Mire de una forma nueva el resto de sus días de vida, como el Yamim Noraim. Póngase en paz con Dios y con los demás, porque hoy es un día de Asombro.

Isaías 55:6–7; Efesios 5:16

GATSHMANIM

E N UNO DE los jardines había un gran objeto circular de piedra que tenía un cordoncillo alrededor de la parte de arriba. Él me indicó que me sentara a su lado cerca del objeto.

"La noche antes de su sufrimiento, el Mesías fue al huerto de Getsemaní. Allí rindió su voluntad ante sus próximos sufrimientos y muerte; fue allí, en Getsemaní, donde acudieron los guardias del Templo para arrestarlo, de modo que Getsemaní es el lugar donde comienzan sus sufrimientos".

Fue entonces cuando el maestro dirigió su atención al objeto parecido a una piedra.

"Esto es una prensa de aceite", dijo. "Las olivas se ponían aquí en lo alto, y una gran piedra en forma de rueda rodaba sobre ellas, aplastándolas. Al aplastar las olivas, salía su aceite. En hebreo, la palabra para oliva es *shemen*; y la palabra para prensa es *gat*. Una prensa de aceite es una *gatshemen* o *gatshmanim*. ¿A qué suena gatshmanim?".

"No lo sé".

"Piense".

"¡Getsemaní!".

"Sí. Getsemaní es la prensa de aceite, ¿y por qué es el lugar donde comenzaron los sufrimientos del Mesías? La palabra *Mesías* está unida al aceite, aceite de oliva, shemen; pero para que el aceite salga, debe haber un aplastamiento. Getsemaní, Gatshmanim, es la prensa de oliva, el lugar donde comienza el aplastamiento…primero el aplastamiento de su voluntad, y después el aplastamiento de su vida".

"¿Y qué representa el aceite?".

"En las Escrituras, el aceite se vincula a la sanidad y el gozo, y en su aplicación más sagrada, a la unción. El aceite era derramado para ungir a reyes y profetas; por lo tanto, en su simbolismo más elevado significa el derramamiento del Espíritu Santo".

"Entonces, si aplastar las olivas en la prensa de aceite libera el aceite", dije yo, "aplastar al Mesías en Getsemaní, la prensa de aceite, estaría unido a sanidad, gozo, y el derramamiento del Espíritu Santo".

"Sí", dijo el maestro. "En el aplastamiento del Mesías en su muerte se produce sanidad, gozo…y el derramamiento del Espíritu. Todo comienza en la prensa de aceite, Gatshmanim…Getsemaní".

La misión: Hoy, deje que cada deseo y ambición que no sea de Dios sea rendido y aplastado. Y en su aplastamiento, sea lleno del aceite del Espíritu Santo.

Levítico 8:10–12; Lucas 22:39–44

El precio de Dios

LA NACIÓN MISTERIOSA

EL MAESTRO ACUDIÓ a mí avanzada la tarde y habló conmigo en mi cuarto. "Dios es el Eterno", dijo. "Ahora bien, ¿y si Él situara un testigo de su existencia, un testigo concreto, en la historia humana? ¿Y si el testigo fuera un reino, una nación, un pueblo? ¿Cómo sería ese pueblo?".

"Yo pensaría que sería diferente", dije yo. "Ese pueblo sobresaldría".

"¿Y qué más serían los testigos del Eterno?".

"Supongo que serían, de alguna manera, serían…eternos".

"Eso es. Llevarían las marcas de la eternidad, aunque el mundo cambiara a su alrededor; y precisamente el hecho de su existencia perpetua desafiaría las leyes de la historia".

"¿Hay un pueblo así?".

"Sí", dijo él, "hay un pueblo así…el pueblo judío, la nación de Israel. Su existencia misma en la tierra es un testigo y un misterio".

"¿Cómo?".

"Su existencia desafía las leyes de este mundo, pues según todas las estimaciones, no deberían existir. En tiempos antiguos vivieron entre los babilonios, los heteos y los amorreos; pero los babilonios se han desvanecido, los heteos ya no están, y tampoco hay amorreos. Si queremos verlos, tenemos que visitar los museos de este mundo, y allí solamente veremos sombras de lo que una vez fueron. Los pueblos del mundo antiguo se han desvanecido en el polvo de la historia, pero el pueblo judío no se ha desvanecido sino que ha permanecido. También podemos encontrarlos en los museos de este mundo, pero caminando por los pasillos y pasando al lado de los restos de piedra de aquellos entre los que una vez caminaron. Ellos han sido testigos del ascenso de los grandes reinados de este mundo, y los vieron caer. Contra todo pronóstico, ellos viven; contra todas las leyes de este mundo, ellos están tan vivos como siempre. Ellos son la nación eterna, la nación misteriosa".

"Y el misterio de su existencia es…".

"El Eterno. La mano de Dios. Sin ella, ellos habrían dejado de existir hace siglos. Detrás del misterio de Israel está el Dios de Israel; ellos existen porque Él existe. Son la nación eterna porque son los testigos del Eterno. Lo que es de Dios no pasa, sino que permanece: su Palabra, su amor, su nación, y quienes permanecen en Él…ellos mismos se vuelven…eternos".

La misión: Viva este día buscando seguir la voluntad y los propósitos de Él y siendo un testigo de su existencia en todo lo que haga.

Génesis 17:1–8; Jeremías 31:35–37; Efesios 2:11–22

LOS POZOS DE YESHÚA

ÉL ME CONDUJO al pozo de la escuela. Estaba construido con piedras angulares, cada una de color beige claro que combinaba con el paisaje del desierto que lo rodeaba. Nos sentamos en su perímetro, donde él comenzó la enseñanza.

"Durante Sukot, la fiesta de los Tabernáculos, tenía lugar un ritual único llamado la ceremonia de sacar agua. Durante la ceremonia, una procesión solemne guiada por un sacerdote descendía hasta el estanque de Siloé, llenaba un cántaro dorado de agua, y después ascendían al monte del Templo donde el sacerdote derramaba el agua sobre el altar, una ceremonia basada en el versículo de Isaías que decía: 'Sacaréis con gozo aguas de las fuentes de la salvación'".

Hizo una pausa para bajar un cubo vacío al pozo.

"La ceremonia de sacar agua", dijo, "era una parte central de la fiesta, pues el agua, o la falta de ella, era cuestión de vida o muerte en una tierra del Oriente Medio. Por lo tanto, se realizaba la ceremonia cada día de la fiesta de los Tabernáculos".

El maestro entonces subió el cubo, que ahora estaba lleno de agua.

"El Mesías habló del agua", dijo. "Una de las afirmaciones más famosas que Él hizo comenzaba con las palabras: 'Si alguno tiene sed...'".

"La he oído".

"La mayoría de creyentes la han oído, pero la mayoría entienden poco su contexto".

"¿Y cuál es su contexto?".

"La fiesta de los Tabernáculos", respondió él, "la ceremonia de la fiesta de sacar agua, y la escritura: 'Sacaréis con gozo aguas de las fuentes de la salvación'. Pero en hebreo, no es los pozos o fuentes de la *salvación*; es los pozos de *yeshúa*".

"Lo cual es como decir el nombre de Yeshúa", dije yo, "que es el nombre de Jesús. Así que es como decir: 'Sacaréis con gozo aguas de las fuentes de Yeshúa' o 'de los pozos de Jesús'".

"Y está registrado que Él se puso de pie durante la fiesta y clamó: 'Si alguno tiene sed, venga a mí y beba. El que cree en mí, como dice la Escritura, de su interior correrán ríos de agua viva'".

"Y sacaremos agua", dije yo, "de los pozos de Jesús".

"Y Él estaba hablando del Espíritu. De modo que al igual que ellos necesitaban agua para seguir vivos, nosotros necesitamos las aguas del Espíritu para permanecer vivos en Dios; por lo tanto, debemos sacar agua cada día de nuestra vida...y con gozo...de los pozos de Yeshúa".

La misión: Hoy, acuda a los pozos de Yeshúa, y con gozo, saque y sea partícipe de los ríos de agua viva del Espíritu de Dios.

Isaías 12:1–3; Juan 7:37–39

El derramamiento de agua

RACHAMIM

"**¿C**REE USTED QUE Dios tiene misericordia?", dijo el maestro.

"Sí", contesté yo. "Desde luego, pues usted me ha enseñado eso".

"No", dijo el maestro. "Dios no tiene misericordia".

"Con todo el respeto", dije yo con cautela, "eso no es correcto". Era la primera vez que yo le contradecía de manera tan directa.

"Demuestre su punto".

"Estaba leyendo el libro de Daniel; en él, Daniel ora por la misericordia de Dios sobre el pueblo de Israel, y dice: 'De Jehová nuestro Dios es el tener misericordia y el perdonar'".

"No dice eso", respondió él, "no en el idioma original. Dice 'de nuestro Dios es *rachamim*'".

"¿Qué es *rachamim*?".

"Algunos lo traducirían como misericordia, pero *rachamim* no es un sustantivo singular, sino plural. No significa misericordia...significa misericordias. Significa que la misericordia de Dios es más que misericordia. La misericordia de Dios es tan grande, tan fuerte y tan profunda que no puede contenerse en una sola palabra. *Rachamim* significa que su misericordia no tiene fin".

"¿Y la palabra para pecado?", pregunté.

"¿A qué se refiere?".

"¿Es por naturaleza singular o plural?".

"La palabra para pecado", dijo el maestro, "es singular".

"Pero la palabra para misericordia es plural", repliqué yo.

"¿Y qué le dice eso?".

"Que a pesar de cuál sea mi pecado, a pesar de lo grande que sea, la misericordia de Dios es siempre mayor; y a pesar de lo mucho que haya pecado, independientemente de cuántos pecados tenga, las misericordias de Dios son más que mis pecados".

· "Sí", dijo el maestro. "Así que no cometa nunca el error de pensar que ha agotado la misericordia de Dios, pues no lo ha hecho, nunca podría hacerlo y nunca lo hará. Él siempre tendrá más misericordias que pecados tengamos, más que suficiente para cubrir todo pecado y seguir teniendo aún compasión para amarnos para siempre. Porque lo que el Señor tiene por nosotros no es misericordia...sino rachamim".

La misión: Abra su corazón hoy para recibir las rachamim que Dios tiene para usted, no solo por sus pecados sino también los ríos rebosantes de sus compasiones y su amor.

Salmo 136; Lamentaciones 3:22–23; Daniel 9:9; 2 Corintios 1:3–4

EL MANTO DEL MESÍAS

EL MAESTRO ME llevó a una habitación en la que nunca había estado. "Esta es la Cámara de las Túnicas", me dijo mientras levantaba una tela marrón grande, la cual, al principio, me pareció que era una manta.

"Esto es un manto", me dijo, "como en 'el manto del profeta'".

"¿Y qué es exactamente un manto?", pregunté.

"Una vestidura, una túnica, y aun así más que eso. El manto representa el llamado, el encargo, el ministerio y la unción de Dios. Antes de que Moisés ascendiera al monte Nebo al final de su ministerio, impuso sus manos sobre su discípulo, Josué, y el Espíritu de Dios cayó sobre él junto con el manto, la autoridad de Moisés. Cuando Elías ascendió a Dios al final de su ministerio, dejó caer su manto a tierra; su discípulo Eliseo lo recogió, y el espíritu de Elías cayó sobre él. ¿Puede ver un patrón?".

"Sí", dije yo. "En cada caso, el hombre de Dios está a punto de terminar su ministerio terrenal, y en cada caso asciende a Dios; en cada caso, la ascensión y la consumación del ministerio están unidos al traspaso del manto".

"Sí", dijo el maestro. "Ahora bien, ¿qué sucedió al final del ministerio del Mesías en la tierra? Como Moisés, Él ascendió a un monte, y como Elías, Él ascendió al cielo. Como con los dos, sus discípulos estaban presentes en la partida; pero ¿dónde está el manto? Todos los otros elementos del patrón están presentes, pero ¿dónde está el manto del Mesías? Cada uno de los otros elementos del patrón está aquí, pero ¿dónde está el manto del Mesías? ¿Sobre quién cayó?".

"Nunca lo he pensado. No tengo idea. No se hace mención de él".

"La respuesta", dijo el maestro, "es esta: el manto del Mesías es demasiado grande para caer sobre una sola persona. Nunca puede caer sobre un solo discípulo; solamente puede caer sobre todos. Cuando los mantos de Moisés y de Elías cayeron, el Espíritu de Dios vino sobre sus discípulos; ¿y qué sucedió después de que el Mesías ascendió a Dios?".

"El Espíritu de Dios cayó sobre sus discípulos…el día de Pentecostés".

"¿Y qué es lo que fue otorgado aquel día junto con el Espíritu? El manto del Mesías. ¿Y a quién se le da? A sus discípulos; a todos ellos…a nosotros. Mire, a todos se nos da una parte del manto del Mesías, y en su manto es donde se encuentran nuestro llamado y ministerio. Y si somos partícipes de su manto, entonces también somos partícipes de su unción; porque con cada llamado, Dios da la unción para llevarlo a cabo. Así que encontrará su llamado cuando camine en su Espíritu, pues su llamado solo puede cumplirse en el manto del Mesías".

La misión: Hoy, tome su manto plenamente en el Mesías; y por el poder y la autoridad del Espíritu, pase a llevar a cabo su elevado llamamiento.

Deuteronomio 31:7–8; 34:9; 1 Reyes 19:9; Hechos 2:1–4

DAVAR Y OLAM

ESTÁBAMOS SENTADOS EN una llanura abierta en el desierto bajo el cielo de la noche. Él había hecho una pequeña fogata, y creo que fue solamente para poder leer las palabras que había en el pergamino que sostenía en su mano. Era una noche clara, y el cielo estaba lleno de estrellas.

"Lo que ve", dijo él, "es el *olam*…Todo lo que ve es el olam, el universo, la creación. Y esto", dijo a la vez que elevaba el pergamino, "es *Davar*, la Palabra. La Davar y el olam, la Palabra y el mundo. ¿Cuál parece mayor, la Davar o el olam?".

"Parecería que el universo es mayor", dije yo, "el olam".

"Sí, eso parece", dijo él, "pero no lo es". Entonces, acercando el pergamino a la luz, comenzó a traducir sus palabras.

"Está escrito en los Salmos: 'Porque él dijo, y fue hecho; Él mandó, y existió'. Y en el libro de Hebreos está escrito: 'el universo fue formado por orden de Dios'. Por lo tanto, ¿qué fue primero, el olam o la Davar, el mundo o la Palabra?".

"La Palabra fue primero", dije yo, "y después vino el mundo".

"Entonces, ¿qué es mayor, el mundo o la Palabra?".

"La Palabra sería mayor".

"¿Y cuál es más real y más sólido?".

"La Palabra es más real".

"Sí", dijo el maestro. "La Palabra llegó primero, y el mundo llegó segundo. La Palabra fue declarada, y el mundo siguió. De modo que la Palabra no sigue al mundo…es el mundo el que sigue a la Palabra. ¿Y qué significa eso para nuestras vidas?".

"No debemos ser guiados por el mundo, sino por la Palabra".

"Sí", dijo él. "Significa que nunca hemos de ser guiados por las circunstancias y los acontecimientos de nuestra vida. Todo eso es parte del olam, y por lo tanto es secundario. El olam, el mundo, cambia y pasa, pero la Davar, la Palabra, nunca cambia ni pasa. Por lo tanto, sea guiado por la Palabra, incluso cuando vaya en contra de todo lo que vea a su alrededor; especialmente entonces. Manténgase firme en la Palabra, a pesar del mundo; porque lo que Él ha declarado llegará a ser en el universo y en su vida, la Davar y entonces el olam. La Palabra es primero…y solamente entonces, el mundo".

La misión: Escoja la Palabra por encima del mundo, por encima de sus circunstancias, de sus problemas y de todo lo demás. Deje que la Davar gobierne su olam.

Salmo 33:6–9; Juan 1:1–4; Hebreos 11:3

La Palabra

EL FACTOR ÉXODO

Í BAMOS CAMINANDO POR una vasta llanura del desierto, salpicada de pequeñas plantas y arbustos y rodeada de montañas en todas las direcciones, lejos en la distancia.

"Le hablé de los *ivrim*", dijo el maestro.

"Los hebreos", repliqué.

"Sí. ¿Recuerda lo que significa *ivrim*, lo que significa *hebreo* en el hebreo?".

"Los que cruzan".

"Sí, ¿y qué cruzaron los hebreos para llegar a la Tierra Prometida?".

"El mar Rojo y el río Jordán".

"Cruzaron el río Jordán para entrar en la tierra de Israel, pero antes tuvieron que cruzar el mar Rojo para *salir* de la tierra de Egipto. Por lo tanto, antes de que pudieran entrar en la nueva tierra, tuvieron que dejar la vieja tierra. Tan importante como es el acto de entrar lo es también el acto de salir, y por eso tenemos un libro entero de la Biblia con ese nombre: el libro de *Éxodo*, que significa la salida o la partida. Salir es tan santo como entrar; no se puede tener el uno sin el otro".

"No se puede entrar a menos que se salga".

"Es una ley de la existencia física…es sencilla y a la vez profunda. Abraham es el primer hebreo, el primero de los ivrim. ¿Y qué fue lo primero que tuvo que hacer?".

"¿Salir?".

"Sí. El primer llamado de Abraham fue: 'Sal de tu tierra…a una tierra que yo te mostraré'. El primer mandato fue: 'Sal'. El resto, todas las bendiciones, todas las promesas de la Tierra Prometida y el futuro, todas ellas descansaban sobre la palabra 'Sal'. Mire, salir es un acto santo. El Mesías llamó a sus discípulos a ir con Él, pero para hacer eso, primero tuvieron que salir, dejar sus redes, salir de sus barcas y dejar su viejo modo de vida. Si no salían, no podían ir. Dios nos llama a ir, a movernos, a seguir, a peregrinar, y a entrar en la bendición; pero no podemos conocer ninguna de esas cosas sin antes estar dispuestos a salir. Hay muchos que desean cambio en sus vidas, algo mejor, algo nuevo; pero pocos están dispuestos a salir. Pero la ley no es solamente del ámbito físico, sino también del espiritual. Si quiere llegar al lugar donde no está, antes debe salir del lugar donde está. Deje lo viejo, y entrará en lo nuevo. Cruce el mar Rojo y salga de su Egipto, y también cruzará el río Jordán hacia su tierra prometida".

La misión: ¿Dónde necesita ir? ¿A qué tierra prometida le ha llamado a entrar Dios? ¿Qué debe dejar primero? Comience su éxodo hoy.

Génesis 12:1–3; Éxodo 12:51; 2 Corintios 5:17; Efesios 4:22–24

EL SECRETO DE YOMA

ÉL ME LLEVÓ a lo que se conocía como Cámara de los Libros, una habitación inmensa llena de altos estantes llenos de volúmenes de libros principalmente viejos o que parecían antiguos. Retiró uno de esos libros de los estantes, un volumen grande y rojizo, lo puso sobre una mesa de madera, lo abrió y comenzó a leer.

"En el Templo de Jerusalén había dos importantes barreras que separaban a Dios del hombre, al santo del impío. Una estaba formada por dos inmensas puertas de oro: las puertas del *hekhal*, el lugar santo. Esta era la barrera que separaba el lugar santo de los atrios del Templo. La otra, más adentro, se llamaba *parochet*, el colosal velo que separaba el lugar santo del lugar santísimo y que solamente el sumo sacerdote podía cruzar el día de Expiación. Todas ellas eran las representaciones de la barrera que nos separaba a cada uno de nosotros de Dios, el abismo entre lo pecador y lo más santo. Pero está registrado en el Nuevo Testamento que en el momento de la muerte del Mesías, el parochet, el velo del lugar santísimo, se rasgó en dos. ¿Qué habría significado eso?".

"¿Que la barrera entre el hombre y Dios fue quitada?".

"Sí. Pero había aún una segunda barrera: las puertas de oro del hekhal.¿Podría haber habido una segunda apertura, un segundo milagro...un segundo testigo?

"¿Lo hubo?".

"Lo hubo...y muy poderoso...un testigo contrario. Esto está en Tractate Yoma 39", dijo, señalando al libro abierto, "de los escritos de los rabinos...y oculto en su interior, algo de lo más asombroso. Los rabinos registran que un fenómeno extraño comenzó a suceder en el Templo. La segunda barrera, las puertas de oro del hekhal, comenzaron a abrirse *solas*".

"¿Cuándo?", pregunté yo. "¿Cuándo comenzaron a hacer eso?".

"Los rabinos registran que comenzó a suceder unos cuarenta años antes del año 70 A.D.".

"¡Entonces llegamos aproximadamente al año 30 A.D.!".

"Lo cual resulta ser el mismo momento en que sucedió algo más en Jerusalén: un acontecimiento que cambia el mundo...el rabino Yeshúa, Jesús, murió como la expiación definitiva, para quitar la barrera que separaba al hombre y a Dios".

"¿Ha sucedido eso alguna vez en la historia de la fe, cuando un testigo hostil...?".

"¿Qué testifique tan poderosamente de un hecho así? Nunca. Y el hecho sigue siendo que los rabinos mismos dan testimonio con respecto a la eliminación de la segunda barrera y, así, que en el momento de la muerte del Mesías, lo que separaba a Dios del hombre...a Dios de nosotros...fue quitado...y que el camino hasta su presencia...ha sido, para nosotros, irrevocablemente abierto".

La misión: Incluso los rabinos dan testimonio de que alrededor del año 30 A.D. el camino fue abierto. Use el poder del Mesías hoy para abrir las puertas que están cerradas.

Salmo 24:7–10; Mateo 27:50–51; Hebreos 6:19–20; 10:19–20

El misterio de las puertas del Templo

LA TIERRA DE LA REVELACIÓN

"JERUSALÉN", DIJO EL maestro, "está construida sobre el monte Moriah. Rodeando Jerusalén está la tierra de Moriah. Moriah es la tierra de la Ciudad Santa; por lo tanto, ¿qué es exactamente la tierra de Moriah? ¿Qué significa? Moriah viene de dos palabras hebreas. La primera, *ra'ah*, significa lo visto, lo visible, lo mostrado o lo revelado. La otra es *Yah*, el nombre de Dios".

"Entonces Moriah", dije yo, "significa lo revelado de Dios".

"Moriah es la tierra de la revelación, el lugar donde Dios se revelará a sí mismo. Hemos hablado de los muchos que ven a Dios como cierto tipo de rey distante, una fuerza cósmica impersonal, un titiritero caprichoso, o un juez enojado que quiere ejecutar juicio; pero Moriah es la tierra donde Dios ha de ser revelado, donde lo invisible se vuelve visible. Por lo tanto, lo que aparece en Moriah será la revelación verdadera del Dios verdadero. Entonces, ¿qué es lo que fue revelado en la tierra de Moriah? ¿Cuál fue la revelación de Dios que fue hecha visible en esa tierra?".

"¿El Templo?", pregunté. "El Templo estaba en Jerusalén".

"Lo estaba", dijo el maestro, "pero hubo otra manifestación, una revelación de Dios incluso más gráfica y sorprendente que el Templo".

"¿Cuál fue?".

"Fue en la tierra de Moriah donde Dios apareció tomando sobre sí mismo nuestros pecados y nuestro juicio. Fue en la tierra de Moriah donde Dios entregó voluntariamente su vida, llevando una corona de espinos, siendo golpeado cruelmente, flagelado por causa de nosotros…Fue en Moriah donde Dios fue burlado, ridiculizado, golpeado, desnudado, lacerado, clavado y levantado sobre un madero de ejecución. Fue en Moriah donde Dios colgó de una cruz, sangrando, asfixiándose, muriendo, agonizando y dando su último aliento…y haciéndolo todo para salvarnos del juicio…haciéndolo todo por amor. Fue en Moriah, la tierra de Dios revelado…Dios voluntariamente colgando desnudo en un madero de ejecución, sangrando y muriendo por causa de nosotros. ¿Quién es Dios? Dios es amor. Dios es amor cósmico total, incondicional, extremo, incomprensible, abnegado por nosotros…el mayor amor que podamos conocer o conoceremos nunca. Esa es la revelación absoluta y suprema de Dios que fue manifestada una vez para siempre en Moriah…la tierra de Dios revelado".

La misión: Tome personalmente la revelación de Moriah: que si usted fuera la única persona en el mundo, aun así Él habría entregado su vida por usted.

Salmo 122; Mateo 27:29–50; Romanos 5:8

El milagro de Moriah

LA PARADOJA DE JONÁS

Estábamos fuera mirando hacia uno de los edificios cuando observamos a una paloma posada en una de las piedras justamente debajo del tejado.

"La palabra para *paloma* en hebreo es *yonah*", dijo él, "como en el profeta Jonás…que hizo todo lo que pudo para huir del llamado de Dios y aun así sin quererlo terminó cumpliéndolo, llevando a toda una ciudad impía a la salvación…solo para sentirse totalmente desgraciado por su éxito".

"¿Por qué desgraciado?".

"Porque Nínive estaba llena de sus enemigos, y él sabía que si les llevaba la Palabra de Dios, ellos se arrepentirían y Dios tendría misericordia de ellos. La palabra que les declaró fue la siguiente: 'De aquí a cuarenta días Nínive será destruida'. No era un mensaje muy alentador; de hecho, no hay ninguna esperanza en él. Es una paradoja. Si Jonás se niega a darles la profecía de juicio, entonces el juicio y la profecía se hacen realidad; pero si él les declara la profecía de juicio, entonces la profecía puede hacer que Nínive se arrepienta y la profecía no se cumpla".

"Lo contrario de una profecía que se cumple por sí sola".

"Una profecía que se anula por sí sola. Y ahí yace la otra paradoja. Dios le dijo a Jonás que le dijera al pueblo: 'De aquí a cuarenta días Nínive será destruida'; pero en cuarenta días no hubo ningún juicio. Debido a que el pueblo de Nínive creyó que la profecía era verdadera, la profecía se volvió como si fuera falsa. Personas han utilizado el hecho de que la profecía no se cumplió en contra de Dios y de su Palabra. ¿Qué le dice eso?", preguntó el maestro.

"Dice que al hombre le preocupa más el hecho de que la advertencia no se cumplió, que el hecho de que 120000 personas fueron salvadas porque no se cumplió. Dice que no es Dios quien carece de misericordia, sino el hombre. Dios prefiere salvar al perdido incluso si al hacerlo parecería que su Palabra no se cumple…incluso si el hacerlo le quitara su propia vida…como en su muerte. Es su amor, su misericordia y su gracia lo que produce lo imposible".

"Entonces, en este caso, el amor de Dios hizo que la Palabra de Dios no se cumpliera".

"¿Lo hizo?", preguntó el maestro. "La profecía era: 'Nínive será destruida'; pero la palabra *destruida* es la palabra hebrea *hafak*, y *hafak* también significa ser derrocado, cambiado y convertido; y así, Nínive fue derrocado, cambiado y convertido, y por eso, fueron salvados del juicio".

"Así que la misma palabra que significaba juicio también significaba arrepentimiento y salvación del juicio…una paradoja de paradojas".

"Una paradoja maravillosa", dijo el maestro, "la paradoja por la cual somos salvos".

La misión: Hoy, permita que la misericordia de Dios triunfe sobre todo juicio y condenación. Deje que la lógica del juicio se rinda a la paradoja de su amor.

Jonás 3; 2 Pedro 3:9

El libro de Jonás I–VII

EN SU MUERTE

ESTÁBAMOS EN LA Cámara de los Rollos, examinando de nuevo el rollo de Isaías, el capítulo cincuenta y tres. Él comenzó a recitar uno de sus pasajes.

"'Y se dispuso con los impíos su sepultura, mas con los ricos fue en su muerte...'. Está describiendo al Siervo sufriente, al Mesías que muere por nuestros pecados. Su muerte estará unida a criminales y a un hombre rico".

"'Y se dispuso con los impíos su sepultura'. Entonces el Mesías fue crucificado en medio de criminales, entre hombres impíos, y fue enterrado en el sepulcro de un hombre rico".

"Sí", dijo el maestro, "y aún hay más...un misterio que solamente se puede ver en el idioma original. Si lee casi todas las traducciones de Isaías 53 dirá 'en su muerte', pero en realidad no dice eso. Lo que dice, en el idioma original, es tan grande y tan cósmico que es difícil para cualquier traductor hacerle justicia".

"¿Y qué dice?".

"En el hebreo original dice 'en su *muertes*'".

"¿Qué significa eso?".

"Recuerde que, en hebreo, cuando una palabra debería ser singular pero está en plural, con frecuencia es una señal de que la realidad que hay detrás de la palabra es tan única, tan intensa, tan extrema o tan colosal que la palabra sola no puede contenerlo".

"Así que, en otras palabras, su muerte...".

"Es una realidad tan única, una realidad tan extrema, una realidad tan intensa, y una realidad tan colosal que la palabra *muerte* ni siquiera puede llegar a expresarlo. Lo que sucedió en su muerte va más allá de cualquier cosa que podamos expresar con nuestras palabras o comprender con nuestros pensamientos".

"Pero el plural puede en realidad significar plural".

"Sí. Pero es un singular combinado con un plural. 'En su muerte' tendría sentido, como lo tendría 'en sus muertes', pero no dice ninguna de esas cosas. Dice 'en su muertes'. Eso rompe las reglas. ¿Qué está revelando?".

"Que el Mesías moriría no solo su muerte, una muerte, sino muchas muertes. No moriría por sí mismo sino por todos. La suya sería la única vida que muere la muerte de todos".

"Sí", dijo el maestro, "incluida la de usted. Su muerte, y la muerte de todos los que leen las palabras de la profecía...Cada muerte está contenida dentro de esa palabra en plural. Es el testigo en negro sobre blanco de que su vieja vida y el juicio de ella ha sido consumado...en su muertes".

La misión: Una de las muertes *en su muertes* es la muerte de su vieja vida. Haga un entierro y una elegía a lo viejo. Termine con eso y sea libre.

Isaías 53:9; Romanos 5:18; 2 Corintios 5:14–15

LOS TALMIDIM

ERA DE NOCHE. El maestro y yo, y varios otros estudiantes, estábamos sentados alrededor de la fogata.

"El Mesías tenía doce discípulos", dijo él. "Estaban con Él dondequiera que Él iba y en todo lo que hacía; le ayudaban con el ministerio, viajaban con Él, comían con Él, descansaban con Él en la noche, se levantaban con Él en la mañana, y vivían sus vidas con Él. ¿Quiénes eran?".

"Personas de todo tipo", dijo uno de los estudiantes.

"Sí, pero ¿quiénes *eran* los discípulos?".

Nadie respondió.

"Deben recordar", dijo él. "El Mesías era un rabino, y todo gran rabino tenía discípulos. Los doce no eran solamente discípulos, sino los discípulos de un rabino. Y no se les llamaba *los discípulos*; se les llamaba los *talmidim*".

"¿Qué significa *talmidim*?", preguntó otro de los estudiantes.

"Viene de la raíz hebrea *lamad*", dijo el maestro. "*Lamad* se relaciona con enseñar o aprender, de modo que los discípulos eran los que recibían, los que aprendían".

"Como nosotros", dijo otro de ellos.

"Sí", dijo el maestro, "pero ustedes deben ser discípulos *de Él*. Debe ser *Él* quien les enseñe; y si son discípulos, entonces ¿cuál es su propósito?".

"Ser alguien que *aprende*", dije yo.

"Sí, su primer llamado es ser un aprendiz; y no están aprendiendo solos. Ningún discípulo aprende solo. Ustedes tienen un Rabino, tienen *al* Rabino de rabinos, y eso significa que tienen a Aquel que les enseña cada día, cada hora y cada momento; significa que su vida no es tan solo una vida, sino un camino, y significa que no han de desperdiciar su tiempo aquí".

"¿Nuestro tiempo en la escuela?", preguntó otro.

"Su tiempo en la tierra", dijo el maestro. "Este mundo es su escuela, esta vida, su camino, y el Mesías es su maestro. Y como fue para los discípulos, así será para ustedes…Cada día Él les enseñará; cada día habrá lecciones que les darán; cada circunstancia será una clase, y cada evento será una herramienta de enseñanza, una ilustración para la lección. No fallen en reconocerlas, no falten a sus clases. Búsquenlas, permitan que cada día sea un viaje, y que sea su gozo aprender del Maestro. Porque el mundo es su salón de clase…y el Mesías es su Rabino".

La misión: Comience a vivir hoy como un verdadero discípulo, un aprendiz. Busque la enseñanza del Rabino. Escuche su voz y siga su enseñanza.

Mateo 4:18–22; 9:9; Juan 1:36–40

El Rabino cósmico

EL SEPULCRO DEL NACIMIENTO

CAMINAMOS POR UN cauce de un río seco que discurría rodeando dos montes hasta emerger en un pequeño valle oculto. "Mire", dijo el maestro a la vez que señalaba a la cumbre de uno de los montes. "¿Ve eso?".

"¿Qué es?", pregunté yo.

"Es un sepulcro".

"¿Como si alguien estuviera enterrado allí?".

"Sí", respondió, "ese tipo de sepulcro".

"¿Vamos a ir allí?".

"No. Es un lugar de muerte, pero eso es lo que hace que sea tan asombroso".

"¿Qué lo hace tan asombroso?".

"¿Qué lugar en este mundo es más desesperanzador, más deprimente, más triste, más desesperanzador y más intimidante que un sepulcro? Y sin embargo, de todos los lugares en la tierra, todo comienza en un sepulcro".

"¿Qué todo comienza?".

"Comienza la redención; comienza la fe; comienzan las buenas nuevas; comienza la palabra Mesías; comienza el mensaje de salvación; comienza el evangelio. Piénselo. Todo comienza en un sepulcro. ¿Ha considerado alguna vez cuán radical y totalmente trastornado es eso?".

"No, nunca".

"¿Qué es un sepulcro? Es el lugar donde termina la esperanza, donde terminan los sueños, donde termina la vida, donde termina todo. El sepulcro es el lugar del fin; pero en Dios, el sepulcro, el lugar del fin, se convierte en el lugar del principio".

"¿Por qué?".

"Es la manera radical del reino. En Dios, el viaje no va de la vida a la muerte, sino de la muerte a la vida. El fin es el principio; por lo tanto, para encontrar vida debe ir al sepulcro".

"Hay que ir a un lugar de muerte para encontrar vida".

"Solo quienes van al lugar del fin pueden entrar en el nuevo comienzo. Porque en el Mesías, es en el lugar del final donde encontramos el principio, y en el lugar de la desesperanza donde encontramos verdadera esperanza, y en el lugar de la tristeza donde encontramos gozo verdadero, y en el lugar de la muerte donde nacemos de nuevo. Porque en Dios, es en un sepulcro donde encontramos nuestro nacimiento".

La misión: ¿Qué es en su vida lo que debe terminar? Llévelo al sepulcro del Mesías, y espere allí, pues cuando haya llegado al fin, encontrará el principio.

Mateo 28:1–6; 1 Corintios 15:55–57; 1 Pedro 1:23

Yom Rishon: el principio de los días

EL SACERDOTE MISTERIOSO

ÉL ME CONDUJO a la Cámara de las Túnicas. Desapareció durante unos momentos, y después regresó sosteniendo una túnica de lino blanco que tenía en la mitad un cinto de color azul, púrpura y escarlata.

"¿Qué es eso?", le pregunté.

"Son las vestiduras de los *cohanim*", dijo el maestro.

"¿Y quién era el cohanim?".

"Quiénes *eran* los cohanim", dijo él. "Eran los sacerdotes de Israel, los hijos de Aarón. Los cohanim eran quienes ministraban en el Templo y a quienes Dios encargó ocuparse de las ofrendas y los sacrificios mediante los cuales el pueblo de Israel era reconciliado con Dios".

Entonces, dejó la vestidura.

"El Mesías vino como el sacrificio final y supremo, mediante el cual quienes lo recibieran serían reconciliados con Dios. Vino en un tiempo en que el Templo aún seguía en pie, en que el sacerdocio de Israel aún seguía en efecto, y en que los hijos de Aarón se ocupaban de los sacrificios. ¿No debería haber alguna relación, algún reconocimiento dado por los sacerdotes, quienes estaban a cargo de los sacrificios, de que el sacrificio final y supremo había llegado?".

"Tiene sentido", dije yo. "Pero nunca he visto nada como eso en los Evangelios".

"Lo ha visto", dijo el maestro. "Es que no se dio cuenta. Hubo un niño, nacido a los cohanim, a la casa de Aarón, que no era solamente un sacerdote, sino que también descendía de Aarón por parte de padre y por parte de madre, un sacerdote de pura sangre. Al niño se le puso el nombre de *Yochanan*".

"Nunca he oído de él".

"Sí ha oído", dijo el maestro. "Lo conocemos como Juan...Juan el Bautista".

"¡Juan el Bautista! De la casa de Aarón...de los cohanim...no sabía...".

"¿Y qué hacían los cohanim? Presentaban los corderos para el sacrificio. De modo que fue Juan quien presentó a Israel al Cordero, al Mesías, el sacrificio final. Eran los cohanim quienes identificaban el sacrificio y certificaban que era aceptable para ser sacrificado. De modo que fue Yochanan, Juan, quien primero identificó al Mesías como el sacrificio aceptable; él fue el primero en identificar al Mesías como el Cordero sacrificial, y fue él quien dijo: 'He aquí el Cordero de Dios, que quita el pecado del mundo'. Mire, Dios se aseguró de tener un sacerdote de Aarón que certificara al Cordero. Eso significa que sus pecados son quitados por completo y de modo certificado para siempre por el Cordero que vino...con certificación sacerdotal".

La misión: Los cohanim han hablado. El Cordero ha sido sacrificado, y cada uno de sus pecados ha sido quitado. Regocíjese en ello, y viva en consonancia.

Lucas 1:5–25, 57–80; 3:1–4; Juan 1:29

EL MISTERIO DE LA HAFTORÁH

ÉL ME LLEVÓ a la Cámara de los Rollos y me condujo a un rollo único entre los otro en cuanto a que descansaba permanentemente sobre su propia plataforma de madera.

"Cada semana", dijo él, "el día de reposo en sinagogas en todo el mundo se lee una palabra de los Profetas junto con una palabra de la Torá. La palabra de los Profetas se llama la lectura *haftoráh*. Con frecuencia tiene una longitud de solo unos pocos versículos, y viene de este rollo".

"¿Cuánto tiempo se ha estado haciendo eso?", pregunté.

"Desde tiempos antiguos", dijo él.

Entonces desenrolló el rollo para encontrar el pasaje que buscaba.

"Durante dos mil años", dijo, "el pueblo judío vagó por la tierra exiliado de su tierra, pero la Palabra de Dios profetizó que en los últimos días Dios los haría regresar a su tierra natal y la nación de Israel regresaría al mundo. La profecía se cumplió el 15 de mayo de 1948 cuando la nación de Israel fue resucitada. El exilio de dos mil años había terminado. El 15 de mayo de 1948 resultó ser un día de reposo, y eso significa que había una palabra designada desde tiempos antiguos para que se leyera en cada sinagoga en todo el mundo el día en que Israel regresó al mundo".

"¿Y cuál era?".

"Era del libro de Amós. Era esta". Poniendo su dedo sobre las palabras hebreas en el rollo, comenzó a leer. "'En aquel día yo levantaré el tabernáculo caído de David, y cerraré sus portillos y levantaré sus ruinas, y lo edificaré como en el tiempo pasado...Y traeré del cautiverio a mi pueblo Israel, y edificarán ellos las ciudades asoladas, y las habitarán; plantarán viñas, y beberán el vino de ellas, y harán huertos, y comerán el fruto de ellos. Pues los plantaré sobre su tierra, y nunca más serán arrancados de su tierra que yo les di'. Era la antigua profecía anunciando la futura restauración de Israel...Y resultó que estaba designada desde tiempos antiguos para que se leyera en todo el mundo precisamente el día en que se cumplió la restauración de Israel. ¿Qué le dice eso?".

"La Palabra de Dios es verdad, más veraz que la circunstancia, y más fuerte que la historia".

"Sí", dijo el maestro, "y por eso, confíe plenamente en ella. Y sepa esto: cuando Dios da una promesa, la cumplirá; llegará a dar fruto en el tiempo ordenado para ello...en el momento designado y exacto desde épocas pasadas".

La misión: Tome una Palabra de la Escritura que pueda practicar en este día. Busque los momentos exactos y designados para que la Palabra dé su fruto.

Salmo 18:30; Amós 9:11–15; 2 Timoteo 3:16

EL MISTERIO DE LA PUESTA DEL SOL

COMENZABA A ATARDECER. Estábamos sentados en la falda de una montaña observando un sol color naranja que descendía en el paisaje.

"En el calendario bíblico", dijo el maestro, "en el momento en que el sol se pone, termina el día. Cualquier cosa que sucediera durante ese día ahora pertenece al pasado, al ayer. Los problemas del día se convierten en los problemas del ayer; sus preocupaciones, en las preocupaciones del ayer; sus errores, en los errores del ayer; y sus tristezas, en las tristezas del ayer. Cuando el sol se pone, todo queda en el pasado".

"¿Por qué es importante eso?", pregunté.

"Cuando el Mesías estaba en el mundo, dijo: 'Yo soy la luz del mundo'. Pero Él vino al mundo para morir".

"No veo la relación".

"Él era la Luz del mundo, de modo que cuando Él murió, era la Luz del mundo quien moría, descendiendo a la tierra, y desapareciendo…Era la puesta del sol. Y cuando lo pusieron en el sepulcro, el sol estaba descendiendo en la tierra. Por eso se apresuraron a llevarlo allí, porque el sol se estaba poniendo. Y cuando hubieron cerrado el sepulcro y lo sellaron a Él en la tierra, la luz del mundo, el sol, de igual modo desaparecía en la tierra".

"Entonces, la Luz del mundo desapareció en la tierra al igual que la otra luz del mundo desapareció en la tierra".

"Sí", dijo él. "¿Y qué significa eso?".

"Si la Luz del mundo ha descendido a la tierra…es la puesta del sol".

"La puesta del sol de este mundo, la puesta del sol de la vieja vida. En el momento en que el sol desciende termina el día, el viejo día, el viejo mundo, nuestra vida vieja ha terminado. Cualquier cosa que sucediera en esa vida ahora pertenece al pasado. Los eventos de nuestra vieja vida ahora pertenecen al ayer. Los errores de nuestra vida, los problemas, los pecados, los temores, la vergüenza, la culpa, todo ello pertenece a lo que ya no es. El sol se ha puesto sobre lo viejo; el sol se ha puesto sobre nuestro pasado, sobre nuestros pecados, sobre nuestra vergüenza, sobre la persona que una vez fuimos. Y todo ello pertenece al ayer. Y para todos aquellos que permiten que el sol se ponga sobre su vieja vida, para todos aquellos que mueran a lo viejo, en la puesta de sol del Mesías, lo viejo ha pasado. Porque quienes abrazan la puesta del sol…se levantarán con el amanecer del nuevo día".

La misión: Permita que el sol se ponga en todo lo viejo que haya en su vida. Permita que todo lo que ha sido…se convierta en ayer, para siempre, en la puesta de sol del Mesías.

Juan 8:12; 9:5; 19:30–41

La puesta de sol del Mesías

LA CASA DE LOS ESPÍRITUS

"**¿QUÉ ES ESO?**", pregunté.

"Una casa", respondió él, "las ruinas de una casa, y es ahí donde vamos".

Era un sencillo lugar rectangular formado por piedras irregulares situado sobre una llanura con vistas a un pequeño valle. Se veía antiguo, como si tuviera décadas o miles de años de antigüedad, yo no lo sabía. Entramos y nos sentamos. Soplaba el viento por la puerta y se metía por las muchas grietas y aperturas que había en sus paredes.

"El Mesías habló de un espíritu impuro", dijo el maestro, "que sale del hombre y no encuentra ningún otro lugar donde habitar. El espíritu dice: 'Volveré a mi casa de donde salí'. Y cuando regresa, descubre la "casa" deshabitada, barrida y en orden. Entonces el espíritu lleva a otros siete espíritus más malvados que él mismo. El hombre ahora está habitado por ocho espíritus en lugar de uno. ¿Qué significa eso?".

"Si alguien se aleja del mal pero después regresa a él, la persona terminará peor que al principio".

"Sí, pero el principio se aplica a algo más que eso, a algo más que una persona. Se aplica a una generación, y a una civilización…incluso a la civilización occidental", respondió. "En tiempos antiguos, la civilización occidental era una casa habitada por dioses e ídolos, pagana y habitada por espíritus impuros".

"Una casa de espíritus".

"Sí, pero en esa casa entró el Espíritu, la Palabra de Dios, el evangelio, y fue limpiada, purificada y sus espíritus impuros, ídolos y dioses fueron expulsados. Pero ¿cuál es el principio y la advertencia? Si esa civilización se aleja alguna vez de Dios y se aleja de su Palabra y regresa a la oscuridad, terminará mucho peor que antes".

"¿Que su anterior estado antiguo y pagano?".

"Sí", dijo el maestro. "Será habitada por males mayores. Así, una civilización poscristiana es mucho más peligrosa que una civilización precristiana. La precristiana puede producir un Calígula o un Nerón, pero la poscristiana es la que produce un Hitler y un Stalin. Y la advertencia es esta: cuando haya llegado a la verdad, nunca le dé la espalda, ni siquiera hasta el más ligero de los grados. Más bien, que su objetivo sea acercarse continuamente".

"¿Y la advertencia con respecto a la civilización…?".

"Si se aleja de la luz que una vez conoció, terminará…siendo una casa de espíritus".

La misión: Aléjese todo lo posible de la oscuridad que dejó, y ore mucho más por la civilización en la cual vive.

Mateo 12:43–45; Lucas 8:26–36; Filipenses 2:15; 1 Pedro 2:11–12

EL LIBRO DEL DIOS NO MENCIONADO

EL MAESTRO ME llevó a la Cámara de los Rollos. Nos sentamos en una pequeña mesa de madera sobre la cual él puso un rollo, pequeño y ornamentado.

"Este", dijo, "es único de todos los libros de la Biblia. ¿Sabe lo que le hace ser diferente al resto? El nombre de Dios".

"¿El nombre de Dios le hace ser diferente?".

"La *ausencia* del nombre de Dios hace que sea diferente. Es el libro de Ester, el único libro de la Escritura que no contiene ninguna mención en absoluto de Dios".

"Eso parece muy extraño".

"Parecería ser un libro impío. De hecho, está lleno de impiedad...personas malvadas y planes malvados para aniquilar al pueblo de Dios. Y no es tan solo el nombre de Dios lo que falta, sino también las señales de su presencia. Reina la oscuridad, y no se encuentra a Dios por ninguna parte".

"Entonces, ¿el libro de Ester es menos santo que los otros libros en la Biblia?".

"No", respondió. "En absoluto. Es tan santo como todos los demás libros que mencionan su nombre. Ese es el punto. Aunque el nombre de Dios no se menciona, la mano de Dios está detrás de cada uno de los acontecimientos. Él está ahí, invisible y sin ser mencionado, y a la vez obrando en todas las cosas y dando la vuelta a cada evento para cumplir sus propósitos. Ester es el libro del Dios no mencionado; y el libro del Dios no mencionado es un libro santo. Es el libro que habla de las veces en su vida en que uno no siente la presencia de Dios, cuando no oye su voz, cuando no ve su mano, cuando no hay señal alguna de su amor o su propósito, y cuando Él parece estar muy lejos o no estar. Por lo tanto, cuando lo único que se ve es oscuridad, ese es el momento del libro del Dios no mencionado, y nos dice lo siguiente: aunque no sientan su presencia, sigue estando ahí. Aunque no vean su mano, sigue moviéndose. Incluso cuando no oyen su voz, Él sigue hablando hasta en el silencio; aunque se sientan abandonados y solos, su amor sigue estando ahí. E incluso cuando Él parece estar desesperanzadamente alejado, sigue estando a su lado, obrando en cada detalle de sus vidas para sus propósitos y su redención. Y al final, la luz vencerá a la oscuridad, el bien prevalecerá, y sabrán que nunca estuvieron solos. Él estuvo a su lado todo el tiempo, y era santo, era el tiempo de su libro del Dios no mencionado".

La misión: Siempre que no pueda ver o sentir la presencia de Dios en su vida, sepa que Él está ahí plenamente. Es tan solos su libro del Dios no mencionado.

Salmo 139:7–12; Mateo 28:18–20; Hebreos 13:5

EL GOZO DEL OMEGA

"**L**A MAYOR CELEBRACIÓN", dijo el maestro, "en tiempos de la Biblia era Succot, la fiesta de los Tabernáculos. Durante la fiesta, el pueblo de Israel subía a Jerusalén para dar gracias a Dios por sus bendiciones, por el fruto de sus cosechas, la producción de sus campos, por sus provisiones, su fidelidad y por el regalo de la Tierra Prometida. Y por lo tanto, la fiesta de los Tabernáculos estaba llena de celebración, alabanzas, acción de gracias, danzas y gozo. De hecho, el mandato mismo que ordenaba la fiesta afirma: 'se regocijarán'. Tan grande era esta celebración que sencillamente se conocía como la fiesta. Los Tabernáculos era la fiesta del gozo. ¿En qué caía? Caía en el otoño. ¿Qué parte del año sagrado es el otoño?".

"El final", dije yo.

"Sí, y los Tabernáculos es la última fiesta del año sagrado, la mayor celebración, y llega al final. ¿Qué revela eso?"

Yo no tenía respuesta.

"En el mundo", dijo él, "las cosas más grandes llegan al principio. Todo comienza joven, y va envejeciendo. En el mundo, la celebración llega al principio y después se va desvaneciendo, terminando finalmente en la muerte. Pero la fiesta de los Tabernáculos revela que en el reino de Dios es lo contrario. La mayor celebración viene al final. Por lo tanto, si usted vive en el poder de Dios, no pasa de gozo a tristeza, sino de tristeza a gozo".

"Como de muerte a vida", dije yo, "entonces nos hacemos más jóvenes".

"En el Espíritu", afirmó él, "*hemos de* hacernos más jóvenes".

"¿Y qué del gozo?", pregunté. "¿No revelarían también los Tabernáculos que el mayor gozo llega al final?".

"Sí", dijo el maestro. "Los gozos del mundo llegan al principio; son fugaces, envejecen y se pasan. Los gozos del pecado conducen a la tristeza. La risa de la juventud conduce a las lágrimas de lamento. Pero en Dios, el mayor gozo llega al final; en otras palabras, los caminos de Dios al final conducen todos ellos al gozo. Incluso lo que parece difícil por el momento, el camino del sacrificio, el autocontrol y la justicia...a la larga todo ello conduce al gozo. El calendario de Dios termina con la fiesta de los Tabernáculos, y quienes andan en sus caminos terminan regocijándose. Porque los caminos de Dios conducen todos ellos al gozo; y lo mejor...Él lo guarda para el final".

La misión: Hoy, busque el gozo al final de su camino, y por lo tanto, viva con más confianza en lo que es bueno y correcto: el gozo del Omega.

Levítico 23:33–44; Salmo 16:11; Isaías 51:11

EL OTRO ÁRBOL

CAMINAMOS POR UN jardín de árboles.

"Hoy", dijo el maestro, "abrimos el misterio de dos árboles. En Génesis está escrito que dentro del huerto del Edén crecía el árbol del conocimiento del bien y del mal, el árbol cuyo fruto el hombre no tenía permitido comer".

"Pero el hombre sí comió", repliqué.

"Sí, y mediante ese acto llegaron el pecado y la muerte. Mediante ese árbol llegó la caída del hombre. Ahora bien, ¿por qué murió el Mesías?", preguntó él.

"Para dar salvación".

"Y con qué fin?".

"Para poner fin al pecado y la muerte".

"Y para deshacer ¿qué?".

"La caída".

"¿Y dónde murió?".

"En una cruz".

"¿Y de qué estaba hecha la cruz?".

"De madera".

"¿Y qué es la madera?".

Hice una pausa por un momento antes de responder.

"Un árbol...la cruz es un árbol".

"La cruz es el segundo árbol", dijo él. "Mediante el primer árbol comienza el pecado; mediante el segundo árbol termina el pecado. Mediante el primer árbol el hombre cayó".

"Y mediante el segundo árbol", dije yo, "el hombre se levanta".

"Por medio de un árbol vivo llegó la muerte".

"Y por medio de un árbol muerto", dije yo, "viene la vida".

"Al participar del primer árbol, morimos".

"Y al participar del segundo árbol, cobramos vida".

"Y al igual que Dios puso el primer árbol en el centro del huerto, así ha puesto el segundo árbol en el centro del mundo, en el centro de la era, para que todos podamos participar de él y encontrar vida. Y cuanto más participemos de este árbol...más vivos nos volveremos".

La misión: El segundo árbol debe ser el centro. Haga que sea el centro de su vida y centre todo lo demás alrededor de él. Participe y viva de su fruto.

Génesis 2:16–17; Gálatas 3:13

El árbol

LAS DOS AGUAS

"**L**A TIERRA PROMETIDA tiene dos mares", dijo el maestro. "Uno se llama el Kineret, o mar de Galilea. El mar de Galilea recibe sus aguas en su extremo norte de las aguas del río Jordán. Salen por el otro extremo, y allí vuelve a convertirse en el río Jordán y discurre hacia el sur por el valle del Jordán".

"¿Y el otro mar?".

"El otro se llama el mar de la Sal, o el mar de la Muerte".

"El mar Muerto".

"Sí", dijo él. "Se llama mar Muerto porque allí no puede vivir prácticamente nada, no hay peces ni vegetación; sus sales y minerales evitan que se desarrolle la vida".

"¿Y de dónde recibe sus aguas el mar Muerto?", pregunté.

"Del río Jordán y el mar de Galilea".

"Entonces son las mismas aguas".

"Sí", dijo él.

"¿Y por qué está muerto entonces?", pregunté.

"La diferencia es que el mar Muerto tiene solamente una apertura al norte donde recibe aguas del Jordán, pero no tiene salida. El agua solamente entra…y muere. Pero el agua del mar de Galilea tiene vida, es agua fresca llena de peces; y sin embargo, la misma agua discurre entre los dos. Por lo tanto, ¿cómo puede la misma agua producir vida en un lugar y muerte en el otro?".

"Por las salidas", contesté yo.

"Correcto", dijo el maestro. "Pero ¿por qué?".

"No lo sé. Tan solo estaba suponiendo".

"El mar de Galilea siempre está dando lo que recibe; siempre discurre, pero el mar Muerto solo recibe y nunca da; por lo tanto, la vida que da de lo que recibe, la vida que siempre bendice a otros, esa vida es el mar de Galilea. Sus aguas son siempre frescas, siempre está lleno de vida; pero la vida que solamente toma y no da, esa vida se vuelve muerta y estéril…y todo eso con las mismas aguas. Mire", dijo el maestro, "no es lo que usted tiene en esta vida, sea mucho o poco, lo que al final importará; es lo que usted haga con lo que tiene. Si solamente toma, las aguas se vuelven muertas y su vida se convierte en un mar de muerte, pero si da, entonces las aguas cobran vida y su vida se convierte en…el mar de Galilea".

La misión: Viva este día según el patrón del mar de Galilea, siempre recibiendo y siempre dando. Viva para ser una bendición en el discurrir del amor de Dios.

Proverbios 11:24; Mateo 10:8; Lucas 6:38; 2 Corintios 9:6–11

EL POEMA DE DIOS

EL MAESTRO ESTABA sentado en una piedra al lado de la fogata, y yo estaba sentado en otra a su derecha. Él recitaba las palabras de un poema en un idioma que yo no reconocía. Las palabras no rimaban, pero se podía decir que era un poema por su estructura, su ritmo y su discurrir, y por el modo en que él lo recitaba.

"Usted sabe que es un poema", dijo.

"Sí".

"¿Qué es un poema?", preguntó. ¿Cómo lo definiría?".

"Diría que es un escrito que tiene ritmo, como una canción sin música".

"¿Ha oído alguna vez del poema de Dios?".

"No", contesté. "Nunca lo he oído. No sabía que Él escribiera poesía".

"No exactamente", dijo él, "pero hay un poema de Dios".

"¿Cuál es?".

"Está escrito en las Escrituras: 'somos hechura suya...'".

"No lo veo".

"No lo vería en español", dijo, "pero en el griego original dice que somos su *poiema*, lo cual significa aquello que es hecho, algo creado, formado, la obra de alguien, como en una obra maestra".

"¿Y la relación con la poesía?".

"De *poiema* viene la palabra *poema*".

"Entonces el poema de Dios es..."

"Usted".

"¿Yo?".

"Si usted se convierte en su obra. Mire, puede vivir intentando hacer que su vida sea su propia obra, o puede permitir que su vida se convierta en la obra maestra de Él. Un poema no puede escribirse por sí solo o conducirse por sí solo, debe ser escrito y dirigido por su autor, y debe fluir del corazón del autor. Por lo tanto, para convertirse en el poema de Dios, permitimos que nuestra vida emane del Autor de nuestra vida; permitimos que fluya del corazón de Dios. Debemos seguir su voluntad por encima de la propia, y su plan por encima de los propios. Debemos permitir que su Espíritu nos mueva y que su amor se convierta en el impulso de todo lo que hacemos. Entonces nuestra vida discurrirá como había de discurrir, con ritmo y belleza, y nos convertiremos en su obra maestra...el poema de Dios".

La misión: Deje que su vida este día sea guiada y escrita por Dios. Muévase con el impulso del Autor y en su ritmo. Viva como el poema de Dios.

Isaías 43:1; Jeremías 29:11; Efesios 2:10

El poema de Dios

EEM–ANU–EL

"**V**OY A ENSEÑARLE a hablar hebreo", dijo el maestro, "o al menos una frase".

"Estoy listo".

"La palabra hebrea para *con* es *eem*. Y la palabra para nosotros es *anu*".

"Eem...anu", dije yo.

"Y la palabra para *Dios* es *El*".

"El".

"Entonces, ¿cómo diría 'con nosotros está Dios'?", preguntó.

"Eem...anu...El".

"Dígalo otra vez".

"Eem...anu...El. Eem anu El...¡Emanuel!".

"Sí, Emanuel. Isaías profetizó del Mesías: 'He aquí que la virgen concebirá, y dará a luz un hijo, y llamará su nombre Emanuel'".

"El nombre del Mesías".

"Y mucho más que un nombre. En hebreo es una frase; es una declaración, una realidad. Es la realidad del Mesías. Su vida en la tierra era esta frase hebrea, una declaración en hebreo: eem anu El".

"¿Cómo fue su vida una frase?", pregunté.

"Cuando Él estaba lleno de tristeza. ¿Quién estaba lleno de tristeza?".

"Emanuel".

"Fue Emanuel en la tristeza", dijo el maestro. "Eem anu El en la tristeza. Forma una frase: 'Dios está con nosotros en la tristeza'. Y cuando Él estaba en la barca en el mar de Galilea en medio de la tormenta, era Emanuel en la tormenta. Eem anu El en la tormenta. Forma otra frase: 'Dios está con nosotros en la tormenta'. Y cuando Él fue despreciado y rechazado por los hombres, fue Eem anu El en el rechazo".

"Dios está con nosotros en el rechazo", dije yo.

"Cuando Él colgaba en la cruz en juicio, fue Eem anu El en juicio".

"Dios está con nosotros en el juicio".

"Y cuando ascendió al cielo, donde Él está, es Eem anu El para siempre".

"Dios está con nosotros para siempre".

"Emanuel vino al mundo y a cada circunstancia de la vida, para que pudiéramos decir: 'Eem anu El, Dios está con nosotros...en todo tiempo, en todo lugar, siempre...y para siempre".

La misión: Hoy, practique el hebreo del nombre de Él. En cada circunstancia, declare y entienda la realidad de eem anu El: Dios está con usted, siempre.

Isaías 7:14; Mateo 1:21–25; Lucas 8:22–25

Emanuel I–II

POR ENCIMA DE LA VELOCIDAD DE LA LUZ

ERA DE NOCHE, y había luna llena. El maestro me había llevado hasta el extremo de un gran cañón en el desierto, en medio de lo que era un cauce de un río seco. Con la luz de la luna se podía ver lo que había en el cañón.

"Grite", me dijo. "Grite al cañón. Grite lo que quiera".

Así que me giré hacia el cañón y grité a todo pulmón: "¡Estoy gritando a un cañón!".

Las palabras hicieron eco en las rocas distantes.

"Observe el retardo", dijo el maestro. "¿Por qué hay un retardo?".

"Porque hace eco contra las paredes del cañón".

"Porque", dijo él, "toma tiempo. Toma tiempo que el sonido de su voz viaje hasta las paredes del cañón; y no solo lo que oye con sus oídos, sino también lo que ve con sus ojos".

"¿A qué se refiere?".

"Mire al cielo. ¿Puede ver las estrellas?".

"Claro que sí".

"En realidad no", replicó él. "Toma años y años que la luz llegue a sus ojos. No está usted viendo lo que es, sino lo que era. Está viendo lo que era hace años; está viendo el pasado".

"Pero cuando miro a cosas en la tierra, veo el presente".

"No", dijo él, "no es así. Mire al cañón. Lo que está viendo es su luz, y la luz toma tiempo para llegar a sus ojos. Aunque sea un instante, toma tiempo, de modo que usted nunca ve lo que es, solamente lo que era. En el momento en que lo ve, ya ha pasado; usted solamente ve el pasado, lo que era, nunca lo que es".

"Pero entonces, nunca se puede ver la Verdad…porque la Verdad es lo que es".

"No con los ojos", dijo él, "porque la Verdad está por encima del sonido y la luz".

"Entonces ¿cómo?".

"El único modo de ver la Verdad es ver sin vista…ver por la fe…percibir aquello que está por encima de la percepción, conocer aquello que está por encima de los sentidos. Porque lo que se ve está pasando, pero lo que no se ve es para siempre…Viva por la fe…y por la fe…verá al Verdadero".

La misión: Viva hoy no por lo que ve, sino por encima de su vista, por encima de su oído, y por encima de lo que siente. Viva por lo invisible: por la fe.

Habacuc 2:2–4; 2 Corintios 4:18; 5:7

LOS SACERDOTES DE LA OFRENDA

"**M**AESTRO", DIJE, "TENGO una pregunta. Si la muerte del Mesías fue ordenada por Dios, un evento de la más elevada santidad, ¿por qué sucedió por medios tan impíos?".

"¿Cómo sabe que los medios no eran santos?", preguntó él.

"Sucedió mediante hombres malvados, mediante soborno, traición, brutalidad y asesinato…maldad".

"En la antigua Israel, ¿quiénes eran los que Dios ordenó para ofrecer los sacrificios?", preguntó él.

"El sacerdocio", dije yo, "los hijos de Aarón".

"¿Y quiénes fueron las personas clave implicadas en llevar al Mesías a su muerte?".

"El Sanedrín".

"Guiados por el sumo sacerdote e incluidos los principales sacerdotes del Templo, los hijos de Aarón, los mismos ordenados por Dios para ofrecer los sacrificios. ¿Por qué estaban tan obsesionados con el Mesías? Ellos eran los sacerdotes y Él era el Cordero, el sacrificio; de modo que ellos fueron quienes tenían que iniciar su muerte. Ese era su ministerio y su llamado; solamente ellos podían llevar a la muerte al Cordero de Dios, y por eso ellos conspiraron y lo arrestaron, y lo entregaron a los romanos para que fuera crucificado. Era *ministerio de ellos* ofrecer el sacrificio".

"¿Entonces lo mataron porque ellos eran los sacerdotes y Él era el sacrificio?".

"No porque ellos lo supieran, sino aun así, porque ellos eran quienes fueron ordenados para hacerlo; y por encima del Sanedrín, era el sumo sacerdote quien, a solas, era ordenado para ofrecer el sacrificio más santo, la expiación mediante la cual eran perdonados los pecados de la nación. ¿Y quién era quien presidía el Sanedrín y fue más que nadie responsable de llevar al Mesías a su muerte? El sumo sacerdote. Su intención era asesinar; sin embargo, él era el ordenado en la Ley de Dios para ofrecer el sacrificio. El Mesías era el sacrificio, de modo que fue el sumo sacerdote quien tenía que ofrecerlo".

"Pero ellos eran malvados", dije yo, "y sus motivaciones y acciones eran corruptas".

"Y sin embargo, mediante sus acciones vino la salvación", dijo él. "El mundo está lleno de maldad, de lo imperfecto y lo equivocado; pero Dios hace que todas esas cosas, lo equivocado, lo imperfecto y la maldad, obren para bien, para lo santo y lo perfecto…en este mundo y en nuestras vidas. Las lágrimas, las crisis, los sufrimientos, la maldad y toda ofensa se revelará que, al final, han sido…los sacerdotes de la ofrenda, para cumplir los propósitos sagrados y las bendiciones que Dios ha ordenado para nuestras vidas".

La misión: ¿Qué o quién en este mundo está contra usted, u obrando para mal? Entréguelo a Dios, y dé gracias de antemano porque Él lo cambiará para bien.

Levítico 16; Mateo 20:18; Romanos 8:28

Los misterios del sacrificio del Viernes Santo

SIN PASTOR

ESTÁBAMOS SENTADOS EN una colina, observando a un pastor cuidar de su rebaño.

"El pastor es su proveedor", dijo el maestro, "su líder y su protección de los depredadores; pero ¿y si el pastor fuera derribado? ¿Y si las ovejas se alejaran del pastor? ¿Qué sucedería?".

"El rebaño sería esparcido. Vagarían por el desierto sin ninguna protección, y serían atacados, devorados".

"¿La historia de qué pueblo, más que ningún otro, es la manifestación de esa misma imagen: un rebaño que antes estuvo junto, después fue dispersado por el mundo como ovejas sin pastor, vagando por la tierra sin nadie que los protegiera, atacados por sus depredadores, heridos y deteriorados? ¿Qué pueblo más que ningún otro ha vivido en este planeta como un rebaño sin pastor?"

"El pueblo judío…más que ningún otro".

"¿Y sabe a qué pueblo de entre todos los pueblos se le llama en la Escritura el rebaño de Dios? Al pueblo judío; y sin embargo, durante dos mil años ellos han llevado todas las señales de un rebaño disperso, separado de su pastor. Por lo tanto, si ellos están sin pastor, entonces ¿quién es el pastor que falta de quien da testimonio su vagar y su falta de pastor?".

"El Mesías, el protector de Israel, Yeshúa…Jesús".

"¿Y quién les dijo: 'Yo soy el buen pastor'? ¿Y quién resulta ser el mismo que fue derribado en medio de ellos, y de quien han sido separados? ¿Y cuánto tiempo han estado separados de Él? Dos mil años. ¿Y cuánto tiempo ha sido el que han vagado por la tierra y han llevado las señales de la falta de pastor? Esos mismos dos mil años. Y por eso está escrito en los profetas hebreos: 'Hiere al pastor y serán dispersadas las ovejas'. Se debe a que Él es el verdadero Pastor, su protección, su defensa, su proveedor y su guardador, el Mesías. Y es lo mismo para todos nosotros; si vivimos sin Él, terminamos vagando por esta vida, perdidos, desprotegidos y sin esperanza, y llevando las señales de la falta de pastor; pero está anunciado que al final el pueblo de Israel regresará a su Pastor, y Él vendará su quebranto, sanará sus heridas, y los cuidará como un pastor cuida de su rebaño. Y así será para cada uno de nosotros, para cada oveja descarriada que regrese; será reunida…en los brazos del Pastor".

La misión: Deje de vagar, y acérquese a su Pastor. Sea alimentado de sus manos, y descanse en la protección y el tierno amor de sus brazos.

Isaías 40:11; Ezequiel 34:5–16; Zacarías 13:7; Juan 10:11–16

Golpear a las ovejas

EL MISTERIO DE LA AKEDAH

"¿**H**A OÍDO ALGUNA vez de la *Akedah*?", preguntó el maestro. "La *Akedah* es la ofrenda de Isaac por su padre, Abraham".

"He oído de eso", dije yo, "pero nunca he entendido por qué sucedió".

"Era una prueba", dijo él, "pero también un misterio. Al final de la prueba, Dios selló un pacto con Abraham. En un pacto así, cada una de las partes tenía que estar dispuesta a hacer lo que la otra estuviera dispuesta a hacer. Ahora vamos a abrir el misterio. Abraham estuvo dispuesto a ofrecer a su hijo como sacrificio. Por lo tanto…".

"Por lo tanto, Dios", respondí, "tenía que estar dispuesto a ofrecer a su Hijo…como sacrificio".

"El padre lleva a su hijo sobre un pollino", dijo el maestro, "a la tierra del sacrificio".

"Y entonces Dios tendría que llevar a su Hijo sobre un pollino a la tierra del sacrificio…Domingo de Ramos…el Mesías va sobre un pollino hasta el lugar del sacrificio".

"El padre pone la madera del sacrificio sobre los hombros de su hijo…"

"Dios pone la madera del sacrificio, la cruz, sobre los hombros del Mesías".

"El hijo lleva la madera por el monte hasta el lugar del sacrificio…".

"El Mesías lleva la madera hasta el lugar del sacrificio".

"El padre pone a su hijo sobre la madera y lo ata".

"El Mesías es puesto sobre la madera de la cruz y atado a ella".

"El padre levanta el cuchillo del sacrificio pero lo detienen…".

"El cuchillo, el juicio de Dios, es elevado…pero no es detenido. El Mesías muere sobre la madera del sacrificio".

"¿Sabe lo que aparece en este relato por primera vez en toda la Escritura?".

"No".

"La palabra *amor*. El primer *amor* en la Biblia viene de este relato, el amor del padre por el hijo…al igual que el primer amor en existencia fue el del Padre por el Hijo. Y sin embargo, el Padre estuvo dispuesto a ofrecer al Hijo de su amor para salvarnos. ¿Y qué revela eso? Si Dios ofreció al Hijo de su amor para salvarnos, entonces debe de amarnos con el mismo amor con el que amó al Hijo. Como está escrito: 'Porque de tal manera amó Dios al mundo, que ha dado a su Hijo unigénito, para que todo aquel que en él cree, no se pierda, mas tenga vida eterna'. Por lo tanto, nunca tiene que preguntarse cuánto le ama Dios. La señal ya está ahí en la madera del sacrificio…Tanto como Él ama a su Hijo unigénito…el mayor amor en toda la existencia…así de inmenso es su amor…por usted".

La misión: Hoy, piense en el precio de amor que se pagó por usted, y viva su vida de igual manera como un sacrificio de amor a Él.

Génesis 22; Juan 3:16

El milagro de Moriah

LA VISITACIÓN DEL NOVIO

"Venga", dijo el maestro. "Vamos a ver el comienzo de una boda".

Viajamos por el desierto hasta que llegamos a la aldea del novio donde observamos desarrollarse los acontecimientos como huéspedes que pasaron desapercibidos y no habían sido invitados. Todo se centraba en el joven y en el grupo que lo rodeaba y lo seguía.

"Ese es el novio", dijo el maestro, "con sus familiares y amigos".

El desfile llegó hasta el extremo del campamento donde el novio se subió a un camello y continuó, mientras los demás lo seguían a pie. Nosotros nos unimos al grupo, y a nadie pareció importarle. Caminamos durante una media hora hasta que llegamos a nuestro destino: otra aldea de tiendas donde esperaba una pequeña multitud. El novio se bajó del camello y fue recibido por el grupo, y después fue guiado hasta una de las tiendas.

"Lo que acaba de ver", dijo el maestro, "ha sido el viaje del novio. Se remonta a la boda hebrea de tiempos antiguos. Para que hubiera un matrimonio, el novio primero tenía que hacer un viaje desde su casa hasta la casa de la novia. No importaba dónde viviera ella, si al otro lado del campamento o al otro lado del desierto; él tenía que viajar hasta donde ella estuviera".

"¿Y hay un misterio en ello?", pregunté.

"El novio es una sombra de Dios, y cada uno de nosotros nace para ser la novia. Pero para que haya un matrimonio, la unión de los dos, el novio siempre debe viajar desde su casa hasta la casa de la novia. Por lo tanto, según el misterio, hace dos mil años el Novio…Dios…emprendió el viaje del novio. No viajó por una ciudad o un desierto, sino por el tiempo y el espacio…desde el cielo, la casa del Novio, hasta la tierra, la casa de la novia".

"¿Alguna vez viaja la novia hasta el novio?", pregunté.

"Nunca", respondió él. "Y de la misma manera, nunca podremos llegar a Dios o al cielo por nosotros mismos, pero no tenemos que hacerlo, pues es el Novio quien viaja hacia la novia. Es Dios quien viaja hasta nosotros. Él llega a nuestra tienda, a nuestra vida…no importa dónde estemos, no importa cómo sea nuestra vida ni lo lejos que estemos de Él. Aun así Él viene a nuestra casa, hasta dondequiera que estemos; y sin importar dónde nos encontremos, Él será quien viene a nosotros…y llama…a la puerta de nuestro corazón".

"¿Y qué hace la novia?", pregunté. "¿Qué hemos de hacer nosotros?".

"Abrir", dijo el maestro. "Abrir…y permitirle a Él entrar".

La misión: Hoy, encuéntrese con el Novio; pero en lugar de intentar llegar hasta Él, deje que Él le alcance a usted, dondequiera que esté, tal como usted es.

Mateo 25:1–13; Juan 3:29; 16:28

EL CAMBIO DE MONEDA CELESTIAL

ESTÁBAMOS SENTADOS EN su estudio cuando el maestro se levantó de su escritorio, se acercó a uno de sus armarios, abrió el cajón, sacó un recipiente del tamaño de una caja de zapatos, lo puso sobre su escritorio y me pidió que lo abriera.

"Adelante", dijo el maestro. "Saque lo que hay dentro y mírelo".

Y así lo hice. La caja estaba llena del papel moneda de diversas naciones.

"Recuerdos", dijo él, "de mis viajes alrededor del mundo. Probablemente le sorprenda, pero no siempre he estado aquí".

Hizo una pausa por un momento mientras yo volvía a meter en la caja el billete de papel que estaba examinando.

"Si viajamos a naciones extranjeras", dijo él, "tenemos que convertir la moneda del lugar del que partimos a la moneda de nuestro destino. Ahora bien, ¿y si fuera usted algún lugar del cual nunca regresaría? ¿Y si en ese lugar la moneda de su propio país no tuviera ningún valor? ¿Y si fuera imposible transportar nada desde su tierra natal hasta ese lugar? ¿Qué haría?".

"Convertir todo lo que tuviera a la moneda de mi destino porque cualquier cosa no convertida se perdería".

"¿Y dónde iría para hacer toda esa conversión?".

"Tendría que hacerlo en mi tierra natal, antes de salir de viaje".

"Sí", dijo el maestro, "y por eso la conversión de moneda es crítica para los hijos del reino. Mire, todos estamos en un viaje; todos estamos dejando la tierra de nuestros orígenes a cambio de otro reino, y la moneda de la tierra, todas nuestras posesiones terrenales, no tiene valor alguno allí. No podremos llevarnos nada con nosotros, y por eso cualquier moneda terrenal a la que nos aferremos, la perderemos. Pero ¿quiénes son los sabios? Son quienes en los días anteriores al viaje hacen el cambio; convierten su moneda terrenal en moneda celestial".

"¿Cómo?", pregunté yo. "¿Cómo hacemos el cambio?".

"Debemos dar la moneda terrenal, lo que poseemos en este mundo, para los propósitos del cielo, para el reino; y debemos hacerlo sin obtener ningún beneficio terrenal. Y como nadie sabe el momento exacto de su partida, debe aprovechar al máximo el tiempo y convertir todo lo que pueda en la moneda celestial. Porque solamente es sabiduría", dijo el maestro, "cambiar lo que nunca se podrá mantener para obtener lo que nunca se podrá perder".

La misión: Hoy, comience su cambio de moneda celestial. Dé de su tiempo, su energía, su riqueza y su amor para los propósitos del cielo.

Proverbios 10:2; 19:17; Mateo 6:19–21

EL CAMINO YASHAR

ESTÁBAMOS DE PIE en un barranco con vistas a una vasta expansión del desierto. El maestro comentó a recitar las palabras del profeta: "'Voz que clama en el desierto: Preparad camino a Jehová; enderezad calzada en la soledad a nuestro Dios'. ¿Cómo describe el profeta el camino de Dios?".

"El camino de Dios es derecho", respondí.

"Correcto", dijo él. "Y en la física, en la geometría, en el espacio, ¿cuál es la distancia más corta entre dos puntos?".

"Una línea recta".

"Y no solo en el ámbito físico, sino también en el ámbito espiritual. El camino de Dios es recto; por lo tanto, el único modo de andar es caminar recto".

"¿Cómo se camina recto en el ámbito espiritual?".

"Una línea recta es una línea coherente; tiene una sola dirección. Lo contrario de una línea recta es una línea torcida o serpenteante, una línea que es incoherente y sigue más de una dirección. Pero cuanto más oscile la línea, más tiempo se necesita para llegar al mismo punto; por lo tanto, cuanto más vacilemos en nuestro camino en Dios, cuanto más vayamos adelante y atrás, más tiempo nos tomará, más esfuerzo tendremos que emplear, y más energía para llegar hasta el mismo lugar; y menos avanzaremos. Al final, el camino oscilante y torcido es un camino mucho más difícil, y el camino recto es mucho más fácil. Porque el camino recto es el que toma menos tiempo, menos esfuerzo y menos energía. El camino recto es el que siempre nos permite llegar más lejos".

"¿Cómo aplico eso exactamente a mi vida?".

"Camine con una sola meta, un solo motivo, un solo objetivo y un solo corazón. Elimine cualquier oscilación hacia la derecha o la izquierda de esa meta; y cualquier cosa que no esté en consonancia con su llamado, con su fe, con sus convicciones y con su propósito, la elimina de su vida. La elimina de sus acciones, sus palabras y sus pensamientos. Cuando caminamos recto, todo se alinea: las palabras con las acciones, las acciones con la fe, la fe con el corazón. Y una cosa más", dijo, "en la profecía, la palabra *recto* es la palabra hebrea *yashar*, y *yashar* significa también bueno, recto, agradable y próspero. Porque esas son las bendiciones que se otorgan a quienes 'enderezan' su camino y andan en el camino del yashar".

La misión: Hoy, que su meta sea eliminar toda oscilación en su vida y cualquier cosa que no esté en línea con la voluntad de Dios. Caminé y viva en una línea recta.

Isaías 40:3–5; Hebreos 12:13

LA IMPOSIBILIDAD DE LA EXISTENCIA

ERA DE NOCHE, y estábamos fuera bajo un cielo claro y lleno de estrellas.

"La ley de causa y efecto", dijo él. "Yace en el cimiento de la ciencia, la lógica y la razón: para cada efecto debe haber una causa; para cada fenómeno debe haber una razón. Nada puede existir sin una causa, pues iría en contra de la razón, la ciencia y la lógica. No se puede tener algo de la nada; todo tiene que tener una causa".

"Eso suena bastante lógico", dije yo.

"Pero si todo tiene una causa…entonces ¿cuál es la causa para cada cosa? ¿Cuál es la causa para el universo?¿Qué causó que el universo exista?".

"¿El big bang?", pregunté yo.

"La causa no puede ser el efecto; por lo tanto, la causa tuvo que ser otra cosa distinta a lo físico. ¿Qué causó el big bang? Y si ese fue el principio, entonces vino de la nada. Pero si vino de la nada, no tiene causa; y si no tiene causa, entonces no puede existir. Entonces es magia".

"Pero ¿y si el universo fue siempre?".

"Si fue siempre…entonces no tuvo principio; y si no tuvo principio…entonces nunca comenzó; y si nunca comenzó…no puede existir…y por lo tanto, nunca fue. Otra vez…magia. O el universo comenzó de la nada y por lo tanto no puede existir, o no tiene ningún principio y nunca comenzó, en cuyo caso no puede existir".

"Entonces nosotros no podemos existir…pero sí existimos. ¿Cuál es la respuesta?".

"La respuesta solamente puede ser lo que no puede explicarse…sin embargo explica todas las cosas…aquello a lo que no podemos darle sentido…y sin embargo da sentido a todas las cosas…Solamente aquello que no es de este mundo, que no es de lo físico, puede explicar lo físico. Solamente una causa no causada podría causar que el universo exista. Y solamente aquello que existe por encima de las leyes del universo podría causar que las leyes del universo existan".

"Lo cual es…".

"Dios", dijo el maestro. "Por definición, es Dios, Yo Soy, Aquel que no podemos explicar pero quien explica todas las cosas. Lo insondable de Él es lo que causa que exista nuestra imposibilidad…nuestra existencia. El universo nunca puede darse sentido por sí mismo, y tampoco nosotros podemos darle sentido a nuestra vida mediante nuestra vida…o mediante nuestra vida dar significado a nuestra vida. La única manera de encontrar el significado y propósito de nuestra vida es encontrarlos en un misterio…el misterio de Él…y hacer de ese misterio la causa de todo lo que hacemos…y la razón…para todo lo que somos".

La misión: Hoy, medite en el milagro de cada momento que tiene. Atesore cada momento y sáquele el máximo partido; y haga de Él la causa de todo lo que hace.

Génesis 1:1–2; Juan 1:1–3; Hebreos 11:3

El amor inconocible

EL DIOS ARRODILLADO

ERA UN TIEMPO de adoración. Todos estaban reunidos bajo la gran carpa al aire libre, orando, adorando, cantando, en silencio, tal como cada uno era guiado. En medio de todo eso, observé que el maestro se ponía de rodillas y se quedaba arrodillado durante un tiempo. Eso me asombró, y más adelante ese mismo día, cuando lo vi fuera sin nadie alrededor, me acerqué hasta él.

"Observé que se arrodilló durante la adoración", le dije. "Nunca entendí el propósito que tiene eso. ¿Por qué nos arrodillamos?".

"Arrodillarse", dijo él, "es rebajarnos, humillarnos a nosotros mismos. Arrodillarse es un acto de sumisión. Nos sometemos a otro. Por eso yo me sentí guiado a arrodillarme, a humillarme delante del Todopoderoso, a someterme a su voluntad".

"Nunca antes he oído explicarlo de esa manera".

"¿Sabe cuál es la palabra para *bendecir* en las Escrituras hebreas?".

"No tengo idea".

"*Barach*. Aunque significa *bendecir*, también significa *arrodillarse*. ¿Y quién bendice más que ninguna otra persona, cuya naturaleza es bendecir?".

"Dios".

"¿Y cuál es la mayor bendición que Él dio?".

"Salvación...redención...vida eterna".

"De modo que la naturaleza de Dios es bendecir, y la mayor bendición que Él pudo dar es la bendición de la salvación. Pero bendecir es barach, y barach es arrodillarse, y arrodillarse es rebajarse a uno mismo".

"Entonces, para que Dios nos diera la bendición de la salvación, tuvo que rebajarse...".

"Sí; y darnos la mayor bendición", dijo el maestro, "requirió rebajarse al máximo...el máximo descenso".

"Por lo tanto, Él descendió a este mundo y se humilló a sí mismo en forma de hombre".

"Y arrodillarse también es someterse, y así Él se sometió a sí mismo a la burla, el abuso y la condenación del hombre. Se sometió a sí mismo al juicio, la crucifixión y la muerte: el descenso supremo...de rodillas cósmicamente...el Todopoderoso arrodillado. Y sin embargo, al arrodillarse al máximo llega barach al máximo, la bendición, la salvación. Bendecir es arrodillarse; y quien se arrodilla es quien bendice. Y al arrodillarse Dios...somos bendecidos. Y a la luz de tales bendiciones no podemos hacer nada menos...que arrodillarnos delante de Él...y ante Él postrar nuestra vida".

La misión: ¿A quién necesita usted bendecir? Sea hoy una bendición para esa persona. Tal como Dios se humilló a sí mismo para bendecirlo a usted, de igual manera humíllese para convertirse en una bendición para otros.

Salmo 95:6–8; Filipenses 2:4–10; Santiago 4:6–10

EL MISTERIO DE EFRATA

NOS SENTAMOS ALREDEDOR de una mesa baja de madera sobre la cual había una lámpara de aceite, una copa de metal y un plato con dos pedazos de matzah: pan sin levadura.

"Cada Pascua Seder", dijo el maestro, "tiene estos dos elementos, el pan y el vino…así también la última cena, la última Pascua del Mesías en la tierra".

Entonces levantó el plato con el pan sin levadura.

"En hebreo, la palabra para *pan* es *lechem*. El Mesías tomó el pan, y después pronunció una antigua bendición hebrea que da gracias por el lechem". El maestro entonces recitó la bendición hebrea, y participamos juntos del pan. "Después", dijo el maestro, "el Mesías tomó la copa y dio gracias; pronunció la antigua bendición hebrea sobre el *peree hagafen*, el fruto de la vid, y dio la copa a sus discípulos como símbolo de su sangre". El maestro entonces recitó la bendición hebrea sobre la copa, y participamos.

"Los dos elementos", dijo el maestro, "el pan y el fruto de la vid, el lechem y el peree. El lechem representando su cuerpo, y el peree representando su sangre. Y ahora una pregunta: ¿cuándo fueron revelados por primera vez su cuerpo y su sangre? ¿Cuando apareció Él por primera vez en carne y sangre?".

"En la Natividad", dije yo, "en Belén".

"¿Y qué es Belén? *Bethlehem* significa el lugar de Lechem, la Casa de Pan. Por lo tanto, el lugar de su nacimiento, donde Él apareció por primera vez en forma corporal, contiene la misma palabra que Él pronunció sobre el pan que representaba su cuerpo, *lechem*, Belén. Pero Belén tenía otro nombre", dijo el maestro. "También se llamaba *Efrata*, 'Belén Efrata'. ¿Sabe de dónde viene *Efrata*? Viene de la misma palabra de la cual obtenemos *peree*, la misma palabra que Él pronunció sobre la copa que representaba su sangre. De modo que el lugar de su nacimiento, donde Él apareció por primera vez en carne y sangre, contiene la misma palabra que Él pronunció sobre el vino que representaba su sangre: *peree*".

"Entonces el lugar donde apareció por primera vez el Mesías en carne y sangre lleva los nombres de los dos elementos que representaban su carne y su sangre, Belén Efrata, el pan y el fruto de la vid. Estaba todo ahí desde el principio".

"Sí", dijo el maestro, "como su muerte estaba ahí desde su nacimiento. Porque el sacrificio llega para ser sacrificado, de modo que Él vivió su vida como un regalo, para ser entregada, un sacrificio de amor…Vayamos…y hagamos lo mismo".

La misión: ¿Qué dones, recursos y habilidades posee? Convierta cada uno de ellos en un regalo para dar y busque hoy oportunidades para darlos.

Miqueas 5:2; Lucas 22:14–20

Efrata: el misterio

NISÁN

ÍBAMOS CAMINANDO POR una llanura estéril donde nos detuvimos para arrancar una flor del desierto que acababa de florecer.

"Incluso en el desierto", dijo el maestro, "se pueden encontrar brotes".

"Es hermosa", repliqué.

"En las Escrituras hebreas", dijo él, "la palabra para *invierno* es la palabra hebrea *setav*. *Setav* significa *la estación de lo oculto* o *el tiempo de oscuridad*. El invierno es la estación de la oscuridad, la esterilidad y la muerte; pero cada año, el invierno termina con la llegada del mes hebreo de nisán".

"En la primavera".

"Sí", dijo el maestro. "Nisán es el mes que pone fin a la estación de oscuridad, que rompe la muerte del invierno. Nisán es el mes en que la tierra da su fruto de nuevo, y sus flores comienzan otra vez a florecer. Nisán es el mes de la nueva vida; de hecho, la palabra *nisán* significa el principio. Nisán es el mes cuando comienza de nuevo el año sagrado hebreo".

"¿Por qué es importante eso?".

"Porque nisán es el mes en que el Mesías escogió traer redención; es el mes en el cual el Mesías entró en Jerusalén, el mes en el cual Él murió en la cruz…y resucitó de la muerte. ¿Por qué cree que todo sucedió en nisán?".

"Porque nisán es el tiempo del nuevo comienzo; por lo tanto, cuando llega el Mesías, debe ser un nuevo comienzo, debe ser nisán. Y nisán es la estación de la nueva vida, de modo que la llegada del Mesías trae nueva vida…un nuevo nacimiento".

"Sí", dijo el maestro. "¿Y qué más hace nisán?".

"Pone fin al invierno".

"¿Y qué invierno llegaría a su fin?", preguntó.

"Nuestro invierno", dije yo. "El invierno de nuestra vida. La estación de nuestra oscuridad…el tiempo de nuestro escondite…los días de vivir en las sombras…el período de nuestra esterilidad…cuando nuestra vida no puede dar el fruto que tenía que dar".

"Sí", dijo el maestro, "la llegada del Mesías es nuestro nisán, lo que pone fin al invierno de nuestras vidas…y da entrada a su primavera. Ese es el poder de Él, el poder de nisán; y para quienes están en el Mesías…siempre es nisán. Porque es ahí donde debemos permanecer siempre, en el período de la nueva vida, de los nuevos comienzos, del florecimiento…donde el invierno siempre termina…y acaba de comenzar el tiempo de primavera".

La misión: Salga del invierno y de toda oscuridad, y dé el fruto que su vida tenía que dar. Viva en el poder de nisán.

Cantar de los Cantares 2:8–13; 2 Corintios 5:17

LA SIMILITUD

HABÍA HABIDO UNA tormenta esa noche. El maestro se encontró conmigo en la mañana. Nos sentamos fuera del edificio principal, y observamos que había un arco iris en el cielo.

"¿Sabía que el arco iris rodea el trono de Dios?", preguntó.

"No", respondí yo. "¿Dónde dice eso?".

"En el libro de Ezequiel: 'El resplandor era semejante al del arco iris cuando aparece en las nubes en un día de lluvia'".

"¿Por qué no dijo Ezequiel solamente 'arco iris' en lugar de 'semejante al del arco iris'?".

"Tampoco dijo 'trono' sino 'lo que parecía' o 'similitud' de un trono. Él escribe: 'y sobre lo que parecía un trono había una gura de aspecto humano'. Ahora escuche cómo lo resume todo: 'Tal era el *aspecto* de la *gloria* del Señor'. No era la gloria del Señor; era la *similitud* de la gloria del Señor…y no llegaba a ser eso. Era el *aspecto* de la similitud de la gloria del Señor".

"¿Qué significa todo eso?", pregunté.

"Aquí está el profeta Ezequiel a quien se le da una visión de la gloria de Dios, y sin embargo solamente puede hablar de apariencia, aspecto y similitudes. ¿Que revela eso? Revela que a pesar de lo mucho que lo intentara, no podía describirlo; solamente podía hablar de lo que parecía ser; y así es con Dios. A pesar de lo que utilicemos para describirlo, Él sigue estando por encima de eso. No hay ninguna palabra que pueda contenerlo…ni la mayor alabanza, ni el pensamiento más profundo, ni tampoco la teología más sofisticada. Esas cosas ni siquiera pueden comenzar a acercarse a la semejanza de su similitud. Incluso si el profeta Ezequiel, a quien Dios le mostró visiones de su gloria, no pudo ni siquiera describir, y mucho menos comprender, lo que estaba viendo, ¿cómo podemos hacerlo nosotros?".

"Entonces, ¿cómo podría aplicar algo como eso?".

"En todos los aspectos", respondió él. "Ya que Dios es siempre más de lo que usted cree que es, entonces siempre hay más que usted puede descubrir; por lo tanto, debe buscarlo cada día y cada momento. Nunca deje de buscar, nunca deje de aprender, nunca deje de acercarse cada vez más. Acérquese a Él con un corazón abierto, y Él se encontrará con usted…más allá del aspecto…de la semejanza…de su similitud".

La misión: A pesar de lo que usted conozca de Dios, Él es mucho más y está por encima; por lo tanto, hoy busque para encontrar el más y por encima de Dios que aún le queda por conocer.

Ezequiel 1:26–28; Filipenses 3:10

LA CUMBRE TRANSPORTABLE

Él ME CONDUJO hasta la cumbre de una montaña, una montaña inhóspita y dentada. Cuando llegamos a la cumbre nos detuvimos para mirar el paisaje. El panorama era asombroso. La montaña estaba rodeada por un paisaje de llanuras desérticas y más montañas, igualmente inhóspitas, dentadas y dramáticas, hasta donde alcanzaba la vista.

"Fue en una montaña como esta", dijo el maestro, "donde la gloria de Dios descendió delante de la nación de Israel…en el monte Sinaí, uno de los puntos más álgidos de la historia de Israel, literalmente una experiencia en la cumbre de la montaña. Y después el momento pasó, pero antes de que se fueran del monte Sinaí, Dios les dijo que construyeran una tienda donde moraría su presencia…el Tabernáculo, la tienda mediante la cual su gloria estaría continuamente en medio de ellos. Así que lo construyeron, y la presencia y la gloria de Dios que aparecieron en la cumbre del monte ahora descendieron hasta la llanura. La gloria entonces estaba con ellos en el desierto, en su vida diaria y en su viaje. Dondequiera que ellos iban, la presencia y la gloria de Dios iban con ellos. ¿Qué revela esto?".

"Que la voluntad de Dios es descender y habitar con su pueblo".

"Y eso hizo Él. En el comienzo del Evangelio de Juan, su descenso se registra de esta manera. 'Y aquel Verbo fue hecho carne, y habitó entre nosotros'; pero en el idioma original dice que el Verbo *hizo tabernáculo* con nosotros. En otras palabras, Él 'puso su tienda entre nosotros', tal como hizo en el monte Sinaí. ¿Qué significa esto?".

"Significa que cada día de nuestra vida podemos habitar en su presencia".

"Sí", dijo él. "Significa que usted puede habitar en la gloria de Dios cada día de su vida. En lo natural, la vida es una serie de altibajos, los altibajos de las circunstancias, y los altibajos de las emociones; pero en Dios, lo alto ha descendido. El cielo ha venido a la tierra. La cumbre del monte ha descendido hasta el valle. Y lo que eso significa es que incluso en los lugares más bajos de su vida, puede seguir viviendo en las alturas. Y sin importar donde esté, incluso en el valle más oscuro, si se acerca a la presencia de Él…puede seguir viviendo en la gloria de la cumbre del monte".

"¿Cómo?", le pregunté.

"Entrando en el Tabernáculo, entrando en comunión con Él, en oración, en adoración, solamente en estar con Él, cada día, profundamente en su presencia. Haga eso, y sin importar donde esté, vivirá en la gloria de las alturas. Piénselo. Él le ha dado algo asombroso que puede tener en cada momento de su vida…Él le ha dado una cumbre transportable".

La misión: Hoy, incluso en las circunstancias más improbables o más bajas, establezca su cumbre transportable y viva con Dios en las alturas.

Éxodo 25:8; Juan 1:14

EL MISTERIO DEL OCTAVO DÍA

ÉL ME LLEVÓ de nuevo a la Cámara de los Rollos, se acercó al arca, sacó el rollo, lo desenrolló sobre la mesa hasta el pasaje que buscaba, y después comenzó a traducirlo en voz alta. "'Celebrarán durante siete días la fiesta del Señor. El primer día y el octavo serán de descanso especial'. Está hablando de la fiesta de los Tabernáculos", dijo, "pero hay algo extraño al respecto. Dice celebrarán durante siete días la fiesta, con un descanso en el octavo día. ¿Cómo se tiene un octavo día en una fiesta de siete días? El siete es el número de los días en la fiesta y los días de la creación. Cada semana tiene siete días; por lo tanto, entonces ¿cuál es el octavo día?".

"No hay octavo día".

"No", dijo el maestro, "y sin embargo si lo hay. Si el séptimo día habla del final, entonces ¿de qué habla el octavo día?".

"¿Del día...después del final?".

"Sí", dijo el maestro. "El ocho habla de lo que viene después del final".

"Pero no puede llegar nada después del final...o no sería el final".

"Exactamente", respondió. "Ese es el punto. Contradice todo los demás. El siete es el número de los días de la creación, pero el ocho es el número que trasciende a la creación, que sale del tiempo...el número que está por encima de los números, del tiempo por encima del tiempo".

"Entonces, ¿qué sucede exactamente el octavo día de la fiesta?".

"Es un misterio", dijo él. "Se llama *Shemini Atzeret*. Significa la reunión del octavo día. La fiesta de los Tabernáculos es el último de los días santos designados por Dios, la fiesta final; por lo tanto, habla de lo que sucede tras el final del final...tras el final de los días...el final del tiempo. Es el último de los días designados por Dios...el día de misterio. Y nosotros que pertenecemos a Dios, somos de ese día. Y cuando la creación termine, entraremos. Entraremos en el día por encima de los días, cuando lo finito da lugar a lo infinito...la época por encima de las épocas...la eternidad".

Hizo una pausa por un momento antes de continuar: "Y un secreto más".

"¿Cuál?".

"Quienes viven en el Espíritu pueden participar del octavo día...incluso ahora".

"¿Cómo se puede hacer eso...antes del final?".

"Vaya más allá del final...incluso ahora...más allá del final de usted mismo...y lo descubrirá".

La misión: Busque hoy vivir por encima de sus circunstancias, por encima del mundo, por encima de lo finito, en el día por encima de los días, en el octavo día.

Levítico 23:39; Romanos 6:11; 2 Corintios 5:1–6; Apocalipsis 20:11

LA TIERRA DE GEZARAH

ESTÁBAMOS SENTADOS EN el desfiladero de un monte que habíamos visitado con frecuencia y mirábamos a la distancia. El maestro sostenía un pergamino.

"Este es el mandamiento concerniente al chivo expiatorio, cómo había de ser llevado al desierto".

Comenzó a leerlo.

"'Y lo enviará al desierto por mano de un hombre destinado para esto. Y aquel macho cabrío llevará sobre sí todas las iniquidades de ellos a tierra deshabitada...'. ¿Y dónde iba el macho cabrío?", preguntó el maestro.

"Al desierto", respondí.

"A una 'tierra inhabitada'. Es esto", dijo mientras señalaba a una de las palabras en el pergamino. "Es la palabra *gezarah*. El chivo expiatorio tenía que ser llevado a la tierra de gezarah".

"¿Qué es la tierra de gezarah?".

"Gezarah viene de la raíz *gazar*. *Gazar* significa cortado, excluido o destruido; por lo tanto, la tierra de gezarah significa un lugar que está cortado, excluido, deshabitado, un lugar donde nadie puede vivir".

"Nadie excepto el chivo expiatorio".

"Sí", respondió él. "Y cuando Isaías profetizó la muerte del Mesías, utilizó la misma palabra. Dijo: 'Porque fue cortado de la tierra de los vivientes, y por la rebelión de mi pueblo fue herido'. La palabra *cortado* es una traducción de *gazar*, como en la tierra de gezarah".

"Entonces, en cierto aspecto, el Mesías va a una tierra cortada, excluida, destruida, deshabitada, y donde nadie puede vivir".

"Como el chivo expiatorio se lleva los pecados del pueblo a la tierra de gezarah".

"Entonces el Mesías lleva nuestros pecados a la tierra de gezarah".

"¿Y qué significa eso, que Él llevó sus pecados a la tierra de gezarah?", preguntó el maestro.

"Significa...mis pecados son cortados, y nadie puede ir hasta donde están".

"Sí", dijo el maestro, "sus pecados están donde nadie puede vivir...ni siquiera usted. Y nadie puede visitarlos...ni siquiera usted. No se puede habitar en un lugar donde no hay habitación, en la tierra de gezarah. Por lo tanto, nunca vuelva a vivir con ellos y nunca los visite. Debe decirles adiós. Se han ido, han sido quitados, y cortados...para siempre...en la tierra de gezarah".

La misión: Diga adiós a sus pecados, a su culpabilidad, a su pasado y a todo lo que ha sido quitado. Suéltelo y córtelo para siempre, en la tierra de gezarah.

Levítico 16:21–22; Salmo 103:12; Isaías 44:22; 53:8

Azazel

LA SOMBRA

LA NOCHE ERA oscura. No había luna, y solamente unas pocas estrellas se podían ver en el cielo del desierto…solamente oscuridad y el aullido de los vientos de la fría noche.

"¿Le da miedo la oscuridad?", preguntó el maestro.

"A veces", respondí yo.

"En las Escrituras, la oscuridad es un símbolo del mal. La oscuridad es una ausencia, la ausencia de luz. Así también es la maldad…".

"¿La maldad es una ausencia?".

"La maldad no es tanto una realidad como la ausencia de una realidad. No es de la creación, sino una negación de la creación, una negación de lo que es, la negación de Dios. Y por lo tanto, no puede existir por sí sola, sino tan solo en oposición a la existencia".

"¿Qué quiere decir eso?".

"La verdad existe por sí sola; es lo que es. Pero una mentira no puede existir sin verdad; una mentira es torcer la verdad, y por eso solo puede existir por la verdad, y en la negación de ella. Por lo tanto, también la vida existe sin muerte, pero la muerte no puede existir sin vida. La muerte solamente existe como la negación de la vida. Y también el bien puede existir sin el mal, pero el mal no puede existir sin el bien. El mal es la negación del bien".

"Es la fuerza de la oposición", dije yo.

"Sí", respondió él, "y en hebreo aquello que se opone, lo que va en contra, se llama el *sahtán*".

"Sahtán", repetí, e hice una pausa hasta entenderlo. "¡Satanás! Se puede tener a Dios sin Satanás, pero no se puede tener a Satanás sin Dios".

"Sí", dijo él. "De modo que solamente podemos discernir la oscuridad debido a la existencia de la luz, y lo que es falso porque existe la verdad, y lo que es equivocado porque existe lo correcto. Por lo tanto, entonces el mal es realmente…".

"Un testigo", dije yo, "un testigo hostil que, a pesar de sí mismo, testifica de la verdad".

"Sí", dijo él, "el testigo de una sombra. La oscuridad de la falsedad da testimonio de que existe la verdad. La oscuridad del odio da testimonio de que existe el amor; y la oscuridad de la maldad da testimonio de que existe Dios. Así que nunca permita que su corazón pierda su enfoque al quedarse en la maldad, en una sombra, en aquello que no es, para oscurecer lo que es. Busque siempre más allá de la sombra, y por encima de ella, al Bien, que siempre está ahí en el trono…y ante el cual incluso la oscuridad debe finalmente dar testimonio…y doblar su rodilla".

La misión: Hoy, practique ver por medio de la oscuridad de cada problema o maldad que le confronte, al bien que está por encima.

Juan 3:20–21; 8:24; 18:37

Las estrategias de la guerra I–IV

EL ISRAEL SECRETO

ESTÁBAMOS OBSERVANDO A un pastor que llevaba a su rebaño por un largo cañón cuando notamos que había un segundo rebaño y un pastor que descendían por las colinas cercanas para unirse a ellos. Los dos rebaños entonces se fundieron en uno solo.

"Dos pueblos de Dios", dijo el maestro, "han compartido ese mundo durante los últimos dos mil años: los hijos de Israel, el pueblo judío, y los seguidores del Mesías, los cristianos, la Iglesia. Durante la mayor parte de este tiempo han estado en enemistad el uno con el otro, cada uno viendo al otro como una presencia ajena. Pero los dos están unidos en un misterio. El Mesías es el Pastor de Israel, pero también es el Pastor de aquellos que le siguen de entre todas las naciones: la Iglesia. Por lo tanto, Él les dijo a sus discípulos judíos: 'tengo otras ovejas que no son de este rebaño...'".

"Entonces la Iglesia e Israel son dos rebaños...pero con el mismo Pastor...el Mesías".

"Pero el misterio es incluso más profundo", dijo el maestro. "En el libro de Efesios está escrito que aquel que sigue al Mesías, el cristiano verdadero, se ha convertido en un conciudadano de la comunidad de Israel; así, los dos están unidos. La Iglesia es, en realidad...una entidad judía. No sustituye a Israel, sino que la complementa; la Iglesia es, *en espíritu*, judía. Es la Israel del Espíritu. Lo que el pueblo judío es en carne y sangre y en el ámbito de lo físico, la Iglesia lo es...en el ámbito del espíritu. A uno de los pueblos le pertenece una Tierra Prometida de la tierra; al otro le pertenece una Tierra Prometida del cielo. A uno le pertenece una Jerusalén de montañas y piedras; al otro, la Jerusalén celestial. Uno es un pueblo físicamente reunido de entre todas las naciones; el otro, un pueblo reunido espiritualmente. Uno nace de la promesa mediante carne y sangre; el otro, nace del Espíritu. Uno compone la familia del Mesías de carne y sangre; el otro, su familia mediante el espíritu. Uno recoge una cosecha de frutos y grano, y el otro recoge una cosecha de vida eterna. Y como el espíritu está unido al cuerpo, así los dos están por naturaleza unidos intrínsecamente".

"Pero los dos han sido separados", dije yo.

"Sí", dijo el maestro, "para detrimento de ambos; pero la consumación de uno no vendrá sin el otro, ni el cumplimiento de uno sin el otro. Porque cuando el espíritu y el cuerpo se separan, es la muerte; pero cuando el espíritu y el cuerpo son unidos otra vez, ¿qué hay?".

"Vida", dije yo. "Es vida de la muerte".

La misión: Hoy, busque encontrar las riquezas de las raíces judías de su fe y su identidad secreta como un hebreo espiritual, un israelita de Dios.

Génesis 12:3; Juan 10:16; Efesios 2:11–22

El Israel del Espíritu

LA NOVIA EN LA TIENDA

"**H**E AQUÍ LA *calah*", dijo el maestro a la vez que atraía mi atención hacia una joven que estaba en la tienda de la aldea. "Así se dice *la novia* en hebreo. ¿Recuerda cuando el novio hizo su visita? Era para ella".

"Y sin embargo ella sigue estando aquí", dije yo. "Es la novia pero aún no está casada".

"En la boda hebrea, el novio hace un viaje hasta la casa de la novia y allí, en esa casa, o tienda, se hace el pacto. Desde ese momento son considerados novio y novia, esposo y esposa; pero el novio debe entonces dejar a la novia y su casa y hacer el viaje de regreso hacia su lugar de origen. Los dos están unidos en el pacto del matrimonio, pero no se ven el uno al otro hasta el día de la boda. Pasan el tiempo preparándose para ese día".

"Pero parece que para la novia nada ha cambiado. Sigue viviendo con su familia en esa tienda, sigue haciendo sus tareas diarias, y lo que le rodea es lo mismo. Su vida es igual; está casada, pero ¿qué ha cambiado?".

"*Ella* ha cambiado", dijo él. "¡Ella es ahora la calah!".

"No lo entiendo".

"Hace dos mil años, el Novio hizo un viaje hasta la casa de la novia, Dios viajó hasta este mundo, hasta nuestra casa, a nuestras vidas; y de igual manera, fue para hacer un pacto. Según el misterio, el novio debe dejar la casa de la novia y regresar a su hogar; igualmente, el Mesías dejó este mundo para regresar a su lugar de morada. Por lo tanto, estos son ahora los días de la separación. El Novio habita en su casa, el cielo; y la novia habita en su casa, este mundo. Por lo tanto nosotros, la novia, ahora vivimos en esta casa, este mundo. Y usted, en su vida, sigue viviendo en la misma tienda. Las cosas que le rodean puede que se vean igual y se sientan igual; su vida, sus circunstancias puede que parezcan inmutables, pero algo muy grande *ha* cambiado…usted…no la tienda…no el mundo que le rodea…sino usted; y así, usted ya no pertenece al mundo. Está *en* el mundo, pero ya no es *de* él. Ya no pertenece a sus circunstancias, ni a su pasado, ni a sus pecados y limitaciones. Ya no está unido a todas esas cosas; no pertenece a este mundo, sino que pertenece al Novio. Usted es libre. ¡Es usted la calah!".

La misión: Viva este día como la novia en la tienda, como alguien que ya no está limitado por sus circunstancias, sino que pertenece al Novio; libre de este mundo.

Juan 17:9–18; 2 Corintios 11:12; 1 Pedro 2:11–12

LA LEY DE LA TIERRA EN BARBECHO

Í BAMOS DE REGRESO de la ciudad, después de haber hecho varios recados, cuando llegamos a uno de los asentamientos agrícolas. Pasamos por varios campos de grano hasta llegar a una zona abierta que parecía descuidada.

"¿Sabe lo que es esto?", me preguntó él. "Se llama 'tierra en barbecho'. Es la tierra que se deja a propósito sin sembrar y sin cosechar. Mire, si se trabaja la misma tierra del mismo modo una y otra vez, el terreno se queda agotado y se vuelve cada vez menos productivo; por lo tanto, los agricultores de vez en cuando permiten descansar a un terreno, lo dejan en barbecho, sin sembrar y sin cosechar. Así que, si plantáramos en terreno al que se le ha permitido estar en barbecho, ¿qué podríamos esperar que suceda?".

"¿Sería fructífero, más fructífero que otro terreno?".

"Sí", dijo el maestro. "Y esta es la ley de la tierra en barbecho, una ley que contiene uno de los secretos más importantes para vivir una vida fructífera. ¿Qué es la tierra en barbecho? Es la tierra que no se ha tocado, trabajado ni cultivado. ¿Y qué es la tierra en barbecho en Dios? Es la tierra que no ha sido tocada por Dios; es cada vida, cada corazón y cada alma a la que no se ha permitido que Dios toque, no se ha permitido que entre la vida de Dios; es, por lo tanto, crucial sembrar la Palabra y el amor de Dios en el barbecho, en el perdido, en el no salvo, en el que no conoce, en el impío más alejado: en la tierra en barbecho. Y si la recibe, dará mucho fruto".

"¿Se aplica la ley de la tierra en barbecho también a quienes conocen a Dios?".

"Tanto, que al aplicarla", dijo él, "puede transformar su vida. Incluso en las vidas de quienes conocen y aman al Señor hay tierra en barbecho. Es la parte de su vida que no ha sido tocada por el amor de Dios o cambiaba por su Palabra. Cualquier parte de su vida que no haya sido tocada, que no haya sido sembrada o cosechada…esa es su tierra en barbecho. Cualquier área de su vida que permanezca inmutable, no redimida, impía y oscura, ya sea en acciones, pensamientos, hábitos, emociones o caminos, esa es su tierra en barbecho. Y la ley de la tierra en barbecho dice que es precisamente eso, ese terreno, esa zona a la que no ha permitido que Dios toque y cambie, la que dará más fruto. Es esa parte la que debe arar, sembrar y regar; porque ese terreno es el que está esperando dar una cosecha. Como está escrito en los Profetas: 'haced para vosotros barbecho; porque es el tiempo de buscar a Jehová'".

La misión: Identifique la tierra en barbecho que hay en su vida. Ábrala para este día, para el toque de Dios, su Palabra y su voluntad. Permita que produzca una cosecha.

Oseas 10:12; Mateo 13:23

LOS CORDEROS DE NISÁN

Él ME LLEVÓ a la Cámara de los Rollos, se acercó al arca, sacó el rollo del arca, lo puso sobre la mesa, lo desenrolló hasta el pasaje que buscaba, y entonces comenzó a traducirlo en voz alta.

"'En el diez de este mes tómese cada uno un cordero…un cordero por familia'. Es uno de los días santos bíblicos más importantes", dijo él, "y sin embargo, la mayoría de las personas nunca han oído de él".

"¿Qué día santo?".

"El día décimo del mes hebreo de nisán. La Pascua caía en el día quince de nisán, pero el día diez de nisán era el día en que se escogía el cordero y era llevado a la casa que en la Pascua lo ofrecería".

Levantó la vista del rollo y la dirigió a mí.

"Entonces, el día diez de nisán es el día del cordero", dijo, "el día en que lo escogían, cuando lo llevaban, y era identificado con la casa que lo sacrificaría. ¿Conoce el Domingo de Ramos?".

"Claro; es el día en que el Mesías montado en un pollino fue por las calles de Jerusalén…recibido por el pueblo con celebración y ramas de palma".

"Sí, pero es también un día de misterio. Si el Mesías es el Cordero de Pascua, entonces también debe de estar unido al diez de nisán".

"Entonces el misterio es…".

"Lo que llamamos Domingo de Ramos es, en realidad, el diez de nisán, el día del Cordero. Cuando el pueblo de Jerusalén llevaba los corderos de la Pascua a sus casas, el Mesías estaba siendo llevado desde el monte de los Olivos hasta las puertas de la ciudad. La entrada del Mesías en la ciudad con palmas y hosannas era realmente el cumplimiento de lo que había sido ordenado desde tiempos antiguos: que tomaran los corderos. Por lo tanto, el día en que el cordero de la Pascua tenía que ser llevado a la casa, Dios llevó al Cordero de Dios a la casa de Dios, a Jerusalén, el lugar de su morada. Y al igual que los corderos del diez de nisán tenían que ser sacrificados en la Pascua por quienes vivían en la casa, así también el Cordero de Dios sería sacrificado en la Pascua por quienes vivían en Jerusalén. El Cordero de Dios tenía que llegar hasta la casa de Dios para que pudieran venir las bendiciones de la salvación. Del mismo modo, si queremos conocer las bendiciones de Dios, debemos llevar a casa el Cordero. Debemos llevarlo al lugar donde vivimos nuestra vida…a cada habitación, cada armario y cada rincón. Las bendiciones comienzan cuando el Cordero llega a casa".

La misión: Lleve a casa al Cordero al lugar donde usted vive realmente su vida, y permita que Él entre en cada habitación, armario, espacio oscuro y a cada rincón de su vida.

Éxodo 12:3; Mateo 21:1–11

LA ALDEA DE SU CONSUELO

"**H**ABÍA UN LUGAR en Israel", dijo él, "llamado Kfar Nachum".

"Nunca lo he oído".

"La primera parte del nombre, *Kfar* puede significar una aldea, y esa sería su comprensión común La segunda parte, *Nachum*, es un nombre hebreo, el mismo nombre del profeta Nahúm. Por lo tanto, Kfar Nachum podría llamarse 'la aldea de Nahúm'".

"¿Y era Kfar Nachum la aldea del profeta Nahúm?".

"No. No tenemos ningún registro de conexión alguna entre ambos; y si hubiera otro hombre llamado Nahúm que vivía allí, no tenemos ningún registro de su existencia. Pero si profundizamos un poco más, encontramos algo hermoso. *Kfar* también puede significar cobijo; y viene de la raíz hebrea *kaphar*, que también significa expiación, reconciliación, misericordia y perdón. Y la palabra *Nachum* significa consuelo y consolación. Por lo tanto, Kfar Nachum podría entenderse como 'la aldea del consuelo', el cobijo de consolación".

"Y usted dijo que la primera parte habla de misericordia y expiación".

"Sí, de modo que el nombre podría entenderse como que habla del consuelo de la expiación, el consuelo de la misericordia de Dios, el consuelo de su perdón y reconciliación".

"¿Y dónde está Kfar Nachum?", pregunté.

"Ya lo sabe", respondió él.

"No. Nunca antes he oído de ella".

"*Kfar* se convierte en *Caper*; y *Nachum* se convierte en *Naum*. *Caper* y *Naum*. *Caper Naum*".

"¡Capernaúm!", exclamé. "Capernaúm...el lugar donde ministraba el Mesías".

"El centro de su ministerio...la aldea de consuelo...el lugar donde Él sanó a los enfermos, dio perdón a los pecadores, recibió a los rechazados y marginados, y sanó a los quebrantados...Kfar Nachum...el consuelo de su misericordia. ¿Y sabe con qué está relacionada también la palabra *Nachum*?... Arrepentimiento. En el arrepentimiento, al acercarnos a Dios, es cuando encontraremos consuelo, y misericordia, y sanidad, y milagros. Y Él sigue estando allí".

"¿En Capernaúm?".

"Cuando acudimos a Él, Él está allí...en Kaphar Nachum...el cobijo de su misericordia".

La misión: Hoy, arrepiéntase de cualquier cosa que no esté en la voluntad de Él, y entre en el cobijo de su consuelo donde espera su bendición: en Kfar Nachum.

Isaías 61:1–3; Mateo 4:13–16, 24

Las manos del Mesías

DONDE VAMOS

ESTÁBAMOS DELANTE DE una llanura arenosa.

"Puede que no me dé las gracias por esto", dijo el maestro.

"¿Por qué?", le pregunté.

"Por lo que está a punto de hacer...que es cruzar esta llanura...hacia atrás".

Yo lo hice. Intentando todo lo posible no caerme, comencé a caminar hacia atrás cruzando la llanura...pero no había recorrido mucho espacio cuando me encontré de espaldas, al haber tropezado con uno de los muchos arbustos pequeños que salpicaban el paisaje. Después de haberme caído de esa manera varias veces, el maestro se acercó a mí para ayudarme a levantarme.

"Bien", dijo él. "Creo que será suficiente. Ahora bien, ¿por qué le hice hacer eso?".

"Tiene usted la misma pregunta que yo".

"Todos fuimos creados con ojos para mirar en la dirección en la cual caminamos; por lo tanto, caminamos en la dirección hacia la que miramos. Y hacia donde miramos, caminamos".

"Yo podría haberle dicho eso y los dos nos habríamos ahorrado las molestias".

"La razón por la que le pedí que hiciera eso no es para que aprendiera ese hecho, sino para que nunca olvide esta verdad. El principio es tan básico que nunca pensamos al respecto, pero donde miramos es donde vamos. Si vamos en contra de ese principio, nunca terminará bien. Pero si aplicamos ese principio a mayor escala, en la escala de la vida, puede cambiar nuestra vida. Su vida es un viaje, y a lo largo de ese viaje es crítico que usted mire en la dirección hacia donde va...y que no mire en la dirección hacia donde no va. Si se enfoca en lo que es impío, impuro, negativo, malo, oscuro, pecaminoso...terminará yendo allí...a un lugar oscuro...y alejado de Dios. Al final, terminará yendo donde miró. Y aquello *en* lo que se quede, es donde habitará. Está escrito que el Mesías fijó sus ojos en Jerusalén. Esa era su meta; de modo que es ahí donde Él miraba mucho antes de terminar allí. Enfóquese en las cosas que son coherentes con su llamado; usted tiene un llamado celestial y un destino celestial; por lo tanto, mire a lo que es celestial. Quédese en lo que es puro, elevado y de Dios; enfóquese en lo que es bueno. Deje de quedarse en lo que no lo es...y en lo que no tiene nada que ver con su llamado celestial. Terminará donde ha de ir cuando mire...hacia donde va".

La misión: ¿Cuál es la dirección del llamado de su vida? Hoy, quédese solamente en aquello que conduce a ese destino, y no en lo que no lo hace.

Proverbios 4:25–27; Filipenses 3:13–14; 4:8; Efesios 4:1

El principio de mirar hacia dónde va

LA COMIDA DE LOS SACERDOTES

"**¿Y** SI EXISTIERA UNA comida con poderes especiales?", preguntó el maestro. "¿Y si quien comiera de esa comida se volviera santo y recibiera la capacidad de hacer obras para Dios que nunca podría haber hecho antes?".

"Ahorraría mucho tiempo y esfuerzo", respondí yo.

"Los sacerdotes de Israel no solo ofrecían los sacrificios", dijo él. "Participaban de ellos; los sacerdotes vivían de los sacrificios, eran su alimento y su sustento. Un sacerdocio santo tenía que participar de una comida santa. ¿Y qué es la comida? Es aquello de lo cual vivimos…y lo que se convierte en nosotros".

"Somos lo que comemos", dije.

"Sí, y *hacemos* lo que comemos", dijo él. "La comida es la que nos da la energía para movernos, trabajar, actuar, hacer y lograr. Lo mismo sucede con la comida espiritual".

"¿Qué es la comida espiritual?".

"Es aquello de lo que vive nuestro espíritu, de lo que participa nuestro corazón. Y de lo que participamos en el ámbito espiritual es en lo que nos convertiremos en el ámbito espiritual. Si usted participa en lo que es impuro espiritualmente, si come la comida de la amargura, de la impureza, de la lujuria, la murmuración o la oscuridad, entonces se volverá impuro y de la oscuridad; pero si participa de lo que es espiritualmente puro y santo, entonces se volverá espiritualmente puro y santo. Y como la comida física nos da energía física, así también la comida espiritual nos da energía espiritual. Por lo tanto, si participamos de comida espiritual que es santa y de Dios, nos dará poder y energía espiritual para hacer lo que es santo y bueno, y para cumplir las obras de Dios. Entonces, ¿cuál era exactamente la comida de los sacerdotes?".

"¿Los sacrificios?".

"¿Y cuál es el sacrificio supremo? El Mesías. Y las Escrituras dicen que si nacemos de nuevo, ahora somos parte de un sacerdocio santo. De modo que si usted es un sacerdote, ahora debe vivir de la comida de los sacerdotes, del sacrificio. En otras palabras, debe hacer que el Mesías sea la comida de la que usted vive cada día. Su amor, su bondad, su misericordia, su presencia deben convertirse en su sustento diario. Y si usted participa del Mesías, entonces la naturaleza de Él se convertirá en su naturaleza, y su esencia en la esencia de usted. Su energía, su espíritu y su poder le serán otorgados para que pueda llevar a cabo las obras de Dios y hacer lo que nunca antes podría haber hecho. Así que de ahora en adelante, viva de la comida de los sacerdotes. Participe de lo santo, porque somos lo que comemos,…y aquello en lo que participamos…se hace parte de nosotros".

La misión: Participe hoy solamente de lo bueno y santo, la comida de los sacerdotes. Manténgase en lo bueno y en nada más, y en eso se convertirá.

Levítico 6:29; Salmo 34:8; Juan 6:51

LA CANCIÓN DE LA PIEDRA

NOS SENTAMOS EN el suelo de una habitación oscura, iluminada solamente por la luz de una solitaria lámpara de aceite. El maestro tenía en la mano un pequeño pergamino.

"En las Escrituras del Nuevo Testamento está registrado que al final de la Pascua Seder, la Última Cena, el Mesías y sus discípulos cantaron una canción. ¿Qué canción habrían cantado?".

"¿Cómo es posible que lo sepamos?".

"La palabra que se utiliza para describir la canción es la palabra griega *humnos*. *Humnos* se utilizaba para hablar de los Salmos de Israel. Y desde tiempos antiguos estaba ordenado que la Pascua terminaría siempre con el canto de canciones, concretamente los Salmos, y un conjunto concreto de Salmos llamado los Hallels. La Pascua terminaba con el canto del último de ellos: el Salmo 118".

"¿Y es importante el Salmo 118?".

"Mucho", dijo el maestro mientras comenzaba a leer del pergamino. "El Salmo 118 es el que contiene las palabras: 'La piedra que desecharon los edificadores ha venido a ser cabeza del ángulo'. La palabra hebrea para *desecharon* significa también despreciado y aborrecido. ¿Quién es la piedra desechada?".

"El Mesías", respondí. "Él fue desechado y rechazado por los hombres...".

"Hace dos mil años, ese canto se cantaba en toda Jerusalén: la canción de la piedra rechazada. Y sería cumplido esa misma Pascua. Fue después de que el Mesías y sus discípulos terminaran de cantar la canción cuando fueron al monte de los Olivos donde Él fue arrestado, despreciado y aborrecido; y finalmente desechado en la crucifixión: el rechazo personificado. Pero ¿qué dice también? 'La piedra que *desecharon los edificadores ha venido a ser cabeza del ángulo*'. Por lo tanto, el hombre despreciado y rechazado en la cruz terminaría convirtiéndose en la cabeza del ángulo de la fe...de la civilización...de la historia...y del mundo. Piense en ello...reyes y reinas, generales y emperadores, se postran ante un hombre clavado en una cruz. La vida más importante y transformadora en este planeta es la de un Rabino judío crucificado...la piedra del rechazo. Y ese Rabino crucificado se convierte en la piedra del ángulo de la historia. En Dios, el objeto del odio del hombre se convierte en el centro de su amor, y el objeto del desprecio del hombre se convierte en el canal de su gloria. ¿No es asombroso? Y todo eso estaba allí, aquella noche de la Pascua Seder...en la canción de la piedra".

La misión: Haga de Aquel que es la Piedra angular, la piedra angular de todo lo que haga hoy. Construya todo lo demás sobre ese fundamento.

Salmo 118:22–23; Isaías 53:3; Hebreos 13:12–13; 1 Pedro 2:4–8

EL MISTERIO DE LOS TRIÁNGULOS

ESTÁBAMOS SENTADOS UNO frente al otro en la arena del desierto. El maestro sostenía una vara, que utilizó para revelar el misterio.

"La noche de Pascua", dijo él, "los israelitas marcaron los dinteles de sus puertas con la sangre del cordero. ¿Sabe cómo lo hicieron?".

"No".

"Pusieron la sangre en tres lugares: en el dintel derecho, en el dintel izquierdo y en el travesaño".

Usando la vara, hizo tres puntos en la arena: uno encima y dos debajo a la derecha y a la izquierda.

"Ahora conectemos los puntos", dijo mientras comenzaba a dibujar una línea de punto a punto. "¿Qué figura se forma?".

"Un triángulo".

"Un triángulo que señala hacia el cielo. El acto lo llevaba a cabo el hombre mirando hacia Dios, de la tierra hacia el cielo, del hombre a Dios. En la primera Pascua, la sangre del cordero apareció en los dinteles de sus puertas. Pero unos mil años después, en la Pascua del Mesías, la sangre apareció en los maderos de la cruz. ¿En cuántos sitios apareció esa sangre?".

Pensé durante un momento antes de responder.

"Tres", respondí.

"¿Dónde?".

"A su mano derecha, a su mano izquierda y en sus pies".

En eso, él puso la vara de nuevo en la arena y dibujó tres puntos, uno abajo, y dos encima. Después comenzó a conectar los puntos. Formó otro triángulo al lado del primero, pero este señalaba hacia abajo.

"De nuevo, tres marcas de sangre…De nuevo forma un triángulo. Pero este triángulo señala hacia abajo, así como el sacrificio de esta Pascua no va del hombre hacia Dios, sino de Dios al hombre. Y ahora ¿qué ocurre si unimos los dos triángulos de la Pascua?".

Entonces dibujó los dos triángulos, el uno solapando al otro.

"¿Qué ve usted?", preguntó.

"¡La estrella de David!", dije yo. "Forma la estrella de David, la señal de Israel".

"Una estrella de David formada por la mano de Dios a lo largo de las edades…la señal de la redención de Israel unida a la señal de la redención del hombre…y juntas formando la señal de la antigua nación de Dios. Una señal de que el misterio de Israel es el Cordero…que el Cordero ha venido…y que todo aquel que se refugie en su sangre…será hecho libre".

La misión: La sangre del Cordero rompe toda cadena y atadura. Camine hoy en el poder del Cordero y sea libre.

Éxodo 12:3–7; 1 Corintios 5:7

El Cordero y la puerta

EL MISTERIO CALDEO

Él ESTABA PASANDO las páginas de un gran libro negro con mapas antiguos y litografías. "Asiria, Babilonia, Persia, Roma...Incluso el mayor de los reinos", dijo, "no puede escapar de las leyes de la historia...o las leyes de Dios. Y una de esas leyes tiene cuatro mil años de antigüedad. Dios habla a un hombre del Medio Oriente que será conocido como Abraham, de la tierra de Caldea, y le dice: 'Bendeciré a los que te bendigan. Y maldeciré a los que te maldigan'. En otras palabras, esas personas, naciones y poderes que bendigan al pueblo judío, los hijos de Abraham, serán bendecidos, y los que les maldigan, serán maldecidos. ¿Podría una promesa de cuatro mil años de antigüedad estar detrás de la historia del mundo y del ascenso y la caída de las naciones?

"¿Podría?".

"Le pondré un ejemplo. En el segundo milenio a.C., el imperio prominente del mundo era Egipto, pero Egipto oprimió a los hijos de Abraham. Así, según el misterio antiguo, alrededor del tiempo del Éxodo y en la cima de su opresión, el Imperio Egipcio de repente de derrumbó, para nunca más volver a resurgir. En la era moderna, Gran Bretaña se convierte para el pueblo judío en un refugio ante la persecución y un lugar donde prosperarían. Y así, según el antiguo misterio, Bretaña es exaltada hasta el punto de que su imperio se convierte en el más amplio de la historia mundial. Pero cuando el Imperio Británico cambia su postura y se vuelve en contra de los refugiados judíos que huían del Holocausto, el mayor de los imperios de repente se derrumba hasta quedar reducido prácticamente a la nada. En el siglo XX, el mayor refugio y protector del pueblo judío era Estados Unidos. Y así, según el antiguo misterio, en el mismo período de tiempo Estados Unidos se convierte en la nación más bendecida, próspera y poderosa de la tierra. Desde el antiguo Egipto hasta la moderna Estados Unidos, el antiguo misterio bíblico ha decidido el ascenso y la caída de reinos e imperios. ¿Qué le dice eso?".

"Dice que es sabio bendecir a Israel y al pueblo judío".

"Sí", dijo el maestro. "Y que Dios es real, fiel, y más poderoso que la historia. Cuando Él da su Palabra, créala. Y sepa que su amor por su pueblo...incluido usted...es tan grande que Èl incluso moverá imperios por su causa".

La misión: Tome una promesa de su Palabra. Crea la promesa con todo su corazón. Salga y viva su vida a la luz de esa promesa.

Génesis 12:1–3

EL MISTERIO DE MIRIAM

"**L**A MUJER MÁS famosa de toda la historia de la humanidad...amada, querida y adorada más que cualquier otra mujer de la tierra...María, venerada en todo el mundo como la Virgen María. Pero detrás de la veneración, las vidrieras y los iconos estaba una mujer muy distinta a como la mayoría la ha imaginado. Ella era judía, y nunca la llamaron María".

"¿Cómo se llamaba entonces?".

"Miriam. La llamaron así por la Mirian de Egipto, la hermana de Moisés, aquella cuyo acto más crítico fue vigilar a su hermanito mientras él navegaba por el río Nilo. Su misión fue proteger su vida. Moisés creció y se convirtió en el libertador para liberar a su pueblo de la esclavitud, pero fue Miriam quien se aseguró de que sobreviviera cuando era un bebé para que eso pudiera ocurrir. Su llamado fue dar entrada a la vida del redentor en la tierra de Egipto donde traería salvación. Unos mil años después, otra niña hebrea recibiría el mismo nombre, *Miriam*...y el mismo llamado".

"¿El mismo llamado?".

"¿Cuál fue el llamado de María? Fue dar entrada a la vida del Libertador, el Mesías, Yeshúa, Jesús, en un mundo caído. Y recuerde lo que significa *Yeshúa*: salvación. Así que es Miriam la que da entrada a la salvación".

"¿Y qué significa el nombre de *Miriam*?".

"En egipcio", dijo él, "el nombre puede significar amor".

"Así que Yeshúa nace de Miriam, nace del amor de Dios".

"Sí, pero en hebreo, *Miriam* significa algo muy distinto. Significa amargura y rebelión".

"Eso no suena bien".

"Pero *es* bueno", dijo él. "Dios hace que Miriam dé a luz a Yeshúa. Así también Dios hace que un mundo de amargura y rebelión dé a luz la salvación. Él hace que Yeshúa nazca en nosotros...el otro milagro. Él incluso toma vidas de rebelión...y corazones de amargura...y hace que produzcan bendición...y den nueva vida. ¿Y cuándo nace esa vida y nace ese milagro en nuestras vidas? Principalmente en tiempos de dificultades y tristeza...en tiempos de amargura. Así, no solo una vez...sino incluso ahora...es a través de Miriam...como nace Yeshúa".

"Y entonces 'mediante la amargura nace la salvación'...incluso a través de nosotros".

"Y si la salvación, Yeshúa, nace de nosotros", dijo él, "entonces todos somos Miriam".

La misión: Acepte el misterio de Miriam. Haga de él su objetivo en este día, lleve su vida, su presencia y su gozo al mundo.

Éxodo 2:1–9; Lucas 1:26–38

Miriam

YOM RISHON: EL COMIENZO CÓSMICO

É L VINO A mi habitación por la mañana temprano para invitarme a dar un paseo, así que salimos al aire libre.

"¿Por qué cree que se produjo la resurrección un domingo?", pregunto él.

"No lo sé", respondí.

"Porque el domingo", dijo el maestro, "fue el día en el que todo comenzó…el domingo es el día en que comenzó el universo, el día de la creación".

"Pero en ese entonces no había domingos".

"No se llamaba domingo, pero no por eso deja de ser domingo. Cada domingo es una conmemoración de ese comienzo, de la creación del universo".

"Entonces la resurrección ocurrió en domingo porque…".

"El domingo es el día del comienzo; y así, a todos los que lo reciben se les da un nuevo comienzo para sus vidas. Y ¿por qué más fue en domingo?", preguntó él. "Porque el domingo va después del sábado, y el sábado es el último día, el día del fin. Así que la resurrección se produce en domingo porque es el poder de lo que ocurre después del fin. Es lo que ocurre después del final en la cruz del Mesías; y es lo que ocurre después del final de la vieja vida. Así que para todos los que llegan a su fin, para todos los que dejan que su antigua vida termine en el fin del Mesías, la resurrección es el comienzo que viene después de ese fin. ¿Por qué domingo? Porque el domingo es la conmemoración del comienzo cósmico y la resurrección es el nuevo comienzo cósmico. El domingo es el día en que comienza la creación, y la resurrección es el comienzo de la nueva creación, las primicias. Y todo el que entra en él se convierte, él mismo, en una nueva creación. Y para ellos todas las cosas son hechas nuevas…Y finalmente, ¿por qué domingo?", preguntó él. "Porque en las Escrituras el domingo no se llama domingo, sino *Yom Rishon*. Y *Yom Rishon* significa Día Uno. El Mesías resucitó en Yom Rishon, Día Uno. ¿Por qué? Porque antes del Día Uno no puede haber otro día. Así que todo el que recibe la resurrección, recibe el Día Uno. Y en el poder del Día Uno lo viejo es despojado. Porque antes del Día Uno…no hay nada, ni pecados, ni culpa, ni fallos, ni vergüenza; y así, todas las cosas son hechas nuevas. Aprenda el secreto de vivir en el poder de Yom Rishon, y todas las cosas serán hechas nuevas, y cada día se convertirá…en el primer día…el comienzo…Yom Rishon…Día Uno".

La misión: Viva hoy como si fuera el Día Uno, como si todo lo que nunca hubiera debido ser, nunca hubiera sido y todo fuera nuevo. Porque en la redención, es así.

Génesis 1:1; Marcos 16:2–6

EL HOMBRE SOMBRA

ESTÁBAMOS SENTADOS EN una colina en medio de un valle en un día cálido y ventoso.

"¿Ve eso?", preguntó el maestro. Señalaba las zonas de oscuridad que se movían por el valle, las sombras de las nubes que se movían con rapidez por encima de nosotros.

"Ve sus sombras", dijo él, "antes de que lleguen. Del mismo modo, antes de la llegada del Mesías se produjeron sombras de su llegada. Una de las sombras fue Yosef o José, el hijo de Jacob. Los rabinos han visto desde hace mucho en la historia de José una sombra de la llegada del Mesías. José era el hijo amado de su padre. ¿De qué forma pudo eso ser una sombra concerniente al Mesías?".

"El Mesías era el hijo amado *del* Padre", respondí.

"El padre de José, Jacob, lo envió en una misión a sus hermanos".

"Así Dios envió al Mesías", dije yo, "en una misión a *sus* hermanos, la nación de Israel".

"José fue menospreciado, rechazado, y conspiraron contra él".

"Así también el Mesías fue despreciado y rechazado, y sus enemigos conspiraron para matarlo".

"José fue llevado a una tierra extranjera, Egipto, y fue separado de su familia".

"Así el Mesías fue separado de *su* propio pueblo y familia: el pueblo judío".

"José fue acusado falsamente y, aunque inocente, fue arrestado y llevado a prisión, sufriendo por los pecados de otros".

"Así el Mesías fue falsamente acusado y, aunque era inocente, fue arrestado y llevado para sufrir por los pecados de otros".

"José", dijo el maestro, "después fue sacado de la prisión y sentado en gloria sobre el trono del reino".

"Así el Mesías", dije yo, "fue sacado de las profundidades de la muerte y sentado en un trono de gloria".

"José se convirtió en el redentor de Egipto y fue responsable de salvar a toda una nación de la muerte".

"Y el Mesías se convirtió en el Redentor de todos, el Salvador del mundo".

Pensé en ello por un instante. "¡Qué grande debe de ser Él", dije, "para que la historia de las naciones sea solo una parte de la sombra de su llegada!".

"La historia de las naciones", dijo el maestro, "y la historia de nuestras vidas. Él es la realidad que cumple toda esperanza...incluso de nuestras vidas...y de todas las sombras que están a la espera hasta que Él venga".

La misión: José significa él crecerá, una sombra del Mesías quien, como José, triunfa en todas las cosas. En el Mesías, usted tiene el mismo poder. Úselo en este día.

Génesis 50:19–21; Isaías 53; Juan 1:9–13

EL HOMBRE NACIDO PARA HACER
UNA PAUSA Y PREGUNTAR

"**E**N EL MUNDO antiguo", dijo el maestro, "nació un niño judío en una familia acaudalada. Sus padres le pusieron dos nombres. Un nombre se podría traducir como 'pequeño' pero procede de una raíz que significa hacer una pausa, desistir o parar. Su otro nombre venía de una raíz que significaba preguntar, buscar o inquirir. Cuando el niño creció, raras veces se detenía o desistía de cualquier cosa. Tampoco era alguien que se cuestionaba su rumbo. Era testarudo. Pero un día todo eso cambiaría. Finalmente hizo una pausa delante de una luz cegadora que le hizo caer al suelo".

"¿El apóstol Pablo?".

"Sí. El nombre *Pablo o Paulo* viene de la raíz *pauo*, que significa hacer una pausa, parar, desistir, cesar del rumbo que uno lleva…incluso llegar al final. Así que el hombre cuyo nombre estaba ligado a hacer una pausa y parar, finalmente hace una pausa y se detiene. Dios le hizo parar finalmente, desistir, y llegar a un final. Así que toda su vida, desde el momento en que recibió su nombre, estaba dirigida hacia ese momento en el cual se cumpliría su nombre".

"¿Y qué hay de su otro nombre?".

"En hebreo", dijo el maestro, "la palabra para *preguntar* es *shoel*, de donde obtenemos el nombre *Shaul* o *Saulo*".

"Pablo y Saulo", dije yo, "el que hace una pausa y pregunta".

"¿Y qué ocurrió justo después de hacer la pausa?", preguntó el maestro. "Dios le dijo: '¡Saulo! ¡Saulo!'. En hebreo, eso es como decir: '¡Pregunta! ¡Pregunta!'. ¿Y qué hizo Pablo? Finalmente hizo la pregunta: '¿Quién eres, Señor?'. Finalmente, el que nació para preguntar, preguntó. Por primera vez en su vida, se dio cuenta de que ni siquiera sabía quién era Dios. Y solo cuando preguntó, fue capaz de conocer por primera vez. Toda su vida estuvo esperando ese momento. Y su pregunta fue respondida con las palabras: 'Yo soy Yeshúa, Jesús'. Y entonces la vida del hombre que hizo una pausa y preguntó cambiaría para siempre. Se convertiría en aquello para lo que había nacido. Mire", dijo el maestro, "si no puede detenerse, si no puede hacer una pausa lo suficientemente larga para buscar, nunca encontrará nada más de lo que ya tiene. Y si no puede preguntar, entonces nunca sabrá nada más de lo que ya sabe. Haga una pausa para que pueda encontrar, y pregunte para que pueda saber. Porque todos nacimos para hacer una pausa y preguntar".

La misión: Hoy, haga una pausa, detenga lo que esté haciendo, cese de su rutina y su rumbo, y sin ideas preconcebidas, búsquelo a Él.

Jeremías 29:11–13; Hechos 9:1–8; Romanos 1:1

El nombre de Pablo

EL ZAFIRO AUDIBLE

EL MAESTRO ABRIÓ uno de los cajones de su escritorio y sacó algo que parecía una piedra preciosa de color azul intenso. La colocó en mi mano.

"Es un zafiro bíblico".

"Es muy bonita", respondí yo, sin saber qué más decir.

"No se la di por cómo se ve, sino por lo que significa...por su origen".

"¿Su origen?".

"El origen de su nombre", dijo él.

"¿Zafiro?".

"Sí", dijo el maestro. "*Zafiro* viene de una palabra francesa, que viene de una palabra latina, que viene de una palabra griega...la cual viene de una antigua palabra bíblica hebrea...*sappir*".

"Entonces zafiro viene del hebreo bíblico", dije yo. "¿Qué significa el nombre?".

"La palabra hebrea para zafiro viene de la raíz hebrea *zafar*. Y *zafar* significa hablar, decir o declarar".

"¿Entonces la palabra *zafiro* al final significa hablar? ¿Cuál es la conexión?".

"La conexión es esta", dijo el maestro. "Más preciosa que cualquier joya preciosa es la Palabra. Cada Palabra de Dios es un zafiro, un zafiro hablado, y sin embargo mucho más precioso. Si alguien no tiene tesoros en este mundo pero tiene la Palabra de Dios, entonces ese alguien es rico. Cada Palabra de Dios es un tesoro de un valor incalculable. Así que cuando lea u oiga una Palabra de Dios, recíbala como si estuviera recibiendo una piedra preciosa. Y entréguela del mismo modo".

"¿Cómo?".

"Sus palabras deben ser como zafiros. No tiene que poseer piedras preciosas, tan solo tiene que decirlas. Cada vez que abra su boca para hablar, deje que lo que salga sea un zafiro, un regalo para dárselo a los que necesiten recibir una joya preciosa. Deje que cada palabra que salga de su boca sea una piedra preciosa. Entregue joyas a los necesitados, joyas de bendición, joyas de ánimo, joyas de fortaleza, joyas de misericordia, joyas de amor, joyas de perdón, joyas de gozo, y joyas de esperanza. Que cada una de sus palabras infunda vida a los que la oigan...una joya hablada...un zafiro audible".

La misión: Hoy, haga que cada palabra que salga de su boca sea una joya preciosa, un regalo de vida, el zafiro hablado.

Efesios 4:29; 5:19; Colosenses 4:6; 1 Pedro 4:11

No una palabra corrompida

EL OTRO ELOHIM

"**C**UANDO MOISÉS ESTABA en el monte Sinaí recibiendo la Ley de Dios", dijo el maestro, "en la base del monte los israelitas decidieron hacer un becerro de oro y adorarlo. Cuando terminaron de hacer el becerro, dijeron: 'Estos son tus dioses, oh Israel, que te sacaron de la tierra de Egipto'. Pero en otras traducciones y en otra parte de las Escrituras, las palabras son distintas: En vez de 'Estos son tus dioses, oh Israel', dice: 'Este es tu Dios, oh Israel' ¿Cómo se puede traducir la misma declaración de formas tan distintas?...Piense en lo que le dije acerca de la palabra hebrea para *Dios*. ¿Qué tenía de extraño?".

"Elohim", dije yo, "es una palabra en plural, pero habla de una realidad singular: Dios. Eso es...La palabra que usaron en su pronunciamiento tuvo que ser *Elohim*. Por eso se pudo traducir tanto como 'tu Dios' o como 'tus dioses'".

"Exactamente. Es la misma palabra. Elohim se refiere a la majestad del único Dios verdadero, pero también puede hablar de los muchos dioses falsos de las naciones. Es intercambiable, y esta intercambiabilidad revela una verdad profunda: si se aleja de Elohim, el único Dios verdadero, terminará sirviendo a elohim, los dioses. Así que cuando el pueblo de Israel se alejaba de Dios, siempre terminaba acudiendo a los dioses de las naciones. Dejaban a Elohim y se iban con otro elohim. Porque alfinal, todo se reduce a una elección entre Elohim o elohim. Si se aleja de Elohim, terminará con el otro".

"¿Y cuál es exactamente el otro elohim con el que uno termina?".

"El mismo elohim con el que terminaron en el monte Sinaí, los dioses, pero con distintos disfraces: los dioses del dinero y el placer, el elohim del éxito, posesiones, comodidad, vanidad, ego. No hay final de elohim. Y como ocurre con los individuos, también ocurre con pueblos, naciones y civilizaciones. Cualquier civilización que se aleja del Elohim de Dios terminará sirviendo al elohim de los dioses. Y lo que sirve al elohim finalmente pierde su unidad. Queda tan dividido, fracturado y esparcido como los elohim mismos. Lo que adora a elohim termina devaluándose y degradándose a sí mismo, así como en el día del becerro de oro".

"Entonces ¿qué hacer si uno descubre que elohim está presente en su vida?".

"Lo mismo que ellos hicieron con el becerro de oro: tiene que deshacerse de él. Solo entonces se pueden enderezar las cosas...cuando se aleja de elohim y regresa a Elohim".

La misión: Deshágase del elohim de su vida, los ídolos que persigue, los dioses que le dirigen. Deshágase de su elohim y regrese a su Elohim.

Éxodo 32:7–8; Romanos 1:23; 1 Tesalonicenses 1:9–10; 1 Juan 5:21

La revelación del becerro de oro I–IV

EL VIAJE DE LOS MAGOS

ÉL ME LLEVÓ a una habitación conocida como la Cámara de las Vasijas. Ahí echó mano de una pequeña caja de madera de la que extrajo un recipiente de metal intrincadamente adornado. Dentro del recipiente había un polvo blanco.

"Incienso", dijo el maestro, "uno de los regalos de los Magos".

"¿Quiénes eran exactamente los Magos?", pregunté yo.

"Sacerdotes de una antigua religión persa llamada Zoroastrianismo, una de las muchas religiones paganas. Observadores de las estrellas que seguían una estrella en concreto en su búsqueda del recién nacido Rey de los judíos".

"Pero ¿cómo sabían de cierto que había nacido el Mesías?".

"Nadie lo sabe con certeza", dijo él. "Es un misterio. Ellos solo tenían sombras para continuar, destellos, pistas, trazos, anhelos, y la estrella. Pero estaban buscando la verdad lo mejor que podían. No tenían ni idea de dónde les llevaría, tan solo siguieron la estrella, paso a paso, conociendo tan solo el siguiente paso y nada más. Sin embargo, terminaron encontrándolo. Y no tenían ni idea de lo que estaba escrito en una profecía antigua".

"Sobre el Mesías".

"Sobre *ellos*. Siete siglos antes de que llegaran a Belén, el profeta Isaías profetizó acerca de la llegada del Mesías a Israel: 'Levántate, resplandece; porque ha venido tu luz, y la gloria de Jehová ha nacido sobre ti...Y andarán las naciones a tu luz...Multitud de camellos te cubrirá...*traerán oro e incienso...*'".

"Oro e incienso, esos fueron los regalos de los Magos".

"Una profecía de que gentiles llegarían a Israel a la luz de la llegada del Mesías y llevarían regalos...una profecía que esperó más de setecientos años hasta su cumplimiento. Y los Magos no tenían ni idea. Solo buscaban seguir la voluntad de Dios, como si caminaran en la oscuridad, paso a paso; y sin embargo terminaron cumpliendo su destino señalado, ordenado y anunciado durante cientos de años. Aprenda su secreto", dijo el maestro. "No tiene que saber todo lo que está por delante...nunca lo sabrá, pero decida en su corazón buscar su presencia y su voluntad, hacer lo que sabe que es correcto, dar el siguiente paso, y el siguiente...y terminará en el lugar señalado para su vida, incluso desde tiempos antiguos, incluso desde el comienzo...la gloria al final del viaje de los Magos".

La misión: Hoy, embárquese en un viaje de Magos. Viaje alejándose de lo conocido hacia lo nuevo mientras busca más de Él, de su voluntad y su presencia.

Isaías 60:1–6; Mateo 2:1–11

LA MAGNITUD DEL SOL

ERA POR LA mañana temprano. El maestro me llevó en un viaje a la ciudad a través del desierto montados en camellos. El propósito era conseguir materiales para la escuela. Pero, por supuesto, él tenía más de un propósito en mente.

"Una cosa que quiero que haga", dijo él, "es que vigile el sol".

Fue una instrucción un tanto extraña. Lo intenté lo mejor que pude, observando de vez en cuando su posición en el cielo. Al final del viaje, a nuestro regreso, me preguntó.

"¿Qué ha visto?", preguntó.

"Nada", respondí yo. "Nada que destacar. El sol era simplemente el sol".

"Me imagino", dijo él, "que a veces quedaba oscurecido por las montañas, los árboles y los edificios de la ciudad. Pero al margen de eso, me imagino que se mantuvo igual, ciertamente del mismo tamaño. También supongo que el paisaje cambiaba constantemente, todo cambiaba a nuestro alrededor salvo el sol".

"Eso es cierto", dije yo. "Pero ¿no es así como funciona el sol?".

"Sí, pero ¿por qué funciona así el sol?", preguntó él. "Es porque…aunque una montaña, o una casa, o incluso una mano puede parecer más grande que el sol y puede, durante un tiempo, ocultarlo, la realidad es que la verdadera magnitud del sol, su tamaño real, es tan enorme, tan colosal, que la montaña más alta de la tierra es como nada en comparación. No parece ser así a simple vista, pero está claro si se examina mejor. Incluso en nuestro pequeño viaje, todo lo que vimos cambió por completo, las colinas, las montañas, todo salvo el sol. Y si hubiéramos viajado miles de kilómetros, no habría habido diferencia alguna. La colosal magnitud del sol se manifiesta en su inmutabilidad".

"¿Y qué revela eso?", pregunté.

"Hace dos mil años, el Mesías dijo: 'Yo soy la Luz del mundo'. Desde entonces, los siglos han comenzado y terminado, continentes y civilizaciones han sido descubiertos, reinos e imperios han surgido y desaparecido, reyes y luminarias han aparecido y se han ido. Y algunas de estas cosas, durante un tiempo, parecían ser mayores. Durante un tiempo oscurecieron la figura del Nazareno, pero a la larga, con el transcurso del largo viaje, todas han desaparecido. Todo ha cambiado…excepto Él. El resto de las cosas sigue convertido en escombros y ruinas o está en las páginas de la historia…pero Él sigue siendo inmutable, no ha disminuido…tan central, tan importante y tan colosal como siempre lo ha sido. Todo cambia excepto Él. Él es el sol. Y la inmensidad de su magnitud…se manifiesta por su inmutabilidad'".

La misión: Hoy, vea todas las cosas a la luz del panorama general. Cualquier problema o asunto que tenga será pequeño comparado a Él y desaparecerá ante la magnitud del Hijo.

Juan 8:12; Efesios 3:16–19; Hebreos 13:8

Hace dos mil años

LOS TRES MIL

ÉL ME LLEVÓ otra vez a la Cámara de los Rollos, al rollo del arca, el cual sacó y leyó en voz alta.

"'Contarás cincuenta días hasta el día del séptimo sábado; después ofrecerás una ofrenda de grano nuevo al Señor'. Esta", dijo el maestro, "es la ordenanza de la fiesta de *Shavuot*, la cual se celebra siete semanas, o cincuenta días, después de la Pascua. Los rabinos lo calcularon y descubrieron que era el mismo tiempo que cuando Moisés subió al monte Sinaí para recibir la Ley. Por lo tanto, Shavuot se convirtió en el día que conmemoraba la entrega de la Ley. Más de mil años después de la entrega de la Ley, los discípulos del Mesías estaban juntos en Jerusalén y el Espíritu de Dios descendió sobre ellos. Fue el día en que el Espíritu de Dios empoderó el nuevo pacto. Todo ocurrió en la fiesta hebrea de Shavuot. Cuando los rabinos del mundo griego tuvieron que darle un nombre griego a este día santo hebreo, lo llamaron La fiesta del día cincuenta o, en griego, *Pentecoste*".

"¡Pentecostés!", dije yo. "Entonces Pentecostés es la fiesta hebrea de Shavuot".

"¿Y sabe lo que significa eso? Significa que el Espíritu de Dios fue dado a los creyentes el mismo día en que la Ley de Dios fue dada a Israel. El viejo pacto y el nuevo pacto se unen. Ambos fueron inaugurados el mismo día. ¿Y sabe lo que ocurrió cuando se dio la Ley? Hubo juicio; murió gente; y el número de los que perecieron, según los registros hebreos antiguos, fue de '*unos tres mil*'.

¿Y sabe lo que ocurrió en ese segundo Shavuot y Pentecostés, cuando fue dado el Espíritu?".

"No".

"Hubo salvación, vida eterna. Y el número de los que recibieron nueva vida, según los registros griegos antiguos, fue de '*unos tres mil*'. Dos lenguajes distintos, dos siglos de distancia, y sin embargo exactamente la misma expresión".

"Entonces tres mil murieron y, siglos después, tres mil recibieron vida exactamente en el mismo día santo".

"Y así el apóstol Pablo escribe: 'La letra mata, pero el Espíritu vivifica'. El Espíritu fue dado el mismo día que la Ley. ¿Por qué? Porque la Ley puede decirnos cuál es la voluntad de Dios, pero solo el Espíritu puede darnos el poder para vivirla. Por lo tanto, viva por el Espíritu de Dios y cumplirá la ley de Dios para su vida de forma tan precisa como la llegada del Espíritu en Shavuot, Pentecostés, el Día de la Ley".

La misión: En lugar de esforzarse por cumplir la voluntad de Dios, viva, muévase, y sea movido por el Espíritu de Dios, y cumplirá su voluntad.

Éxodo 32:20; Levítico 23:15–21; Hechos 2:41; 2 Corintios 3:4–6

CHAYIM

DESDE UNA MONTAÑA en la distancia observábamos un evento que nunca antes había visto en mis días en el desierto: un funeral entre los habitantes de tiendas. Era un acontecimiento sencillo, un entierro en la arena, con una sola piedra y una hoja de palmera para marcar la tumba. Guardamos silencio durante algún tiempo. Después él habló.

"Muerte", dijo el maestro, "la sombra que cuelga sobre todo aquel que vive en este mundo, la destructora de la creación, la que pone fin a nuestra estancia en la tierra. Cuando la observamos desde aquí, la vida es para un tiempo limitado y después viene la muerte, y la muerte es permanente, para siempre. Pero la lengua sagrada de la Escritura tiene una revelación, una revelación de vida y muerte. La palabra para *muerte* en hebreo es *mavet*. La palabra para *vida* es *chayim*. *Mavet* y *chayim*…¿Nota algo en estas dos palabras?".

"La palabra *chayim* suena como alguna de las demás palabras de las que ha hablado".

"Cierto", dijo él. "Esto se debe a su terminación en *im*".

"Eso la convierte en plural".

"Sí. Es una de las palabras misteriosas del hebreo que poseen la extraña característica de que solo se puede decir en la forma plural y nunca en singular".

"¿Y qué significa eso?".

"*Mavet* es singular, pero *chayim* es plural. Es exactamente lo opuesto a lo que pensamos. La muerte está en singular y la vida está en plural. En Dios, lo limitado es la muerte…y lo finito. En Dios, la muerte *no* es para siempre, sino que tiene un final".

"El final del final…sería interminable".

"Todos los finales se terminarán", dijo el maestro. "Porque en Dios, no es la vida lo que está limitado, sino la muerte. Es la vida, no la muerte, lo que continúa para siempre. Porque la palabra *chayim* es plural, y por eso nos habla de vida más allá de la vida. El Mesías se llamó a sí mismo '*la Vida*', pero en hebreo, Él es el Chayim. Él es la vida que no puede tener fin. Así que la muerte no pudo vencerlo, porque chayim es mayor que mavet. La vida es mayor que la muerte. Y nosotros, que somos nacidos de Dios, somos de chayim; por lo tanto, somos la gente de vida. Así que viva no para lo que termina, sino para lo que es para siempre. Y no participe de la muerte, el pecado o las tinieblas. Porque usted es de lo que no tiene fin y no puede ser vencido…sino vence a todas las cosas".

La misión: Quite de su vida hoy cualquier acción o pensamiento que lleve a la muerte, comenzando con el pecado. Reemplácelo por lo que lleva a la vida.

Isaías 25:5–9; Juan 11:25; Hechos 3:15

Los misterios hebreos I–IV

EL MISTERIO DE LOS QUERUBINES

ÉL ME GUIÓ por un desfiladero ventoso que conducía hasta un enclave escondido cercado por paredes montañosas muy inclinadas. En una de las paredes había una entrada, y entramos en ella. Había varias cámaras. En las paredes de una de esas cámaras estaban los restos de una pintura antigua de dos criaturas aladas y una espada encendida.

"Así que Dios expulsó al hombre", dijo el maestro, "y colocó querubines al este del huerto del Edén, y una espada encendida, que se movía en todas las direcciones, para guardar la entrada al árbol de la vida. La caída del hombre…la pérdida del paraíso…la separación del hombre de Dios, lo impío de lo santo. Y la señal de esa separación fueron los querubines con la espada encendida. Los querubines formaron la barrera para evitar que el mal, el pecado y el hombre caído pudieran entrar en la presencia de Dios. Así que la señal de los querubines representa todo lo que nos separa de Dios, todo lo que nos separa de paz, propósito, sentido y amor".

"Como toda separación comenzó con la primera separación en el Edén", respondí yo, "parecería imposible que esa barrera desapareciera algún día".

"Parecía", respondió él. "¿Recuerda el evento sobrenatural que ocurrió en el Templo cuando murió el Mesías?".

"El velo que había frente al lugar santísimo se rasgó en dos".

"Sí, el parochet, la colosal barrera que separaba al hombre de Dios, se rasgó de arriba abajo. Pero el parochet no era simplemente una tela, sino el recipiente de un misterio. Su tejido estaba bordado con imágenes…imágenes de querubines…los guardianes del Edén…aún guardando el camino de regreso a Dios…la barrera que separaba al hombre de Dios. Pero cuando el Mesías murió, ¿qué sucedió? El velo se rasgó en dos; pero cuando el velo fue separado, también lo fueron los querubines. Porque el Mesías lo estaba atravesando…como si pasase a través de los querubines…el regreso al paraíso".

"¿Y atravesando la espada encendida?".

"Sí. Y pasar por la espada encendida significaría la muerte. Y por su muerte, Él pasó, Él cruzó la barrera infranqueable. La señal de los querubines quedó rota; la barrera entre Dios y el hombre ya no está".

"Entonces ¿significa eso que todas las barreras y separaciones han sido anuladas?".

"Para los que están en el Mesías no hay más separaciones, no más juicio, no más rechazo, no más vergüenza, no más culpa, no más maldición. Significa que todo lo que nos separaba de nuestro propósito, nuestra bendición y nuestra redención ha desaparecido. Significa que toda barrera que nos separaba de Dios ha desaparecido. Significa que el camino está despejado…los querubines no están…y podemos ir a casa".

La misión: En el Mesías todas las barreras han desaparecido. Avance este día en ese poder, mediante todo velo, pared, separación, obstáculo y querubines.

Génesis 3:24; Éxodo 26:31; Marcos 15:38; Romanos 8:31–37

El día de los querubines

LAS COBERTURAS DE LA MENTE

EL MAESTRO ME llevó a la Cámara de las Vasijas donde abrió una pequeña caja de madera y sacó un envase de piel negra unido a una banda de piel negra.

"Esto se llama *tefilin*. Y así es como lo llevan los judíos ortodoxos". Se puso la cajita de piel negra justo encima de su frente, después abrochó la banda de piel alrededor de su cabeza, asegurando la caja en su lugar.

"No entiendo el propósito de atarse una caja a la cabeza".

"No es la caja. Es lo que hay en el *interior* de la caja. Dentro de la caja hay unos rollos de pergamino, y en los rollos está la Palabra de Dios. Es su forma de aplicar un mandamiento de la Ley con respecto a las palabras de los mandamientos de Dios: 'Las atarás…como señal en tu frente'. Lo hacen como una observancia externa. Pero hay en ello una clave espiritual que puede cambiar su vida…y su mente".

Se quitó el tefilin de la frente y continuó. "Lo que ocurre en el interior de su mente, el mundo de sus pensamientos, es la parte más privada de su vida. Puede que haga lo correcto externamente, pero lo que ocurre en el interior a menudo es muy distinto…pensamientos desorientados, pensamientos inquietos, pensamientos oscuros, pensamientos pecaminosos. Pero lo que le dice esta caja de piel es que no tiene por qué ser así. Cuando Dios habla de atar la Palabra a su cabeza, tiene que ver con algo más que esta caja. Está revelando que incluso su vida mental puede llegar a ser santa. El secreto es tomar la Palabra de Dios y atarla a su mente, a sus pensamientos, a sus emociones y a su voluntad.

"Y la palabra hebrea aquí para *atar* es *kashar*", dijo. "Habla de tejer o soldar. Así que debe tejer la Palabra de Dios a sus pensamientos. ¿Cómo? Morando en la Palabra, meditando en ella, poniéndose de acuerdo con ella y afirmándola desde el centro de su ser. Debe permitir que la Palabra guíe sus emociones, y que sus pensamientos y su vida fluyan desde la Palabra. El misterio en esta caja es que la Palabra se puede atar y tejer a sus pensamientos, tejer de forma tan junta que usted realmente tenga los pensamientos de Dios. Y como la cabeza es lo que gobierna su vida, si sus pensamientos son uno con la Palabra de Dios, entonces también lo será su vida. Si deja que la Palabra de Dios cambie sus pensamientos…también cambiará su vida".

La misión: Tome una palabra de las Escrituras. Medite en ella, póngase de acuerdo con ella, y átela a sus pensamientos, sus emociones, su corazón y su mente.

Deuteronomio 11:18; 2 Corintios 10:4–5; 1 Pedro 1:13

Cumplidores de la Palabra

LA CUARTA CRIATURA

ERA DE NOCHE. Estábamos sentados junto a un fuego. El maestro tenía un pequeño rollo en su mano del que estaba leyendo a la luz de las llamas: "'Miraba yo en visión de noche, y he aquí que los cuatro vientos del cielo combatían en el gran mar. Y cuatro bestias grandes, diferentes la una de la otra, subían del mar...'. Esto", dijo el maestro, "es la visión dada al profeta Daniel de las cuatro criaturas, los cuatro grandes reinos de tiempos antiguos, y un último reino de los últimos tiempos".

"¿Cómo eran las criaturas?", pregunté yo.

"La primera era como un león con alas de águila, que era Babilonia. La segunda era como un oso, Persia. La tercera era como un leopardo con cuatro cabezas y alas, Grecia, y la cuarta representaba tanto el Imperio Romano de la antigüedad y a una civilización global que aún está por llegar".

"¿Y cómo era la cuarta criatura?".

"Es difícil de decir", respondió él. "Incluso Daniel se quedó confundido. La describió como algo extraordinariamente poderoso, destructivo y terrorífico, pero usó otra palabra hebrea una y otra vez para describirla. La palabra es *shainah*. *Shainah* puede traducirse como diferente. La cuarta criatura es especialmente distinta a todas las demás criaturas que surgieron antes que ella. Así, la civilización de los últimos días será distinta a cualquier otra civilización que la precedió. La palabra *shainah* también significa cambiada o alterada. Así, la última civilización será de un estado alterado... Será una civilización alterada. Las tres primeras criaturas estaban basadas en las formas de la naturaleza, pero la esencia de la cuarta criatura no tiene una base en la naturaleza. Sus dientes y garras son de hierro y bronce. Es distinta... alterada... cambiada".

"Suena más parecido a una máquina", dije yo.

"La revelación de la cuarta criatura es esta: la civilización de los últimos tiempos no estará basada en lo natural... sino en lo que no es natural. Existirá *contra* naturaleza. Será de una naturaleza transmutada... una civilización en guerra contra la creación, contra la naturaleza y contra el orden de Dios".

"Suena como... ahora".

"Y así", dijo el maestro, "los que vivan en los últimos tiempos deberán resistir aquello que hace guerra contra el orden de la creación y defender la Palabra del Eterno. Deberán estar firmes contra el poder, la naturaleza y el terror... de la cuarta criatura".

La misión: Separe su corazón, su mente, sus acciones y su forma de vida de cualquier profanación de la cultura presente y de todo lo que vaya en contra de la Palabra y los caminos de Dios.

Levítico 20:26; Daniel 7:1–7; 1 Pedro 2:9–12

La criatura de hierro

EL ROLLO DE DÍAS

"**M**AESTRO", DIJE YO, "¿cómo conoce uno el plan de Dios para su vida?".
"Venga", dijo él. Me llevó al interior de la Cámara de los Rollos, abrió el arca, sacó el rollo y lo puso sobre la mesa; pero no lo desenrolló.

"En los Salmos está escrito: 'Y en tu libro estaban escritas todas aquellas cosas que fueron luego formadas, sin faltar una de ellas'. Así que todos nuestros días están escritos en el libro de Dios antes de que sucedan. Pero en las Escrituras hebreas, la palabra para *libro* es *sefer*; y en el griego de las Escrituras del Nuevo Testamento, la palabra es *biblion*, de donde tenemos la palabra *Biblia*".

"¿Y que significan exactamente *sefer* y *biblion*?".

"Hacen referencia a un rollo, un pergamino enrollado. El libro de Dios es un rollo. Su libro de días es el rollo de días. El rollo contienen la Palabra de Dios, la voluntad de Dios y los planes de Dios. Por lo tanto, ¿cómo revela el rollo su Palabra, su voluntad y su plan?".

Él puso sus manos sobre el mango de la base de cada rollo. "Solo puede ver lo que hay dentro del rollo", dijo él, "cuando se desenrolla". Entonces, comenzó a desenrollarlo. "Así, solo puede ver la plenitud de los planes de Dios para su vida según se van desenrollando…así como el rollo se desenrolla. Y a diferencia de los libros que ha estado acostumbrado a leer, con un rollo no puede adelantarse a una sección futura. Todo tiene que desenrollarse en su orden. Es igual con su vida, no puede ver nunca lo que tiene por delante de usted. No lo entendería, y probablemente no podría manejarlo. Todo se debe desenrollar en su orden…en su lugar y su tiempo".

"Pero lo que hay más adelante en el rollo ya está escrito…terminado".

"Así también los planes de Dios para su vida ya están escritos y terminados. Y está escrito que Él ha preparado para nosotros buenas obras de antemano para que caminemos en ellas. Ya están ahí de antemano…pero deben desenrollarse a su tiempo. Y observe", dijo él, señalando a las palabras del rollo, "todo en el rollo está conectado. Usted no ve las palabras que aún no han sido desenrolladas, pero las palabras que ve conducen directamente a ellas y las presagian. Así es el plan de Dios para su vida; usted no ve todo lo que falta, lo que aún no ha sido revelado, pero la parte que ve en el presente presagia lo que hay por delante y conduce directamente a lo que aún ha de ser revelado. La clave, por lo tanto, es vivir en cada momento presente de su vida en la plenitud de la voluntad de Dios. Y viva cada momento por la Palabra de Dios, y le conducirá a la voluntad y el destino señalados que esperan a ser revelados…en su rollo de días aún no desenrollado".

La misión: Haga de la Palabra de Dios el plan para su día. Enfóquese en el cumplimiento de su Palabra por encima de todo lo demás, y será guiado a su perfecta voluntad.

Salmo 139:16; Jeremías 29:11; Efesios 2:10

El libro de días

OHEL MOED

ESTÁBAMOS DE PIE en una pequeña cordillera que cercaba una gran expansión abierta de terreno.

"Imagínese", dijo el maestro, "esta planicie completamente llena de tiendas. Si es capaz de imaginárselo, ese habría sido el aspecto cuando los hebreos viajaban por el desierto. Pero había una tienda que estaba apartada del resto; se llamaba *Ohel Moed*, la tienda del tiempo señalado, o la tienda de reunión".

"¿Qué era exactamente?", pregunté yo.

"Era la tienda de la presencia de Dios, donde Dios y el hombre se reunían. Ahora imagínese que está usted en el campamento. ¿Cómo encontraría esa tienda?".

"No lo sé".

"Simplemente caminando hacia el centro", dijo. "La tienda de reunión estaba siempre montada en el centro del campamento, y el resto del campamento se construía a su alrededor. Esta tienda marcaba la posición de todas las demás tiendas. El orden del campamento mismo quedaba determinado por la localización de esta tienda. ¿Qué revela eso?".

"No lo sé, no soy campista".

"No importa, debe construir *Ohel Moed*, su tienda de reunión".

"¿Qué significa *eso*?".

"*Ohel* no solo significa la reunión, sino también el tiempo señalado. De modo que debe usted fijar un tiempo señalado, cada día, una tienda de tiempo con parámetros establecidos para el propósito sagrado de reunirse con Dios. Ese es su ohel mohed, su tienda sagrada de reunión...Pero ¿dónde la establece?".

"¿En un lugar tranquilo?".

"Más que eso. La tienda de reunión siempre se debe erigir en el centro del campamento, así que debe establecerla en el centro de su vida. Debe ser el centro de su día, el centro de su agenda, el centro de todo lo que haga. Esa es la clave. Si no es el centro, entonces cualquier otra cosa desplazará su existencia. Usted no fija su tiempo con Dios alrededor de su día o alrededor de sus actividades; usted organiza su día y actividades alrededor de su tiempo con Dios, su tienda de reunión. Su relación con Dios y las reuniones sagradas de esa relación solo pueden ocupar un lugar en su vida...el centro".

Él se giró dando la espalda a nuestro entorno de modo que ahora me miraba directamente a los ojos.

"Centre su vida alrededor de Dios...y los tiempos de su vida alrededor de su tiempo con Él. Cuando haga eso, todo lo demás se colocará en su lugar".

La misión: Hoy, construya y coloque su tienda de reunión en el centro de su día y su vida, y coloque el resto de su día y su vida alrededor de la misma.

Éxodo 25:8–9; Mateo 6:6, 33

El conjunto del mishkan I–II

EL HUPOGRAMMOS

É L ME LLEVÓ a la Cámara de los Libros y a una mesa de madera sobre la que había algo parecido a una tabla, una caja poco profunda de madera llena de una cera blanda. Tenía en su mano una pequeña vara afilada, algo que se me figuraba como un lapicero. Colocó la varita en la cera de la tabla y comenzó a escribir. Las letras eran extrañas para mí.

"Es griego antiguo", dijo él. "Y la palabra es *hupogrammos*".

"¿Qué significa?".

"*Grammos* significa escribir, y *hupo* significa debajo. *Hupogrammos* significa escribir debajo".

"Entonces usted es alguien que escribe debajo", dije yo.

Él no respondió nada.

"En tiempos antiguos, el hupogrammos se usaba para enseñar a los estudiantes a escribir. Era la escritura modelo o maestra. En cierta forma sería como una palabra o colección de palabras que el estudiante debía copiar. En otros casos, el maestro escribía el hupogrammos en una tabla de cera. Después el estudiante ponía su lapicero en los surcos de las letras y trazaba la palabra él mismo".

"Pero esto se trata de algo más que escribir", dije yo.

"Claro que sí", dijo el maestro. "En el primer libro de Pedro dice esto: 'porque también Cristo padeció por nosotros, dejándonos ejemplo, para que sigáis sus pisadas'".

"¿Y eso tiene que ver con esto?".

"En el griego original, no dice 'ejemplo'...Dice 'hupogrammos'".

"Entonces ¿el Mesías nos dejó un hupogrammos?", dije yo. "¿Para escribir debajo?".

"El Mesías *es el hupogrammos*", dijo él. "Su vida es la vida hupogramos mediante la que debe trazar su vida. Las acciones de la vida del Mesías son las acciones hupogrammos mediante las que debe trazar las acciones de su vida. Los pensamientos del Mesías son los pensamientos hupogrammos, la manera del Mesías es la manera hupogrammos, su amor, es el amor hupogrammos, su corazón, el corazón hupogrammos...Y según esto, usted debe trazar sus pensamientos, su manera, su corazón, su todo, desde los surcos de la vida del Mesías y la huella de sus pisadas. Para cada momento de su vida tiene un guía, una escritura debajo. Porque el Mesías es el hupogrammos...de su vida".

La misión: No se limite a pasar este día, sino busque primero el hupogrammos de su día. Reciba sus acciones y pasos de Él, y después tráceos.

Efesios 5:1–2; 1 Pedro 2:21

LA CÁMARA NUPCIAL CÓSMICA

CAÍA LA NOCHE. Estábamos mirando desde arriba el campamento en el que habíamos visto a la novia. No la habíamos visto esa noche, ni esperábamos verla.

"Me pregunto qué estará pensando", dije yo. "Y qué estará haciendo".

"¿La novia?", preguntó el maestro.

"Sí".

"Se está preparando para el día de su boda".

"¿Cómo se prepara exactamente?".

"Primero, al no enfocarse ya en su casa…o en cuán cómoda o incómoda es".

"Porque se va de ella".

"Exactamente. Y cuanto más se enfoque en sus actuales circunstancias, en lo que dejará, menos podrá enfocarse en el lugar a donde se dirige. Ella sabe que su tiempo en su actual casa es temporal y limitado. No es para estar más apegada a ella, sino más despegada. Es para que pueda viajar ligera. Ahora es su tiempo de soltar, de empezar a decir adiós. Todo lo que antes conocía como su hogar ya no lo es; ahora se ha convertido en su cámara nupcial. Ahora debe usar todo lo que tiene para prepararse para la boda y la vida que le espera".

"Entonces ¿se prepara soltando", dije yo, "diciendo adiós?".

"Sí, y mediante todo lo que pueda hacer para prepararse para su vida futura…no decorando su tienda, sino decorándose a sí misma…Se prepara a sí misma".

"Pero hay un aspecto espiritual en todo esto…¿verdad?".

"Sí. Si pertenece a Dios, usted es su novia; y el mundo es su tienda, su casa actual. Y así como la novia, el enfoque de su vida no puede seguir estando en este mundo, ni en sus circunstancias, ni en lo cómodo o incómodo que está en este mundo. Este es el lugar que usted está dejando, y cuanto más se enfoque en lo que deja, menos podrá enfocarse en el lugar al que se dirige. Sus días en el mundo son temporales. No está en el mundo para apegarse más a él, sino para despegarse. Ahora es su tiempo de soltar, de viajar ligero, de decir adiós. Así que use cada parte de esta vida para prepararse para la vida que le espera. Use el tiempo que tiene en este mundo para prepararse para los días de la eternidad. Usted está aquí para adornarse, y desde ahora mismo cuando mire a este mundo, ya no lo vea como su hogar, sino véalo como aquello en lo que se ha convertido…su cá- mara nupcial".

La misión: Viva hoy como alguien que se está preparando para la boda. Use cada momento como una oportunidad para ser más hermoso y celestial.

Isaías 52:1–2; Efesios 5:26–27; Apocalipsis 21:2

EL PACTO DE LOS QUEBRANTADOS

ME ENCONTRABA EN la sala común a la hora de la comida. Me tropecé accidentalmente con una vasija de barro que había encima de una de las mesas; se cayó al piso y se rompió en mil pedazos. Durante un breve momento acaparé la atención de todos los allí presentes. Observé que alguien se arrodillaba a mi lado. Era el maestro.

"Lo siento", dije.

"No me acerqué para corregirle", dijo él, "sino para ayudarle". Después recogió los fragmentos junto conmigo. "Pero pensé que podíamos aprovechar esta oportunidad. Esto será nuestra próxima clase", dijo él mientras seguía recogiendo los pedazos.

"¿Dónde se habla del nuevo pacto por primera vez?", preguntó.

"No lo sé".

"En las Escrituras hebreas, Dios habló al profeta Jeremías diciendo: 'Se acerca el día —dice el Señor—, en que haré un nuevo pacto con el pueblo de Israel y de Judá. Este pacto no será como el que hice con sus antepasados cuando los tomé de la mano y los saqué de la tierra de Egipto. Ellos rompieron ese pacto...'. 'Ellos rompieron ese pacto'", repitió él. "Así que el nuevo pacto nace de la rotura. Existe por la rotura. Se habló de él por primera vez en los días en los que la tierra de Israel yacía en ruinas tras la estela del juicio. Es el pacto que Dios hizo para los que habían caído de la gracia, un pacto para los rotos y quebrantados".

"Pero el nuevo pacto se da a todos, no solo al pueblo judío".

"Sí", dijo el maestro, "pero su naturaleza es para todos como era para el pueblo judío. Todos han pecado, todos han quebrantado sus preceptos, todos han fallado, todos han caído y se han roto de algún modo. Así que el nuevo pacto es el pacto que Dios da a todos los que han pecado, a todos los que han fallado, a todos los que han caído, y a todos los que no deberían tener esperanza de pacto alguno con Dios, a todos los que no lo merecen. Es el pacto que Él hace con ellos a pesar de todo eso. Así, ¿cuál es el poder del nuevo pacto?", preguntó él. "Es el poder de recomponer lo que está roto, el poder para sanar... y para restaurar".

"Es el poder", dije yo, "de recoger y unir de nuevo todos los pedacitos rotos de nuestras vidas".

"Sí", dijo el maestro, "el pacto de los quebrantados".

La misión: Por mucho que haya fallado, levántese. Por mucho que se haya caído, levántese. Él redime lo que está roto. Vaya y haga lo mismo.

Jeremías 31:31–34; Oseas 14:4–7; Juan 8:9–11

EL MISTERIO DEL SEMIKHÁ

"**H**OY", DIJO EL maestro, "abrimos el misterio del *semikhá*".
"¿Qué es un *semikhá*?", pregunté yo.

"Era un acto sagrado que se realizaba antes de poder ofrecer un sacrificio por los pecados del que lo ofrecía, o antes de que el chivo expiatorio en Yom Kippur pudiera llevarse los pecados de la nación".

"¿Y en qué consistía?".

"Contacto físico. El sacerdote o el que ofrecía el sacrificio tenía que establecer contacto físico con el sacrificio. Tenía que tocarlo. Específicamente, tenía que poner las palmas de sus manos sobre la cabeza del sacrificio. Como está escrito: 'Y pondrá Aarón sus dos manos sobre la cabeza del macho cabrío vivo, y confesará sobre él todas las iniquidades de los hijos de Israel...'. Solo después de realizar el semikhá, el chivo expiatorio podía llevarse los pecados de la nación, o el sacrificio ser ofrecido como expiación...Y aquí está el misterio. El Mesías es el sacrificio, la expiación; pero antes de que el sacrificio pueda morir por el pecado, debe realizarse el semikhá. ¿Y fue así? ¿Quién lo ofreció a Él, para entregarlo a su muerte?".

"Los sacerdotes".

"Por lo tanto, según el misterio, el sacerdote tenía que establecer contacto físico con el sacrificio...con sus manos. Está escrito que después de condenar al Mesías a morir, los sacerdotes comenzaron a golpearlo repetidamente con sus manos. Para que se realizara el semikhá, tenían que tocar la cabeza del sacrificio con sus manos. Está escrito que los sacerdotes específicamente golpearon su rostro...su cabeza. En el semikhá, el que ofrecía el sacrificio tenía que tocarlo con las palmas de sus manos; el relato en griego antiguo dice que golpearon su cabeza con las palmas de las manos. Existe incluso un escrito rabínico antiguo que dice que cuando más de una persona ofrece un sacrificio, todos deben realizar el semikhá haciendo turnos para tocar su cabeza. Por lo tanto, en consonancia con el misterio antiguo, fue solo después de que se pusieran las manos sobre la cabeza, que el sacrificio, el Mesías, fue llevado para ser sacrificado. Y lo que ocurrió en el ámbito terrenal es un símbolo de lo que ocurrió en el ámbito celestial...Finalmente fue Dios quien realizó el semikhá. Él puso los pecados de usted sobre el Mesías. Él puso los pecados de usted específicamente sobre el Mesías. Y en su muerte, esos pecados se fueron y nunca pueden regresar...Porque se ha realizado el acto del semikhá".

La misión: El semikhá se ha realizado. Por lo tanto, viva este día como alguien cuyos pecados han sido llevados para siempre de una forma absoluta, cierta y real.

Levítico 16:21; Marcos 14:65

EL SHERESH

"**M**AESTRO", DIJE YO, "¿cuál es la clave para ser fructífero en Dios? ¿Qué hace que alguien llegue a ser grande en el reino y otros no?".

Él se levantó de la roca y caminó hasta una pequeña planta que crecía a solo unos metros de él. Asiendo la parte inferior de su tallo, lenta y cuidadosamente la sacó de la tierra.

"Este", dijo él, "es el secreto…la parte de la planta que no se ve. La parte escondida. Mírela. No se ve, pero es la parte más importante. Cuando usted ve un árbol, nunca ve todo el árbol; solo ve lo que crece por encima de la tierra. La parte más importante no se ve, crece hacia abajo en la tierra. Desde las raíces llega el agua del árbol, sus minerales y su alimento. Sin las raíces, el árbol deja de existir, y si sus raíces son superficiales o débiles, el árbol y sus frutos se secarán. El fruto de un árbol nunca puede superar a sus *raíces*".

"Y para aplicar esto a nuestra vida…".

"En Dios, su vida es como un árbol. Hay dos partes en su existencia, la parte que es visible para el mundo y la parte escondida que nadie puede ver. Es la parte visible de su vida en Dios lo que manifiesta el fruto…todas sus buenas obras, sus actos de amor y justicia. Pero la parte escondida…esas son sus raíces".

"¿Y cuáles son exactamente las raíces?".

"Su vida interior con Dios, su fe, su devoción, su amor, comunión, su tiempo con Él en oración, lo que hay en su corazón. Nadie puede verlo, pero es la parte más crítica…la parte por la cual usted recibe su vida espiritual y su alimento. Es eso lo que hace que el resto de su vida crezca y dé fruto. Si sus raíces son superficiales o débiles, los frutos de su vida en Dios se secarán. Su productividad en Dios siempre será directamente proporcional al estado de sus raíces en Dios".

"¿Cuál es la palabra hebrea para *raíz*?", pregunté. "¿Y revela algo?".

"La palabra es *sheresh*, y está vinculada a la profundidad. Por lo tanto, si usted quiere llegar a ser grande en Dios, debe llegar a ser profundo en Dios. Enfóquese en fortalecer sus raíces. Márquese el objetivo de crecer en profundidad en los lugares escondidos y secretos…y su vida dará mucho fruto. Y así está escrito: 'Mas la raíz de los justos…dará fruto'".

La misión: Enfóquese hoy en fortalecer sus raíces, profundizando en la presencia de Dios, profundizando en recibir. Y de esas raíces, dé su fruto.

Salmo 1:3; Proverbios 12:12; Colosenses 2:6–7

Radicalmente arraigado

EL ANTITESTIGO

ÉL ME LLEVÓ a unas ruinas no lejos de la escuela, pero unas que nunca antes había visto ni había notado. No había mucho que ver, solo los restos más básicos de edificios y utensilios antiguos, y en gran parte tapados por la arena del desierto.

"Estas son las ruinas de una fortaleza antigua", dijo el maestro. "Fue destruida no por la edad, sino por la guerra. Dan testimonio de dos bandos opuestos y el conflicto entre ellos. Las Escrituras hablan de dos realidades opuestas y una guerra en el mundo espiritual, el reino de las tinieblas contra el reino de la luz. Si fuésemos visitantes de otro mundo, ¿qué evidencia podríamos ver en la tierra de que existe esa guerra?".

"El conflicto sobre el mal", respondí yo.

"Sí, pero incluso más específico que eso. ¿Y si Dios quisiera a usar a un pueblo para llevar a cabo sus propósitos, para avanzar el reino? ¿Qué ocurriría en ese conflicto?".

"Se convertirían en la diana de los ataques del enemigo. Se convertirían en las personas más atacadas de la tierra…el enfoque de un odio satánico, la guerra de las tinieblas".

"¿Y quiénes son las personas más atacadas de la tierra?", preguntó él. "¿Y qué personas han sido las más odiadas, denigradas y perseguidas en la historia de la humanidad?".

"Los judíos".

"¿Y cuál es la explicación natural de esta furia, una furia sin razón o explicación natural, una guerra sobrenatural que estuvo en el mundo antiguo y está también en el moderno? Y cuanto mayor sea la furia, más abiertamente satánica es la manifestación. ¿Por qué las personas más obsesionadas con la destrucción del pueblo judío resultan ser más malvadas y satánicas, desde el Tercer Reich hasta los maestros del terrorismo? Es porque el mal está obsesionado con destruir a este pueblo, el mismo pueblo que resultó que trajo al mundo la Palabra de Dios, la salvación de Dios y a Aquel llamado el Mesías".

"Es la prueba de la guerra", dije yo.

"Y de la existencia de Dios", dijo el maestro, "y del enemigo…y de un reino de tinieblas para el que la existencia judía es una amenaza. Es el testigo de la oscuridad…el antitestigo. Es lo que, a pesar de sí mismo, da testimonio de que la Palabra de Dios es verdad y de que la luz, el bien, y la respuesta están todas vinculadas a este pueblo y a lo que ellos trajeron al mundo. El hecho de que, después de todo esto, el pueblo judío aún exista da testimonio de que la luz es mayor que toda la oscuridad, más fuerte que todo el mal es el bien, y que, al final, la furia del infierno no es nada en comparación con el poder del cielo".

La misión: Hoy, crea, anímese, y viva confiadamente en la verdad de que al final el bien prevalecerá sobre todo mal, en el mundo y en su vida.

Ezequiel 34:5–8; 1 Pedro 5:8–9; Apocalipsis 12:9–17

El secreto del dragón y los planes del cielo I–II

EL MISTERIO DE LA PRIMAVERA

EL MAESTRO ME llevó a la Cámara de las Vasijas y a una sala dentro de ella en la que se habían construido varias plataformas en las paredes. En una de las plataformas estaban los elementos de la Pascua, en otra, gavillas de trigo, y en otra, una cesta con más grano, varias frutas y dos hogazas de pan.

"Dígame el tema", dijo él, "que unifica a todas estas cosas".

Yo no estaba seguro de lo que representaba la cesta, pero enseguida pensé en el tema general.

"La primavera", dije yo, "todas estas cosas tienen que ver con la primavera, con los días santos de la primavera".

"Sí. En el calendario hebreo se conoce como el ciclo de la primavera, el grupo de días santos unidos en tiempo y tema. El año hebreo tiene dos de tales ciclos, el ciclo de primavera que da comienzo al año sagrado, y el ciclo de otoño que lo cierra. De la misma manera, Dios ha establecido los tiempos según el año hebreo santo. ¿Qué cree usted que hay revelado en los ciclos de primavera y otoño?".

"Que los tiempos tienen dos ciclos, uno al comienzo y otro al final...Las dos llegadas del Mesías...una primavera que viene y un otoño que viene".

"Sí", dijo él. "Y en otro momento hablaré con usted del ciclo del otoño. Pero dígame ahora, ¿cuáles son los temas del ciclo de primavera?".

"El final del invierno, nueva vida, la Pascua, el cordero, el sacrificio, dejar la vida vieja, primicias, nuevos comienzos, nuevo nacimiento, nuevas cosechas...tiempo primaveral".

"Y por lo tanto, es el ciclo de primavera lo que sostiene el misterio de la primera venida del Mesías. La primera venida del Mesías tiene que ver con la Pascua y el sacrificio, el fin del invierno, dejar lo viejo, el comienzo de la nueva vida, nacimiento, nuevas cosechas, salvación...nacer de nuevo...y todo comenzando con el Cordero. Y no solo es este el misterio del siglo, sino el misterio de nuestras vidas".

"¿A qué se refiere?".

"Cuando recibe al Mesías, es entonces que comienza el ciclo de la primavera. Él viene a su vida y hace que todo se convierta en primavera. Él pone fin al invierno en su vida. Él le da un nuevo comienzo, salvación. Le saca de la vieja vida. Le da un nuevo nacimiento, una nueva cosecha...tiempo de primavera. Y Él nunca deja de ser el Cordero pascual. Por lo tanto, el ciclo de primavera nunca termina; por lo tanto, nunca debe dejar de vivir en él. Nunca se aleje de la novedad de su salvación. Nunca deje el tiempo de primavera; porque en el Cordero pascual siempre es primavera, y todo lo que vive dentro de ese tiempo...es nuevo para siempre".

La misión: Viva este día en la primavera de la salvación. Deje lo viejo. Regrese a lo nuevo. Porque en el Cordero pascual es siempre primavera.

Cantar de los Cantares 2:10–13; Romanos 6:4; Apocalipsis 21:5

Nisán

EL SÉPTIMO DÍA

ESTÁBAMOS A MITAD de la subida de una montaña, sentados en un saliente. El maestro había puesto dos velas en dos candeleros en una roca. Y el sol se estaba poniendo.

"Cuando el sol se ponga", dijo él, "comienza el sábado...el *Sabbat*, el séptimo día, el día de descanso, guardado aún hasta nuestros días por los observantes de su pueblo antiguo. ¿Sabe por qué el Sabbat llega el séptimo día?".

"¿Por la creación?".

"Sí", respondió él. "Dios trabajó durante seis días, haciendo aparecer la creación. Terminó su trabajo al final del sexto día, después descansó el séptimo día. Pero la creación está caída y sin descanso...o paz. Así que la labor de Dios es ahora producir una nueva creación, una redención. Y la redención viene mediante...".

"El Mesías".

"Mediante su muerte en la cruz. ¿Y qué es eso? Es el trabajo de Dios para producir de nuevo vida, para que exista una nueva creación. Dios terminó su labor en el sexto día; el sexto día es para terminar las labores de uno. ¿Y la redención? ¿Cuándo terminó el Mesías sus labores?".

"El viernes".

"¿Y qué es el viernes?".

"El sexto día".

"Sí. El Mesías terminó sus labores el sexto día también. Y cuando Dios terminó sus labores, llegó el Sabbat. ¿Y qué ocurrió después de que el Mesías terminó su labor con la nueva creación?".

"Llegó el Sabbat".

"Llegó el Sabbat, y por eso se apresuraron a bajarlo y poner su cuerpo en la tumba...porque el sol se estaba poniendo y el séptimo día estaba cerca...Como en el comienzo, era tiempo de descansar de nuevo. El séptimo día de la creación, Dios descansó. Así, ahora en la nueva creación, el séptimo día llegó y Dios descansó...en el sepulcro".

"Así que tuvo que terminar sus labores porque llegaba el Sabbat".

"O terminó su labor", dijo el maestro, "*para que el Sabbat pudiera venir*...la señal de que su trabajo estaba terminado...de que sus labores con la nueva creación estaban terminadas. Y por eso ha llegado el séptimo día...un nuevo descanso, una nueva paz, una nueva bendición, un nuevo final...para todos los que entran en la nueva creación...un séptimo día nuevo...el Sabbat del Mesías".

La misión: Deje el sexto día. Deje su esfuerzo, su trabajo y sus obras. Y venga al Sabbat del Mesías. Entre en el séptimo día.

Génesis 2:2–3; Mateo 11:28; Hebreos 4:4–11

Adon Ha Shabbat

LOS CORDEROS DEL TEMPLO

ERA UNA NOCHE iluminada por la luna, lo suficientemente brillante como para alumbrar el campamento en el valle que teníamos debajo. Pero nuestra atención no estaba en el campamento sino en el otro lado del valle donde un pastor estaba cuidando su rebaño en la oscuridad.

"Los corderos sacrificiales ofrecidos en el Templo, ¿de dónde procedían?", preguntó él.

"Pensaba que se criaban en Israel para ese propósito", respondí yo.

"Así era", dijo él. "En los escritos de los antiguos rabinos está escrito que en los días del segundo Templo, el único lugar donde se podía pastorear un rebaño era en el desierto. Pero había una excepción: los rebaños o corderos que estaban destinados específicamente a los sacrificios del Templo, los corderos sacrificiales. Estos debían tenerse muy cerca de la Ciudad Santa. Había, en los días del segundo Templo, una región de Israel en concreto, no en el desierto sino en las colinas y valles y citada en las Escrituras como un lugar donde los rebaños de ovejas se guardaban en los días del Mesías. Y resultaba estar muy cerca de Jerusalén donde se ofrecían los sacrificios. Por lo tanto, no cabe duda de que era donde se criaban los corderos para los sacrificios del Templo".

"¿Cómo se llamaba?".

"Se llamaba *Belén*".

"¡Belén!", repetí yo. "Por esa razón…".

"Por esa razón el Mesías nació en Belén. El Cordero de Dios nació en el lugar…donde nacían los corderos. 'Había pastores en la misma región, que velaban y guardaban las vigilias de la noche sobre su rebaño…'. Y no solo en el lugar de los corderos, sino en el lugar de los corderos sacrificiales, donde nacían los corderos destinados para ser ofrecidos en el Templo de Jerusalén como sacrificios a Dios".

"Y por esa razón los primeros en verlo a Él en este mundo fueron los pastores", dije, "porque cuando nace un cordero, los pastores le ayudan a nacer".

"Y no solo los pastores", dijo el maestro, "sino los pastores de Belén, los pastores que ayudaban a nacer a los corderos sacrificiales. Por eso el Cordero de Dios nació entre los corderos sacrificiales por la misma razón, para ser sacrificado en Jerusalén. El misterio estaba ahí desde el principio…desde su nacimiento. Todo el propósito de su vida fue entregarse, dar su vida como un regalo de amor sacrificial por nosotros. Él nació allí como una señal…de que toda su vida, incluso desde el momento de su nacimiento…fue amor".

La misión: Toda la vida del Mesías fue un sacrificio vivo, cada momento un regalo dado, la encarnación del amor. Sea y haga lo mismo.

Miqueas 5:2; Lucas 2:8–20

LAS COSECHAS MISTERIOSAS

FUIMOS A LA ciudad a comprar algunas cosas. De camino nos topamos con un enclave, un asentamiento agrícola en el desierto lleno de cosechadores.

"Es su cosecha", dijo el maestro. "Y cuando terminen, lo celebrarán. La gente ha estado celebrando las cosechas desde los comienzos de la historia". Hizo una pausa. "Pero después están las cosechas del misterio. Y las celebraciones de las cosechas misteriosas".

"¿Las cosechas misteriosas?".

"Imagínese un pueblo celebrando una cosecha que nunca se produjo, una cosecha que nunca recolectaron o sembraron, la celebración de una cosecha inexistente. E imagine un pueblo persistiendo en celebrar esas cosechas inexistentes año tras año durante siglos".

"No me lo puedo imaginar", dije yo.

"Pero ocurrió. Es uno de los fenómenos más extraños de la historia".

"¿Quién haría eso?".

"El pueblo judío", dijo él. "Dios les ordenó celebrar las cosechas de la Tierra Prometida. Pero en el año 70 *A.D.* la tierra de Israel fue destruida y el pueblo judío fue esparcido hasta los confines de la tierra. Ya no había más cosechas, ni más grano o frutos que recoger; pero aunque no tenían más cosechas, siguieron celebrándolas. Celebraron cosechas inexistentes de cebada, dieron gracias por cosechas de frutos inexistentes, y se gozaron por viñedos inexistentes que rebosaban de racimos inexistentes. Y entonces algo igual de extraño ocurrió. Después de dos mil años celebrando las cosechas inexistentes, las cosechas inexistentes volvieron a aparecer en la tierra". Hizo una pausa por un instante antes de continuar.

"Es crucial", dijo él, "que aprenda este secreto del reino. Los hijos de este mundo se alegran tras ver sus bendiciones, pero los hijos del reino hacen lo contrario. Celebran *antes* de las bendiciones. No espere a ver sus bendiciones para gozarse. Gócese...y verá sus bendiciones. No espere a que venga el regalo para entonces dar gracias; dé gracias...y el regalo vendrá. No espere a que sus circunstancias sean las mejores para celebrar. Celébrelo igualmente...y todo estará bien. No espere a conseguir la victoria para sentirse victorioso. Siéntase victorioso...y obtendrá la victoria. Aprenda el secreto de las cosechas misteriosas de Israel. Celebre las bendiciones que aún no ve. Celebre la cosecha que no tiene...y tendrá una cosecha que celebrar".

La misión: Viva hoy a la manera del reino. Antes de ver la bendición, gócese y dé gracias por ella. Celebre su cosecha misteriosa.

Deuteronomio 16:15; Jeremías 31:3–6; Marcos 11:24

Las cosechas misteriosas

LOS DÍAS DEL FUTURO PASADO

"**E**TERNA", DIJO EL maestro. "La lengua sagrada es eterna".

"¿Por eterna quiere decir que no cambia?", pregunté. "¿O por eterna se refiere a que es eterna?".

"Con eterna me refiero a que no conoce el tiempo".

"¿Qué quiere decir?".

"En el hebreo original de las Escrituras, lo que ocurre no conoce el tiempo".

"Pero la Biblia habla del tiempo todo el tiempo, de días y años".

"Sí, pero el lenguaje hebreo no tiene tiempo verbal absoluto al referirse al tiempo".

"¿Cómo puede un lenguaje no tener pasado, presente o futuro?".

"Tiene otros tiempos verbales", dijo él, "tiempos que se usan y se entienden como para referirse al pasado, presente y futuro. Pero la verdad es que estos otros tiempos verbales no tienen relación absoluta con cuando ocurren. De hecho, a veces, las Escrituras hablan de eventos futuros como si ya se hubieran producido…el futuro pasado".

"Entonces ¿cuáles son los tiempos verbales?".

"El perfecto y el imperfecto. El tiempo perfecto habla de una acción que está terminada, que está completa, perfecta. El tiempo imperfecto habla de una acción que no está terminada y por lo tanto, está incompleta, imperfecta. Así, en hebreo solo se tienen dos opciones: vivir en el perfecto o en el imperfecto. Si vive siempre esforzándose por terminar lo que está sin terminar, completar lo que está incompleto, si vive intentando ser salvo, intentando ser amado, ser lo suficientemente bueno, ser digno, completo…entonces está viviendo en el tiempo imperfecto…y está viviendo en lo imperfecto. Y vivir en el tiempo imperfecto nunca funciona, porque lo que sale de algo incompleto nunca puede ser otra cosa que algo incompleto".

"Entonces, ¿cómo se vive en el tiempo perfecto?".

"Para vivir en el tiempo perfecto debe aprender el secreto de vivir desde lo que ya está completo, hacer desde lo que ya está hecho, triunfar desde una victoria que ya se ha ganado".

"Pero, ¿qué es lo que ya está logrado, completo, terminado y perfecto?".

"La obra de Dios", dijo él, "salvación. La obra completa del Mesías".

"'Consumado es'", dije yo.

"Sí. Porque lo perfecto es aquello que se ha terminado. Y la salvación es una obra perfecta…Y quienes viven en ella deben vivir en los días del futuro pasado".

La misión: Viva este día en el perfecto hebreo. Haga todas las cosas desde su obra terminada. Triunfe desde la victoria que ya ha sido ganada. Viva desde esa terminación.

Mateo 5:48; Efesios 2:10; Filipenses 3:13–15

Los misterios hebreos I–IV

DUNAMAHEE: EL PODER DE YO PUEDO

ESTÁBAMOS TODOS SENTADOS…el maestro estaba sobre una gran roca, y varios de los estudiantes estaban a sus pies formando un semicírculo.

"En el mundo hay muchos poderes", dijo él, "el poder del sol, el poder del viento, el poder de los ríos, el poder del fuego, el poder de los átomos, el poder de los reyes, el poder de ejércitos y el poder del hombre. Cada uno de estos poderes tiene condiciones y limitaciones. Pero ¿y si hubiera un poder superior a todos estos poderes…un poder sin limitaciones, el poder para hacer cualquier cosa?".

Nadie respondió.

"El Mesías dio a sus discípulos, y a todos los discípulos que vinieran después de ellos, incluyéndoles a todos ustedes, la Gran Comisión para proclamar el mensaje de salvación al mundo, para enseñar su Palabra, para hacer su voluntad y para hacer discípulos a todas las naciones. Pero ¿qué les dijo que hicieran primero?".

"Que esperasen en Jerusalén", dijo uno de los estudiantes, "hasta recibir poder".

"Sí", dijo el maestro. "¿Y qué poder era ese?".

"El poder del Espíritu", dijo otro.

"Correcto. ¿Y saben lo que yace tras la palabra para referirse al poder que debían recibir? La palabra usada en las Escrituras es la palabra griega *dunamis*. Viene de la raíz *dunamahee*. *Dunamahee* significa ser capaz. Y el Mesías no dio condiciones, calificadores, modificadores ni limitaciones con respecto al poder que sería dado. ¿Qué poder les es dado a ustedes en el Espíritu? El poder de llegar a ser capaces de hacer lo que nunca antes podían hacer…el poder de hacer lo que está más allá de su capacidad. *Dunamahee* significa hacer posible; por lo tanto, si vivimos por el Espíritu, tendremos el poder de hacer posible lo que no era posible. Y *Dunamahee* también significa puedo, como cuando decimos yo puedo. El poder del Espíritu es *el poder de yo puedo*".

"Yo puedo hacer ¿qué?", preguntó un estudiante.

"No lo dice", respondió el maestro. "De nuevo, no hay restricción. Es el poder de *yo puedo* para hacer cualquier cosa, el poder de hacer todas las cosas, y el poder de hacer lo que tengamos que hacer para cumplir la voluntad y el llamado de Dios. No hay limitaciones. Es el poder de poderes, el poder para hacer cualquier cosa que necesitemos hacer. Es el poder para anular y vencer cualquier yo no puedo de nuestra vida…con el poder del yo puedo…del Todopoderoso".

La misión: Viva este día en el dunamahee de Dios. Para cualquier cosa que tenga que hacer en la voluntad de Dios, pida el poder de 'Yo puedo'. Y en ese poder, *hágalo*.

Zacarías 4:6–9; Lucas 24:49; Filipenses 4:13

LA PROMESA

É L TOMÓ UN rollo de una de las estanterías de la Cámara de los Rollos, lo colocó sobre la mesa de madera, y lo desenrolló.

"Hace miles de años", dijo el maestro, "Dios dio una profecía al pueblo judío. Ellos serían llevados cautivos de su tierra natal, esparcidos por las naciones y expulsados de una tierra a otra, hasta los confines de la tierra. Y todo sucedió así. Durante los últimos dos mil años el pueblo judío ha estado vagando por la tierra, de nación en nación. Pero Dios también les dio una promesa: al final de los tiempos, Dios los reuniría de entre las naciones y los haría regresar a la tierra de Israel. Así está escrito en el libro de Jeremías: 'He aquí yo los hago volver de la tierra del norte, y los reuniré de los fines de la tierra, y entre ellos ciegos y cojos, la mujer que está encinta y la que dio a luz juntamente'. Era una imposibilidad. En toda la historia humana, nada como eso había ocurrido jamás. Y pocos creían que podría suceder".

"¿Ni siquiera los que leían la Biblia?".

"La mayoría se habían convencido de que Dios había terminado con el pueblo judío. Y la mayoría del pueblo judío no pensaba que pudieran volver a vivir para ver cumplidas las profecías. Durante dos mil años, la tierra de Israel estuvo en manos de sus enemigos o en manos de los que no tenían intención alguna de devolverla. Y el pueblo judío estaba abrumadoramente desprovisto de poder, pero Dios dijo que sucedería. La promesa estaba escrita en su Palabra. Y a pesar de todos los poderes y con todas las probabilidades en contra, tras dos mil años de imposibilidad, en medio de una generación secular y cínica, Dios cumplió la profecía y su promesa. Reunió a su antiguo pueblo de nuevo desde los confines de la tierra y los llevó de nuevo a su antigua tierra natal, los ciegos y los cojos, la mujer con su hijo, una gran multitud...como un pastor reúne a su rebaño".

Él cerró el rollo.

"Mire", dijo el maestro, "entre la Palabra y el mundo, fue de nuevo la Palabra la que resultó ser más real y más cierta. Y entre la promesa y el infierno que vino contra ella, fue la promesa la más fuerte. Nunca olvide eso. Su Palabra es cierta, más cierta que el mundo, y su promesa es segura, y más fuerte que todos los que vienen contra ella. Y si después de dos mil años Dios recordó su promesa a su pueblo de antaño...Él también recordará las promesas que le hizo a usted".

La misión: Hoy, encuentre una promesa en la Palabra de Dios que tenga que ver con usted y aprópiesela, créala y viva este día a la luz de ella.

Jeremías 30–31; 2 Corintios 1:20

EL REINO DEL CORDERO

EL MAESTRO TENÍA en su mano un pequeño pergamino que comenzó a leer. "'Y miré, y vi que en medio del trono y de los cuatro seres vivientes, y en medio de los ancianos, estaba en pie un Cordero'...En medio del trono", dijo, "estaba de pie un Cordero. Esta es la visión que le fue dada a Yochanan, Juan, en el libro de Apocalipsis. ¿Ve usted algo extraño en todo esto?", preguntó él.

"Todo", dije yo. "Los cuatro seres vivientes, los ancianos, el cordero...".

"¿Qué le parece que haya un cordero en un trono?".

"¿Por qué es eso más extraño que el resto?".

"Piense en ello, un cordero, la más indefensa de las criaturas, tan débil que le debe proteger no solo su madre, sino también un pastor...Eso es lo que hace que esta visión sea tan extraña. El Cordero está en el trono. El Cordero es rey. El Cordero reina sobre todo. Un león tendría sentido, pero no un cordero...la más indefensa de las criaturas reinando sobre el trono con todo el poder...y sobre todos".

"Y es un símbolo del Mesías".

"Sí", dijo el maestro. "Aquel que reina sobre el reino de Dios; por lo tanto, el reino de Dios será el reino del Cordero. Qué radical es eso...¿un Cordero sobre un trono? Va en contra de cómo funciona el reino animal y los reinos humanos. Pero el reino de Dios no funciona según las leyes de este mundo, sino según sus propias leyes. Y para prosperar en Dios, usted debe aprender los secretos de ese reino. En el mundo, es el fuerte y fiero el que reina, pero en el reino de Dios, es el Cordero el que reina. Así, en el reino del Cordero los débiles son fuertes, y los fuertes son débiles. Y en este reino, si tiene debe soltar. Si recibe debe dar. Si se humilla será exaltado. Si se hace pequeño será grande. Si se pierde se encontrará. Si se rinde prevalecerá. Y si muere a usted mismo...encontrará la vida".

"Como Él murió y encontró la vida", dije yo, "y como Él lo entregó todo y ha prevalecido sobre todo y ha vencido al mundo".

"Y si camina en las pisadas del Cordero, usted también prevalecerá y vencerá al mundo; porque somos el más radical de todos los reinos...el reino del Cordero".

La misión: Viva este día como lo hace el Cordero. Suelte lo que pueda tener. Muera para poder vivir. Y ríndase para que pueda vencer.

Mateo 5:30–45; 20:25–28; 2 Corintios 6:3–10; 12:9–10; Apocalipsis 5:6–14

LO QUE NO ESTÁ ESCRITO

ÉL ME LLEVÓ a la Cámara de los Rollos y al arca. Sacó el rollo y lo colocó sobre la mesa de madera.

"Quiero que mire con atención para ver lo que hay en el rollo".

Comenzó a desenrollarlo.

"Son las Santas Escrituras", dijo él, "la Palabra de Dios en su forma original. Dígame lo que ve".

"Escritura, palabras, letras".

"¿Eso es todo?", preguntó él.

"¿Qué más hay?".

"Aún no ha descrito usted ni la mitad de lo que hay".

"¿A qué se refiere?", pregunté yo.

"Solo me ha descrito lo que está en negro…pero no el resto".

"¿Lo blanco?".

"Sí, lo blanco…el fondo. Lo negro es santo; y también lo es lo blanco. Sin ello, usted no vería lo negro de la tinta, no habría nada que le hiciera contraste, nada que lo delinease. Sin lo blanco, no vería la Palabra de Dios. Lo blanco es lo sagrado *sin escritura* de Dios".

"¿Lo que no está escrito?".

"Sí, lo que no está escrito. Cuando la Palabra es enviada al mundo, debe tener un contexto, debe tener un pergamino, un papel, una voz, algún medio que la lleve y la manifieste al mundo. Eso es lo blanco sagrado de lo que no está escrito. ¿Y sabe cuál es lo más santo que no está escrito?".

"No".

"Su vida", dijo él. "Su vida es lo blanco sagrado sobre lo cual aparece la Palabra de Dios, el pergamino santo que lleva y manifiesta la escritura eterna. Por lo tanto, la clave es unir su vida, su corazón, sus emociones, su alma y su voluntad a la Palabra de Dios…unir lo negro con lo blanco, la tinta con el rollo, para recibir los oráculos santos, para llevarlo y manifestarlo al mundo. Que cada parte de su vida se convierta en lo blanco sagrado…en lo cual la Palabra de Dios es revelada…Que su vida se convierta en lo sagrado que no está escrito de Dios".

La misión: Hoy, una la Palabra al pergamino de su corazón, su voluntad, sus emociones y sus caminos. Que su vida pueda convertirse en lo blanco sagrado de la Palabra de Dios.

Salmo 119:11; Mateo 7:24; Colosenses 3:16

Las Escrituras invisibles

EL BISORA

ERA UN DÍA particularmente ventoso...y especialmente ventoso en la cima de una montaña en el desierto donde nos encontrábamos de pie.

"¿Qué significa la palabra *Evangelio*?", preguntó él.

"Un relato de la vida del Mesías", respondí yo.

"Significa buenas nuevas. Son las buenas nuevas de la redención del Mesías, el perdón de nuestros pecados en la cruz, la victoria sobre la muerte en la resurrección, salvación, vida eterna. Ahora bien, ¿dónde en la Biblia aparece por primera vez la palabra *Evangelio*?".

"En el Nuevo Testamento".

"No", dijo el maestro. "Aparece por primera vez en las Escrituras hebreas".

"¿Cómo? ¿Cómo qué?".

"Como la palabra *Bisora*. *Bisora* es la palabra de donde viene *Evangelio* del Nuevo Testamento. De hecho, el Mesías comenzó su ministerio citando un versículo hebreo en el que aparece esa palabra: 'El Espíritu de Jehová el Señor está sobre mí, porque me ungió Jehová; me ha enviado a predicar el Bisora, el Evangelio, las buenas nuevas'. Bisora viene de la raíz *basar*. *Basar* significa alegre o gozoso. Así que el efecto del Bisora, el evangelio, tiene que ser el gozo. Su naturaleza es hacer que la vida de alguien sea gozosa. Saber que somos salvos del juicio y que también se nos ha dado el cielo es más que suficiente para darnos gozo cada día de nuestra vida".

"Pero tiene que haber creyentes que no viven con gozo".

"Entonces no están recibiendo el Bisora, no tal y como es. ¿Sabe qué más significa *Bisora*? Es una palabra que le describe a usted ahora mismo".

"¿Qué quiere decir?".

"El viento ha hecho que sus mejillas se pongan rosadas. La palabra *Bisora*, el *evangelio*...significa rosado".

"¿Rosado?".

"Sí, porque el efecto del evangelio es hacer que quien lo recibe se ponga rosado, como lleno de vida. ¿Y sabe qué más significa *Bisora*? Significa fresco. Porque el evangelio, la salvación de Dios, es siempre nuevo, siempre fresco. Nunca envejece. Y si uno no está viviendo en la frescura de la vida, entonces no está recibiendo el Bisora, o ha dejado de recibirlo. Y como el Bisora está siempre fresco, siempre se debe recibir con frescura...como si fuera la primera vez. Y en quienes lo reciben de esta forma, sus vidas son renovadas, avivadas y refrescadas. Porque el evangelio es el Bisora, y el Bisora nunca envejece, nunca se estropea y nunca puede ser otra cosa que no sea esto...algo nuevo, fresco...y suficiente para hacer que su vida tenga las mejillas rosadas".

La misión: Reciba hoy el Bisora, las buenas nuevas, como si lo hiciera por primera vez. Y mediante ese poder camine con frescura en la novedad de vida.

Proverbios 25:25; Isaías 52:7; 61:1

EL SOLDADO Y EL GENERAL

ESTÁBAMOS SENTADOS DONDE habría estado la fogata si se hubiera estado encendida, pero era por la mañana. No había fuego y estábamos solos.

"En un ejército", dijo el maestro, "¿quién tiene la máxima autoridad?".

"El general", respondí yo.

"Correcto", dijo él. "Él no se somete a ningún rango, sino que ejerce su autoridad sobre todos los demás rangos. Ahora bien, ¿quién es el que tiene la autoridad más baja en el ejército?".

"El soldado".

"Correcto. El soldado es lo contrario; él se somete a todos los demás rangos y no tiene autoridad sobre ningún otro".

Hizo una pausa durante unos momentos, y después volvió a hablar.

"Una adivinanza…¿Cuándo tiene el soldado la misma autoridad que el general?".

"Nunca", dije. "O de ser así no sería un soldado".

"Pero hay un tiempo en que el soldado ejerce la misma autoridad que un general, y es cuando el soldado desempeña una tarea que le ha asignado el general. Cuando un soldado lleva a cabo una instrucción, un recado, una misión o una orden dada por el general, entonces, con respecto a esa directriz él lleva la autoridad del general. Todos los demás soldados, todos los rangos, todos los capitanes y coroneles, deben someterse a él en el cumplimiento de su tarea. Ante él, toda puerta se debe abrir y toda puerta debe despojarse de su cerrojo. Ahora", dijo el maestro, "llevémoslo al extremo. En el universo, ¿quién tiene la máxima autoridad?".

"Dios".

"Sí. Él es el General. ¿Y quién tiene la mínima autoridad?".

"¿Nosotros…el hombre?".

"Sí. Entonces ¿cuándo llevamos los soldados, nosotros, la autoridad del General, de Dios?".

"Cuando…cuando llevamos a cabo la tarea que Dios nos ha encomendado, cuando llevamos a cabo su misión".

"Exactamente", respondió él. "Si usted vive fuera de la voluntad de Dios, si actúa en contra de ella, vivirá y actuará con la autoridad de un soldado, lo cual es no tener ninguna autoridad. Pero si vive dentro de la voluntad de Dios, si sigue las directrices de Dios, si lleva a cabo su tarea, si se decide a cumplir su misión, entonces vivirá en la autoridad de Dios. Entonces todo rango en este universo debe ceder a sus pasos, toda puerta se debe abrir y toda puerta debe aflojar su cerrojo. Por lo tanto, haga de su objetivo el vivir su vida totalmente en la voluntad de Dios. Encuentre su misión y cúmplala…y caminará en el poder y la autoridad del Todopoderoso".

La misión: Hoy, haga de su objetivo caminar completamente en la voluntad de Dios. Lleve a cabo una misión del General. Y al caminar en su voluntad, camine también en su autoridad.

Mateo 28:18–20; Juan 20:21–23; 2 Corintios 10:3–5

El soldado y el General

LA PROFECÍA DEL ESQUELETO

"¿**R**ECUERDA ESTE LUGAR?", preguntó él.

Delante de nosotros había un valle grande e imponente.

"Es aquí", dijo él, "donde le hablé acerca del valle de los huesos secos".

Comenzamos a caminar por él como habíamos hecho la primera vez.

"Imagine que es el profeta Ezequiel. Dios le pone en medio de un valle como este, y está lleno de huesos. Le dice: 'Profetiza a estos huesos'. Así que usted lo hace. De repente, ve que los huesos se juntan, uno a uno, y forman esqueletos. Entonces, sobre los esqueletos aparece carne y después piel; y luego cobran vida. ¿Recuerda lo que significaba todo eso?".

"Israel volvería a vivir como una nación en la tierra".

"Sí", dijo el maestro, "pero ¿cómo? Israel no debía aparecer en la tierra como otras naciones. Sucedería como en el valle de los huesos secos. Primero serían los huesos, los restos rotos y esparcidos de la antigua nación, los huesos dispersos de su cultura, de su recuerdo nacional, el pueblo mismo esparcido por toda la tierra. Y Dios comenzó a juntar los huesos de entre las naciones. ¿Y qué tenemos después?".

"¿Un esqueleto?".

"Un esqueleto. Y así también Israel primero aparece en el mundo como una entidad esquelética, el esqueleto de una nación. Su lenguaje, el hebreo, cobra vida primero como un lenguaje esquelético, el esqueleto de un lenguaje antiguo que tuvo vida. El gobierno aparece primero como un gobierno esquelético, la cultura como una cultura esquelética, un ejército esquelético, una tierra esquelética...una nación esqueleto. Y después, con el paso del tiempo, aparece la carne, exactamente como en la visión. Y el día en que Israel fue resucitada de la muerte, ¿sabe lo que ocurrió en su proclamación de existencia?".

"¿Qué?".

"Las palabras: '¡Profetiza a estos huesos!'. Las palabras del valle de los huesos secos. ¿Qué posibilidad hay de que unos huesos resuciten y se formen esqueletos y estos cobren vida?".

"Es totalmente imposible".

"Y durante dos mil años fue totalmente imposible resucitar a Israel de la muerte; pero Dios lo dijo y Dios lo hizo. Nunca olvide eso: Él es el Dios de lo imposible...el Dios que toca lo que está completamente desesperanzado y muerto y hace que vuelva a tener vida. Con Dios, nada es imposible; porque Él es el Dios de lo imposible...el Dios del valle de los huesos secos".

La misión: Incluso la historia moderna da testimonio: Dios es el Dios de lo imposible. Viendo la realidad, crea que Dios puede hacer hoy lo imposible.

Ezequiel 37:1–14; Lucas 1:37

La revelación del valle de los huesos secos

EL ANTICIPADOR

CAMINÁBAMOS POR UNA gran planicie flanqueada por montañas bajas cuando algo captó la atención del maestro. En la arena entre las rocas en la base de la montaña había una serpiente. Su boca estaba estirada abarcando un huevo que era mucho más grande que su cuerpo.

"Esta", dijo el maestro, "es una *dasypeltis scabra*, la serpiente que come huevos. No tiene que recordar el nombre, pero tome nota de lo que hace".

"Se traga los huevos", dije yo.

"Sí", dijo él, "y revela un principio clave enel mundo espiritual. La serpiente es un símbolo del mal y del enemigo, y las serpientes de este tipo son conocidas por tragarse huevos. ¿Qué son los huevos? Es de donde emerge la vida. Moisés fue llamado a liberar a los esclavos hebreos del faraón; pero en los días del nacimiento de Moisés el faraón decretó que todos los bebés varones nacidos de los hebreos fueran ejecutados. Solo por un milagro pudo sobrevivir el bebé Moisés. Así también fue en los días de la infancia del Mesías, cuando el rey Herodes intentó poner fin a su vida. ¿Qué revela esto?".

"El enemigo ataca a los niños".

"Más que eso", dijo él. "Fue en el desierto, justo antes de que comenzara el ministerio del Mesías, donde el enemigo intentó destruirlo".

"Entonces el enemigo ataca especialmente el comienzo de los propósitos de Dios".

"Sí, y *antes* del comienzo. Dios había prometido reunir al pueblo judío de entre las naciones y resucitar a la nación de Israel, pero justo antes de que se cumplieran las palabras de los profetas, una furia satánica irrumpió en la tierra en forma de nazismo, para eliminar al pueblo judío justo antes de que se pudieran cumplir las profecías, antes de que Israel pudiera renacer. El patrón se repite una y otra vez. ¿Quién es el enemigo? Él es un anticipador. Ataca los propósitos de Dios no solo después de comenzar, sino justo *antes de que comiencen*, para evitarlos".

"Así como la serpiente busca tragarse el huevo".

"Por eso cuando esté en la voluntad de Dios y todo el infierno venga contra usted, no se desanime. Anímese. Es una buena señal. El enemigo no malgasta su tiempo, y hace todo lo posible para impedir que el propósito de Dios se cumpla. Así que siga en ello con más fuerza, pues el ataque es una señal de lo grande que es el llamado, la bendición, el propósito y la victoria que Dios tiene preparados para usted. Tan solo no se rinda, sino prosiga aún más...contra la serpiente...contra el anticipador...hasta que los propósitos de Dios...nazcan".

La misión: Hoy, responda a cualquier problema, revés, obstáculo o ataque prosiguiendo más para alcanzar la victoria que le espera justo después de ello.

2 Corintios 2:11, 14; Hebreos 10:36

El anticipador

LA VIDA DEL CIELO HACIA LA TIERRA

Era un bonito día con las nubes desplazándose lentamente por el cielo azul. "Cielo y tierra", dijo el maestro. "Pensamos en uno en contraste con el otro. Pero el secreto es lo opuesto".

"¿A qué se refiere?".

"El Mesías nos dijo que orásemos: 'Hágase tu voluntad, como en el cielo, así también en la tierra'. Por lo tanto los dos, el cielo y la tierra, deben estar unidos. La redención del Mesías es la unión del cielo con la tierra, y de la tierra con el cielo; así que para vivir en la redención debemos vivir en la unión de los dos...cielo y tierra".

"Entonces debemos vivir buscando vivir nuestras vidas hacia al cielo".

"Sí", dijo el maestro, "pero ese no es el secreto. Es mucho más profundo que eso; 'como en el cielo así también en la tierra' significa que tienen que ser las cosas en la tierra como lo son *primero* en el cielo. El cielo va primero, y después la tierra. 'En el principio creó Dios los cielos y la tierra', no la tierra y los cielos. El cielo va siempre primero. La vida y la bendición no fluyen de la tierra hacia el cielo, sino del cielo a la tierra; y sin embargo, la mayoría vive al revés, incluso los que buscan a Dios".

"De la tierra hacia el cielo".

"Sí. Buscan ascender, ser más santos, más espirituales y buenos, más puros, justos, amorosos...más celestiales. Buscan subir más alto...ascender. Pero la respuesta nunca llega de la tierra hacia el cielo".

"¿Entonces el secreto es vivir no desde la tierra hacia el cielo...sino desde el cielo hacia la tierra?".

"Sí, justo lo contrario a todo lo que hemos conocido, y de cómo solíamos vivir y pensar. La respuesta es vivir una vida del cielo hacia la tierra".

"Entonces ¿no deberíamos intentar ser santos?".

"Deberíamos, pero no desde nosotros mismos. Debe comenzar con el cielo. La única forma de poder ser santo es viviendo *desde* el Santo. La única forma de ser puro es vivir *desde* el Puro. La única forma de ser bueno es vivir *desde* el Bueno. La única forma de amar es vivir *desde* el Amor. La única forma de ser en verdad generoso es vivir *desde* el Regalo. Y la única forma de ser piadoso es vivir *desde* Dios. Usted no consigue el cielo; deja que el cielo le consiga a usted. Vive una vida del cielo hacia la tierra, donde todo lo que hace comienza desde el cielo y procede hacia la tierra. Deja que el cielo toque su vida y, mediante su vida, cada parte de su mundo...como en el cielo así también en la tierra".

La misión: Aprenda hoy el secreto de vivir una vida del cielo hacia la tierra. Viva cada momento *desde* arriba, *desde* lo bueno, desde lo glorioso, desde el cielo.

Isaías 55:10–11; Mateo 6:10; Colosenses 3:2

Como en el cielo

SHALOM ALEIJEM

ERA EL PRIMER día de la semana, por la mañana. Todos los estudiantes estaban reunidos en la tienda al aire libre esperando a que hablara el maestro.

"Paz a vosotros", dijo él. "Esto es lo que el Mesías decía a sus discípulos cuando los saludaba. Como está escrito: 'Vino Jesús, y puesto en medio, les dijo: Paz a vosotros'. Es la única vez que está registrado que el Mesías dijo estas palabras. Fue lo primero que dijo cuando se les apareció después de la resurrección. Pudo haber dicho cualquier cosa, pero decidió decir: 'Paz a vosotros'. De hecho, lo dijo dos veces en el mismo encuentro. Estas palabras deben de tener algo. ¿Por qué piensan que lo dijo, y que solo se describe después de la resurrección, y no antes?".

Los estudiantes guardaron silencio.

"Cuando Isaías profetizó sobre la muerte expiatoria del Mesías, escribió esto: 'Mas él herido fue por nuestras rebeliones, molido por nuestros pecados; el castigo de nuestra *paz* fue sobre él...'. La paz solo viene después de haberse realizado la expiación. Por eso sería solo *después* de que el Mesías muriera en la cruz y resucitara cuando se podría dar la paz. Pero la profecía de Isaías no dice 'nuestra paz'. Dice 'nuestro *shalom*'. Y cuando el Mesías habló para bendecir a sus discípulos, no dijo 'paz' tampoco. Dijo: '*Shalom alejem*'. '*Que el Shalom esté sobre ustedes*'".

"Pero si *shalom* significa paz", dijo uno de los estudiantes, "entonces ¿cuál es la diferencia?".

"La diferencia es todo", dijo él. "Porque *shalom* significa mucho más que paz. *Shalom* significa seguridad, descanso, prosperidad, totalidad, salud, integridad, terminación, plenitud, solidez...e incluso bienestar. Entonces ¿qué bendición proclamó el Mesías sobre sus discípulos? Su bendición se puede interpretar de esta forma: 'Que sean bendecidos con seguridad, con descanso, con prosperidad, con totalidad, con terminación, con plenitud, con solidez, con bienestar...y con paz'".

"¿Todo eso en una sola bendición?", preguntó uno de los estudiantes.

"Todo eso en su shalom. Todo eso en su sacrificio. Todo eso en la bendición que el Mesías da a sus discípulos...y lo que les da a *ustedes*. La parte de ellos, y la de ustedes, es aprender qué significa exactamente eso...y recibir todo lo que contiene".

La misión: Hoy, haga de su meta el recibir el shalom del Mesías: su paz, plenitud, descanso, terminación, bienestar y totalidad. Shalom aleijem.

Isaías 53:5; Juan 20:19–21; Colosenses 3:15

El Shalom que yo doy

EL REY LEPROSO

EL MAESTRO ME llevó a la Cámara de los Libros donde sacó de una de las estanterías un gran libro rojizo y lo colocó sobre la mesa de madera.

"El Sanedrín", dijo él, "era el concilio que acusó al Mesías ante el tribunal. Lo acusaron de ser un falso Mesías, lo juzgaron como culpable de blasfemia y lo entregaron a los romanos para ser ejecutado. Lo que está viendo es el escrito de los rabinos del Talmud. Se llama 'Tractate Sanedrín'".

"¿El mismo Sanedrín que halló culpable al Mesías?".

"Sí", dijo el maestro. "Y eso hace que lo que está a punto de oír sea sorprendente. Los escritores del Sanedrín dijeron que el Mesías de Israel sería llamado el Leproso".

"¿Leproso?", respondí yo. "Un extraño nombre para poner a su Mesías. ¿Por qué?".

"Las palabras del Sanedrín explican por qué al decir esto del Mesías: 'Ciertamente llevó él nuestras enfermedades, y sufrió nuestros dolores; y nosotros le tuvimos por leproso, por herido de Dios y abatido'".

"Entonces Tractate Sanedrín describe al Mesías como Aquel que lleva nuestros sufrimientos".

"Sí. Están citando la profecía de Isaías del redentor que muere por nuestros pecados. Y están identificando al que muere por nuestros pecados como el Mesías de Israel. Y lo llamaron 'leproso' para referirse a Él como un hombre de aflicciones, golpeado y enfermo, desechado y marginado. Y la profecía continúa diciendo: 'Mas él herido fue por nuestras rebeliones, molido por nuestros pecados; el castigo de nuestra paz fue sobre él, y por su llaga fuimos nosotros curados...mas Jehová cargó en él el pecado de todos nosotros. Angustiado él, y afligido, no abrió su boca; como cordero fue llevado al matadero...Porque fue cortado de la tierra de los vivientes, y por la rebelión de mi pueblo fue herido'".

"Solo hay Uno que encaje en esa descripción" dije yo, "solo Uno que podría ser el Mesías, el mismo que el Sanedrín condenó a muerte por no ser el Mesías. Y sin embargo, ellos describen al Mesías...¡como a Él!".

"Sí", dijo el maestro, "piense en ello. Al condenarlo a muerte acusándolo de no ser el Mesías, causaron que Él llegara a *convertirse en Aquel al que describen como el Mesías*...despreciado, desechado, herido y muerto".

"Para convertirse en Aquel al que ellos describen como su Mesías".

"Así que si incluso los que le niegan...dan testimonio de Él, cuánto más debemos dar nosotros testimonio de Él...y participar totalmente de la expiación que nos da sanidad y shalom...el Mesías del Sanedrín...el Rey leproso".

La misión: Incluso los rabinos dan testimonio: el Mesías ha llevado sus pecados, sus enfermedades, sus dolores y su condenación. Hoy, deje que Él los lleve.

Isaías 53:4–8; Mateo 8:16–17; 1 Pedro 2:22–24

EL APOKALUPSIS

ESTÁBAMOS TODOS SENTADOS alrededor de la fogata, el maestro y yo, junto a varios otros estudiantes. Pero al estar sentado a su lado, solo yo pude oír las palabras que leía del rollo que tenía en su mano.

"'Me paré sobre la arena del mar, y vi subir del mar una bestia que tenía siete cabezas y diez cuernos; y en sus cuernos diez diademas; y sobre sus cabezas, un nombre blasfemo'. Es del libro de Apocalipsis", dijo él, "el capítulo trece, el primer versículo…el *apocalipsis*…una palabra que produce temor. ¿Pero saben qué es lo más apocalíptico?".

"¿La destrucción del mundo?".

"No", dijo el maestro. "…una boda".

"¿Cómo podría ser apocalíptica una boda?".

"La palabra *apocalipsis* viene de la palabra griega *apokalupsis*, que, a su vez, viene de dos raíces: *apo*, que significa lejos o quitar, y *kalupsis*, que significa un velo o cubierta. Entonces el *apocalipsis*…es la retirada…del velo. La palabra habla de la revelación, la apertura de la visión con respecto al final. Pero hay más. Cuando llegamos al final de la Biblia y al final del apocalipsis, vemos que hay una novia y un Novio; lo que descubrimos es una boda. En el antiguo matrimonio hebreo, el día de la boda, cuando la novia y el novio después de su larga separación están ahora frente a frente, la novia alza el velo de su rostro…la retirada del velo…el apokalipsis…el apocalipsis. Entonces los dos están ahí, sin velos y sin más separaciones, rostro a rostro descubiertos. Del mismo modo, habrá un día, un día de boda, en el que todos los velos serán quitados y lo veremos tal como Él es, y Él nos verá tal como somos, sin velos, frente a frente. Miren", dijo el maestro, "todos nos dirigimos a un apocalipsis u otro, el apocalipsis de juicio o, en la salvación, el apocalipsis de la boda. Y si ustedes son de la boda, entonces deben venir ante Él incluso ahora y quitarse el velo y sus coberturas, sin más separaciones y nada oculto. Porque solo si acuden como son…pueden conocerle como Él es. Y solo entonces Él podrá tocarles como deben ser tocados…y cambiados. Aprendan el secreto de vivir como en el día de la boda…incluso ahora…sin coberturas…en el apokalipsis de la novia y el novio…cara a cara…y más allá del velo".

La misión: Venga a Dios hoy en el apokalipsis de la novia, sin velo, sin nada que esconder y nada cubierto. Deje que Él toque lo que tenga que tocar.

1 Corintios 13:12; Efesios 5:27; Apocalipsis 19:7–9

La persona detrás del velo

EL SECRETO DE LOS COLORES

ÉL ME LLEVÓ a un jardín lleno de pequeños árboles frutales y flores. Debía de ser uno de los lugares más hermosos de toda la escuela.

"Muchos colores", dijo el maestro. "¿Qué ve?".

"Flores rojas, azules y moradas, frutos amarillos y verdes, lirios blancos...".

"¿Por qué la flor roja es roja?", preguntó él.

"Porque...¿ese es su color?", respondí. "No lo entiendo".

"La flor roja está bañada en la luz de todos los colores. Absorbe todos los colores salvo uno: el rojo. El rojo es el color de la única luz que no recibe o absorbe, y por eso el rojo es el único color que refleja o devuelve. Ahora bien, ¿qué ocurriría si una flor se guardara todos los colores de la luz? ¿De qué color sería?".

"No tendría color", dije yo. "Sería oscura. Sería una flor negra".

"Correcto", dijo, "y no solo ocurre con las flores, sino también con todas las cosas. Lo que uno toma de este mundo y guarda para sí no es lo que la persona *es*...sino lo que *no es*. Es aquello de lo que uno está vacío. Quienes toman de este mundo y no dan...son los vacíos. Quienes buscan conseguir amor de este mundo, pero no dan amor...son los que carecen de amor. Y quienes buscan ser bendecidos por el mundo pero no bendicen...son los no bendecidos...las flores negras".

"Entonces lo que uno da es lo que uno es".

"O aquello en lo que uno se convierte", dijo el maestro. "Son los que dan amor quienes son amados. Son los que dan de sus posesiones quienes son ricos. Y son los que bendicen quienes son bendecidos. Así, aquello en lo que quiera que se convierta su vida es precisamente lo que debe dar. Por lo tanto, viva una vida de dar amor, y tendrá amor. Viva una vida de dar de sus posesiones, y será rico. Viva una vida de bendecir a otros, y su vida será siempre bendecida. Porque la luz brilla en todas las flores, pero cada flor se convierte solo en la luz que devuelve. El amor de Él brilla sobre todos, pero solo lo que uno devuelve es lo que será y en lo que se convertirá".

Hizo una pausa para recoger un lirio blanco, el cual alzó para que le diera la luz del sol.

"¿Y qué ocurre con los que no se quedan nada...sino que lo devuelven todo?".

"Se vuelven blancos", respondí yo.

"Más que eso", dijo el maestro. "Se convierten en la luz".

La misión: Comprométase a convertirse en un canal de dar, a dar totalmente de cada bendición. Comience hoy, y su vida se convertirá en el reflejo de Dios.

Proverbios 11:25–26; Mateo 5:16; 2 Corintios 3:18

EL SECRETO DEL HACHA

MIENTRAS DÁBAMOS UNO de nuestros paseos, nos encontramos con un encargado. Estaba talando un pequeño árbol con un hacha.

"'Si se embotare el hierro'", dijo el maestro, "'y su filo no fuere amolado, hay que añadir entonces más fuerza'. Es del libro de Eclesiastés. En otras palabras, si usamos un hacha con un borde mellado, la energía que se emplea y la fuerza que se aplica se dispersarán y disiparán por el borde mellado. El hacha se vuelve entonces ineficiente e ineficaz, y hay que aplicar más tiempo, energía o fuerza para lograr la misma cantidad de trabajo. Por el contrario, si el hacha está afilada, reunirá y concentrará su fuerza; por lo tanto, se necesitará menos tiempo, energía y fuerza para conseguir más".

"Recordaré eso", dije yo, "cuando tale mi siguiente árbol".

"Usted no talará árboles", dijo él, "pero aun así necesita recordarlo".

"¿Por qué?".

"Porque puede cambiar su forma de vivir".

"¿Cómo?".

"Reemplace la palabra *hacha* por las palabras *su vida*. Si su vida está mellada y no afila su filo, entonces debe ejercer más fuerza. Un borde mellado es uno que está menos enfocado, no converge. Y si su vida no está enfocada, si su vida no tiene un solo enfoque, si está esparcida en muchas direcciones o su propósito no está claro, entonces tendrá un filo mellado. Pero si aplica a su vida el secreto del hacha, si afila su vida...".

"¿Cómo?".

"Primero, debe tener un enfoque y objetivo claros. Después tiene que hacer que todas las cosas en su vida estén en armonía con ese enfoque y objetivo, para que todo lo que haga sea coherente con ese objetivo y converja en ese enfoque. Entonces su vida tendrá un borde afilado; entonces su vida será poderosa. Así eran las vidas de los gigantes de las Escrituras desde Elías a Pablo o el Mesías. Viva la vida con un hacha afilada, un borde enfocado, y su energía, su fuerza y sus esfuerzos se verán multiplicados. Haga de Dios el enfoque y el punto de todo lo que haga. Haga de la voluntad de Él el objetivo de su vida, y de sus propósitos el enfoque de su vida. Afile el hacha... y el árbol caerá".

La misión: Hoy, afile su hacha. Enfoque su vida; haga de Dios y de sus propósitos el punto, el objetivo y la meta de todo lo que haga.

Eclesiastés 10:10; 1 Corintios 9:24–27; Colosenses 3:17

Afilado

RECHEM Y RACHAM

ESTÁBAMOS OBSERVANDO DESDE arriba una aldea de nómadas, una con la que el maestro estaba muy familiarizado. Solo se veía a una persona, una joven sentada junto a la entrada de una tienda.

"Tiene un niño en su interior", dijo él. "En su vientre tiene el más delicado de todos los seres…una nueva vida, y la única protección real que tiene es el vientre. En hebreo, la palabra para *vientre* es *rechem*. Viene de la palabra *racham*".

"¿Y qué es *racham*?".

"*Racham*…es compasión, profunda y tierna compasión…misericordia. Las dos palabras *racham* y *rechem* están relacionadas. De hecho, *racham* también puede vientre".

"¿Misericordia y el vientre? No veo la relación".

"El vientre es un lugar de ternura, nutrición y protección. Si no fuera por ese tierno amor nunca habríamos nacido. Y sin embargo, la palabra *racham*, que puede significar tanto misericordia como vientre, se usa en las Escrituras para el amor y la misericordia de Dios".

"Así que la palabra usada para el amor de Dios está unida al vientre".

"Y ese es el misterio".

"¿Cuál es el misterio?".

"El amor y la misericordia de Dios son como un vientre. Es el racham de Dios, su tierno amor y profunda compasión, lo que nos hace nacer…de nuevo. En el libro de Juan, el Mesías le dice al líder judío Nicodemo que para entrar en el cielo, uno debe nacer de nuevo. Nicodemo responde con una pregunta: '¿Puede un hombre entrar en el vientre de su madre para nacer cuando es viejo?'. La respuesta es: 'No'. Pero *hay* un vientre en el que podemos entrar, el rechem, el vientre de la tierna misericordia de Dios. Y es esa misericordia, ese rechem, el vientre de su amor, lo que nos guarda tiernamente a lo largo de nuestra vida, lo que nos sostiene, nos nutre y protege del mal. Y viviendo en ese amor y misericordia es como crecemos y somos formados como el hijo del cielo que estábamos llamados a ser. El racham de Dios es el rechem de nuestro nuevo nacimiento. Porque todo nacimiento debe tener un vientre. Y el vientre de nuestro nuevo nacimiento…es el amor de Dios".

La misión: Tome un tiempo hoy para habitar en el racham, las profundas compasiones y tiernas misericordias del Señor. Deje que eso le cambie a imagen de Él.

Isaías 44:24; Juan 3:3–8

Rachamim

TZEMACH: EL HOMBRE RENUEVO

ERA TEMPRANO POR la tarde. El maestro y yo estábamos sentados fuera a la sombra de uno de los edificios de la escuela. Él señaló hacia abajo.

"¿Ve esto?". Dirigió mi atención a una plantita verde que brotaba del suelo. "Esto se podría llamar un *tzemach*", dijo. "Viene de una raíz hebrea que significa brotar, florecer, llevar, prosperar, expandirse…surgir. Así, un tzemach es algo que brota hacia arriba, que crece, que se expande hacia arriba, surge y florece. En el libro de Zacarías está profetizado del Mesías que será Aquel que, en los días del reino edificará el templo de Dios. Pero la profecía la da un nombre: 'He aquí el varón *cuyo nombre es el Renuevo*'. Por lo tanto, el nombre del Mesías es el Renuevo. Pero lo que realmente dice es: 'He aquí el varón cuyo nombre es el Tzemach'. El nombre del Mesías es el Tzemach".

"¿Y cuál es el significado?".

"Significa que su vida es el brote, el renuevo, el florecimiento, lo que crece de la tierra. La profecía continúa: '…el cual brotará de sus raíces…'. En otras palabras, su nombre será el Tzemach, porque brotará de su lugar. Su vida comenzará como un pequeño brote que sale de la tierra, como esta planta; pero el efecto de su vida sobre el mundo crecerá. Crecerá tanto que trascenderá del lugar de sus orígenes; su vida se esparcirá más allá de Galilea, más allá de Jerusalén, más allá de Israel. Se esparcirá hasta cubrir todo el mundo. Y su vida florecerá. Y el florecer de su vida llenará el mundo con su fruto…Piense en ello", dijo el maestro. "En lo natural, un pobre carpintero que muere en un poste de ejecución tiene poco efecto sobre el mundo, pero este hombre crucificado es el Tzemach; por lo tanto, el impacto de su vida crecerá y crecerá, y crecerá hasta que cubra el mundo. Y así el Tzemach cambia el curso del mundo".

"¿Y sería eso también cierto para su presencia en nuestras vidas?".

"Exactamente", dijo él. "Es cierto para todo el que lo recibe, porque para todo el que verdaderamente lo conoce a Él…Él es el Tzemach de su vida. Así que Él debe crecer continuamente, y su vida y el efecto de su vida deben aumentar siempre; por lo tanto, si usted verdaderamente lo conoce, entonces Él siempre se está haciendo mayor en su corazón y en su amor. Debe ser así…porque su nombre…es Tzemach".

La misión: ¿Es Él mayor en su vida que antes? Hoy, hágale mayor en su corazón, su mente, sus caminos y su amor.

Zacarías 6:12; Filipenses 2:9

El Tzemach

EL MANDAMIENTO DEL AMANECER

"**M**IRE A SU alrededor", dijo el maestro. "¿Qué ve?".

"Montañas, planicies, edificios, rocas, plantas, huertos…¿Por qué?".

"¿Por qué los ve?".

"Porque estoy mirando".

"Pero si estuviera mirando de noche, no vería nada. Usted solo ve estas cosas debido a la luz del sol. Todo está iluminado por el sol…lo bonito y lo feo, lo bueno y lo malo, lo santo y lo impío. Por todo el mundo, todo está iluminado por el sol: tierras, océanos, ciudades, desiertos, catedrales y prisiones, colinas de hierba y montones de basura, santos y criminales, lo bueno y lo malo, todo está iluminado por el mismo sol".

"¿Cómo podría ser de otra forma?", dije yo.

"Esa es la pregunta. El Mesías les dijo a sus discípulos: 'bendecid a los que os maldicen, haced bien a los que os aborrecen, y orad por los que os ultrajan y os persiguen; para que seáis hijos de vuestro Padre que está en los cielos, que hace salir su sol sobre malos y buenos…'. Él hace salir el sol sobre malos y sobre buenos. ¿Qué ocurriría si fuera de otra forma…si el sol solo brillara sobre lo bonito de este mundo y no sobre lo feo? ¿Y qué ocurriría si el sol diera su luz solamente a los buenos y los justos pero no a los pecadores y malhechores? ¿Y si el sol diera su luz solamente a los que merecen su luz? ¿O si el sol diera su luz solamente a los que bendijeran al sol y retirara su luz de los que lo maldicen?".

"Imagino que alteraría el mundo".

"Haría más que alterar el mundo", dijo él. "Alteraría el sol. Si el sol brillara solo sobre los buenos, los hermosos y los dignos, entonces dejaría, hasta ese punto, de ser una luz. Del mismo modo, si usted ama solo a los que le aman, eso le altera a *usted*; entonces usted deja de ser una luz. El sol debe brillar independientemente del mundo…y un hijo de Dios debe amar independientemente de las circunstancias y bendecir independientemente del mundo. No debe dejar nunca que sus circunstancias definan quién es usted o que la oscuridad que le rodea determine su brillo. Ame a los buenos, a los malos y a los indignos. Ame a los que le aborrecen…no por quiénes son *ellos*, sino por quién *es usted*. Brille independientemente y brille a pesar de todo…porque usted es la luz del mundo; y la necesidad de la luz…es brillar".

La misión: Viva hoy como el sol, como la luz. Irradie el amor de Dios sobre todos, al margen de la gente y las circunstancias. Irradie a pesar de todo porque usted es la luz.

Isaías 60:1–3; Mateo 5:14–16, 44–45

EL SILENCIO DE LA VERDAD

"¿**Q**UÉ ES LA verdad?", pregunté yo.

"Ah", dijo el maestro, "una pregunta hecha por filósofos a lo largo de los siglos. ¿Sabe lo que significa la palabra *filosofía*? Viene de dos palabras griegas: *sophia*, que significa conocimiento, y *philo*, que significa amor. Entonces *filosofía* se puede entender que signifique el amor del conocimiento o la sabiduría. El hombre ha estado meditando y buscando la verdad durante miles de años, y después de todos esos años, ¿sabe cuál es la conclusión de la filosofía?".

"No".

"No existe conclusión", dijo él. "Todos dieron respuestas distintas...ninguna respuesta. Y sin embargo, en medio de todo esto, la pregunta se planteó de nuevo en un contexto muy único y no por un filósofo, sino por un hombre derramador de sangre. Le hizo la pregunta a uno de sus prisioneros. El hombre era Poncio Pilato, el gobernador romano de Judea...y el prisionero era el Mesías. Así que Pilato planteó la pregunta: '¿Qué es la verdad?'. Entonces salió fuera a la multitud y dijo: 'No encuentro base alguna para acusar a este hombre'. Entonces ¿cuál fue la respuesta a la pregunta?".

"Él no dio una respuesta", dije yo. "No hubo respuesta".

"Pero *hubo* una respuesta", dijo el maestro, "en la ausencia de la respuesta...en el silencio de la verdad. Fue en su *no* decir nada que lo dijo todo, en su *no* responder fue contestada la pregunta. La verdad es mucho más profunda que las palabras. La verdad no era la verdad sobre algo, ni incluso la verdad acerca de Dios, *era* Él, estando allí delante de los ojos de Pilato, en una realidad de carne y sangre. Verá, la *idea* de la verdad, la *charla* acerca de la verdad, y el *estudio* de la verdad...*no* es la verdad. Las filosofías y religiones pueden tratar *sobre* la verdad, pero algo que trata acerca de la verdad puede impedirle cegarle para que no vea la verdad misma. Nunca se permita terminar en la esfera del *acerca* y perderse aquello de lo que trata el *acerca*. La verdad es lo que es...así como Dios es. La verdad es Él. Y por lo tanto, la única forma de conocer la verdad...es conocerlo a Él...directamente, personalmente, en su presencia, cara a cara, corazón a corazón...¿Qué es la verdad?", preguntó el maestro, "*Él* es la verdad. ¿Y cuál es la respuesta a toda filosofía, el amor del conocimiento? Es amar la verdad. Por lo tanto...la respuesta...es amar a Dios".

La misión: Hoy, salga del "ámbito del acerca" y vaya más allá de la charla y las palabras hasta encontrarse con la sola verdad de su presencia. Esté quieto y conozca que Él es Dios.

Salmo 46:10; Juan 18:38

Él

LAS ALAS DEL MESÍAS

Él ME LLEVÓ a la Cámara de las Túnicas. Allí encontró un chal de oración, blanco con tiras azules, y se lo puso sobre la cabeza.

"¿Sabe lo que es esto?", preguntó.

"Un chal de oración", respondí yo.

"Se llama *talit*. La parte más importante del talit son sus bordes y los flecos de sus bordes. En la ley de Moisés estaba ordenado que los hijos de Israel debían llevar flecos en los bordes de sus túnicas. El borde mismo se llama el *kanaf*, y los flecos de los bordes se llaman *tzitzit*. En el Nuevo Testamento no existen descripciones físicas del Mesías. No sabemos cómo era, pero sí sabemos lo que vestía. Su túnica tenía cuatro bordes y flecos sagrados, el kanaf y el tzitzit. Está relatado en los Evangelios que una mujer enferma tocó una vez el borde de su manto y fue sanada al instante. El milagro no fue único; de hecho, está escrito que todos los que tocaban el borde de su manto eran sanados. Pero no solo tocaban el borde de su manto. El griego del Nuevo Testamento expresa lo que tocaban como el *kraspedon*. *Kraspedon* es una traducción de las palabras hebreas *kanaf* y *tzitzit*".

"Entonces, no solo tocaban el borde de su manto; tocaban el borde sagrado y los flecos de sus vestidos como ordenaba la Ley".

"Exactamente. Y al final de las Escrituras hebreas aparece un versículo asombroso: 'nacerá el Sol de justicia, y en sus alas traerá salvación'. Pero en hebreo, no dice alas. Dice: 'nacerá el sol de justicia, y en su *kanaf* traerá salvación', la misma palabra que es traducida como *kraspedon*…el borde y los flecos del manto del Mesías. Así que ellos tocaban el *kanaf*, la esquina, los flecos, del sol de justicia, el Mesías, y encontraban 'salvación en sus alas'. Por lo tanto, nunca tenga miedo de tocar a Dios. Si Dios pone flecos en su manto, significa que se le puede tocar. Él no tiene miedo de que lo toquen. Así que toque a Dios con sus enfermedades, sus heridas, su suciedad, sus pecados, con la parte más oscura de su vida, y será cambiado; porque el Sol de justicia brillará con salvación en sus alas…con salvación en su *kanaf*".

La misión: Toque hoy a Dios con la parte más oscura, más dolorosa, más mundana de su vida, para que pueda encontrar salvación en sus alas.

Números 15:38–40; Malaquías 4:2; Mateo 9:20–22; 14:35–36

Los misterios del kraspedon I–IV

EL MISTERIO DE LOS YEHUDIM

"¿**A**LGUNA VEZ SE ha preguntado lo que significa la palabra *judío* o de dónde viene?", me preguntó el maestro. "En hebreo, la palabra para el pueblo judío es *Yehudim*. Viene de la palabra hebrea para alabanza, acción de gracias y adoración. Un judío es alguien cuya identidad está basada en alabar a Dios, darle gracias y adorar al Todopoderoso. Un judío es alguien cuya existencia es una alabanza y un testimonio de la existencia de Dios".

"Es extraño", dije yo, "que un nombre ligado a la alabanza se convierta en una palabra de vilipendio, que una palabra vinculada a la adoración se pudiera usar como una blasfemia, y que una palabra ligada a la acción de gracias se pudiera usar para maldecir".

"Sí, es un mundo extraño", dijo el maestro, "donde aquellos nacidos para alabar y dar gracias puedan ser tan aborrecidos, maldecidos y enfrentados. Cuando el Mesías murió, ¿qué se escribió sobre su cabeza?".

"*Rey de los judíos*", respondí yo.

"'Rey de los Yehudim'", dijo él. "Su vida fue el paradigma de la palabra *judío*. Su vida misma fue una alabanza a Dios; todo lo que hizo fue para bendecir, adorar y glorificar a Dios".

"Y el mundo lo crucificó a Él, cuya vida fue una alabanza a Dios".

"Un mundo extraño", dijo el maestro de nuevo. "Y sin embargo, incluso en la crucifixión, no dejó de ser el Rey de los judíos, o la personificación de los Yehudim. Incluso el acto de morir fue un acto de alabanza, una glorificación de Dios. Él nunca sucumbió al mal...sino que venció con el bien al mal. Bendijo a quienes lo maldijeron e incluso entregó su vida para salvarlos".

"Y los que le siguen", dije yo, "los que son suyos, deben hacer lo mismo".

"Sí. Nunca sea vencido por el mal ni deje que le detengan de bendecir o dar alabanza. Dé gracias en todas las cosas; dé alabanza en todo momento. Bendiga ante la maldición. Haga que su vida sea un canal de alabanza. Porque si Aquel que es el Rey de los Yehudim es su Rey, entonces sea usted también de los Yehudim".

"¿Queriendo decir judío?".

"Queriendo decir uno cuya existencia misma...es ahora una alabanza a Dios".

La misión: Hoy, alabe a Dios, dé gracias y bendiga. A pesar de las circunstancias, a pesar de lo que ocurra a su alrededor o en su contra, alabe a Dios.

Salmo 34:1–3; Romanos 2:29; Filipenses 4:11–13

Los Yehudim

LAS AVANIM: PESAS DE LA BALANZA

EL MAESTRO ME llevó a una cámara que nunca antes me había enseñado. Estaba iluminada por la luz de lámparas de aceite y llena de piedras redondas de varios tamaños. Nos sentamos en una mesa pequeña. Él abrió una bolsa de tela llena de piedras pequeñas y las volcó todas sobre la mesa. Eran redondas y coloridas, y cada una tenía una inscripción con lo que parecían ser letras antiguas.

"¿Qué son?", pregunté yo.

"Son las *avanim*", dijo él, "las pesas de la balanza. Y esta es la Cámara de las Medidas. Estas eran las medidas y estándares que se usaban en la antigüedad para calcular valores, pesos y cantidades". Entonces sacó una segunda bolsa y vació su contenido sobre la mesa. "Estas parecen iguales que las otras, pero no lo son. Estas son medidas falsas, pesos alterados. Las inscripciones se han cambiado, con lo cual no corresponden al peso de la piedra. Esta dice shekel, pero pesa menos de un shekel. La usaría un mercader corrupto para hacer parecer que algo era más pesado o más grande de lo que era. El mercader había redefinido la medida para conformarla a su voluntad o antojo".

Él tomó una de las piedras, y luego continuó. "Las pesas alteradas no solo estaban relacionadas con los mercaderes corruptos…sino con civilizaciones. Cuando una civilización redefine sus valores, cuando cambia los significados y definiciones de la realidad alejándolos de Dios y del orden creado, cuando altera las medidas de la moralidad, del bien y del mal, para conformarlos a su voluntad y sus deseos, está manejando pesos alterados, medidas falsas…balanzas engañosas. Está convirtiendo lo objetivo en subjetivo, y al hombre en Dios".

En ese instante vació otra bolsa de pesos en la mesa y comenzó a leer sus inscripciones. "Esta dice Bueno, y en el otro lado dice Malo. Esta dice Vida, y en el otro lado dice Muerte…Ídolo, y en el otro lado dice Dios. Varón y Hembra…Santo y profano. Esta dice Matrimonio. Y esta dice Hijo en el vientre. Todas se han convertido en pesos alterados, medidas falsas, valores cambiados…señales de corrupción".

"Entonces, ¿cómo se escapa de la corrupción de los pesos alterados?".

"Nunca cambie la verdad para que encaje con su voluntad. Cambie su voluntad para que encaje con la verdad. Nunca altere la Palabra de Dios para que encaje con su vida. Altere su vida para que encaje con la Palabra de Dios. Tenga cuidado con los falsos estándares…y aléjese de los pesos de falsedad".

La misión: Conforme hoy su voluntad a la verdad, sus caminos a la Palabra, y su vida a la imagen de Dios. Defienda los pesos de la balanza.

Proverbios 11:1; 16:11; Isaías 5:20

Los pesos de la bolsa

LOS FRUTOS DEL VERANO

ESTÁBAMOS DE PIE en el límite de los terrenos de la escuela con un viento seco de verano. El maestro sostenía un manojo de trigo atado en el medio con un cordel de paja.

"Los primeros frutos", dijo él. "En el antiguo Israel esto era causa de gran celebración. Durante a fiesta de Shavuot, el pueblo de Israel llegaba de toda la tierra llevando los primeros frutos de la cosecha del verano a Jerusalén. Los ponían en cestas, los cargaban sobre un buey, y llevaban al buey en una gran procesión hasta el Templo para que los sacerdotes lo presentaran ante el Señor. La presentación de los primeros frutos representaba al resto de la cosecha que aún se cosecharía. Al dedicar los primeros frutos a Dios, el resto de los frutos de la cosecha se consideraban santos".

Hizo una pausa para mirar el manojo, y después continuó.

"Hace dos mil años el Espíritu de Dios fue derramado sobre ciento veinte discípulos en Jerusalén...el día de Pentecostés".

"Algunos lo consideran el nacimiento de la iglesia", dije yo.

"¿Y qué es Pentecostés?", preguntó.

"El nombre griego para la fiesta de Shavuot".

"Sí. Y Shavuot...es el día en que los primeros frutos de la cosecha del verano se presentan al Señor. Entonces ¿quiénes eran los ciento veinte sobre los que cayó el Espíritu ese día?".

"Los primeros frutos", dije yo, "los primeros frutos...¡de la cosecha del verano!".

"Los primeros frutos de una nueva vida, reunidos el mismo día en que los primeros frutos de la cosecha del verano se reunían ante el Señor. Ahora era Dios que presentaba *sus primeros frutos* al mundo...los primeros frutos del siglo...y en la ciudad de Jerusalén donde se debían presentar los primeros frutos y consagrarlos como santos".

"Entonces el derramamiento del Espíritu sobre los ciento veinte, esa fue la consagración de los primeros frutos".

"Y la consagración de todos los demás frutos".

"¿Los demás frutos?".

"Las personas de todas las naciones y siglos que acudirían a una nueva vida. Y por eso los ciento veinte hablaron en otras lenguas de naciones extranjeras...los primeros frutos representan a todo lo que ha de llegar...Ellos eran la señal de que personas de toda tribu, lengua y nación serían del mismo modo consagrados como santos y recibirían la misma unción y poder...Ellos eran nuestros primeros frutos...para que nosotros también pudiéramos vivir en el poder del Espíritu...y vencer al mundo".

La misión: Los apóstoles fueron los primeros frutos. Viva este día en su unción y poder, para esparcir la luz, para tocar la tierra y para vencer al mundo.

Levítico 23:16–17; Hechos 2:2–4, 39; Gálatas 5:16, 22–25

El poder de la resurrección de la Pascua-Shavuot

MOVER EL UNIVERSO

ESTÁBAMOS OBSERVANDO UNO de los campamentos del desierto desde una colina cercana. Era ya la caída de la tarde, y las mujeres acudían a sacar agua del pozo.

"Fue una escena similar", dijo el maestro, "hace casi cuatro mil años. Cuando Abraham envió a su siervo a la ciudad de Nacor para encontrar una esposa para su hijo Isaac. Su siervo estuvo de pie junto al pozo y oró para que Dios le mostrara la mujer correcta bajo la señal de que ella sacara agua del pozo y le ofreciera sacar agua también para sus camellos. Antes de terminar la oración, una joven llamada Rivkah, Rebeca, acudió al pozo e hizo exactamente como él acababa de orar. Entonces, ¿cuándo respondió Dios la oración del siervo?".

"Cuando Rebeca acudió al pozo".

"Pero para acudir al pozo, Rebeca ya tenía que estar de camino al pozo antes de que el siervo la viera, y antes de que orase".

"Entonces cuando salió de su casa".

"Pero antes de que saliera de casa, ella tuvo que planificar su día para salir al pozo exactamente como lo hizo para llegar exactamente cuando llegó. Y para llegar exactamente entonces, cada evento de ese día tuvo que ocurrir exactamente como ocurrió. El más mínimo retraso o falta de retraso, y no hubiera ocurrido…Mire, detrás de cada evento hay incontables eventos previos en una cadena incalculable de tiempo que lleva hasta el evento y hace que este ocurra como ocurre. Y no es solo una cadena de tiempo, sino de espacio. Rodeando a cada evento hay otros incontables eventos que contribuyen, incontables interacciones y confluencias: una ráfaga de viento, una gota de lluvia, un pensamiento aleatorio, el movimiento del sol y las estrellas, la gravedad de una galaxia. Todas las cosas deben trabajar juntas con absoluta precisión para que cualquier evento específico suceda como lo hace. Entonces, para que Dios respondiera la oración del siervo y llevara a Rebeca al pozo ese día, tuvo que hacer que esas cosas funcionaran juntas a la perfección en el tiempo y el espacio. Para responder a esa oración, Él tuvo que mover el universo…Y lo mismo es para usted, y para todos sus hijos. Para que Dios responda incluso a una de sus oraciones, incluso la más pequeña de sus oraciones, Él debe dirigir las cosas y mover y coordinar todos los eventos de tiempo y espacio para hacer que suceda. Él debe mover el universo. Y por usted, Dios *moverá* el universo…Porque así es como Dios le ama…con un amor mayor que el tiempo y el espacio…un amor que mueve el universo".

La misión: Piense en sus oraciones respondidas. Dios actuó moviendo todo para que eso sucediera. Medite en ese amor, en el hecho de que Él moviera el mundo para bendecirle.

Génesis 24:1–28; Romanos 8:28, 32

El misterio de la boda de Isaac y Rebeca I–III

EL LUCHADOR MISTERIOSO

ERA POR LA noche. La escuela estaba celebrando un torneo al aire libre, iluminado con luces de antorchas. El maestro y yo estábamos viendo un combate de lucha entre dos de los estudiantes.

"¿Por qué se incluye la lucha en el temario?", pregunté yo.

"Es parte de la vida", dijo él, "incluso en Dios".

Continuamos viéndolo durante un rato, y después él habló.

"Israel es el nombre del pueblo de Dios", dijo. "¿Sabe de dónde vino?".

"No".

"De una lucha…en la noche. Está escrito que Jacob estaba solo y un hombre luchó con él hasta que rayaba el alba. Finalmente el hombre le dijo: '¿Cuál es tu nombre?', y él respondió, 'Jacob'. El hombre entonces respondió: 'No se dirá más tu nombre Jacob, sino Israel; porque has luchado con Dios y con los hombres, y has vencido'. Así es como salió el nombre de Israel y el nombre del pueblo y la nación de Dios. Todo surgió de un combate de lucha, pero el hombre que luchó con Jacob no era un hombre cualquiera. Jacob llamó al lugar donde todo se desarrolló *Peniel*, que significa el rostro de Dios, porque él 'había visto a Dios cara a cara'. Lo que ocurrió allí esa noche fue una profecía. Ninguna nación ha luchado jamás con Dios y con los hombres en este mundo como lo ha hecho la nación de Israel. Y en ese combate se concentra el misterio del pueblo judío. Se llaman *Israel* porque lucharon con un hombre…que resultó ser Dios. Esa es su profecía. Y así han luchado durante siglos con un hombre en particular, cuyo nombre significa Mesías y que, al final…resulta ser Dios. Pero ellos no son los únicos luchadores. Las Escrituras dicen que todo el que nace de nuevo se convierte en un ciudadano de Israel".

"Israel…la nación luchadora", dije yo. "Entonces todos somos luchadores".

"Luchar no es algo malo, incluso con Dios, mientras lleguemos al punto al que llegó Jacob…hasta el final de sus fuerzas…donde usted no puede hacer otra cosa que aferrarse a Él y pedirle que le bendiga. De hecho, así es como la mayoría llegan al reino…al final de un combate de lucha".

"¿Y qué hay de su pueblo Israel?".

"Ellos también vendrán…al final de la noche…al rayar el alba".

La misión: ¿Hay algo por lo que usted esté luchando con Dios, o resistiéndose? Ríndase hoy a su voluntad. Y en esa rendición, pídale su bendición.

Génesis 32:34–30; Efesios 2:12, 19

El Mesías en la Torá

EL SECRETO DE LOS LIRIOS

UNO DE LOS jardines de la escuela era más bien un pequeño campo que un jardín. Estaba cercado por un muro de piedra y lleno de hierba y algo que parecían ser flores salvajes de todos los colores. Mientras caminábamos por él, el maestro se agachó y recogió un lirio morado.

"Mire", dijo él, "el Mesías habló de estos. Él dijo: 'Considerad los lirios, cómo crecen; no trabajan, ni hilan; mas os digo, que ni aun Salomón con toda su gloria se vistió como uno de ellos'. Estaba hablando del cuidado y la provisión que Dios da a sus hijos, comparando al rey Salomón en toda su riqueza y gloria con una flor del campo. Y el rey Salomón en toda su gloria no se podía comparar con la belleza de un lirio del campo. ¿Qué revela esto?".

"Si Dios se preocupa por adornar un lirio del campo, ¿cuánto más se preocupará de sus hijos?".

"Sí. Y hay más. El vestido de Salomón era obra del hombre. El lirio del campo es la obra de Dios. Y entre los dos, no hay comparación. El lirio es más hermoso, más perfecto y más majestuoso. Mire, las obras del hombre nunca son perfectas, pero las obras de Dios siempre son perfectas. Y por eso la perfección no está basada en el esfuerzo de alguien por producir buenas obras; la perfección se encuentra en el camino de los lirios. Aprenda su secreto. Los lirios ni trabajan ni hilan, ni se esfuerzan por producir las obras de Dios. Su secreto es…que *son* obra de Dios. Y en esto, los lirios son mucho más sabios que los hombres. Una vida gastada intentando producir obras de justicia y santidad nunca las producirá…y estará enfocada en la fuente de esas obras: el yo. Pero una vida enfocada en las obras de Dios estará enfocada en la fuente de esas obras: Dios. Así, el secreto es *no* enfocarse en su trabajo para Dios; el secreto es *llegar a ser* la obra de Dios. Deje de esforzarse para hacer la obra de Dios…y empiece a dejar que su vida *se convierta* en la obra de Dios. Deje que lo que haga se convierta en obra de Él; deje de esforzarse por producir buenas obras para Dios y deje que Dios produzca su buena obra en usted. Deje que todo lo que hace y es comience con Él. Deje que su justicia sea el desbordar de la justicia de Él…su amor, el desbordamiento del amor de Él…y que su vida sea el desbordar de la vida de Él. Y su propia vida llegará a ser tan hermosa…como un lirio del campo".

La misión: Hoy, no se enfoque en sus obras, sino aprenda en su lugar el secreto de convertirse en la obra de Dios. Conviértase hoy en la obra de Dios.

Salmo 139:14; Lucas 12:27–31; Efesios 2:10

LOS SACERDOTES EN LAS AGUAS

E L MAESTRO ME llevó a la Cámara de las Túnicas para enseñarme la ropa más compleja, una túnica de lino, una coraza de piedras preciosas, tejidos coloridos finamente tejidos y una corona de oro. Eran las vestiduras del sumo sacerdote. Ese día, un poco más adelante, me acerqué a él con una pregunta.

"Cuando cambia el pacto", dije yo, "también debe haber un cambio de sacerdocios. Entonces un nuevo pacto debe de significar un nuevo sacerdocio; pero si hay un cambio de sacerdocio, ¿no debería haber habido también algún tipo de cambio de la guardia, una entrega de la antorcha entre lo viejo y lo nuevo, un reconocimiento…una transferencia…una bendición del viejo sacerdocio al nuevo, del de Aarón al del Mesías?".

"¿Cómo podría haber ocurrido eso?", preguntó él. "El sacerdocio y el sumo sacerdote en ese tiempo estaban corrompidos y planificaron el asesinato del Mesías…pero…¿y si hubiera alguien…alguien más sumo sacerdote que Caifás, alguien que representara el sacerdocio más que cualquier otro?".

"¿Quién?".

"El que se llamaba *Yochanan* y conocido para el mundo como Juan el Bautista…nacido de la línea de Aarón, el único sacerdote en la historia del sacerdocio cuyo nacimiento fue anunciado por un ángel en el santuario de los sacerdotes, el Templo, en el lugar santo y durante el ministerio sacerdotal. ¿Y cuál era el ministerio más alto del sumo sacerdote? Limpiar a la gente de sus pecados. ¿Y qué hacía Juan en las aguas del Jordán? Bautizarles para el lavamiento de sus pecados. Él fue el más puro y más alto de los sacerdotes de Israel y el verdadero representante del sacerdocio aarónico. Así, el ministerio del Mesías, su sacerdocio, comienza con Juan…cuando los dos sacerdotes están de pie en las aguas del Jordán…el lugar de los finales y los comienzos…los dos sacerdocios de los dos pactos".

"Eso es", dije yo, "es el cambio de guardia…la transferencia del sacerdocio".

"Y al estar los dos sumos sacerdotes de pie cara a cara, el antiguo sacerdocio da testimonio del nuevo y declara que es mayor. El sacerdocio aarónico comenzó con agua, cuando Moisés lavó a Aarón en las aguas de la limpieza. Y otra vez comienza con agua el nuevo sacerdocio cuando Aarón, en Yochanan, Juan, sumerge al Mesías en las aguas del Jordán. Y así se pasa la antorcha. El cambio cósmico de guardia está completo. Y comienza el sacerdocio del Mesías…para que pudiéramos ser salvos".

La misión: El sacerdocio le ha sido dado al Mesías y a los que son suyos. Viva este día como un sacerdote de Dios. Ministre su voluntad y sus propósitos.

Jeremías 31:31–33; Mateo 3:13–16

LOS HIJOS DE EVA

"**E**SCUCHE", DIJO EL maestro.

El sonido procedía de una de las tiendas en el campamento, una tienda que parecía ser el centro de una conmoción y emoción. El sonido era distante pero claro; era el gemido de una mujer dando a luz.

"Se remonta al huerto", dijo él, "a la caída del hombre, la maldición. Para Adán supondría trabajo, espinos y muerte, pero para Eva supondría el dolor del parto. Y a la vez el mismo dolor sería parte de alumbrar nueva vida. Mire, la maldición no impidió que la vida viniera. La vida vendría, pero ahora lo haría mediante lágrimas. Los propósitos de Dios aún se cumplirían, pero mediante los dolores de parto. De hecho, las Escrituras declaran que toda la creación sufre dolores de parto".

"¿Qué significa eso?".

"Significa que la creación fue hecha para dar fruto, para producir la vida y los propósitos de Dios; pero la creación está caída, y sin embargo, incluso en su caída seguirá produciendo los propósitos y la vida de Dios, pero ahora con punzadas de parto".

"¿Cómo ocurre eso?".

"Aunque la creación está caída, producirá a los hijos de Dios. Incluso en las tinieblas y el quebranto de la creación, los hijos de Dios nacerán…pero ahora mediante los dolores del nacimiento…mediante las punzadas de parto del vacío, de la desilusión, de la frustración, de la decepción, de los sueños rotos, de los anhelos sin responder, de las heridas y las lágrimas. La creación gime y da a luz la vida de Dios".

"Escuche", dije yo. En ese momento hubo una erupción de gritos y gozo en la tienda. El niño había nacido.

"Y ahora", dijo el maestro, "ella olvidará su dolor ante el gozo de su nueva vida, y así también ocurre para los hijos de Dios; cualquier dolor y lágrimas que conocieron en la vieja vida se convierten ahora en las punzadas de nacimiento de nueva vida. Así que no menosprecie las lágrimas, sino sepa que, en Dios, cada lágrima producirá un nacimiento, y cada dolor, nueva vida…Y las lágrimas de este mundo se olvidan en el gozo y el milagro de la nueva vida".

La misión: Recuerde cómo Dios usó vacío, dolor y quebranto para llevarle a la vida. Así que deje que cada dolor de esta vida se convierta en las punzadas del nacimiento.

Génesis 3:16; Romanos 8:22–23

Los misterios de los hijos de Edén I–IV

LA CASA DEL NOVIO

ESTÁBAMOS OBSERVANDO OTRA vez el mismo campamento desde donde había comenzado el viaje del novio hacia la novia.

"Usted me preguntó qué es lo que hace la novia en el tiempo de su separación", dijo el maestro, "pero nunca me preguntó qué hace el novio".

"¿Qué hace el novio en el tiempo de su separación?".

"Este es su campamento, su casa. Este es el lugar donde regresa después de entrar en el pacto con su novia. El tiempo de su separación tiene el propósito de prepararse. ¿Recuerda lo que hace la novia para prepararse?".

"Se prepara para su vida futura con el novio. Se prepara para dejar su casa y todo lo demás. Se prepara a sí misma".

"Correcto", dijo él, "y el novio también se prepara, pero su preparación es distinta. Él prepara un lugar, un lugar para la novia, su futuro hogar, un lugar en donde pasarán su vida juntos…y este es el misterio…El Novio es Dios. La visita del Novio es la visitación de Dios a este mundo, pero entonces el Novio debe irse de la casa de la novia y, por lo tanto, el Novio debe irse de este mundo. Según el misterio, Él después debe preparar un lugar para la novia. Y así está escrito que antes de dejar este mundo, Él dijo: 'Voy, pues, a preparar lugar para vosotros'".

"Entonces, ahora es el tiempo de la separación".

"Sí", dijo el maestro, "ahora es el tiempo de la preparación. Nosotros nos preparamos para Él, y Él prepara un lugar para nosotros. Piénselo…la novia nace en la primera casa, pero la segunda casa está construida para ella, construida con el amor del novio por ella. Del mismo modo, nosotros nacimos en la primera casa, este mundo, pero la segunda casa, la nueva creación, está hecha especialmente para nosotros, con el amor del Novio, con el amor de Dios…para usted. Así el Mesías dijo: 'Y si me fuere y os preparare lugar, vendré otra vez, y os tomaré a mí mismo, para que donde yo estoy, vosotros también estéis'".

"¿Cómo es la segunda casa, el lugar que Él está preparando?".

"Es algo más allá de lo que pudiéramos imaginar. Cualquier cosa que piense…es mucho mejor que eso".

"Es el cielo", dije yo. "La casa construida en su amor por la novia…por nosotros…es el cielo".

La misión: Habite en las bendiciones del lugar que le está preparando. Medite en la casa del Novio. Habite en lo celestial.

Juan 14:2–3; 1 Corintios 2:9

La gran preparación

BARUJ ATÁ

EL PUEBLO JUDÍO tiene bendiciones para casi todo: bendiciones para la comida, bendiciones para encender las velas, bendiciones para losdías santos, y para cada día. Y el comienzo más típico de una bendición hebrea son las palabras *Baruj atá*".

"*Baruj atá*", repetí yo. "¿Qué significa?".

"Mucho", dijo el maestro. "*Atá* significa Tú. Las bendiciones están enfocadas en la palabra *Tú*. Así, la primera revelación es esta: no podemos relacionarnos con Dios solo en tercera persona. Primero debemos relacionarnos con Él como *Atá*, como *Tú*. Primero debe relacionarse con Él directamente, personalmente, de uno a uno, y de corazón a corazón, no simplemente hablando *acerca* de Él…sino hablando desde su corazón directamente *a* Él".

"¿Todo eso de una palabra?".

"Y más", dijo él. "La bendición debe *comenzar* con Dios. Dios es primero, y todo lo demás es segundo. Esto es crucial. Cuando usted ore, no deje que sus problemas o incluso sus peticiones se conviertan en lo primero, en su enfoque. El enfoque y el comienzo de la bendición hebrea es la palabra *atá*, tú. La bendición no está centrada en mí, sino centrada en atá; por lo tanto, una vida de bendición es una vida centrada en atá. Si quiere vivir una vida bendecida, debe seguir el patrón de la bendición hebrea. Viva una vida centrada en atá. Que su corazón sea un corazón centrado en atá. Libérese de usted mismo. Póngalo a Él primero…su voluntad primero…sus deseos primero…su gloria primero. Y para vivir una vida centrada en atá, debe enfocarse en los otros atás, en cada otro *tú* en su vida, poniéndolos también por delante de usted mismo…La vida de bendición es una vida de amor. 'Amarás al Señor tu Dios…y a tu prójimo como a ti mismo'".

"¿Y qué hay del *Baruj*, en Baruj atá?".

"*Baruj* significa bendecir. Por lo tanto, no solo debe vivir una vida *centrada en el tú*, sino hacer que su objetivo específico sea bendecir el tú de su vida. Haga que el propósito de su vida, por encima de todo lo demás, por encima de cualquier otro objetivo y propósito, sea bendecir a Dios; y después haga que su propósito sea bendecir a todos los demás tú de su vida. Dos simples palabras: *baruj* y *atá*. Sin embargo, son las palabras que comienzan la bendición…de todo tipo. Hágalo sencillo. Haga que el propósito de su vida sea de *Baruj* el *Atá*. Bendiga el Tú. Viva una vida Baruj Atá…y su vida se convertirá en una bendición".

La misión: Centre su corazón hoy en dos palabras: *baruj* y *atá*. Propóngase ser una bendición. Viva no para el yo sino para el atá, el "tú".

Salmo 103; Mateo 22:36–40

EL HACEDOR

É L SACÓ EL rollo del arca en la Cámara de los Rollos, lo puso sobre la mesa, y lo desenrolló.

"Hemos hablado de José del libro de Génesis", dijo el maestro, "de cómo fue una sombra del Mesías, y de cómo incluso los rabinos vieron esto".

"Sí", dije yo, "el redentor a quien los hombres menospreciaron y rechazaron".

"Y encarcelaron", dijo él. "Algunas traducciones dicen que pusieron a José a cargo de los prisioneros y de su trabajo, y la traducción es correcta, pero el hebreo original dice algo más. Y cada palabra de la Escritura es crucial. Dice esto: 'Y el jefe de la cárcel entregó en mano de José el cuidado de todos los presos que había en aquella prisión; todo lo que se hacía allí, *él era el hacedor de ello*'. Uno podría interpretar que esto significa que estaba a cargo de sus labores o que era el responsable del trabajo de ellos, pero lo que literalmente dice es que todo lo que ellos hacían, era José el que lo hacía".

"¿Y qué significaría eso en cuanto a ser una sombra del Mesías?".

"El Mesías del mismo modo sería contado con los pecadores, con los que estaban bajo juicio. Él se convirtió en alguien que estaba bajo juicio. Y todos los hechos de los pecadores, todo lo que ellos hicieron...todo lo que *nosotros* hicimos, Él, el Mesías, se convirtió en *el hacedor de ello*. Él fue contado como el hacedor de nuestros pecados...el que cometió nuestros errores...el que falló en nuestros fallos...el que transgredió en nuestras transgresiones. Y si Él se convierte en el hacedor de nuestros pecados, entonces nosotros...dejamos de ser los hacedores...de nuestros propios pecados...dejamos de ser quienes pecamos, quienes fallamos, quienes trasgredimos y caímos. En la gracia de Dios, somos liberados de ser los hacedores de nuestras obras...para que pudiéramos convertirnos en los hacedores de las obras de Él".

"El hacedor de sus obras? ¿Qué significa eso exactamente?".

"Así como Él fue unido a nuestras obras...nosotros fuimos unidos a sus buenas obras. Somos considerados *los hacedores* de lo que Él hizo. Nos convertimos en los hacedores de sus obras, las obras de la justicia perfecta. Y en todo lo que hacemos ahora, todo lo bueno, Él es el Hacedor...quien lo hace en nosotros. Ese es el secreto; vivir de tal forma que todo lo que hagamos...Él sea el hacedor de ello".

La misión: Deje que Dios se convierta en el hacedor de sus obras, y usted se convertirá en el hacedor de las obras de Dios. Todo lo que haga, deje que Él lo haga en usted.

Génesis 39:22; Isaías 53:12; Filipenses 2:13–14; 4:13

EL MISTERIO AFIKOMEN

"**P**OR TODO EL mundo", dijo el maestro, "los creyentes han participado del pan de la Cena del Señor, pero la mayoría no tienen ni idea de que todo ello viene de la Pascua. Y al mismo tiempo, el pueblo judío participa de la Pascua, pero la mayoría no tienen ni idea de lo mucho que está unida a la Cena del Señor. Ni tampoco la mayoría se da cuenta de las implicaciones de su misterio. Durante la comida pascual se levanta un plato de pan sin levadura, tres piezas de matzá, una encima de la otra".

"¿Por qué tres?", pregunté yo.

"Nadie lo sabe", dijo él. "Es un misterio. Pero siempre son tres...una trinidad de pan. Y después, el de en medio de los tres...se retira del resto".

"El segundo de la trinidad".

"Después se parte en dos".

"Como el Mesías partió el pan y dijo: 'Este es mi cuerpo'".

"Y al matzá roto se le da un nombre. Se llama el *afikomen*. Después se envuelve en un paño".

"Como el cuerpo partido...del segundo de la Trinidad fue...envuelto también en un trapo, un sudario".

"Y después", dijo él, "el matzá roto se esconde".

"Como su cuerpo envuelto fue escondido en un sepulcro".

"Sí...y como el Mesías mismo ha estado escondido de su pueblo durante un milenio. Pero sin el afikomen, la Pascua Seder no se puede completar".

"Y sin el Mesías, la nación de Israel no se puede completar".

"Por eso se hace una búsqueda del pan perdido. Y cuando se encuentra, se quita el trapo, se ve el afikomen...y se participa del mismo. Solo entonces se puede dar por concluida la Pascua".

"Entonces", dije yo, "al final, el pueblo judío buscará a su Mesías perdido, y les será revelado, y recibido, y su destino será cumplido".

"¿Y sabe qué significa *afikomen*? Es una palabra griega que significa lo que viene después. El Mesías es el Afikomen. Ahora no está entre su pueblo, pero estará. Él es el que viene después, el que ha de venir a su pueblo. Así que aún está pendiente de llegar a su pueblo. Y como sucede en la Pascua, sucede también con todos a los que Él viene...solamente en su venida podemos encontrar nuestra terminación...Él es el Afikomen de nuestra vida".

La misión: ¿Qué hay en su vida que aún está incompleto? En vez de intentar llenarlo, encuentre en Él lo que le falta, y deje que la plenitud de Dios llene todo lo que esté vacío.

Zacarías 12:10; Lucas 22:19; Romanos 11:25–26

El pan y el vino

YERUSAHLAYIM

"**P**OR ALLÍ", DIJO el maestro, "más allá de esas montañas, mucho más allá de ellas, está la ciudad de Jerusalén. Esa es la dirección hacia la que el pueblo judío ha orado durante siglos...la Ciudad Santa".

"Nunca he estado allí", dije yo. "He oído que no hay otro lugar como ese".

"Es una ciudad de rocas al borde de un desierto...y a la vez hay algo en ella, una belleza, una gloria, un asombro que no se puede expresar con palabras...como en ningún otro lugar. Y el misterio está en el nombre".

"¿El nombre Jerusalén?".

"En su nombre real...*Yerusahalayim*. ¿Ve cómo termina?".

"El *im*. Entonces la palabra es plural".

"Sí. Por lo tanto, *Yerusahlayim* no significa realmente Jerusalén, sino *las Jerusalén*. Y el misterio es más profundo. El final no es solo *im*, sino *ayim* es un final único que habla específicamente de una dualidad, como en el dos. En otras palabras, *Yerushalayim* significa las dos Jerusalén".

"¿Cuáles son las dos Jerusalén?".

"La Jerusalén que se ve y la Jerusalén que no se ve...la Jerusalén que es y la Jerusalén que aún ha de venir...Jerusalén, la terrenal, y Jerusalén la celestial...Jerusalén del tiempo y el espacio, y Jerusalén la eterna...Jerusalén la defectuosa e imperfecta, y Jerusalén la perfecta, la hermosa, y la gloriosa. Y el misterio de Jerusalén tiene que ver totalmente con usted, porque si pertenece a Dios, usted es un hijo de Jerusalén...un hijo de Yerushalayim. Por lo tanto, usted comparte su naturaleza".

"¿Cómo?".

"Como sucede con Jerusalén, también sucede con su vida. Su vida es un *ayim*. Siempre hay más de lo que ve con sus ojos. Hay dos ámbitos, dos vidas...la vida que ve y la vida que no ve...la persona que usted es y la persona que llegará a ser...su vida, la terrenal, y su vida, la celestial...usted el imperfecto y defectuoso, y usted el perfecto, hermoso y glorioso. Así que no importa lo que usted piense de su vida, en Dios, la verdad siempre es más y mejor. Incluso en sus lugares más bajos habrá una gloria más allá de cualquier cosa que vea o sienta o entienda...un ayim, una dualidad...y por lo tanto, una elección. Escoja entonces no vivir por lo terrenal, sino por lo celestial. No crea lo que es...sino lo que ha de ser. No habite en lo imperfecto...sino en lo perfecto. Porque usted es la Jerusalén de Dios...su Yerushalayim".

La misión: Usted es un hijo de Yerushalayim. Por lo tanto, escoja vivir este día no como usted es, sino como será, lo perfecto y celestial.

Salmos 122; 147:2–3; Apocalipsis 21:1–2

Yerushalayim: El misterio

LA CONFESIÓN CÓSMICA

"**M**E ESTABA PREGUNTANDO algo", dije yo. "Cuando los sacerdotes realizaban el semikhá, poniendo los pecados del pueblo sobre el sacrificio, tenían que imponer sus manos sobre el sacrificio, pero también tenían que confesar sus pecados sobre el mismo. Tenían que hacer ambas cosas, o de lo contrario el sacrificio no podía morir por esos pecados. Pero cuando el Mesías fue llevado por los sacerdotes la noche antes de su muerte, los sacerdotes pusieron sus manos sobre Él, pero no hubo confesión de pecado".

"Venga", dijo el maestro. "Veamos lo que encontramos".

Me llevó a la Cámara de los Rollos donde sacó de una estantería muy alta un rollo de tamaño medio, lo puso sobre la mesa de madera, lo desenrolló hasta llegar al lugar que buscaba y comenzó a traducirlo en voz alta: "'Entonces el sumo sacerdote, rasgando su vestidura, dijo: ¿Qué más necesidad tenemos de testigos? Habéis oído la blasfemia...' a lo que los que estaban en el concilio estuvieron de acuerdo en que era culpable y merecedor de la muerte".

"Lo condenaron a muerte acusándolo falsamente".

"En el semikhá, el sacerdote confesaba los pecados sobre el sacrificio. ¿Era el sacrificio culpable de esos pecados?".

"No. El sacrificio solo podía morir por esos pecados si *no era* culpable de ellos".

"Correcto. Por lo tanto, para poder realizar el shemikhá sobre el sacrificio, sobre el Mesías, el sumo sacerdote tenía que pronunciar sobre Él pecados de los que *no fuera culpable*. Entonces ¿cuál fue el pecado que pronunciaron sobre Él? El pecado de blasfemia. Pero el pecado que se pronuncia sobre el sacrificio *no* es el pecado del sacrificio, sino el pecado de *aquellos que lo pronuncian*. Así que la blasfemia no fue el pecado del Mesías, sino el pecado del sumo sacerdote y del sacerdocio. Juzgaron a Dios por blasfemar contra Dios. Y juzgar a Dios por blasfemia...es en sí una blasfemia. Los sacerdotes estaban confesando su propio pecado, pero no era solo su pecado. Los sacerdotes representaban a Israel e Israel representaba al mundo; así que los sacerdotes estaban confesando el pecado del hombre...el pecado del mundo...en el semikhá del sacrificio por el hombre...el primer pecado, y el comienzo de todos los pecados: 'Serán como Dios'...blasfemia".

"Entonces el sumo sacerdote confesó el pecado sobre el sacrificio, y los sacerdotes tocaron su cabeza con las manos. Ellos realizaron el semikhá por los pecados del hombre".

"Y no fueron los sacerdotes", dijo el maestro. "Fue Dios quien estaba realizando el semikhá cuando puso nuestros pecados sobre el Mesías. Como está escrito: 'Al que no conoció pecado, por nosotros lo hizo pecado...para que nosotros...para que usted...fuésemos hechos justicia de Dios en él'".

La misión: Él se hizo pecado, su pecado, para que usted pudiera convertirse en justicia, la justicia de Dios. Viva hoy como la justicia de Dios.

Génesis 3:5; Levítico 16:21; Marcos 14:63–64; 2 Corintios 5:21

El misterio del semikhá

EL MISTERIO DEL SEGUNDO ROLLO

ERA UNA CÁLIDA y ventosa tarde. Estábamos sentados fuera en el suelo. El maestro estaba leyendo de un pequeño rollo.

"Este es uno de los *hamesh megillot*, los cinco rollos. Cada uno se lee públicamente durante el año; y este, el segundo rollo, es el libro de Rut".

"¿De qué se trata?".

"Es la historia del amor entre un judío y una gentil, pero detrás de la historia hay una revelación profética que involucra a todo el mundo, el misterio de Israel, la iglesia, y el siglo mismo. El libro de Rut comienza con una mujer judía llamada Noemí. Ella representará a la nación de Israel. Noemí está casada con un hombre llamado Elimelec. *Elimelec* significa Mi Dios es rey. Así que Israel está unido en un pacto de matrimonio con Dios, su Rey. En el curso de la historia Noemí se encuentra sin esposo y viviendo exiliada de su tierra natal, como extranjera en una tierra ajena, una existencia de dolor y sufrimiento. Así también el pueblo judío, durante los dos mil últimos años se ha visto viviendo exiliado de su propia tierra, como extranjeros en tierras ajenas, en dolor y tristeza. Pero en los días del exilio de Noemí, una mujer gentil llamada Rut se convierte, a través de Noemí, en parte de la nación de Israel y es llevada al conocimiento de Dios. Así, en los días del exilio de Israel en las naciones, aquellos que no son israelitas, los gentiles, mediante el pueblo judío son acercados al Dios de Israel y unidos espiritualmente a su nación".

"La iglesia", dije yo, "los que han nacido de nuevo. Ellos son Rut".

"Rut se convierte en la hija adoptada de Noemí".

"Así, los que son del nuevo pacto se convierten en los hijos adoptados de Israel. Israel es su madre, y la iglesia es la hija de Israel".

"Al final de la historia, Rut da a luz un hijo que se convierte en la bendición de la vida de Noemí. Mediante Noemí llegó la redención de Rut, y mediante Rut viene la bendición de Noemí".

"Es también mediante el pueblo judío", dije yo, "como la bendición ha llegado a los gentiles...y será a través de los gentiles como las bendiciones regresen al pueblo judío".

"Sí", dijo el maestro. "Y los que son bendecidos con la salvación son bendecidos mediante Israel y son unidos a Israel. Ellos son Rut...e Israel es su Noemí. Y solo cuando Rut bendice a Noemí...y Noemí bendice a Rut...el círculo...y la historia...estarán completos".

La misión: Sea una Rut hoy. Ore y bendiga a su Noemí. Ore y bendiga a Israel y al pueblo judío. Ayude a que su historia quede complete.

Rut 1:16–17; 4:13–17; Isaías 40:1–2; Romanos 11:11; 15:26–27

La alegoría de Belén

EL REGALO DE LA LAMED

"**M**AESTRO", DIJE YO, "usted me dijo que, en hebreo, el verbo *tener* realmente no existe, que uno realmente no puede *tener* nada en este mundo. Pero entonces tiene que haber una forma similar. Tiene que haber una forma de hablar de las posesiones de alguien. La Biblia usa la palabra *tener*".

"En sus traducciones sí", respondió, "pero en el original, realmente no".

"Entonces ¿qué dice en el original que traducimos como 'tener'?".

En lugar de responder a mi pregunta, tomó un palito y comenzó a escribir un símbolo en la arena.

"¿Qué es?", pregunté.

"Es una *lamed*", respondió. "La duodécima letra del alfabeto hebreo. De lamed viene la letra *L*. Para comunicar lo que entendemos por 'tener' usaríamos la lamed. Por lo tanto, para decir 'Yo tengo' o 'mío', usaría la palabra hebrea *li*. Para decir 'él tiene' o 'suyo', usaría la palabra *lo*. Y para decir 'tú tienes' o 'tuyo', usaría la palabra *l'cha*. Pero aunque realmente en hebreo no se puede tener nada, lo que termina 'teniendo' al final es mejor que tener. *Lamed* significa para. Así que en lugar de decir 'Yo tengo' usted dice 'Es *para* mí'. Y en vez de decir 'él tiene' o 'suyo', usted está diciendo 'Es *para* él'. En Dios, debe vivir según la lengua sagrada. Eso significa que deja de lado la idea de que usted 'tiene' en este mundo; pero cuando lo hace, cuando abandona la idea de tener, entonces ocurrirá algo milagroso".

"¿Qué?".

"Todo será *para usted*. Cuando usted 'tiene', entonces lo que tiene no se le puede dar; pero cuando no 'tiene', cuando deja de 'tener', entonces lo que no tiene está libre para ser dado. Cuando usted abandona el "Yo tengo', eso se convierte en algo 'para usted'; y cuando no da por hecha ninguna cosa buena, entonces toda cosa buena se convierte en un regalo dado *para usted*: sus medios, sus pertenencias, sus amigos, sus seres queridos, sus talentos, su tiempo, cada día, cada momento, cada respiración, su vida misma, su salvación, todo ello se convierte en regalos de gracia, bendición y amor. Abandone su tener que 'tener', y todo en este mundo se convertirá en *l'cha*, una bendición de Dios para usted... el regalo de la lamed".

La misión: Olvídese de 'tener'. No dé por hecha ninguna cosa buena hoy, toda bendición, incluso su vida. Y reciba todo como un regalo de Dios.

2 Corintios 6:10; Efesios 5:20; Santiago 1:17

El no posesivo divino

LOS DESIGNADOS

ESTÁBAMOS SENTADOS FUERA, no lejos del pozo. El maestro estaba leyendo un pasaje de uno de los rollos.

"'Y otros de ellos tenían el cargo de la vajilla, y de todos los utensilios del santuario...'. Está hablando de los levitas", dijo, "aquellos a quienes Dios había designado sus ministros en el Templo de Jerusalén, ordenados para el cumplimiento de los propósitos sagrados. Ahora bien, Jonás fue un profeta llamado por Dios para dar un mensaje a Nínive, pero huyó de su llamado. Está escrito que Dios hizo que un gran pez se lo tragara y lo llevara de nuevo a la orilla. Después hizo que una planta con hojas creciera y diera sombra a Jonás, después un gusano se comió la planta, y después un viento desértico sopló del este. Solo después de que sucedieran estas cosas, Jonás pudo conocer el corazón de Dios".

"No lo entiendo", dije yo. "Primero habló de los levitas como ministros de Dios, y ahora está hablando de un gusano y un pez. No veo la relación".

"En el libro de Jonás", dijo él, "en el idioma original no dice que Dios hizo que un pez se tragara a Jonás. Dice que Dios *designó* al pez para que se tragase a Jonás. Es la misma palabra hebrea usada para decir que Dios designó a los levitas para que ministraran en su santuario".

"¿Y la planta?".

"La misma palabra. Dios *designó* a la planta; y Dios *designó* al gusano; y Dios *designó* el viento del este. La misma palabra usada para decir que Dios designó a los levitas como sus santos ministros se usa para el pez, la planta, el gusano y el viento. Verá, ellos también fueron ministros santos, igualmente designados para llevar a cabo los propósitos de Dios y llevar a su profeta al lugar señalado".

"Nunca pensé que un gusano pudiera ser un...".

"No", dijo el maestro, "y probablemente nunca pensó que sus problemas también fueran ministros designados por Dios. Pero para el hijo de Dios, todo, lo bueno, lo malo, las alegrías, las tristezas, los problemas, las victorias y derrotas, las heridas, los rechazos, las pérdidas, el pasado, el gusano y el viento...todo son...cosas designadas. Cada uno es un ministro designado y ordenado para llevar a cabo los propósitos de Dios, sus bendiciones, el llamado y el destino de Dios en su vida. Así que sea bendito; y lo que usted pensaba que eran sus problemas, al final serán revelados como los ministros santos de Dios, designados para llevarlo a usted al lugar designado del llamado de Dios en su vida".

La misión: Hoy, vea sus problemas y desafíos de una forma nueva, como ministros designados por Dios para llevarle al lugar de su voluntad y destino.

1 Crónicas 9:28; Jonás 1:17; 4:6–8; Salmo 139:16; 2 Tesalonicenses 1:11

EL HOMBRE ZICHARYAH

"**J**UNTO A LOS ríos de Babilonia, los hijos de Israel lloraban en el exilio al recordar Sion, su tierra natal, la cual estaba en ruinas. Se habían alejado de Dios, habían roto el pacto, rechazado sus caminos, perseguido a sus profetas, celebrado lo malo, y elevado a sus hijos como sacrificios en los altares de dioses ajenos. Tenían razones de sobra para creer que sus días como nación se habían terminado y que se convertirían en un pueblo olvidado por Dios. Pero después de muchos años, un pequeño remanente de los exiliados regresó a su tierra natal para encontrarse con un lugar desolado y su Ciudad Santa convertida en un montón de ruinas. Intentaron reconstruirla, pero en cada paso eran obstaculizados. Debió de perseguirles la continua pregunta: ¿Se habrá olvidado Dios de nosotros?".

El maestro hizo una pausa como para pensar, y después continuó. "Y entonces apareció un profeta en medio de ellos llamado *Zacarías*. Llegó con un mensaje: tenían que reedificar Jerusalén, y sería a esa Jerusalén a la que llegaría el Mesías. Pero ¿quién era Zacarías?".

"Un profeta enviado por Dios", respondí yo.

"*Zacarías* es otra forma de decir su verdadero nombre hebreo: *Zicharyah*. ¿Y qué significa *Zicharyah*? El *yah* significa *Dios*, y el *zichar* significa *ha recordado*. Así, en los días de su juicio y exilio, cuando pensaban que Dios había terminado con ellos, que Dios se había olvidado de ellos, nació un bebé y le pusieron por nombre 'Dios se ha acordado'. Y el bebé crecería hasta convertirse en el profeta que Dios les envió en los días de su desánimo. Dios les envió como su mensajero a 'Dios se ha acordado'".

"Entonces no solo fue lo que Zicharyah les dijo, sino lo que él era".

"Sí. Cada palabra de ánimo vino de ese 'Dios se ha acordado'. Él fue la señal en carne y sangre de que incluso en su mayor caída y sus pecados más oscuros, incluso cuando debían haber sido expulsados y olvidados para siempre, Dios no se había olvidado de ellos. Incluso cuando ellos se habían olvidado de Dios, Dios no los olvidó. Él se acordó de su promesa, su amor, y sus misericordias. Así que no se dio por vencido con ellos, y serían restaurados. Y así", dijo el maestro, "para todos los que han caído, para todos los que han fallado, para todos los que han pecado, para todos los que se han perdido, y para todos los que se han preguntado: '¿Se habrá olvidado Dios de mí?', recuerden a este, y su nombre, Zicharyah. Lo que dice es que Dios nunca se olvidará de usted...y su fidelidad con usted...siempre será mayor que sus pecados".

La misión: Recuerde los tiempos en los que ha caído, y aún así cuando Dios no se rindió con usted. A la luz de eso, dedique su vida a bendecirlo aún más.

Salmo 98:3; Isaías 49:14–16; Zacarías 8:3–9

Zacarías: Dios se acuerda

EL LULAV

NOS SENTAMOS EN medio de una planicie del desierto rodeada de montañas. El maestro sostenía en una mano una fruta y, en la otra, un manojo de tres ramas.

"Esto", dijo alzando las ramas, "se llama lulav. Viene del mandamiento bíblico de adorar a Dios en la fiesta de los Tabernáculos con ramas. Durante esa fiesta, el pueblo de Israel recordaba cómo Dios les guió por el desierto mediante el movimiento de estas ramas".

"¿Cómo?", pregunté yo.

"Esta, la más grande de las tres, es de palmera. La palmera crece en los valles, y por eso la rama de palmera les recordaba a los israelitas que en sus viajes por los valles, Dios estaba con ellos. Y esta", dijo señalando a la rama más pequeña con hojas verdes oscuras, "es de mirto. Esta crece en las montañas. Por eso el mirto les recordaba sus viajes por las montañas, y que Dios estaba también con ellos allí. Y esta", dijo señalando a una rama caída de color verde claro, "es de sauce. El sauce crece junto a los arroyos de aguas. Les recordaba que en sus viajes por los lugares secos Dios estaba con ellos y les dio agua en el desierto. Ahora bien, ¿cuál es el misterio del lulav?", preguntó.

"No tengo ni idea".

"El desierto es el mundo. El viaje es esta vida, y este es el mensaje del lulav para el hijo de Dios: la palmera le dice que no importa el valle por el que esté pasando en su vida, no importa cuán profundo u oscuro sea, nunca estará solo, Él estará ahí. El mirto le dice que cuando pase por tiempos rocosos, Él pasará con él y le impedirá caer. Y el sauce le dice que en los lugares secos y vacíos de su vida, Él nunca le dejará, y siempre se mantendrá cercano, e incluso le dará ríos en su desierto".

"¿Y qué ocurre con el fruto?", pregunté yo.

"El fruto habla de la Tierra Prometida, y su mensaje es este: no importa lo que esté aconteciendo en esta vida, no es el final, solo el viaje a su destino. Y cuando llegue, dará gracias por haber tenido un viaje bendecido, porque nunca estuvo solo, y porque Él estuvo con usted en cada momento…asegurándose de que usted lo atravesara todo…y llegara a la Tierra Prometida".

La misión: Hoy, reúna su lulav. Recuerde y dé gracias porque en todos sus valles, montañas y desiertos, Él estuvo ahí, y siempre lo estará.

Salmo 23; Isaías 43:1–2; Judas 1:24–25

EL SECRETO DE LA VIDA BENDECIDA

"¿QUÉ ES UNA vida bendecida?", preguntó el maestro. "¿Y cómo se vive?". "Una vida bendecida es una vida que está dotada del favor y la bendición de Dios".

"Pero si Dios bendice, ¿por qué algunos son bendecidos y otros no? ¿Por qué algunos de sus hijos viven vidas especialmente bendecidas y otros no?".

El maestro me llevó al pozo en medio de la plaza abierta donde los estudiantes a menudo nos reuníamos. En la piedra circular del pozo puso dos copas, una hacia abajo y la otra hacia arriba. Después alzó un cubo de agua sacada del pozo y lo sostuvo sobre las dos copas. "La bendición", dijo. Después derramó agua sobre las dos copas. Después alzó la copa que estaba boca abajo y la puso de pie. Estaba, por supuesto, vacía.

"La bendición fue derramada sobre ambas copas", dijo, "pero solo una está llena de bendición. La otra está vacía. Ambas fueron bendecidas...y sin embargo solo una está bendecida. Mire, hay *dos partes* en el hecho ser bendecidos y vivir una vida bendecida". Comenzamos a alejarnos del pozo mientras él continuaba hablando.

"Isaac se estaba preparando para dar una bendición a su primogénito, Esaú; pero fue su otro hijo, Jacob, el que terminó recibiendo la bendición. Recibió la bendición porque, más que su hermano, dispuso su corazón para recibirla".

"Pero Jacob no tuvo buenas maneras", dije yo.

"Es cierto", dijo el maestro. "Pero su deseo de recibir la bendición, y su disposición a hacer cualquier cosa para recibirla, no fue incorrecto. Verá, no es solo el hecho de dar la bendición era crucial, sino también el recibirla. Y por ello, hay dos partes en una vida bendecida. La mayoría de la gente se enfoca solo en una; quieren que se les den las bendiciones, pero les falta la otra parte. Verá, la bendición ya ha sido dada. Está aquí. Está brotando de los pozos de la salvación, los pozos de la redención del Mesías. Pero ¿quién es el bendecido? El que recibe la bendición. ¿Y quién es aquel cuya vida está *especialmente* bendecida? El que *especialmente* recibe la bendición, quien la valora tanto que hace lo que sea para recibirla. Por lo tanto, si quiere vivir una vida especialmente bendecida, haga que su objetivo sea llegar a ser especialmente bueno a la hora de recibir las bendiciones de Dios, y hacer cualquier cosa que tenga que hacer para recibirla. Porque una vida bendecida no es simplemente la vida que ha sido bendecida...sino la vida que la ha recibido".

La misión: Las bendiciones de Dios son derramadas. Abra su corazón y su vida para recibirlas. Enfóquese en recibir lo que ya ha sido dado.

Génesis 27:15–29; Efesios 1:3–12, 18–20

La bendición

LOS TEMPLOS DE PROFANACIÓN

ERA POR LA noche. Otros estudiantes y yo estábamos sentados alrededor de la fogata escuchando al maestro.

"¿Quién fue la persona más famosa que haya celebrado la fiesta de Chanukah?", preguntó el maestro.

Se quedó esperando una respuesta, pero nadie dijo nada.

"Jesús", dijo él. "Yeshúa. La mayoría de la gente no tiene ni idea de que Él la celebró o que Chanukah se encuentra en el Nuevo Testamento. Pero está escrito: 'Celebrábase en Jerusalén la esta de la dedicación. Era invierno, y Jesús andaba en el templo…'. ¿Saben cuál es la palabra hebrea para dedicación?".

De nuevo, no hubo respuesta.

"Es *Chanukah*. Lafi esta de la dedicación es Chanukah. ¿Y saben por qué se llama así?". No hubo respuesta. El maestro continuó. "En la antigüedad, el Templo de Jerusalén fue profanado a manos de invasores paganos. Establecieron ídolos en sus atrios, y se convirtió, de hecho, en un templo pagano lleno de profanación. Al final, el pueblo judío expulsó a los invasores. Encontraron su Templo profanado y desolado. Quitaron los ídolos, limpiaron sus atrios, repararon sus cuartos, restauraron sus utensilios, volvieron a encender su candelero santo y lo rededicaron a Dios. Esta rededicación del templo se llamó 'Chanukah'". Hizo una pausa. "Pero Dios tiene otro templo…otra morada santa creada igualmente para su presencia".

"Pero el templo de Dios solo se podía construir en Jerusalén", dijo uno de los estudiantes.

"Hay otro", dijo el maestro, "otros muchos…El templo es *usted*. Cada uno de ustedes fue creado para ser la morada de la presencia de Dios, el santo templo de su gloria. El hombre fue creado para ser el templo de Dios, pero ahora el mundo está lleno de templos de profanación".

"¿Qué significa eso?", preguntó otro de los estudiantes.

"Cada vida es creada para ser un templo lleno de la presencia de Dios, pero sin la presencia de Dios nos convertimos en templos profanados, oscuros, llenos de ídolos…un templo creado para ser santo pero caído de su propósito".

"Entonces, ¿qué hago si ese es mi caso?", pregunté yo.

"Debe abrir las puertas de su vida y dejar que Dios entre. Debe dejar que Él saque sus ídolos, limpie sus impurezas, restaure su propósito, ilumine su corazón y llene su vida con su presencia. Porque cada templo que es dedicado a Dios, Dios lo llena con su gloria…Y cuando usted se convierte en el templo de Dios y su vida se convertirá en…Chanukah".

La misión: Hoy, celebre su propio Chanukah. Quite los ídolos. Limpie sus cuartos. Vuelva a dedicar y consagrar su templo a Dios.

Ezequiel 36:25–27; Juan 10:22–23; 1 Corintios 3:16; 2 Corintios 6:16–7:1

Rededicación del templo

LA LEY DEL MOVIMIENTO CÓSMICO

ERA UNA TARDE cálida de un día soleado. El maestro y yo estábamos sentados bajo la sombra de un árbol cercano.

"La primera ley del movimiento de Newton", dijo él. "Un objeto en movimiento se mantiene en movimiento con la misma velocidad y en la misma dirección a menos que otra fuerza actúe sobre él".

Entonces arrojó una piedrecita al aire, y después la atrapó mientras caía.

"Cuando arrojé la piedra, era un objeto en movimiento, pero después dejó de subir. Actuó sobre ella otra fuerza, la fuerza de la gravedad. La ley de Newton", dijo, "se aplica a las fuerzas *dentro* del mundo natural. Pero ¿y si la llevamos a su nivel más extremo? ¿Qué ocurre con la fuerza del mundo mismo?".

"¿Qué quiere decir?".

"El mundo está caído. Su movimiento es el de una caída, el movimiento del pecado y del mal. Entonces, ¿cómo podemos detener el movimiento, el movimiento de la caída? ¿Cómo podemos detener el pecado y el mal?".

"Muchas religiones e ideologías dirían que alejándose del mal y yendo hacia el bien".

"¿Cómo?", preguntó el maestro. "Un objeto en movimiento se mantiene en ese movimiento…".

"A menos que otra fuerza actúe sobre él", dije yo.

"Sí, entonces solo podría ocurrir mediante otra fuerza. ¿Y cuál es la otra fuerza? No puede ser *del* mundo, sino que debe de ser *otra distinta* al mundo, más allá del mundo. ¿Qué es algo que sea *distinto* y esté *más allá* del universo?".

"Dios".

"Sí. Así que la respuesta solo puede venir de Dios. Pero ¿cómo?".

"'A menos que actúe sobre ella…'. La otra fuerza debe actuar sobre el objeto".

"Entonces la fuerza debe entrar en contacto con el objeto en movimiento. Por lo tanto, la presencia de Dios debe entrar en contacto con el mundo caído para poder actuar sobre él. ¿Y qué es la cruz? Es Dios tomando todo el movimiento del pecado y el mal y llevándolo a su fin. ¿Y qué es la resurrección? Es Dios dando al mundo un nuevo movimiento, el movimiento de la vida. Es Dios dando a lo que cae un movimiento ascendente. Y por eso la única forma de cambiar verdaderamente el movimiento de su vida es mediante el movimiento de Dios, por el movimiento de la vida *de Él*, y la única forma de cambiar su corazón es mediante el movimiento de *su* corazón. Pero a diferencia de la piedra, usted debe tomar la decisión de permitir que eso ocurra. Así que la clave es permitir que Él actúe sobre usted…recibir la presencia de Dios y dejar que la fuerza de su vida y el poder de su amor actúen y cambien el curso de su vida…Porque un objeto en movimiento se mantendrá en ese movimiento…a menos que entre en contacto…con el movimiento de Dios".

La misión: Hoy, busque recibir el movimiento cósmico del amor de Dios, la vida de Dios y la salvación de Dios. Y deje que ello cambie el movimiento y el curso de su vida.

Efesios 2:1–9; 1 Pedro 2:9–10; 1 Juan 3:16

Asiendo el ímpetu del cielo I–II

LA NOVIA LUNA

Él ME LLEVÓ fuera en las primeras horas de la noche. Había luna llena, y su luz nos iluminaba hasta el punto de que podría haber tomado notas si hubiera decidido hacerlo.

"¿Recuerda de lo que se trata el libro del Cantar de los Cantares?", preguntó.

"Es una canción de amor entre una novia y un novio".

"¿Y en sentido más profundo?".

"Una alegoría de Dios y su pueblo, el Señor e Israel, el Mesías y su novia, Dios y nosotros".

"Y nosotros somos la novia", dijo él. "En uno de los versículos del Cantar de los Cantares la novia es descrita como alguien tan hermosa 'como la luna'. ¿Le parece a usted que la luna es hermosa?".

"Imagino que si miramos su superficie, no es muy bonita".

"No, está llena de imperfecciones, marcas, irregularidades, zonas oscuras y cráteres. Y sin embargo, se le llama *hermosa* y relacionada con la belleza de la novia. Y es apropiado, porque como la luna está llena de imperfecciones, irregularidades y oscuridad, ocurre también así con la novia. Y como la luna está llena de cicatrices de heridas pasadas, también lo estamos nosotros".

"Entonces, ¿cómo es posible que a la novia se le llame *hermosa*?".

"Su belleza es la belleza de la luna. La luna no es hermosa por sí misma, y tampoco lo somos nosotros. La hermosura de la luna está en algo fuera de ella misma. Su belleza está en su, y no es su propia luz sino la luz del sol. La luna es hermosa en la medida en que refleje la luz del sol. Si pudiera mirarse en un espejo, solo vería imperfecciones, cicatrices y oscuridad, pero si se olvida de sí misma y mira al rostro del sol, entonces brillará con el resplandor del sol. Y ese es el secreto de la hermosura de la novia".

"Que no somos hermosos en nosotros mismos, sino que nuestra hermosura está en algo fuera de nosotros mismos".

"Nosotros somos como la luna y Él es como el sol. Y como la luz de la luna y su belleza vienen del sol, así nuestra luz y belleza vienen de Dios. Si nos enfocamos en nosotros mismos, solo vemos las imperfecciones, las cicatrices y la oscuridad; pero si nos olvidamos de nosotros mismos y nos enfocamos en la belleza del resplandor de Él, entonces nosotros brillaremos con su resplandor, y esa luz vencerá nuestras imperfecciones. Y seremos hermosos. No cometa el error de vivir una vida enfocada en usted mismo. Olvídese de usted y acuda a Él. More en la belleza de su presencia…y su vida se convertirá en un reflejo de la de Él…y usted brillará con la luz de su resplandor".

La misión: Hoy, retire su enfoque de usted mismo y diríjalo hacia Él. Deje que sus imperfecciones se pierdan en el resplandor de Él, y deje que su vida brille con la luz de su hermosura.

Éxodo 34:29; Cantar de los Cantares 6:10; Juan 3:2; 2 Corintios 3:18

Ella es como la luna

LA SERPIENTE Y EL VALLADO

CAMINAMOS JUNTO A un jardín delimitado por una cerca hecha de setos. Era una cerca bajita y estaba compuesta por palos entremezclados y ramas de pinchos. El maestro tomó un palo y golpeó una de sus esquinas. Vi como salía una serpiente de las ramas y se escabullía serpenteando.

"Mire", dijo él, "hay un versículo que tiene que ver con esto, con vallados y serpientes. Está en el libro de Eclesiastés: 'al que aportillare vallado, le morderá la serpiente'. En lo natural tiene sentido, pues las serpientes se esconden en lugares ocultos, como los vallados. Así que si rompe un vallado, corre el riesgo de que le muerda una serpiente".

"Tendré eso en mente".

"No cree que eso se aplica a usted, ¿cierto?".

"No mucho".

"Pero tiene que ver, y mucho", dijo él, "y es clave que lo sepa; podría acabar salvándole la vida. Los vallados son lo que ponemos alrededor de jardines y cualquier otra cosa que tengamos que proteger. Ponemos vallados alrededor de lo que está vivo y de lo que es precioso para nosotros. Así que debemos construir vallados alrededor de lo que está vivo y es precioso en nuestra vida, alrededor de nuestra familia, matrimonio, hijos, relaciones y nuestro caminar con Dios, nuestra integridad, pureza y llamado…para protegerlos".

"¿Cómo y con qué vallas?".

"Vallas no de palos y espinos, sino de buenos parámetros, buenos límites… vallas hechas de salvaguardas, decisiones, pautas, principios y estándares…parámetros con respecto a lo que permitirá y no permitirá…líneas que nunca permitirá que se crucen…todo lo que sea necesario para proteger tales cosas del mal".

"¿Y qué hay de las serpientes?".

"En el mundo espiritual, la serpiente representa el mal, el enemigo, y lo satánico: 'al que aportillare vallado le morderá una serpiente'. La serpiente…la maldad, la tentación, el pecado, el peligro, todos ellos están esperando que haya un vallado roto. Así que construya las vallas que sean necesarias para proteger lo que sea precioso en su vida. Constrúyalas robustas y firmes; y una vez construidas, no las rompa nunca. Y estará a salvo de las serpientes…Y su jardín será fructífero".

La misión: ¿Qué es precioso en su vida y que tiene que proteger? Construya vallados fuertes a su alrededor y, después de haberlo hecho, no rompa el vallado.

Proverbios 22:5; Eclesiastés 10:8; 1 Pedro 2:11; 5:8–9

Destructores de serpientes I–VI

LA SEPARACIÓN DEL SACERDOTE

"**A**LGO SANTO", DIJO el maestro, "es algo que está separado, apartado para los propósitos de Dios. Israel fue llamada a ser una nación santa, y para ser una nación santa tenía que ser una nación separada. Dentro de Israel estaban los levitas. Como ministros de Dios, su llamado era más santo, así que tenían que estar separados del resto de Israel. Y de los levitas, Dios llamó a los cohanim, los sacerdotes, con un llamado más santo. Así que los cohanim tenían que estar separados de los levitas. Y de entre los sacerdotes, Dios llamó al sumo sacerdote con un llamado más santo aún, así que el sumo sacerdote tenía que estar separado de los sacerdotes. Cada grado de santidad estaba equiparado a un mismo grado de separación. Lo santo debe estar separado... Y todo esto tiene mucho que ver con usted".

"¿Cómo?", pregunté yo.

"Porque está escrito: 'Mas vosotros sois linaje escogido, real sacerdocio, nación santa, pueblo adquirido por Dios...'. Así que si usted pertenece a Dios, usted es un sacerdote, uno de sus cohanim. Y cada sacerdote y vaso santo debe estar separado de todo lo demás, apartado para Dios".

"Pero los días en los que la gente se separaba así ya han pasado".

"Sí, pero Él separa a sus sacerdotes... solo que ahora utiliza otros medios... Ahora Él usa los vasos de esta vida para separarlos del mundo y llevarlos a Él. Ahora Él usa los desengaños de la vida... los rechazos... los sufrimientos... las crisis de la vida... las heridas, las tristezas, las desilusiones, las frustraciones, los problemas, los fracasos y el quebranto... Él usa todo, lo que sea necesario para separarlo a usted para sí mismo... como su sacerdote".

"Entonces Él usa todas las cosas, buenas y malas, para propósitos santos".

"Y más aún", dijo él. "Todas esas cosas eran, al final y desde el comienzo, santas y sagradas... sin importar cómo llegaron, o cómo se recibieron o lo que significaban. Eran, por su propósito, sagradas. Eran los vasos en la separación santa del sacerdote. Y Él seguirá usando tales cosas en su vida... mientras se necesiten, para que su sacerdote regrese a Él, y esté más cerca de Él... y alcance mayores esferas de lo santo... Porque lo que está separado para Dios... es santo".

La misión: Hoy, dé gracias por todas esas cosas que le llevaron a Dios, incluso las angustias, como la separación santa del sacerdote.

Éxodo 28:1–2; Ezequiel 44:16; 2 Timoteo 1:9; 1 Pedro 2:9

EL NOMBRE DE LA PROFECÍA

EL MAESTRO ME llevó a una de las salas que usaban los estudiantes para estudiar los rollos. No había nadie, pero se había quedado un rollo sobre una plataforma de madera y abierto por el principio. Él comenzó a leer de su texto.

"'*Va yomair Elohim y'he or, va y'he or*'. 'Y dijo Dios: Sea la luz; y fue la luz'. Observe lo que hizo Dios. En el mundo, hablamos de lo que es, pero Dios habla de lo que no es. Él habló la luz cuando no existía, y entonces existió. Así es como Dios actúa...no solo con la luz...sino con las personas".

"¿Qué quiere decir?".

"Había un hombre anciano cuya esposa había sobrepasado la edad de poder tener hijos, pero Dios le dio el nombre *Avraham* o *Abraham*, que en hebreo significa padre de multitudes. Le dio un nombre de algo que no era...y entonces fue. Abraham se convirtió en el padre de naciones. Su nombre fue una profecía. Después hubo un hombre que fue rechazado por su familia, falsamente acusado y encarcelado. Pero Dios había hecho que en su nacimiento se le diera el nombre de *Yosef*. Y *Yosef* significa él aumentará. Y así, él aumentó hasta llegar a ser el gobernador de Egipto".

"José", dije yo.

"Y después estaba el hombre que vivió en temor de sus enemigos, pero Dios había hecho que su nombre fuera *Giddone*. El nombre significa el que mata. Él terminaría siendo un héroe que contra todo pronóstico mataría a los enemigos de Israel".

"Gedeón".

"Él también recibió un nombre de algo que no era...y entonces fue. Y después hubo un hombre con una gran pasión pero poca estabilidad, pero Dios le había dado el nombre *Kayfah*. *Kayfah* significa la roca. Al final de su vida, eso es exactamente lo que llegaría a ser, una roca de fortaleza". Enrolló el pergamino. "Nosotros nos vemos como somos, pero Dios no nos ve como somos, sino con el llamado que puso en nosotros. Él le da una identidad que no está basada en su pasado...sino en su futuro, lo que ha de llegar a ser. El secreto es recibir esa identidad y creerla antes de verla. Viva como si fuera así. Así que su nombre ya no es *Rechazado*...sino *Amado*...ya no es *Débil*...sino *Fuerte*...ya no es *Derrotado*...sino *Victorioso*. Él le ha dado un nombre de algo que no es; reciba aquello que no es...y lo será. Viva mediante el nombre de su profecía. Es tan sencillo como: 'Sea la luz'".

La misión: ¿Cuál es el nombre de su profecía? Viva hoy por él. Comience con lo que declara la Palabra que usted es: Amado, Real, Santo y Victorioso.

Génesis 1:3; 17:5; Mateo 6:18; Apocalipsis 2:17

El principio Kayfah y su nuevo nombre

LOS PERUSHIM

STÁBAMOS SENTADOS EN uno de los jardines. Él asió una rama y atrajo mi atención hacia la misma. Tenía hojas y aún estaba un poco verde.

"Es parecida a las demás ramas", dijo él, "pero con una diferencia; ya no está conectada al árbol. Aún tiene apariencia de vida por fuera, pero por dentro está seca, y pronto languidecerá".

Dejó la rama en el mismo lugar donde la había encontrado.

"Una vez hubo un pueblo que intentó ser santo. Querían separarse del pecado, la mundanalidad, el compromiso y la impureza, así que se separaron. Y se hicieron llamar los *Perushim*. *Perushim* significa los separados. Pero como se enfocaron en su propia santidad, se hicieron santurrones y orgullosos. Su piedad se convirtió en apariencias externas, un sustituto de lo que ya no había en sus corazones".

"Entonces los separados terminaron separándose de Dios", dije yo, "como una rama, cortada del árbol de la vida".

"Exactamente", dijo el maestro. "Aún tenían una forma externa, las hojas, brotes del pasado, y los restos de lo que había habido cuando estaban unidos a Dios, pero había muerte en su interior. Y entonces el Dios al que una vez habían buscado acudió a ellos. ¿Y qué hicieron?".

"No lo sé".

"Lo mataron".

"¿Quiénes eran los Perushim?".

Perushim es su nombre original...pero los conocemos como los fariseos. Nunca olvide la advertencia de los Perushim. Es fácil pasar de la justicia a la santurronería, de la realidad interior a una apariencia externa, y de la piedad a la divinidad".

"¿Cómo se puede uno guardar de caer en eso?".

"Habite siempre en el corazón y no en las apariencias. No importa lo mucho que sepa, manténgase siempre como un niño en su espíritu, como no teniendo nada pero teniendo todo que aprender y recibir. Nunca confíe en lo que ha sabido o hecho, sino acuda a Él nuevamente, cada día, como si fuera la primera vez. Y por encima de todo, manténgase siempre cerca de Dios...de corazón a corazón, conectado, como una rama fructífera que siempre recibe del árbol. Y nunca será uno de los separados...sino de los unidos".

La misión: Acuda a Él en este día como un niño, como si no supiera nada, y teniendo todo por saber, como no teniendo nada, y teniendo todo que recibir.

Isaías 57:15; Mateo 16:6; 23:2–3; Lucas 7:37–48

Ayunar a cambio de nada

LA SECUENCIA EVANGELIO-HECHOS

ÉL ME GUIÓ hasta una pequeña sala dentro de la Cámara de los Rollos que contenía solo unos treinta rollos, la mayoría de ellos pequeños. Pero había uno más grande, bastante más, que el resto. Fue ese el que tomó y lo desenrolló sobre la repisa de madera que había junto a las estanterías.

"¿Qué ve?", preguntó el maestro.

"Dos columnas de texto", dije yo. "Y la columna de la derecha tiene algo parecido a un título encima".

"La columna de la izquierda es el final del Evangelio de Juan y el final de los Evangelios, los relatos de la obra de salvación del Mesías. Y la columna de la derecha es el comienzo del libro de Hechos, los Hechos de los Apóstoles. Ahí está la revelación".

"¿La revelación? Ni siquiera ha comenzado a leerlo".

"La revelación es el final de los Evangelios y el comienzo de Hechos".

"¿Qué significa eso?".

"La situación de ambos", dijo él. "Esa es la revelación. Verá, el Evangelio podía haber sido el final, pero no lo es. Es el comienzo. El Evangelio nos lleva a los Hechos. El Evangelio *siempre* debe llevarnos a los Hechos. Mire, no basta con oír el mensaje del evangelio. Debe producir un cambio. Debe actuar en base a él. El evangelio siempre debe producir hechos, de modo que cada vez que oiga la buena noticia, cada vez que entre en su corazón, debe llevarle a actuar; de lo contrario no está completo. El evangelio lleva a Hechos. Esa es una parte de la revelación".

"¿Y la otra?

"El libro de los Hechos comienza con los Evangelios. No puede existir nunca por sí solo. Los hechos *siempre* deben comenzar con el evangelio. Usted nunca puede producir los hechos de Dios o los hechos de la piedad por usted mismo. Sus actos siempre deben comenzar con las nuevas noticias; deben nacer de ello...como su fluir natural. El evangelio de amor debe producir actos de amor. Ese es el orden y el fluir, y fluirá si se lo permite. El evangelio de misericordia producirá actos de misericordia. El evangelio de la resurrección producirá actos de resurrección. Así que deje que el evangelio produzca sus hechos en su vida y deje que los hechos de su vida nazcan en el evangelio...Porque el evangelio siempre debe producir hechos".

La misión: Hoy, deje que el evangelio produzca los hechos de Dios en su vida. Y deje que todos sus actos procedan de las buenas noticias. Métase de lleno en el evangelio y entrará en el libro de Hechos.

Isaías 61:1; Juan 21:25–Hechos 2; Santiago 2:17–26

La secuela

EL MISTERIO DEL VERANO

E L DÍA ERA caluroso y estaba marcado por rachas de un viento abrasador del desierto. Estábamos sentados en una colina divisando un campo que pertenecía a uno de los asentamientos agrícolas. Ahora estaba lleno de trabajadores cosechando grano.

"El siglo se ha desplegado poco a poco", dijo el maestro, "según el misterio del calendario hebreo, con cada evento profético presagiado por un día santo hebreo. Pero ¿en qué época del siglo estamos ahora?".

"¿De dónde salimos?", pregunté yo.

"¿Cuál fue el último día santo hebreo que ha tenido su cumplimiento?".

"Shavuot, la fiesta de Pentecostés".

"Entonces, si queremos saber dónde estamos en el tiempo, tenemos que mirar lo que ocurrió en el año hebreo después de Shavuot, Pentecostés. Al final de Shavuot, los hebreos salieron de Jerusalén hacia sus campos y viñedos para cosechar los frutos del largo verano. Trabajaron durante todos los meses del verano hasta el regreso de los días santos en otoño. Entonces terminaron la cosecha y regresaron de nuevo para reunirse delante del Señor en Jerusalén".

"Por lo tanto, si Pentecostés, Shavuot, fue el último día santo en cumplirse, entonces…".

"Entonces ahora es el verano del siglo, el tiempo de la cosecha del verano. Así como Shavuot fue el tiempo de salir de Jerusalén hacia los campos para cosechar, también fue en Shavuot, en Pentecostés, hace dos mil años, cuando los apóstoles salieron de Jerusalén para llevar la salvación hasta los confines de la tierra. El campo es el mundo…la época es el siglo…y la cosecha es la salvación, la recolección de nueva vida. ¿Qué fue lo que dijo el Mesías del tiempo actual?".

"Dijo que ahora era el tiempo de la cosecha…el tiempo de salir y cosechar".

"¿Y sabía que en hebreo la palabra para *cosecha*, *kayitz*, también significa el verano? Así que ahora estamos en el verano de la época, la cosecha del verano. Y eso significa que su primera meta debe ser cosechar vida eterna, esparcir la palabra de salvación, salir al mundo y salvar a los perdidos. Haga de ello su objetivo, porque los días de la cosecha están contados. Y el tiempo de cosechar nueva vida y salvar a los perdidos ocurre solo una vez. Por lo tanto, salga y coseche todo lo que pueda en el tiempo que tiene…hasta que todos aparezcamos en Jerusalén…al final del verano".

La misión: Es la época del verano. Haga que su objetivo sea este día recoger toda la cosecha que le rodea. Lleve salvación y recoja vida eterna.

Proverbios 10:5; Juan 4:35–36; Mateo 9:37–38

HA MAKOM: EL LUGAR

"**H**AY UN LUGAR en la tierra", dijo el maestro, "que ha llevado el nombre de Dios y una palabra profética durante casi cuatro mil años, mucho antes de que la mayoría de las grandes ciudades del mundo o naciones tuvieran nombre alguno".

"¿Qué lugar?", pregunté yo.

"Al principio se le conocía como *Ha Makom*, El lugar. Pero después se le dio un nombre específico: *YHVH Yiré*. YHVH es el nombre sagrado de Dios. Y *Yiré* significa hacer aparecer, hacer visible, presentar, proveer, revelar. Así que YHVH Yiré significa el Señor hará aparecer, hará visible, presente, proveerá y revelará. Fue Abraham quien puso el nombre al lugar. Y fue Moisés quien recordó su nombre y añadió las palabras: 'En el monte del Señor será revelado, o será provisto, será presentado, será hecho visible'".

"¿Qué sería revelado y hecho visible?".

"La respuesta se encuentra en lo que ocurrió en ese lugar. Fue allí donde Abraham ofreció a Isaac como sacrificio, y cuando Isaac le preguntó a su padre: '¿Dónde está el cordero...?', Abraham respondió: 'Dios se *proveerá* de cordero para el holocausto...'. Pero en hebreo dice 'Dios *yireará* el cordero. *Yiré* es la misma palabra con la que sería nombrado el lugar. Así que el nombre *YHVH Yiré* identifica el lugar donde Dios proveerá y revelará...el cordero. El cordero será hecho visible en ese lugar concreto. ¿Dónde está el lugar llamado *YHVH Yiré*? Es el monte Moriah".

"Entonces, ¿tiene el Monte Moriah alguna conexión con la revelación de un cordero?".

"Yo diría que sí", respondió él. "Fue allí en el monte Moriah donde el evento principal de la historia de la humanidad sucedió: la crucifixión. Fue allí donde el Mesías fue crucificado como el Cordero".

"Así que Mesías fue revelado como el Cordero...¡en el lugar llamado 'Dios revelará el cordero!'".

"En el lugar llamado 'Dios *yireará* el cordero'. De modo que todo sucedió en el lugar de la aparición del Cordero, donde el Cordero tenía que hacerse visible".

"Y en el lugar de la provisión", dije yo.

"Sí. De manera que lo que aparece en ese monte es la provisión de Dios...la provisión para cada necesidad, cada vacío, y cada anhelo de nuestros corazones".

"El Mesías es el Cordero...y el Cordero es la provisión...Mesías es la provisión de todo".

"Sí", dijo el maestro. "Todo ello ha sido provisto y revelado...en ese lugar".

La misión: Lleve cada pregunta sin respuesta, cada necesidad no suplida y cada anhelo no cumplido al Calvario, al monte Moriah, el lugar de la provisión de Dios.

Génesis 22:7–8, 14; Lucas 23:33; Juan 1:29

El milagro de Moriah

EL HOMBRE ALFA Y OMEGA

ESTÁBAMOS SENTADOS EN la planicie arenosa nada más pasar los terrenos de la escuela. Usando un palo de madera, el maestro comenzó a dibujar símbolos en la arena. El primero parecía ser la letra mayúscula *A*. El segundo era algo parecido a una herradura.

"En Isaías 44", dijo él, "está escrito; 'Yo soy el primero, y yo soy el postrero, y fuera de mí no hay Dios'. Dios es el primero de la existencia y el postrero. Y esto", dijo él señalando al primer símbolo, "es el *Alfa*, la primera letra del alfabeto griego. Y esto", dijo señalando al segundo, "es la última letra del alfabeto griego, la *Omega*. Estos son símbolos de Dios. Dios es el Alfa, el comienzo de todas las cosas, y la Omega, el final de todas las cosas…el Alfa y la Omega, la fuente de toda existencia…y su objeto. Así, en el último capítulo del último libro de la Biblia, el libro de Apocalipsis, está escrito: 'Yo soy el Alfa y la Omega, el principio y el fin, el primero y el último'".

"Como en Isaías", dije yo.

"Sí, pero en el libro de Apocalipsis las palabras se refieren específicamente al Mesías. Él es el Comienzo y el Fin, el Primero y el Último, el Alfa y la Omega".

"Imagino que Él tendría que serlo".

"Entonces ¿qué ocurriría si el Alfa y la Omega viniera al mundo?".

"¿Que Él se convertiría en el Alfa y la Omega del mundo?".

"Se convertiría en el Alfa y la Omega de la historia…del tiempo. Su presencia haría que el tiempo dividiera la historia partiéndola en dos. Se convertiría en el Fin, el Omega de un tiempo, de una época, y el Principio, el Alfa, del otro…a.C. y d.C., la Omega del a.C y el Alfa del d.C. Él se convierte en el Alfa y la Omega de la historia…y en el Alfa y la Omega de todo el que lo encuentra a Él. Él divide, de igual manera, la historia de nuestras vidas. Él se convierte en el Omega, el Fin, de nuestras vidas, nuestro a.C…y en el Alfa, el Principio, el nuevo comienzo de nuestro d.C…elnuevo nacimiento".

Después el maestro dibujó una línea en la arena uniendo el Alfa y la Omega. "Todo tiempo procede desde el Alfa hasta el Omega. Así que el secreto es…recibir cada momento de su vida *desde Él*, el Alfa…y vivir cada momento *para Él*, la Omega. Porque Él es el Alfa y la Omega de la existencia…y el Alfa y la Omega…de usted".

La misión: En este día haga de Él su Alfa. Reciba cada momento de Él. Y viva cada momento para Él como su Omega.

Isaías 44:6; Apocalipsis 22:13

La piedra Alfa

EL ALTAR FUERA DEL LUGAR SANTO

"UNA PREGUNTA", DIJO el maestro. "La salvación es la reconciliación de Dios y el hombre, el cielo y la tierra. Entonces ¿por qué no podría haberse realizado la crucifixión en el cielo en vez de en la tierra?".

"Una buena pregunta", dije yo. "Pero no tengo ni idea".

"El Tabernáculo, la tienda de reunión, representaba esa reconciliación en el ámbito de los símbolos. Su parte más sagrada era el lugar santísimo, dentro del cual descansaba el arca del pacto y residía la gloria de Dios. Fuera de la tienda estaba el atrio, y en medio del atrio estaba el altar de bronce. Era sobre ese altar donde se sacrificaba el holocausto. Entonces ¿qué parte del Tabernáculo representa la morada de Dios, el cielo?".

"El lugar santísimo".

"Sí", dijo el maestro. "El lugar santísimo representa el trono de Dios en el cielo. ¿Y qué parte del Tabernáculo representa la morada del hombre, la tierra?".

"¿El atrio?".

"Sí. El atrio era el lugar más retirado del lugar santísimo, así como la tierra está lejos del cielo. El atrio era el lugar donde se trataba el pecado...el lugar de la sangre y la muerte...donde el sacrificio era llevado al altar y ser sacrificaba. El pecado nunca podría existir en el lugar santísimo. Había que tratarlo fuera de la tienda".

"Esa es la respuesta", dije yo. "La salvación nunca podría haberse realizado en el cielo, porque el cielo es el lugar santo, el lugar santísimo, y el pecado nunca puede morar allí. Y el cielo es el lugar de la vida eterna, así que la muerte nunca podría existir allí. Así que el sacrificio solo se podía realizar fuera del cielo. Hubo que tratar el pecado fuera del cielo, en el atrio exterior del cielo...la tierra. La tierra es el lugar de pecado...y de muerte, y solo en un lugar de pecado y muerte se podría matar el sacrificio y quitar la muerte. Por eso el altar debe estar fuera del lugar santísimo. Por eso el sacrificio debía morir afuera. Y por eso Él tuvo que venir a este mundo...porque solamente aquí Dios podía llevar nuestros pecados...y solamente aquí Dios podía morir por ellos. Así que la cruz, el altar, solo se podía establecer en la tierra...y el sacrificio solo podía ser sacrificado en este mundo, en el atrio exterior, fuera del lugar santo, fuera de los lugares celestiales...para que nosotros pudiéramos dejar el lugar de pecado y muerte...y entrar en las puertas del cielo".

La misión: Usted habita en el atrio exterior del cielo, el lugar del sacrificio. Por lo tanto, la vida que viva aquí debe ser de sacrificio, una vida de amor. Comience hoy.

2 Crónicas 7:7; Romanos 12:1; Hebreos 13:10–13

LOS BAALIM

É L ME HIZO subir por una pequeña montaña. Cuando llegamos a la cima, nos encontramos con algo parecido a los restos de algún tipo de lugar de reunión antiguo. Uno podía discernir eso por los arreglos que tenían las piedras, las cuales claramente no había dispuesto así la naturaleza.

"Cuando Israel se alejó de Dios", dijo él, "se volvieron a Baal. Baal era el dios de su alejamiento, el dios de su apostasía…los *dioses* de su apostasía. Verá, no había solo un Baal sino muchos, muchas manifestaciones del mismo; y los muchos eran llamados los *Baalim* o los *Baales*. Había un Baal para todo, un Baal para cada deseo, cada indulgencia y cada pecado. Cuando usted se aparta de Dios, termina adorando a los Baalim".

"Pero ¿quién adora hoy a los Baales o los Baalim?", pregunté yo.

"Todo aquello a lo que dé el lugar más alto en su vida, aquello por lo que viva, si es algo que no sea Dios, ese es su Baal y lo está adorando. Y siempre que uno se aleja de Dios, acude de una forma o de otra, a Baal. Y hay un misterio en Baal. Está en su nombre. ¿Sabe lo que significa *Baal*?".

"No tengo ni la menor idea".

"*Baal* significa amo. Los hebreos pensaban que los Baales estaban ahí para servirles, pero era todo lo contrario. Debido a los Baalim, el pueblo de Israel terminó perdiendo todo lo que más valoraba. Verá, cualquier Baal que tenga, sea cual sea, siempre terminará dominándole…siempre terminará convirtiéndose en su amo. A algunos les dominan los Baales del éxito, a otros los Baales del poder, a otros los Baales del placer, la carnalidad y la lujuria, a otros los Baales del dinero, a otros los Baales del yo. Pero todos ellos son los Baalim…los amos".

Apartó su mirada del lugar de reunión y la dirigió hacia las montañas más distantes.

"¿Y sabe qué más significa *Baal*?", preguntó él.

"No".

"*Baal* significa propietario. ¿Y qué revela eso?".

"Uno termina siendo posesión del Baal al que adora".

"Termina siendo poseído por su posesión…por el ídolo al que sirve".

"Qué diferente de Dios", dije yo.

"Sí", dijo él. "Dios es el verdadero Amo, el verdadero Propietario…y a la vez el Dios que se da a sí mismo por usted se convierte en *su posesión*, para que al darse usted libremente a Él ya no tenga que ser dominado o poseído por nada…sino por su amor".

La misión: Identifique a su Baal, eso que le ha dominado. Sométase a la voluntad del Amo y tendrá el poder para ser libre de ese Baal.

Jueces 2:11–13; 1 Reyes 18:20–39; Oseas 2:16–23; 1 Juan 5:21

La máscara de los dioses

EL PAN MISTERIOSO

FUIMOS A DAR un paseo por el desierto. Él iba hablando mientras caminábamos. "Imagine lo que sería", dijo el maestro, "vagar por el desierto y que la comida descienda del cielo".

"¿Se refiere al maná del cielo?", pregunté yo.

"Sí, un milagro con una revelación...que el verdadero pan de nuestras vidas no viene de la tierra sino del cielo. Y que no es lo terrenal sino solo lo celestial lo que puede llenarnos. Y como lo es el pan para nuestro cuerpo, así es la Palabra de Dios para nuestra alma".

"Un cuadro asombroso", dije yo. "Maná del cielo".

"Lo es", dijo él. "Pero hay algo incluso más profundo. ¿Sabe lo que significa *maná*?".

"No, ¿qué es?".

"Exactamente", dijo el maestro.

"Exactamente ¿qué?", pregunté yo.

"Exactamente qué", respondió el. "Eso es lo que es".

"Exactamente ¿qué es lo que es?".

"Correcto de nuevo. Lo que es *es* lo que es".

"En este punto, no tengo ni idea de lo que usted está diciendo...o de lo que yo estoy diciendo".

"*Maná* realmente son dos palabras hebreas: *mah* y *nah*. Y literalmente significa: ¿Qué es esto?".

"Así que *maná* es una pregunta que significa: ¿Qué es esto?".

"Sí", respondió él. "Lo llamaron maná porque no tenían ni idea de lo que era. No encajaba en ninguna de sus ideas preconcebidas. Así que lo llamaron *mahnah*, ¿Qué es esto? Así, el Pan de Dios, la Palabra de Dios y las bendiciones de Dios que descienden del cielo se llaman mahnah, ¿Qué es esto? Significa que si quiere recibir las bendiciones de Dios, no puede recibirlas como algo con lo que está familiarizado, algo que ya esperaba, o algo que ya sabía. Debe recibirlas como *mahnah*, como '¿Qué es esto?', como alguien que lo recibe por primera vez...como un niño, continuamente sorprendido por su amor, anonadado por sus maravillas, y abrumado por su gracia. Debe recibirlo como algo totalmente nuevo, y se convertirá en algo totalmente nuevo, y en pan del cielo. Abra su corazón al mahnah de su Palabra, al mahnan de su gracia, al mahnah de su amor. Y nunca deje de vivir en la novedad y el asombro de un amor tan grande que debe dejarle diciendo...mahnah, ¿Qué es esto?".

La misión: Hoy, participe del pan del cielo. Busque el mahnah de su Palabra, el mahnah de su amor, y el "¿Qué es esto?" de su salvación.

Éxodo 16:14–18, 30–31; Juan 6:32–35

EL MAZMERÁ

ESTÁBAMOS VIENDO A uno de los jardineros que trabajaba en la poda de las ramas de un árbol frutal.

"¿Ve lo que está usando?", preguntó el maestro. "En las Escrituras hebreas se llama el *mazmerá*, el gancho de podar. Está podando la rama. ¿Sabe por qué?".

"Dígame".

"Un árbol", dijo él, "tiene una cantidad limitada de recursos y energía para distribuir entre sus ramas. Si una rama deja de dar fruto, obstaculizará la salud general del árbol y su capacidad para dar fruto. Drenará los recursos del árbol. Así que el propósito de la poda es quitar la rama que no da fruto o que está obstaculizando que el árbol dé fruto. La poda permite que el árbol redirija sus recursos a las ramas sanas que dan fruto y así poder dar incluso más fruto".

"Y si uno no es jardinero", dije yo, "¿cómo puede aplicar esto?".

"Su vida en Dios es una rama, una rama de la vida de Él, un conducto de sus bendiciones. Y así como cualquier jardinero debe podar lo que no da fruto, así Dios también debe podar sus ramas para que den el fruto que se supone que deben dar".

"¿Cómo se traduce eso en la vida?".

"Para podar un árbol, el proceso de poda parece una pérdida. Así en esta vida, cada hijo de Dios experimentará algo que le parecerá una pérdida. Algunas cosas pasarán de su vida; otras serán tomadas. Le parecerá que son pérdidas, pero no lo serán. El propósito de la poda no es dañar al árbol, sino todo lo contrario. Es permitir que el árbol dé el fruto que debería dar. Así también en su vida con Dios. Cuando experimente pérdidas, no será para hacerle daño. Cada pérdida será redimida; cada una será usada para hacer que usted se convierta en aquello para lo que fue creado. Así que no se estanque en lo que era y dejó de ser, sino en lo que vendrá, en los propósitos de Dios...el fruto que aún dará. Y no tenga temor al mazmerá, el gancho de poda de Dios. Porque tiene un solo propósito...que usted pueda dar el fruto que su vida desde el comienzo tenía intención de dar".

La misión: ¿Qué pérdidas ha conocido en su vida? Dios las ha usado y las usará para producir una vida buena y nueva. Haga lo mismo. Úselas para bien.

Salmo 92:13–14; Juan 15:1–5

Los secretos de la poda I-III

EL MISTERIO DE LA KEHILÁ

ESTÁBAMOS OTEANDO UN valle estéril por el cual pasaba una de las comunidades nómadas del desierto. Con la ayuda de unos cuantos camellos y burros, llevaban todos sus bienes terrenales, cortinas negras para las tiendas, ropa multicolor y los utensilios de la vida diaria.

"¿Cuál es el nombre dado al pueblo del Mesías como conjunto?", preguntó el maestro.

Me sorprendió la pregunta, ya que no parecía tener nada que ver con lo que estábamos viendo.

"La iglesia", respondí yo.

"Eso es una traducción. La verdadera palabra que aparece en las Escrituras es *ekklesia*. *Ekklesia* significa la reunión, la congregación o la convocación. Así que la iglesia no es una organización física, lugar o edificio. Es la reunión del pueblo de Dios, la congregación del Mesías, sin importar dónde estén en la tierra. Pero hay más. Las raíces bíblicas de la palabra *ekklesia* se remontan mucho más atrás".

"¿La iglesia se remonta a antes del Nuevo Testamento?".

"La palabra sí", respondió él. "La palabra *ekklesia* aparece en la traducción griega de las Escrituras hebreas, una y otra vez".

"¿Para hablar de qué... si no había iglesia entonces?".

"Asombrosamente, la palabra se refiere a la nación de Israel".

"¿Entonces a Israel se le llamaba la ekklesia... la iglesia?".

"En un sentido, sí. La palabra *ekklesia* es una traducción de la palabra *kahal* hebrea o *kehilá*, palabras usadas específicamente para hablar de la congregación de Israel en su viaje por el desierto y su morada en tiendas en su camino a la Tierra Prometida. De hecho, el libro de Hechos habla de Israel en el monte Sinaí como la ekklesia o iglesia en el desierto".

"Entonces ¿Israel es una ekklesia y la iglesia es una Israel?", dije yo.

"Una Israel viajando por el desierto. Y ese es el misterio. La iglesia es la *kehilá*, una caravana... un Israel de espíritu... que aún no ha llegado a casa sino que está viajando... en caravana... con tiendas... de peregrinaje, acampando en el mundo... siempre moviéndose, siempre alejándose más de Egipto... y más cerca de la Tierra Prometida. La iglesia es la kehilá... la caravana del Mesías".

La misión: Viva hoy como en una caravana espiritual. Su meta es avanzar continuamente, alejándose más de Egipto y acercándose más a la Tierra Prometida.

Éxodo 16:10; Hechos 7:38; 1 Pedro 2:9–10

Las dos kehilá

EL QUIASMA

ESTÁBAMOS SENTADOS EN sitios opuestos de una pequeña mesa de madera en uno de los patios de la escuela. El maestro metió su mano en una bolsa de tela, sacó unas cuantas piezas de un juego de ajedrez, y las puso en la mesa en este orden: el rey blanco, el alfil blanco, el caballo blanco, el caballo negro, el alfil negro y el rey negro.

"¿Qué patrón ve aquí?", preguntó él.

"Las fichas blancas están a la inversa de las negras y las negras a la inversa de las blancas".

"Se llama *quiasma*. Es un patrón que aparece en las Escrituras: 'Porque el que se enaltece será humillado, y el que se humilla será enaltecido'. 'Así, los primeros serán postreros, y los postreros, primeros'".

"Entonces Dios usó el patrón en su Palabra".

"Y no solo en su Palabra", dijo él, "sino en el tiempo".

"¿Cómo?".

"Él ordenó que el fin fuera como el principio, y el principio como el fin".

"Aún no lo entiendo".

"En el principio del tiempo, Israel desapareció del mundo, pero estaba profetizado en las Escrituras que al final de la era, Israel volvería a aparecer en el mundo…un quiasma. En el comienzo de la era, el pueblo judío estaba esparcido desde Israel hasta los confines de la tierra, pero estaba profetizado que al final de la era serían reunidos de los confines de la tierra para regresar a Israel…otro quiasma. En el comienzo de la era, el pueblo judío fue expulsado de Jerusalén, pero al final de la era deben volver a vivir en Jerusalén. En el principio de la era, los creyentes en el Mesías fueron perseguidos por una civilización anticristiana. Así, al final de la era está profetizado que de nuevo habrá una civilización mundial anticristiana y persecución contra los creyentes en el Mesías. Al comienzo de la era, el Mesías se fue de este mundo desde Jerusalén, y así al final de la era Él regresará a este mundo y a Jerusalén. Y por último, fue al comienzo de la era cuando los creyentes del libro de los Hechos caminaron por la tierra. Por lo tanto, al final de la era…".

"Deben caminar de nuevo por la tierra", dije yo. "Y nosotros vamos a ser ese pueblo".

"Sí", dijo él. "Por lo tanto, viva como si fuera uno de ellos. Levántese como ellos lo hicieron. Vaya como ellos fueron. Y venza como ellos vencieron. Es nuestro papel, nuestra parte y nuestro llamado…en el otro lado del quiasma".

La misión: Viva hoy como si fuera uno de los creyentes del principio. Como ellos vencieron a su mundo, venza usted al suyo.

Mateo 20:16; 23:12; 24:12–13; Hechos 2:17

La revelación Nisán–Tishri

EL MISTERIO IDUMEO

ESTÁBAMOS MIRANDO A un viejo volumen en la Cámara de los Libros y, específicamente, una imagen, una litografía de los magos de pie ante el rey Herodes.

"La mayoría de la gente ha oído acerca del rey Herodes", dijo el maestro, "y de cómo mató a los niños de Belén en su intento de matar al Mesías. Pero la historia tiene más...un misterio que comienza siglos atrás".

En ese instante, apartó su mirada de la imagen en el libro e hizo una pausa.

"Cuando Isaac bendijo a su hijo Jacob, le dijo que tendría dominio sobre sus hermanos, y hombres se inclinarían delante de él. Pero cuando Isaac bendijo a Esaú, le dijo que viviría por la espada y bajo el dominio de su hermano Jacob. Esaú se llenó tanto de ira que tramó la muerte de Jacob. Pero ¿qué le ocurrió a Jacob? ¿Quiénes fueron sus descendientes?".

"El pueblo judío", dije yo. "Israel. ¿Y qué ocurrió con Esaú?".

"Esaú también tuvo descendientes. Se les llamó los *edomitas* y se convirtieron en la nación de Edom. La profecía de Isaac se cumplió. Los hijos de Esaú, los edomitas, vivieron bajo el dominio de Israel, bajo los hijos de Jacob. En tiempos del Imperio Romano se les conocía como los *idumeos*. Pero fue entonces cuando algo extraño ocurrió. Un idumeo se convirtió en rey de Israel; un hijo de Esaú reinó sobre los hijos de Jacob".

"Y el hijo de Esaú era...".

"Herodes", dijo el maestro. "El rey Herodes era hijo de Esaú. Era la antigua batalla, Esaú luchando por la primogenitura y la bendición, e intentando tener dominio sobre Jacob. Pero entonces ocurrió otra cosa extraordinaria...nació el Mesías. El Mesías era un hijo de Jacob y, por lo tanto, tenía la verdadera primogenitura y la verdadera bendición de dominio y señorío. Así que tenemos dos reyes, el verdadero y el falso, Esaú y Jacob, Herodes y el Mesías. Y así como Esaú planeó matar a Jacob, así Herodes, el hijo de Esaú, planeó matar al Mesías, el hijo de Jacob. Detrás de todo estaba el antiguo misterio. Y el misterio", dijo, "le dice cuán crucial es que recibamos la bendición. Sin ella, pasaremos toda nuestra vida compensando su ausencia. Pero todo lo que no recibió en este mundo deja de tener importancia. Es ahora cuando debe recibir de su Padre celestial su bendición y su primogenitura. Porque si el Mesías es su Rey, usted es del reino de Jacob...el reino de los que han recibido la bendición...yel reino de los benditos".

La misión: ¿Ha vivido intentando compensar la falta de una bendición? Deje de luchar. Enfóquese hoy en recibir plenamente su bendición de Dios.

Génesis 27:27–41; Mateo 2:1–18; Efesios 5:1

LA IMAGEN DE SU REY

"**¿QUÉ ES UN** rey?", preguntó él. "Un rey es el líder y gobernador de su pueblo. Dirige a su pueblo, y el pueblo, de una forma u otra, le sigue. De una forma u otra caminan en su camino y reflejan su imagen. Los dos están unidos. El Mesías es el Soberano de Israel, el Rey de los judíos".

"Pero eso parece ir en contra de lo que ha dicho antes. Un pueblo sigue a su rey, pero el pueblo judío, durante los últimos dos mil años, no ha estado siguiendo a su Rey".

"Pero si Él es su Rey, entonces deben, de alguna forma, seguirlo o estar unidos a Él. Ese es el misterio", dijo él. "Ellos aún le siguen, solo que usted no lo ve…Hace dos mil años el Mesías se convirtió en un marginado, un paria, un hombre de sufrimiento. Desde ese tiempo, ¿qué le ha ocurrido al pueblo judío? Se convirtieron en una nación marginada, una nación paria, y un pueblo de sufrimiento. El Mesías fue falsamente acusado, se burlaron de Él, lo vilipendiaron, abusaron y deshumanizaron. Del mismo modo, durante dos mil años el pueblo judío ha sido falsamente acusado, burlado, vilipendiado, abusado y deshumanizado. Al Mesías se le quitó su dignidad, fue herido y condenado a muerte. Así también al pueblo judío una y otra vez le han robado su dignidad, le han herido y condenado a muerte. El Mesías fue llevado como un cordero a su muerte, le desnudaron y ejecutaron. Así también su pueblo, a través de los siglos, ha sido llevado como un cordero a su muerte, desnudado y ejecutado. Verá", dijo, "el Mesías sigue siendo el Rey de Israel…y de una forma o de otra, un pueblo sigue a su rey. Así que durante dos mil años el pueblo judío ha seguido las pisadas de su Rey y, en ese tiempo, ha llevado su imagen".

"Pero después de su muerte", dije yo, "Él resucitó".

"Así también los hijos de Israel fueron crucificados…en el Holocausto; pero cuando se terminó, la nación de Israel fue resucitada, la única nación sobre la tierra que ha experimentado una resurrección así de vida a muerte…al igual que su Rey. Y si su nación, sin quererlo, aún le sigue y lleva su imagen, cuánto más debemos hacerlo nosotros. Cuánto más debe usted caminar en sus pisadas y seguir en sus caminos. Cuánto más debe usted ser conformado y llevar su imagen a este mundo. Ellos lo han hecho sin saberlo. Cuánto más debe usted hacerlo puesto que lo sabe…porque una nación debe seguir a su rey".

La misión: Hoy, haga que su primera prioridad y objetivo sea ser conformado a la imagen de su Rey. Camine, actúe, piense y conviértase en la semejanza del Mesías.

Isaías 53:3; Romanos 8:29; 1 Pedro 2:21

El misterio rabínico de Isaías 53 I–II

EL AGENTE

LEGAMOS A UN campamento de tiendas que nunca antes había visto y nos sentamos en un trecho de arena cercano. Observé a un hombre que caminaba por el campamento hacia una de las tiendas. Entró en ella y se quedó ahí durante un tiempo antes de salir con otros dos, un hombre y una mujer de mediana edad, quienes pensé que serían marido y mujer. Allí, junto a la tienda, hablaron hasta la caída de la noche.

"Eso", dijo el maestro, "es un agente. Representa a un hombre y una mujer de uno de los otros campamentos. Su misión es ver si puede arreglar un matrimonio entre el hijo de aquellos que le enviaron y la hija de aquellos a quienes fue enviado. Sucedía del mismo modo en tiempos antiguos. Abraham envió a su siervo a una tierra extranjera a encontrar esposa para su hijo Isaac. Así que el siervo se embarcó en el viaje, llevando consigo tesoros y regalos de Abraham para la novia. Terminó encontrando a una joven llamada Rebeca. Tras aceptar la proposición de matrimonio, Rebeca se embarcó con el hombre en un viaje de regreso a las tiendas de Abraham donde, por primera vez, vería ella a Isaac cara a cara".

"Hay un misterio en ello", dije yo.

"Sí", dijo el maestro. "Abraham ofreció a Isaac como sacrificio. No mucho después de eso llega el relato de la novia de Isaac. ¿A qué correspondería eso?".

"La ofrenda de Isaac presagia el sacrificio del Mesías. Así que después del sacrificio del Mesías…viene la búsqueda de la novia…la novia es la iglesia…cada uno de nosotros".

"¿Y de quién es la misión que comienza?", preguntó él. "¿Quién es enviado a la novia?".

"El Espíritu de Dios", dije yo. "Y la misión del Espíritu es específicamente hacia la novia".

"Sí. El Espíritu es el Agente, el Agente del Padre, el Agente de Dios; y el Espíritu viene a la novia y comparte con ella del Padre y del Hijo…y la atrae a ellos. Y el Espíritu llega trayendo regalos del Padre a la novia, los dones del Espíritu; y el Espíritu lleva a la novia en un viaje hacia el Hijo y el Padre. ¿Y sabe cuál era el nombre del siervo de Abraham? *Eliezer*. ¿Y sabe lo que significa *Eliezer*? Significa mi Dios es el ayudador. ¿Y cómo se le llama al Espíritu? El Ayudador. Así que tan real y tan presente como lo fue el siervo para Rebeca en su viaje, así de real y presente es el Siervo del Padre, el Espíritu, en su viaje. Así que usted nunca está solo, ni siquiera un momento en su vida. Usted tiene a alguien a su lado, que es el Agente de Dios…Porque a su lado en su viaje…está Dios, su Ayudador".

La misión: Viva hoy en la conciencia de que no está solo. Dios mismo mora con usted en el Espíritu. Viva como alguien con quien el Espíritu está presente.

Génesis 24:2–4; Juan 14:14, 26; 15:26; 16:13

El misterio de la boda de Isaac y Rebeca I–III

LA NOCHE DE ADÁN

"**U**STED DIJO QUE el Mesías murió en el sexto día", dije yo, "ya que el sexto día era el día del hombre…y que el sexto día comenzó al anochecer de la noche del jueves antes de la crucifixión. Pero en hebreo, la palabra para *hombre* es *adán*. Por lo tanto, ¿se podría decir que tuvo que morir en el 'día de Adán'?".

"Sí", dijo el maestro, "se podría decir".

"¿Y se produjo alguna señal vinculada a Adán la noche antes de la crucifixión cuando comenzó el sexto día?".

"El día de la caída de Adán, fue dicho: 'comerás el pan hasta que vuelvas a la tierra'. Adán tendría que sudar para comer pan y después moriría. En la maldición, el pan está unido a la muerte. ¿Cómo comenzó el sexto día, la noche antes de la muerte del Mesías?".

"Comenzó con la puesta del sol con el inicio de la última cena".

"¿Y qué era la última cena?", preguntó él. "Era la fiesta de los Panes, de los panes sin levadura; 'comerás el pan'. Así que cuando comenzó la noche de Adán, el Mesías comió pan. Y comió el pan justo antes de su muerte. Cuando alzó el pan en la última cena, el pan estaba unido a su muerte…como en la caída de Adán, el pan se unió a la muerte".

"Y después de la comida, salieron a Getsemaní. ¿Había algo allí vinculado a Adán?".

"Fue en Getsemaní donde el Mesías se esforzó en oración y sudó algo parecido a gotas de sangre que cayeron al suelo. Y también en la caída de Adán aparecen trabajo, sudor y suelo. ¿Y dónde tuvo lugar la caída?", preguntó. "En un huerto. ¿Y dónde estaba el Mesías la noche de Adán? En Getsemaní. ¿Y qué es Getsemaní? Un huerto. ¿Y qué le ocurrió a Adán debido a la caída? Fue expulsado del huerto".

"Al lugar fuera del huerto", dije yo. "El lugar de la maldición, y finalmente de su muerte. Así también esa noche el Mesías fue expulsado de un huerto…y llevado al lugar donde la maldición de Adán caería sobre Él…donde sería juzgado, maldecido y llevado a su muerte. Y todo tuvo lugar en la noche de Adán".

"Sí", dijo el maestro, "para que los hijos de Adán pudieran ser redimidos de la maldición…y ser liberados de su arduo trabajo…y regresar a la bendición en la presencia de Dios".

La misión: El Mesías tomó sobre sí la maldición del hombre. Por el poder de su redención, viva ahora en contra y más allá de toda maldición, y en la bendición.

Génesis 3:19; Lucas 22:19, 39–46; 1 Corintios 15:21–22

EL PODER PARA ARROJAR UN BOSQUE

TUVE QUE CAMINAR un poco para ver lo que él quería enseñarme. Era un bosque, no lejos de la ciudad, hecho por los hombres y meticulosamente cuidado. Mientras caminábamos por el bosque él comenzó a hablar.

"Una pregunta", dijo el maestro. "¿Podría desarraigar todo este bosque y después arrojar todos los árboles a la vez muy lejos?".

"Por supuesto que no", respondí yo.

"Pero ¿y si pudiera?".

"Pero es imposible".

"No", dijo el maestro. "*Es* posible...pero tiene que aprender el secreto. Todo es cuestión de tiempo. Si intentara desarraigar este bosque en concreto y arrojarlo, en su actual estado, por supuesto que sería imposible, pero si hubiera intentado arrojarlo en una etapa más temprana...".

"¿Qué etapa más temprana?".

"La etapa de las semillas", dijo él. "Si le diera una bolsa de semillas, semillas que si echan raíces crecerían hasta convertirse en este bosque, y le dijera que arrojara la bolsa, habría sido capaz de hacerlo. De hecho, estaría lanzando todo un bosque, el mismo bosque, solo que en una etapa distinta. Pero si deja que las semillas se conviertan en bosque, entonces nunca podría hacerlo. Necesitaría maquinaria pesada, innumerables días de dura labor para limpiar incluso una pequeña parte del mismo. O podría lanzar la bolsa de semillas. Así, al hacerlo, posee el poder equivalente a todas esas máquinas pesadas juntas, y más. Sería, de hecho, más fuerte que Sansón; sería como si viviera con súper poderes".

"Asumiendo que no voy a mover un bosque", dije yo, "¿cómo aplico este secreto, este poder, a mi vida?".

"De todas las maneras", dijo él. "La forma de tratar con el pecado, con cada tentación, con cada mal pensamiento, ira, murmuración, lujuria, preocupación, amargura, cualquier cosa, no es tratar con ellos cuando ya han echado raíces y han crecido hasta convertirse en un árbol o un bosque. Cuanto más permita que la semilla eche raíces, más difícil es retirarla, y más energía, tiempo y esfuerzos se necesitan para deshacerse de ella. En cambio, trate esas cosas cuando son solo semillas, en cuanto asomen su cabeza. Practique este secreto y se ahorrará incontables sufrimientos, problemas y horas. Y vivirá con el equivalente a los súper poderes...el poder de alguien tan fuerte...que es capaz de arrojar un bosque".

La misión: Practique hoy tratar con cada pecado y tentación en su forma y momento de ser semilla. Arrójelo, y alégrese. ¡Acaba de arrojar un bosque!

Deuteronomio 29:18; Hebreos 12:14–15; Santiago 1:14–15

EL DADO CÓSMICO

Estábamos sentados en el círculo de piedras alrededor de la fogata, pero no había fuego porque era mediodía. El maestro sostenía una jarra de barro. Comenzó a agitarla, y después le dio la vuelta para tirar al suelo su contenido, lo que parecían ser piedrecitas blancas.

"Uno de los físicos más famosos del mundo afirmó que Dios no juega a los dados con el universo. ¿Qué cree que quiso decir?".

"¿Que lo que ocurre en el mundo no sucede por casualidad?".

"Sí, y la pregunta es mayor que la física. Es algo que piensa la mayoría de la gente al menos una vez en su vida: ¿las cosas en la vida tan solo suceden, como por casualidad, por el azar del lanzamiento de un dado? ¿O hay una razón, un plan, y un destino? ¿Juega Dios a los dados con el universo?".

"¿Y cuál es la respuesta?".

"¿Ve las piedras blancas?", preguntó. "Son la suerte. En la antigüedad echaban suertes para tomar las decisiones, el equivalente antiguo a lanzar un dado. El libro de Ester se enfoca en este asunto, en echar suertes. Es lo que usó Amán para establecer el día en que destruiría al pueblo judío. Echar suertes se llamaba *purim*. De este hecho y de esta palabra proviene la fiesta sagrada de Purim. Se podría haber llamado la fiesta del dado. Es el dado o la suerte lo que resume todo lo demás que ocurre en ese libro. El mal reina, y todo parece descontrolado, aleatorio, sin propósito, el echar suertes, rodar el dado. Pero al final de la historia, cada evento descontrolado, cada maldad, se da la vuelta para llevar a cabo los propósitos de Dios y la salvación de su pueblo. Cada evento aleatorio se convierte en redención. El hecho mismo de que exista un día santo llamado Purim, Suertes, Dado, es en sí mismo una revelación y la respuesta al misterio. Ambos existen. Mientras exista el libre albedrío y el mal, existirá en el mundo el principio del azar, eso que parece no tener propósito o sentido, el rodar del dado. Sin embargo, más allá del dado están la voluntad y la mano de Dios; y al final, esa mano hace que cada suerte y cada dado, cada detalle descontrolado, caiga en su voluntad. Y así está escrito: 'a los que aman a Dios, todas las cosas les ayudan a bien...'. Sí que puede que el dado ruede, y se echen las suertes, pero al final Él hará que caiga para bien, y caiga hacia los propósitos de Dios, hacia el destino y la redención...y hacia la celebración de purim".

La misión: Medite en esos eventos de su vida acerca de los cuales nunca ha tenido paz. Haga la paz y dé gracias porque Él obrará para que esas cosas sean para su bien.

Ester 9:26–28; Romanos 8:28

El Purim

NIGLATAH: LO ESENCIAL

L E HABÍA PEDIDO al maestro que me enseñara más de la profecía de Isaías sobre el Mesías sufriente. Así que me llevó de nuevo a la Cámara de los Rollos y al rollo que comenzó a leer: "'¿Quién ha creído a nuestro anuncio? ¿Y sobre quién se ha manifestado el brazo de Jehová?'".

"Recuerdo el versículo", dije yo. "Lo compartió conmigo cuando habló del brazo de Dios".

"Bien", dijo el maestro. "Entonces recuerda que el brazo de Dios es el poder mediante el cual lleva a cabo sus propósitos...mediante el que creó el universo, mediante el que sacó a su pueblo de Egipto, y mediante el que llevará la salvación al mundo. Pero ahora quiero mostrarle algo que está escondido en la traducción y que solo se puede ver en el lenguaje original. Está en esta pregunta: '¿sobre quién se ha manifestado el brazo de Jehová?'".

"¿Cuál es la respuesta?".

"El brazo de Jehová se manifiesta a los que están abiertos a verlo...incluso aquí mismo".

"¿Qué quiere decir con 'aquí mismo'?".

"El brazo de Jehová está siendo manifestado en esta misma pregunta...en la palabra *manifestado*. *Manifestado* es una traducción de la palabra hebrea *niglatah*. Pero *niglatah* significa mucho más que manifestado. *Niglatah* significa ser tomado cautivo. Así que el brazo de Jehová, el poder de Dios, será tomado cautivo".

"El Mesías fue llevado a la cautividad, arrestado. Se convirtió en prisionero".

"Y *niglatah* también significa avergonzar, desgraciado. Así que el brazo de Jehová será avergonzado y desgraciado".

"Y el Mesías fue avergonzado, burlado, degradado y condenado como blasfemo".

"Y *niglatah* también significa despojado de la ropa, expuesto y dejado con lo básico. Así que el brazo de Jehová será desnudado y expuesto".

"Así, el Mesías fue despojado de sus vestiduras y expuesto, desnudo en la cruz".

"Es la imagen más famosa en este mundo, la imagen de niglatah, la imagen de alguien que ha sido tomado cautivo, dejado con lo esencial, desgraciado, avergonzado y desnudado, el brazo del Señor manifestado, el poder del Todopoderoso. Pero ¿cómo podría ser revelado el poder del Todopoderoso en la muerte de un hombre desnudo sobre una cruz? Esa es la revelación...el brazo desnudo de Dios...la mayor fuerza del universo...el poder de su amor".

La misión: Hoy, pelee sus batallas, venza y gane sus victorias, no por su fuerza, sino por el brazo desnudo de Dios, el poder de su amor.

Isaías 53:1; Juan 19:23–24; 1 Juan 3:16

VER LOS COLORES DEL CIELO

ERA UNA TARDE soleada. El maestro me llevó a uno de los jardines más bonitos de la escuela, un jardín lleno de flores de todas las variedades y colores. Me entregó un pedazo de vidrio de color que había sacado de su bolsillo.

"Ahora mire el jardín a través del cristal. ¿Cuántos colores ve?".

"Solo uno", respondí. "Todo es rojo".

"Sí. El cristal filtró todos los rayos del sol salvo el rojo. Incluso aunque el jardín está lleno de colores, lo único que puede ver a través del cristal es el rojo. El mundo, como este jardín, es también una mezcla de colores. Lo que Dios creó es bueno, pero la creación está caída y ahora es una mezcla de bueno y malo. Y será su cristal lo que determine lo que ve y lo que recibe del mundo…Las cosas que da por sentadas se convertirán en el filtro de su cristal. Si vive esperando o exigiendo obtener de este mundo el cielo y la perfección, como alguien que merece ser bendecido, y así da por hecho que tiene que ser bendecido, se quedará cegado y no podrá ver sus bendiciones".

"Hubiera pensado que era al revés".

"No", dijo el maestro. "Lo que da por sentado es a lo que se cegará usted…y lo que terminará perdiendo. Si da por sentado lo bueno, filtrará lo bueno, y lo único que verá es todo lo malo y no bueno, lo imperfecto y oscuro. Así que exigir el cielo de esta vida termina es filtrar lo celestial…y hacer de la vida un infierno".

Entonces, me entregó un segundo cristal. Cuando lo subí hasta mis ojos, vi todos los demás colores, todo excepto el rojo.

"Este es el secreto", dijo él, "y está vinculado al infierno. Si en vez de dar el cielo por sentado, da el infierno por sentado…en otras palabras, que usted merece juicio pero en su lugar ha recibido gracia…y por lo tanto que no merece o tiene garantizada ninguna bendición…y no da nada bueno por sentado…¿qué ocurrirá entonces? Lo contrario. Su corazón verá solo lo bueno y cada bendición. Todo se convertirá en un regalo de Dios, y cada momento, en su gracia. Verá, comparada con el infierno, esta vida es el cielo…así que aprenda a ver a través del segundo cristal, y filtrará el infierno. Y ¿qué quedará? El cielo…y una vida celestial…y lo verá todo en colores celestiales".

La misión: Dé por sentado el juicio y el infierno y el hecho de que ha sido salvado de ello, y todas las demás bendiciones de su vida como una gracia totalmente inmerecida. Y mediante ello, viva una vida celestial.

Romanos 5:8; 1 Timoteo 1:15–17; Santiago 1:17; 1 Juan 3:1

EL SECRETO DEL MAKHZOR

"**U**NA PARADOJA", DIJO el maestro. "¿Qué es *Yom Kippur* sin ningún *kippur*? ¿Qué es un día de expiación sin expiación del día?".

"Solo un día", dije yo.

"Y ese es el misterio. El día más santo del judaísmo, el centro del calendario bíblico, es Yom Kippur, el día de Expiación. Y sin embargo, durante dos mil años el pueblo judío ha guardado un Yom Kippur sin ningún kippur, el día de Expiación sin expiación alguna. Falta el centro del centro, y ¿cuál es la expiación de Yom Kippur? Es un sacrificio. Así que nos falta un sacrificio. Hace dos mil años el Mesías vino como el Kippur, el Sacrificio, la Expiación en el centro de la fe judía. Justo después de que Él viniera, el Templo de Jerusalén fue destruido, así que no se pudieron ofrecer más sacrificios. Desde entonces, Yom Kippur no ha tenido kippur alguno".

"Entonces un día de Expiación sin la expiación…es un testimonio de que falta el centro".

"No falta del todo. Venga". Él continuó hablando mientras caminábamos. "Ha oído decir que el pueblo judío no puede creer en un Mesías que muere como un sacrificio por el pecado, o una salvación que viene de un hombre que lleva las iniquidades". Me llevó a la Cámara de los Libros. Allí, de una de las estanterías más altas, sacó un pequeño libro negro y pasó las páginas hasta encontrar el lugar que buscaba. "Este es un libro de oración judío. Se llama el *Makhzor*. Se usa en las sinagogas de todo el mundo, específicamente para el servicio de Yom Kippur. Escuche el misterio que contiene, las palabras señaladas para leerse el día cuando el pueblo judío busca la expiación de sus pecados: 'Nuestro justo Mesías nos ha dejado…no tenemos a nadie que nos justifique. Él ha llevado el yugo de nuestras iniquidades y nuestras transgresiones. Y está herido por nuestra transgresión. Él lleva nuestro pecado sobre sus hombros, para que nosotros podamos encontrar perdón para nuestras iniquidades'".

"¡Es Yeshúa!", dije yo. "El Kippur perdido de Yom Kippur…¡ahí mismo en el libro de oración de Yom Kippur! ¿Cómo no pueden verlo? ¿Cómo pueden pasarlo por alto?".

"De la misma forma en que no lo vemos nosotros", dijo él, "y nuestras vidas se convierten en un Yom Kippur sin el kippur. De la misma forma que perdemos la razón de nuestro ser…y el centro de nuestra existencia…incluso cuando está aquí…entre nosotros".

La misión: Dios está presente incluso cuando usted no se da cuenta o no siente que está. Tome un tiempo hoy para estar tranquilo a fin de poder conocer y contemplar la presencia del Señor.

Isaías 53:4–5; Romanos 5:11; 1 Corintios 3:11

LA SOLUCIÓN EMANUEL

ERA POR LA noche temprano, justo después de cenar. El maestro y yo estábamos sentados junto al fuego con otros. Él sostenía una copa.

"Una copa vacía", dijo él. "¿Cómo hacemos para que deje de estar vacía? Hay solo una manera…llenándola".

Así que el maestro se acercó a una fuente y llenó la copa de agua.

"Ahora hemos conseguido con éxito quitar el vacío", dijo con una ligera sonrisa, "no enfocándonos en lo vacía que estaba o concentrándonos en que dejara de estarlo. Quitamos el vacío simplemente llenando la copa con agua. Una solución simple, pero profunda, incluso revolucionaria cuando se aplica a la vida. ¿Cómo llevó Dios a cabo la salvación? ¿Quitando el mal del mundo? No…mediante su presencia, mediante su venida al mundo, convirtiéndose en Dios con nosotros, Emanuel".

"Derramando agua en la copa", respondí yo.

"Exactamente. Él no se llevó nuestros problemas ni los quitó del mundo; hizo algo mejor: nos dio la respuesta. Derramó la respuesta en el mundo. La salvación no es la ausencia del pecado, es la presencia de Dios. La salvación no es retirar toda la oscuridad del mundo, es el resplandor de la luz de Dios en la oscuridad. Y mediante la luz, la oscuridad desaparece. La salvación es la encarnación de Dios. Es su presencia. Es Yeshúa. Es la Solución Emanuel. ¿Y qué revela esto?".

"Que uno no vence la oscuridad enfocándose en la oscuridad. Uno vence la oscuridad enfocándose en la luz".

"Sí. Y no se vence al pecado pensando en el pecado. Se vence al pecado no pensando en el pecado, sino pensando en Dios. Se vence el vacío pensando en su presencia. Se resuelven los problemas no pensando en los problemas, sino pensando en la Respuesta…siendo lleno de la Respuesta. Se vence la tristeza mediante la presencia del gozo…y el odio con la presencia del amor…y el mal con la presencia del bien. Aplique este secreto, y cambiará su vida. Venza la ausencia con la presencia de su opuesto. Es tan simple como profundo…como derramar agua en una copa…la Solución Emanuel".

La misión: Aplique este día la Solución Emanuel. Venza el problema con la Respuesta, la amargura con el perdón, el odio con el amor, y el mal con el bien.

Isaías 7:14; Lucas 6:26–36; Romanos 12:9–21

EL SHEVAT: EL CESE DE DIOS

ERA EL FINAL de la semana y el sol estaba a punto de ponerse. El maestro y yo estábamos sentados en una colina divisando la escuela. Muchos de los estudiantes estaban terminando su tarea y su semana para prepararse para el fin de semana.

"A medida que se acerca el Sabbat", dijo el maestro, "los observantes entre los niños de Israel deben terminar su tarea. ¿Sabe por qué?".

"Porque es el Sabbat", respondí yo.

"Pero ¿por qué es el Sabbat?", preguntó él. "El Sabbat se llama *Sabbat* no debido a un día, sino debido a un acontecimiento, un acto de Dios. Como está escrito: 'Y acabó Dios en el día séptimo la obra que hizo; y reposó el día séptimo de toda la obra que hizo'. Tras la palabra *reposó* es la palabra hebrea *shevat*. *Shevat* significa cesar. El séptimo día Dios cesó; y de ese acto, del cesar de Dios, de su shevat, viene la palabra *Shabbat*, de donde obtenemos la palabra *Sabbat*. Así que el Sabbat es el Sabbat debido al cese de Dios. Todas sus bendiciones vienen del acto de Dios de cesar".

"Pero con la caída, la paz del Sabbat y las bendiciones de Dios fueron quitadas...de la creación...y de nuestras vidas".

"Entonces es necesario un nuevo Sabbat", dijo él. "Pero solo Dios puede traer el Sabbat. Y el Sabbat solo puede venir con el cese de Dios. Así que para que Dios traiga un nuevo Sabbat, tendría que...cesar. Y el tiempo de ese cese tendría que estar vinculado al tiempo del Sabbat. Era viernes por la noche, el final del sexto día, no de la creación, sino ahora de la redención. Y como en el principio, el sexto día era el día de la terminación de las labores de Dios. Así, las labores de Dios se terminaron en la cruz...y entonces en la cruz...Él cesó. Cesó de sus labores y su vida...el cese de Dios...el shevat...el segundo cese de Dios. Como en el principio, Dios cesó y después vino el Sabbat, un nuevo Sabbat y una nueva paz, mayor que el mundo...para todo aquel que entre en ella. Pero ¿cómo se entra en ella? Del mismo modo...cesando...en el cese de Dios".

La misión: Aprenda el secreto del shevat. Cese con Dios de trabajar, luchar y de usted mismo. Entre en el Shabbat, el segundo Sabbat.

Génesis 2:2–3; Juan 19:30–31; Hebreos 4:4, 9–10

La entrada Sabbat

KHANANYAH

"**E**RA UN BLASFEMO", dijo el maestro, "un hombre violento, un asesino, un enemigo de Dios. Perseguía a los seguidores del Mesías y los entregaba a juicio…Saulo de Tarso. Y entonces, con un resplandor de luz, en el camino a Damasco se quedó ciego. El Señor entonces habló a un creyente en la ciudad llamado Ananías. Le dijo que fuera a Saulo, así que Ananías se acercó al perseguidor ciego, y con el toque de su mano, Saulo recuperó la vista. Ahora una pregunta: ¿Qué fue lo primero que vio Saulo como creyente?".

"¿A Ananías?".

"Sí", dijo el maestro, "pero ¿qué fue lo que vio?".

"No sé a qué se refiere".

"En Dios no hay accidentes. Él escogió al hombre Ananías como lo primero que los ojos de Saulo verían en su nueva vida. ¿Qué es Ananías? Es la traducción de su nombre real, su nombre hebreo, Khananyah. ¿Y qué significa? *Yah* es el nombre de Dios, y *khanan* significa gracia. *Khananyah* significa la gracia de Dios. Entonces ¿qué fue lo primero que vio Saulo en su salvación?".

"Khananyah".

"La gracia de Dios", dijo el maestro. "Lo primero que vio fue la gracia de Dios, y fue Khananyah quien lo tocó e hizo que su ceguera desapareciese y le permitió ver".

"Entonces fue la gracia de Dios", dije yo, "lo que tocó la vida de Saulo y la gracia de Dios lo que le permitió ver".

"Sí, y sucede lo mismo con todos nosotros. Es la gracia de Dios lo que toca nuestras vidas, lo que quita nuestra ceguera y nos permite ver. Solo por la gracia de Dios podemos ver. Y lo primero que vemos en la salvación es khananyah, la gracia de Dios".

"Y fue khananyah", dije yo, "lo que le dio a Saulo la capacidad de levantarse y caminar y después vivir como un discípulo, ministrar y cumplir su llamado".

"Y del mismo modo es solo la gracia de Dios lo que le da a usted la capacidad de levantarse y caminar en el Mesías, y solo su gracia le permite ser su discípulo, vivir en justicia y santidad, ministrar y cumplir su llamado. Y por eso Khananyah fue lo primero que pudo ver Saulo en su nueva vida, porque es todo por la gracia de Dios…Es eso lo que salva a quienes no tienen razón alguna o derecho de ser salvos. Todo comienza viendo khananyah. Así que nunca debe alejarse de esa gracia; nunca deje de verla, porque sin khananyah nos quedamos ciegos. Y cada buena cosa que hacemos viene de ello. Todo comienza…y todo se cumple…en khananyah…la gracia de Dios".

La misión: En todas las cosas hoy busque para ver khananyah, la gracia de Dios. Sígala, piense en ella, actúe en base a ella, y deje que todo fluya de ella.

Salmo 84:11; Hechos 9:8–18; 20:24; 1 Corintios 15:10

NEKHUSHTAN:
LA REDENCIÓN DEL DOBLE NEGATIVO

"**L**A NEKHUSHTAN", DIJO el maestro, mientras señalaba una litografía en su pared. "La serpiente de bronce. Cuando los israelitas se morían en el desierto por la mordedura de serpientes venenosas, Dios le dijo a Moisés que hiciera una serpiente de bronce y la levantara en un palo. Y cuando los que se estaban muriendo miraban a la serpiente de bronce, eran sanados".

"Extraño", respondí yo, "sanados del veneno de una serpiente por una imagen de una serpiente".

"Pero lo negativo de un negativo anula lo negativo y produce su contrario: un positivo. Así, el poder de la serpiente se anula mediante el poder de la serpiente: un doble negativo. ¿Y de qué es símbolo la serpiente en las Escrituras?".

"Del mal", dije yo. "El enemigo…tinieblas…Satanás…pecado".

"Entonces ¿qué revela la Nekhushtan?", preguntó él. "Revela que el poder del pecado y la maldad serán anulados…por una redención doblemente negativa. Así, el Mesías dijo esto a Nicodemo: 'Y como Moisés levantó la serpiente en el desierto, así es necesario que el Hijo del Hombre sea levantado, para que todo aquel que en él cree, no se pierda, mas tenga vida eterna'. ¿Qué significa eso?".

"El Nekhushtan…es la cruz", dije yo. "Dios le convirtió en pecado por nosotros. Él vino en la imagen de pecado, de maldad, como en la imagen de la serpiente…como la serpiente de bronce levantada en un palo…para que todo el que fuera infectado por el veneno de la serpiente…el pecado…al mirar a la imagen de pecado…creyendo en Aquel que murió en la cruz…fuera sanado del pecado…y de su poder".

"Sí", dijo el maestro. "La cruz es el Nekhushtan. Es la redención doblemente negativa…la atadura de la atadura…el tomar cautiva la cautividad…el rechazo del rechazo…el abandono del abandono…el alejamiento del alejamiento…lo lisiado de lo lisiado…la separación de la separación…la exclusión de la exclusión…la maldición de las maldiciones…la derrota de la derrota…la destrucción de la destrucción…la muerte de la muerte…y el final de todos los finales. Y la doble negativa de juicio…equivale a la salvación…y de la separación…equivale a la reconciliación…y de la condenación…equivale al amor…y de la muerte equivale a vida eterna. Ese es el poder de la Nekhushtan…y el poder que usted tiene en el Mesías. Viva en ese poder y, de lo negativo de lo negativo…produzca redención".

La misión: Viva hoy en el poder de la redención de lo doblemente negativo. Dude de la duda, desafíe al desafío, ate la atadura, rechace el rechazo, derrote a la derrota y convierta la muerte en vida.

Números 21:8–9; Juan 3:14–15; Romanos 8:3;
1 Corintios 15:26; 2 Corintios 5:21; Efesios 4:8

EL ARCO DE TITO

Él ME LLEVÓ a una sala enfrente de la Cámara de los Rollos. Estaba débilmente iluminada por la luz de una lámpara de aceite. Él utilizó su llama para encender la primera luz de un candelero gigante de siete brazos, la menorá. Procedió a encender cada lámpara hasta que quedó encendido del todo.

"En el año 70 *A.D.*", dijo él, "los ejércitos de Roma, bajo el mando del general Tito, destruyeron la tierra de Israel y la antigua nación de Judea. Para conmemorar el fin de Israel junto con otras victorias romanas, se erigió un monumento y se llamó *el Arco de Tito*. Dentro del Arco se talló una imagen de la destrucción de Israel, el saqueo de los utensilios sagrados del Templo de Jerusalén. Dos mil años después, el Imperio Romano yace en ruinas, pero la nación de Israel fue resucitada milagrosamente de la muerte. La nueva nación necesitaba un símbolo, ¿y sabe dónde lo encontraron, el sello nacional de Israel? En el Arco de Tito. De modo que al erigir un monumento que sellara en piedra la destrucción de Israel, los romanos terminaron haciendo justo lo contrario. Preservaron en piedra la imagen de la menorá sagrada de oro con siete brazos de Israel durante dos mil años. Y la imagen de ese arco se convirtió en el sello nacional de Israel, el símbolo de su resurrección…la menorá, el símbolo de la luz de Dios que vence a la oscuridad. ¿Y qué revela el Arco de Tito?".

"Que al final", dije yo, "no se puede detener los propósitos de Dios".

"Sí", dijo el maestro, "y más que eso. Dios no solo hace que sus propósitos se cumplan, sino que incluso usará lo que va *en contra* de sus propósitos para hacer que sus propósitos sean cumplidos. No solo vence al mal, sino que hace que el mal se use para bien. Él convierte la muerte en vida, la destrucción en renacimiento, la oscuridad en luz, las maldiciones proferidas contra su pueblo en bendiciones, y las lágrimas de sus hijos en regocijo. Y convertirá en bien todas aquellas cosas de su vida que se hicieron para mal, y lo que tenía la intención de herirle para salvarle y bendecirle en cambio. Todo está ahí en la menorá del arco…guardado y protegido a lo largo de los siglos…por los enemigos de Dios".

La misión: Identifique los "arcos de Tito" en su vida, todo lo malo que Dios redimió para su bien. Tome parte activa en convertir lo que actualmente es malo en una bendición.

Génesis 50:19–20; Salmo 30:11–12; Romanos 8:28

LA SOLUCIÓN DE LO INFINITO

ESTÁBAMOS SENTADOS EN la arena del desierto cuando le hice una pregunta. "Dios es uno. Y Dios son tres. Matemáticamente hablando", dije yo, "no sé cómo puede funcionar. Uno nunca puede ser igual a tres y tres nunca puede ser igual a uno".

Entonces, fui yo quien tomó un palo y comencé a escribir números en la arena.

"Uno más uno más uno igual a tres, no a uno".

"¿Y si fuera uno dividido entre tres?", preguntó el maestro.

De nuevo lo escribí en la arena.

"Uno dividido entre tres es igual a un tercio, no a uno".

"Correcto", dijo él. "No funciona. ¿Cómo puede ser?".

"Imagino que no puede ser. Así que debería olvidarme de intentar usar ecuaciones".

Levanté el palo para borrar los números cuando él agarró mi mano para detenerme.

"No dije eso. Usted usó la ecuación incorrecta. Dios es infinito. Usted no puede usar lo que es finito para comprender lo infinito".

El maestro entonces tomó el palo y señaló la primera ecuación. Junto a cada número inscribió el símbolo de infinito.

"Ahora intentémoslo de nuevo. Uno infinito más uno infinito más uno infinito es igual a tres infinitos. ¿A cuánto equivale tres infinitos?".

"Es infinito. Es el infinito".

"Así, tres infinitos es igual a un infinito", respondió él. "Tres igual a uno".

Después dirigió el palo hacia la segunda ecuación e hizo lo mismo, insertando de nuevo el símbolo de infinito.

"Un infinito dividido entre tres es igual a un tercio de infinito. ¿Y cuánto es un tercio de infinito? Un tercio de infinito es…infinito. Cuando usted habla de Dios, habla de lo infinito. Y un infinito y tres infinitos es lo mismo. Un tercio de infinito y un infinito es también igual. Así, en la esfera de Dios, la esfera de lo infinito, uno *sí* es igual a tres y tres *sí* es igual a uno. Nunca podrá encajar lo infinito dentro de lo finito, y nunca podrá encajar a Dios dentro de su entendimiento. Si pudiera, entonces Él no sería Dios. Entonces su entendimiento sería Dios, pero Dios, por definición, debe ser mayor que su entendimiento. Y esto le liberará. No tiene que entender a Dios. Aunque hay una manera en que lo finito puede entender a lo infinito".

"¿Cómo?".

"¡Cuando usted cree!".

La misión: Busque en este día vivir no limitado por las limitaciones de sus circunstancias, problemas, pensamientos y caminos. Viva por la fe más allá de esas cosas.

1 Reyes 8:27; Isaías 40:28; Romanos 11:33

LA EUCARISTÍA

ESTÁBAMOS SENTADOS JUNTO al fuego de noche. El maestro tenía en su mano un trozo de matzah, pan sin levadura. Partió un pedazo y me entregó el resto. Ambos participamos.

"El pan de la Pascua", dijo él, "como el Mesías lo dio a sus discípulos en la última cena".

"La comunión", dije yo.

"Que viene de la Pascua. ¿Y sabe cómo llaman algunos a ese pan?".

"La eucaristía", respondí yo.

"Sí. ¿Y sabe de dónde viene esa palabra? Viene de la palabra griega, *eucharistia*. Aparece en las Escrituras, pero no significa pan".

"Entonces ¿qué significa?".

"*Eucharistia* significa dar gracias o decir una bendición".

"Entonces ¿por qué la gente piensa que es el pan?".

"Fue lo que el Mesías dijo *sobre* el pan. Es lo que el pueblo judío ha dicho sobre el pan durante siglos. Fue la bendición hebrea conocida como la *Motzi*. Él dijo: '*Baruj Atá Adonai, Eloheinu Melej Haolam, Hamótzi Léjem Min Ha Aretz*', que significa: 'Bendito eres tú, Señor nuestro Dios, Rey del universo, quien extrae pan de la tierra'".

"Entonces la eucaristía no es el pan sino la bendición de agradecimiento por el pan".

"Sí", dijo el maestro. "¿Y qué le dice eso?".

"Que la vida no consiste en las cosas".

"Exactamente. Nos dice que la vida no consiste en objetos, sino en las bendiciones que decimos sobre ellos... las gracias que damos por ellos. Verá, no importa lo mucho o lo poco que tenga en la tierra; lo que importa es cuántas gracias da por lo que tiene. El que es rico en posesiones pero pobre en agradecimiento, termina siendo pobre. Pero el que es pobre en posesiones pero rico en agradecimiento, al final es rico. ¿Y qué era el pan por el que el Mesías dio gracias? Era el símbolo de su sufrimiento y muerte. Sin embargo, declaró una bendición sobre él y dio gracias por él. Porque los que dan gracias en todas las cosas tienen el poder de convertir las maldiciones en bendiciones... y las tristezas en gozo... el poder de la eucaristía... para vivir una vida de bendición".

La misión: Busque hoy no aumentar lo que tiene, sino aumentar su agradecimiento por lo que tiene. Dé gracias en todas las cosas. Cuanto mayor sea su agradecimiento, mayor será su vida.

Salmo 136; Lucas 22:14–23; 1 Timoteo 6:6–8

YOVEL

EL MAESTRO ME llevó a subir una colina que había en medio de una planicie. Solo cuando llegamos a la cima entendí por qué habíamos acudido allí. Sacó un cuerno de carnero, un shofar, y desde lo alto de la colina comenzó a hacerlo sonar en todas las direcciones.

"'Y santificaréis el año cincuenta'", dijo él, "'y pregonaréis libertad en la tierra a todos sus moradores'. Se llamaba el *Yovel*, un nombre basado en el shofar que sonaba para proclamar su venida. En el año del Yovel, los esclavos y prisioneros eran liberados. Y también estaba decretado: 'y volveréis cada uno a vuestra posesión, y cada cual volverá a su familia'. Así, el Yovel también era el año de la restauración. Si alguien había perdido su tierra, su herencia, su posesión ancestral, entonces en el año del Yovel iba a casa, regresaba a su tierra, recibía su herencia de nuevo, todo lo que había perdido. Pero el Yovel es conocido con otro nombre".

"¿Qué nombre?".

"El Jubileo. La mayoría de la gente conoce la palabra, pero pocas personas entienden su clave. Verá, el Jubileo solo podía comenzar en un día específico: Yom Kippur, el día de Expiación. Las bendiciones solo podían venir después de la expiación. Así que sin el Yom Kippur no puede haber jubileo, ni liberación, ni libertad ni restauración. ¿Y cuál es la expiación final?".

"El sacrificio del Mesías".

"Sí. Y aquí está la clave. Yom Kippur trae el Yovel. La expiación trae el jubileo; por lo tanto, si el Mesías es la expiación, Él también debe traer el jubileo. Y cuanto más piense en la expiación, más puede vivir en el jubileo. Así que profundice en el Mesías, y profundice en su expiación, y vivirá en el poder del jubileo, el poder de caminar en libertad...el poder de regresar a casa...el poder de la reconciliación...el poder de la libertad...el poder de la restauración...y el poder de entrar en su herencia en Dios. Porque de Yom Kippur viene el Yovel...y del Mesías viene su jubileo".

La misión: Haga que hoy sea su Yovel. Camine en el poder de la libertad, restauración, reconciliación y liberación. Viva en el poder del jubileo.

Levítico 25:10–11; Lucas 4:18–19; Gálatas 5:1

EL ADERET

ERA MEDIA TARDE. Subimos una montaña alta y llegamos a la misma cueva en la que habíamos visto el grabado del querubín con las alas extendidas. El maestro entró sin mí y enseguida salió sosteniendo un gran vestido, un tipo de túnica, hecha de un material áspero de color marrón claro.

"Un manto", dijo él, "pero a diferencia del que le enseñé antes, está hecho de pelo de camello, como el manto de Elías, el que echó sobre los hombros de Eliseo queriendo decir que Eliseo seguiría tras sus pasos como profeta del Señor. ¿Se imagina ser Eliseo y sentir el manto de Elías que viene hacia usted?".

"Debió de haber sido sobrecogedor. Debió de haberse sentido totalmente inepto".

"No cabe duda que sí", dijo el maestro, "pero lo mismo les pasó a los demás que recibieron sus mantos. Desde Moisés, hasta Isaías, hasta Jeremías, hasta Pedro, todos se sintieron indignos del manto que se les dio, y con buena razón…el manto era demasiado grande. No les quedaba bien, pero esa es la naturaleza del manto. En hebreo, el manto se llama el *aderet*. *Aderet* significa grande, poderoso, excelente, noble y glorioso. Verá, el manto es mayor que aquel que lo recibe. Y lo mismo ocurre con usted".

"¿Conmigo?".

"Con todos los hijos de Él. Cada uno recibe un manto, un llamado, y usted recibirá el suyo. Pero recuerde que su manto es su aderet, y el aderet siempre habla de grandeza. Así que su llamado también será demasiado grande para usted. No le quedará bien, y no será equiparable a lo que usted es. Y habrá veces en que usted luche con eso, con su magnitud en comparación con quien es usted…Siempre será mayor, más poderoso, más noble, más excelente y más glorioso que aquel que lo lleva y a quien le ha sido dado".

"Pero ¿por qué? ¿Por qué nos da Dios mantos demasiado grandes y que no nos quedan bien?".

"Su manto no es para que le quede bien a lo que usted es, es para que le quede bien a lo que usted llegará a ser, la persona en la que se convertirá. Cuando era un niño, sus padres le compraban ropa que no le quedaba bien, que era demasiado grande. No era para que le quedase bien según era usted en ese entonces, sino para que le quedase bien cuando creciera. Así también su manto debe estar más allá de usted, para que pueda crecer hasta que le quede bien, para que pueda ascender. Así que nunca se desanime por la diferencia de tamaño. Debe ser así…para que pueda ser mayor, más excelente, más noble, más poderoso y más glorioso de lo que es ahora".

La misión: Hoy, abrace el aderet, su manto. Acepte su grandeza y el hecho de que está por encima de usted. Créalo, y por el poder de Dios, crezca hasta llegar a su tamaño.

1 Reyes 19:19; 1 Corintios 1:26–31; 2 Corintios 3:5–6; Efesios 4:1

Ponerse el manto

YARDEN: EL QUE DESCIENDE

ÉL ME LLEVÓ hasta el límite de un pequeño valle. "Mire", dijo, señalando a una cuesta rocosa al otro lado del valle por el que corría un arrollo de agua en cascada.

"Viene de un manantial cercano", dijo, "y desciende la ladera hasta un estanque al final del valle...similar al río que fluye por la Tierra Prometida".

"¿El río Jordán?".

"Sí. El Jordán fluye desde un extremo de Sion al otro y, mientras fluye, da vida a la tierra. Comienza su curso en el norte en el monte Hermón y fluye por toda Galilea abajo, después atraviesa el valle del Jordán hasta el desierto de Judea, y finalmente llega al mar Muerto donde llega a su fin. En hebreo, el *Jordán* es el *Yarden*. ¿Sabe lo que significa?".

"No".

"Viene de la palabra hebrea *yarad*. *Yarad* significa descender, bajar; así que Jordán significa el que desciende. Todos los ríos descienden", dijo él, "pero ningún río desciende tanto como el Jordán. Desciende tan lejos que termina su viaje en el lugar más bajo de la tierra, el mar Muerto. Y a la vez es el descenso del Jordán lo que da vida a la Tierra Prometida...¿Cuál es la revelación del Yarden?".

"Es mediante un descenso", dije yo, "como se da la vida".

"Sí", dijo el maestro. "¿Y quién es el que desciende?".

"Dios. Dios es el que desciende".

"Sí", dijo el maestro. "Dios es el Yarden. Es el Altísimo quien desciende. Solo Él puede descender del todo. Y por lo tanto, el que desciende se humilló a sí mismo, descendiendo de las alturas para venir al mundo, y tomando forma de hombre. Y como el Jordán desciende hasta Galilea, así el que desciende vino a la tierra de Galilea, y allí dio vida a los necesitados; y del mismo modo que el Jordán desciende de Galilea hasta el mar Muerto, el punto más bajo de la tierra, así desde Galilea el que desciende bajó a las profundidades más bajas, a la muerte y el juicio. Porque Dios es amor, y la naturaleza del amor es descender para poder dar de sí mismo, y para que nosotros, en su descenso, podamos encontrar vida. Y los que han recibido la vida de este Yarden deben del mismo modo descender para dar de esa vida a otros. Porque Dios es el Yarden...y el Yarden es amor".

La misión: Como Dios descendió en el Mesías el que desciende para bendecirnos, así hoy descienda, vaya más abajo, derrame su vida para poder bendecir a otros.

Efesios 4:8–10; Filipenses 2:3–9; Santiago 4:10

El misterio del Yarden

LA DANZA DE LOS CÍRCULOS

ERA POR LA noche. En el poblado que había debajo de la colina desde la que veíamos, había una celebración. El campamento brillaba con las luces de las antorchas. "Vamos", dijo el maestro mientras me llevaba colina abajo y hasta llegar al centro de la celebración. Ellos no se inmutaron con nuestra presencia. Ante nosotros había hombres, mujeres y niños, mayores y jóvenes juntos, todos participando de una danza en círculo. Una de las chicas del círculo hizo una seña al maestro para que se uniera. Así que lo hizo. Yo estaba conforme con mirar.

"Venga", me llamó él. "Únase a la danza".

Y con gran reticencia, yo también me uní. No tenía ni idea de lo que estaba haciendo, pero hice lo que pude para seguir los pasos del maestro y de quienes me rodeaban. Después de un rato, comenzó casi a fluir e incluso se convirtió en un gozo. Al final del baile y antes de que comenzara el siguiente, el maestro y yo nos salimos del círculo y observamos a los demás mientras continuaban en las danzas en círculo.

"Hubiera visto esto en el antiguo Israel, la danza de círculos", dijo él, "en los días de sus celebraciones, en los festivales sagrados que Dios les dio. ¿Y sabe cómo se llamaban, las fiestas y celebraciones del Señor?".

"No".

"*Khag*…una fiesta o festival. ¿Y sabe lo que realmente significa *khag*?

"No".

"*Khag* verdaderamente significa una danza, y específicamente, la danza de los círculos. Dios nombró sus días santos, sus reuniones sagradas, según la danza de círculos".

"Entonces Dios ordenó que su pueblo participarse del khag, el festival, pero también de la danza de los círculos".

"Y no solo su pueblo", dijo él, "sino otros".

"¿Qué otros?".

"El mundo", dijo él. "Dios ordenó que la tierra también participase del *khag*, en la danza de los círculos. Así que la tierra realiza la danza del círculo alrededor del sol. Y así todo nuestro mundo es parte de un khag. Y también toda nuestra vida ha ocurrido y está ocurriendo dentro de una danza en círculos cósmica. Y la danza del círculo es el khag. Por lo tanto, si usted mora en la tierra, debe vivir su vida como parte del khag…como una celebración del Señor, una manifestación de adoración, un festival de su amor, una expresión sagrada de gozo y agradecimiento…Debe vivir su vida como una danza sagrada de círculos".

La misión: Participe del khag. Viva su vida hoy como un acto de adoración, un fluir de su amor, una danza de gozo.

Salmo 149:1–3; Jeremías 31:13; 1 Corintios 10:31

La danza de los círculos celestiales

LA CRISÁLIDA

ESTÁBAMOS SENTADOS FUERA bajo un olivo. La atención del maestro se dirigió hacia abajo a un pequeño objeto oscuro que se movía por el suelo.

"Parece un gusano", dijo él, "pero es diferente a un gusano…una oruga, una criatura fascinante…el hijo de una mariposa…una criatura parecida a un gusano que repta nacido de una hermosa criatura alada. Y no tiene idea de sus orígenes o de quién es su padre. Va por la vida reptando por el suelo. La única vida que conoce es la vida de un gusano".

Tomó la oruga y la colocó sobre el olivo.

"Pero un día la oruga sube un árbol, se cuelga boca abajo, y comienza a formar alrededor de su cuerpo una dura cáscara protectora, una crisálida. En la crisálida, lo que era una oruga llega a su fin. Solo en su muerte como oruga puede sufrir la criatura una metamorfosis; y cuando la metamorfosis se termina, emerge un nuevo ser de la cáscara de la crisálida. La nueva criatura ya no tiene nada parecido a un gusano, ahora es alada y hermosa. Nunca volverá a reptar por la tierra y nunca más estará atada a la tierra. Vivirá en la imagen de aquel que le dio vida…como la criatura alada que siempre estuvo destinada a ser".

"Es un fenómeno asombroso", dije yo.

"Sí, dentro hay una sombra".

"¿De…?".

"La oruga recibe la vida de la mariposa. Nosotros recibimos la vida de Dios. Como la oruga repta a lo largo de su vida, atada a la tierra e inconsciente del propósito para el que nació, así el hombre va por la vida atado a la tierra e inconsciente del propósito para el que nació. Vemos con ojos de gusano, pensamos pensamientos de gusano, y vivimos vidas de gusano. Pero a algunas de estas criaturas atadas a la tierra les sucede un milagro…Se dan el permiso de morir a lo viejo, a la vida de gusano atado a la tierra, y sin embargo en su muerte al viejo yo comienzan una metamorfosis. La vida atada a la tierra muere, pero lo que emerge en su lugar es una vida distinta, una nueva creación, hermosa y ya no atada a la tierra sino ahora celestial y hecha para morar en los lugares celestiales…y para lo que siempre estuvo diseñado…un ser celestial a imagen de Aquel de quien recibió la vida en primer lugar".

"El nuevo nacimiento, la nueva creación".

"Sí, la metamorfosis de los hijos de Dios, nacidos como criaturas terrenales, pero renacidos como los hijos del cielo…el evangelio de la mariposa".

La misión: Aléjese de la vida atada a la tierra, todo aquello que en su vida esté atado al mundo, a la carne y al pecado. Adéntrese en la esfera de lo celestial. Comience a volar.

Romanos 6:4–8; 2 Corintios 5:17; Gálatas 2:20; Efesios 4:22–32

El evangelio de la mariposa

ZICHARYAH, ELISHEVAH Y YOCHANAN

"**H**A HABIDO SIGLOS de silencio", dijo el maestro, "entre las Escrituras hebreas y el Nuevo Testamento. Para muchos, parecía como si Dios se hubiera olvidado de sus promesas con Israel. ¿Sabe lo que puso fin a ese silencio? ¿El primer evento terrenal narrado en el Nuevo Testamento?".

"¿El nacimiento del Mesías?".

"No", dijo él. "Fue un evento relativo a un sacerdote llamado Zacarías. Cuando Zacarías era joven, se casó con una mujer llamada Elisabet. Sin duda alguna que habían soñado con tener un hijo, pero nunca pudieron tenerlo. Ambos ahora eran mayores. El tiempo les había arrebatado su juventud y su sueño. Pero mientras Zacarías estaba realizando su servicio sacerdotal en el Templo de Jerusalén, un ángel de Dios se le apareció y le dijo que Elisabet, en su vejez, daría a luz un niño. Así, Dios cumpliría las antiguas esperanzas de Israel mediante el cumplimiento de las esperanzas de tener un bebé tan anheladas de una pareja anciana. Pero detrás de todo había un misterio. El verdadero nombre de Zacarías era *Zicharyah*. *Zicharyah* significa Dios se ha acordado. El verdadero nombre de Elisabet era *Elishevah*. *Elishevah* significa el juramento de Dios. Zicharyah y Elisheva estaban unidos en matrimonio. Así, *Dios se ha acordado* se unió al *juramento de Dios*. La unión de las dos líneas creó un mensaje profético: *Dios se ha acordado del juramento de Dios*. Una señal para Israel de que Dios no se había olvidado de su promesa, sino que estaba a punto de cumplirla. Y cuando Dios recuerda su juramento, entonces el juramento cobra vida. Por lo tanto, Elisheva dará a luz un hijo que será conocido como Juan el Bautista. Pero su verdadero nombre era *Yochanan*".

"¿Y qué significa *Yochanan*?".

"La gracia de Dios. El recuerdo de Dios de su juramento hace que nazca la gracia de Dios".

"La gracia de la salvación, eso que saldría del cumplimiento de Dios de su juramento".

"Y cuando Zicharyah alabó a Dios, declaró que Dios había realizado el milagro '*para recordar* su santo pacto, *el juramento* que *él juró* a nuestro padre Abraham'. Nunca olvide esto", dijo el maestro. "No importa lo que tarde, ya sean siglos o momentos, Dios nunca olvidará su promesa, y nunca rompe su Palabra. Y de lo quebrantado, lo estéril y lo imposible, nacerá la gracia de Dios".

La misión: Las Escrituras están llenas de promesas para su pueblo. Tome una hoy. Aférrese a ella. Viva a la luz de ella.

Levítico 26:40–42; Lucas 1:4–17, 72–73

El ángel y el sacerdote

EL MISTERIO DE EUROPA

Él ME LLEVÓ a una sala de objetos antiguos variados y a una mesa sobre la que reposaba una vasija negra. La levantó para enseñármela. Contrastaba con lo negro una imagen, una mujer con túnica montada en un toro grande y blanco.

"Es de Grecia", dijo, "una representación de un antiguo mito pagano. La mujer era una princesa. El toro blanco es el dios griego Zeus disfrazado. Según el mito, Zeus se enamoró de la princesa y se disfrazó de toro blanco. Cuando ella vio el toro, se quedó fascinada y se subió en sus lomos. Entonces él se la llevó lejos y la sedujo".

Él puso la vasija de nuevo en la mesa.

"Las Escrituras profetizan que en los últimos tiempos habrá una civilización mundial caracterizada por la falta de piedad y la maldad. También presagian que en los últimos días habrá un gran alejamiento, una gran apostasía de los caminos de Dios. ¿Cómo se unen las dos cosas? ¿Y qué requiere una apostasía?".

"Requiere que alguien haya conocido en algún momento a Dios. De lo contrario no podría haber alejamiento".

"Entonces una civilización que en algún momento conoció a Dios termina como una civilización de maldad. ¿Cómo sucede eso? En el caso de la princesa, fue una cuestión de abducción y seducción. ¿Podría sucederle eso también a una civilización? La princesa tenía un nombre. Se llamaba *Europa*...Piense en ello, todo un continente, toda una civilización que lleva el nombre de una mujer seducida por un dios pagano. Europa fue una vez el centro del envío de la Palabra de Dios, pero se alejó de Dios, fue seducida por otros dioses y llevada por otros evangelios, el evangelio del comunismo, los dioses del humanismo, fascismo, nazismo. En el antiguo mito, el dios que seduce a Europa toma la forma de un toro. Así también en la apostasía de la antigua Israel, el dios al que acudió la nación, Baal, adoptó la forma de un toro. Al final, es todo el mismo dios...el mismo principado satánico, el enemigo, buscando destrucción. Nunca olvide el aviso de Europa: una civilización que antaño conoció a Dios y que, al alejarse de Dios, produjo más destrucción que cualquier otra civilización en la historia humana. Porque cuando alguien se aparta de la luz, la oscuridad le abduce. Y cuando se aleja de Dios, terminará seducido por el dios al que acude. Así que guarde su corazón. Manténgase lejos de todos los dioses e ídolos. Ame al Señor con todo su corazón y sus fuerzas...y nunca se verá afectado por la seducción de Europa".

La misión: Vea detrás de la tentación la destrucción que le espera. Apártese de toda tentación, dioses, ídolos y pecados. Ame a Dios con todo su corazón.

2 Timoteo 3:1–5, 12; 4:1–5

La mujer, la bestia y los santos: la huella macabea

LA ESCALERA DEL CIELO

ESTÁBAMOS DE PIE en el fondo de una cisterna vacía. Le había pedido al maestro que me la enseñara, ya que nunca había visto una. Ahora estábamos listos para irnos.

"Mire", dijo el maestro, "ahora mismo esa es nuestra única esperanza".

Señalaba a una escalera de madera, la misma escalera por la que habíamos bajado para llegar al lugar en el que nos encontrábamos. "Sin esa escalera", dijo él, "estaríamos aquí encerrados en el fondo. ¿Y qué ocurriría si solo llegara hasta la mitad del agujero?".

"Si no llegara hasta arriba, no nos serviría para nada".

"¿Y si la escalera comenzara desde arriba pero solo llegara hasta la mitad hacia abajo?".

"Si no llegara hasta el fondo, tampoco nos serviría de nada. De cualquier forma nos quedaríamos aquí encerrados".

"¿Y qué hay de llegar al cielo?", preguntó él. "¿Cuán alto es el cielo que hay encima de la tierra? ¿Cuán grande es la distancia que separa al hombre de Dios, y al pecado del Santísimo? ¿Cuán larga tendría que ser la escalera...para llegar al cielo?".

"Tan alta y tan larga como la distancia que separa al hombre de Dios, una escalera entre el cielo y la tierra".

"Fue esa escalera la que vio Jacob en su sueño, una escalera desde el cielo hasta la tierra. Fue la sombra del Mesías, lo que une el cielo con la tierra, y Dios con el hombre. Solo puede funcionar si la escalera toca ambos extremos, la altura más alta con la profundidad más baja. Así, el Altísimo tuvo que descender a las partes más bajas de la tierra para que los que se encontraban en las partes más bajas de la tierra pudieran ascender a las alturas más elevadas. El Celestial tuvo que hacerse terrenal para que los que eran terrenales pudieran convertirse en celestiales. Y el Santísimo tuvo que unirse a lo más impío, el Santo se unió a los pecados más bajos, el Más Sagrado tuvo que hacerse el más profano...Así, Dios descendió a las profundidades más bajas de las tinieblas, al escalón más bajo de degradación y juicio".

"El fondo de la escalera de Jacob", dije yo, "de la tierra al cielo...".

"Por lo tanto", dijo el maestro, "no importa lo bajo que usted se encuentre, no importa lo perdido que esté, no importa lo pecaminoso, no importa lo desesperado, no importa lo lejos que esté de Dios...no importa lo profundo que sea el pozo en el que se encuentra...busque la escalera...y estará ahí para sacarle. La escalera estará ahí con su extremo tocando el fondo de sus profundidades más bajas, y el otro extremo tocando al Altísimo".

La misión: Dondequiera que esté hay una escalera que le conecta con el Altísimo. Encuentre el primer peldaño de la escalera del cielo y súbalo.

Génesis 28:10–17; Juan 1:51

El continuo cielo–tierra

ANI LO

"**A**NI LO", DIJO el maestro, mientras caminábamos por el jardín. "Es del Cantar de los Cantares. Es lo que dice la novia del novio. Esas dos palabras hebreas resumen todo lo que usted está llamado a ser y hacer en Dios...toda buena obra, toda oración, todo acto de arrepentimiento, toda derrota del pecado y del mal, toda manifestación de amor, cada decisión de justicia...todo. Todo está resumido en *Ani lo*".

"¿Qué significa?".

"*Ani lo* significa yo soy de Él".

"¿Cómo resume eso todo lo que estamos llamados a hacer?".

"Si usted vive una vida Ani lo, si usted es de Él, entonces no puede entregarse a ninguna otra cosa. Por lo tanto, puede rechazar el pecado y su tentación. Y si usted es de Él, entonces ¿qué es dar de usted mismo o de lo que tiene? No es nada. Incluso el autosacrificio no es nada. Y si usted es de Él, entonces no tiene nada por lo que preocuparse, o con lo que ofenderse o cargarse. Sus cargas son de Dios. Su vida es la preocupación de Dios. Usted está libre".

"Pero usted dijo que en hebreo realmente no hay un verbo para tener, para posesión de él o ella. Así que tiene que ser otra cosa lo que esté diciendo la novia".

"Lo es", dijo él. "*Ani lo* literalmente significa yo soy *para él*. Así que si usted le pertenece a Dios, debe ser 'para Él'. En otras palabras, no puede pertenecer a Dios más de lo que una novia podría pertenecer a su novio. La novia es solo del novio si ella se entrega a él; es su decisión. Así, para pertenecer a Dios, usted debe escoger darse a Él, sus deseos a Él, su corazón a Él, sus cargas a Él, su todo a Él. Y debe hacer eso libremente y cada día de su vida. Debe vivir una vida Ani lo, una vida que es *para Él*, en donde todo lo que hace tiene una meta y una dirección...para Él. Y debe hacer esto como lo hace la novia".

"¿Y cómo lo hace?".

"La novia no es una teóloga. Cuando ella dice 'Ani lo', 'Yo soy de él' o 'Yo soy para él', no está haciendo una declaración doctrinal. Está rebosando el gozo del amor. Es su gozo ser suya y su gozo es darse a él. Entregarse no es una carga cuando usted está lleno de amor, es un gozo. Viva su vida de esta forma, dándose en amor a Él en el gozo de Ani lo".

La misión: Hoy, viva las palabras Ani lo. Viva como alguien que pertenece totalmente a su Amado. Haga de Él la meta y el propósito de todo lo que hace. Entréguese a Él.

Cantar de los Cantares 2:16; Romanos 14:7–8;
1 Corintios 6:19–20; Colosenses 3:17

LA REDENCIÓN ESCARLATA

Él ME LLEVÓ a la Cámara de los Libros donde sacó uno de los grandes libros rojizos del Talmud, los escritos de los rabinos. Después sacó de su bolsillo un cordel escarlata.

"Está escrito por los rabinos", dijo el maestro, "que en el tiempo del segundo Templo, en Yom Kippur, el día de Expiación, se atara un cordel escarlata, que representa los pecados del pueblo, a las puertas del Templo. Cuando las ordenanzas de Yom Kippur se completaran, el cordel de las puertas del Templo pasaba de ser escarlata a blanco...como en las Escrituras: 'vuestros pecados fueren como la grana, como la nieve serán emblanquecidos...'".

"¿Cada año?".

"Sí", dijo él, "eso es lo que escriben. El fenómeno sucedía cada año en el día de Expiación para dar a entender que la expiación se había completado y aceptado. Pero entonces ocurrió algo. Los rabinos escriben que en cierto punto en el primer siglo apareció una señal en el Templo dando a entender un cambio de proporciones cósmicas. El cordel dejó de cambiar de escarlata a blanco".

"¿Una señal de que los sacrificios ya no eran aceptados?".

"O de que ya no eran esenciales para el perdón de pecados".

"Porque...".

"Porque se había ofrecido la expiación final...el sacrificio final por el pecado".

"¿Cuándo dicen los rabinos que ocurrió eso, que se produjo el cambio?".

"Escriben que comenzó unos cuarenta años antes de la destrucción del Templo".

"El Templo fue destruido en el año 70 *A.D.*", dije yo. "Por lo tanto, el cambio cósmico sucedió alrededor del año 30 *A.D.*".

"Lo cual resulta ser el mismo tiempo en la historia en que el Mesías vino a Jerusalén a morir como el sacrificio final por el pecado, como la expiación final. Así también el libro de Hebreos declara que ya no somos salvos por los sacrificios del Templo o de Yom Kippur, sino por la expiación del Mesías. Y los rabinos señalan el tiempo del cambio cósmico en el tiempo de la muerte del Mesías...una señal de la historia escrita en escarlata de que la expiación final se ha producido totalmente, de que el culpable verdaderamente se ha convertido en inocente, de que Dios en verdad nos ha limpiado del pasado, y de que nuestros pecados que eran como escarlata...en verdad se han vuelto blancos como la nieve".

La misión: Vea todos los pecados y errores de su vida cómo cambian de escarlata a blanco. Intente ahora vivir una vida libre del escarlata, en el blanco de su limpieza.

Isaías 1:18; Hebreos 10:10–14, 18–22

Los misterios Yoma

GALILEA DE LOS QUEBRANTADOS

ESTÁBAMOS CONTEMPLANDO LA puesta de sol desde la cresta de una colina baja. "¿Alguna vez se ha preguntado por qué el Mesías apareció primero en Galilea? ¿Por qué hizo de Galilea el centro de su ministerio?".

"¿Porque era lo menos probable?".

"Sí", dijo el maestro. "*Era* improbable, pero había otra razón. Siglos antes de la llegada del Mesías, el pueblo de Israel se alejó de Dios y desafió sus caminos. Y después el juicio vino cuando los ejércitos de Asiria asolaron y despoblaron las regiones del norte, conocidas como la tierra de Galilea. Fue destruida y se quedó desolada. Galilea fue la primera tierra en sufrir el juicio de Dios; así también Galilea sería la primera de las tierras en recibir el consuelo de la misericordia de Dios en la llegada del Mesías. Y fue de esta tierra de la que profetizó Isaías: 'Mas no habrá siempre oscuridad para la que está ahora en angustia, tal como la aflicción que le vino en el tiempo que livianamente tocaron la primera vez a la tierra de Zabulón y a la tierra de Neftalí; pues al fin llenará de gloria el camino del mar, de aquel lado del Jordán, en Galilea de los gentiles. El pueblo que andaba en tinieblas vio gran luz; los que moraban en tierra de sombra de muerte, luz resplandeció sobre ellos'".

"Entonces, Galilea fue la primera tierra en ser quebrantada", dije yo, "y por lo tanto, la primera en ver el poder de Dios para arreglar lo quebrado y sanar lo lisiado".

"Sí", dijo el maestro. "Galilea, la tierra quebrantada...y la tierra de los quebrantados. ¿Y a quién encuentra en Galilea siendo atraído al Mesías? A los lisiados, los leprosos, los enfermos, los marginados, los pecadores, los impuros, los quebrantados. Galilea es la tierra donde los quebrantados encuentran a Aquel que vino a buscar a los quebrantados, para ser tocados por sus manos y sanados por su toque. El pueblo que caminó en tinieblas vio gran luz, el Mesías, y en una tierra oscura la luz de Dios iluminó sus vidas. ¿De qué nos habla Galilea? Habla de misericordia, de la misericordia y compasión de Dios por los quebrantados y los lisiados entre los hombres".

"E incluso para los que están quebrantados porque cayeron en pecado y rebelión".

"Sí", dijo él, "incluso ellos...especialmente ellos".

"Y somos todos nosotros", dije yo. "¿No es cierto?".

"Sí", dijo el maestro. "Todos somos de Galilea".

La misión: ¿Qué hay quebrantado o no está completo en su vida? Llévelo al Mesías de Galilea. Deje que Él lo vea. Deje que Él lo toque. Y deje que Él lo sane.

Isaías 9:1–2; Mateo 4:13–16; Marcos 2:16–17

Galilea

EL MISTERIO DEL NOVENO DE AV

"**¿Q**ué es esto?", pregunté yo. "O mejor dicho, ¿qué *era* esto?".

"Era una gran casa", dijo el maestro. "Una gran casa de la antigüedad".

Caminamos por los escombros, piedras, pilares rotos y fragmentos de artesanía antigua. Él se sentó en medio de las ruinas. Yo me uní a él. Sacó un rollo y comenzó a leer: "'¡Cómo ha quedado sola la ciudad populosa!...Sion extendió sus manos; no tiene quien la consuele...'. El libro de Lamentaciones. El pueblo judío lo leía cada año para conmemorar la destrucción de Jerusalén en el año 586 a.C., cuando los ejércitos de Babilonia destruyeron el Templo hasta los cimientos el noveno día del mes hebreo de Av. Siglos después el Mesías pronosticó que Jerusalén volvería a ser destruida y el pueblo de Israel llevado cautivo a las naciones. Su profecía se cumpliría en el año 70 A.D. cuando el Templo de Jerusalén fue destruido por los ejércitos de Roma y el pueblo judío de nuevo fue exiliado de la tierra. Y todo ocurrió el mismo día, el noveno de Av. Menos de un siglo después llegó otra calamidad cuando los ejércitos de Roma aplastaron la revuelta de Bar Kochbah, matando a más de cien mil personas judías, una calamidad que culminó con la destrucción de la ciudad de Bethar, el noveno de Av. En la Edad Media, las Cruzadas arrasaron a miles de judíos. Las Cruzadas comenzaron el 15 de agosto de 1096: el noveno de Av. En 1290 los judíos fueron expulsados de Inglaterra. La calamidad comenzó con la firma del decreto de expulsión el 18 de julio, el noveno de Av. En 1492 los judíos fueron expulsados de España, con la fecha límite del 2 de agosto, el noveno de Av. El antiguo misterio se ha manifestado una vez tras otra desde la caída de Jerusalén en el 586 a.C. hasta la solución final de la Alemania nazi".

"¿No fue pronosticado todo esto ya desde la ley de Moisés?", pregunté.

"Así fue", dijo el maestro. "¿Y qué revela esto?".

"Que Dios es real", dije yo. "Su Palabra es verdad. Y debemos prestar mucha atención".

"Sí", dijo él. "Y el Mesías no solo advirtió que eso sucedería, sino que lloró a causa de ello...como un pastor llora por un rebaño descarriado. Pero sus lágrimas cesarán cuando ellos regresen a su pastor y el misterio del noveno de Av llegue a su fin".

La misión: El Mesías lloró por su pueblo. Comparta su corazón y ore por el pueblo judío, por su redención y su regreso a su Pastor.

Lamentaciones 1:1, 17; Ezequiel 11:17; Lucas 19:41–44; 21:24

EL SECRETO DE LA RESISTENCIA

ERA POR LA mañana temprano. El sol aún no había salido, y yo no habría estado despierto si el maestro no hubiera programado nuestro tiempo juntos para esa hora. Mientras caminábamos por los terrenos de la escuela, llegamos a un espacio abierto en el que se encontraban varios estudiantes haciendo ejercicios matutinos.

"Vea a ese", dijo el maestro, señalando a uno de los estudiantes que realizaba ejercicios con pesas y se esforzaba bajo la presión. "Está levantando pesas. ¿Por qué?".

"Para ser más fuerte", dije yo.

"El principio de la resistencia. El hombre resiste el peso ejercitando su fuerza contra él. La resistencia le hace ser más fuerte. Y lo mismo ocurre con Dios".

"¿A qué se refiere?".

"Dios nos llama a todos a crecer…a crecer en fe, en justicia, en amor, en gozo, en esperanza, paciencia, paz, perseverancia…en piedad. ¿Cómo hace usted eso?".

"No levantando pesas".

"Pero lo hace", dijo él. "Usted se hace más fuerte en estas cosas haciendo justo eso".

"¿Cómo?".

"¿Qué hace que el que levanta pesas se haga más fuerte? La resistencia. ¿Y qué le hace a usted más fuerte en estas cosas? La resistencia. Cuando usted ejercita las cualidades de Dios contra la resistencia, le hace ser más fuerte".

"Pero ¿con qué pesas?".

"Las pesas son todo lo que vaya contra el movimiento de lo que debe hacerle más fuerte. Así, lo que va contra el amor es el peso, la resistencia que permite que el amor se haga más fuerte. Cuando es más difícil amar y aun así usted ama, su amor se fortalece. Cuando sus circunstancias no son propicias para el gozo pero aun así usted se regocija, su gozo aumenta. Cuando es más difícil hacer lo correcto pero aun así usted decide hacerlo, cuando es más difícil tener esperanza pero decide tenerla, cuando es más difícil ser santo pero rechaza lo que no es santo, cuando tiene ganas de rendirse pero continúa, y cuando todo el infierno va contra usted pero decide brillar con la luz del cielo, entonces es cuando usted se hace más fuerte en Dios y en todas estas cosas. Así que no desprecie la resistencia, sino dé gracias por ella…y sáquele el máximo partido. Use cada medida de resistencia para ejercitar el bien. Esas son las pesas de su entrenamiento para que pueda llegar a ser uno de los fuertes".

La misión: Hoy, abrace la resistencia. Busque lo que le desafía, lo que le estira, la hace crecer y le fortalece en el Señor.

Romanos 5:3–5; Santiago 1:2–4

Levantando hierro espiritual

EL MATRIX

ESTÁBAMOS FUERA POR la noche y, como a menudo nos gustaba hacer, mirábamos las estrellas.

"Su vida comienza en la oscuridad", dijo él, "en la oscuridad del vientre. Por un tiempo era lo único que conocía, era todo su mundo. Si le hubieran pedido entonces que describiera la vida, la hubiera descrito como algo oscuro, cálido y mojado. Y si alguien intentara decirle que la vida consistía en algo más, otra vida, otro mundo fuera del vientre, un mundo de estrellas y hierba, de flores y rostros, de castillos de arena y puestas de sol, ¿qué hubiera pensado?".

"Imagino que no lo hubiera creído. No hubiera sido capaz de imaginarlo".

"Pero ¿existiría alguna forma en que hubiera podido saber que esta otra vida, esta vida más allá del vientre, realmente existía? ¿Qué evidencia hubiera tenido dentro del vientre de lo que estaba fuera del vientre?".

"No lo sé".

"Usted", dijo el maestro. "*Usted* sería la evidencia…usted, morando en la oscuridad pero con sus ojos hechos para ver el color y la luz…sin terreno sobre el que andar, pero con pies hechos para correr…sin aire que respirar y a la vez con pulmones hechos para respirar aire y una voz con la que hablar en el aire…sin ninguna mano que estrechar, pero con dos manos hechas para sostener y para que otro le pueda dar su mano. Usted mismo sería la evidencia de la vida más allá de su vida en el vientre y el mundo más allá de su mundo. Su ser era la evidencia de un mundo que vendría, y a la vez estaba rodeado de un mundo mucho más pequeño que no podía responder a lo que había dentro de usted".

"Y esto revela…".

"Cuando usted oye hablar de un mundo más allá de este y una vida más allá de esta vida, cuando usted escucha acerca del cielo, está oyendo de él como un niño en el vientre. Nunca lo ha visto o tocado, y sin embargo todo dentro de usted fue hecho para conocer este mundo y para vivir en él…un corazón hecho para un amor que es perfecto y sin condición, un alma que anhela lo que es eterno, un espíritu que anhela morar en un lugar donde no haya muerte, temor, lágrimas, oscuridad y maldad. Y sin embargo, usted vive en un mundo de imperfección, de corrupción, de dolor y maldad, de oscuridad y con la ausencia de amor. Y como ocurría en el vientre, así también este mundo nunca puede responder a los anhelos de su corazón o el propósito para el que nació. Y cada lágrima, cada dolor, cada decepción, cada anhelo sin cumplir es tan solo un recordatorio de que no está aún en casa, y que usted fue hecho para algo más, para ser un hijo del cielo…y que esta vida es solo el comienzo de la vida real y el matrix del mundo venidero".

La misión: Tome todos los anhelos sin cumplir, necesidades y deseos de su vida y aléjelos de lo mundano hacia lo celestial.

Salmo 139:13–16; Romanos 8:22

El mundo matrix

LA REDENCIÓN GRIEGA

É L ME LLEVÓ a la Cámara de los Rollos. Sacó un rollo de su estantería, lo abrió por el comienzo, y me dio unos momentos para leerlo.

"¿Recuerda lo que compartí con usted acerca del pacto abrahámico?".

"Las naciones o civilizaciones que bendigan al pueblo judío serán bendecidas, y las que lo maldigan serán maldecidas".

"Y la ley de la reciprocidad", dijo el maestro. "Lo que le hagan a Israel les será hecho a ellos. Fue la civilización griega la que lanzó una guerra abierta contra Dios, la Biblia y la ley de Moisés, el pacto, y todo lo que era bíblico y judío. Establecieron ídolos de los dioses griegos en el Templo de Jerusalén y por toda la tierra de Israel, y mandaron que todos los judíos los adorasen. Cualquier judío al que se le atrapara guardando la ley de Moisés debía morir. Los rollos que contenían la Palabra de Dios fueron quemados. Parecía como si la fe bíblica fuera a ser destruida. Pero contra todo pronóstico, el pueblo judío expulsó a los invasores griegos y el Templo de Jerusalén fue restaurado".

"Chanukah", dije yo.

"Sí, Chanukah. Pero el pacto abrahámico decreta que lo que usted haga a Israel le será hecho. En el primer siglo *A.D.*, el mensaje del Mesías judío y la salvación pasaron de Israel a las naciones…y específicamente a los griegos. Como la civilización griega una vez intentó erradicar la civilización judía, ahora era la civilización judía la que transformó la civilización griega. Así como el paganismo griego se usó para reemplazar la fe bíblica, ahora era la fe bíblica la que reemplazaría al paganismo griego. Así como los griegos habían desolado el Templo de Jerusalén, ahora los templos de los griegos y sus dioses serían abandonados cuando hombres y mujeres griegos se volvieron a la fe en el Dios de Israel. Y como el lenguaje griego fue usado para borrar la revelación de las Escrituras, ahora el lenguaje griego sería usado para propagar la revelación de las Escrituras al mundo". Entonces, comenzó a leer del rollo: "'*Biblos Genesis Iesous Christos Huios Dahvid Huios Abraham*'".

"¿Qué significa?", pregunté yo.

"'El libro de la genealogía de Jesucristo hijo de David, hijo de Abraham'. El hecho de que las Escrituras del nuevo pacto estén escritas en griego da testimonio de esta verdad: todo lo que el enemigo ha usado para mal y para destrucción, Dios lo usará para bien, y para preservar, y salvar…en este mundo…en la historia judía…y en su vida…todo. Por lo tanto…haga lo mismo".

La misión: ¿Qué parte de su vida ha atacado la oscuridad? Tome eso mismo y úselo para los propósitos, la salvación y la gloria de Dios.

Génesis 12:1–3; Mateo 1:1; Romanos 8:28

DIOS A IMAGEN DEL HOMBRE

"EL DÍA DE su muerte", dijo el maestro, "el Mesías fue arrestado, golpeado, atado, azotado, burlado, humillado, degradado, desnudado, clavado en una cruz, mostrado como blasfemo y criminal, maldecido, declarado culpable y condenado a muerte. Todo ocurrió en viernes, el sexto día. Fue el sexto día cuando Dios hizo al hombre a su propia imagen. Ahora era otra vez el sexto día, y todo ocurrió a la inversa".

"¿A qué se refiere con 'a la inversa'?".

"El sexto día Dios hizo al hombre a su imagen. Por eso en el sexto día…el hombre hizo a Dios a *su* imagen".

"¿Cómo?".

"El sexto día, el día de la creación del hombre, Dios hizo que el hombre llevara la imagen de Dios, una imagen de gloria y perfección. Así en el sexto día, el día de la redención del hombre, el hombre hizo que Dios llevara la imagen del hombre caído, como alguien que había caído, como alguien declarado culpable, y como alguien expulsado. Todo eso era la imagen de la caída del hombre, y Dios fue juzgado como blasfemo porque la blasfemia fue el pecado del hombre. El hombre le pasó el juicio a Dios, porque el hombre mismo estaba bajo juicio. Como Dios había hecho al hombre a imagen de la gloria de Dios, el hombre ahora hizo Dios a la imagen de la culpa y degradación del hombre. Como Dios había hecho a Adán a su imagen, ahora era Adán haciendo a Dios a imagen de Adán, como alguien que había transgredido, culpable bajo juicio y condenado a muerte, maldecido y separado de Dios. Cuando usted mira a la cruz, está contemplando a Dios a imagen del hombre".

"¿Por qué Dios permitió ese abuso y degradación contra sí mismo?".

"Dios se permitió llevar la imagen del hombre para que el hombre pudiera de nuevo llevar la imagen de Dios. Dios se permitió llevar la imagen del hombre caído para que el hombre pudiera llevar la imagen del Dios resucitado. Por eso haga de su objetivo el que su vida se convierta en un reflejo de la vida de Dios, su naturaleza un reflejo de la naturaleza de Dios, sus obras un reflejo de las obras de Dios y su corazón en un reflejo del corazón de Dios. Permita que Dios le haga y le forme a su imagen, porque Dios llevó *su imagen* en su muerte para que usted, en su vida, pudiera llevar la imagen de Dios".

La misión: El Mesías, en su muerte, llevó sobre sí mismo su imagen. Ahora lleve sobre usted mismo la imagen de Dios.

Génesis 1:26–27; Mateo 27:27–37; 2 Corintios 5:21; Gálatas 3:13

El misterio de la revelación del sexto día

DODEKHA: LOS AMORES DIVINOS

NOS SENTAMOS SOBRE un muro bajito de piedra que rodeaba una de las viñas de la escuela.

"En el Cantar de los Cantares", dijo el maestro, "la novia compara el amor de su amado con el vino. El vino era un símbolo de placer terrenal; sin embargo, cuando la novia habla de su amado, dice esto: 'Porque mejores son tus amores que el vino'".

"Y el Cantar de los Cantares trata en último término acerca de Dios y nosotros; la novia nos representa a nosotros y el amado representa a Dios".

"Correcto", dijo él. "Entonces ¿qué está diciendo?".

"Que el amor de Dios es mejor que cualquier placer terrenal".

"Sí, y algo más que eso. Detrás de la traducción hay una revelación que solo podemos encontrar en el lenguaje original. El hebreo dice así: *Kee tovim dodekha me yayin*. Se traduce como 'Mejor es tu amor que el vino', pero en el lenguaje original la novia dice: 'Mejor que el vino son tus *dodekha*".

"¿Y qué significa *dodekha*?".

"No significa 'tu amor'. *Dodekha* significa *tus amores*… 'Mejores son *tus amores* que el vino'. ¿Qué revela eso?".

"El amor de Dios no es solo el amor de Dios…sino los *amores* de Dios".

"*Dodekha* significa que Dios le ama tanto que no puede ni siquiera describirse o contenerse sin salir del lenguaje. Significa que la palabra *amor* no puede expresarlo adecuadamente. Significa que Dios no solo tiene amor por usted, sino que tiene muchos amores. Cuando necesita su misericordia, Él le ama con un amor misericordioso. Cuando necesita su fuerza, Él le ama con un amor tierno. Cuando necesita el amor de un amigo, Él le ama como un amigo. Cuando necesita que sus brazos le sostengan, Él le ama con la compasión de un Padre amoroso. Su amor por usted es múltiple. Él le ama hoy no con el amor de ayer, sino con un amor para hoy, un amor que es nuevo cada mañana. Por lo tanto, debe buscar no solo conocer el amor de Dios, sino conocer los *amores* de Dios. Usted no debe conformarse nunca con conocer el amor de ayer o el amor que ha conocido antes. Debe buscar cada día conocer los *amores* que Él tiene para usted, el amor nuevo, el amor fresco, el amor sorprendente, el amor interminable. Es ese amor, su amor, el que es mejor, mucho mejor que cualquier gozo terrenal…porque mejores son tus amores que el vino".

La misión: Busque este día conocer no solo el amor sino los *amores* de Dios, los amores siempre nuevos e interminables de su Amado para usted.

Salmo 63:3–6; Cantar de los Cantares 1:2; Efesios 3:18–19

MUJER ESTRELLA

ÉL ME LLEVÓ colina arriba una noche. En su cima había un árbol.

"Un arrayán", dijo el maestro. "Los verá creciendo en montañas y colinas. Prospera en lugares altos. Ahora mire hacia arriba desde el arrayán. ¿Qué ve?".

"Estrellas".

"El arrayán crece bajo el cielo. Una estrella existe como parte de los cielos. Una estrella ciertamente está mucho más arriba que un arrayán". Se detuvo un momento, y enseguida continuó. "Hubo una vez una mujer que fue sacada de la oscuridad y llevada a un lugar algo, como un arrayán, pero temió perder su elevada posición…Mire las estrellas", dijo él, como si se olvidara de la historia. "Ellas hacen lo que nos arrayanes no pueden hacer. Brillan. ¿Y sabe cómo brillan? Arden, se expanden, como lo hace una vela. Entregan su esencia…y al hacerlo, brillan. Así, su brillo es un acto de autosacrificio. Deben sacrificarse a sí mismas para brillar, para convertirse en estrellas".

"La historia", dije yo, "la mujer que era como un arrayán…".

"Ah, sí", respondió él, como si hubiera olvidado su punto, "la mujer. No fue solo que ella era como un arrayán, ese era su nombre. Se llamaba *Hadassah*. *Hadassah* es la palabra hebrea para arrayán. Hadasa, una niña huérfana, llegó hasta la cima del trono de Persia; era un arrayán situado en lugares altos, pero llegó el día en que tuvo que tomar una decisión: aferrarse a su elevada posición…o arriesgarlo todo, incluso su vida, para hacer lo correcto, salvar a su pueblo. Terminó escogiendo hacer lo correcto, diciendo: 'Si perezco, que perezca'. Y fue ese momento, cuando ofreció su vida, que su vida se convirtió en una vida de grandeza".

"Como una estrella", dije yo.

"Hadasa tenía otro nombre", dijo el maestro. "Se llamaba *Ester*. ¿Sabe lo que significa Ester? Significa Estrella. Ella nació para ese momento. Pero fue solo entonces, cuando estuvo dispuesta a sacrificar su vida para hacer lo correcto, salvar a otros, que su vida se convirtió en una luz y se convirtió en la estrella para la que nació y la razón de su nombre. Aprenda de ella", dijo el maestro. "Y aprenda de las estrellas. Viva para guardar su vida, y morará en tinieblas; pero viva para dar su vida, y su vida será una vida de grandeza, una luz que brilla en la oscuridad…una estrella por encima de los arrayanes".

La misión: Viva este día como una luz celestial. Viva como un sacrificio vivo, un regalo dado para los propósitos de Dios; y brillará como las estrellas.

Ester 2:7; 4:16; Daniel 12:3; Mateo 10:39; Filipenses 2:16

PIDYON HA BEN

ÉL ME CONDUJO hasta la Cámara de las Vasijas de donde sacó una pequeña bolsa de tela. Estaba llena de monedas antiguas. Las vació sobre la mesa de madera y comenzó su explicación.

"En los días del Templo, estas se usaban en una ceremonia llamada *Pidyon Ha Ben*".

"¿Y en qué consistía?".

"Significa *la redención del Hijo*. Los primeros frutos o el primogénito del vientre se consideraba santo y pertenencia del Señor. Los corderos primogénitos se ofrecían como sacrificios. Los hijos primogénitos de Israel debían pertenecer al Templo y al sacerdocio. Debían ministrar a Dios, a menos que fueran redimidos por el padre mediante el pago de un precio redentor de monedas de plata para los sacerdotes del Templo, el *Pidyon Ha Ben*. En la práctica, cada hijo primogénito de Israel era redimido; de lo contrario pertenecerían a los sacerdotes y al ministerio del Templo…Hace dos mil años, cuando ya estaba cerca la Pascua, los sacerdotes del Templo planearon la muerte del Mesías. Harían que uno de sus discípulos le entregara a la puesta del sol. ¿Cómo? Pagándole treinta monedas de plata. ¿De dónde venían las monedas de plata? De las arcas del Templo, las arcas que durante siglos había recibido las monedas de plata del *Pidyon Ha Ben*. Ahora, por primera y única vez en la historia, el sacerdocio estaba devolviendo el dinero para comprar una vida humana. Y el Mesías era un primogénito de Israel. Los sacerdotes estaban realmente devolviendo el dinero del rescate del Pidyon Ha Ben. Estaban recuperando el hijo primogénito…y el Hijo Primogénito de Dios".

"Y así el Mesías ahora se convierte en posesión de los sacerdotes".

"Sí. ¿Y qué más hizo el Pidyon Ha Ben? Liberó al hijo primogénito del ministerio. Así que si los sacerdotes devolvían las monedas de plata, significaba que el hijo asumía su ministerio…Entonces el Hijo de Dios ahora asume su sacerdocio. Así, Él ahora ofrecerá el sacrificio final".

"Y si el varón primogénito es un cordero", dije yo, "entonces no hay redención. El cordero debe ser sacrificado. Y el Mesías es el Cordero. Así que el dinero redentor se devuelve y el Cordero de Dios es sacrificado".

"Sí", dijo el maestro, "por el Pidyon, por la Redención, de todos los que serán redimidos".

La misión: El Mesías es su Pidyon Ha Ben, la redención y el rescate de su vida. Viva como alguien que ha sido rescatado, redimido, liberado y con una deuda de amor.

Números 3:44–48; Mateo 26:14–16

El misterio Pidyon

DESDE SIEMPRE

ESTABA AMANECIENDO. HABÍAMOS pasado la noche en lo alto de una montaña en el desierto. Aunque el sol no era visible aún, ya podíamos ver su resplandor rojizo anaranjado en la distancia.

"¿Alguna vez se ha preguntado por el amor de Dios, si su amor por usted durará...si sobrevivirá a sus pecados, o si sus pecados lo agotarán?", preguntó el maestro. "¿Alguna vez ha pensado en su fidelidad por usted, si siempre estará ahí...si siempre le guardará a pesar de lo que pase?".

"Imagino que sí", dije yo.

"Está escrito en los Salmos: 'Mas la misericordia de Jehová es desde la eternidad y hasta la eternidad sobre los que le temen'. La palabra traducida como *misericordia* es la palabra hebrea *khesed*. *Khesed* habla no solo del amor tierno y misericordioso de Dios, sino también de su amor *fiel*, el amor de Dios que no suelta. Pero lo que sigue diciendo sobre ese amor es asombroso: 'El fiel amor de Jehová es desde *la eternidad* hasta *la eternidad* sobre los que le temen'. ¿Se da cuenta de lo que está diciendo? Su tierno y fiel amor por usted es *desde la eternidad*. En otras palabras, Él no solo le ama ahora; Él le amó desde antes de que usted existiera".

"¿Cómo?", pregunté yo.

"Él es Dios. ¿Acaso no le conocía antes de que usted existiera? ¿Un año antes de que usted existiera? ¿Diez años antes de que existiera? Él siempre le ha conocido, desde siglos antes de que existiera, siempre le ha conocido. Y si Él le ama ahora, no podía haber sido de otra forma en otro tiempo. Dios le ha amado de forma tierna, misericordiosa y fiel...desde la eternidad. ¿Desde cuándo le ama? ¡Desde hace una eternidad! Él le ha amado desde siempre. ¡Su amor por usted ha durado una eternidad! Ha viajado toda una eternidad para alcanzarle".

"Pero entonces ¿cómo pudo haberme alcanzado?".

"Usted no puede comprender la eternidad", dijo el maestro, "ni puede imaginarse su amor, salvo saber que su amor por usted es mayor que la eternidad...y conocer la respuesta a la pregunta...¿Cesará o me abandonará alguna vez el amor de Dios? La respuesta es no. El amor de Dios por usted ya ha viajado la distancia de la eternidad. Ya ha durado para siempre. Porque el amor de Dios es, para usted que le teme...desde la eternidad hasta la eternidad...desde siempre hasta para siempre".

La misión: Medite en el amor que Dios tiene por usted que ya ha durado toda una eternidad, y no cesará ni le fallará a hora. Viva en consonancia.

Salmo 103:17; Jeremías 31:3; Miqueas 5:2

La redención desde siempre

EL DÍA DE MATTAN

ÉL ME DIRIGIÓ hacia una sala adornada con cortinas como velos que servían como particiones para dividir el espacio en varias cámaras más pequeñas. En el suelo había cojines y alfombras cubiertas con diseños que parecían del Oriente Medio. Nos sentamos en una de las cámaras en la que había un baúl pequeño, metálico y decorado. Al abrir el baúl, tomó un objeto que parecía un collar de piedras preciosas de varios colores, todas unidas con una malla dorada.

"En la antigüedad", dijo el maestro, "en los días del compromiso, cuando una novia y un novio vivían en sus casas separadas, preparándose para su boda, el novio podía enviar a la novia un regalo. Se llamaba el *mattan*".

"Y *mattan* significa…".

"El regalo", dijo él. "El mattan era una señal del amor del novio por la novia. Era para animarla en sus días de separación y para que estuviera segura de su promesa, una garantía de su fidelidad, una promesa de las cosas que sucederían. Y en caso de un mattan a base de joyería, como este, también era para que la novia estuviera más hermosa y se preparase para el día de su boda".

Él me entregó el mattan para que lo pudiera examinar.

"Una vez al año en el calendario bíblico, Israel celebraba la entrega de la Ley en el monte Sinaí. La Ley se consideraba un regalo de Dios a su pueblo. La celebración se conocía como el día del Mattan, o el día del regalo. ¿Cuál era el Día del Mattan? Era la fiesta de Shavuot".

"¡Pentecostés!".

"Sí. Pentecostés, el día del Mattan, el día de la entrega del regalo. Y así fue que en Shavuot, Pentecostés, el día del regalo, Dios dio el regalo del Espíritu. Y no era solamente el día del regalo, sino en hebreo, el día de Mattan. ¿Qué significa eso?".

"Significa que el Espíritu es el Mattan", dije yo, "el regalo que el Novio le da a la novia".

"Sí", dijo él, "el Espíritu es dado como la señal del amor del Novio por la novia, para animarnos en los días de nuestro compromiso y separación, para asegurarnos que su promesa sigue viva, para bendecirnos, fortalecernos, y para que estemos más hermosos…la garantía de su fidelidad, y la promesa de las cosas que han de venir. El Espíritu es el Mattan del amor del Novio por la novia".

La misión: Hoy, practique vivir en el poder del Mattan, moviéndose en el Espíritu, siendo más hermoso, más fuerte y preparado para el día de su boda.

Génesis 34:12; Lucas 11:13; Hechos 2:1–4; 2 Corintios 1:22; 5:5

EL HOGAR DE LOS DESALOJADOS

ESTÁBAMOS VIENDO A los obreros comenzar la construcción de uno de los nuevos edificios de la escuela, asentando las piedras de sus cimientos.

"El pueblo judío", dijo el maestro, "fue llamado a construir la casa y el reino de Dios. Ellos son los edificadores de casas y reinos. Ya fuera con Dios o sin Él, estaban ungidos como edificadores, y por eso han desempeñado un papel central en la edificación de las grandes casas y reinos del hombre. En la era moderna, la mayoría de los pueblos del mundo han morado en dos casas: la casa del capitalismo y la casa del comunismo. El pueblo judío fue central en la construcción de estas dos casas. También lo fueron en la edificación de grandes casas y reinos del hombre, las casas de las naciones, economías, cultura y ciencias, la casa del mundo moderno. Y sin embargo, otro misterio se ha manifestado una y otra vez. Los edificadores han sido expulsados de las casas que ellos mismos construyeron, desalojados por otros. Han sido expulsados de sus lugares en la casa de las naciones, de sus palacios en la casa del capitalismo y la casa del comunismo, y en cualquier casa que han construido".

"¿Por qué?", pregunté yo.

"Hace miles de años, el libro de Deuteronomio dio una advertencia y una profecía de lo que ocurriría a los hijos de Israel si se alejaban de Dios y de sus caminos: 'Edificarás casa, y no habitarás en ella'".

"Pero entonces ¿en qué casa van a habitar?".

"Hay una", dijo el maestro. "Ellos comenzaron a construirla hace dos mil años, pero después se fueron, dejaron de morar en ella. Y desde que dejaron esa casa, nunca han encontrado otra".

"¿Qué casa?".

"La casa más universal y más amplia de la historia humana…la casa más grande que jamás haya construido el pueblo hebreo…la que se llama la iglesia, la *kehilah*, la casa que Dios construyó por medio de ellos y en la que personas de todas las naciones han venido a morar. Cuando regresen a esa casa, se encontrarán finalmente en casa, y en una casa de la que nunca serán desalojados. Y lo mismo ocurrirá con todos nosotros. Es la única casa en la que podemos habitar para siempre…y de la que nunca seremos desalojados".

La misión: Busque hoy morar todo lo que pueda en la perfecta voluntad de Dios, esa de la que no puede ser desalojado. Y ore por los hijos de Israel.

Deuteronomio 28:30; Lucas 13:34–35; 2 Corintios 5:1

EL MISTERIO DE KHAVAH

ERA MEDIA TARDE. El maestro y yo estábamos sentados en uno de los jardines de la escuela que tenía una variedad de árboles frutales particularmente amplia.

"En Génesis está escrito que Dios dijo que no era bueno que el hombre estuviera solo y que le haría ayuda idónea para él. Así que hizo que Adán cayese en un sueño profundo. Mientras dormía, Dios abrió su costado y le quitó una costilla. De la costilla Él creó a la mujer".

"Eva", dije yo.

"Sí, pero su verdadero nombre era Khavah. Fue creada para ser la compañera de Adán, para ayudarle en el trabajo del jardín y para ser su compañera. Pero Adán cayó…y el Mesías vino para deshacer su caída, para traer redención. Para hacerlo, tuvo que venir a la semejanza de Adán…como un segundo Adán. Entonces una pregunta: si el Mesías es el segundo Adán, entonces ¿dónde está la segunda Eva? ¿Dónde, en la redención, está Khavah?".

"No me suena oír de ninguna Khavah en el relato del Nuevo Testamento", dije yo.

"Dios hizo que un sueño profundo cayera sobre Adán. En las Escrituras, el sueño es un símbolo de la muerte. Así que Dios hizo que el segundo Adán cayera en un sueño profundo también…un sueño de muerte. Y en la muerte del Mesías, en el sueño del segundo Adán, nace una. ¿Quién nace en el sueño del segundo Adán, la muerte del Mesías?".

"Nosotros", dije yo. "A través de su muerte nacemos de nuevo". "¿Y cómo nació Khavah?".

"Mediante la apertura del costado de Adán".

"Y así también en la muerte del Mesías su costado fue abierto, su corazón fue perforado atravesando las costillas…y así, como con Khavah, la iglesia también nació mediante su costado. ¿Y qué es la iglesia? La novia del Mesías…su Khavah. Y ahí reside el misterio. Usted nació de nuevo para ser Khavah, la compañera de Dios, para ayudarle a completar su obra y sus propósitos sobre la tierra".

"¿Y qué significa el nombre de *Khavah*?".

"Viene de la palabra hebrea para vida. Significa dador de vida, el que produce vida. Fue Khavah quien dio a luz a los hijos de Adán, su vida, al mundo; por lo tanto, es a través de la segunda Khava que la vida de Dios, el amor de Dios, la salvación de Dios, nace ahora en el mundo. Es el misterio de nosotros…Porque somos su Khavah".

La misión: Viva hoy como Khavah, como la compañera de Dios para llevar a cabo sus propósitos en la tierra, y como la que lleva la vida de Dios al mundo.

Génesis 2:18–24; Efesios 5:31–32

El misterio de la existencia de Khavah

LA CLAVE DEL ÍMPETU

ESTÁBAMOS DE PIE en medio de una pequeña llanura cuando me dio un mandato inesperado.

"Salte", dijo el maestro. "No hacia arriba y hacia abajo, sino hacia delante. Salte hacia delante lo más lejos que pueda".

Y así lo hice. No fue nada impresionante, tan solo una corta distancia. El maestro dibujó dos líneas, la primera donde comencé, y la segunda donde aterricé.

"Ahora, regrese todo lo lejos que quiera, corra lo más rápido que pueda, y salte todo lo que pueda". Así lo hice. El segundo salto fue más impresionante que el primero. "¿Por qué su segundo salto fue mucho mayor que el primero? Una palabra: ímpetu. Cuando un arquero quiere lanzar una flecha, primero debe tirar hacia atrás de la flecha en su arco. Cuando una turba enojada quiere forzar la apertura de la puerta de un castillo con un ariete, primero deben alejarse de la puerta y después correr hacia ella. Todos, de una forma u otra, se mueven hacia atrás para conseguir ímpetu. Sin ímpetu el saltador no saltará, la flecha no saldrá y las puertas del castillo no se abrirán. Y algo que es cierto en el mundo físico también lo es en el mundo espiritual. Si quiere conseguir logros en el mundo físico, necesita ímpetu físico, y si quiere tener logros en el mundo espiritual, necesita ímpetu espiritual".

"Pero ¿cómo traslada una ley física al mundo espiritual?".

"Para conseguir ímpetu físico necesita un movimiento regular continuo. Si la turba enojada se detiene en el camino hacia la puerta del castillo, y vuelve a comenzar desde ahí, entonces pierden su ímpetu, y la puerta del castillo no se abrirá. Del mismo modo, si usted no es regular en su caminar con Dios, si va hacia delante y hacia atrás, si se detiene y comienza, y se detiene y vuelve a comenzar, si no tiene un movimiento continuo, perderá su ímpetu espiritual y nunca logrará lo que fue llamado a hacer ni verá las bendiciones y los logros que debería ver. Así que haga de su objetivo ahora ser lo más regular, continuo y firme que pueda en su caminar, en su justicia, en su pureza, en sus oraciones, en su adoración, en su gozo, en su amor, en su santidad. Esto le dará ímpetu espiritual. Después vaya con ese ímpetu, y auméntelo. Permita que le lleve a un terreno más elevado. Y las puertas se abrirán, las paredes caerán, y vivirá la vida de victoria, poder y logros que siempre fue llamado a vivir".

La misión: Hoy, aplique la clave ímpetu. Evite la indecisión. Evite detenerse. Avance en un buen movimiento regular, hasta llegar a obtener su victoria.

1 Corintios 9:24–27; Filipenses 3:13–14; Hebreos 12:1–2

LA PARADOJA DE JACOB

"**L**A PARADOJA DE Jacob", dijo el maestro. "Jacob fue bendecido por hacer todo lo que pudo por recibir la bendición; y sin embargo, debido a la forma en que recibió la bendición, nunca pudo recibir la bendición... hasta después. Cuando su padre Isaac estaba a punto de dar su bendición a quien él pensaba que era su primogénito Esaú, dijo: '¿Quién eres...?'. Jacob respondió: 'Soy Esaú'. Así que Jacob no dijo quién *era*, Jacob, sino quién *no era*, Esaú. Y al hacerlo, suplantó a su hermano, y por lo tanto se convirtió en 'el suplantador'".

"¿Y por qué es eso una paradoja?".

"Porque el nombre Jacob, o Yakov, significa el que suplanta. Así que al *no* ser Jacob, el suplantador, se *convirtió* en el suplantador, Jacob. Al no confesar su nombre, se convirtió en aquello que su nombre confesaba que era: el suplantador. Ahora bien, si recibió la bendición reservada para otro, ¿cómo pudo recibirse verdaderamente esa bendición? Pasaría la siguiente parte de su vida luchando, esforzándose y huyendo... hasta que finalmente estuvo cara a cara con la verdad... la noche que luchó con Dios y le rogó a Dios que le diera la bendición".

"Del mismo modo buscó la bendición de su padre años antes".

"Sí. Y fue entonces cuando Dios le dijo: '¿Cuál es tu nombre?'".

"Tal como su padre, antes de bendecirle, le había preguntado lo mismo".

"Pero esta vez era distinto. Esta vez respondió: 'Jacob'".

"Que es lo mismo que decir: 'Suplantador'... Pero ahora no era el suplantador".

"La segunda paradoja", dijo el maestro, "la paradoja invertida. Al acudir como quien era, Jacob, el suplantador, dejó de ser el suplantador, Jacob. Y es solo entonces cuando Dios dijo: 'No se dirá más tu nombre Jacob, sino Israel...'. Solo cuando Jacob vino como Jacob pudo dejar de ser Jacob y convertirse en Israel... y la bendición se pudo completar. Verá, usted nunca puede ser bendecido cuando acude como lo que no es, sino solo como lo que es, aún cuando lo que usted es no sea aquello para lo que nació. Dios no puede bendecir a un santo falso, pero *puede* bendecir a un verdadero pecador. Así que si quiere recibir su bendición, debe venir a Él como lo que usted es, con todos sus pecados y errores, sin pretensiones o sin cubrir nada. Entonces será libre... y ya no estará atado a lo que usted es. Y su bendición le será dada, y su nombre... y su nombre ya no será más Jacob".

La misión: Hoy, venga a Dios tal como es, sin cubiertas ni pretensiones, confiese lo que deba confesar. Después reciba su bendición.

Génesis 27:18–19; 32:27–28; Salmo 32:1–6; Hebreos 4:16; Santiago 4:8

EL BRIT HADDASHAH

ESTÁBAMOS DE PIE en el medio de uno de los jardines. El maestro se acercó uno de los árboles y agarró un fruto de una de sus ramas. Era redondo, rojo, y tenía una especie de corona en su parte superior. Yo sabía que lo había visto antes, pero no podía identificarlo.

"Es una granada", dijo, poniéndola en mis manos, "directamente del árbol. ¿Sabe de dónde viene el nuevo pacto? De las Escrituras hebreas, del libro de Jeremías, cuando Dios le dice a Israel: 'He aquí que vienen días…en los cuales haré nuevo pacto con la casa de Israel y con la casa de Judá…'. Entonces, ¿por qué el nuevo pacto se llama '*nuevo* pacto'?"

"Porque viene después del antiguo pacto. Por lo tanto, es el pacto más nuevo".

"Pero eso fue hace mucho tiempo", dijo. "Si se llama nuevo pacto tan solo por el momento en que vino, ahora, miles de años después, ya no sería nuevo. Por lo tanto, tiene que ser más que eso. La respuesta está en sus manos".

"¿La respuesta es una granada?".

"El texto original hebreo no dice 'nuevo pacto'. Dice 'brit haddashah'. Y la palabra *haddashah* no se refiere a una posición en el tiempo, sino a un estado de ser. *Haddashah* significa nuevo y fresco, igual que la fruta en sus manos es fresca. Se podría traducir como 'el pacto de la novedad' o 'el pacto de la frescura'. El nuevo pacto no es nuevo por *el momento en que vino*, sino *por lo que es*. Su naturaleza es ser nuevo…fresco".

"Entonces el nuevo pacto es igual de nuevo ahora que cuando comenzó hace miles de años".

"Exactamente" dijo. "No importa cuánto tiempo haya estado uno en el nuevo pacto, nunca envejece. Siempre se mantiene igual de nuevo que el día en el que entró en él".

"Pero ¿y si para un creyente ya no es algo nuevo?".

"Si ya no es nuevo, entonces no es el nuevo pacto. La única forma de conocer el nuevo pacto es conocerlo de una forma nueva y fresca cada día de su vida. Siempre debe ser algo novedoso para usted. Y si es así, entonces siempre renovará su vida, y siempre caminará en una vida nueva, siempre joven, y siempre en la frescura de la presencia de Dios. El nuevo pacto es el pacto de la novedad…el pacto eternamente fresco…el pacto de haddashah".

La misión: Vuelva al haddashah. Reciba de nuevo el amor, la gracia, la verdad y la salvación que siempre es nueva; y sea hecho nuevo.

Jeremías 31:31–32; Efesios 4:24; Apocalipsis 21:5

LAS OLLAS DEL CIELO

EL MAESTRO ME llevó a la cocina en la que se preparaban todas las comidas que se servían en la escuela. Yo pensé que era tan solo una parada de camino al sitio en el que me daría la lección.

"Hoy, este es nuestro salón de clase", dijo. "No parece algo probable. Uno no esperaría que algo profundo saliera de la cocina de la escuela".

Después de decir eso, se acercó a uno de los armarios, sacó una olla, y la puso encima de la mesa. "Es simplemente una olla", dijo. "Pero mire". Le dio la vuelta para que yo pudiera ver el otro lado. Por fuera, había unas letras talladas en el metal. "Es hebreo", dijo el maestro.

"¿Qué dice?"

"*Kadosh L'YHVH*. Significa Santo para el Señor, las mismas palabras que estaban inscritas en la corona dorada del sumo sacerdote".

"¿Acaso no podría considerarse eso un sacrilegio?"

"Al final de las Escrituras hebreas", dijo, "hay una visión de lo que será la vida en los días en que el reino de Dios esté en la tierra. Está escrito: 'En aquel día estará grabado sobre las campanillas de los caballos...Y toda olla en Jerusalén y Judá será consagrada a Jehová de los ejércitos'. ¿Se da cuenta de lo radical que es esto? Los utensilios santos tan solo podían encontrarse dentro del Templo. Fuera del Templo está todo lo mundano o impuro, pero en el reino de Dios las palabras sagradas de la corona del sumo sacerdote estarán escritas en las campanillas de los caballos. La sagrada gloria del Templo estará en cada cocina y en cada olla. Todo será lleno de la santidad de Dios y rebosará de su gloria. Ahí esta el secreto de vivir una vida celestial".

"¿Cuál es ese secreto?".

"Haga que cada parte de su vida sea santa para el Señor...sus quehaceres, su trabajo diario, debe llevarlo a cabo como si fuera un misterio...su casa, habite en ella como si estuviera en el Templo. Cuando saque la basura, hágalo como si fuera un sacerdote llevando a cabo el ministerio sagrado en el lugar santo. Y cuando se acueste a dormir, acuéstese como si estuviera rodeado de la presencia de Dios...y lo estará. Lleve cada parte de su vida a la presencia, la santidad, y la gloria de Dios, y deje que la presencia, la santidad y la gloria de Dios entren a cada parte de su vida. Y vivirá incluso ahora en la gloria del reino. E incluso sus ollas serán santas para el Señor".

La misión: Viva este día como si estuviera en el reino. Que cada acto sea un acto santo, sagrado en la presencia y la gloria de Dios.

Zacarías 14:20–21; Colosenses 3:23–24

Campanillas santas

TAMIM: LOS INMACULADOS

"**M**IRE", DIJO EL maestro. Era un cordero pastando bajo el cuidado de su pastor, un cordero de color blanco puro, blanco radiante, y tanto más radiante al estar bajo un haz de brillante luz solar…blanco radiante. "Podría haber sido el cordero de la Pascua", dijo.

"¿Por qué dice eso?" pregunté. "Cualquier cordero podría haberlo sido".

"No, solamente cierto tipo de cordero".

"¿Qué tipo?".

"Un cordero *tamim*. La ordenanza dice que debe ser tamim".

"¿Y qué significa tamim?".

"Significa sin mancha, inmaculado, puro, entero, inocente, sin defecto. El cordero de la Pascua debía ser tamim para poder librar a los hebreos de su esclavitud. Y el Mesías es el Cordero de la Pascua. Y si Él es el Cordero de la Pascua, entonces Él también es el cordero tamim. Por lo tanto, ¿cómo debe ser Él?".

"Él deber ser perfecto", dije.

"Y sin mancha, sin defecto, puro, inocente y entero. El Cordero de la Pascua debía ser tamim, sin mancha y sin defecto porque todos tenemos defectos y manchas. Debía ser sin defecto para que los defectos de nuestro pasado pudieran ser borrados. Él debía ser sin mancha para que las manchas pudieran ser deshechas. Y Él debía ser inocente y puro para poder llevarse todas las impurezas de nuestras vidas. Y por lo tanto, del Cordero de la Pascua, el Mesías, recibimos el poder de tamim, el milagro de tamim, por medio del cual los culpables pueden volver a ser inocentes, y los impuros pueden vivir una vida sin mancha, con un historial inmaculado y con una conciencia inmaculada…y con recuerdos sin mancha".

"Y cada uno debería aplicar la sangre del Cordero de la Pascua a su propia vida".

"Sí. Por lo tanto, debe aplicar, de la misma forma, el poder de tamim a cada remordimiento o impureza de su pasado, su memoria, su conciencia y su vida…porque de la misma forma que Él es si mancha, puro, limpio, inocente y entero, ahora usted tiene el poder de hacerse igual a Él…tamim".

La misión: Hoy, aplique el poder de tamim a cada impureza de su vida, pasada o presente. Sea hecho completo, sin mancha, y tamim, de la misma forma que Él es tamim.

Éxodo 12:5; 1 Corintios 5:7; Efesios 5:27

Tamim

LA PROCESIÓN DE LA NOVIA Y EL NOVIO

"**V**ENGA", DIJO EL maestro. "¡Es tiempo de que comience la boda!".
Viajamos a una de las aldeas de tiendas, al cual llegamos justo después de la puesta de sol.

"Ya hemos estado aquí", dije, "varias veces".

"Si", dijo. "Este es el campamento del novio".

"Desde aquí partimos con él en el viaje hacia la novia".

"Eso fue para el compromiso", dijo. "No se han visto desde entonces. Se han estado preparando para este día desde entonces. Y ahora el día ha llegado. Venga".

Me llevó al otro lado del campamento donde todos estaban reunidos alrededor del novio. Él estaba vestido con una túnica festiva, y una guirnalda alrededor de su cabeza. A continuación comenzó la procesión, con el novio y sus hombres a la cabeza y el resto del campamento siguiéndolos, muchos con antorchas en las manos. Viajamos durante algún tiempo antes de llegar al campamento de la novia donde ella estaba esperando, vestida con túnicas y piedras preciosas, sus damas a su lado, y el resto del campamento congregado alrededor de ellas. Los hombres que iban con el novio sentaron a la novia y al novio en una silla de manos y se los llevaron en medio de una gran y festiva procesión, que incluía cantos, gritos y baile. Nosotros les seguimos.

"El novio está llevando a la novia a casa", dijo. "Primero vino para hacer el pacto, pero ahora vuelve por segunda vez para llevársela a casa, al lugar que ha preparado para ella. Lo mismo ocurrirá con el otro Novio".

"Dios".

"Si", dijo el maestro, "el Novio de novios. Primero vino para hacer el pacto, pero volverá una segunda vez para llevarnos a casa. La próxima vez que lo veamos, ya sea ese día o el día en el que terminemos esta vida, será para llevarnos a casa...al lugar que Él ha preparado para nosotros...un lugar en el que no habrá mas llanto, ni dolor, ni tristeza".

Después de unos minutos de seguir a la procesión, volvió a hablar.

"Mire hacia atrás", dijo. "La casa de la novia...se desvanece. Pronto ya no la verás más...de la misma forma sucederá con la antigua creación, y toda su tristeza. Pero después, la novia verá...y todos nosotros veremos...la casa del Novio...el lugar que nuestro corazón anhela".

"¿El cielo?".

"Nuestro hogar".

La misión: Este mundo es tan solo la primera casa. Está destinado a desvanecerse junto con todos sus problemas y preocupaciones. Viva este día a la luz de esa realidad.

Jeremías 33:11; Mateo 25:6; Juan 14:2–3; Apocalipsis 19:6–9; 21:1–2

EL CAMINO A LA CUMBRE DE LA MONTAÑA

ESTABA ATARDECIENDO. ESTÁBAMOS de pie en la falda de una montaña alta, pero el ascenso era muy gradual ya que la montaña abarcaba un gran área y estaba conectada a otras montañas, que eran parte de una cadena. En su base comenzaban varios caminos montañosos, y cada uno se separaba de los otros.

"En la cima de esta montaña", dijo el maestro, "hay una piedra plana, blanca y redonda. Encuéntrela. Cuando llegue, estará en la cima de la montaña. Encuentre esa piedra, y después vuelva".

"¿Pero cuál de los caminos debo tomar?", pregunté.

"Ese es el reto", dijo. "Estaré esperando aquí hasta que vuelva".

Así que escogí uno de los muchos caminos y comencé a seguirlo. No mucho tiempo después, el cielo comenzó a oscurecerse, y comenzó a hacerse evidente que estaba en el camino equivocado. Escogí otro, y otro, hasta que finalmente me di cuenta de que estaba descendiendo. En ese punto comencé a llamar al maestro en la oscuridad a gritos. Él me respondió con otro grito. Siguiendo su voz, conseguí llegar de nuevo hasta él en la base de la montaña.

"Bueno," dijo el maestro, "imagino que no llegó".

"¿Cómo podría hacerlo?" respondí. "No sabía qué camino tomar".

"No necesitaba saberlo", dijo él. "No necesitaba saber nada…excepto una cosa. Usted estaba demasiado enfocado en qué camino tomar, pero esa no era la clave. ¿Recuerda cuando hablé con usted de la palabra hebrea *aliyah*? Si hubiera aplicado eso aquí, habría tenido éxito. La clave era la dirección…hacia arriba. La piedra blanca estaba en la cima. Lo único que debía hacer era escoger el camino más alto, continuamente. Y si el camino dejaba de ascender, entonces debía escoger subir todo lo que pudiera. Y no importaría dónde hubiera empezado o desde qué lado de la montaña. Si hubiera seguido esta simple regla, le hubiera llevado al sitio exacto de la cima. No olvide esto, pues es uno de los secretos más importantes de su caminar con Dios. La cima de la montaña representa el llamado de Dios sobre su vida, su voluntad específica, su propósito exacto y su plan para su vida. ¿Cómo llega allí? No hace falta que sepa dónde está. Lo único que debe hacer es ascender continuamente, escoger continuamente el camino más alto, subir, dar pasos hacia arriba. Y sin importar donde empezó y dónde esté ahora, acabará en la voluntad exacta, específica, asignada, y perfecta de Dios, en la cima, en lo más alto de los propósitos de Dios para su vida".

La misión: Hoy, enfóquese tan solo en un curso, un camino, un viaje, un destino, y una dirección: hacia arriba. Apunte a ir más alto con cada paso.

Salmos 24:3–6; 122; Proverbios 3:6; Filipenses 3:14

Secretos del caminante de la cima de la montaña

SUNERGOS

ESTOY SEGURO DE que el maestro tenía planeado algo diferente para hablar conmigo ese día, pero yo fui el que inició la lección.

"Tengo una pregunta", dije. "¿Cómo puede uno vivir cumpliendo las normas de Dios? ¿Cómo se logran estándares tan elevados?".

"Uno no lo hace", dijo él.

"¿A qué se refiere?".

"Uno no lo hace...como usted piensa. ¿Cómo podría?".

"No entiendo".

"¿Quién puede vivir cumpliendo las normas de Dios?".

"¿Los piadosos?".

"No", dijo el maestro. "El único que puede estar a la altura de las normas de Dios...es Dios. Y el único que puede vivir la vida del Mesías es el Mesías. Por lo tanto, ¿cómo se puede estar a la altura de sus normas? ¿Cómo se puede vivir la vida piadosa?".

Yo no respondí.

"Tan solo hay un camino: debe dejarle a Él hacerlo. Debe dejar que Dios cumpla las normas de Dios. Debe dejar al Mesías vivir la vida del Mesías a través de usted".

"Entonces es Él y no yo".

"Es Él *a través* de usted. Es Él viviendo su vida...a través de que usted viva su vida en Él. En el libro de Primera de Corintios está escrito, 'nosotros somos colaboradores de Dios'". Pero en el idioma original la palabra *colaboradores* es *sunergos*".

"¿Y qué significa?".

"*Ergos*", dijo el maestro, "significa actuar, trabajar, o hacer. Y *sun* significa con o juntos. Por lo tanto, *sunergos* significa actuar juntos, trabajar con, moverse juntos, o hacer algo siendo uno. Esa es la clave. Es imposible que usted viva la vida de Dios, pero es imposible que Dios *no* viva la vida de Dios. Por lo tanto, la clave no es estar a la altura de las normas de Dios, sino permitir que Dios viva su vida a través de usted. Significa dejar a Dios vivir en medio de su diario vivir...de la misma forma en que a través de su vida, usted vive. Significa dejar que Dios ame en medio de su amor...de la misma forma en que a través de su amor, usted ama. Nuestra palabra *sinergia* viene de la palabra *sunergos*. Esa es la energía de la salvación, la energía de Dios, y la energía de usted fluyendo unificada...una energía, un movimiento, una vida. Como está escrito. 'fortaleceos en el Señor, y en el poder de su fuerza'...sunergos".

La misión: Hoy, descubra y practique el sunergos, la sinergia de Dios. Muévase en su mover, actúe en su actuar, y viva en su vida; unificado.

1 Corintios 3:9; Efesios 6:10; 1 Juan 4:9

Los dos serán uno

LOS SOLDADOS DE OSCURIDAD Y LUZ

ÉL ME CONDUJO por un gran valle hacia una montaña que había al otro lado. "Imagine", dijo el maestro, "que tuviera que atravesar este valle para llegar a esa montaña lo más rápido que pudiera, pero el valle está lleno de soldados, la mitad de ellos vestidos de blanco y la mitad de negro. Al intentar cruzar el valle, descubre que los soldados de blanco están ahí para ayudarle a cruzar y para llevarle hasta la montaña lo más rápido posible, pero enseguida descubre que los soldados de negro están ahí con el propósito contrario. Luchan contra los soldados de blanco, resistiendo cada paso de avance. Finalmente, después de una larga y ardua batalla, consigue cruzar hasta la base de la montaña al otro lado. La batalla se termina. Es entonces cuando se da cuenta de algo extraño: los soldados de negro comienzan a quitarse sus vestiduras y muestran las vestiduras que llevan debajo, las cuales son blancas. Los soldados de negro realmente eran soldados de blanco. Los soldados eran todos del mismo bando. Y la meta final no era llevarle al otro lado lo más rápido posible sino llevarle allí en el tiempo exacto, y para que eso ocurriera, tanto los saldados de blanco como los soldados de negro tenían que cumplir su misión. Y aunque parecía que era una guerra, ambos bandos estaban en verdad trabajando juntos para su bien. Entonces, ¿qué bando estaba en contra de usted?".

"Ninguno", dije yo. "Ambos estaban luchando para mi beneficio".

"Exactamente", dijo él. "Y lo mismo está escrito en el libro de Romanos cuando dice que 'a los que aman a Dios, todas las cosas les ayudan a bien, esto es, a los que conforme a su propósito son llamados'. Así que si ama a Dios y le pertenece, Él hará que todas las cosas en su vida actúen para bien, y el mal, lo hermoso y lo feo, lo alegre y lo doloroso, los problemas y los triunfos, todo para su bendición y su bien. Ahora bien, si tanto lo bueno como lo malo está obrando para su bien, entonces al final, ¿había algo malo?".

"No, si incluso lo malo está obrando para mi bien, entonces finalmente es bueno".

"Y así para los hijos de Dios, para usted, solo hay dos realidades…bendiciones…y bendiciones disfrazadas. A veces las bendiciones están muy bien disfrazadas, pero no dejan de ser bendiciones. Aférrese a esto, y aprenda a ver y creer a través de los disfraces. Y recuerde: solo parece un campo de combate, pero al final, lo verá como lo que siempre fue, un campo de bendición donde incluso sus enemigos más oscuros, sus mayores adversarios, eran al final sus bendiciones disfrazadas".

La misión: Dé gracias hoy por todas sus bendiciones, y por todas sus bendiciones disfrazadas, las del pasado y las bendiciones del presente que aún siguen disfrazadas.

Jeremías 29:11; Romanos 8:28

Todas las cosas

ROSH PINAH

EL MAESTRO ME dirigió, recorriendo una gran distancia, hasta las ruinas de un antiguo edificio. Señaló hacia una de las piedras de sus cimientos.

"La piedra angular", dijo él. "La piedra con la que comienza el edificio. ¿Recuerda cuando hablamos acerca de ello?".

"El Salmo 118", dije yo, "la canción de la Pascua. 'La piedra que desecharon los edificadores ha venido a ser cabeza del ángulo'. El Mesías, la piedra angular".

"Sí", dijo el maestro. "Pero la palabra hebrea para *piedra angular* es *rosh pinah*. Y *rosh pinah* no solo significa la piedra angular, sino el toque final".

Señaló a una piedra que descansaba sobre la entrada del edificio, en su pináculo.

"El toque final", dijo él, "la última piedra, la piedra que completa el edificio, la piedra a la que todas las demás piedras llevan y donde todas convergen. Así que el Mesías no solo es la piedra angular sino también la piedra final".

"¿Cómo?".

"La profecía de rosh pinah se lee en la Pascua. Y fue entonces, en la Pascua, en su muerte, cuando el Mesías se convirtió en la piedra final...la piedra que pone fin. Fue en la cruz donde el Mesías se convirtió en la piedra final de un mundo caído, la piedra final de maldición, la piedra final de la Ley, la piedra final del antiguo pacto, y la piedra final de cada pecado. Y así como cada piedra lleva y señala a la piedra final, así todo lleva al Mesías y a ese momento, todas las profecías, todas las sombras, toda la culpa y todos los que anhelaban la redención. Y como cada piedra converge sobre la piedra final, así converge todo sobre el Mesías, la carga del mundo, el peso de todo pecado, el embate de toda maldad y el juicio de Dios. La piedra final es la piedra con la que se termina el trabajo. Así fue entonces, en el momento de su muerte, cuando Él dijo: 'Consumado es'. Y para cada vida que acude a Él, Él se convierte en la piedra final...el final de sus pecados, el final de su pasado, y la terminación de todo lo que faltaba".

"¿Pero cómo puede ser a la vez la piedra angular y la piedra final?".

"Solo después de que se ha terminado lo viejo puede haber un nuevo comienzo. Después del evento de la piedra final, su muerte, viene el evento de la piedra angular, la resurrección. Por lo tanto, deje que todo lo que se debe acabar encuentre su final en esa piedra final...y encontrará en el otro lado la piedra angular de los nuevos comienzos".

La misión: Todo lo incompleto de su vida que deba terminarse, y todo lo que deba terminar, termínelo, complételo con el poder de la piedra final.

Salmo 118:22–23; Juan 19:28–30

Rosh Pinah

KHATAAH: EL NOMBRE DE SU PECADO

"¿RECUERDA CUANDO LE hablé acerca de Asham?", preguntó el maestro. "¿El sacrificio que quitaba la culpa…pero que también *era* la culpa?"

"Sí", dijo él. "Pero había otro sacrificio de naturaleza paralela y que contenía un misterio paralelo. Se llamaba la ofrenda por el pecado, el sacrificio que quitaba el pecado. El día de Expiación, era este sacrificio el que quitaba los pecados de toda la nación".

"Y el Mesías", dije yo, "es el sacrificio que 'quita el pecado del mundo'. Así, la ofrenda por el pecado es una sombra de Él".

"Sí. Pero las Escrituras respecto a la ofrenda por el pecado están escritas en hebreo. Y en hebreo la ofrenda por el pecado se llama *Khataah*. Así que el Mesías es el Khataah. Pero la palabra tiene un doble significado; por un lado significa la ofrenda por el pecado, pero por otro lado significa el pecado".

"Lo mismo que ocurre en el misterio del Asham…el sacrificio se convierte en eso mismo que quita. Así que para que el Mesías quitara el pecado, tenía que *convertirse* Él mismo en pecado".

"Sí", dijo el maestro, "y el misterio del Khataah también aparece en el Nuevo Testamento: 'Al que no conoció pecado, por nosotros lo hizo pecado…'. Y aún hay más. Tanto el sacrificio como el pecado llevan el mismo nombre, el Khataah. Lo que eso significa es que el sacrificio no solo lleva el nombre del pecado, sino que el pecado lleva el nombre del sacrificio que quita el pecado. Cada pecado lleva el nombre de la ofrenda por el pecado, y el Mesías es la ofrenda por el pecado, el Khataah. Entonces ¿qué significa eso?".

"Si cada pecado lleva el nombre del sacrificio…entonces cada pecado lleva el nombre de Él".

"Sí", dijo él. "En la lengua sagrada, cada uno de sus pecados lleva el nombre del sacrificio. En cada uno de sus pecados está escrito el nombre de Dios. ¿Y qué significa *eso*?".

"No lo sé".

"Significa que todos sus pecados le pertenecen a Él. Significa que ya no le pertenecen más a usted. Y mantener lo que no le pertenece es estar en posesión de una propiedad robada. Constituye un acto de robo. Así que entréguele a Dios lo que le pertenece, y lo que lleva su nombre escrito. Dele sus pecados, cada uno de ellos. Suéltelos, pues ya no le pertenecen. Y seguir en propiedad de sus pecados es un pecado".

"Sí", respondí yo. "E incluso ese pecado llevaría su nombre escrito".

La misión: tome cada pecado, culpa, vergüenza, fracaso, lamento y error de su vida, y ponga el nombre de Dios sobre cada uno. Después entréguele a Dios lo que es de Él.

Mateo 1:21; 2 Corintios 5:21

Los misterios del sacrificio I–V

EL SECRETO DEL GROGGER

Él ME LLEVÓ a algo parecido a algún tipo de almacén donde quitó un objeto extraño del cajón de un mueble. Parecía una caja de madera decorada, pero demasiado fina como para contener nada, y con un asa de madera que salía de su parte inferior. Asiéndolo por el asa, comenzó a darle vueltas a la caja, haciendo que se produjera un fuerte sonido chirriante.

"En hebreo", dijo él, "esto se llama *rashan*, que significa el que hace ruido, pero se conoce más comúnmente como *grogger*. Tiene un propósito muy específico y particular. Durante la fiesta de Purim, cuando se lee el nombre de Amán, el hombre que intentó exterminar al pueblo judío en la antigua Persia, se hace girar el grogger de este modo". De nuevo giró la caja de madera sobre su asa, para causar de nuevo un sonido chirriante. "Usando el grogger, ahogaban el nombre de Amán, y en este extraño instrumento de ruido hay un principio muy profundo que debe aprender y aplicar a su vida. Amán es un símbolo del mal. Así pues, ¿cómo vence al mal?".

"¿Luchando contra él?".

"¿Cómo?", preguntó el maestro. "Alguien le hace daño y usted le hace daño a la persona. Alguien le odia y usted le odia también. Se amarga con lo que le hicieron. ¿Es así como vence al mal? No. Así es como hace eco al mal y lo perpetúa. Lo único que está haciendo es repetir el nombre de Amán, pero el grogger tiene el secreto".

"Entonces cuando alguien peca contra usted, ¿usa el grogger?", pregunté yo con extrañeza.

"En cierto sentido, sí", dijo él. "El secreto del grogger es que trata el sonido del mal produciendo su propio sonido, un sonido distinto, y al hacerlo ahoga el sonido del mal. Entonces ¿cómo vence al mal en su vida? Produciendo un sonido distinto, algo que no sea una reacción contra el mal, algo que tenga un origen totalmente distinto, una esencia totalmente distinta, y un espíritu completamente opuesto. Usted vence al mal produciendo su opuesto, produciendo el bien. Vence el odio produciendo amor. Vence la desesperación produciendo esperanza. Y vence lo negativo produciendo lo positivo. Usted vence el sonido de las tinieblas con el sonido de la luz, y al hacerlo lo ahoga. Aprenda el secreto del grogger…y ahogue a su Amán".

La misión: ¿Con qué problema, maldad o error está tratando? No se ancle en ello. No reaccione. Habite en su opuesto. Venza la oscuridad con la luz.

Josué 6:5; Salmo 95:1–2; Mateo 5:44; Romanos 12:21

El grogger

EL VALLE DE HINOM

"**A**LGO QUE ME ha estado inquietando", dije yo. "El infierno. Si Dios es amor…".

"¿Por qué existiría un infierno?", dijo el maestro. "Venga". Me llevó a la Cámara de los Rollos, sacó uno de los rollos de su estantería, lo desplegó y comenzó a leer.

"'Así dijo Jehová: saldrás al valle del hijo de Hinom…y proclamarás allí las palabras que yo te hablaré…He aquí que yo traigo mal sobre este lugar'. Mire estas palabras aquí", dijo él señalando al texto en el rollo. "Dios le dijo a Jeremías que fuera al valle de Hinom. ¿Por qué? ¿Por qué era eso importante? La respuesta es que era en el valle de Hinom donde los israelitas que se habían apartado de Dios sacrificaban a sus hijos en el fuego a los dioses extraños de Baal y Moloc. Así que el valle de Hinom era un lugar de maldad, de derramamiento de sangre y fuego. Cuando el Mesías habló del infierno, a menudo se refería a él como a Gehena. ¿Sabe por qué? La *Geh* de *Gehena* significa valle; y *hena* significa *Hinom*. Así que *Gehena* significa el *valle de Hinom*. El valle de Hinom era una revelación terrenal del infierno. ¿Y qué revela? ¿Representaba el valle de Hinom el corazón de Dios o el corazón del hombre?".

"El corazón del hombre", dije yo, "el corazón de hombres malos".

"Sí", dijo el maestro. "Y así Gehena, infierno, representa no el corazón o la voluntad de Dios, sino el corazón y la voluntad de los que rechazan el corazón y la voluntad de Dios, el corazón y la voluntad del cielo. Dios debe juzgar el mal. Es su necesidad, pero su corazón es la salvación, salvar a todos los que vayan a ser salvos. Usted tiene un problema con el infierno, y Él lo aborrece mucho más que usted; de hecho, Él lo odia tanto que incluso dio su propia vida para salvarle a usted de ir allí. ¿Y qué fue lo que dijo mediante Jeremías respecto al valle de Hinom?".

"Que él lo destruiría", dije yo. "Así pues, ¿destruiría Dios el infierno si pudiera?".

"Destruiría el *poder* del infierno…y lo hizo. Él destruyó su poder al dar su vida en nuestro lugar para llevar nuestro juicio…para llevar nuestro infierno".

"¿El poder del infierno está destruido?".

"Para todo aquel que lo recibe…el poder del infierno está destruido por el poder de su amor. Porque el amor de Dios es mucho mayor que el infierno y más profundo que el valle de Hinom".

La misión: Participe en deshacer el poder del infierno. Comparta el amor de Dios y su salvación con alguien que necesite ser salvo.

Jeremías 19:1–3; Juan 3:16; 2 Pedro 3:9

La cosecha del cielo y el infierno

PLANOS DEL ESPÍRITU

EL MAESTRO ME llevó a la Cámara de las Vasijas y a su único mueble de libros. En sus estanterías había grandes volúmenes de planes, instrucciones y diagramas. Tomó uno de ellos de la estantería de arriba, lo puso sobre la mesa de madera, y lo abrió.

"Parece un dibujo mecánico", dije yo.

"*Es* una especie de plano", dijo él. "Estos son los planos basados en las instrucciones dadas por Dios para la construcción del Tabernáculo. Observe la precisión. Todo tenía que hacerse exactamente según el modelo, según las medidas y especificaciones exactas. Y todo vino mediante un hombre llamado Bezalel. Dios le había llenado con su Espíritu, y mediante Bezalel, el Espíritu de Dios construyó el Tabernáculo. ¿Qué revela eso?".

"El Espíritu", dije yo, "cumple los planes de Dios".

"Exactamente. Y la construcción del Tabernáculo fue parte de la Ley de Moisés. Y el día que marca la entrega de la Ley es la fiesta de Shavuot, y en ese mismo día, la fiesta de Shavuot, también conocida como Pentecostés, el Espíritu de Dios fue dado a los primeros seguidores del Mesías...el mismo Espíritu que tradujo todos estos planos, proyectos y medidas a la realidad...El mismo Espíritu fue dado a su pueblo...fue dado a usted...¿Por qué? Para hacer la misma obra, para traducir los propósitos de Dios a la realidad. Como está escrito: 'Y pondré dentro de vosotros mi Espíritu, y haré que andéis en mis estatutos...'. Detrás de la palabra *estatutos* hay una palabra hebrea que habla de tiempos y medidas señaladas. Verá, el propósito de Dios, la voluntad y los planes de Dios para su vida son tan detallados, específicos y precisos como los planos y las medidas del Tabernáculo. Sus planes son perfectos y no solo para su vida, sino para cada día de su vida, para cada momento. Por eso Él le da el Espíritu. El Espíritu le da el poder para cumplir el plan de Dios, para moverse en su perfecta voluntad, y para caminar en las pisadas exactas, por las medidas y especificaciones exactas de sus propósitos señalados para su vida. Haga de su objetivo encontrar y cumplir el plan perfecto y preciso que Dios tiene para su vida. Viva por el Espíritu, siga su guía, y caminará en sus pasos señalados...pasos tan reales y tan exactos como los diagramas de este libro. Ya están ahí...en los planos del Espíritu".

La misión: Intente vivir este día en el patrón celestial. Camine, hable y actúe por el impulso y la guía del Espíritu en los planos divinos.

Éxodo 25:40; 31:2–5; Ezequiel 36:27; Efesios 2:10; Hebreos 13:21

Tablas del Espíritu

EL MISHKAN

ESTÁBAMOS MIRANDO DESDE la distancia a una solitaria tienda color marrón. Estaba en medio de una expansión abierta en el primer plano de una cordillera del desierto. Pensé que él diría algo sobre la tienda, pero en su lugar habló de la oración.

"¿Cómo definiría la *oración*?".

"*Orar* es hablar con Dios", dije yo, "llevar ante Él sus necesidades y peticiones".

"Eso es parte de la oración", dijo él. "Pero es más que eso. El Tabernáculo era el lugar central de oración de Israel. Pero nunca se llamó el Tabernáculo".

"¿Cómo se llamaba, entonces?".

"El *mishkan*".

"¿Qué es un mishkan?".

"Viene de la raíz hebrea *shakan*. *Shakan* significa morar, así que *mishkan* significa la morada. El mishkan era la tienda o tabernáculo que permitía a Dios *morar* en medio de su pueblo. Era también el lugar central de la oración. Así que la oración está vinculada a…".

"La morada de Dios".

"Pero el mishkan no era solo la morada de Dios; también se llamaba la *tienda de reunión*. Es donde Dios y el hombre se encontraban. Verá, la oración no es solo una acción; es una reunión, un encuentro. El mishkan no era solo donde Dios moraba, sino el hombre. La oración no consiste principalmente en decir palabras o llevar a cabo un acto. La oración es mishkan. La oración tiene que ver con morar. Es la morada de Dios y el hombre juntos. Así que la parte más profunda de la oración es la de morar en la morada de Dios…estar presente en la presencia de Dios. Y morar es más que decir las palabras de una oración o cantar las letras de una canción y después terminar. La oración es morar en la presencia de Dios. Y la palabra *mishkan* también significa *la presencia, la continuación, la morada* y *la habitación*. ¿Cuál es entonces el corazón de la oración? Es habitar en su presencia".

"Y descansar en su descanso".

"Quedarse donde Él se queda".

"Morar en su morada".

"Y habitar en su habitación. Para saber qué es verdaderamente la oración, debe ir más profundo…debe entrar en el mishkan".

La misión: Hoy, busque practicar el secreto del shakan, morar en su morada, permanecer en su presencia y habitar en su habitación.

Éxodo 33:9–10; Salmos 16:11; 61:4

En la tienda de gloria

LA MOJADA DE LA PASCUA

ESTÁBAMOS EN UNA de las cámaras del edificio donde se servían las comidas para los estudiantes. Él me hizo sentar junto a una mesa de madera sobre la que había un pequeño bol, y dentro del bol había una especie de mezcla que no había visto antes.

"Esto", dijo el maestro, "se llama *kharoset*. Es una de las comidas características de la cena de la Pascua. La noche de la Pascua, los judíos comen el kharoset con hierbas amargas para conmemorar su liberación de Egipto".

Hizo una pausa para tomar una pieza de matzah, el pan sin levadura, y después continuó.

"La noche antes de su muerte, el Mesías participó de la última cena. La última cena fue una cena de Pascua. En medio de la cena comenzó a hablar de su muerte; 'uno de vosotros me va a entregar', dijo Él. Después les dio una señal. 'El que mete la mano conmigo en el plato, ese me va a entregar'. Fue entonces cuando el discípulo llamado Yehudah o Judas metió su mano en el plato. ¿Por qué cree que el Mesías dio ese acto en concreto como la señal de su traición para morir?".

"No lo sé".

"En la Pascua, el pueblo judío moja un trozo de matzah en el kharoset. Sin duda alguna fue en un bol como este que el Mesías y Judas mojaron su pan esa noche".

"¿Por qué es importante eso?".

"El kharoset y las hierbas amargas representan la esclavitud y el sufrimiento. ¿Y cuál fue la traición? Fue entregar al Mesías a la esclavitud y el sufrimiento, así que la señal revelaba que sería Judas quien le entregaría a su sufrimiento. Y sin embargo, el Mesías también mojó en la copa, así que la señal también revelaba que sería el Mesías quien libremente se entregaría al sufrimiento y la muerte. ¿Y por qué mojando? La palabra en griego está unida a la palabra *bautismo*, que significa sumergir o inundar. Así, la vida del Mesías sería sumergida en sufrimiento, en *nuestro* sufrimiento, sumergida en la copa de *nuestro* juicio. Y en el proceso, Él sería inundado; Él se sumergió en la copa de nuestro juicio, en la copa de sufrimiento y amargura, para que nuestro juicio, nuestras lágrimas y nuestro infierno fueran quitados".

El maestro entonces mojó el matzah en la copa.

"Él llevó nuestro infierno", dijo el maestro, "para que nosotros no tuviéramos que hacerlo".

La misión: Medite en el amor que lleva sobre sí todos sus dolores, sufrimientos y juicios. Viva, en consecuencia, una vida digna de ese amor.

Éxodo 12:8; Mateo 26:20–25; Isaías 53:4

La cena pascual

EL REY SECRETO

"¿**A**LGUNA VEZ LE conté sobre el rey secreto?".

"No creo que lo haya hecho", contestó.

"En los últimos días del reino de Judá, reinaba en el trono de David un rey malvado llamado Jeconías. El profeta Jeremías pronunció una profecía de juicio contra él, una maldición: ninguno de sus descendientes tomarían el trono de David. La profecía se hizo realidad".

"¿Entonces qué sucedió con el linaje real?".

"Con el pasar de los años se desvaneció a la oscuridad. Tenía que haber un heredero justo, un niño de la realeza, pero no iba a poder sentarse en el trono real. Nadie hubiera sabido quien era…ni tampoco el heredero. Pudo haber sido cualquiera. Solo Dios sabía".

"Hubo en la nación de Judea un pobre campesino judío, un hombre piadoso que vivió su vida en secreto. Aunque nadie a su alrededor tenía idea, ni él tampoco, este desapercibido campesino judío en realidad era…el verdadero rey de Israel. Era el rey secreto".

"¿Quién era?"

"Se llamaba Yosef, o José, como el de José y María".

"¿Como sabemos que era rey?".

"El Mesías solo podía haber nacido en el linaje de David…y no en el linaje distante de un familiar del heredero real sino directamente del linaje del heredero de la casa real. Dios nunca hace las cosas a medias, sino a la perfección. Las escrituras relatan que José era descendiente de los reyes de Israel. ¿Sabe cómo lo llamó el ángel? Lo llamó José, hijo de David. ¿Sabe a quienes también se les hizo referencia por su relación con David? A los reyes de Judá".

"Pero él nunca reinó en el trono".

"Debido a la maldición de Jeconías, mas seguía siendo el verdadero rey".

"¿Pero qué sucedió con la maldición en relación al Mesías?".

"Sucedió el nacimiento virginal y nunca llegó al Mesías, no obstante, aun así nació en el linaje real de la casa de David. Solo Dios hace todo perfecto".

"¡Qué historia!", contestó. "¡Un rey secreto que nunca supo que era rey!".

"Y aun así vivió una vida real. Y todos los que son del Mesías igualmente son linaje real llamados a vivir como tal. Porque aquellos que son verdaderamente realeza no tienen necesidad de coronas ni tronos. Su realeza no se encuentra en lo que está a su alrededor sino en lo que está en sus adentros. Viven como realeza independientemente. Viva su vida por encima de sus circunstancias. Viva como realeza independientemente, ¡porque usted también es un heredero secreto!".

La misión: Determine vivir este día por encima de sus circunstancias, no regido por sus problemas. ¡Viva hoy como el heredero real!

Jeremías 22:30; Mateo 1; 1 Pedro 2:9-10

El niño de la realeza y la maldición de Jeconías

LA LEY DIVINA DE LOS ADJETIVOS

EL MAESTRO LEVANTÓ una fruta, concretamente una granada.

"En inglés", dijo él, "y en muchos otros idiomas, usted llamaría a esto una 'roja fruta'. El adjetivo va primero, y después el nombre. Pero en español y otros idiomas se describiría como 'fruta roja'. El nombre va primero, y después el adjetivo. En hebreo, el lenguaje usado para la mayoría de las Escrituras, y en la lengua del Mesías, no es una 'roja fruta", solo una 'fruta, roja'".

"No lo entiendo".

"En la lengua sagrada no existe algo parecido a un hombre malo...solo un 'hombre, maldad'. Existe un hombre. El hombre es creación de Dios. La maldad es el estado en el que está. Así también, en la lengua sagrada no existe una mujer pecaminosa, sino que existe una mujer, una creación de Dios, que resulta que es pecaminosa. El Mesías hablaba de esta forma y conocía la Palabra de Dios de esta forma, con el nombre primero y el adjetivo después, y por lo tanto no había hombres malos ni mujeres pecaminosas. Él veía a los hombres, en hebreo, a imagen de Dios, y que ahora estaban en una condición caída. Veía a la mujer adúltera no como una mujer adúltera, sino como una mujer atrapada en la condición de adulterio. Y así ella pudo ser salvada de ello. Veía al hombre poseído como un hombre que resultó estar poseído y así como alguien que podía ser liberado. Veía a los enfermos no como personas enfermas sino como personas que resultaba ser que estaban enfermas u oprimidas y por eso podían ser sanadas. Veía a través de la maldad, a través de la imperfección y a través de lo caído, para ver la perfección que Dios creó y lo perfecto que podía ser redimido. Murió para separar los adjetivos de los nombres, a la gente de su maldad, su pecaminosidad y su estado caído".

"Uniendo sus adjetivos, sus pecados, con otro nombre, con Él mismo".

"Sí. Y para unir su adjetivo, su santidad, con nosotros. Aprenda el secreto de la lengua sagrada. Cuando vea a los pecadores, los caídos, los lisiados, los contaminados, los quebrantados, los odiosos, los perversos, los airados, no vea primero el adjetivo. Vea primero el nombre, aquel a quien Dios hizo a su imagen, aquel a quien Dios le hizo que fuera, y aquel a quien Dios redimió. Y eso le incluye a usted. Cuando se mire a sí mismo, su pecaminosidad, su estado caído, no vea el adjetivo primero, sino el nombre. Lleve los adjetivos a la cruz. Y véase primero como aquel que Dios creó y viva su vida como la persona que Él redimió.

"Para que nosotros", dije yo, "pudiéramos convertirnos en un pueblo...santo".

La misión: Hoy, aplique la ley divina de los adjetivos a otros y a usted mismo, vea primero el nombre que Dios creó, y después entréguele a Él el adjetivo.

Lucas 13:11–16; Hechos 9:11–15; 1 Corintios 6:11

Los misterios hebreos I–IV

LOS REUNIGÉNITOS

"UNA PREGUNTA", DIJO el maestro. "¿Quién fue la primera persona en nacer de nuevo?".

"Los discípulos?", dije yo.

"No", dijo el maestro.

"Entonces ¿quién?".

"El Mesías".

"Eso me resulta extraño", respondí yo.

"Pero es así", dijo el maestro. "¿Quién era Él antes de la encarnación?".

"El Hijo de Dios".

"¿Y cómo podía ser el Hijo de Dios si no había nacido? ¿Qué le dio Dios a este mundo? Su Hijo unigénito. *Unigénito* significa nacido. Así, cuando Él nació en Belén, ¿fue ese su primer nacimiento?".

"Imagino que no", dije yo. "Sería su segundo".

"Fue su segundo nacimiento. Él ya era unigénito, nacido, antes de Belén. La encarnación fue su segundo nacimiento. La Navidad fue su nuevo nacimiento. En Belén Él nació de nuevo".

"Entonces ¿el nuevo nacimiento está conectado con la encarnación?".

"Aquel que nació de espíritu nació de nuevo de la carne para que nosotros que éramos nacidos de la carne pudiéramos nacer de nuevo del Espíritu. Él que había nacido del cielo nació de nuevo de la tierra para que nosotros que habíamos nacido de la tierra pudiéramos nacer de nuevo del cielo. Y él que nació de Dios nació de nuevo de hombre para que nosotros que habíamos nacido de hombre pudiéramos nacer de nuevo de Dios".

"Él nació de nuevo", dije yo, "para participar de nuestra vida, para que nosotros pudiéramos nacer de nuevo para participar de su vida".

"Sí", dijo el maestro. "Él que fue *reunigénito* en Belén tuvo que aprender a vivir en su nuevo nacimiento, su nueva vida y su nueva naturaleza, la de carne y sangre. Tuvo que aprender a caminar por la tierra, a ver con ojos físicos y a tocar con manos físicas. Porque los reunigénitos nacen en una vida que no habían conocido antes, y en la que deben ahora aprender a vivir. Por lo tanto, usted que es reunigénito de Dios debe ahora aprender a vivir en su nuevo nacimiento, en su nueva vida y su nueva naturaleza, la del Espíritu. Aprenda a ver en el Espíritu, a vivir en el Espíritu y caminar en lugares celestiales. Ese es el viaje y el misterio de los reunigénitos".

La misión: Así como Dios tomó la naturaleza y vida de usted, de igual modo tome hoy la naturaleza de Dios, viva la vida de Dios y camine en los pasos de lo celestial.

1 Corintios 15:48–49; Colosenses 3:9–10; 1 Pedro 1:23

ALTARES EN LOS LUGARES ALTOS

ESTÁBAMOS DE PIE en lo alto de lo que era menos que una montaña y algo más que una colina, y no llegaba a ser ninguna de las dos cosas. El maestro me condujo a una plataforma de piedra o, mejor, a los restos de lo que una vez fue una plataforma de piedra.

"¿Qué es esto?", pregunté yo.

"Son las ruinas de un altar", dijo él. "Fue uno de los muchos altares erigidos sobre los lugares altos".

"Altares a…".

"Baal, Moloc, Astoret, Zeus y una multitud más de dioses e ídolos".

"Altares para…".

"Sacrificios. Verá, ellos no solo levantaban ídolos en los lugares altos, sino altares. Cada dios tenía un altar y cada altar requería un sacrificio".

"¿Qué tienen que ver ambas cosas?", pregunté yo. "Los altares ya no están o quedan solo ruinas".

"No", dijo él. "Los altares siguen estando aquí, así como lo están los dioses e ídolos. Recuerde de lo que hablamos. Ya sea que la gente llame 'dioses' o no a los dioses que adoran o 'ídolos' a los ídolos que sirven, eso no cambia el hecho de que están adorando a dioses y sirviendo a ídolos. Cualquier cosa que usted ponga primero, por encima de todo lo demás, ese es su dios; cualquier cosa a la que usted sirva, cualquier cosa para la que viva, todo lo que dirija su vida, ese es su ídolo…ya sea que su ídolo sea el dinero o el placer, el éxito, la belleza, la comodidad, el poder, las posesiones, una carrera, un objeto, una meta o su propio yo…todo lo que ponga primero y lo sirva, ese es su dios e ídolo. Pero esto es lo que siempre debe recordar: cada dios e ídolo tiene un altar".

"¿Qué significa eso?".

"Siempre hay un costo por servirlos, hay un precio para los ídolos y dioses. Siempre hay un altar, y el altar siempre requerirá un sacrificio. Algunos requerirán el sacrificio de su paz; otros requerirán el sacrificio de su salud, su matrimonio, su tiempo, su familia, su integridad, su bienestar…y cuanto más los sirva, más debe sacrificar".

"Pero ¿acaso Dios no tiene también un altar y requiere un sacrificio?".

"Sí", dijo el maestro, "Dios sí tiene un altar, pero no es como ningún otro. Verá, en todos los demás altares de este mundo, el hombre sacrifica para sus dioses, pero en el altar de Dios es Dios quien se sacrifica a sí mismo por le hombre. Dios mismo es el sacrificio. Por lo tanto, usted ya no tiene que sacrificarse y darse a ninguno de los dioses…salvo a uno, al único Dios que se entregó como un sacrificio por usted".

La misión: ¿Hay algún ídolo o dios en su vida, algo que usted está siguiendo por encima de Dios? Destruya los altares de esos dioses. Y viva libre, totalmente para Aquel que se entregó totalmente a usted.

Jeremías 32:35; Romanos 12:1; Efesios 5:2

EL TELAR DEL CIELO

EL MAESTRO ME llevó dentro de uno de los campamentos de los moradores del desierto. A nadie parecía importarle. Nos sentamos junto a una mujer que estaba trabajando en un telar hecho de palos y cuerdas. En el telar entretejía hilos rojos, negros, púrpura y amarillos en un patrón que parecía tanto antiguo como complicado.

"Observe el cuidado con el que teje", dijo él, "lo meticulosamente que trabaja…la complejidad del patrón".

Seguimos viendo según iba emergiendo más y más del patrón.

"Cuando llegó el juicio sobre Israel en el año 586 a.C., parecía como si los planes que Dios tenía para el pueblo judío se hubieran terminado. La Tierra Prometida estaba en ruinas y el pueblo de Dios en el exilio. Fue entonces cuando Dios dio esta palabra a su pueblo caído y en pedazos: 'Porque yo sé los pensamientos que tengo acerca de vosotros, dice Jehová, pensamientos de paz, y no de mal, para daros el fin que esperáis'".

"Una hermosa palabra", dije yo. "Después de todo, después de todos sus fallos y pecados, y después de sus calamidades, para ellos debió de haber sido algo hermoso de oír".

"Sí", dijo el maestro. "Aunque debería haber terminado con ellos, Él no había terminado. Su amor era mayor".

"¿Hay alguna razón?", pregunté yo, "parar que me esté diciendo esto mientras vemos tejer a la mujer?".

"La hay", dijo él. "No lo verá en la traducción, pero en el original hay una palabra hebrea que aparece en una forma u otra no menos de tres veces en esa promesa. La palabra es *makhashabah*. Se traduce como plan, pero significa mucho más que plan. *Makhashabah* habla del cuidado, habilidad, complicado entretejido de una tela. Así, se podría traducir como: 'Yo sé los propósitos meticulosamente entretejidos que estoy tejiendo hábilmente, cuidadosamente y complicadamente para su futuro'. Verá, Dios es el Maestro Tejedor, no solo del cosmos sino de las vidas de sus hijos. Y los planes que Él tiene para su vida son no solo buenos y hermosos, sino complejamente entretejidos, ya trabajados. Y Él tomará cada hilo de su vida…cada gozo, cada error, cada fracaso, cada victoria, cada derrota, cada ganancia, cada pérdida, cada lamento, cada herida y cada pregunta, cada hilo, y los unirá todos de forma cuidadosa, hábil y meticulosa para que se convierta en un tapiz perfecto de amor entretejido".

La misión: Considere cómo Dios ha entretejido los hilos de su vida para bien. Anímese al saber que con los hilos actuales, Él hará lo mismo.

Jeremías 29:11; Efesios 1:4; 2 Timoteo 1:9

EL MISTERIO DEL GOEL

UNO DE LOS mandatos más particulares que Dios le dio a Israel", dijo el maestro, "tuvo que ver con lo que se llamaba el 'goel'. Cuando una mujer se quedaba viuda y sin hijos, la ley del goel decretaba que si un pariente cercano podía redimir su casa contrayendo matrimonio con ella, proveer para ella y darle hijos, él sería llamado el *goel*. La Biblia narra el cumplimiento de esta ley más de una vez. Estos cumplimientos o redenciones están todos enfocados en una tribu en concreto, la tribu de Judá, y un linaje en concreto, el linaje de David. El hombre Judá se convirtió en el goel de la viuda Tamar y le dio un hijo. De ese hijo y linaje nació Booz. Booz, después, se convirtió en el goel de la viuda Rut y le dio a su hijo Obed, y de Obed vino el rey David".

"Entonces el rey David solo existió debido a la ley del goel".

"Sí. Nació de una genealogía que vio la intervención del goel, un padre sustituto, no una vez sino dos. Y sería su linaje el que vería una intervención más, un padre sustituto más...y un goel más. Y ocurriría en el mismo lugar donde Booz redimió a Rut...en Belén".

"¿La natividad?".

"Sí", dijo el maestro. "Fue en la natividad cuando Dios mismo se convirtió en el Goel. Fue Dios mismo interviniendo en ese mismo linaje, Dios mismo convirtiéndose en el padre sustituto...el nacimiento virginal".

"Pero María no era viuda", dije yo.

"No", dijo el maestro, "la viuda era Israel, la humanidad, y la creación misma. La creación estaba estéril, cortada del Creador e incapaz de dar el fruto que debía dar. Así que Dios mismo se convirtió en el Goel, porque solo la intervención de Dios en este mundo podía hacer que lo estéril diera su fruto y fuera redimido. Escuche estas palabras de Isaías: 'Porque tu marido es tu Hacedor; Jehová de los ejércitos es su nombre; y tu Redentor, el Santo de Israel'. Pero en hebreo, no dice 'tu Redentor'; dice 'el Santo de Israel es *tu Goel*'. Así pues el misterio es este...Todos llegamos a ser estériles, incapaces de dar el fruto que nuestras vidas estaban llamadas a dar, incapaces de llegar a ser aquello para lo que fuimos creados. Así que Dios interviene...en nuestras vidas. Y si usted lo recibe, Dios se convertirá en...su Goel".

La misión: ¿Qué hay en su vida que nunca haya producido la promesa y el propósito que debía dar? Entrégueselo hoy a Dios. Deje que Él se convierta en su Goel.

Rut 3:9; Salmo 103:4; Isaías 54:5

La redención Goel

EL CAMINO SIN PAN

EL MAESTRO ESTABA sentado en la cima de una colina con el sol a sus espaldas parcialmente dibujando su silueta. Delante de él al comienzo de la pendiente se sentaban los estudiantes. Él sostenía en su mano una hogaza de pan.

"El Mesías", dijo él, "enseñó a sus discípulos a orar: 'El pan nuestro de cada día, dánoslo hoy'. ¿Por qué?".

"Porque necesitamos comer", dijo uno de los estudiantes.

"Pero ¿por qué debía ser eso parte de una oración a Dios?", preguntó el maestro.

"Porque Dios quiere que le llevemos nuestras necesidades más básicas", dijo otro.

"Sí", dijo el maestro. "El Mesías nos estaba enseñando a llevar nuestras necesidades más básicas a Dios. Pero ¿cuántos de ustedes no tienen pan para este día…o comida para hoy? Alcen sus manos".

Nadie levantó su mano.

"Entonces ¿por qué les dijo que le pidieran el pan que ya tienen? ¿Cómo puede darles lo que ya tienen? ¿Y cómo podrían ustedes recibir lo que ya poseen?".

"Si lo tenemos", dijo uno de los estudiantes, "entonces no podemos recibirlo".

"Entonces no debemos de tenerlo", dijo el maestro.

En ese instante, comenzó a romper la hogaza en pequeños pedazos y a pasarlos a los estudiantes. Cuando terminó, continuó con la enseñanza.

"No pueden pedir lo que ya tienen; sin embargo, se nos dice que pidamos nuestro pan cada día. Entonces ¿qué significa esa oración? Para hacer esa oración debemos renunciar a nuestra propiedad. Debemos soltar incluso nuestro pan diario. Pero es en esa renuncia cuando nos abrimos a un milagro…solo podemos recibir de Dios lo que no tenemos. Y si no poseemos ni siquiera el pan diario, entonces ¿qué tenemos? Y si no tenemos nada, entonces Dios puede bendecirnos con todo…cada día. Entonces las posesiones que antes dábamos por sentadas son liberadas para sufrir una transformación, para convertirse en bendiciones dadas y bendiciones recibidas del cielo. Porque cuando no damos por sentada una bendición, entonces todo en nuestra vida se transforma en un regalo. Aprendan el poder de esta oración y las bendiciones que vienen al soltar incluso su pan cotidiano. Es entonces cuando su vida se llenará con milagros y bendiciones…la herencia de aquellos que han alcanzado el estado de *sin pan*".

La misión: Practique el estado de sin pan. Vacíese de toda posesión, incluso de las cosas más básicas, y recíbalo todo de nuevo como un regalo de Dios.

Deuteronomio 8:3; Josué 13:33; Mateo 6:9–11

LOS MESÍAS ESPECTRALES

ESTÁBAMOS EN SU estudio. El maestro había puesto un prisma de cristal cerca de la ventana, el cual hacía aparecer un arcoíris de luz en la pared opuesta.

"El prisma hace que la luz se rompa en sus partes individuales, los colores del espectro".

Caminamos hasta su escritorio y nos sentamos.

"¿Alguna vez ha escuchado acerca de los dos Mesías?", preguntó él.

"No", respondí yo, "nunca".

"En el libro de los rabinos hay escritos que hablan de dos Mesías distintos. Uno se llama Mashiach Ben David o Mesías hijo de David. Este Mesías, escriben ellos, luchará y librará a su pueblo, y se sentará en el trono de David, y reinará sobre Israel y toda la tierra en la era de paz sobre la tierra, el reino de Dios. El otro se llama Mashiach Ben Yosef o Mesías hijo de José. Este es el Mesías de dolores…que sufre y muere por la redención de su pueblo".

"¿De dónde vinieron los dos Mesías?".

"De las profecías del Mesías en las Escrituras. Las profecías solo hablan de un Mesías, pero ellos no supieron unir ambos, un Mesías que reina victoriosamente y un Mesías que sufre y muere. Así como el prisma disecciona la luz en los colores del espectro, los rabinos diseccionaron al Mesías en distintas imágenes. Pero ¿qué ocurre si juntamos de nuevo al Mashiach Ben David y al Mashiach Ben Yosef?".

"Un Mesías, dos obras, dos apariciones…dos venidas".

"¿Y qué obra", preguntó el maestro, "y qué venida debía suceder primero?".

"Él no puede reinar de forma victoriosa para siempre y después sufrir y morir, así que la segunda aparición y venida tendría que ser la del Mesías reinante. Y la primera debería ser la del Mesías sufriente que muere".

"Tendría que ser así. Y la paz sobre la tierra solo se puede producir después de entablar la paz con Dios. pero ¿cómo puede morir el Mesías y después reinar para siempre?".

"Solo mediante una cosa", dije yo. "La resurrección".

"Incluso los rabinos dan a entender que el Mesías sufriente resucitaría de la muerte".

"Entonces los dos Mesías de los rabinos son realmente dos testimonios de las dos obras y apariciones de un solo Mesías".

"El único Mesías, Yeshúa de Nazaret…el único verdadero y todo en uno".

La misión: Mesías es la luz en la que todos los colores del espectro se convierten en uno. Llévele todo lo que hay en su vida, y se convertirá en luz.

Salmo 2; Lucas 24:26–27; Apocalipsis 5:11–12

LA PARADOJA DEL DOBLE CALENDARIO

ESTÁBAMOS EN LA Cámara de los Libros. El maestro colocó un libro grande sobre la mesa y lo abrió en algo que me parecía un viejo diagrama, el cual ocupaba dos páginas.

"Es el calendario hebreo", dijo él. "Está latente detrás de cada evento de las Escrituras. Este", dijo él, señalando a una parte del calendario, "es el mes de tishri. Y esto, al comienzo de tishri, se llama *Rosh Ha Shannah*, y significa *El comienzo del año*".

"Así el año comienza con el mes de tishri", dije yo. "¿Y cuándo es eso?".

"Al comienzo del otoño. Ahora mire aquí", dijo él, señalando a la página opuesta. "Este es el mes de nisán en la primavera. Nisán también significa El comienzo. Así que ambos se identifican como el comienzo. El año hebreo tiene dos comienzos, dos calendarios".

"¿Cómo puede ser eso?".

"El año que comienza en otoño con tishri se considera el *año civil* o secular, pero el año que comienza en la primavera con nisán se considera el *año sagrado*. Así que el pueblo de Israel vivía por dos calendarios…Y así lo hacen todos los hijos de Dios".

"¿Qué significa eso?".

"Todo hijo de Dios tiene dos calendarios y dos comienzos. El primer calendario comienza con su concepción. El segundo comienza en el momento de su nuevo nacimiento. El primer calendario es natural, pero el segundo es sobrenatural. El segundo es el sagrado. Cuando nace de nuevo, comienza a vivir en el segundo calendario, el calendario de lo sagrado. ¿Y cuándo comienza el calendario sagrado de Israel? En la primavera, en el tiempo de la Pascua. Y así es para todos los hijos de Dios. El calendario sagrado siempre llega en el tiempo de la Pascua. Así pues, es la muerte del Mesías, el Cordero pascual, lo que trae el tiempo primaveral a su vida, su nuevo comienzo, su segundo calendario sagrado".

"Entonces ¿cómo vivimos con dos calendarios?".

"Cada día tendrá que tomar una decisión, vivir en el viejo calendario o en el nuevo, en la vieja identidad o en la nueva, en la vieja vida o en la nueva, en lo natural o en lo sobrenatural. Y también cada día debe escoger no vivir en el calendario antiguo, ni caminar en la vida antigua, sino vivir cada momento en su nueva identidad y vida, en lo sobrenatural, en su gracia…en el calendario de lo sagrado".

La misión: Viva este día no por el antiguo calendario ni según el viejo curso, sino por el calendario en el que cada día y cada momento es nuevo.

Isaías 43:18–19; Juan 3:1–8; Colosenses 3:5–10

El año nuevo mezclado

EL HOMBRE ANATOLAY

EN UNA DE las salas más pequeñas de la Cámara de los Rollos había una estantería llena de rollos de varios tamaños y un soporte de madera en el centro. El maestro tomó uno de ellos, lo colocó sobre el soporte y comenzó a desplegarlo.

"No es hebreo", dije yo.

"No", dijo él. "Es griego, las Escrituras hebreas en griego. Se llama la *Septuaginta*, la antigua traducción del Antiguo Testamento hecha por eruditos judíos siglos antes del Nuevo Testamento. Y este es el libro de Zacarías, y la profecía del Mesías como el *Tzemaj*, el Renuevo. Mire esta palabra", dijo él. "Es la que usaron en griego para traducir *tzemaj*, pero no significa renuevo. Es la palabra griega *anatolay*".

"¿Qué significa?".

"Significa el creciente o el amanecer. Y esta misma palabra griega aparece en el Nuevo Testamento para hablar del Mesías".

"Entonces el Mesías es 'el creciente'".

"Sí", dijo él. "Mesías es el creciente, la resurrección".

"Y por eso se le podría llamar el Amanecer".

"Sí, ¿y qué hace un amanecer? Pone fin a la noche. ¿Por qué el Mesías es el Amanecer?", preguntó el maestro. "Porque pone fin a la noche".

"Y el amanecer", dije yo, "es la luz que *atraviesa* la oscuridad".

"Sí. Y así la luz del Mesías es lo que atraviesa la oscuridad de este mundo, atraviesa la oscuridad de la historia y atraviesa la oscuridad de nuestras vidas".

"Y el amanecer", dije yo, "trae un nuevo comienzo...el alba".

"Sí. Y el Mesías es quien trae un nuevo comienzo a la historia y un nuevo comienzo a cada vida que lo recibe. Incluso altera el calendario del mundo. Su luz es la luz del alba".

"Y la luz del amanecer cada vez brilla más".

"Sí", dijo el maestro. "Y tenerlo a Él en su vida es tener el Amanecer en su vida. Eso significa que debe dejar que esa luz crezca continuamente y que cada vez sea mayor hasta que ilumine cada aspecto de su vida. Porque para quienes lo conocen, Él no solo es la luz del mundo...es el Alba...es el Amanecer".

La misión: Deje que la luz del Mesías brille más en su vida hoy. Crea en el Amanecer. Viva en el poder del Amanecer. Comience hoy.

Zacarías 3:8; Lucas 1:78; 2 Pedro 3:18; Apocalipsis 21:23

La aurora

EL MISTERIO DE ASENATH

ESTÁBAMOS DE PIE junto a la mesa de madera en la Cámara de los Libros. Sobre la mesa había un volumen antiguo de tamaño extra grande encuadernado en ámbar. El maestro lo había abierto en una página que mostraba una imagen muy estilizada de una mujer egipcia, algo que uno hubiera esperado encontrar en las paredes de alguna tumba egipcia.

"¿Sabe quien es Asenath?", preguntó él.

"No", respondí yo.

"Una mujer del antiguo Egipto, la hija de un sacerdote pagano. El nombre *Asenath* se cree que significa que pertenece y adora a la diosa Neith. Neith era la diosa egipcia de la guerra. Así que Asenath creció en el corazón del mundo pagano, muy lejos del Dios de Israel, pero terminó casándose con un hebreo, José, el hijo de Jacob. A través de José, Asenath se convertiría en parte de Israel, una mujer israelita. Daría a luz dos hijos, Efraín y Manasés, y así se convirtió en la madre de dos de las tribus de Israel... Asenath, una mujer egipcia pagana que se unió para siempre a la nación de Israel, a su pacto y a su destino".

Cerró el libro. "José fue la sombra ¿de quién?".

"Del Mesías", respondí yo. "El Redentor sufriente".

"Pero entonces ¿cuál es la revelación de Asenath?".

"¿El Mesías tiene una novia egipcia?", dije yo.

"¿Quién es la novia del Mesías? La iglesia. Así, el misterio de Asenath es el misterio de la iglesia. Asenath era una egipcia, alejada del Dios de Israel y de sus caminos. ¿Y quién es la iglesia? Los que antes habitaban en la oscuridad, extranjeros, extraños, los que caminaban lejos de los caminos de Dios y, asombrosamente, los nacidos no de Israel sino de las naciones. Y sin embargo, aunque espiritualmente egipcios se casaron con un hebreo, el Mesías. Y mediante Él se unieron a Dios; y aunque externamente aún puedan parecer extranjeros, ahora se han convertido, mediante matrimonio, en hebreos. Ahora están unidos para siempre a la nación de Israel y a su destino. Esa es la gracia y la gloria del reino de Dios. Pertenece a los que tenían menos probabilidades de pertenecer a él, a los que estaban más lejos. Asenath es el misterio de la iglesia, la novia egipcia del Mesías... y a la vez secretamente hebrea... Nosotros somos Asenath".

La misión: Medite en la gracia que le llevó desde muy lejos hasta el reino de Israel. Y ayude a acercar a los que aún están lejos.

Génesis 41:45; Gálatas 3:14; Efesios 2:12, 19

El hombre sombra I–VI

EL FORASTERO EN EL POZO

ESTÁBAMOS SENTADOS EN la misma colina y mirando el mismo campamento donde anteriormente habíamos visto a varias mujeres juntarse en un pozo a última hora de la tarde; pero ahora era mediodía, y no había nadie en el pozo a excepción de una única mujer que llevaba un cántaro de arcilla en la mano. Estaba allí de pie como si estuviera perdida en sus pensamientos.

"¿Se ha preguntado alguna vez por qué Rebeca se encontró con el sirviente de Abraham en el pozo?", preguntó el maestro.

"Tendría sentido", repliqué yo. "Las mujeres iban allí para sacar agua, al igual que hizo el sirviente de Abraham para sacar agua para sus camellos".

"Sí, pero Dios planeó el encuentro desde el principio. ¿Y sabía que encontrarse con la novia en el pozo es un tema en las Escrituras? La esposa de Isaac también se encontró en el pozo; Jacob, el hijo de Isaac, encontró a su esposa Raquel en un pozo, e incluso Moisés encontró a su esposa Séfora en un pozo. La novia se encuentra en el pozo".

"¿Y a qué se debe eso?".

"Un pozo es el lugar donde los sedientos van a beber, un lugar donde se satisfacen las necesidades. Recuerde lo que el sirviente de Abraham representaba: el Espíritu de Dios, el Sirviente del Padre. ¿Por qué en un pozo? Porque el Sirviente del Padre siempre se encuentra con la novia en un pozo; es ahí donde el Espíritu de Dios se encuentra con nosotros, en un pozo, en nuestro lugar de necesidad, de sed y de vacío; es en nuestra necesidad cuando estamos más abiertos. Es entonces cuando la mayoría de las personas tienen un encuentro con Dios, reciben el Espíritu y se convierten en la novia. Mire, la necesidad no es una cosa mala, tampoco lo es el vacío; es lo que hacemos con ello. Todo el mundo tiene necesidades, todo el mundo tiene sed, y cada corazón conoce el vacío; pero es ahí donde el Espíritu de Dios se encontrará con nosotros, en el pozo, en nuestro lugar de necesidad y vacío. Por lo tanto, se convierte en un lugar santo; Él se encontrará con nosotros allí no solo una vez, sino todos los días de nuestra vida. Por lo tanto, no menosprecie sus necesidades, ni intente extinguir la sed de su alma o luchar contra el vacío de su corazón, pues tales cosas, en Dios, se vuelven sagradas. En cambio, permita que cumplan su propósito, que le acerquen más, al Novio, y a satisfacer esas necesidades con las aguas del Espíritu. De modo que la próxima vez que tenga sed, que tenga un anhelo y sienta las punzadas del vacío, lleve su sed a las aguas de Él, y allí encontrará a un Forastero, un Invitado sagrado, un Visitante santo que se encontrará con usted en el pozo".

La misión: Tome cada necesidad, deseo, vacío o anhelo y apártelo del mundo, hacia el Espíritu y a lo celestial.

Génesis 24:11–28; Isaías 12:3; 55:1; Juan 4:7–14

El misterio de la boda de Isaac y Rebeca I–III

EL MUNDO MILAGROSO

Y A ESTABA AVANZADA la noche, y estaba especialmente oscuro. No se veía la luna por ninguna parte. El maestro y yo estábamos sentados en una expansión abierta no muy lejos de la escuela, donde todos los demás estaban dormidos.

"Imagine", dijo él, "si viviéramos en un mundo donde todo fuera noche, un mundo donde nunca pudiéramos ver el azul del cielo, el amarillo del sol, el verde de la hierba y los árboles. Imagine que apenas pudiéramos vernos unos a otros. Ahora imagine que algo tiene lugar en ese mundo que nunca antes ha sucedido…un amanecer. ¿Cómo sería?".

"Me imagino que sería algo asombroso para ellos", dije yo. "Indescriptible".

"Sí", dijo el maestro, "por primera vez en nuestras vidas, el cielo negro comienza a transformarse, cambiando sutilmente su color, mostrando los primeros trazos del amanecer. Entonces llegan los primeros rayos anaranjados del sol…y entonces el círculo de luz brillante se va elevando desde el horizonte como si estuviera flotando sobre la nada, y todo nuestro mundo es transformado. Por primera vez lo vemos todo con vívidos colores y claridad…Sería un milagro, un milagro tan dramático y tan sorprendente para nuestro mundo como lo fue la división del mar Rojo…". El maestro hizo una pausa, se giró hacia mí y dijo: "Pero el milagro *ha* sucedido. El milagro sucede cada día. ¿No deberíamos entonces estar viviendo en lo milagroso todo el tiempo? ¿Y por qué no lo hacemos? Sería como si el mar Rojo se dividiera aproximadamente a las seis de la mañana de cada día. Ya no nos sorprenderíamos por eso; sin embargo, ¿hubo alguna vez una visión dada a cualquier profeta tan vívida, tan llena de detalle y brillo como la visión que vemos cada día de este mundo? Pero cuando el milagro sucede cada día, ya no lo vemos. Nos volvemos ciegos…y ciegos al hecho de que nada es tan sobrenatural como la existencia misma…que la existencia llegó a existir…y que solamente podría haber llegado a existir de la nada…y que el mundo natural es el testigo de lo sobrenatural".

"El sol", dije yo, "está comenzado a salir".

"He aquí el milagro", dijo el maestro. "Esta vida, este universo, todo lo que vemos y tocamos, todo lo que oímos y hemos conocido…todo es un milagro…una visión que cobra vida. Abra sus ojos y vea el mundo tal como es por primera vez, como si fuera su primer amanecer y su primer mar Rojo, como el milagro que es…Viva en lo milagroso…Porque usted ya está viviendo…en un mundo milagroso".

La misión: Hoy, viva como si estuviera en un "mundo milagroso", como si todo lo que ve y oye fuera milagroso; porque lo es. Viva en lo milagroso.

Salmos 8; 19:1–6; Isaías 6:3

El mundo milagroso

EL MISTERIO DEL LOBO

MIRÁBAMOS A UN pastor que cuidaba de su rebaño al atardecer. Finalmente se lo llevó y ya no pudimos verlo, y fue entonces cuando observé a un animal que seguía por su mismo sendero.

"Es un lobo", dijo el maestro. "Está rastreando al rebaño, buscando una oportunidad de atacar. Las Escrituras hablan de lobos, y el Mesías habló de ellos. Simbolizan la maldad, y en particular a quienes buscan destruir al pueblo de Dios, su pueblo. En definitiva simbolizan a quien busca la destrucción de todo el pueblo de Dios...el enemigo...el devorador".

"¿El diablo?".

"El lobo supremo...el depredador del rebaño de Dios. En la Escritura se habla del pueblo judío como un rebaño que vagaría por la tierra y sería atacado por sus depredadores".

"Se hizo realidad", dije yo. "Esa es la historia del pueblo judío".

"¿Y quiénes de todos sus enemigos, de todos sus depredadores, fueron los más malvados?", preguntó el maestro.

"Tendrían que ser los nazis...Hitler".

"¿Y qué le hicieron ellos al pueblo judío? Los persiguieron, los reunieron como si fueran un rebaño y los llevaron como ovejas al matadero. Estaban impulsados por la maldad, por el espíritu del lobo, por el enemigo...¿Y sabe qué nombre le pusieron a sus cuarteles militares".

"No".

"*Wolfsschanze*. Significa la guarida del lobo. Y a otro lo llamaron *Wolfsschlucht*, la garganta del lobo. Y a otro le pusieron *Werewolf*. Y el misterio es aún más profundo. ¿Sabe cómo lo llamaban sus amigos más cercanos? *Lobo*. ¿Y sabe el nombre que le pusieron desde su nacimiento?".

"¿Adolfo?".

"Sí, pero ¿sabe lo que significa *Adolfo*?...*El lobo*. El mayor enemigo del pueblo judío, del rebaño de Dios, llevaba el hombre de *el lobo*...Así de real es esto...y así de real es el Mesías".

"¿Cómo?".

"Si hay un rebaño, y un lobo, debe de haber un pastor. Y si el rebaño está sin pastor, entonces debe de haber un pastor de quien el rebaño fue separado. El Mesías dijo: 'Yo soy el buen pastor...su vida da por las ovejas'. Durante dos mil años ellos han estado sin su Pastor, y el lobo los ha devorado. Y también nosotros somos como ovejas, así que cuánto más debemos caminar todo lo cerca posible del Pastor, y todo lo lejos posible del lobo".

La misión: Hoy, manténgase todo lo alejado que pueda de la tentación, y todo lo cerca que pueda del Señor. Lejos del lobo y cerca del Pastor.

Salmo 23; Ezequiel 34:6–8; Mateo 10:16; Juan 10:11–14

RECONSTRUIR LAS RUINAS

CAMINAMOS HASTA UNAS ruinas que estaban solitarias y abandonadas en la arena del desierto.

"Imagine", dijo el maestro, "estar en medio de unas ruinas que se extienden hasta donde la vista alcanza. Así fue en la tierra de Israel después de que los ejércitos de Roma la hubieran dejado desolada; y en las épocas desde entonces se decía que Dios había terminado con el pueblo judío, pero las palabras de los profetas registraban una promesa: en los últimos días Dios reuniría al pueblo judío desde los confines de la tierra y los haría regresar a la tierra de Israel. Y cuando regresaran allí, estaba profetizado: 'Reedificarán las ruinas antiguas, y levantarán los asolamientos primeros, y restaurarán las ciudades arruinadas, los escombros de muchas generaciones'. Las palabras de las profecías antiguas se harían realidad. El pueblo judío fue reunido desde todas las naciones hasta su tierra natal antigua y, una vez allí, comenzaron a reconstruir las antiguas ciudades y a reedificar las antiguas ruinas. ¿Qué revelación nos da esto?".

"La Palabra de Dios es verdad".

"Sí", dijo el maestro, "y algo más. Después de siglos de rebelión, habría sido fácil para Dios haber puesto fin a sus tratos con ellos y haber escogido a otro pueblo, pero en cambio escogió restaurar lo destruido, reedificar las ruinas y levantar a su nación caída. Él decidió sanar al quebrantado, tomar las piezas dispersas de su nación caída y volverlas a unir, una a una, pieza por pieza. ¿A qué se debe? Es porque cuando amamos algo y ese algo se rompe, no lo abandonamos sino que lo volvemos a unir pieza por pieza…Así también con la nación de Israel…y así también con nosotros. Israel es una señal para todos los pueblos, una imagen de la redención de Dios para todo aquel que la reciba. ¿Y cuál es esa redención? Es la restauración de lo que estaba quebrantado. Él no nos abandona en nuestros pecados; no nos da la espalda en nuestro estado caído y quebrantado; en cambio, reconstruye las ruinas, toma las piezas rotas de nuestras vidas, de nuestros errores, y vuelve a unirlas, pieza por pieza. Y tal como Dios ha hecho por nosotros, también nosotros debemos hacer por quienes están caídos y con lo que está roto. Porque cuando amamos algo y se rompe…no lo abandonamos. Volvemos a unirlo…pieza por pieza".

La misión: ¿Hay algo roto que haya abandonado o dejado? Ore por su redención y, si puede, vuelva a unirlo en el amor de Dios.

Isaías 61:4; Amós 9:14; Lucas 4:18; Hechos 15:16–17

Huesos secos se levantan

DODI LI

ÉL ME CONDUJO a uno de los viñedos, en medio del cual había una roca sobre la que descansamos.

"Fue en otro jardín", dijo el maestro, "donde compartí con usted una vez una frase hebrea pronunciada por la novia en el Cantar de los Cantares: *Ani lo*. ¿Recuerda lo que significa?".

"Significa yo soy de él, yo soy para él; y está en el fundamento de todo lo que hemos de ser y hacer en Dios: nuestra consagración, nuestras obras y sacrificios, nuestro ministerio y nuestro llamado",

"Sí. Y para que la revelación sea completa, necesita saber otra frase hebrea. Es esta: *Dodi Li*. Antes de que la novia diga *Ani Lo*, dice *Dodi Li*".

"¿Y qué significa *Dodi Li*?".

"*Mi amado es mío. Dodi Li, V'Ani Lo: mi amado es mío, y yo soy de él. Ani Lo, yo soy de él*, resume todo lo que se requiere de nosotros en Dios. Pero *Dodi Li* es el secreto para cumplirlo. Antes de que la novia pueda decir *Ani Lo, yo soy de él*, debe decir *Dodi Li, mi amado es mío*. Cuanto más entienda que su amado le pertenece a ella, más se entregará a su amado. Si ella recibe el amor de él por ella, le entregará su amor a él. Cuanto más pueda comprender su corazón *Dodi Li*, más se convertirá su vida en *Ani Lo*. Si él es de ella, ella será de él; y ese es el secreto de nuestra vida en Dios. Es nuestro Dodi Li lo que produce nuestro Ani Lo".

"¿Qué significa eso?".

"Todo lo que somos y hacemos en Dios comienza con Dodi Li: mi amado es mío. Cuanto más entendamos lo que significa que Dios nos pertenece, más nos entregaremos a Él. Cuanto más recibamos su amor por nosotros, más le entregaremos nuestro amor a Él. Cuanto más comprenda nuestro corazón 'mi amado es mío', mas se convertirá nuestra vida en 'yo soy de él'. Y no tendremos que batallar para vivir una vida de rectitud y santidad o para hacer lo bueno; lo haremos libremente, sin obstáculos, por amor, por amor de Él. Porque es el corazón Dodi Li el que produce la vida Ani Lo. Por lo tanto, haga que sea su meta llenar su corazón con el conocimiento de Dodi Li, y su vida se convertirá en Ani Lo. Es tan sencillo como Dodi Li V'Ani Lo. Mi amado es para mí, y yo soy para Él".

"Mi amado es mío", dije yo, "y yo soy de él".

La misión: Haga que hoy sea un día Dodi Li. Viva como si Dios le perteneciera a usted, y así es. Reciba la vida de Él como su regalo; y haga de su vida el regalo de Él.

Cantar de los Cantares 2:16; Tito 2:14; 1 Juan 4:10–19

LA OBRA MAESTRA

EL MAESTRO ME llevó a la parte trasera del salón común donde había un lienzo en blanco sobre un caballete de madera y, a su derecha, un segundo caballete sobre el cual descansaba un cuadro hermoso y complicado de un paisaje.

"Su tarea", dijo él, "es copiar este cuadro".

"Pero yo no sé pintar".

"Ese es el reto", respondió. "Volveré en unas horas".

Durante el resto de la tarde intenté todo lo posible por reproducir lo que veía en el lienzo; pero a cambio de todos mis esfuerzos, el resultado se parecía más a algo que habría hecho un niño pequeño. Cuando regresó el maestro, se produjo un largo silencio mientras los dos mirábamos a mi trabajo.

"No olvidará esta lección", dijo él". Intentó reproducir la obra de un maestro. La mayoría de quienes están en el reino hacen lo mismo".

"¿Copiar cuadros?".

"Intentar reproducir la justicia de Dios. Saben lo que es recto, bueno y santo; saben cómo se ve una vida piadosa, e intenta vivirla. La meta es digna, pero el modo en que intentan lograr esa meta es equivocado. Hacen lo que usted acaba de hacer, intentar reproducir con sus propias capacidades la obra del Maestro. Y hacer eso es competir con Dios, y si *pudiéramos* hacer eso no necesitaríamos a Dios. Solamente Dios puede hacer las obras de Dios, y una vida santa es la obra de Dios".

"Entonces ¿cómo podemos hacerlo si Dios es el único que puede hacerlo?", pregunté.

"Entonces esa es la clave. Dios debe hacerlo, y nosotros debemos permitirle que lo haga. Imagine si en lugar de intentar copiar este cuadro, le hubieran dado el corazón y la mente del artista, sus capacidades y su espíritu. Entonces no sería una lucha, ni tampoco sería una copia; sería como si el maestros hubiera pintando por medio de usted. Ahí yace la clave. No compita con Dios intentando copiar sus obras, sino aprenda el secreto de permitir que Dios haga sus obras en todo lo que usted hace. Si vive con el corazón de Dios, hará las obras de Dios. Si vive por el Espíritu de Dios, cumplirá la voluntad de Dios. Muévase en el mover de Él, ame con su modo de amar, viva en su modo de vivir, y esté en su ser. Y en cuanto a ese cuadro que usted hizo…"

"Es un desastre", dije yo. "Y creo que lo guardaré…como recordatorio".

"Viva por el Espíritu del Maestro", dijo él, "y lo que haga será una obra maestra".

La misión: Hoy, en lugar de enfocarse en las obras de Dios, busque vivir con el corazón y el Espíritu de Dios, y así cumplirá las obras de Dios.

Ezequiel 36:27; Gálatas 5:16, 22–25; Filipenses 1:6; Hebreos 13:21

EL MISTERIO DEL CIGOTO

ESTÁBAMOS EN MEDIO de un jardín de flores de todos los colores y tipos. El maestro sacó un objeto diminuto de su bolsillo y me lo entregó.

"Es una semilla", me dijo, "y las Escrituras tienen mucho que decir sobre ellas. Incluso el Mesías habló de su propia vida como una semilla. Dijo: 'Ha llegado la hora para que el Hijo del Hombre sea glorificado. De cierto, de cierto os digo, que si el grano de trigo no cae en la tierra y muere, queda solo; pero si muere, lleva mucho fruto'. Estaba hablando de su muerte, y del fruto que produciría...la resurrección, salvación, vida eterna. Pero a lo que se refería el Mesías cuando habló de su vida y la muerte se llama un *cigoto*. La palabra *cigoto* significa literalmente lo unido. Un cigoto es la nueva vida que proviene de la unión de dos vidas, las de los dos padres. De modo que el cigoto es la unión de dos naturalezas en una vida. Eso es una semilla; y Él habló de su vida como una semilla, un cigoto".

"Y eso fue su vida", dije yo, "la unión de dos naturalezas, la unión de Dios y el hombre, la unidad del Espíritu y la carne, deidad en forma corporal, la unión de cielo y tierra en una vida, una unión...el cigoto".

"Pero entonces, ¿qué le sucede a la semilla, al cigoto?", preguntó el maestro. "Cae a la tierra como si muriera, y su forma externa pasa por un tipo de muerte. Pero solamente entonces es cuando da su fruto la vida interior del cigoto. Por lo tanto, la vida del Mesías cae a la tierra y muere, y mediante su muerte da nueva vida al mundo...y así es con los demás".

"¿Cómo podría haber otros?", pregunté yo. "Solamente Él era de dos naturalezas".

"Pero hay otros", dijo el maestro. "En el momento en que alguien nace de nuevo, la vida de esa persona en este mundo se convierte en una unión, una unión de dos naturalezas, tierra y cielo, la carne y el Espíritu, lo temporal y lo eterno, Dios en el hombre. Todo hijo de Dios es una unión, una unión de dos naturalezas, un cigoto; pero si el cigoto cae a la tierra y muere, lleva mucho fruto, da su vida".

El maestro se agachó y enterró la semilla en la tierra que había entre nosotros.

"Cada vez que usted muere al yo, cada vez que crucifica la carne, cada vez que rinde su voluntad a la voluntad de Dios...el poder de Dios y de la nueva vida será liberado, y usted dará mucho fruto, y su vida producirá la vida que siempre hubo de producir. Haga eso, y los propósitos de Dios en su vida darán mucho fruto...es la ley del cigoto".

La misión: Aprenda el secreto del cigoto. Deje que muera el viejo yo, crucifique la carne, rinda su voluntad; y será liberado el poder de la vida.

Mateo 10:39; Juan 12:23–24; 15:13; 2 Corintios 4:10–11

PÓDESE A USTED MISMO

REGRESAMOS AL HUERTO donde vimos por primera vez al hombre que estaba podando las ramas.

"¿Recuerda lo que vio aquí?", preguntó el maestro.

"Al hombre podando las ramas", respondí yo. "La poda".

"¿Y cuál es el propósito de podar?".

"La poda quita las ramas de un árbol que obstaculizan su productividad o su bienestar, para permitir que sea todo lo fructífero posible".

"Por lo tanto, podar es crítico para vivir una vida fructífera en Dios, de modo que Dios poda las vidas de sus hijos. Pero a fin de vivir una vida productiva, usted también debe ser parte del proceso; también debe aprender a podarse a sí mismo".

Y entonces me condujo hacia un árbol que necesitaba poda. Me entregó dos de las herramientas del jardinero: un gancho de podar y un par de tijeras de podar.

"¿Ve esto?", dijo. "Es una rama que está enferma. Si no se corta, dañará al árbol. Cualquier acción, curso o hábito de pecado en su vida es una rama enferma que será un obstáculo para que usted pueda vivir una vida fructífera en Dios. Tiene que podarla".

Y así lo hice.

"Y esta de aquí es una rama muerta, que antes daba fruto pero ahora es perjudicial para la salud del árbol. Cualquier acción o gasto de energía en su vida que no produzca fruto, incluso si antes lo produjo, es una rama muerta. Debe podarla".

Y así lo hice.

"Y estas ramas de aquí están obstaculizando al árbol al bloquear la luz del sol para que llegue a las ramas más fructíferas del árbol. Por lo tanto, en su propia vida, cualquier cosa que haga y que evite que usted reciba de Dios, que habite en su presencia y su Palabra, es una rama que obstaculiza". Señaló hacia abajo. "Y estas ramas de aquí son demasiado bajas. Representan a todas las búsquedas bajas, indulgencias y acciones que drenan su tiempo y energía en detrimento de las cosas más elevadas a las cuales Dios le ha llamado. Córtelas. Córtelas todas", dijo.

"¿De mi vida?".

"Sin ninguna duda. Pero también del árbol, como una lección objetiva. Pódelas todas. Eso no hará daño al árbol, sino que le ayudará. Lo mismo sucede con su vida. Al renunciar, saldrá ganando. Haga que sea una práctica continua, y estará sano espiritualmente, fuerte, estupendo y fructífero. Pódese a usted mismo, y dará mucho fruto".

La misión: Hoy, identifique en su vida las ramas muertas, las enfermas, las que obstaculizan, las que son un desperdicio y las bajas, y córtelas todas. Pódese a usted mismo.

Marcos 1:35; 10:29–30; Juan 15:1–5

Los secretos de la poda I–III

EL PODER DEL COMO

"**E**N EL LIBRO de Efesios está escrito: 'Sed, pues, imitadores de Dios como hijos amados'. ¿Cómo entendería y aplicaría usted eso?", preguntó el maestro.

"Los hijos amados imitarían a sus padres; por lo tanto, como ustedes son hijos amados, imiten a su padre celestial: Dios".

"Eso es bueno", dijo él. "'Sed, pues, imitadores de Dios como hijos amados'. Se *podría* tomar con el significado de que como somos hijos amados de Dios, imitemos a Dios. Y eso sería correcto, pero no es exactamente lo que dice. Dice *como*. La palabra griega *hoce*. *Hoce* puede traducirse *de la misma manera que*, o *al igual que*; así que podría traducirse: 'Sed imitadores de Dios *de la misma manera que, o al igual que* hijos amados'. ¿Cómo llevamos a cabo *ese* mandato? Primero hay que tener una idea de lo que son los hijos amados, cómo se comportan, cómo reaccionan, cómo viven; entonces hemos de vivir nuestra vida como si fuéramos uno de ellos. Por lo tanto, tal como crea que ellos actuarían, actúe usted de la misma manera. Como hijo de Dios, no está limitado por lo que ha sido o ni siquiera por lo que es ahora. En Dios, tiene la capacidad para vivir como lo que *no es*…o más bien como lo que *no es aún*…sino vivir como *lo que ha de ser*. Y hacia ese fin, la palabra *como* es muy poderosa. Cuando el ángel se apareció a Gedeón, encontró a un hombre que vivía con temor; sin embargo, le dijo: 'Jehová está contigo, varón esforzado y valiente'. Gedeón no era un varón esforzado y valiente, pero sí era lo que Gedeón llegaría a ser. Pero el ángel lo saludó *como si* él fuera un varón esforzado y valiente. Gedeón ahora tenía que vivir por fe *como si* fuera ese varón esforzado y valiente. Y eso es lo que llegó a ser. Ese es el secreto del *como*. No se quede limitado por lo que usted es; más bien, viva *como si* fuera aquello que llegará a ser. Sea como Gedeón, aquel cuya vida fue cambiada cuando un ángel lo saludó. ¿Y sabe lo que el ángel le llamó…en hebreo? Le llamó *gibbor*. *Gibbor* significa literalmente campeón. Ahora, imagine cómo viviría un campeón en Dios, una persona de rectitud, pureza, santidad, piedad y poder. Imagine cómo viviría un campeón de la fe, y entonces viva *como* ese campeón. Viva *como si* usted pudiera hacer cosas grandes y poderosas para Dios…incluso si están muy por encima de lo que haya conocido, haya sido o haya hecho. Viva por fe *como si* pudiera, *como si* ese campeón fuera usted y, como sucedió con Gedeón, así será. Se convertirá en usted en el poder del *como*".

La misión: Viva ahora no según quién es sino como ha de ser. Viva este día en el poder del *como*: ¡como un campeón victorioso y poderoso!

Jueces 6:11–12; Efesios 5:1, 21–29

El jugador perfecto

LA YAD

UNOS VEINTE DE los estudiantes estaban reunidos en círculo. Estaban cantando un canto de adoración que yo no había oído nunca antes. Era en otro idioma. Tenían que haber aprendido el canto mientras estaban en la escuela. Muchos de ellos levantaban las manos mientras cantaban. Yo solamente observaba. Cuando terminaron, el maestro, que había estado observando su adoración desde fuera del círculo, se acercó a mí.

"¿Fue extraño para usted?", me preguntó.

"Es que nunca los he visto cantar así".

"¿O levantar sus manos?".

"¿Es importante eso?".

"Aquí es usted libre para cantar y adorar como quiera, pero sí, levantar las manos tiene significado. ¿Recuerda cuando hablamos del misterio de la palabra *Jew*, que viene de las palabras *Yehudim* o *Yehudah*?".

"Sí".

"Pero es más profundo", dijo. "La palabra *Yehudah* viene de *yadah*. *Yadah* significa alabar, dar gracias y adorar, pero está unida especialmente a levantar la mano".

"¿Cómo en: ellos levantaron sus manos en adoración?".

"Sí. Y *yadah*, a su vez, viene de la palabra *yad*; y *yad* significa mano".

"Entonces ¿la palabra *Jew* viene de la palaba *mano*?".

"En última instancia sí", dijo él, "pero no solo de la palabra mano, sino de un tipo de mano en particular".

"¿Qué tipo de mano en particular?".

"Una mano abierta. La palabra habla concretamente de una mano *abierta*. Porque la mano de adoración es una mano abierta; la mano de alabanza es una mano abierta; la mano de gratitud es una mano abierta".

"Entonces, vivir una vida de alabanza y gratitud", dije yo, "es vivir una vida de la mano abierta".

"Sí, y una mano abierta es la única mano que puede recibir bendiciones del cielo; por lo tanto, cuanto más viva usted una vida de alabanza, adoración y gratitud, una vida de yadah, más se convertirá su vida en una mano abierta para recibir las bendiciones del cielo: la yad. Cuanto más alabe y dé gracias sin condición, más tendrá por lo que alabar y dar gracias".

La misión: Viva este día dando gracias y adoración en todo momento, a pesar de todo. Abra su vida a las bendiciones por medio del poder de la yad.

Salmos 63:4–7; 150; Efesios 1:12

El pueblo yad

EL MANDAMIENTO ALFA

"**¿C**UÁL FUE EL primer mandamiento perpetuo que Dios dio a la nación de Israel?", preguntó el maestro.

"¿El primero de los Diez Mandamientos?".

"No", dijo él, "el primer mandamiento continuo dado a la nación de Israel fue este: 'En el diez de este mes tómese cada uno un cordero...'. Ese fue el mandamiento que estableció el diez de nisán como el día en que el cordero de la Pascua había de ser llevado a la casa...el diez de nisán, el mismo día que el Mesías, el Cordero de Dios, fue llevado a Jerusalén el día que conocemos como Domingo de Ramos".

"Entonces, el primer mandamiento que Dios dio a Israel es tomar el cordero".

"Sí, pero en hebreo, la palabra para tomar es *lakakh*. *Lakakh* significa también llevar, así que puede traducirse como llevar el cordero. Por lo tanto, llevaron al Cordero, el Mesías, sobre un pollino a Jerusalén. Pero *lakakh* también puede significar comprar y, así, comprar el cordero. Era eso lo que los sacerdotes de Israel cumplieron cuando pagaron por la vida del Mesías; así que compraron el Cordero. Y lakakh puede significar también agarrar, y así agarraron al cordero. Por lo tanto, el Mesías fue agarrado, arrestado y llevado cautivo; y hay una cosa más que significa *lakakh*".

"¿Qué?".

"Recibir".

"Recibir al cordero".

"Sí", dijo el maestro. "Este es el mandamiento Alfa, el primer mandamiento perpetuo dado por Dios a Israel: 'Recibir al cordero'; o 'recibir para uno mismo el cordero'...el mandamiento Alfa...y el mandamiento Omega".

"¿Por qué el Omega?".

"Porque toda la historia judía, toda la historia del mundo, está esperando que se cumpla ese mandamiento. Cuando los hijos de Israel cumplan finalmente su primer mandamiento, cuando reciban al Cordero para sí mismos, entonces el Cordero vendrá, entonces el Mesías regresará, entonces llegará el reino. Así, es el primero y el último mandamiento; y no solo para Israel, sino para cada vida. Es el mandamiento que, cuando se cumple, lleva salvación a todo aquel que lo obedece. Todo comienza y termina con eso...Recibir al Cordero".

La misión: ¿Hay algo en su vida que Dios le haya llamado a hacer y que aún no haya hecho? Abra la bendición. Hágalo hoy.

Éxodo 12:3; Mateo 23:39; Juan 1:12; Colosenses 2:6–7

El cordero de nisán

LAS UVAS DEL CIELO

ESTÁBAMOS DENTRO DE uno de los viñedos. El maestro cortó un racimo de uvas de las viñas y lo puso en mi mano.

"Un fruto muy importante", dijo. "En uno de ellos estuvo una vez el futuro de una nación".

"¿En uvas?".

"Sí", respondió él. "Cuando los hijos de Israel llegaron a lo que debería haber sido el final de su viaje por el desierto, en el límite de la Tierra Prometida, Moisés envió doce hombres a la tierra para examinarla. Ellos regresaron con un racimo de uvas del valle de Escol. Las uvas eran los primeros frutos de la Tierra Prometida, la primera evidencia que poseían de que todo era real, la primera probada de lo que hasta ese punto solamente habían oído y habían creído por fe. Debería haber sido de aliento para ellos para así proseguir y tomar la tierra, pero se negaron a ese aliento; creyeron a sus temores por encima de las uvas, y debido a que perdieron de vista las uvas, perdieron la Tierra Prometida…una clave de lo más crítico", dijo.

"¿Cuál?".

"Nunca pierda de vista las uvas".

"¿Las uvas de la Tierra Prometida?".

"Las uvas de *su* Tierra Prometida", dijo él.

"¿El cielo?".

"A lo largo de su viaje, Dios le dará sus uvas de la Tierra Prometida".

"¿A qué se refiere?".

"Él le dará las primicias del cielo y de la vida celestial, señales y evidencias de aquello que usted cree por fe, la primera probada de la era que vendrá. Cada oración contestada, cada mover de la mano de Él en su vida, cada susurro de su voz, cada provisión de sus necesidades…eso son las uvas, los racimos de la Tierra Prometida. Cada aliento que sabe que vino de Él, cada dirección de sus pasos, cada provisión, cada medida de paz inexplicable, cada momento de gozo celestial, y cada toque de su Espíritu…esos son los primeros frutos que le son dados como aliento para que no abandone o ceda al temor, sino que prosiga, pelee la buena batalla, para tomar su herencia. Y todas esas cosas son tan solo una probada de las bendiciones que llegarán…las primicias de su Tierra Prometida…los racimos de uvas del cielo".

La misión: Recoja los racimos de la Tierra Prometida: cada oración contestada y cada bendición de Dios. Cobre fuerzas de las uvas del cielo y tome nuevo terreno para Dios.

Números 13:23–28; Romanos 8:23; Hebreos 11:1

LA FIESTA DE LAS TROMPETAS

ESTÁBAMOS DE PIE en el desfiladero de una montaña alta. El maestro tenía en una mano un tallit, el pañuelo de oración hebreo, y en la otra un shofar, el cuerno de carnero. El sol estaba a punto de ponerse. Era la fiesta de las Trompetas.

"Más adelante", dijo, "la observaremos con el resto; pero quería compartirla con usted ahora. Está escrito: 'Tendréis…una conmemoración al son de trompetas, y una santa convocación', la fiesta de las Trompetas".

"Tengo una pregunta sobre eso", dije yo. "¿Por qué los días santos de Israel aparecen, de una forma o de otra, en el Nuevo Testamento…excepto uno: la fiesta de las Trompetas? ¿Por qué falta la fiesta de las Trompetas?".

"No es así", dijo él. "Es que no lo ha visto. ¿Cuándo tiene lugar en el calendario hebreo sagrado la fiesta de las Trompetas, al principio o al final? Al final. Entonces, su misterio no se enfoca en el principio del tiempo, sino en el final. La fiesta de las Trompetas anuncia el cierre del ciclo sagrado, y así también anunciará el cierre de los tiempos. ¿Y qué es lo que encontramos en la Escritura cuando leemos las profecías con respecto al fin de los tiempos? Trompetas. Las trompetas de Israel anunciaban la llegada de reyes y de reinos, que se acercaban ejércitos, y así está profetizado que cuando suene la trompeta, el reino de Dios llegará. Las trompetas convocaban al pueblo de Israel a reunirse delante de Dios, y así está profetizado que al sonido de la trompeta, el pueblo de Dios será reunido ante su presencia. El toque de la trompeta era una llamada de atención, y así está anunciado que cuando toquen las trompetas, los muertos en el Mesías serán despertados. Y por último, era el sonido de la trompeta el que anunciaba el comienzo del reinado de un rey, y así está anunciado que cuando suene la trompeta, el reinado del Rey comenzará, el reino de este mundo se convertirá en el reino del Señor. La fiesta de las Trompetas y los días santos del otoño son una parte del nuevo pacto tal como los son los días santos de la primavera. Nos dicen que nuestra fe no está solamente en lo que fue, sino también en lo que ha de venir…como el Mesías. Vivimos *desde* la salvación y sin embargo *hacia* la redención, y somos, por encima de todo, un pueblo de esperanza".

Después cubrió su cabeza con el tallit, llevó el shofar hasta sus labios, y sopló. El sonido resonó por el desierto. Entonces volvió a hablarme.

"Por lo tanto, viva confiadamente y con la esperanza de lo que ha de venir…y listo para ese día…el día de las Trompetas".

La misión: Viva este día en confianza y esperanza, mirando al futuro, sabiendo que Él ya está allí, Señor del futuro, y esperando a que usted llegue.

Levítico 23:24; Mateo 24:31; 1 Corintios 15:52; 1 Tesalonicenses 4:16

Yom Teruah

LAS GUERRAS DE LOS SANTOS

ÉL ABRIÓ UNOS de los cajones en su estudio y sacó una caja de madera delgada y rectangular. Dentro había una colección de monedas antiguas, la mayoría de ellas muy desgastadas, pero algunas bien preservadas. Me dio tiempo para examinarlas.

"De toda la superficie de este planeta", dijo el maestro, "¿qué terreno cree que ha sido la parte de tierra por la que más se ha luchado?".

"No dominaba la historia", respondí yo. "En realidad no tengo idea".

"La respuesta es Jerusalén. Todas estas monedas son de esa parte de la tierra, y cada una representa un reino o imperio que se acercó a sus muros. Jerusalén, la Ciudad de Dios, la Ciudad de Paz, y sin embargo ha sido reducida a cenizas más de una vez, y ha sido asediada unas veinte veces. Ha sido el terreno de más de cien conflictos. Desde tiempos antiguos hasta la era moderna, no se ha luchado tanto por ninguna ciudad en la tierra ni ha sido el centro de tantas guerras. ¿Por qué? No tiene un gran valor militar o estratégico, ni tampoco grandes recursos. Si estuviéramos visitando este planeta por primera vez, nos diría que hay algo en esa ciudad, algo que la hace destacar de todos los demás lugares, y que está por encima de toda explicación natural. ¿Qué conflicto habría de lo que está por encima de lo natural...para hacer guerra contra la Ciudad de Paz?".

"Un conflicto en el ámbito espiritual. El conflicto del enemigo".

"¿Y por qué?", preguntó el maestro.

"¿Porque Jerusalén está en el centro de los propósitos de Dios?".

"Sí", respondió él, "en el centro de sus propósitos, pasados, presentes y futuros, el lugar donde sus pies tocarán la tierra, y el trono desde el cual saldrá el reinado de Dios. Por lo tanto, debe de ser el terreno por el que más se ha guerreado. Y todo el conflicto, la controversia y la guerra en sí son un testimonio de Jerusalén, de lo que Jerusalén es: el terreno central de los propósitos de Dios en la tierra. ¿Y por qué es tan grande el conflicto? Porque los propósitos que Dios tiene para Jerusalén son muy grandes...Y así también en su vida, y en las vidas de todos los hijos de Dios...cuando hace la voluntad de Dios, debe haber conflicto, y guerra, y ataques; pero nunca permita que eso le desaliente. Reciba aliento, pues es una señal de revelación por defecto, de que usted está en el camino correcto y lo que está haciendo tendrá un gran efecto y recompensa. No se detenga, sino prosiga aún más, porque la grandeza de la batalla se debe solamente a la grandeza de los propósitos de Dios para su lugar santo: ¡usted!".

La misión: No tenga temor a las batallas. Acéptelas. Lo que es de Dios recibirá oposición, y vale la pena luchar por lo que es bueno. Pelee la buena batalla; y usted prevalecerá.

Isaías 52:1–2; 2 Corintios 6:4–10; 10:3–5

Jerusalén sitiada

EL SECRETO DEL TERCER PRÍNCIPE

ÍBAMOS CAMINANDO POR una gran llanura abierta y cubierta de arena suelta. "Siga caminando", dijo el maestro. "Y hágalo en línea recta".

Así que seguí caminando mientras él observaba. Me dejó continuar durante unos minutos.

"Deténgase", gritó desde la distancia. "Ahora gírese y mire". Yo estaba seguro de que había caminado en línea recta; pero las huellas en la arena revelaban que me había desviado claramente a la derecha. El maestro entonces se acercó a mí.

"Permítame contarle una historia", me dijo. "Hubo una vez un rey que planteó un reto a los príncipes de una tierra vecina: que cualquiera de ellos que pudiera caminar en línea recta, durante un largo viaje por diversos paisajes, hasta el castillo del rey, tendría derecho a pedir la mano de su hija en matrimonio.

El primer príncipe se embarcó en el viaje, mirando a derecha e izquierda para asegurarse de no desviarse en ninguna dirección; pero como usted, a pesar de sus mejores esfuerzos, cuanto más lejos viajaba más se desviaba del curso.

El segundo príncipe decidió mirar hacia abajo, mantener los ojos en sus pies, asegurándose de que cada paso siguiera en el mismo camino que el anterior; pero también él terminó muy desviado.

Pero el tercer príncipe se embarcó en el viaje, sin mirar ni a derecha ni a izquierda, ni tampoco a sus propios pasos; y aun así, al final, se decidió que había caminado en línea recta. Nadie podía imaginar cómo lo hizo, así que él les contó su secreto: 'Lo único que hice fue mirar lejos en la distancia hacia la luz que había en lo alto de la torre del castillo. No miré a mi camino ni al paisaje a mi derecha o izquierda; mantuve mi mirada en esa luz, y seguí adelante hacia esa luz hasta que llegué aquí'. Y ese", dijo el maestro, "es el secreto de su caminar en Dios. Somos llamados a caminar por un camino recto en Dios, pero ¿cómo hacemos eso durante el curso de toda la vida y en un viaje largo de paisajes variados y circunstancias cambiantes? No al centrarnos en nuestras circunstancias o ni siquiera en nuestro propio camino. Más bien, fijamos la mirada en nuestro destino, a pesar de lo que nos rodea, a pesar de los montes y los valles, a pesar de los altos y los bajos, a pesar incluso de nuestro propio caminar y nuestras huellas. Fijamos la mirada en el Eterno, en Él...y proseguimos, siempre adelante y más cerca de esa meta...y terminaremos allí...y nuestras huellas en la arena serán rectas".

La misión: Practique hoy el secreto del tercer príncipe. En todas las cosas, en todas las situaciones, fije su mirada en su meta, en Él, y acérquese continuamente.

Salmo 25:15; Jeremías 31:9; Hebreos 12:1–2

6 3 3 3 3 3 3 3 3 3 3 3 3 3 3 3 3 3 3 3 3 3 3 3 3 3 3 3 3 3 3 3 3 3 3 3 3 3 3 3 3 3 3 3 3 3 3 3 3 3 3

LOS DÍAS DE TESHUVÁ

ÉL ME LLEVÓ a la Cámara de las Túnicas, hacia un conjunto de pañuelos de oración blancos.

"Estos", dijo, "son para los días de Teshuvá, el tiempo más santo del año hebreo".

"¿Qué es *teshuvá*?", le pregunté.

"Viene de la raíz *shuv* y significa regresar".

"Entonces ¿*teshuvá* significaría el regreso?".

"Sí", dijo él, "los días de Teshuvá son los días del Regreso; pero es un tipo de regreso particular, un regreso a Dios. Y regresar a Dios es arrepentirse. De modo que *teshuvá* también significa arrepentimiento. Y durante los días de Teshuvá, el pueblo judío es llamado a alejarse de sus ofensas, confesar sus pecados, arrepentirse, regresar al Señor, y buscar su misericordia".

"¿Cuándo exactamente son los días de Teshuvá?".

"A finales de verano y principios de otoño, el período de los días santos, la fiesta de las Trompetas, los días de Asombro, y el día de Expiación, los días ordenados para regresar a Dios...".

Hizo una pausa por un momento, y entonces preguntó: "¿Cuándo cree que caen los días de Teshuvá, al principio del año sagrado, en medio, o al final?".

"¿Al principio?", dije yo.

"No", respondió el maestro. "Los días de Teshuvá caen al final del año sagrado; y ahí reside un misterio profético. Cada año, el pueblo judío regresa al Señor no al principio del ciclo sagrado, sino al final. Y aquí está el misterio: el pueblo judío, en general, no acude al Señor al principio del tiempo, sino al final. El tiempo de su Teshuvá será al final; ellos solamente regresarán al Señor como nación al final de los tiempos. Su regreso estará unido al fin; pero *teshuvá* tiene un doble significado. También puede significar un regreso *físico*; así, los días de Teshuvá contienen otra revelación, que es esta: antes del fin de los tiempos, el pueblo judío debe regresar a su tierra, a la tierra de Israel, y a la ciudad de Jerusalén".

"Y lo han hecho", dije yo. "Y estaba todo ahí desde tiempos antiguos en su calendario. Ellos regresan al final".

"Sí, regresarán a la tierra...y a su Dios, todo en el tiempo designado...en los días de Teshuvá".

La misión: El arrepentimiento es toda una vida. Viva su vida en los días de teshuvá. Cuanto mayor sea su arrepentimiento, mayor será su regreso.

Isaías 30:15; Jeremías 3:22; Oseas 3:4–5

Los tres teshuvá de los últimos tiempos

EL ESCENARIO DEL CIELO

Estaba avanzada la noche. El maestro y yo estábamos sentados alrededor de las brasas de la fogata cuando oí un ruido; sonaba como si alguien o algo estuviera pisando ramas rotas.

"¿Qué cree que fue eso?", pregunté.

"Un animal", dijo él, "o el viento". Dejamos de hablar unos momentos, esperando ver si el ruido se repetía, pero no lo hizo.

"¿Cuál sería el peor de los escenarios?", preguntó él.

"¿Ahora mismo?", repliqué yo. "¿Con el ruido? Si resultara ser el de un león o un oso…o un asesino. Yo diría que cualquiera de ellos se calificaría".

"¿Y cuál sería el peor escenario después de eso?".

"Que nos mataran".

"¿Y si hubiera un escenario menos extremo?", dijo él. "Usted se enferma. ¿Qué es lo peor que puede suceder?".

"La enfermedad resulta ser fatal".

"¿Y el peor escenario después de eso?".

"Me muero".

"Tiene un empleo", dijo, "y le despiden".

"No puedo encontrar otro empleo, y me hundo en la pobreza y muero de hambre".

"Observe", dijo el maestro, "que cada uno de sus peores escenarios termina con lo mismo: la muerte. Ahora bien, si es usted hijo de Dios, si es salvo, ¿qué sucede tras sus peores escenarios?".

Pensé por un momento. "Me voy al cielo".

"El cielo", dijo él, "sin más dolor ni más tristezas. Su peor escenario…¡es el cielo! Todas sus ansiedades, todos sus temores…están basados en última instancia en el cielo…calles de oro…paz perfecta…gozo sin fin…¿A eso tiene que tenerle miedo? Piénselo. Todos sus temores y ansiedades terminan en el lugar más hermoso y gozoso que podría imaginar; entonces, una vez resuelto eso, ¿a qué otra cosa tiene que tener miedo otra vez? Mire al final. Mire al cielo. Y viva una vida de confianza que está por encima del temor; porque la verdad del asunto es, para un hijo de Dios, que el peor escenario…¡es el cielo!".

La misión: Lleve su temor, su preocupación, su ansiedad hasta su fin: el cielo. Y con el cielo como su peor escenario, venza para vivir una vida libre de temor.

1 Corintios 2:9; Filipenses 1:21–23; Colosenses 1:5; 2 Timoteo 4:6–8

DAR LAS PRIMICIAS

EL MAESTRO ME llevó a un huerto lleno de obreros que trabajaban duro cosechando los olivos y hasta una pared baja de piedra donde los dos nos sentamos. Los obreros entonces se acercaron al maestro con una cesta llena de olivas que acababan de recoger de los árboles.

"Dios ordenó al hombre que fuera fructífero", dijo él. "Más allá del fruto físico, teníamos que dar los frutos de amor, justicia, verdad, gozo, paz, piedad, y muchos más; pero con la caída del hombre y el comienzo del pecado, perdimos la capacidad de dar el fruto que fuimos llamados a dar".

Miró la cesta de olivas.

"¿En qué día santo hebreo resucitó de la muerte el Mesías?".

"El día de las Primicias".

"Tenía que ver con el fruto; de modo que la resurrección tiene que ver con el poder de la productividad, que podamos dar los frutos que fuimos creados para dar, pero no se trataba solamente de fruto, y esto no es solo una cesta de fruto. Esto es una cesta de *primicias*. El Mesías resucitó el día de las *Primicias*, de modo que la resurrección no solo tiene que ver con la productividad, sino también con *dar las primicias*. Y así, el poder que nos da no es tan solo el poder de la productividad, sino el poder de *dar las primicias*".

"¿Y qué es el poder de *dar las primicias*?", pregunté.

"Es el poder de dar los frutos de Dios en circunstancias en las que esos frutos nunca se han dado, y de la tierra que nunca antes ha podido darlos. Es el poder de producir los primeros frutos del amor, los primeros frutos del gozo, los primeros frutos de la esperanza, los primeros frutos del arrepentimiento, los primeros frutos del perdón, los primeros frutos de la vida. Es el poder de producir esperanza donde no hay esperanza, y amor donde no hay amor, gozo donde no hay gozo, perdón donde no ha habido perdón, victoria donde no ha habido victoria, y vida donde no hay vida. Fue precisamente de una tierra así que tuvo lugar el milagro de la resurrección...una tierra de oscuridad, desesperanza y muerte. Y sin embargo, de ahí salieron las primicias de vida nueva, y fue para que pudiéramos hacer lo mismo. Y ahora tenemos un mandamiento nuevo: No sean solamente productivos...de ahora en adelante, den las primicias".

La misión: Hoy, no sea solamente productivo, sino dé las primicias. Donde no haya fruto de amor, o esperanza, perdón o gozo, sea el primero en dar ese fruto.

2 Crónicas 31:5; Mateo 5:44; 1 Corintios 15:20

El poder de bikoreem

LA MUERTE DEL ZACHAR

LA MAYORÍA DE los estudiantes se habían ido a la cama. Solamente estábamos el maestro y yo sentados alrededor del fuego.

"El cordero de la Pascua", dijo él, "era el primer sacrificio ofrecido por la nación de Israel y el arquetipo de todos los sacrificios. ¿Qué sabemos de él?".

"Se les dijo a los hebreos que mataran al cordero y pusieran su sangre en los dinteles de sus puertas".

"Pero ¿qué tipo de cordero?", me preguntó. "El cordero tenía que ser sin mancha, de un año...y tenía que ser macho".

"¿Es importante eso?", le pregunté.

"Es el cordero de la Pascua", dijo él. "Cada detalle es importante; y en este detalle hay un misterio. La palabra para *macho* es la palabra hebrea *zachar*. *Zachar* también significa el recordatorio, la mención y el registro. De modo que cuando el Cordero de la Pascua fue muerto, el zachar fue muerto. Y matar al zachar es dar fin al recordatorio, destruir el registro, borrar la memoria". El maestro se levantó para poner unos palos pequeños en el fuego, y después volvió a sentarse y continuó. "El Mesías murió en la Pascua como el Cordero pascual; de modo que Él también era el Zachar...el Zachar de nuestros pecados. Y cuando murió, fue la muerte del Zachar; y cuando el Zachar muere, el recuerdo de nuestros pecados también muere; el registro de nuestra culpa es destruido, y la memoria de nuestra vergüenza ya no existe. En el libro de Jeremías, Dios prometió hacer un nuevo pacto. En el nuevo pacto, Él dijo: 'No me acordaré más de sus pecados', o en hebreo: 'No *zachar más de sus pecados*'. El Mesías se convirtió en el Zachar de nuestros pecados...y entonces lo mataron...Así que ya no había más Zachar...ese zachar de Dios, recuerdo de Dios de nuestro pecados ya no estaría más".

"Cuando el zachar murió en Egipto, los hebreos fueron liberados de su esclavitud y libres para cumplir su llamado".

"Sí", dijo el maestro. "En la muerte del Mesías, el Zachar, está el final del recuerdo de Dios del pecado, pero también está el poder para poner fin a nuestro propio recuerdo de nuestro propio pecado y del pecado de otros. Por lo tanto, si usted cree en la muerte del Zachar, debe poner fin a los recuerdos del pecado en su vida. Entonces es cuando será usted liberado, y dejará lo viejo y entrará en la plenitud de su llamado...cuando el Zachar ya no esté más".

La misión: Tome todos sus pecados y todo lo que le persigue y póngalo sobre el Zachar. Considérelo muerto en la muerte de Él, y haga lo mismo con los pecados de otros.

Éxodo 12:3; Jeremías 31:31–34; 1 Corintios 5:7; Hebreos 10:14–17

El Cordero de nisán

EL SACERDOTE REY

EN LA CÁMARA de las Túnicas estaban dos cajas de madera. El maestro puso cada una de ellas sobre la mesa de madera, y después sacó con cuidado lo que contenían.

"Esto", dijo, "era la corona del rey, el descendiente de David. Y esto", dijo mientras ponía sobre la mesa el segundo objeto, algo como una mezcla de una corona y un turbante, "era la corona del sumo sacerdote, el descendiente de Aarón. Estas son las dos coronas que representan los dos oficios y las dos casas de Israel. Ningún hombre podía llevar las dos. El rey nunca podía ministrar como sacerdote, y el sumo sacerdote nunca podía reinar como rey. El Templo y el palacio estaban separados por un abismo que no podía unirlos".

"¿Por qué era tan importante la separación?", pregunté.

"El verdadero rey de Israel no era el hombre sino Dios; de modo que el rey representaba el reinado de Dios. Por otro lado, el sumo sacerdote representaba al pueblo caído y en pecado; su ministerio era reconciliar a un pueblo pecador con Dios, con su Rey y Juez".

"Entonces el Rey de Israel…Dios, era el Juez. Y el sumo sacerdote era parecido a un abogado defensor delante del Juez. Por lo tanto, los dos oficios tenían que mantenerse separados".

"Exactamente", dijo el maestro. "Y aun así, un día llegó palabra al profeta Zacarías de que un día los dos oficios serían uno. El Mesías sería a la vez Rey y Sumo Sacerdote. Yeshúa, Jesús, el Mesías, nació en la línea real de David, la línea de los reyes; y sin embargo, su ministerio era ofrecer el sacrifico de la expiación, que era el acto no del rey sino del sacerdote. Solamente el sumo sacerdote podía ofrecer el sacrificio del Mesías. El único otro que podía hacer eso es el Mesías…como el Sacerdote Rey".

"¿Es crucial que Él fuera a la vez Sacerdote y Rey?", pregunté.

"Lo es. Piénselo. ¿Qué sucedería si el juez que decide su caso pudiera convertirse en su abogado defensor y seguir siendo el juez? Su caso ha terminado. De modo que si el Rey del universo, el Juez de toda existencia, Dios, el Todopoderoso…se convierte en su Sacerdote, su Abogado defensor…entonces su caso ha terminado, su culpa ha terminado, ya no hay juicio. Y ya no hay más condenación".

"Entonces, si el Juez de todo se convierte en nuestra defensa, todo el juicio se termina".

"Sí; y Él lo ha hecho…y lo es. El Todopoderoso se ha convertido en su Abogado defensor. Eso significa que es usted libre…en el milagro del Sacerdote Rey".

La misión: El Juez de todo se ha convertido en su Abogado defensor; por lo tanto, comience a vivir hoy una vida libre de juicio y de condenación.

Salmo 110:4; Zacarías 6:12–13; Romanos 8:31–34

El Sacerdote Rey

LA APOSTASÍA

EL MAESTRO PUSO un viejo libro marrón sobre la mesa de madera en la Cámara de los Libros y lo abrió en una página tan desgastada que uno apenas podía leer las palabras que había al lado derecho o la imagen a la izquierda.

"Parece una imagen desgastada de Adán y Eva", dije yo, "en el huerto".

"Lo es", dijo él. "Pero ahora no hablamos de la creación sino de la apostasía".

"¿Qué es la apostasía?".

"En el libro de Segunda de Tesalonicenses está escrito que el tiempo no terminará hasta que primero no llegue un apartarse. La palabra *apartarse* es una traducción de la palabra griega *apostasia*. *Apostasia* viene de dos palabras griegas. La primera, *apo*, significa apartarse de. La segunda, *stasis*, significa la postura o estado de. Por lo tanto, *apostasía* significa apartarse de la postura y del estado de una persona. Así, antes de que llegue el final habrá una partida en masa, un alejamiento de la postura de la fe, de la Palabra de Dios y de la verdad. De modo que el primer significado de *apostasía* tiene que ver con la fe y la Palabra; pero el segundo se refiere a la partida del estado de ser".

"¿Y a qué se debe?", pregunté. "¿Cómo van unidas las dos?".

"La creación vino de la Palabra. De la Palabra viene la creación, de modo que apartarse de la Palabra conducirá a apartarse del estado de ser".

"¿Qué significa eso?".

"Mire el libro", dijo. "En un lado está el deterioro de la Palabra, y en el otro está el deterioro de la imagen de la creación. Una época que es testigo del alejamiento de la fe y de la Palabra también será testigo de un alejamiento de la imagen de la creación, del estado de ser. Significa que antes del final de los tiempos habrá no solo una partida de la fe, sino también una partida del ser...la partida de los hombres del estado de la masculinidad, la partida de las mujeres del estado de la femineidad, de los padres del estado de la paternidad, de las madres del estado de la maternidad, y del hombre del estado de la humanidad".

"Entonces, ¿qué hemos de hacer en los días de la apostasía?".

"En la época del alejamiento de la Palabra, debe usted aferrarse aún con más fuerza. Debe comprometerse con mucha más fuerza a agarrarse a la Palabra, a la fe y a la postura. Y cuanto más se aferre a la Palabra, más encontrará su estado, la persona que fue creada para ser...y permanecerá".

La misión: Tome un mandamiento del Nuevo Testamento y llévelo a cabo plenamente hoy. Comprométase a vivir su vida mucho más según la Palabra de Dios.

Efesios 6:13; Filipenses 2:15; 2 Tesalonicenses 2:3; 2 Timoteo 3:1–4

EL YOM

EL MAESTRO ME había pedido que me reuniera con él la Cámara de las Vasijas. Vestía una túnica de lino blanco y estaba de pie delante del velo del Templo.

"¿Es ese el manto del sacerdote?", le pregunté.

"No", dijo él, "es un manto que se lleva en 'el Yom', 'el Día', el día más santo del año, Yom Kippur. Es lo que los judíos observantes visten el día de Expiación. Se llama el *kittel*. Es en realidad un sudario mortuorio".

"¿Un sudario mortuorio? ¿Por qué visten eso en Yom Kippur?".

"Porque Yom Kippur es una sombra del día del Juicio, cuando todo sea sellado, cuando estaremos delante de Dios cara a cara al otro lado del velo, y cuando se trate todo pecado y toda maldad sea separada de Dios para siempre".

Se mantuvo en silencio unos momentos como si estuviera pensando, después habló. "Y quienes han escogido la oscuridad y han rechazado la salvación que les ha sido dada habrán escogido la separación de Dios, que es el infierno. Porque al final, solamente hay dos destinos: cielo de infierno…el cielo y la misericordia de Dios para quienes han escogido la salvación. Y la clave está en Yom Kippur, cuando el sumo sacerdote entra en la presencia de Dios, llevando con él la sangre del sacrificio, la expiación. ¿De qué habla eso?".

"De la sangre del Mesías, el sacrificio, la expiación".

"Sí; pero notemos que el sumo sacerdote debe llevar la sangre desde fuera del lugar santo, desde el altar en el atrio, *antes* de pasar más allá del velo a la presencia de Dios. De modo que es aquí, fuera del lugar santo de la presencia de Dios, donde cada uno debe participar de la expiación, a este lado del velo, en esta vida y en este mundo, donde está el altar del Mesías…mientras aún tengamos aliento y antes de pasar más allá del velo al otro lado. ¿Y qué llega entonces después de ese día?".

"El día de Expiación conduce a la fiesta de los Tabernáculos".

"Sí, la última y la mayor de las celebraciones, la sombra del cielo. Mire, la voluntad de Dios no es el infierno, sino el cielo…tanto, que incluso entregó su propia vida, y soportó el infierno y el juicio en nuestro lugar. Y estoy convencido de que si fuéramos solamente usted o yo quienes necesitáramos ser salvos, si fuera solamente una persona, aún así Él lo habría hecho. Es el misterio supremo de Yom Kippur: que es Dios mismo quien se convierte en nuestro Kippur, nuestro sacrificio sobre el altar…y el mayor amor que podríamos imaginar nunca…el amor que debemos llegar a conocer y en el que participar…antes de pasar el velo…en ese Día".

La misión: Nadie sabe cuándo atravesará el velo final. Viva este día como si fuera el último. ¿Qué debe hacer?

Romanos 14:11–12; 2 Corintios 5:10, 20–6:2; 1 Juan 4:17–18

El misterio de los tres Yom Kippur

EL SECRETO DEL DESMIOS

"¿ESTÁ DISPUESTO A ser parte de un experimento?", me preguntó.
"De acuerdo", respondí yo.

Me condujo a una cámara poco iluminada. Había un poco de luz del sol que atravesaba una pequeña ventana abierta, y un taburete de madera sobre el que me indicó que me sentara. Así lo hice.

"Tiene que quedarse aquí", dijo el maestro, "hasta que yo regrese".

Y allí me quedé sentado en la oscuridad, intentando mantener mi mente ocupada con cosas que no estaban relacionadas con mis entornos; pero terminé pasando la mayor parte de mi tiempo pensando en lo lentamente que pasaba el tiempo en esa sala. Finalmente, él regresó.

"¿Cómo le fue?", me preguntó.

"Teniendo en cuenta las circunstancias", dije yo, "bastante mal".

"Y sin embargo, el apóstol Pablo pasó por lo mismo, pero no como un experimento sino como parte importante de su ministerio y de su vida".

"¿Encarcelado en un lugar como este?".

"Encarcelado con frecuencia en un lugar mucho peor que este. En tales circunstancias habría sido natural enojarse, frustrarse, deprimirse, amargarse y desesperanzarse, dejar que el corazón decayera por la oscuridad de sus circunstancias; pero Pablo nunca hizo eso. Desde una de las celdas de su cárcel cantó alabanzas, desde otra ministró el amor de Dios con la esperanza de llevar salvación a sus captores, y desde otra escribió las palabras sagradas de la Escritura. De su encarcelamiento salió la Palabra de Dios. Se le llamaba un *desmios*, un prisionero. *Desmios* habla de alguien que está atado, con grilletes, impedido, e incluso discapacitado. Pero el desmios Pablo, incluso en la cárcel, nunca estuvo atado; incluso en cadenas, nunca tuvo grilletes; e incluso aislado entre las paredes de una mazmorra, nunca estuvo impedido ni discapacitado. De hecho, fue como un desmios que Pablo, desde la cárcel, ministró a millones de vidas a lo largo de las épocas. Pablo se negó a quedar definido por ninguna circunstancia, atado por ninguna cadena, obstaculizado por ningún impedimento, o limitado por ningún muro. Él sabía que ninguna cadena podía atar la voluntad de Dios; por lo tanto, si vive su vida hasta la plenitud de la voluntad de Dios, vivirá desencadenado e imparable. Viva en el secreto del desmios...y caminará sin ataduras".

La misión: Nada puede detener a quien camina plenamente en la voluntad de Dios. Sea esa persona y rompa toda cadena y obstáculo.

Efesios 3:1; 4:1; 6:19; Filipenses 4:13; 2 Timoteo 2:9

Embajador en cadenas

TZIPPURIM

"**E**N EL LIBRO de Levítico", dijo él, "se realizaba un sacrificio único el día de la sanidad de un leproso: el sacrificio de *tzippurim*, las aves, concretamente dos aves. El sacerdote toma la primera ave y la sacrifica sobre agua corriente; después moja la segunda ave en el agua y la sangre de la primera. Entonces, con esa sangre y agua, se rocía al leproso siete veces y se declara limpio. Siglos después de haber dado esa ordenanza, el profeta Elías le dice a un leproso llamado Naamán que se sumerja a siete veces en las aguas corrientes del río Jordán. Él obedece; y cuando lo hace, es sanado de su lepra. Notemos la reaparición de los elementos antiguos: el leproso, el agua corriente, sumergirse, el número siete, la sanidad; pero la diferencia es que no hay un ave en las aguas, sino un hombre".

"Y la otra vida", dije yo, "el sacrificio. Y si es un ave por un ave, entonces el sacrificio tendría que ser un hombre por un hombre…y tendría que haber sido llevado a las mismas aguas, al río Jordán".

"Siglos más tarde aparece la otra vida. El Mesías, el sacrificio, llega a las mismas aguas, al río Jordán. ¿Y quién le está esperando allí? Juan el Bautista, de la línea de Aarón, un sacerdote, precisamente a quien se le dio el encargo con respecto al sacrificio en las aguas corrientes. El sacrificio debe ser unido a las aguas corrientes; por lo tanto, Juan sumerge al Mesías en las aguas del Jordán. ¿Y qué es el bautismo? El símbolo del sacrificio del Mesías. Por lo tanto, un sacerdote realiza simbólicamente el sacrificio en las aguas corrientes donde el leproso fue limpiado y sanado".

"Pero ese sacerdote sumergió, bautizó a multitudes de otras personas en esas mismas aguas".

"Sí, al igual que la segunda ave era salvada al ser sumergida en las aguas y la sangre de la primera. Por lo tanto, fueron bautizadas para el perdón de los pecados, para ser limpiadas, ellos eran los leprosos espirituales. De hecho, oculto en la antigua traducción griega de la ordenanza, cuando el sacerdote sumerge al ave en el agua, se utiliza la palabra *baptize*. Como está escrito: 'Somos bautizados, sumergidos, en su muerte'. Todos llegamos como leprosos, los impuros y los malditos; pero el sacrificio por los malditos ha sido ofrecido. De modo que ya no somos impuros. Porque lo impuro se vuelve limpio, los malditos se vuelven benditos, y ya no hay más leproso…en el milagro del sacrificio al lado de las aguas corrientes".

La misión: Sumerja cada parte de su vida en Él. Después camine en el poder de la libertad, la limpieza, la restauración y la rotura de maldiciones.

Levítico 14:1–9; Mateo 8:1–3; Romanos 6:3–4; 1 Juan 1:7

El misterio de Tzippurim

EL ESTADO DE ESTAR EN MEDIO

Estábamos sentados en la misma llanura arenosa en la que el maestro anteriormente había dibujado símbolos y letras en la arena. Ahora trazó dos símbolos. Yo los recordaba de una lección anterior.

"El Alfa y la Omega", dije. "Los símbolos de Dios".

"Sí", dijo el maestro. "Alfa es la primera letra en el alfabeto griego; de modo que Dios es el Alfa, el principio de las cosas y la razón por la que todo existe. Y Omega es la última letra; por lo tanto, Dios es la Omega, el final de todas las cosas y el propósito para todo lo que existe".

El maestro entonces dibujó una línea horizontal que unía los símbolos.

"Y esto", dijo, "es otra cosa...incluido usted".

"¿Yo?".

"Si Dios es el principio y el fin, entonces ¿qué le hace eso a usted?".

"Supongo que hace que yo *no* sea el principio y el fin".

"Pero la naturaleza humana es *no* saber eso. Si vive *según* usted mismo, se ha convertido en su propia alfa. Si vive como si usted mismo fuera la razón y el motivo de todo lo que hace, entonces se ha convertido usted mismo en su propia alfa. Y si la razón de su vida es usted mismo, entonces su vida no tiene razón alguna. La línea se convierte en un círculo...Por otro lado", dijo, "si vive *para* usted mismo, para servirse a usted mismo, con usted mismo como su propia meta y final, entonces se ha convertido en su propia omega...lo cual es no tener ningún verdadero propósito...otro círculo".

"Supongo que la mayoría de personas viven como su propia alfa y omega", dije. "Entonces ¿cómo deberíamos vivir?".

"Como esta línea. Como aquello que no es ni la razón ni el propósito, ni el principio ni el fin...sino el medio...Su vida se convierte en el canal para los propósitos de Él, el instrumento para su fin. Vivimos para una razón y propósito mayores que nosotros mismos, y es entonces cuando encontramos la razón y el propósito de nuestra existencia. Hacemos que Él sea nuestro principio y nuestro fin, la razón y el propósito de todo lo que hacemos. Hacemos todo *de* Él y *para* Él. Nos convertimos en el canal mediante el cual fluye su amor, poder, sus propósitos, su espíritu, su vida y sus bendiciones. Es el estado de estar en medio. Descúbralo, y su vida estará llena de las bendiciones del Alfa y la Omega, el principio y el fin".

La misión: Viva hoy en el estado de estar en el medio. Haga que Él sea su Alfa, la razón de todo lo que hace, y su Omega, aquel para quien usted vive.

2 Corintios 4:7; 2 Timoteo 2:21; Apocalipsis 1:8

La piedra Omega

SEÑOR DE LOS DOS PUNTOS DE FUGA

ESTÁBAMOS EN LA que tenía que ser la expansión abierta más grande que yo había visto en ese desierto. Estaba avanzado el día, y el cielo occidental se había vuelto anaranjado con la puesta del sol.

"Es como si casi pudiéramos ver para siempre", dijo el maestro. "¿Sabe cómo se dice *para siempre* en hebreo?".

"¿Cómo?", repliqué.

"*L'olam*", dijo él. "Significa para siempre y aún más. Significa *eso*", dijo señalando a la puesta del sol. "*L'olam* significa literalmente al punto de fuga. Dios es para siempre. Dios es l'olam, al punto de fuga. De modo que si Dios lleva nuestros pecados en la cruz, ¿dónde se los lleva?".

"Al punto de fuga", dije yo.

"Sí, y Dios llevó nuestros pecados *al* punto de fuga y se fue con ellos…l'olam, para siempre, alejados una eternidad, y aún más".

"¿Más que una eternidad?".

"Podría decirse. Mire, Dios no es solamente *hacia* para siempre. Dios es *desde* para siempre, en hebreo *m'olam*. De modo que Él no solo se lleva nuestros pecados de aquí a la eternidad, sino desde la eternidad hasta la eternidad…la distancia *desde* para siempre y *hasta* para siempre".

"Tan lejos como está el este del oeste", dije yo.

"Sí, como el chivo expiatorio se llevaba los pecados del pueblo en el día más santo del año…era desde el oeste hacia el este, el lugar de la infinidad…"

"Hasta el punto de fuga".

"¿Cuán alejada está la distancia entre Dios y nosotros, entre su santidad y nuestro pecado?", me preguntó.

"Es infinita", respondí.

"Y por eso nunca podríamos salvarnos a nosotros mismos. Por eso tuvo que ser Dios mismo…porque solamente Él es desde el punto de fuga y hasta el punto de fuga, m'olam l'olam, desde para siempre y hasta para siempre. Es la distancia de Dios…y la distancia de su amor por nosotros. Y en las oraciones de Israel a Él se le llama *Melekh Ha Olam*, el Rey del universo; pero también significa Rey, el Soberano del punto de fuga. Como está escrito: 'Desde el nacimiento del sol hasta donde se pone, sea alabado el nombre de Jehová'".

"Desde la eternidad hasta la eternidad, para siempre…y para siempre".

La misión: Medite en la inmensidad de Dios, la anchura de su salvación y el amor de Dios tiene por usted que llega desde la eternidad hasta la eternidad.

Salmos 103:12; 113:3; Efesios 3:18–19; 1 Juan 1:9

Los días de la eternidad

EL PRECIO DE LO INESTIMABLE

"**I**MAGINE", DIJO EL maestro, "si hubiera un tesoro escondido en ese campo. Imagine que su valor fuera cien veces el valor de todo lo que usted poseía, pero el campo estuviera a la venta, y el precio que pedían era igual a todo lo que usted poseía. De modo que usted vende todo lo que tiene y compra el campo. El tesoro es ahora de usted. ¿Cuánto le costó comprar el tesoro?".

"Todo lo que tenía".

"No", dijo el maestro. "No le costó nada".

"Pero tuve que pagarlo con todo lo que tenía".

"El campo", dijo él, "pero no el tesoro. El tesoro estaba por encima de su capacidad de compra, incluso con todas sus posesiones; en efecto, era invaluable. Y sin embargo era gratis. Lo que acabo de contarle era la parábola que contó el Mesías de un hombre que compra un campo para obtener el tesoro que estaba escondido en él. ¿Qué cree que representa el tesoro?".

"¿La salvación? ¿La vida eterna? ¿Las bendiciones de Dios?".

"Todo eso es correcto", dijo él. "Nunca podemos ganarnos o merecernos las bendiciones de Dios o su salvación, ni la vida eterna. Un millón de años de obras perfectas no podría comprarla. No tiene precio; y sin embargo, se da gratuitamente, sin ninguna obra, sin merecerlo, y únicamente por la gracia de Dios. Ese es el tesoro. Pero la historia tiene otro lado. Aunque el tesoro es gratis, hace que el hombre salga y haga todo lo que puede, use todo lo que tiene, suelte todo lo que puede soltar, y dé todo lo que pueda como respuesta a haber encontrado el tesoro. La salvación es el tesoro que no tiene precio y aun así se da gratuitamente a todo el que quiera recibirla. Pero el tesoro es tan grande, que si usted lo recibe verdaderamente, si entiende lo que tiene, eso le conducirá a hacer todo lo que pueda, a utilizar todo lo que tenga y a dar todo lo que pueda dar como respuesta a haberlo encontrado. Si ha encontrado verdaderamente este tesoro, entonces debe conducirle a amar a Dios con todo su corazón, su mente, su alma y sus fuerzas, y a amar a otros como a usted mismo, a perdonar como ha sido perdonado, a dar como se le ha dado a usted, a hacer de su vida un regalo de amor, y a hacer todo eso con gozo y a la luz del tesoro que ahora ha llegado su vida. Si ha encontrado el tesoro que está por encima de ningún precio y se le ha dado gratuitamente, entonces viva una vida que sea del máximo valor y la mayor valía, y hágalo gratuitamente. Este es el modo en que posee lo inapreciable".

La misión: A la vista del tesoro que se le ha dado gratuitamente, pague el precio de lo inapreciable. Dé todo lo que tiene y todo lo que es. Viva al máximo. Posea el campo.

Mateo 13:44; Lucas 18:22; Filipenses 3:7–8; 2 Pedro 1:4

El intercambio celestial

ACAMPAR EN EL CIELO

ERA SUKKOT, LA fiesta de los Tabernáculos. Los estudiantes estaban durmiendo en el exterior en sukkahs: tabernáculos hechos de ramas, madera y frutos. Yo era uno de ellos. Durante la noche, el maestro me hizo una visita; nos sentamos y hablamos en la noche iluminados por la luna llena que entraba entre las ramas.

"Así se veía Jerusalén", dijo él, "en los tiempos del Templo. La Ciudad Santa estaba llena de tabernáculos dentro de los cuales el pueblo de Israel vivía durante los siete días de la fiesta. Tenían que vivir como lo hacían cuando iba por el desierto hacia la Tierra Prometida, como una conmemoración. ¿Hay algo extraño al respecto?".

"Ellos acampaban fuera en su tierra natal, viviendo en la Tierra Prometida como si aún estuvieran viviendo en el desierto".

"¿Y qué representa finalmente la Tierra Prometida? El cielo. ¿Y que representa el desierto? El viaje hacia el cielo…nuestros días en la tierra. Por lo tanto, si quienes están en la Tierra Prometida viven en tabernáculos para recordar cómo Dios los guardó cuando viajaban por el desierto, ¿acaso nosotros en el cielo no recordaremos nuestros días en la tierra y daremos gracias a Dios por habernos guardado en nuestro viaje hasta allí? Mire, en la fiesta de los Tabernáculos se juntaban los dos ámbitos: la Tierra Prometida y el desierto. Y esa unión da testimonio de un misterio: el ámbito del cielo y el ámbito de la tierra están unidos. Lo que usted haga en el ámbito terrenal toca el ámbito de lo celestial; y lo que se haga en el ámbito celestial toca lo terrenal. Mientras esté en la tierra, ha de hacerse tesoros en el cielo, y lo que ate en la tierra queda atado en el cielo. Cuando ore, ha de orar para que como es en el cielo, así sea en la tierra. Y cuando ore en la tierra, tiene que entrar en el trono celestial de Dios. El Mesías es la unión de lo celestial y lo terrenal; por lo tanto, quienes viven en el Mesías han de vivir en los dos ámbitos, en la unión de los dos ámbitos. Mire, en el ámbito de la salvación, el cielo no solo está allí y entonces, sino aquí y ahora. Aprenda el misterio de la fiesta de los Tabernáculos y el secreto de vivir en el ámbito de lo celestial incluso ahora. Porque si quienes están en la Tierra Prometida pueden vivir en los tabernáculos del desierto, entonces nosotros que estamos de viaje por el desierto podemos vivir incluso ahora…en los tabernáculos del cielo".

La misión: Aprenda el secreto, mientras vive en el ámbito terrenal, de vivir en el ámbito celestial. Viva en el ámbito del cielo y la tierra como si fueran uno.

Levítico 23:40–43; Efesios 2:6; Apocalipsis 7:9

EL PASTOR Y LOS PESCADORES

"**F**UE EN UN lugar como este", dijo el maestro, "muy dentro del desierto, donde un viejo pastor cuidaba de su rebaño al lado de un monte y de una zarza del desierto. No tenía ni idea de que se convertiría en el libertador de toda una nación".

"Moisés", dije yo.

"Y después estaban los pescadores que echaban sus redes a las aguas, sin tener idea de que un día llegarían a ser algunas de las personas más famosas que hayan caminado jamás sobre la tierra…los discípulos. Hay un patrón", dijo. "Moisés, en su vida anterior, era un pastor que cuidaba de su rebaño en el desierto. Dios entonces lo utilizó para pastorear a una nación y dirigir el rebaño de Israel por ese mismo desierto. Los discípulos en sus vidas anteriores eran pescadores. Dios los utilizó para convertirse en mensajeros del Mesías…pescadores de hombres. Sus vidas anteriores se correspondían con sus vidas redimidas".

"Entonces Dios toma la vida anterior y la redime para usarla para sus propósitos".

"Así lo hace", dijo el maestro. "Pero el misterio es más profundo. Dios las creó desde el principio y su propósito fue que llegaran a ser lo que llegarían a ser. De modo que no fue que Moisés se convirtiera en el pastor de Israel porque era un pastor de ovejas; fue que Moisés se convirtió en un pastor de ovejas…porque había de convertirse en el pastor de Israel. Y no fue que los discípulos llegaran a ser pescadores de hombres porque eran pescadores; más bien, se convirtieron en pescadores…porque un día habían de convertirse en pescadores de hombres. Y lo mismo sucede con todos los hijos de Dios; y lo mismo sucede con usted. Cuando mire atrás a su vida, descubrirá oculto en ella este misterio. Encontrará a un Moisés en el desierto…un pescador en una barca. Su vida fue un misterio a la espera de ser redimida…un misterio en el cual estaban inmersas las semillas de los propósitos de Él para ser utilizadas para su gloria. No fue que resultó que Él descubrió su vida y entonces decidió usarla para sus propósitos; fue que usted era lo que era porque Dios desde el principio se había propuesto lo que usted llegaría a ser algún día. Su vida era una sombra de aquello que había de llegar a ser; por lo tanto, entregue cada parte de su vida, todo lo que tiene y todo lo que es, a la voluntad y los propósitos de Dios; y su vida se convertirá en la de un pescador que se vuelve un apóstol, un pastor que se vuelve un libertador…todo aquello para lo cual fue creada, y llamada, y formada, todo lo que estaba *esperando* a llegar a ser…desde el principio".

La misión: Mire atrás a su vida. ¿Qué es lo que usted había de hacer y ser? Dé hoy pasos para cumplir aún más su llamado.

Éxodo 3:1–8; Jeremías 1:5; Mateo 4:18–20; Gálatas 1:15; 2 Timoteo 1:9

EL ALTAR DE LOS LUGARES CELESTIALES

É L ME LLEVÓ a la cámara que albergaba la réplica en piedra del Templo. "Eso", dijo señalando a sus derecha, "es el altar de bronce, el altar sobre el cual se ofrecían los sacrificios y mediante el cual el pueblo era reconciliado con Dios. El día de Expiación, después de terminar el sacrificio, el sacerdote tomaba la sangre y entraba por esas dos puertas de oro al lugar santo; entonces atravesaba el velo hasta el lugar santísimo donde rociaba la sangre sobre el arca del pacto entre las alas de los querubines de oro. Todo comienza con el altar. ¿Qué anuncia el altar del sacrificio?".

"La ofrenda del sacrificio final", dije yo, "el sacrificio del Mesías".

"¿Sobre qué altar?", me preguntó.

"En el altar de la cruz".

"Sí", dijo él. "La cruz es el altar supremo y cósmico del sacrificio supremo y cósmico, el Cordero de Dios. Pero el altar del sacrificio era solamente una parte del Templo. ¿Qué hay del resto?".

"¿A qué se refiere?".

"Las personas ven la cruz como si fuera el final de la salvación; pero el altar del sacrificio no fue nunca el final, sino el principio; es el altar del sacrificio el que da acceso, la capacidad de poder entrar por las puertas del Templo, de atravesar el velo y de estar en el lugar santísimo. El altar da comienzo al viaje; por lo tanto, entonces el altar cósmico debe darnos acceso cósmico…para que podamos comenzar un viaje cósmico. El altar del sacrificio del Mesías nos da acceso donde no podíamos entrar antes, para abrir puertas que nunca antes podíamos abrir, para entrar en lo que nunca antes podíamos entrar, y para andar por un camino por el que antes no podíamos andar. Este altar cósmico nos da el poder de entrar en el ámbito de lo santo y, en el Espíritu, de permanecer en los lugares celestiales, en el lugar santísimo, en el lugar de morada de Dios. Aprenda el misterio y la magnitud de este altar y vaya más allá del velo…Porque si el altar del sacrificio abrió el camino para que pudiéramos habitar en el lugar santo, entonces el altar del sacrificio del Mesías ha abierto el camino para que podamos vivir en los lugares celestiales…y en los ámbitos de gloria".

La misión: Lleve su vida totalmente al interior de la cruz. Es una puerta; utilice su acceso para ir donde antes no podía ir.

Éxodo 40:6; Levítico 16:12–14; Hebreos 4:14–16; 10:19–23

EL MISTERIO DEL OTOÑO

Él ME LLEVÓ a la Cámara de las Vasijas y a una habitación en la que había varias plataformas incorporadas en sus paredes. Era casi idéntica a la habitación a la que me había llevado meses antes y donde compartió sobre los días santos de la primavera; pero sus contenidos eran diferentes. En una de las plataformas había un shofar, el cuerno de carnero; en otra, un lavacro de bronce para lavarse; en otra, frutos; y en otra, tres rollos grandes.

"Dígame cuál es el tema", dijo el maestro, "que une todas estas cosas".

"Los días santos del otoño", dije yo.

"Muy bien. ¿Recuerda lo que le dije sobre los ciclos del calendario bíblico?".

"Que el año sagrado hebreo tiene dos ciclos o grupos de días santos: el ciclo de primavera y el ciclo de otoño; y en cada ciclo, las festividades están unidas no solo en su momento sino también en sus temas".

"¿Y cuál es el tema del ciclo de primavera?", me preguntó.

"El principio, salvación, libertad, renacer, vida nueva, Pascua, el Cordero".

"Y ahora pasamos al ciclo del otoño y el misterio que alberga. En el ámbito natural, tal como la primavera se trata de principio, el otoño se trata de final. Y así es en el año bíblico. Cuando el ciclo de primavera da comienzo al año sagrado, el de otoño lo concluye; de modo que los días santos del otoño se tratan sobre el final, y de cerrar lo que comenzó en la primavera".

"¿Y cuáles son sus temas?", pregunté.

"El fin", dijo él, "el fin de la cosecha, el regreso, el sonido de las trompetas, la reunión, el arrepentimiento, el hombre y Dios cara a cara, el juicio, la redención, el reino de Dios, y todas las cosas regresando a Él…la conclusión".

"Si el ciclo de la primavera habla del principio y de la primera venida del Mesías, entonces el ciclo del otoño hablaría de su segunda venida…y del fin".

"Sí. ¿Y cuál será el fin de los tiempos? Verá el final de la cosecha, la reunión y el regreso de su pueblo, las trompetas de su venida, al hombre y Dios cara a cara, el juicio, el reino de Dios, y todas las cosas regresando a Él. El ciclo de la primavera recuerda que el Mesías es el Cordero, pero el ciclo del otoño recuerda que Él es también el León, el Rey, el Todopoderoso y el Señor de todo. Recuerde eso; y viva su vida en consecuencia…como vivimos ahora entre el León y el Cordero".

La misión: Viva con el León de Judá, el Rey que vendrá. Viva en el poder del Todopoderoso, fuerte en lo que es bueno, y valiente como el León.

Daniel 7:13–14; Mateo 24:14; Apocalipsis 11:5; 14:15; 19:16

La final del día santo

LA REDENCIÓN DEL DÍA DÉCIMO DE AV

Él ME CONDUJO hasta las ruinas de la casa antigua en la que había leído en voz alta del libro de Lamentaciones. Nos sentamos, él metió la mano en su bolsillo, sacó una moneda y me la entregó. Estaba oscurecida y desgastada, con una imagen de lo que parecían ser tres torres rodeadas por un círculo ornamental.

"¿Vino esto de este lugar?", pregunté.

"No", dijo el maestro, "muy lejos de este lugar. Es una moneda del imperio español…monedas que alteraron la historia y cumplieron un misterio antiguo. Fue aquí", dijo, "donde hablé con usted del día de la calamidad en la historia judía, el día noveno de Av". Puso la moneda sobre una piedra. "Hace siglos, la tierra de España constituía uno de los mayores refugios de judíos que se hubiese conocido jamás; pero a finales del siglo XV todo terminó cuando los monarcas españoles dieron a los judíos hasta el 2 agosto para salir de la tierra o morir. El día 2 de agosto era el día noveno de Av, la fecha hebrea en la que han sucedido calamidades al pueblo hebreo a lo largo de las épocas. Ese día, los puertos españoles estaban llenos de barcos que llevaban a judíos que se iban para salvar sus vidas, pero hubo algo más en la historia. Tres de los barcos que esperaban partir de los puertos de España tenían un propósito diferente. Era el año 1492".

"¡Cristóbal Colón!".

"Dos acontecimientos trascendentales de la historia del mundo tuvieron lugar en el mismo año, en la misma tierra, la misma semana, los mismos puertos… sucediendo con un día de diferencia".

"¿Por qué?", pregunté.

"¿Qué resultaría del viaje de esos tres barcos?".

"El descubrimiento de América".

"Sí", dijo el maestro. "Por lo tanto, en medio de la calamidad de 1492, cuando el pueblo judío perdió su mayor tierra de refugio, Dios estaba obrando por medio de esos mismos acontecimientos para la redención. El día después de la calamidad, el día décimo de Av, desde la misma tierra y los mismos puertos, otros tres barcos emprenderían viaje para descubrir el Nuevo Mundo. América se convertiría en el mayor refugio que el pueblo judío conocería jamás fuera de Israel; y por lo tanto, cada hijo del reino de Dios tiene esta promesa: Él cambiará toda tristeza en alegría y transformará cada calamidad en redención. E incluso en medio de la calamidad, las semillas de la redención estarán siempre ahí…una redención que comienza el día décimo de Av".

La misión: Recuerde las veces del día décimo de Av de su vida, cómo Dios transformó sus tristezas en bendiciones; y sepa que por cada día noveno de Av en su vida, Dios siempre le dará un día décimo.

Salmo 126; Jeremías 31:1–16; Joel 2:25; Apocalipsis 7:16–17

El misterio del día noveno de Av

EN EL HUERTO

L A TARDE ESTABA avanzada, y estábamos sentados dentro de uno de los huertos de árboles frutales.

"Una pregunta", dijo el maestro. "¿Cuál fue el primer acto de Dios hacia el hombre después de la creación?".

"¿Crear a la mujer?".

"¿Antes de eso?".

"No lo sé".

"Fue llevarlo a un lugar".

"Al huerto".

"'Tomó, pues, Jehová Dios al hombre, y lo puso en el huerto de Edén'. El primer acto de Dios hacia el hombre fue llevarlo a un lugar de vida, productividad y bendición. ¿Y cuando lo llevó Dios al huerto?".

"El sexto día".

"El Mesías murió el sexto día, el viernes. ¿Y qué le sucedió ese día después de ser consumada la crucifixión, la obra de redención?".

"Lo bajaron de la cruz y lo pusieron en el sepulcro".

"Pero no fue cualquier sepulcro", dijo el maestro. "¿Qué dicen las Escrituras de ese lugar? 'Y en el lugar donde había sido crucificado, había un huerto, y en el huerto un sepulcro nuevo'. No era solamente un sepulcro…era un sepulcro de un *huerto*…un sepulcro en un *huerto*. El sexto día Dios llevó al hombre a un huerto; y el sexto día el hombre llevó a Dios a un huerto, a un sepulcro en un huerto. Un huerto es un lugar de vida, pero un sepulcro en un huerto es un lugar de muerte. De modo que Dios llevó al hombre a un lugar de vida, pero el hombre llevó a Dios a un lugar de muerte. El huerto del Edén era un lugar de bendición, pero el huerto del sepulcro era un lugar de tristeza. El huerto del Edén era el lugar de la creación de Dios, y el huerto del sepulcro era el lugar de la creación del hombre. Por lo tanto, Dios llevó al hombre al lugar de las bendiciones de Dios, pero el hombre llevó a Dios al lugar de la maldición del hombre. ¿Por qué? Dios se permitió a sí mismo ser llevado al lugar de nuestra maldición para darnos la capacidad de salir de ese lugar, para que Él pudiera una vez más llevarnos a un lugar de vida, y a una vida de sus bendiciones".

La misión: El camino del sacrificio y de morir al yo es el que conduce al huerto. Decida caminar en ese camino y entrar en las bendiciones del huerto.

Génesis 2:15; Cantar de los Cantares 6:2; Lucas 23:43; Juan 19:41–42

El misterio de la revelación del sexto día

EL FIN DEL ROLLO

Él ME LLEVÓ a la Cámara de los Rollos. Allí, sobre la mesa estaba el rollo de la Torá desenrollado en su final.

"¿Recuerda lo que le dije sobre el día más misterioso del año hebreo, *Shemini atzeret*, la reunión del octavo día?", preguntó el maestro.

"El último día del año sagrado, el día después del fin…el día que representa el principio de la eternidad".

"Sí. ¿Y sabe lo que se hace en ese día? El rollo de la Torá, que ha sido continuamente desenrollado y leído cada día de reposo del año, llega a su fin, y entonces comienza a volver a enrollar todo lo que ha sido desenrollado a lo largo del año…Es fascinante", dijo el maestro. "Cuando leemos las profecías con respecto al final de los tiempos, encontramos la imagen del rollo y el acto de desenrollarlo. Está escrito en Isaías: 'y se enrollarán los cielos como un libro'. Y en el libro de Apocalipsis reaparece la misma imagen: 'Y el cielo se desvaneció como un pergamino que se enrolla'. Y después, al final de Apocalipsis con respecto al fin del orden presente, está escrito que antes de la eternidad 'huyeron la tierra y el cielo'. El cielo y la tierra desaparecen; la vieja creación se ha ido. El rollo se termina, la historia llega a su fin, y comienza el día después del fin, Shemini atzeret, el octavo día, el día del para siempre".

El maestro hizo una pausa para mirar al rollo.

"¿Y sabe lo que se lee al final del rollo antes de ser enrollado?".

"No".

"Las últimas palabras escritas en este rollo hablan sobre el viaje del fin. Moisés subió a la montaña para captar su primer destello de la Tierra Prometida, para dejar su existencia terrenal y para estar con Dios; y los israelitas terminan su viaje por el desierto. Por lo tanto, Shemini atzeret habla del día en que nuestro viaje por el desierto terminará, la finalización de nuestra existencia terrenal, y el paso de este mundo; nos dice que siempre debemos dejar lo antiguo antes de poder entrar en lo nuevo, y nos recuerda que esta vida no es el destino, sino el viaje hacia el destino. Por lo tanto, viva su vida y cada momento de su vida a la luz de eso, a la luz del fin, a la luz del día en que lo viejo huirá, y de su primer destello de aquello con lo cual solamente había soñado…cuando el rollo sea enrollado".

La misión: ¿Qué hay en su vida que deba llevar a su fin para entrar en lo nuevo que Dios tiene para usted? Enrolle hoy ese rollo.

Deuteronomio 34; Isaías 34:4; Apocalipsis 6:14; 20:11; 22

El rollo del Alfa y la Omega

LOS HIJOS DE LEA

ESTÁBAMOS SENTADOS EN la quebrada de una colina con vistas a las aldeas de tiendas de los moradores del desierto, viendo a las mujeres realizar sus tareas cotidianas y haciendo descansos para charlar y a veces reír.

"¿Sabe quién era Lea?", preguntó el maestro.

"He oído de ella", respondí yo. "¿Una de las matriarcas de Israel?".

"Sí. Lea estaba casada con Jacob. El amor verdadero de Jacob era Raquel, pero le engañaron para que se casara en cambio con Lea. Al final se casó con las dos; pero de todas las matriarcas de Israel, Lea tuvo la infeliz distinción de no ser querida, y ella lo sabía. Esa fue una herida profunda que siempre llevó en su ser, la incesante tristeza de su vida. No sabemos cuántas lágrimas vertió a causa de eso, pero sin duda alguna fueron muchas. Pero entonces sucedió algo…Lea se volvió fructífera, incluso más fructífera que Raquel. Y cuando Lea dio a luz a su tercer hijo, le puso por nombre *Leví*. De Leví vino el sacerdocio de Israel, y de Leví nació Moisés. Por medio de Moisés vino la Pascua, el éxodo, los Diez Mandamientos, la ley, los sacrificios, los días santos y el Tabernáculo…el sacerdocio, los sumos sacerdotes y el Templo. Por medio de Moisés, los hijos de Israel entraron en la Tierra Prometida; y por medio de Moisés comenzó la escritura de la Palabra de Dios: la Biblia".

"¿Qué otros hijos tuvo Lea?", pregunté.

"Judá", dijo el maestro. "De Judá vino David, y de David vino la casa real de Israel, los reyes y príncipes de la nación de Dios. De Judá vinieron el reino de Israel y la palabra *judío*; y de Judá vino Yeshúa, Jesús, el Mesías, la esperanza y la salvación del mundo…todo esto vino del vientre de Lea. Dios escoge a los hijos de Lea…incluso hasta este día".

"¿Y quiénes son los hijos de Lea hasta el presente?".

"Aquellos que, mediante tristezas, heridas, rechazo, vacío, sueños hechos pedazos, corazones rotos, frustración, descontento, dolor, lágrimas, o simplemente el anhelo de algo más de lo que tienen en la tierra…nacen al reino, nacen de Dios…y son escogidos para hacer cosas grandes y poderosas, los canales mediante los cuales el amor y la redención de Dios vienen al mundo…Porque Dios ama especialmente a quienes no son queridos…los hijos de Lea".

La misión: Entregue cualquier tristeza, rechazo, frustración o sueño roto en las manos de Él. Crea que Él producirá de ello las bendiciones de Lea.

Génesis 29:31–35; Isaías 54:1, 4–8; Apocalipsis 5:5

LA LEY DEL CAMBIO

EL MAESTRO ESTABA de pie al lado de una gran piedra circular, cierto tipo de rueda puesta de pie.

"¿Qué es?", pregunté.

"Una piedra con forma de rueda", dijo él. "En tiempos antiguos podía utilizarse para sellar la entrada de un sepulcro. Intente moverla".

Y eso hice, pero la piedra no se movió ni un milímetro.

"Inténtelo con más fuerza", me dijo. Yo volví a intentarlo, pero siguió sin haber movimiento.

"Un poco más".

Empujé con todas mis fuerzas, y finalmente la piedra comenzó a rodar solamente un poco.

"¿Qué le ha mostrado eso?", preguntó el maestro.

"¿Que no estoy en forma?".

"Pretendía mover un objeto que estaba en reposo; era una acción nueva, y requería un impulso. A fin de comenzar ese impulso, tuvo que concentrar todas sus fuerzas para moverla solamente unos centímetros. Eso es la física. El universo se resiste al nuevo movimiento, al cambio; de modo que con un objeto en reposo, y con nuevo impulso, hay que concentrar la fuerza en un espacio más pequeño para poder hacer que se muevan cosas: la ley del nuevo impulso".

"Entonces así es como se pone en movimiento la bola", dije yo. "Pero ¿cómo...?".

"¿Se aplica a usted?", dijo él. "La misma ley se aplica al ámbito espiritual. Dios nos llama a cambiar, y *cambio* significa nueva acción, nuevo movimiento y nuevo impulso. El universo se resiste al nuevo impulso; el universo se resiste al cambio, de modo que para iniciar el cambio en su vida debe concentrar tanta fuerza y energía, tanta decisión, pensamiento, enfoque y resolución en el más pequeño de los movimientos. Cuanto mayor sea el cambio, mayor es la necesidad de concentración de fuerza. Por eso, cuando se trate con el cambio, es sabio dar primero un pequeño paso, pero hacerlo con todas las fuerzas, y entonces el paso siguiente y después el siguiente. Cuando Moisés fue llamado por Dios, lo primero que hizo fue quitarse sus sandalias, el primer paso, el movimiento más pequeño, pero eso cambió el mundo. Lo primero que los apóstoles hicieron fue dejar sus redes de pesca: el primer paso y el movimiento más pequeño, pero eso también cambió el mundo. Aplique la ley del cambio y el poder de Dios al primer paso, y entonces comenzará a rodar la bola...y hasta podría terminar usted cambiando el mundo".

La misión: ¿Cuál es el cambio, el nuevo curso al que Dios le está llamando en su vida? Enfoque su energía en el primer paso y aplique la ley del nuevo impulso.

Éxodo 3:5; Marcos 1:17–20; Marcos 2:11–12

Cambio de marcha espiritual y el secreto del verdadero cambio

LA REVELACIÓN DE TISHRI

EL MAESTRO ME llevó a una de las salas más pequeñas dentro de la Cámara de los Rollos.

"Tishri", dijo, "es el más intenso de los meses hebreos…el mes que cierra el año hebreo sagrado. Y si el año hebreo sagrado alberga el misterio de los tiempos, entonces el último mes del año sagrado, tishri, albergará el misterio del final de los tiempos. ¿Y podría ser que tishri también albergue el misterio del final de la Palabra de Dios misma?".

"¿El final de la Biblia? ¿El libro de Apocalipsis?".

"Sí, ¿podría el mes de tishri albergar el misterio de Apocalipsis?".

Entonces sacó uno de los rollos y lo desenrolló sobre el estante de madera.

"El libro de Apocalipsis", dijo señalando al rollo. "Tishri es el mes séptimo del año sagrado, siete, el número de lo completo. ¿Y qué encontramos en el libro de Apocalipsis? Está saturado del número siete. ¿Y cómo comienza tishri, el mes séptimo?".

"¿Con la fiesta de las Trompetas?".

"'Y vi a los siete ángeles'", dijo el maestro mientras leía del rollo, "'que estaban en pie ante Dios; y se les dieron siete trompetas'. ¿Qué vemos en el libro de Apocalipsis? La fiesta de las Trompetas. ¿Y qué más es tishri? Yom Kippur, el día del Juicio. ¿Y qué vemos en Apocalipsis? La hora de su juicio ha llegado. Y así como el hombre y Dios están cara a cara en Yom Kippur, también en el libro de Apocalipsis. En el mes de tishri, Dios es proclamado rey, y así también en Apocalipsis. Y en tishri llega la fiesta de los Tabernáculos, la mayor de las celebraciones, la fiesta del reinado, y el tiempo de establecer tabernáculo con Dios en la Ciudad Santa. De modo que Apocalipsis concluye con el reino de Dios en la tierra, celebración y Dios haciendo tabernáculo con su pueblo en la Ciudad Santa, como está escrito: 'He aquí el tabernáculo de Dios con los hombres'".

"Olvidó uno", dije yo. "Tishri concluye con Shemini atzeret, el día del misterio".

"Sí", dijo el maestro, "el día que habla de la eternidad. Y por lo tanto, Apocalipsis concluye con el mismo día, el día de la eternidad…'y reinarán por los siglos de los siglos'. Mire", dijo, "los propósitos de Dios tienen solamente finales perfectos, y así también para quienes le permiten a Él escribir su historia, el final es el mismo…perfecto. Su final…es el cielo".

La misión: Al final, apareceremos en la luz de Dios sin nada oculto. Prepárese para ese día. Quite toda oscuridad, y viva ahora en luz total.

Levítico 23:23–44; Apocalipsis 8:2; 14:7; 19:16; 20:4; 21:3; 22:5

IMAGINE

"IMAGINE", DIJO EL maestro, "que existiera un mundo donde las personas llevaran joyas con forma de silla eléctrica...donde modelos de sillas eléctricas coronaran los pináculos de los edificios sagrados, donde las personas cantaran canciones acerca de una silla eléctrica en particular. Imagine un mundo donde las personas encontraran en esa silla eléctrica esperanza, misericordia, amor, perdón, restauración, redención y nueva vida. ¿Qué pensaría usted?".

"Pensaría que era una locura", respondí.

"Sí, pero con un ligero cambio, lo que acabo de describir ha sido *este* mundo. Solamente sustituyamos un instrumento de pena capital por otro, y tenemos la tierra".

"Sustituirlo ¿por cuál?".

"Sustituyamos la silla eléctrica...por la cruz. La cruz es un instrumento de ejecución tanto como lo es la silla eléctrica, la guillotina o la horca, pero lo que hace que sea diferente de todos los demás instrumentos de ejecución es que el Mesías, el Hijo de Dios, murió sobre ella; y eso lo cambia todo. Vivimos en un mundo donde las personas llevan joyas con forma de un instrumento de pena capital, donde edificios sagrados están coronados con reproducciones de este instrumento de muerte, donde las personas cantan canciones sobre ello, y donde multitudes encuentran en ella amor, esperanza, misericordia y vida nueva. ¿Qué revela esto?".

"Cuán radical es".

"Sí, y cuán radical es el poder de Dios en el Mesías. Tomar un instrumento de ejecución y transformarlo en un objeto de amor y misericordia, en el cual las personas encuentran esperanza, gracia y vida nueva; solamente el Mesías, solamente el Hijo de Dios, pudo hacer realidad tal cosa. Un instrumento fabricado para producir muerte ahora produce vida...ahora hace que cobremos vida...un instrumento de juicio ahora hace que seamos liberados del juicio...el objeto más malvado de tiempos antiguos ahora se transforma en la señal más poderosa de amor que el mundo haya visto jamás; ese es el poder de Dios. Y por lo tanto, en ese mismo objeto está el poder para convertir en luz toda oscuridad que haya en su vida, cada tristeza en alegría, cada maldad en bien, hacer cada pecado tan blanco como la nieve, convertir cada fracaso en victoria, y cada muerte en resurrección. Ese es el poder milagroso y radical del madero de ejecución que se ha convertido en la señal...de amor eterno".

La misión: Aplique hoy este poder de lo más radical para convertir oscuridad en luz, derrota en victoria, y muerte en vida. Comience a trastornar las cosas.

Isaías 52:13–15; Juan 3:14; 1 Corintios 1:18–28; Efesios 1:6–7

El amor radical

LOS DÍAS DE UNA ETERNÉSIMA

"**¿Qué es más** valioso, lo que es común o lo que es raro?", preguntó el maestro.

"Lo que es raro", respondí.

"¿Y qué es más valioso: lo que es raro o lo que es extremadamente raro?".

"Lo que es extremadamente raro", dije yo.

"¿Cuán valiosa es esta vida?", preguntó él. "¿Cuán valioso es su tiempo en la tierra?".

"No lo sé".

"¿Es raro o es común?", me preguntó.

"Yo diría que es común, ya que es lo que tiene todo el mundo. Y está formado por incontables momentos, cada día, cada año".

"Entonces no sería especialmente valioso", dijo él. "Ahora digamos que su tiempo en la tierra es de cien años, pero el tiempo sigue adelante durante mil años. Su tiempo en la tierra se vuelve raro, una décima parte del tiempo. ¿Y qué sucede después de que hayan pasado un millón de años? ¿Cuán extenso fue su tiempo en la tierra?".

"Una millonésima".

"Una millonésima de tiempo, uno en mil…muy raro. Ahora, ¿qué sucede cuando pensamos en la eternidad? ¿Qué le sucede a su tiempo en la tierra a la luz de la eternidad?".

"Se convierte en una vez en la eternidad".

"Entonces su vida se convierte en una eternésima", dijo él. "¿Cuán raro es eso?".

"Muy raro", respondí.

"Infinitamente raro", dijo él. "Entonces, ¿cuán valioso es su tiempo en la tierra?".

"De un valor infinito".

"Correcto. Sus días en la tierra llegan solamente una vez en una eternidad… solamente una vez. Cada momento que tiene llega solamente una vez en una eternidad…y nunca regresa. Cada momento es un momento de una vez en la eternidad, un momento de una eternésima. Por lo tanto, cada momento tiene un valor infinito…tiene un precio infinito. Entonces, ¿cómo debe vivir?".

"Apreciando cada momento".

"Por lo tanto, aproveche cada momento al máximo, porque nunca regresará. Cualquier bien que haría, hágalo ahora. Trate cada momento como si fuera infinitamente raro y de un valor infinito…porque lo es. Ya que cada momento, y su vida misma, llega solamente una vez en una eternidad".

La misión: Cualquier bien que haría, hágalo ahora. Trate este día como si llegara solamente una vez en una eternidad, porque así es.

Salmo 90:10–12; Romanos 13:11–14; 2 Corintios 6:1–2; Efesios 5:16

No volveré a pasar por este camino

EL MISTERIO DEL PÚRPURA

EL MAESTRO SOSTENÍA una tela color púrpura y la recorría con sus dedos como si la estuviera examinando. Entonces la puso en mis manos.

"El color púrpura", dijo, "estaba entretejido por el Tabernáculo, en los velos y las cortinas, incluso en las vestiduras de los sacerdotes. Ahora mire la tela que le he dado. Es de color púrpura. Debería estar formada por hilos color púrpura, pero no es así. Si mira de cerca, no encontrará ninguno".

La examiné, y tal como él había dicho, no pude encontrar en la tela ni un solo hilo color púrpura; en cambio, estaba formada por hilos diminutos de color azul y rojo delicadamente entretejidos.

"El púrpura es la unión del azul y el rojo. Y si miráramos los velos del Tabernáculo, encontraríamos los colores azul, púrpura y rojo. Los colores aparecen en las instrucciones para la construcción del Tabernáculo una y otra vez, los mismos tres colores y en el mismo orden: 'azul, púrpura y escarlata'"

"¿Por qué?".

"La Tienda de reunión era el lugar de la unión, la reconciliación, el encuentro de dos realidades: Dios y el hombre".

"Y entonces ¿los colores representaban a Dios y al hombre?".

"El azul es el color del cielo, de los cielos…representa lo celestial, a Dios. De modo que el azul es primero".

"¿Y el color rojo…escarlata?".

"En hebreo, la palabra para *hombre* es *Adán. Adán* viene de la palabra hebrea para rojo. El rojo es el color de la tierra del Oriente Medio y de la cual vino el hombre; y el rojo escarlata es el símbolo del pecado y la culpabilidad. El rojo es el color del hombre…y entonces ¿cuál es el púrpura? El púrpura es la unión del azul y el rojo, de modo que habla de la unión de Dios con el hombre, el cielo unido a la tierra. Pero para que haya púrpura, debe haber una unión total…la unión de todo lo que es santo a todo lo que no lo es, todo de Dios a todo lo que está en nosotros…a todo lo que es *usted*…unido de modo tan total que Dios aparecerá como pecado. Y cuando se acercaba esa unión total, el Celestial fue golpeado y burlado, y se le hizo llevar una corona de espinos…y entonces lo cubrieron con un manto. ¿Y sabe qué tipo de manto era? Era un manto color púrpura…un manto color púrpura para cubrir a Aquel en quien cielos y tierra, Dios y el hombre, el azul y el rojo…se vuelven completamente uno…púrpura".

La misión: Hoy, una todo lo que es rojo a todo lo que es azul. Una todo lo que es impío a Dios, y a Dios a lo que es impío; tanto, que se vuelva púrpura.

Éxodo 26:31; Juan 19:1–6; Filipenses 4:5–7; 1 Timoteo 1:15

El misterio del púrpura I–IV

EL DESIERTO DE LA TIERRA PROMETIDA

ESTÁBAMOS DE PIE al borde de un precipicio con vistas a un vasto panorama del desierto.

"Los israelitas vagaron durante cuarenta años en un desierto como este para llegar a la Tierra Prometida. Solamente podemos imaginar su alivio y su alegría cuando finalmente llegaron a su destino, cuando sus días en el desierto terminaron. ¿Qué representa la Tierra Prometida?".

"El lugar donde Dios nos lleva...nuestro destino, la meta de nuestro llamado, el lugar de alegría, bendición, lo completo, donde se cumplen sus promesas...una sombra del cielo".

"¿Y qué representa entonces el desierto?".

"El lugar que atravesamos para llegar hasta donde Dios nos está llamando, el lugar del viaje hasta el lugar donde son cumplidas las promesas de Dios".

"Entonces, el desierto y la Tierra Prometida son dos lugares muy distintos, una tierra de dificultad y una tierra de descanso y bendición. Pero esto es lo que necesita usted saber: el desierto también es *parte de la Tierra Prometida*. En la Tierra Prometida está el desierto de Judea...el desierto del Arabá...el desierto del Neguev, los cuales forman más de la mitad de la tierra de Israel. La mayor parte de la Tierra Prometida es desierto. El desierto también es parte de la Tierra Prometida. Ahora escuche", dijo. "En su vida tendrá desiertos, tiempos de dificultades, pérdidas, retos, lágrimas, al igual que tiempos de espera, o simplemente de no estar en el lugar donde quiere estar. Recuerde entonces esta verdad: en Dios, incluso el desierto puede ser parte de la Tierra Prometida. En otras palabras, el desierto no está fuera de los propósitos de Dios, ni tampoco está fuera de sus promesas. Es el lugar donde Dios le llevó; y Dios lo utilizará para cumplir sus propósitos y cumplir el llamado y la promesa de su vida. En Dios, incluso el desierto se convierte en un lugar de bendición. Y si Dios está con usted, entonces su viaje es también parte de su destino. Y su vida en la tierra también es parte del dominio del cielo, de modo que incluso mientras esté en su viaje en la tierra, puede vivir una vida celestial. Por lo tanto, sin importar dónde se encuentre, sin importar cuál sea su circunstancia, sin importar cuál sea su entorno, alégrese, siga adelante...y decida vivir en victoria incluso ahora...porque al final lo verá...que su desierto fue parte de la Tierra Prometida".

La misión: El cielo no es solamente después de esta vida, sino en ella. Viva este día como el comienzo de la vida celestial, el principio del cielo.

Isaías 35:1–10; 40:3–4; 51:3; Hebreos 11:9–10

El midbar

EL DÍA DEL TIEMPO Y LO ATEMPORAL

ESTA VEZ FUI yo quien condujo al maestro a la Cámara de los Rollos, o más bien, él me permitió que entrara en primer lugar. Yo le había pedido que me llevara allí, al rollo de Isaías. Tenía una sensación sobre algo, y una pregunta. Juntos, desenrollarse el rollo hasta Isaías 53.

"Por favor, tradúzcalo", dije yo, "literalmente".

Así que él comenzó a leer la profecía de Isaías del Mesías que muere por los pecados de otros.

"'Creció en su presencia como vástago tierno'", dijo él.

"En hebreo, ¿está escrito en tiempo futuro?".

"Así es".

"Siga leyendo".

"'Despreciado y rechazado por los hombres, varón de dolores, hecho para el sufrimiento'".

"¿En qué tiempo?".

"En presente", dijo él, y después siguió leyendo. "'Ciertamente él cargó con nuestras enfermedades y soportó nuestros dolores'".

"¿El tiempo?".

"Está en pasado".

"¿Cómo puede ser eso?", pregunté. "Era una profecía, escrita antes de que tuvieran lugar los acontecimientos. ¿Cómo pudo ser escrita en tiempo pasado como si ya hubiera sucedido, antes de que sucediera? ¿Y cómo puede el mismo acontecimiento ser escrito en los tres tiempos, pasado, presente y futuro?".

"Porque", dijo el maestro, "es el acontecimiento de la redención de Dios…un acontecimiento en el cual están contenidos en el pasado, el presente y el futuro, cada acontecimiento de cada pecado…en el tiempo pasado y cubriendo todos los pecados del pasado…en el tiempo presente y cubriendo todo pecado del presente…y en el tiempo futuro y cubriendo todo pecado que no es aún pero que será…Es el acontecimiento de los tiempos: del pasado, presente y futuro; para que ningún pecado y ningún acontecimiento esté por encima de su poder para tocar y redimir. Porque el amor de Dios no está limitado por el tiempo…es el tiempo el que está limitado por el amor de Dios. Lo que sucedió hace dos mil años en un madero de ejecución en la tierra de Judea es un misterio…el día del tiempo y la atemporalidad, y sin embargo contenía todo el tiempo y los tiempos en el amor de Dios".

La misión: Su futuro ya está contenido por su salvación y cubierto por ella. Medite en este hecho y, por medio de él, esté en paz y viva en confianza.

Isaías 1:18; 53; 1 Juan 1:7; Apocalipsis 13:8

EL SHABAT DE LAS EDADES

EL MAESTRO NOS había invitado a mí y a otros estudiantes a acompañarlo en su sala de estar para una cena del día de reposo. El sol acababa de ponerse. Estábamos sentados alrededor de una mesa llena de alimentos mientras unos de los estudiantes encendía las dos velas del día de reposo y el maestro daba gracias por la comida. Comenzamos a comer.

"¿Qué es el día de reposo, el Shabat?", preguntó el maestro.

"Es el día apartado de entre todos los días de la semana", dijo de los estudiantes.

"Sí", dijo el maestro. "¿Y qué más?".

"El último día de la semana", dijo otro. "Es lo que llega al final".

"¿Y qué más?".

"El día del Señor", dije yo, "el día de reposo, el día santo".

"¿Y qué hace el pueblo judío el día de reposo?", preguntó el maestro.

"Descansan de todas sus labores semanales", dijo uno de los estudiantes, "y dedican el día a la oración, a la Palabra, a la adoración...y a Dios".

"El Shabat alberga un misterio", dijo el maestro, "una sombra de lo que está por delante. El tiempo que vendrá es la era del Shabat. Porque al igual que el día de reposo llega al final de la semana, así también la era del Shabat vendrá al final de la historia. Y al igual que el día de reposo está apartado de todos los demás días de la semana, así también la era del Shabat estará apartada de todas las otras eras. Será el día de reposo de las edades, la era del Señor, la era del descanso. Es entonces cuando las naciones descansarán de la guerra, y el pueblo judío descansará de sus cargas, y la paz cubrirá la tierra, y el león vivirá con el cordero. Y tal como el día de reposo es el día de Israel, así también la era del Shabat será la era de Israel...una era santa, una era totalmente consagrada a Dios y bendita. Cuando el Mesías habló del día de reposo y de su relación con él, ¿qué fue lo que dijo?".

"Dijo: 'el Hijo del Hombre es Señor del día de reposo'", respondí yo.

"Sí", dijo el maestro. "Y así también con la era del día de reposo, el Hijo del Hombre, el Mesías, será Señor sobre ella. Y ahí está la clave. Incluso antes de la venida de la era del día de reposo, podemos vivir ahora en sus bendiciones. Si el Mesías es Señor del día de reposo, entonces si le hacemos verdaderamente el Señor de cada parte de nuestra vida, entonces comenzará la era del día de reposo para nosotros ahora. Porque donde el Mesías es Señor...está el reino...y la era del Shabat".

La misión: Haga al Señor del día de reposo mucho más el Señor de su vida. Y aprenda el secreto de vivir en la era del día de reposo incluso ahora.

Éxodo 20:8–11; Isaías 11:1–9; Marcos 2:27–28

La era del Shabat

EL CASO RUSO

ESTÁBAMOS OBSERVANDO EL cielo nocturno cuando yo saqué el tema de algo en lo que había estado meditando.

"Estaba pensando", dije, "en el pacto abrahámico; y me preguntaba sobre el caso de Rusia y de la Unión Soviética. La Unión Soviética no bendijo al pueblo judío; sin embargo, fue una de las dos grandes potencias mundiales".

"No es una fórmula mecánica", dijo él, "o una en la cual deba manifestarse al instante cada repercusión. Pero vamos a verlo. A finales del siglo XIX los zares rusos y el gobierno zarista se embarcaron en una guerra generalizada contra el pueblo judío que vivía en tierras rusas. Instigaron revueltas masivas de violencia contra ellos llamadas *pogroms*. Quisieron expulsar a los judíos de la tierra o asesinarlos. Pero el pacto abrahámico decreta que lo que alguien le haga al pueblo judío, eso recibirá. Y tal como fue hecho al pueblo judío…revueltas en masa comenzaron en Rusia contra el zar y el gobierno zarista, y los derrocaron. Rusia era entonces comunista, la Unión Soviética; pero bajo el gobierno soviético continuó el antisemitismo, y los judíos de Rusia fueron oprimidos y tratados como un pueblo en cautividad. De modo que la Unión Soviética fue ella misma una civilización cautiva. Entonces en la Segunda Guerra Mundial, la Unión Soviética hizo guerra contra Hitler, el enemigo y destructor del pueblo judío, y eso fue crítico en su derrota y en la liberación del pueblo judío de los campos de concentración. De modo que bendijo el pueblo judío militarmente…".

"Entonces la Unión Soviética fue bendecida militarmente…para convertirse en una superpotencia".

"Sí, pero dentro de sus fronteras, el pueblo judío seguía estando oprimido…".

"Y según el pacto abrahámico, ellos fueron bendecidos militarmente y a la vez maldecidos y oprimidos domésticamente".

"Y eso es exactamente lo que sucedió, pero entonces, a finales de la década de 1980, la Unión Soviética terminó su presión sobre el pueblo judío y les otorgó libertad para irse; y también sucedió que al mismo tiempo Rusia y Europa del Este fueron liberadas de la opresión del comunismo. 'Bendeciré a los que te bendijeren, y a los que te maldijeren maldeciré'".

"Sorprendente", dije yo, "una promesa que se le dio a un morador en tiendas del Oriente Medio determinó el ascenso y la caída de superpotencias".

"Porque el Dios de ese morador en tiendas es real…y fiel. Y cuando Él da su Palabra, se puede confiar en ella. Es más fuerte, mucho más fuerte, que reyes y superpotencias".

La misión: Medite en este hecho: la Palabra de Dios es más fuerte que las potencias, incluso que las superpotencias. Viva hoy en consecuencia, y utilice ese poder para la victoria.

Génesis 12:3; Deuteronomio 7:9; Jeremías 16:15

LA ECUACIÓN INEXPLICABLE

ON UN PALO, el maestro comenzó a trazar letras y símbolos en la arena, primero un cero, después un signo de suma, entonces una X, después un signo de igual, y entonces la letra A. $0+X=A$.

"Es una ecuación", dijo él. "El cero representará una vida y un movimiento llevados a la nada, la del rabino judío Yeshúa. Sus seguidores habían creído que su líder era el Mesías, pero todo ello llegó a un traumático fin con su ejecución pública en la cruz. Ellos quedaron desmoralizados, traumatizados, lamentándose, quebrantados, y temiendo por sus vidas. Si hubo alguna vez un movimiento que fue aplastado, fue este; pero entonces sucedió algo. Los seguidores del Rabino crucificado, aplastados y quebrantados, fueron transformados en las personas más confiables, firmes, sin temor y vencedoras que el mundo haya conocido jamás. Su desesperación fue sustituida por la esperanza y su lamento por una alegría inconquistable. Su temor a la persecución se desvaneció por completo, al igual que su temor a la muerte. Se volvieron imparables, y cambiaron el curso de la historia del mundo".

Señaló a la letra A y continuó.

"La A representa todo lo que tuvo lugar después de la transformación, un Alfa, el nuevo comienzo. Entonces ¿qué sucedió? ¿Cómo pasamos de 0 a A, de la muerte y la devastación total hasta vencer al mundo? ¿Del lamento a la alegría? 0 más X es igual a A. Es X lo que lo cambia todo. ¿Y qué es X?".

Hizo una pausa esperando mi respuesta. Yo me mantuve en silencio, así que él continuó.

"Hagamos la cuenta: X debe de ser lo contrario a 0. 0 es muerte; y el poder de X debe de ser mayor que el poder de 0. De modo que el poder de X debe de ser mayor que la muerte. Y como 0 fue un acontecimiento real e histórico, también X debe ser igualmente un acontecimiento real e histórico. Es X lo que convierte el lamento en alegría y anula el temor a la muerte, y es X lo que vence a 0. De modo que X no debe de ser otra cosa menor que vencer a la muerte. Entonces ¿qué es X?".

"La resurrección", dije yo.

"Sí, X solamente puede ser la resurrección, porque solo la resurrección podría llevarles de 0 a A, de la muerte y del sepulcro a un nuevo comienzo tan poderoso que cambie la historia del mundo. Solamente puede haber una respuesta. X es igual al sepulcro vacío, el Mesías resucitado. Y si usted está en el Mesías, entonces tiene sobre su vida la misma ecuación, y el mismo poder, el poder de transformar el final en el principio, la muerte en vida, la desesperación en esperanza y el lamento en alegría. Y cuando se encuentre quebrantado y sin fuerzas, será ese poder mediante el cual se levantará...y vencerá al mundo. Solamente ese poder es lo que explica la ecuación de su vida y que producirá la ecuación de su victoria: el poder de X".

La misión: Aplique hoy el poder de X. Haga lo que no podía haber hecho y viva lo que no podía haber vivido excepto mediante el poder de X.

Hechos 4:7–33; Romanos 8:10–15; 1 Corintios 15:3–8; 1 Juan 1:1–4

El factor resurrección

EL NOMBRE SECRETO DE DIOS

NOS SENTAMOS EN el borde de mi ventana mirando a la noche llena de estrellas. "Dios tiene un nombre", dijo el maestro, "un nombre que tiene que ver con usted, y solamente con usted, un nombre secreto del que solamente usted sabe el significado".

"No entiendo".

"Cuando Jacob peleó con Dios, Dios le preguntó su nombre; y cuando él se lo dijo, Dios cambió su nombre de Jacob a Israel. Pero ¿sabe que Jacob también le preguntó a Dios *su* nombre aquella noche?".

"¿Y cuál fue la respuesta?".

"No lo dice. Pero poco después del encuentro, Jacob reveló el nombre de Dios. Edificó un altar y lo llamó El Elohai Yisrael. *El Elohai Yisrael* significa Dios, el Dios de Israel. ¿Qué estaba diciendo".

"Israel era el nombre de Jacob; por lo tanto, que Jacob lo llamara 'el Dios de Israel' es lo mismo que darle el nombre 'mi Dios'".

"Exactamente. Y en las Escrituras, Dios se refería a sí mismo como el Dios de Israel. Mire, es la voluntad de Dios unir su nombre al nombre de su pueblo, y las Escrituras dicen que si usted nace de nuevo, es también Israel. De modo que debe unir también su nombre al nombre de Dios. Eso significa que no es suficiente con llamarlo Dios. Debe darle a Él un nuevo nombre".

"¿Cómo puedo dar a Dios un nombre?".

"Él debe convertirse en el Dios de usted, el Dios de...", hizo una pausa, "su nombre. Quien se llama Juan debe conocerlo a Él como el Dios de Juan. Quien se llama María debe conocerlo a Él como el Dios de María. Es su voluntad que su nombre esté en el nombre de Él y que el nombre de Él esté unido al de usted, al igual que su vida está unida a la vida de usted y su identidad a la identidad de usted. Su nombre secreto es tan sagrado como todos sus otros nombres, y eso significa que Él es el Dios de su existencia, de su vida, el Dios de su pasado, el Dios de sus necesidades, el Dios de sus heridas, el Dios de su corazón. Significa que Él es el Dios de usted y de todo lo que usted es...De modo que ese es el nombre del que solamente usted y Él conocen el significado. Jacob le preguntó a Dios su nombre y entonces lo descubrió. Y para quienes verdaderamente lo conocen a Él, este es el nombre que también descubrieron...el Nombre sagrado: el Dios de usted".

El maestro salió de mi cuarto. Me quedé solo, mirando por la ventana al cielo lleno de estrellas y meditando en el amor de Aquel que tenía un nombre secreto...mi Dios.

La misión: Declare el nombre secreto de Dios: el Dios de usted, el Dios de su nombre. Medite en lo que eso significa: Él es el Dios de todo lo que usted es, y ha escogido su nombre en el de Él.

Génesis 32:29−33:20; Salmo 18:2; Isaías 48:1

EL MISTERIO DE ISMAEL

OBSERVÁBAMOS UNO DE los campamentos, donde un grupo de niños estaban jugando, entrando y saliendo de las tiendas, escondiéndose, riendo y corriendo, persiguiéndose unos a otros.

"Fue en un campamento de tiendas como este", dijo el maestro, "un campamento con niños, donde tuvo lugar un acontecimiento sobre el cual ha dependido la paz del mundo entero... un misterio de dos niños en un campamento de tiendas en el desierto".

"¿Qué campamento era ese?", pregunté.

"El campamento de Abraham. Fue allí, debido a un conflicto continuado, donde Ismael, el primogénito de Abraham y el hijo de su sirvienta Agar, fue, en efecto, exiliado del resto de la familia. Isaac, el hijo de Abraham de su esposa Sara, se quedó. Imagine ser Ismael. Para él fue el final de un mundo, la pérdida de todo lo que había conocido: su padre, su primogenitura, su herencia, las promesas de Dios, el pacto, la tierra de Israel, todo. Habría sido suficiente para que el muchacho se pusiera celoso, se amargara y se enojara; sin embargo, Dios bendijo a Ismael e hizo de él una gran nación. Sus descendientes terminaron siendo mucho más numerosos que los de Isaac, y con muchas más tierras. Pero el conflicto entre Ismael e Isaac continuó a lo largo de las épocas. De Isaac saldría la nación de Israel y el pueblo judío, a quien le fue dada la tierra de Israel y el pacto".

"¿Y quiénes son los hijos de Ismael?", pregunté yo.

"Se les llamó *ismaelitas*, y desde tiempos antiguos fueron identificados con los árabes, incluso por las tribus árabes antiguas y preislámicas. Mahoma mismo afirmó ser descendiente directo de Ismael y, en el Corán, lo exaltó. La sangre de Ismael sin duda discurre por el mundo árabe, y es ahí donde se han tomado su identidad y su manto. La furia Ismael ha conmovido al mundo en más de una ocasión, y sigue haciendo guerra contra su hermano Isaac, la nación de Israel, ¿y sobre qué? Sobre la primogenitura, por la tierra, por el legado de Abraham y por la herencia de Isaac. Y así, el destino del mundo ha descansado en este misterio antiguo que comenzó en las tiendas de Abraham. ¿Qué le dice el misterio de Ismael? No permita nunca que la amargura eche raíces. Nunca se permita vivir como una víctima. Nunca se quede en las bendiciones que no tiene y pase por alto todas las bendiciones que tiene. Y quien es más bendito no es aquel a quien más se le ha dado, sino aquel que ha recibido más y permanece en las bendiciones que se le han dado".

La misión: Viva hoy no enfocándose en las bendiciones que no tiene, sino pensando en todas las bendiciones que tiene.

Génesis 17:20–21; 21:12–21; Efesios 4:30–5:21

El misterio de Ismael

LAS ÉPOCAS DE LA COSECHA

ESTÁBAMOS SENTADOS BAJO un olivo que había dentro de uno de los huertos de la escuela. El maestro se agachó, recogió una de las olivas que se habían caído al suelo, y la sostuvo en su mano.

"La cosecha es mucha, pero los obreros pocos", dijo. "Eso fue lo que el Mesías les dijo a sus discípulos acerca de la cosecha de la salvación, una cosecha que cada hijo de Dios debe recoger. ¿En qué cosecha basaba Él eso?".

"La cosecha de Israel, supongo".

"Correcto, pero la cosecha de Israel no era solamente una sino muchas. Su cosecha estaba formada por muchas cosechas. Primero estaba la cosecha de la cebada en la primavera, después la cosecha del trigo, y luego la cosecha de los frutos, la cosecha de los higos, la cosecha de los dátiles, la cosecha de las granadas, la cosecha de las olivas, y la cosecha de la uva en el otoño. Cada cosecha tiene una temporada. Si no se recogió la cosecha en el momento determinado de esa cosecha, se perdió una oportunidad".

Dejó caer otra vez la oliva al suelo.

"Y así sucede también con la cosecha de la salvación; no es solamente una sino muchas. La cosecha de la salvación son muchas cosechas, y cada cosecha tienen su época y su momento designados. Si no recogemos la cosecha en su momento adecuado, su temporada pasará, y el tiempo y la oportunidad que teníamos de recogerla se habrán ido".

"¿Qué cosechas?".

"La cosecha de sus seres queridos. Usted tiene un tiempo limitado para compartir con ellos el amor de Dios, y si no recoge, la temporada pasará. La cosecha de sus amigos. Las cosechas de quienes están en otras tierras y necesitan escuchar la palabra de salvación. La cosecha de los conocidos y de aquellos a los que solamente verá durante un breve período. Para cada persona en su vida hay una temporada y un tiempo específicos. Ellos no estarán siempre en su vida...y usted no estará siempre en la de ellos. Cada período pasa. Las personas entrarán y saldrán de su vida...y después de este mundo, la época habrá pasado. Y entonces usted mismo se irá de este mundo, y lo que no recogió se habrá ido para siempre. De modo que aproveche al máximo su tiempo en este mundo. Levante sus ojos y vea los campos que le rodean. No deje pasar las cosechas que se le otorgan con los momentos designados para recogerlas. No espere para dar la palabra de salvación a quienes necesitan oírla; no se retrase en demostrar su amor, o en perdonar o pedir perdón. No espere para dar el fruto que su vida fue llamada a dar. Cada período debe pasar, y solamente lo que fue recogido en ese período permanecerá para siempre. Y esas son las épocas de su cosecha".

La misión: Hoy es el día de la cosecha. Comparta las buenas nuevas. Muestre su amor; perdone; bendiga; no espere. El tiempo de su cosecha es solamente ahora.

Eclesiastés 3:1; Jeremías 8:20; Mateo 9:37; Lucas 10:2

Períodos de la cosecha

LOS ROSTROS DE DIOS

ERA UN DÍA soleado, y estábamos al lado de un cuerpo de agua formado por las lluvias del desierto. Yo estaba mirando mi propio reflejo en el agua cuando observé el reflejo de otra persona. Era el rostro del maestro. Él estaba de pie por encima de mi hombro.

"Imagine", dijo él mientras yo le miraba hablar en las aguas, "imagine ver el rostro de Dios. En hebreo, la palabra para *rostro* es *panim*. ¿Observa algo al respecto?".

"Lleva *im* al final", dije, "¿de modo que sería plural?".

"Así es", dijo él. "La palabra *rostro* no es en realidad rostro sino *rostros*. De modo que hablar del rostro de Dios en hebreo es hablar de los rostros de Dios. ¿Y qué es un rostro? No es la esencia de la persona o del ser, sino el aspecto; es como nos reconocemos unos a otros. ¿Y cómo vemos el rostro de Dios? Mediante panim…mediante sus muchos rostros. Los vemos en sus bendiciones, en sus provisiones, en cada cosa buena que ha bendecido nuestra vida, en el amor que Él puso en aquellos que una vez nos cuidaron, en cada bondad que nos han mostrado en nuestro momento de necesidad, en todo lo bueno que su pueblo nos ha dado. Cuando ellos nos amaban, Él nos estaba amando; cuando ellos nos ayudaban, era Él quien nos estaba ayudando; y cuando ellos nos alentaban, era Él quien nos estaba alentando. En su panim, en sus rostros, estaba el panim, el rostro de Dios. Y así como María Magdalena miró al rostro de Dios pero no se dio cuenta de que era su rostro, así también en su vida usted ha mirado su rostro y no se ha dado cuenta de que era el rostro de Dios. Pero si mira, lo verá. Porque 'Bienaventurados los de limpio corazón, porque ellos verán a Dios'".

Él se apartó de las aguas, y yo hice lo mismo. Ahora estábamos cara a cara.

"Y una cosa más", dijo él. "Cuando usted permite que su vida sea utilizada como un canal del amor de Dios y su corazón sea movido por su Espíritu, entonces cuando las personas le miren a usted, verán el rostro de Dios. Ahora vuelva a mirar a las aguas ¿sabe lo que está mirando?".

"¿Qué?".

"Un rostro", dijo él. "Está mirando…a uno de los rostros de Dios".

La misión: Hoy, que sea su meta ver los rostros de Dios en todos sus aspectos. Y sea usted uno de ellos.

Génesis 32:30; Números 6:24–27; Mateo 5:8; 2 Corintios 3:7, 13, 18

El rostro del Mesías

BAAL ZEVUV

É L ME LLEVÓ al interior de una cueva que estaba a mitad de camino por la falda de una montaña relativamente pequeña. Dentro de la cueva había una cámara que parecía ser un lugar de almacenaje para varios objetos arqueológicos. Él se agachó, recogió uno de los objetos y lo llevó hasta la entrada de la cueva, donde lo examinó a la luz. Era una extraña figurita de metal, un hombre que llevaba puesto un largo sombrero cónico con el brazo derecho levantado como si fuera a lanzar algo.

"Esto es Baal", dijo él, "un ídolo de Baal".

"Ellos sacrificaban a sus hijos por eso…", dije yo.

"Baal era el dios sustituto de Israel, su anti dios, el dios de su alejamiento de Dios. Porque siempre que se alejaban, Baal estaba ahí para encontrarse con ellos y cerrar la brecha. De modo que Baal era el dios de cualquier cosa que ellos decidieran poner en lugar de Dios, y así para ellos aparecía de muchas formas diferentes y con muchos nombres distintos. Baal era el dios de su apostasía; a él sacrificaban a sus hijos, y por causa de él, al final, fueron destruidos. Uno de los nombres por el que se le conocía era *Baal zevuv*".

"¿Qué significa?", le pregunté.

"*Zevuv* significa moscas", dijo el maestro. "De modo que *Baal zevuv* significa señor de las moscas. Baal zevuv más adelante fue traducido al griego y se convirtió en un nombre que podría resultarle familiar".

"¿Qué nombre?".

"Belcebú".

"¿Belcebú? ¿No es ese el nombre del diablo?".

"Así es".

"¿Baal es el diablo?".

"El diablo tiene muchas máscaras, y Baal es una de ellas. Baal es el dios sustituto, y el diablo es Baal; de modo que si alguien se aleja de Dios, el diablo siempre está ahí para llenar el vacío. Es el dios del alejamiento de esa persona de Dios. Cualquier cosa que la persona escoja el lugar de Dios, esa es la forma en que aparecerá el. Por eso cuando una nación se aleja de Dios, no pasa a ser neutral, sino al lado satánico. El Baal de Rusia era el comunismo; el Baal de Alemania era el nazismo. Las manifestaciones eran distintas, pero el fin era el mismo. El enemigo destruye a quienes lo adoran; y así sucede con todos los que adoran a Baal, así que cuídese de los ídolos. Cuídese de servir a otros dioses, incluso a los dioses de sus deseos. Guarde su corazón, para que Dios sea su único Dios, porque al final, todo lo demás es Baal zevuv; y Baal zevuv es Belcebú".

La misión: ¿Hay alguna cosa a la que esté sirviendo, por la que esté viviendo, poniendo en primer lugar, por encima de Dios? Véalo tal como es: Baal zevuv. Huya de ello hoy como si fuera el diablo.

1 Reyes 18:21; 1 Tesalonicenses 1:9; Santiago 4:7; 1 Juan 2:15–17; 5:21

EL DÍA DE LA NEOGÉNESIS

Él HABÍA SACADO del arca el rollo de la Torá, lo puso sobre la mesa y lo abrió en el principio.

"Mire", dijo el maestro, "la primera palabra de la Escritura…*B'Resheet*. En hebreo, el libro entero lleva el nombre de esa palabra. Es el libro de B'Resheet".

Hizo una pausa para levantar la mirada del rollo, y después continuó.

"La resurrección tuvo lugar en un día santo hebreo".

"El día de las Primicias", dije yo.

"Sí, pues la resurrección fue las primicias de la nueva creación".

Volvió su atención de nuevo al rollo.

"La *B* en B'Resheet es tan solo una preposición para indicar 'en'. La primera palabra en la Biblia es *Resheet*. Cuando los rabinos antiguos tradujeron la Biblia al griego, la palabra *Resheet* se convirtió en una palabra conocida en todo el mundo".

"¿Qué palabra?".

"*Génesis. Génesis* es la traducción de *Resheet*. Y el libro es el libro del Génesis. Ahora", dijo el maestro, "¿recuerda cómo se llamaba en hebreo el día de las Primicias?".

"*Yom Resheet*", dije yo, "el día de Resheet…¡es la misma palabra! De modo que Él no solamente resucitó en un día santo hebreo, ¡sino en el día santo hebreo que se llama el día del principio!".

"Sí", dijo el maestro. "El día en el cual resucitó el Mesías contiene exactamente la misma palabra que da comienzo a las Escrituras, al universo y a la creación. Y en griego, el día en que el Mesías resucitó era…".

"¡El día del Génesis! ¡La resurrección es el nuevo Génesis!".

"Es la neogénesis", dijo él. "¿Y qué sucedió el primer día de la creación? Estaba oscuro y vacío. Y Dios dijo: 'Sea la luz', y hubo luz. De modo que también el día de la neogénesis estaba oscuro y vacío en el sepulcro. Y Dios dijo: 'Sea la luz', y hubo luz y nueva vida. Y de ese sepulcro vacío viene el poder del génesis, el poder del neogénesis para todo aquel que lo reciba. En la oscuridad más profunda de este mundo y de esta vida, está el poder de 'sea la luz', y hay luz. Y en todo final está el poder para llamar a un nuevo comienzo, el poder del Génesis, el poder de una nueva creación. Para todo aquel que entra, es el poder para nacer de nuevo. Porque el Mesías es nuestra Neogénesis".

La misión: ¿Dónde necesita una génesis en su vida? Tome el poder de la resurrección, el Resheet, y declare en su vida: "Sea la luz".

Génesis 1:1–3; Lucas 24:4–7; 2 Corintios 4:6; 5:17

VIVIR DESDE EL FUTURO

ESTÁBAMOS EN UNA expansión abierta. En la distancia ante nosotros había un conjunto de palmerales.

"Imagine que su meta es llegar hasta esos árboles", dijo el maestro. "De modo que fija su mente en llegar desde aquí hasta allí. Pero ¿y si hiciera lo contrario? ¿Y si pusiera su corazón en llegar desde allí hasta aquí? ¿Y si lo hiciera al revés, procediendo no desde la línea de comienzo sino desde la línea de meta?".

"No lo estoy entendiendo".

"Si lo entiende", dijo él, "puede cambiar su vida. El Mesías dijo: 'en la tierra como en el cielo', el principio del cielo a la tierra. ¿Recuerda lo que era?".

"La dirección de Dios y sus bendiciones procedentes del cielo a la tierra; por lo tanto, debemos vivir nuestras vidas desde el cielo a la tierra".

"Sí, pero ¿qué sucede si lo llevamos desde el ámbito del espacio hasta el ámbito del tiempo? El cielo no es solamente la que está por arriba de nosotros, sino también lo que está por delante de nosotros. El cielo, en un sentido, es lo que llega al final, al final de la historia terrenal y el fin de la vida terrenal; por lo tanto, el cielo es también lo que aún ha de venir, el futuro. Y para vivir desde el cielo a la tierra, también debe aprender el secreto de vivir no desde el pasado, y no desde el presente...*sino desde el futuro*...desde el futuro de Dios".

"¿Cómo se vive desde el futuro?".

"Cada problema que usted tiene será respondido, ya sea en el cielo o antes. De modo que el secreto es vivir no desde el problema, sino desde el problema resuelto, desde la respuesta, antes de la respuesta. Debe decidir vivir no desde su crisis presente, sino desde su victoria futura, no desde un obstáculo presente, sino desde su victoria futura. Usted está en una batalla. En el futuro esa batalla será ganada, de modo que no viva desde la batalla, sino desde su futura victoria. Como está escrito, cuando pida en oración, crea que lo ha recibido, y al pedir, dé gracias a Dios. Viva desde el cielo, desde el reino que llegará, desde la vida que será, incluso desde el *usted* de que aún llegará a ser. Pelee la buena batalla, corra la carrera, logre la obra terminada, comience desde la línea de meta, comience desde la victoria, alégrese ahora desde el gozo que hay al final. Viva ahora desde lo que será un día, y vivirá una vida de bendición y victoria, en la tierra como en el cielo".

La misión: Aprenda hoy el secreto de vivir desde el futuro, pelear su propia batalla, lograr su obra terminada y vivida desde el usted terminado.

Mateo 6:10; 16:18; Marcos 11:24; Efesios 4:1

EL ROLLO MISTERIOSO

ESTÁBAMOS EN LA Cámara de los Rollos, donde él me dio una tarea. "Existe un rollo", dijo el maestro, "en esta cámara que es distinto al resto".

"¿En qué es diferente?".

"No se parece a los demás rollos, o no es en absoluto como un rollo".

"¿Qué contiene?".

"Las Escrituras, la Palabra de Dios, la revelación divina. Es, en esencia, como los otros rollos pero posee propiedades únicas. Fue hecho para ser leído por quienes nunca estudiarán y nunca han leído los otros rollos. Incluso quienes no tienen ningún interés en leer nada, leerán este; lo leerán sin ni siquiera darse cuenta de que lo están leyendo".

"Parece un rollo bastante sorprendente".

"Lo es", dijo él, "y esta es su tarea: encontrarlo".

"¿Qué aspecto tiene?".

"Está cubierto de tela de color azul, marrón y blanca".

Examiné la Cámara de los Rollos para encontrar el rollo misterioso, recorriendo cada una de las plataformas, cada rincón y cada estante de cada estantería; pero no podía encontrar nada que encajara en la descripción que él me había dado.

"¿Está seguro de que está en esta cámara?", le pregunté.

"Sin ninguna duda", respondió él, aunque sin mucha seguridad.

Yo volví a buscar, pero no tuve más éxito que antes.

"Me rindo", dije. "Definitivamente no está aquí. Y si estuvo, ya no está".

"Pero *está* aquí", dijo él. "Lo estoy viendo ahora mismo".

"¿Dónde?".

"Justo delante de mí", dijo. "Es usted. Usted es el rollo de Dios. Usted es donde Él ha escrito ahora su Palabra, su mensaje de salvación y su revelación divina. Su vida es la traducción de su Palabra, la traducción de su amor, la traducción de su naturaleza y su salvación. Y será la mejor traducción que muchos verán nunca, y la única traducción que algunos leerán. Siempre que ellos vean la obra de Él en su vida, su gracia en sus actos y su amor en el amor de usted, estarán leyendo el rollo. Y ahora que sabe dónde está, nunca tiene que volver a perderlo de vista. Haga que su vida sea el rollo de Dios...y su Palabra alcanzará a los perdidos".

La misión: Hoy, traduzca la Escritura en pensamiento, acción, en realidad, vida. Haga que su vida sea un rollo, una traducción viviente de la Palabra de Dios.

Jeremías 31:33; Mateo 5:16; 2 Corintios 3:2–3

EL LOGOS CRUCIFICADO

ERA UNA FRÍA noche en el desierto. El cielo encima de nosotros era asombroso en su claridad; su trasfondo profundamente negro hacía que fuera visible una vasta multitud de estrellas, que en algunos lugares eran tan pequeñas y eran tantas que se fundían en una neblina blanca.

El maestro miraba hacia arriba mientras hablaba.

"'En el principio era el Verbo, y el Verbo era con Dios, y el Verbo era Dios'", dijo. "'Este era en el principio con Dios. Todas las cosas por él fueron hechas, y sin él nada de lo que ha sido hecho, fue hecho'. Imagine eso", dijo. "Todas las cosas llegaron a existir por medio del Verbo...la tierra, los océanos, la luna, el sol, las estrellas, las galaxias y el universo mismo, todo llegó a existir por medio de la Palabra. ¿Y qué es la Palabra?", me preguntó.

"La Palabra de Dios", respondí.

"Sí, pero en el lenguaje original, la palabra para *Verbo* es *logos*. Y *logos* también significa la causa".

"Todas las cosas llegaron a ser por medio de Él...la Causa de todas las cosas".

"El Logos causó que el universo llegara a existir; por lo tanto, la existencia del universo descansa en la existencia del Logos".

El maestro miró a la tierra, y después volvió a mirar al cielo.

"Pero el cosmos ha caído", dijo. "El mundo está oscurecido por la maldad, y esta vida por el pecado. 'Y aquel Verbo fue hecho carne, y habitó entre nosotros'. El Logos se hizo carne y sangre. ¿Por qué? Porque solamente lo que es de carne puede morir por nuestros pecados. ¿Quién murió en la cruz?".

"El Mesías".

"El Mesías es el Logos. Fue el Logos quien murió en la cruz. El Logos fue crucificado, y eso significa que el Verbo fue crucificado. La Causa de todo fue crucificada; y si la Causa es crucificada, anulada, entonces también lo es el efecto. El efecto es anulado, desaparece. Si el Logos muere, el cosmos queda anulado...el viejo mundo muere...la vieja vida muere, el pasado caído muere...el viejo yo muere. Y si la Causa de la existencia es quitada, entonces todos los pecados de su vida dejan de existir, como si nunca hubieran existido en un principio. De modo que para todo aquel que está en el Mesías, lo viejo se ha ido y se vuelve nuevo, como está escrito: 'Por lo tanto, si alguno está en Cristo, es una nueva creación. ¡Lo viejo ha pasado, ha llegado ya lo nuevo!'. Porque el Logos ha sido crucificado".

La misión: El Logos ha muerto, y con él, su vieja vida. Así que deje de permitir que el pasado le afecte. Viva en libertad hoy en la novedad de no tener pasado.

Isaías 43:18–19; 44:22–23; Juan 1:1–14;
2 Corintios 5:14–17; Apocalipsis 21:1–5

EL PODER DE APOLUO

FUE UNA DURA lección, y difícil de olvidar. El maestro me hizo pasar el día entero llevando una mochila de tela llena de piedras. Todo lo que hacía se convertía en una carga y una presión. Al final del día se acercó a mí y me preguntó:

"¿Le gustaría seguir llevándolo, o soltarlo?".

"¿Es esa una pregunta en serio?", respondí.

"Suéltelo", me dijo. Y así lo hice.

"Sé que no fue una experiencia agradable para usted", dijo, "pero es así como muchos van por la vida... durante años. En el Evangelio de Lucas, el Mesías les dijo a sus discípulos que perdonaran, pero tras la palabra *perdonar* esta la palabra griega *apoluo*. Cuando Pilato decidió liberar a Barrabás de la cárcel, tras la palabra liberar está la misma palabra: *apoluo*. Cuando el Mesías vio a una mujer que sufría una enfermedad que la hizo estar encorvada durante dieciocho años, le dijo: 'Mujer, eres libre de tu enfermedad'. Entonces la tocó, y después de dieciocho años fue sanada. Pero cuando le dijo: 'eres libre', de nuevo fue la misma palabra: *apoluo*. Y cuando los creyentes de Antioquía enviaron a Bernabé y Pablo para comenzar su ministerio al mundo, tras el verbo *enviaron* estaba de nuevo la palabra *apoluo*".

"Eso es mucho significado para una sola palabra", dije yo. "¿Cuál es la relación?".

"La relación y la clave es esta: *apoluo* significa perdonar, pero también significa ser liberado. Si usted no perdona, no será liberado, se mantendrá atado y encarcelado. Pero la misma palabra habla de sanidad, de modo que el perdón está unido con la sanidad y la falta de perdón con la falta de sanidad. Quienes no pueden perdonar se paralizan a sí mismos. Y la misma palabra habla de seguir adelante y ser enviado para los propósitos de Dios. Si usted no perdona, no podrá seguir adelante ni soltar lo viejo; tampoco podrá ser enviado y cumplir el llamado de Dios para su vida. De modo que está escrito: 'Perdonad, y seréis perdonados'. Pero la palabra es *apoluo*, de modo que también puede traducirse como: 'perdonad, y seréis liberados'. 'Perdonad, y seréis sanados'".

"Soltadlo", dije yo, "y seréis libres".

"Sí", dijo él, "suéltelo, y usted mismo será liberado. Entonces será libre para seguir adelante con su vida... y libre para cumplir el llamado para el cual nació".

La misión: Aplique hoy el poder de apoluo. Libere y usted será liberado, libre, sanado y enviado.

Levítico 25:10; Mateo 27:26; Lucas 6:37; 13:12; Gálatas 5:1

Notas sobre el perdón

BAJO EL HUPPAH

ÉL ME LLEVÓ a un huerto de olivos en el que, en medio de los árboles, había un toldo, una gran tela blanca bordada con adornos y sostenida por cuatro palos largos.

"Se llama un *huppah*", dijo el maestro.

"¿Qué es un huppah?".

"El huppah es el dosel nupcial. En el matrimonio hebreo, la novia y el novio intercambian sus votos y promesas bajo el huppah; y bajo el huppah se convierten en marido y mujer".

"¿Y qué significa eso?".

"La cubierta del novio sobre la novia, y la cubierta de Dios sobre los dos. En el cuarto capítulo de Isaías habla de los últimos tiempos y de la venida del reino de Dios a la tierra. Describe a Jerusalén llena de la gloria de Dios. Y 'por sobre toda la gloria habrá un toldo'. Imagine una cubierta desde el cielo sobre la gloria de Jerusalén. Pero ¿qué toldo?", preguntó él. "El misterio es revelado en el lenguaje original. La palabra traducida como 'toldo' o 'cubierta' o 'defensa' es mucho más que eso. Es la palabra hebrea *huppah*. En otras palabras, en los días del reino, la Ciudad Santa de Jerusalén será cubierta por...".

"¡Un toldo nupcial!".

"Sí, un toldo nupcial, un huppah sobre todo Jerusalén. ¿Y qué significará eso? Significará que Jerusalén estará casada con Dios. Y por medio de Jerusalén, el mundo mismo estará casado con Dios. En aquel día todo estará unido a Dios. Cada parte de la vida, cada cosa terrenal, estará casada con lo celestial. Y lo que está casado con Dios se volverá santo y glorioso. Y aquí hay un secreto".

"Que es...".

"No tenemos que esperar a que llegue el reino para vivir en las bendiciones del reino...incluso ahora. La clave para vivir en el reino es vivir bajo el huppah, bajo el toldo nupcial. Extienda el huppah de la cobertura de Él sobre todo en su vida. Ponga todo en su vida bajo el huppah de Él. Case cada parte de su vida con Dios...y todo en su vida se volverá santo y glorioso...bajo el huppah".

La misión: Extienda hoy el huppah de Dios sobre su vida. Ponga cada parte de su vida bajo la cubierta de él y declárelo "casado".

Salmo 91:1–4; Cantar de los Cantares 2:3–4; Isaías 4:2–6

ADONAI

EL MAESTRO COMENZÓ a dibujar letras en la arena.

"¿Qué es?", le pregunté.

"Es la palabra hebrea para señor: *adon*. *Adon* significa el gobernador, el dueño, el maestro, y quien está a cargo".

"Entonces *Adon* es el nombre de Dios como Señor del universo".

"Sí y no", dijo el maestro.

"La palabra *adon* puede utilizarse para cualquier gobernador o maestro".

Levantó el palo y añadió una pequeña marca al final de la palabra.

"Ahora", dijo, "es el nombre de Dios: *Adonai*".

"¿Cuál es la diferencia?".

"*Adon* significa señor; pero *Adonai* significa mi Señor; y el nombre concreto y sagrado de Dios es Adonai, 'mi Señor'. De modo que para pronunciar su nombre, no podemos decir tan solo 'Señor', tenemos que decir 'mi Señor'. Significa que la única manera de conocer a Dios es conocerlo personalmente, conocerlo como nuestro Dios".

"Entonces 'mi Señor' no es solo Aquel que gobierna, sino también Aquel que gobierna sobre mí".

"Eso es. Adonai es Aquel a quien entregamos nuestra vida, nuestra voluntad y nuestro corazón. Significa que Él es quien está a cargo de nuestra vida. Si lo llamamos *Adonai*, 'mi Señor', entonces tenemos que seguir su voluntad por encima de la propia. Pero hay más en Adonai. Decir 'mi Señor' en hebreo debería ser *Adoni*; pero el nombre de Dios es *Adonai*".

"¿Cuál es la diferencia entre ambas palabras?".

"*Adonai* es 'mi Señor' en plural. Literalmente, decir *Adonai* es decir 'mis Señores'. Lo que significa es que la realidad que hay tras el nombre *Adonai* es tan grande, que el nombre no puede contenerla. De modo que *Adonai* significa mi Señor seguido por una multitud de signos de exclamación. Significa ¡¡¡Él es mi Señor!!! Y así, usar el nombre sagrado significa que no solo lo seguimos a Él y nos sometemos a Él, sino que también lo seguimos y nos sometemos a Él con una multitud de signos de exclamación, y con todo nuestro corazón y nuestro celo. El corazón de *Adonai* es este: mi Señor es tan asombroso que incluso decir Adonai, mi Señor, no puede ni siquiera comenzar a describir quién es Él. Deje que su corazón aprenda lo que significa verdaderamente esta palabra; y después viva a la luz de ella…y con signos de exclamación…¡porque Él es su Adonai!".

La misión: Medite y viva en el misterio de Adonai, haga del Señor su 'mi Señor' a quien sigue y se somete con incontables signos de exclamación.

Ezequiel 36:22–23; Daniel 9:4; Zacarías 13:9; Juan 20:28

LOS HIJOS DEL OCTAVO DÍA

E RA UNA MAÑANA cálida y soplaba la brisa. Estábamos sentados en la falda de una de las colinas que daban a la escuela.

"Creo que hice un descubrimiento", dije.

"Me encantaría oírlo", dijo el maestro.

"Shemini atzeret es el octavo día…pero hay otro octavo día".

"¿Y qué día es ese?".

"La resurrección", respondí, "el día de la resurrección. La resurrección sucedió el primer día de la semana; por lo tanto, era el octavo día".

"*Era* el octavo día. ¿Y qué significa eso?".

"El octavo día habla de dejar la vieja creación…".

"Sí, y la resurrección también habla de dejar la vieja vida".

"El octavo día", dije, "es el día de lo trascendente, de salir de las limitaciones de lo finito y entrar en el ámbito de lo infinito".

"Y la resurrección es también el día de trascender a lo viejo, de vencer la limitación suprema, la muerte, y así toda limitación".

"Y el octavo día es el día después del fin…".

"Como lo es la resurrección…el día después del fin de la vieja vida, la vieja existencia, y el poder para vivir más allá de ella".

"Entonces los dos días", dije yo, "el día de la resurrección y el día de la eternidad, están unidos".

"¿Y en qué día santo hebreo fue la resurrección?", preguntó él.

"El día de las Primicias".

"Sí", dijo el maestro. "La resurrección es las primicias de la era que llegará, la primera manifestación del octavo día, el cielo. ¿Y cuándo en la semana se reúnen la mayoría de personas del Mesías?".

"El primer día".

"Lo cual significa que se reúnen el octavo día. Se reúnen en el octavo día porque son *del* octavo día. Porque a todos los que son del Mesías se les da el poder del octavo día, el poder para dejar la vieja vida, para trascender a esta creación, para vencer todas las limitaciones, para vivir después del fin, y en el ámbito de lo celestial. Así que no esté atado por esta era; viva por encima de ella. Porque no somos de este mundo…Somos hijos del octavo día".

La misión: Aprenda el secreto de vivir en el octavo día: más allá de la carne, más allá del mundo, más allá del yo, más allá de lo viejo, en el más allá del ahora.

Juan 20:1; Hechos 20:7; Romanos 6:5–11; 12:2; 1 Juan 4:4

El misterio del octavo día I–III

DESPERTAR AL ALBA

É L TENÍA EN su mano un pergamino y estudiaba su texto.

"Es del libro de Salmos", dijo. "Algunas traducciones consideran el pasaje como si estuviera hablando de despertarse temprano, pero literalmente puede traducirse como 'Yo despertaré al alba'. ¡Imagine eso! ¡Imagine si usted tuviera la capacidad de despertar al amanecer! ¿Le gustaría saber cómo hacerlo?".

"¿Despertar al alba?", le pregunté.

"Dígame", dijo el maestro, "¿por qué está oscuro?".

"Porque es de noche", respondí yo.

"En realidad no", replicó él. "No tiene nada que ver con el tiempo. Pensamos en la noche como un período de tiempo, y desde luego que lo es en cierto sentido; pero la noche no es tanto un período de tiempo como un estado del ser. No está oscuro porque sea de noche; es de noche porque está oscuro. La noche es el efecto del alejamiento de la tierra de la luz del sol. La noche es la tierra viviendo en su propia sombra. Dios es luz, de modo que cuando usted se aleja de Dios, crea la noche. Cuando usted se aleja de su presencia, llega la noche a su vida; cuando se aleja de su verdad y se aleja de su amor, la oscuridad llega a su corazón, y termina viviendo en su propia sombra, en la sombra de su alejamiento".

Hizo una pausa por unos momentos antes de seguir hablando.

"Así es la noche", dijo el maestro. "¿Y qué del alba? ¿Qué es el alba?".

"El alba es cuando la tierra se aleja de la oscuridad y regresa al sol".

"Entonces, ¿cómo se produce el alba? ¿Cómo se causa que salga el sol? Nos alejamos de la oscuridad; nos alejamos de nuestros pecados, de sustitutos, de distracciones y de ídolos; nos alejamos incluso de enfocarnos en nosotros mismos y en nuestra propia sombra, y regresamos a la Luz. No tenemos que esperar al alba, pues podemos hacer que llegue el alba, podemos hacer que salga el sol. Aléjese de la oscuridad; aléjese de *toda* oscuridad, y acuda a la Luz. Entonces la Luz saldrá entre su oscuridad; entonces el amanecer iluminará su vida, y entonces el gozo de la mañana sustituirá a las lágrimas de la noche. ¡Imagine si usted tuviera el poder para causar un amanecer! En Él, lo tiene...Ahora, ¡despierte al alba!".

La misión: Hoy, aleje su mirada de la oscuridad, y diríjala de nuevo a la Luz. Haga que salga el sol. ¡Despierte al alba!

Salmos 57:8; 112:4; Hechos 26:18; Romanos 13:12

Como el alba

EL FACTOR CENTRALIDAD

Él ME CONDUJO a un monumento antiguo, que estaba demasiado deteriorado para saber qué era.

"¿Qué es?", pregunté. "¿O qué *era*?".

"Era un testamento", dijo el maestro, "un monumento, un tributo a una civilización que se creyó inconquistable e interminable, pero que ahora solamente puede encontrarse en las ruinas y los libros de historia. Si miráramos esos reinos y potencias que una vez estuvieron en el centro de la historia mundial a lo largo de las épocas, ¿qué encontraríamos? Hace miles de años, habríamos encontrado el centro de la historia en Egipto y Babilonia, y después en Asiria, Persia, Grecia, Roma, Bizancio, y luego en los grandes imperios europeos, y después en Rusia, y en Estados Unidos. Ahora bien, y si hubiéramos venido de otro planeta y supiéramos que Dios había intervenido en la historia de la tierra…¿dónde esperaríamos que hubiera tenido lugar su intervención, en la periferia exterior de la historia o en su centro?".

"En el centro de la historia", respondí. "Y si Él actuara en la periferia exterior, terminaría, al haber actuado sobre ella, en el centro de la historia".

"Así sería", dijo el maestro. "Y sin embargo, si miramos al centro de la historia del mundo desde los tiempos de los faraones hasta la era de las superpotencias, no hay un hilo común, ningún reino o potencia común. Los que estaban en el centro de la historia en el mundo antiguo están en la periferia en el mundo moderno. No hay ninguna nación o pueblo común…excepto uno: la nación de Israel, el pueblo judío. Cuando la antigua Babilonia era el centro del mundo, ellos estaban allí. Cuando lo fue Roma, ellos estaban allí. Desde el Imperio Egipcio hasta el Imperio Británico, ellos estaban ahí. Desde el Imperio Persa hasta la Unión Soviética, ellos estaban ahí. Desde las calles de Ur de Caldea hasta las calles de la ciudad de Nueva York, solamente una nación ha estado siempre en el centro. Si Dios fuera a usar a un pueblo mediante el cual traer su Palabra y su redención al mundo, ese pueblo se mantendría en el centro de la historia. Y así ha sido con ellos; y así resulta ser el mismo pueblo mediante el cual llegó el Libro de libros, la Palabra de salvación, y lo que se conoce en todo el mundo como salvación. Si Dios fuera a intervenir en el curso de este mundo…".

"Entonces ya lo ha hecho".

"Y su nombre está grabado en el testigo de la historia…el Dios de todas las naciones…el Dios de Israel".

La misión: Todo lo que es de Dios está en el centro. Ponga las cosas de Dios en el centro de este día; y haga a Dios el centro alrededor del que gira su vida.

Deuteronomio 4:34–35; 32:8; Zacarías 8:23; Isaías 2:3

EL PRINCIPIO JOSÍAS

NOS SENTAMOS A la sombra de un olivo en una cálida tarde de brisa.

"Josías", dijo el maestro, "fue uno de los reyes más rectos que se sentó jamás en el trono de David. En busca de la voluntad de Dios, subió al lugar alto de Beth El para derribar los altares de los dioses paganos y, mientras lo hacía, algo captó su atención: un sepulcro. Fue entonces cuando un misterio de siglos fue revelado. El sepulcro era el de un profeta que, siglos antes, había ido a Beth El con una profecía: un hombre llamado Josías llegaría un día a ese mismo lugar y haría exactamente lo que acababa de hacer Josías. Pero Josías no tenía idea de la profecía. Llegó allí ese día simplemente para hacer la voluntad de Dios y, sin embargo, hizo exactamente lo que estaba profetizado siglos antes de que él existiera...la obra del destino".

"¿Cómo funciona eso?", le pregunté. "Sin conocer la profecía, él la cumplió. ¿Cómo cumplimos el plan de Dios para nuestra vida...para nuestro destino?".

"Yo lo llamaría 'el principio Josías'", dijo él.

"¿Qué es eso?".

"¿Cómo terminó Josías cumpliendo la profecía, sin conocerla?".

"¿Siguiendo el camino de la rectitud?".

"Sí", dijo el maestro. "Siguiendo la voluntad de Dios que él conocía por la Palabra de Dios".

"Pero excepto la profecía, que Josías no conocía", dije yo, "la Palabra de Dios no le habría dicho exactamente dónde o cuándo ir para que él terminara en el lugar y el momento exactos y correctos".

"Pero lo hizo", dijo él. "Y lo hará también en su vida. La Palabra de Dios le dará la dirección general y dirección para su vida, y cuando usted siga la dirección de la Palabra, será guiado a caminar en la voluntad de Dios exacta y concreta que es su destino. Mire, las Escrituras no están tan centradas en encontrar la voluntad de Dios que usted no conoce, sino en obedecer la voluntad de Dios que sí conoce. Obedezca la voluntad de Dios que conoce, y eso le guiará a la voluntad de Dios que no conoce. Siga, con todo su corazón, lo que está revelado, y le conducirá a aquello que no lo está...y como sucedió con Josías, usted se encontrará en un lugar alto en el lugar exacto, y en el momento exacto que estaba designado para su vida antes de la fundación del mundo".

La misión: Tome hoy la Palabra de Dios y obedézcala. Al obedecer la voluntad de Dios revelada, será guiado a la voluntad de Dios no revelada: su destino.

2 Reyes 23:15–17; Salmo 37:23; Proverbios 2:20–21; 3:5–6; Efesios 2:10

Entre en su destino profético

LA VELA DE LA NOCHE

EL MAESTRO ME llevó fuera de su despacho a un terrado donde nos sentamos al lado de una mesa. Sobre la mesa había una vela encendida. El cielo comenzaba a oscurecerse.

"Cuando nos sentamos", dijo él, "el sol aún brillaba, incluso sobre la vela. La luz de la vela se fundía con la luz del día. Las dos luces estaban en armonía, pero ¿qué sucedió entonces?".

"Se oscureció", dije yo.

"Y ahora la luz de la vela ya no estaba en armonía con su entorno; ya no se fundía. A medida que el cielo se oscureció, la vela destacó cada vez con más fuerza. No fue la vela lo que cambió, sino todo lo que la rodeaba, de modo que ahora estaba brillando en marcado contraste con su entorno y contra la oscuridad".

"¿Y qué revela eso?", le pregunté.

"La vela en el día", dijo él, "representa al creyente que brilla en medio de una civilización cristiana; su luz se funde con la cultura circundante. La cultura está en armonía con la luz, al menos por fuera, y parece apoyarla; pero la vela en la noche representa al creyente que brilla en medio de una civilización poscristiana, una civilización apóstata, una civilización anticristiana, antibíblica y que está en contra de Dios. Ahora los apoyos culturales y los sostenes externos ya no están, y la luz del evangelio ya no está en armonía con la cultura circundante. La cultura circundante ahora está cada vez más en oposición a la luz, y la luz no puede fundirse. Ahora debe destacar cada vez más en contraste con su entorno, y brillar cada vez más contra corriente. De modo que si tuviera usted elección, ¿qué vela preferiría ser, la vela del día o la vela de la noche?".

"La vela del día".

"Pero es la vela de la noche la que cambia el mundo. La vela que brilla en la luz del día apenas puede verse, pero la vela que brilla en la oscuridad puede verse desde kilómetros de distancia. Precisamente cuando es más difícil hacer brillar la luz es cuando es más crucial hacerlo; es entonces cuando más se necesita la luz, y es entonces cuando la luz se vuelve más potente. Por lo tanto, no tema nunca la oscuridad. Usted es una luz; brille en ella, especialmente en la noche...y así iluminará el mundo".

La misión: Viva hoy como una vela en la noche. No tenga temor a la oscuridad ni sea intimidado por ella, sino brille con más luz contra la noche.

Mateo 5:14–16; 13:43; Juan 1:5; Filipenses 2:15; 1 Pedro 4:14

Las estrellas

LA REDENCIÓN YO SOY

"¿**R**ECUERDA AL PRINCIPIO, cuando le dije que cuando habla de su existencia debe pronunciar el nombre de Dios?", dijo el maestro".

"Yo soy", dije yo.

"Sí", dijo él. "Pero hay otro lado en eso. Todos hemos caído, de modo que cuando hablamos de nuestra existencia, hablamos de una existencia caída, pero ¿cómo puede estar unido el nombre de Dios a lo que es caído, pecaminoso, contaminado, quebrantado y manchado? Si usted dice: 'Yo soy pecador', está diciendo la verdad, pero está uniendo el sagrado nombre Yo Soy al pecado. Y si dice: 'Yo soy impío', está uniendo Yo Soy con la impiedad...y la contaminación. Está dando testimonio contra Dios; podría denominarse blasfemia...el Yo Soy de Dios y el Yo soy del hombre ahora infinitamente separados el uno del otro".

"Entonces, ¿cuál es la respuesta?".

"Cuando el Mesías murió por nuestros pecados, fue Yo Soy. Fue Yo Soy uniéndose a sí mismo, reuniéndose a sí mismo, a nuestro Yo soy...a nuestro Yo soy caído, pecador e impío. Fue Yo Soy uniéndose a sí mismo a nuestros pecados...Yo Soy haciéndose pecado, Yo Soy uniéndose a sí mismo a todo lo que no es Yo Soy...para que al hacerlo se pusiera fin a todas las separaciones. De modo que cuando usted diga 'Yo soy condenado', mire a la cruz, y ¿qué verá ahí? Verá a Yo Soy condenado. Cuando se encuentre diciendo 'Yo soy culpable', mire a la cruz y verá a Yo Soy culpable. Cuando esté sufriendo, verá a Yo Soy sufriendo. Cuando esté quebrantado y aplastado, verá a Yo Soy quebrantado y aplastado. Y cuando sea usted rechazado, verá en la cruz a Yo Soy rechazado. Y cuando se encuentre al límite, verá a Yo Soy al límite. Lo que sucedió allí es un misterio...el Santo uniendo su Yo Soy con nuestro Yo soy, para que nada, ningún pecado, ninguna vergüenza, ninguna oscuridad, ni siquiera la muerte, pudiera separarnos nunca de Él otra vez...e incluso en esas cosas, Él estará a su lado...Aquel que es Yo Soy ha unido su Yo Soy a nuestro Yo soy para que nuestro Yo soy estuviera unido a su Yo Soy. Y este es el otro lado de este misterio...Porque después de su muerte llega la resurrección; y es en la resurrección donde encontramos nuestro nuevo Yo soy. Porque, ¿qué es lo que encontramos allí? Encontramos vivo a Yo Soy...Yo Soy victorioso...Y encontramos a...¡Yo Soy resucitado".

La misión: Deje que su Yo soy caído termine en la muerte de Él, y deje que su Yo Soy resucitado y victorioso se convierta en el Yo soy de su vida.

Éxodo 3:14; Juan 8:58; Colosenses 2:9–12

La revelación de Yo Soy

MONTES Y PIEDRAS FINALES

"**C**UANDO EL REMANENTE de Israel regresó a la tierra", dijo el maestro, "tras su exilio en Babilonia, ellos sabían que era la voluntad de Dios reedificar el templo. El hombre que estaba a cargo de la reconstrucción era Zorobabel, un descendiente del rey David. Pero cuando comenzaron esa empresa, se encontraron con resistencia y conflicto, y debido a eso su trabajo se había quedado detenido. Entonces Dios habló por medio del profeta Zacarías diciendo: 'No con ejército, ni con fuerza, sino con mi Espíritu, ha dicho Jehová de los ejércitos. ¿Quién eres tú, oh gran monte? Delante de Zorobabel serás reducido a llanura; él sacará la primera piedra con aclamaciones de: Gracia, gracia a ella'. Entonces, ¿qué le estaba diciendo Dios a Zorobabel?".

"Dios quitaría los obstáculos y haría que el templo fuera reedificado; y Zorobabel mismo completaría la obra poniendo la piedra final".

"Correcto", dijo el maestro. "Y la profecía se cumplió. ¿Cuál era el símbolo, en esa palabra, de los obstáculos a los propósitos de Dios?".

"El monte", respondí yo.

"¿Y cuál era el símbolo del cumplimiento de los propósitos de Dios?".

"La piedra final".

"¿Observó algo sobre eso?".

"Los dos son piedras".

"Sí", dijo él, "el obstáculo a los propósitos de Dios y el cumplimiento de los propósitos de Dios están hechos de la misma sustancia, del mismo material; pero es incluso más que eso. ¿De dónde cree que provenía la piedra final?".

"¿De un monte?".

"Sí", dijo el maestro. "La piedra final provenía de un monte. ¿Y qué revela eso? Dios nunca promete que nuestra vida estará libre de obstáculos, problemas, crisis y adversidades. Él promete algo mejor: Él usará cada obstáculo en nuestra vida para llevar a su cumplimiento los propósitos que Él ha planeado para nuestra vida. Cada problema, cada crisis, cada adversidad, cada revés, y cada tristeza serán transformados para producir victorias, bendición y triunfo. Y en Dios, todo monte, todo obstáculo que ha impedido los propósitos de Dios en nuestra vida, al final será transformado y se convertirá en una piedra final para llevar a término esos mismos propósitos".

La misión: Hoy, vea cada problema, obstáculo y adversidad como un monte a ser transformado en una piedra final. Participe en esa transformación.

Génesis 50:15–21; Isaías 60; Zacarías 4:6–9; Santiago 1:2–4

LA GLORIA DENTRO DE LA TIENDA

E N LA DISTANCIA ante nosotros había un campamento de nómadas del desierto. Sus tiendas eran oscuras, la mayoría negras, y algunas tenían una oscura sombra de color marrón.

"¿Cómo cree que se veía la Tienda de reunión, el Tabernáculo?", preguntó el maestro.

"Me lo imagino muy impresionante", respondí.

"En realidad no", replicó él. "Es más probable que se viera como una de esas…mucho mayor, pero con un aspecto parecido. Su cubierta exterior era de piel de tejón, de modo que su aspecto habría sido común y poco atractivo. Pero si pudiéramos entrar en ella, entonces todo cambiaría. La primera de sus cámaras se llamaba el lugar santo, y dentro del lugar santo estaba la mesa de la presencia, el altar del incienso y la menorá de siete brazos, cada uno de oro, cada uno un tesoro de valor inestimable. Y si nos aventuráramos aún más dentro, nos encontraríamos en el lugar santísimo con el arca del pacto, dentro del cual estaban los Diez Mandamientos y sobre el cual descansaba la gloria de Dios. Todas esas cosas estaban ocultas desde el exterior y solo podían verse desde dentro. De modo que lo que parecía común y poco atractivo, y de poco valor por fuera resultaba contener el mayor de los tesoros en el interior. ¿Qué revela eso?".

"¿Que no se puede juzgar una tienda por lo que la cubre?".

"Sí, y mucho más que eso. En el mundo, la mayoría de las cosas se ven más impresionantes y atractivas por fuera y a primera vista que por dentro. La realidad es menos que el aspecto; pero con Dios y los caminos de la justicia, es lo contrario. Por fuera y a primera vista tiende a verse duro y poco atractivo, de modo que el camino de la cruz y del sacrificio, por fuera, parece difícil; pero cuanto más profundo vamos, más hermoso se vuelve; cuanto más profundo vamos, más asombroso se vuelve; cuanto más profundo vayamos hasta la presencia de Él, más glorioso se vuelve; y cuanto más profundo vayamos en el amor de Dios, más de oro se vuelve. Por lo tanto, profundice…cada vez más…y aún más. Vaya aún más profundo…más allá de lo superficial, más allá del aspecto, y más allá de las pieles de la tienda…hasta los tesoros y la gloria que esperan solamente a quienes…entran".

La misión: Vaya más allá de las cortinas hoy, cada vez más profundo en la tienda de reunión hasta el lugar santísimo, hasta que encuentre la gloria de Dios.

Éxodo 40:34–36; Salmo 27:4; Ezequiel 44:16; Hebreos 4:16

LAS PROFECÍAS HEBREAS SECRETAS

E L MAESTRO ESTABA dando una lección ante un grupo de estudiantes en la tienda abierta al aire libre. Leyendo de un rollo de los Profetas, desarrollaba las profecías hebreas de la venida del Mesías: la profecía de Miqueas de que el Mesías nacería en Belén; de Zacarías de que entraría en Jerusalén sobre un pollino; y de Isaías de que Él sería desechado y rechazado por los hombres, moriría por el pecado, y se convertiría en la luz de los gentiles. Al final de la lección salió de la tienda y me invitó a acompañarlo a dar un paseo.

"Piense en las profecías mesiánicas", me dijo. "Cada una de ellas creada por Dios, cada una única, cada una conteniendo una parte distinta del misterio, una promesa diferente de la venida del Mesías. Cada una existió durante siglos a la espera de que llegara el día de su cumplimiento. Muchas de esas profecías se mencionan en el Nuevo Testamento, junto con una palabra griega en particular que se utilizaba para hablar de su cumplimiento. La palabra es *plero'o*. *Plero'o* tiene que ver con la llenura de lo que estaba vacío, como cuando se llena un vaso. Está escrito una y otra vez que tuvo lugar un acontecimiento 'para que se cumpliera lo que fue escrito por el profeta' o 'para que lo que fue dicho por el profeta pudiera ser plero'o'".

"Entonces una profecía es como un vaso vacío para ser llenado en el momento designado".

"Sí", dijo el maestro. "Pero hay más. En el segundo capítulo de Colosenses está escrito: 'estáis completos en él'; pero detrás de la palabra traducida como 'completos' está la palabra griega *plero'o*. Así, la palabra que se usa del Mesías cumpliendo las antiguas profecías hebreas es exactamente la misma palabra que se usa del Mesías llenando su vida".

Dejó de caminar, se giró hacia mí y dijo: "¿Lo entiende? Su vida es como una profecía hebrea. Usted llegó a existir por orden de Dios; y como una profecía no se ha cumplido y está vacía hasta su cumplimiento, así también su vida no estaba llena hasta el día que lo encontró a Él. Su vida era una sombra de aquello para lo cual fue creada, y toda vida existe para encontrar su plero'o. Y solamente en el Mesías puede encontrarse el plero'o. Su vida es una profecía a la espera, una profecía del Mesías, única entre todas las otras, una promesa a la espera de su cumplimiento, y que solo puede ser cumplida por la venida del Mesías…a su vida. El Mesías es su Plero'o; por lo tanto, haga que Él sea la meta y el propósito de todo lo que usted es y todo lo que hace. Y Él llenará cada parte de su ser, porque Él es el Plero'o de su vida…y su vida es la profecía de Él".

La misión: Viva hoy como si su vida fuera una profecía que existe únicamente para ser cumplida por la presencia de Él y, en ese cumplimiento, glorificarlo a Él.

Filipenses 1:6; Colosenses 2:9–10;
1 Tesalonicenses 5:24; 2 Tesalonicenses 1:11

Encuentre su destino

SU MÁS ALLÁ PRESENTE

ESTÁBAMOS SENTADOS EN la cumbre de un monte alto, un sitio con vistas privilegiadas desde el cual podíamos ver una multitud de otros picos de montes altos en la distancia, hasta el horizonte cada vez más anaranjado del atardecer.

"¿Cómo entramos en el cielo?", preguntó él.

"Somos salvos", respondí yo. "Nacemos de nuevo".

"Sí", dijo el maestro", pero suponiendo que seamos salvos, ¿cómo entramos realmente en el cielo?".

"Morimos", dije yo. "Morimos y vamos al cielo".

"Entonces, ¿ese es el único modo?", me preguntó. "¿Tenemos que morir para entrar en el cielo?".

"¿No? ¿No es ese el único modo?".

"*Es* el único modo", dijo él, "pero hay algo más. En el Nuevo Testamento se habla del reino de los cielos como lo que está más allá y aún no es, y sin embargo también como lo que está aquí y ahora, y en medio de nosotros".

"Pero el cielo es el más allá", dije yo.

"El cielo *es* el más allá", dijo él. "Tiene que serlo. Hay que dejar el viejo mundo para entrar en el nuevo, y lo que es de la carne para entrar en lo que es del Espíritu. Hay que dejar lo imperfecto de lo terrenal para entrar en lo perfecto de lo celestial. De modo que el cielo debe de ser el más allá. Pero...".

"Pero ¿hay un *pero*?".

"Para el hijo de Dios, la vida celestial no puede estar limitada al más allá. Es demasiado grande para estar contenida en lo que aún no es no está aquí. Para el hijo de Dios, el cielo tiene que ser conocido y vivido en esta vida también".

"Entonces ¿cómo se entra?".

"Tenemos que morir para llegar al cielo".

"Pero creí que había dicho usted...".

"Tenemos que morir para llegar al cielo", dijo otra vez. "De modo que la clave es morir; pero el secreto es: no espere hasta morir a fin de morir. Si lo hace, nunca conocerá la vida celestial hasta que termine esta vida. Pero hay un modo de morir ahora aunque esté vivo. En el Mesías tiene usted esa capacidad...partir de este ámbito, de lo viejo y lo terrenal, incluso ahora. Muera a su vieja vida, y entrará en la nueva; muera a la carne, y vivirá en el Espíritu; muera a lo terrenal, y entrará en lo celestial. Aprenda el secreto de vivir en su más allá ahora; es tan sencillo como morir e ir al cielo".

La misión: Hoy, viva como si su vida hubiera terminado. Entonces entre en el más allá, tras la carne y lo terrenal, para vivir en el Espíritu, en lo celestial.

Romanos 6:4–11; 8:10–14; Gálatas 2:20; Colosenses 3:1–19

Cómo entrar en su más allá ahora

EL GUARDIÁN

"VENGA", DIJO EL maestro. "Vamos a montar en camello".

"¿A dónde?", le pregunté.

"A ningún lugar en particular", dijo él. "Solamente a montar".

Así que nos embarcamos en un viaje por el desierto hacia ningún lugar en particular. Estaba avanzada la tarde cuando comenzamos. Íbamos uno al lado del otro, lo bastante despacio y lo bastante cerca para poder mantener una conversación continuada.

"Muchos viajes en la Biblia se hacían en camellos. Así fue con Rebeca. Cuando ella aceptó casarse con Isaac, el sirviente de Abraham preparó todo de inmediato para llevarlas a ella y sus doncellas a un largo viaje por un desierto del Oriente Medio. Esa era la misión para la cual le habían enviado, encontrar una esposa para Isaac y llevarla hasta el novio. Imagine verlo...una caravana de camellos que llevaban a sus espaldas a una novia, su doncella y todas sus posesiones por el paisaje del desierto. Rebeca estaba siendo guiada por un hombre al que nunca antes había visto, un forastero, el sirviente de Abraham. Ella estaba al cuidado de él; ahora era responsabilidad de él. Él era su guardián durante el viaje; era responsabilidad de él llevarla con seguridad por el desierto y hasta las tiendas de Abraham. Solamente él conocía el camino; Rebeca no lo conocía. Entonces, ¿qué tuvo que hacer ella?".

"Ella tuvo que confiar...confiar en las intenciones de él, en su conocimiento, en su dirección, y en su compromiso de llevarla donde ella tenía que ir; y tuvo que permitirle que la llevara hasta allí".

"Ahora descubramos el misterio", dijo él. "Rebeca representa a la novia; y el sirviente de Abraham, el sirviente del padre, representa al Espíritu Santo. Y la misión del sirviente es llevar a la novia hasta el Novio. Así, es misión y responsabilidad del Espíritu guiarle, guardarle, protegerle, guardarle para que no se desvíe del camino, y llevarle con seguridad a su hogar. Y como solamente Él conoce el camino, ¿qué debe hacer usted?".

"Confiar en que Él me lleve donde necesito ir...y dejarle que me dirija".

"Sí", dijo el maestro, "la novia debe ser guiada por la dirección del Espíritu cada día de su vida. Cada día ella debe permitirle a Él que la dirija e ir donde Él guíe. Ella no tiene que conocer cada detalle del viaje o del camino; tan solo necesita conocerlo a Él que hace el viaje con ella, y permitirse ser movida por la dirección de Él. Y mientras ella se mantenga cerca de Él y vaya donde Él la dirija, terminará viviendo en las tiendas del Padre".

La misión: Viva hoy en la dirección del Espíritu. Vaya solamente donde Él vaya. Muévase como Él se mueva. Permita que cada uno de sus pasos sea guiado por los de Él.

Génesis 24:51–61; Juan 16:13; Romanos 8:14

El misterio de la boda de Isaac y Rebeca I–III

EL PARADIGMA DE MOISÉS

ERA UNA TARDE calurosa y con brisa. Estábamos sentados en una mesa a la sombra en el exterior de la Cámara de los Libros.

"Yo lo llamo 'el paradigma de Moisés'", dijo el maestro. "Es una de las claves más importantes de su llamado. Moisés sacó de Egipto a los hijos de Israel, pero ¿qué sucedió antes de que hiciera eso? Años antes del Éxodo, Dios hizo que Moisés emprendiera su propio éxodo de Egipto. Solo después del éxodo propio de Moisés, dirigió el Éxodo de los israelitas de Egipto. Moisés llevó a Israel al monte Sinaí, pero años antes de ese evento, Dios llevó a Moisés al mismo monte: el monte Sinaí. Cuando Moisés huyó de Egipto, llegó a la tierra de Madián y allí entró en el pacto del matrimonio. Cuarenta años después, Moisés llevó a Israel a la misma tierra para entrar en un pacto de matrimonio con Dios. ¿Ve el patrón?".

"Todo le sucedió primero a Moisés, y después a Israel".

"Sí. Pero se remonta incluso más. Cuando Moisés era un bebé, Dios hizo que la hija de Faraón lo sacara del río Nilo y así le salvó la vida. Por eso le pusieron el nombre de *Mosheh*, o *Moisés*, que significa *sacado*. ¿Y cuál fue el llamado y el destino de Moisés? Era *sacar* a su pueblo de la tierra y de los caminos de Egipto; de modo que toda su vida y su llamado, su destino, era hacer aquello que le hicieron a él, salvar a otros sacándolos. El paradigma de Moisés es este: la clave de su llamado y de su vida se encuentra en lo que Dios ha hecho por usted. Del mismo modo que Dios ha tocado su vida, toque usted las vidas de otros. Los discípulos cumplieron su llamado cuando hicieron discípulos de otros, al igual que ellos mismos habían sido hechos discípulos por el Mesías. Pablo cumplió su llamado cuando impartió a otros las revelaciones que Dios le había impartido a él, y cuando ministró gracia a las vidas de otros tal como Dios le había ministrado gracia primero a él. Tal como Dios se ha entregado Él mismo a usted, así entréguese a otros; tal como Dios le ha salvado, salve usted a otros. Y más profundo que eso, ame a otros no solo *como* Dios le ha amado, sino también con el mismo amor con el que Él le ha amado. Porque usted ya tiene todo lo que Dios le ha llamado a hacer y a cumplir. Dios ya lo ha hecho por usted... Ahora vaya y haga usted lo mismo".

La misión: ¿Cómo le ha salvado Dios, le ha amado y ha tocado su vida? Use su vida para hacer lo mismo por otros. Comience hoy.

Éxodo 2:1–10; Mateo 10:8; Juan 15:9; Efesios 3:7–8

EL MISTERIO DE MELQUISEDEC

É L ME LLEVÓ a la Cámara de los Libros y hasta un volumen encuadernado con una cubierta color café vieja y desgastada, pero ornamentada. Lo puso sobre la mesa de madera y lo abrió por una página en la cual, en medio de lo que parecía ser escritura hebrea, había una litografía: un hombre de aspecto místico imponiendo manos sobre otro hombre como para bendecirlo.

"Uno de los personajes más misteriosos en la Escritura", dijo el maestro, "Melquisedec…rey y sacerdote del Dios altísimo…una sombra de Aquel que había de venir".

"Melquisedec", repetí yo.

"Melquisedec contiene dos palabras hebreas: *Melqui* y *sedec*. *Melqui* viene de *malach* o *melekh*, que significa gobernar o reinar como rey; y *sedec* significa justo y viene de *zadak*, hacer recto, o justificar, el ministerio del sacerdote: rey y sacerdote".

"Pero creía que nadie puede ser ambas cosas".

"Bajo la ley", respondió él, "pero Melquisedec fue antes de la ley, en el tiempo de Abraham. En la imagen, Melquisedec da su bendición a Abraham. De Abraham vinieron el reinado y el sacerdocio, la casa de David y la casa de Aarón, el Melqui y el Sedec. Bajo la ley, ambos tenían que mantenerse separados, pero estaba profetizado que un día los dos volverían otra vez a ser uno... en el Mesías".

"Pero el Mesías no podía nacer de ambas casas", respondí, "solamente de la casa de David".

"Entonces Él tendría que recibir la bendición del sacerdocio de la casa de Aarón".

"Del sacerdocio…¡Él lo recibió de Juan el Bautista! La transferencia del sacerdocio…al sacerdocio del Mesías…el sacerdote-rey…el sacerdocio de Melquisedec".

"Sí", dijo el maestro. "Cuando el Mesías llegó al Jordán, fue como si Melquisedec hubiera regresado para recuperar la bendición dada a Abraham y a la casa de Aarón…el Melqui, el rey, recuperando el Sedec, el sacerdocio. Y está escrito que todo tenía que suceder a fin de 'cumplir la *justicia*'. ¿Y cuál es la palabra hebrea para justicia?".

"¡Sedec!", dije yo. "Tenía que hacerse para cumplir Sedec…como en Melqui-*Sedec*".

"Así, en el Mesías, el Melqui y el Sedec se unen… el rey que expía el pecado…como estaba profetizado, para que Él pudiera 'justificar a muchos', para que Él pudiera 'zadak a muchos'".

"El Melqui-Sedec, el Rey sacerdotal y el Sacerdote real…el Mesías".

"Como está escrito en los Salmos: 'sacerdote para siempre, según el orden de Melquisedec'".

La misión: Quienes son del Melqui-Sedec, el Mesías, el Sacerdote real, son reales sacerdotes. Aprenda hoy lo que significa eso y viva como uno de ellos: en justicia, santidad, realeza y poder.

Génesis 14:18–20; Salmo 110; Isaías 53:11; Hebreos 7:1–21

El misterio de Melquisedec

EL KARAT

ERA POR LA tarde. Nos sentamos en los extremos opuestos de una pequeña mesa de madera en el centro de una cámara principalmente vacía. Descansando sobre la mesa delante del maestro estaban dos pequeños pergaminos.

"Esto", dijo él señalando a uno de ellos, "es del libro de Jeremías, la promesa del nuevo pacto. La profecía comienza: 'He aquí que vienen días, dice Jehová, en los cuales haré nuevo pacto con la casa de Israel y con la casa de Judá'. Termina con las palabras: 'perdonaré la maldad de ellos, y no me acordaré más de su pecado'".

Giró el pergamino y lo movió por la mesa para que yo pudiera ver el texto.

"Pero en hebreo", dijo mientras señalaba a la parte baja del pergamino, "no dice 'haré nuevo pacto'. La palabra es *karat*, y significa cortar, como al ofrecer un sacrificio. La profecía dice literalmente: 'cortaré nuevo pacto' o 'haré nuevo pacto mediante el corte de un sacrificio'. De modo que según las profecías hebreas, el nuevo pacto solo puede comenzar con un sacrificio. Solo entonces puede ser perdonado el pecado".

Levantó el segundo pergamino. "Esto es del libro de Daniel...la profecía del acontecimiento que terminará 'la prevaricación, y poner fin al pecado, y expiar la iniquidad', lo mismo que se prometió en el nuevo pacto; pero la profecía de Daniel revelará la naturaleza del sacrificio...y su momento".

Ahora movió el pergamino de Daniel por la mesa para que yo pudiera verlo.

"¿Sabe lo que dice esto?", preguntó. "Dice 'el Mesías será cortado'. ¿Y sabe lo que dice en hebreo? *Karat*. Es la misma palabra, y significa que el nuevo pacto comenzará con el corte de un sacrificio. Por lo tanto, el Mesías será el sacrificio que sea ofrecido para comenzar el nuevo pacto. La profecía de Daniel pasa a revelar el momento. El Mesías sería muerto y entonces Jerusalén sería destruida. Jerusalén fue destruida en el año 70 *A.D.* Eso significa...".

"El Mesías sin duda ha venido. El sacrificio sin duda se ha ofrecido, y el nuevo pacto ha sido *cortado* y definitivamente ha comenzado".

"Sí", dijo el maestro, "y sin duda igualmente eso significa que nuestras iniquidades son, sin ninguna cuestión, perdonadas, y nuestros pecados, de modo absoluto y conclusivo, ya no son recordados".

La misión: El karat es la señal y la seguridad de que sus pecados ya no son nunca recordados. Viva en la confianza y las repercusiones de ese hecho.

Jeremías 31:31–34; Daniel 9:24–26; Hebreos 9:14; 13:20–21

Un versículo muy santo

EL NOMBRE EN EL QUE USTED ESTÁ

ESTÁBAMOS SENTADOS EN la llanura arenosa, en el mismo lugar donde el maestro había trazado símbolos en la arena en el pasado; pero esta vez me entregó el palo y me pidió que dibujara. Y eso hice, lentamente, tal como él me indicaba. Cuando terminé, él me dijo lo que yo había inscrito en la arena.

"Cada uno de los símbolos que dibujó", me dijo, "es una letra hebrea. La primera es la *yud*. La segunda es la *shin*. La tercera es la *vav*, y la última es la *ayin*. ¿Lo reconoce?", preguntó. "Así es como se ve el nombre *Yeshúa* en hebreo, que después fue traducido como 'Jesús'".

"Yeshúa", repliqué yo. "El nombre verdadero del Mesías".

"Sí", dijo el maestro, "pero piense en ello. Él no fue siempre Yesús o Jesús".

"¿A qué se refiere?".

"Antes de la creación, el *Hijo* estaba con el Padre y el *Verbo* estaba con Dios. Él era el Hijo; y Él era el Verbo, pero no se le llamaba *Yeshúa*. A la vista de la eternidad, Él solamente ha llevado el nombre Yeshúa durante un breve período de tiempo. ¿Por qué se le dio ese nombre?".

"Porque Él había de salvar a su pueblo de sus pecados".

"¿Recuerda lo que significa realmente *Yeshúa*?".

"Dios es salvación".

"Sí. De modo que no era su nombre inherente ni su nombre desde el principio. En el principio no había pecado, no había oscuridad, no había caída, ni crisis, ni quebrantamiento, ni juicio, ni muerte, ni necesidad de salvación; y que su nombre fuera *Yeshúa* desde el principio no tendría ningún sentido. Piénselo. Su nombre es *Yeshúa* a causa de nosotros…a causa de *nuestra* necesidad de ser salvados. De modo que cada vez que se pronuncia su nombre, proclama que Él está unido a nosotros. Y Él escogió llevar ese nombre para siempre. ¿Y sabe qué más significa ese nombre? Significa que realmente estamos *en* su nombre. Es la salvación de nosotros lo que declara su nombre; es la salvación de *usted*. Su nombre declara *su* salvación; *usted* está en su nombre. Y cuando recibe a Yeshúa, cuando Él se convierte en su salvación…entonces todo está completo".

"Es como si su nombre fuera una profecía…una profecía que se hace realidad cuando la recibimos".

"Su nombre es un misterio en el cual somos una parte; y cuando recibimos el nombre, entonces el nombre es cumplido. Dios se convierte en nuestra salvación; y todo el que recibe el nombre…ya está en él…Yeshúa".

La misión: Medite en este misterio: usted está en el nombre de Él. Se le dio ese nombre por usted. Están unidos para siempre. Busque lo que eso significa, y viva este día en esa unión.

Isaías 12:1–3; Jeremías 23:5–7; 33:16; Mateo 1:21; Juan 1:1–2

Yeshuati

EL CETRO DE JUDÁ

Él SACÓ EL rollo del arca y leyó del libro de Génesis: 'No será quitado el cetro de Judá, ni el legislador de entre sus pies, hasta que venga Siloh'. Esto", dijo él, "fue una profecía dada por el patriarca Jacob a la tribu de Judá. ¿Qué es Siloh?".

"No tengo ni idea".

"Escuche", dijo el maestro, "¿a qué escribieron los rabinos en el libro del Sanedrín en el Talmud con respecto a la profecía de Jacob: '¿cuál es el nombre del Mesías?...Su nombre es Siloh, pues está escrito: 'hasta que venga Siloh'. ¿Qué están diciendo?".

"Están identificando a Siloh como el Mesías", dije yo. "De modo que el cetro no será quitado de Judá hasta que venga el Mesías. Pero entonces, ¿qué es el cetro?".

"Un cetro es lo que sostienen los reyes. Denota poder, gobierno, dominio y soberanía. Así que los rabinos lo entendían de esta manera: el poder del dominio no sería quitado de Judá, o del pueblo judío, hasta la llegada del Mesías. Y el punto crucial de ese dominio, decían, era el poder de la vida y la muerte, el poder de decidir casos que conllevaran la pena capital".

"Entonces el Mesías tendría que venir antes de que el poder de la vida y la muerte, el castigo capital, fuera quitado de Judá".

"Sí; y los rabinos iban aún más lejos. En realidad identificaron el momento en el tiempo en que sucedió. Escribieron que cuando los miembros del Sanedrín se encontraban privados del derecho sobre la vida y la muerte, decían: 'Ay de nosotros, porque el cetro ha sido quitado de Judá y el Mesías no ha venido'. ¿Cuándo tuvo lugar eso? El libro del Sanedrín da la respuesta: el cetro fue quitado de Judá cuarenta año antes de la destrucción del Templo, cuarenta años antes del año 70 A.D. Por lo tanto, según los rabinos, el año en que el cetro fue quitado de Judá y así el año en el cual el Mesías tenía que haber venido, fue el año 30 A.D. ¿Entiende lo que significa eso? De todos los años de historia judía, en todos los años de la historia humana, el libro del Sanedrín mismo marca el año en el cual tenía que aparecer el Mesías...como el año 30 A.D.; que resulta ser el mismo momento en la historia humana en que aparece un hombre en Israel que cambiará el curso de la historia humana y será conocido en toda la tierra como el Mesías...Yeshúa, ¡Jesús de Nazaret!".

"Entonces, según los rabinos, el momento de la venida del Mesías...es el año 30 A.D.".

La misión: Incluso el libro del Sanedrín da testimonio de que el Mesías ha venido. Viva este día y los demás días una vida que manifieste ese hecho.

Génesis 49:10; Mateo 26:63–64; 1 Corintios 15:24–28; Efesios 1:20–22

EL HUERTO DE LOS MILAGROS

DURANTE UNO DE nuestros paseos por los huertos le hice una pregunta en la que había estado pensando.

"Usted me habló de que el día de la creación del hombre, el sexto día, Dios llevó al hombre a un huerto de vida. Entonces, el día de la redención del hombre, el sexto día, el hombre llevó a Dios a un huerto de muerte, un sepulcro en un huerto".

"Correcto", dijo él.

"Pero cuando Dios puso al hombre en el huerto, no fue el final de la historia, sino el principio. Dios puso al hombre en el huerto para que lo trabajara y lo cuidara. El huerto era un verdadero huerto en funcionamiento; era un trabajo continuado. Y cuando el hombre puso a Dios en el huerto de muerte, ¿no sería también un trabajo continuado? Y si es así, ¿cuál es el trabajo continuado del sepulcro del huerto?".

"Un sepulcro en un huerto", dijo el maestro, "el lugar más radical. Un sepulcro es un lugar de final, pero un huerto es un lugar de principios. Los sepulcros son donde termina la vida, pero los huertos son donde comienza la vida. De modo que un sepulcro en un huerto es el lugar de muerte y vida, el fin y el principio".

"Un lugar de vida después de la muerte", dije yo, "de resurrección".

"Sí. ¿Y cómo comienza la vida en un huerto?", me preguntó. "Se levanta. Se levanta de la tierra".

"El ascenso del Mesías desde la tierra".

"¿Y qué se levanta en un huerto? Aquello que ha descendido a la tierra. La semilla. ¿Y a qué comparó el Mesías su muerte?".

"A una semilla que cae a la tierra y muere".

"¿Y qué le sucedió a la semilla de la vida del Mesías cuando fue enterrada en el sepulcro del huerto?".

"Dio vida. Se levantó".

"Y por lo tanto", dijo el maestro, "*es* una obra continuada. Así como el huerto del Edén tenía que ser. Todo lo que se lleve a *este* huerto, todo lo que sea plantado en el sepulcro del huerto producirá un milagro. Lo que usted plante aquí, su pasado, sus sueños rotos, su vieja vida, sus fracasos, sus pérdidas, sus lágrimas, cualquier cosa que suelte aquí, sus tesoros, su vida, lo que sea que plante en este huerto cobrará vida de nuevo y brotará y dará vida, un milagro más hermoso de lo que usted plantó. Porque este sepulcro es ahora el huerto de Dios...y la tierra de milagros".

La misión: Tome todo en su vida que fracasó, que fue robado o perdido, que fue roto o que se terminó, todas sus tristezas. Vaya al sepulcro y plántelo en el huerto de los milagros".

Génesis 1:27–29; Isaías 61:3;
Juan 19:31–20:16; 1 Corintios 15:36–37, 42–44

El labrador

EL REGRESO DEL PROTOTIPO

"**F**UE AL PRINCIPIO del tiempo", dijo el maestro, "cuando el nuevo pacto de la fe estaba en su estado original y más natural".

"¿Y cuál era su estado original y más natural?".

"Revolucionariamente", dijo él, "contra el status quo del mundo...clandestino, milagroso, contracultural, distintivo, radical, poderoso, vencedor y transformador...Y también era algo más".

"¿Qué?".

"Judío. Lo que el mundo conoce como cristianismo, en su forma original y prototípica era una fe judía; pero algo sucedió en aquellos primeros siglos. Cuanto más se engranaba y se establecía la fe en la corriente principal de la civilización occidental, más perdía su identidad original y natural. Lo que era una fe contracultural se convirtió en una fe cultural, lo que era una fe radical se convirtió en una fe establecida, lo que era una fe revolucionaria se convirtió en la fe del status quo...y lo que era una fe judía se convirtió en una fe no judía. A medida que la fe se unió a una cultura occidental no judía...sus discípulos, mensajeros y apóstoles judíos comenzaron a desaparecer".

Hizo una pausa en ese momento como si fuera a delinear un cambio.

"Pero ahora hemos llegado al otro lado del fenómeno. Ahora estamos siendo testigos de la separación, el desplazamiento y el desbancamiento de la fe de la civilización occidental".

"Eso no es bueno", dije yo.

"Y aun así, en un sentido lo es. Lo contrario del fenómeno significa que la fe volverá a su estado original y natural. Desde una fe cultural a una fe contracultural, de una fe establecida a una fe radical, y desde una fe del status quo a una fe revolucionaria".

"Pero entonces debe de haber una transformación más", dije yo. "La fe debe cambiar desde su identidad y su forma no judías y regresar a su forma e identidad original judías".

"Sí", dijo el maestro, "y también podríamos esperar el retorno de discípulos judíos. Notemos entonces lo que revela eso. Cuanto más se vuelve esta fe establecida y del mundo, más débil es su poder espiritual; pero cuanto más se separa del mundo, mayor es su poder espiritual. Aplique esto a su vida. Sepárese de toda concesión, de la mundanalidad, y del status quo; y se hará más fuerte en poder espiritual. Recuerde que esta fe, en su forma más verdadera y natural, es siempre radical y revolucionaria. Viva su vida en consecuencia".

La misión: Despójese hoy de toda atadura mundana, para que pueda obtener poder espiritual. Cambie un caminar cómodo por otro revolucionario.

Zacarías 8:3–8; Mateo 23:37–39; Hechos 2:16–18; Romanos 11

El misterio de las lluvias

BAJANDO LA MONTAÑA

É L ME LLEVÓ a una de las montañas altas del desierto. Solamente al llegar a la cumbre me dijo por qué habíamos ido hasta allí.

"No tenemos ningún otro propósito aquí", dijo el maestro, "sino el de pasar tiempo en la presencia de Él".

Pasamos horas allí, cada uno de nosotros a solas con Dios, en oración, en la Palabra, en adoración, en silencio. La experiencia fue vivificante. Podría haberme quedado toda la noche; pero no era ese el plan.

"Ahora debemos bajar", dijo él.

Cuando comenzamos nuestro descenso, dije: "Pensé que me había traído a la montaña para darme una revelación".

"Lo hice", dijo él.

"Entonces, ¿por qué no me la dio?".

"Porque esta no se trata de la cumbre…sino de dejar la cumbre".

Seguimos nuestro descenso.

"Los discípulos pasaron más de tres años en la presencia del Mesías; pero entonces Él los envió desde Jerusalén al mundo. ¿En qué dirección los envió?".

"Fuera de Jerusalén".

"Abajo", dijo el maestro. "Jerusalén es una ciudad construida sobre las montañas; de modo que para salir de Jerusalén tenían que bajar; tenían que bajar de la montaña. Por lo tanto, enviarlos fuera de Jerusalén era enviarlos *abajo* de Jerusalén. Tan importante como es ascender la montaña es descender. De hecho, esa es la dirección del ministerio…bajando la montaña".

"¿A qué se refiere?".

"Cuando recibimos de Dios, sus bendiciones, su amor, sus revelaciones, su Espíritu, su gozo, su salvación, estamos en la cumbre de la montaña; pero no podemos quedarnos en la cumbre, ni tampoco pueden quedarse las bendiciones de Dios en la cumbre. Tenemos que bajar de la montaña. Es ahí donde está nuestro ministerio…abajo de la montaña…donde están las ciudades, y los pueblos, y los mercados, y los campos, y el resto del mundo. Es ahí donde están, abajo de la montaña, y por eso tenemos que bajar. Tenemos que llevar el amor de Él a los no queridos, las bendiciones de Él a los malditos, las riquezas de Él a los pobres, su presencia a los impíos, y su salvación a los perdidos. Nuestro llamado fue dado en la Gran Comisión; y la Gran Comisión comienza en la cumbre. De modo que hay una sola manera de cumplirla…bajando de la montaña".

La misión: Quédese hoy en la cumbre con Dios. Reciba sus bendiciones, y después baje la montaña para tocar su mundo con ellas.

Éxodo 34:28–31; Salmo 96:1–3; Isaías 58:5–11; Hechos 1:8

LA CAUSA SIN CAUSA

"**¿R**ECUERDA CUANDO HABLAMOS de la necesidad de la Causa sin causa?".
"Dios".

"Sí", dijo el maestro. "¿Y qué significa que Dios es la Causa sin causa?".

"Significa que nada es la causa de su existencia, pero Él es la causa de toda existencia".

"Sí, ¿y qué más es Él? Él es amor. Dios es amor. Una ambas cosas. Si Dios es amor y Dios es sin causa, entonces...".

"¿El amor no tiene causa?".

"El amor, el amor puro, absoluto, divino, no tiene causa. Existe como Dios existe, de Él mismo. Y entender lo que eso significa puede cambiar su vida".

"¿Cómo?".

"Una cosa es creer el amor de Dios cuando cree que le ha dado a Él causa y razón para que le ame; pero otra cosa distinta es cuando usted no le ha dado causa ninguna y razón ninguna. Pero el amor no necesita ninguna causa o razón; y Dios no necesita razón alguna para amale a usted. Le ama porque Él es, y porque el amor es. Usted no puede hacer que Dios le ame más de lo que puede causar a Dios mismo. El amor ama sin causa, a excepción de la causa del amor. De modo que en su pozo más oscuro, en estado más indigno, inmerecido, pecador e impío, cuando usted no le ha dado a Dios ninguna causa ni razón para que Él le ame, aun así le ama. Y es entonces, cuando recibe ese amor sin causa, esa sublime gracia, cuando su vida cambiará...y le permitirá manifestar el milagro a otros".

"¿Cómo?".

"Cuando otros no le den ninguna causa o razón para que les ame y aun así los ama de todos modos...está manifestando el milagro. Cuando usted ama a quienes no lo merecen...está manifestando el milagro del amor sin causa de Él".

"Entonces el amor no es solo sin causa...sino que es la Causa sin causa".

"Sí", dijo él. "El amor es lo que no necesita ninguna razón, sino que da razón a todas las cosas. Por lo tanto, cuando usted recibe el amor de Dios cuando no hay razón alguna para el amor de Dios o para que lo reciba, entonces el amor de Dios le dará una razón a su vida. Porque es el amor de Dios sin causa y que no tiene sentido el que, cuando se recibe, hace que nuestras vidas tengan sentido. Porque Dios es la Causa sin causa; y Dios es amor...de modo que la Causa sin causa es amor".

La misión: Hoy, que sea su meta recibir el amor de Dios sin razón ni causa. Y amar a otros del mismo modo, sin razón ni causa.

Lucas 6:27–36; 23:33–34; 1 Corintios 13; 1 Juan 4:7–12

El amor inescrutable

LOS SIETE MISTERIOS DE LOS TIEMPOS

EL MAESTRO ME llevó a una de las cámaras en el edificio principal en la que había siete pilares de piedra de color dorado suave. Cada columna estaba coronada por una losa de piedra cuadrada, sobre la cual descansaba un objeto o grupo de objetos.

"Los siete misterios de los tiempos", dijo él. "Los hemos visto por separado, pero ahora los unimos todos para ver el misterio de los tiempos".

Me llevó hasta el primer pilar sobre el cual había una copa y un pedazo de matzah.

"Dios ha establecido la época presente según el patrón del año sagrado hebreo. El año sagrado comienza con la Pascua. Su misterio anuncia la muerte del Cordero que da comienzo a la época con salvación".

Me llevó al segundo pilar, sobre el cual había una gavilla de cebada.

"El segundo misterio", dijo. "Yom Resheet, el día de las primicias de la cosecha de primavera es mecida ante Dios. Su misterio anuncia el segundo evento designado de la época, el día de las Primicias. El Mesías es levantado de la muerte, la elevación de las primicias de la vida nueva, la resurrección".

En el tercer pilar había gavillas de trigo y dos panes.

"El tercer misterio, la fiesta de Shavuot, el principio de la cosecha del verano. Su misterio anuncia el tercer evento designado, la fiesta de Pentecostés, Shavuot, el derramamiento del Espíritu, lanzando la cosecha de esa época".

En el cuarto pilar había granos, higos, uvas y olivas.

"El cuarto misterio. La gran cosecha del verano, el tiempo de cosechar los campos. Su misterio habla de la cosecha de las naciones, el tiempo del evangelio, de sembrar y cosechar, y de ir a los confines de la tierra con la palabra de salvación, el tiempo que es ahora".

En el quinto pilar había un shofar.

"El quinto misterio, la fiesta de las Trompetas, que ha de venir. Su misterio anuncia el sonido de las trompetas al final de los tiempos para proclamar la llegada del Rey".

"En el sexto pilar había una tela, un pedazo de velo, bordado con querubines.

"El sexto misterio, Yom Kippur, el día de Expiación, hombre y Dios, cara a cara. Su misterio anuncia el día del Juicio y la salvación, del hombre y Dios cara a cara".

En el séptimo pilar estaban las ramas de la palmera datilera y de cítricos.

"El séptimo misterio, la fiesta de los Tabernáculos, la fiesta de las Moradas. Su misterio anuncia la era del reino, cuando Dios hará tabernáculo entre nosotros y nosotros con Él...Y el misterio de los tiempos será cumplido".

La misión: El tiempo está enmarcado por los días santos de Dios. Viva hoy como un día santo, un día sagrado, centrado en la presencia de Dios. Y así será.

Levítico 23

Los siete misterios de los tiempos I–VIII

LA REDENCIÓN DEL AMANECER

E L MAESTRO ME había pedido que durmiera al aire libre, sobre la arena de una pequeña llanura desde la cual se podía ver un panorama inmenso que incluía la escuela. Mientras era aún de noche, él me despertó. Cuando supe dónde estaba, él comenzó a hablar.

"¿Recuerda lo que le dije sobre la puesta del sol y la muerte del Mesías?".

"Que murió y fue sepultado cuando el sol se ponía", respondí.

"¿Y por qué?", me preguntó.

"En la puesta del sol vemos la luz del mundo descender a la tierra; al mismo tiempo, el Mesías, la Luz del mundo, estaba descendiendo a la tierra".

"Entonces la puesta del sol", dijo él, "era una señal, una imagen en el ámbito físico de lo que estaba teniendo lugar en el ámbito espiritual...la Luz del mundo estaba descendiendo a la tierra...una puesta de sol cósmica. Y cuando el Mesías desciende a la tierra, se convierte en la puesta de sol sobre nuestras vidas, la puesta de sol sobre nuestros pecados, sobre nuestro pasado y sobre lo viejo; y cuando termina la puesta del sol, todo se va poniendo negro y desaparece. Y en la puesta de sol del Mesías, el pasado se va a negro, la vieja vida desaparece, y la vieja creación pasa de existir a la nada. Pero ¿qué sucedió después?".

"La resurrección".

"Cada uno de los cuatro relatos de la resurrección del Mesías contiene una palabra que habla del amanecer, del alba. ¿Y qué es un amanecer?".

"Es cuando el sol, la luz del mundo, se levanta de la tierra".

"¿Y qué es la resurrección?".

"Es la Luz del mundo levantándose de la tierra".

Nos quedamos sentados un rato en silencio mientras comenzaba a amanecer.

"¿Qué ve?", me preguntó el maestro.

"Desde la oscuridad, todo está comenzando a aparecer".

"Y así el poder del Amanecer es el poder para *traer a la existencia* lo que no existía, para sacar, de la nada, una nueva creación, un nuevo ser, una nueva identidad...para sacar esperanza de la desesperanza, amor de la falta de amor, vida de la muerte, y un camino donde no había camino...luz de la oscuridad. Por eso su resurrección se relaciona con el amanecer, porque eso es lo que fue...el Amanecer de la nueva creación. Es el milagro de traer a la existencia lo que no era...una vida nueva de la nada...Y ese es el poder dado y que ha de ser recibido por quienes viven en la luz del amanecer cósmico".

La misión: Crea en el poder de Dios para traer a la existencia lo que no es. Viva este día en ese poder. Declare lo que no es como si fuera.

Isaías 60:1; Mateo 27:57–60; 28:1–6; Efesios 5:14; 1 Tesalonicenses 5:5

REALIZAR SU SEMIKHAH

"**R**EGRESAMOS UNA ÚLTIMA VEZ", dijo el maestro", al semikhah. Dígame qué era".

"Poner el pecado sobre el sacrificio imponiendo las manos en su cabeza y confesando sobre ella los pecados…lo que realizaron los sacerdotes de Israel sobre el Mesías antes de entregarlo a su muerte".

"Es correcto", dijo él. "Pero no eran solamente los sacerdotes quienes realizaban el semikhah; lo realizaba quien necesitara ser perdonado por sus pecados. Para ofrecer una ofrenda por el pecado, había que realizar el semikhah sobre ella. La persona tenía que tocarlo con sus manos y confesar sobre ella sus pecados; y al hacerlo, se volvía uno con el sacrificio. Solamente con esa identificación total podía morir el sacrificio por sus pecados. Ahora bien, si todos hemos pecado, y el Mesías es la ofrenda por nuestro pecado, ¿qué debe haber también?".

"¿El semikhah?".

"Sí. Quien necesita que sus pecados sean perdonados debe realizar el semikhah. ¿Y cómo se realiza? Del mismo modo que se hacía en tiempos antiguos; se debe tocar el sacrificio y hacerse uno con él".

"Pero ¿cómo?", pregunté. "El sacrificio del Mesías tuvo lugar hace siglos".

"Pero recuerde que es el único sacrificio que trasciende al tiempo, que toca todo el tiempo: pasado, presente y futuro; de modo que el tiempo no importa. El shemikhah puede seguir realizándose; podemos extender nuestras manos atravesando tiempo y espacio para tocar al Mesías en la cruz…Confesamos nuestros pecados sobre Él; nos hacemos uno con Él allí tal como Él fue uno con nosotros en su sacrificio. Es entonces cuando es consumado, cuando los dos momentos están unidos; es entonces cuando nuestros pecados son perdonados y limpiados".

"Suena como la salvación".

"Lo es", dijo el maestro. "¿Cómo somos salvos? Confesamos nuestros pecados, los llevamos al sacrificio, y nos hacemos uno con el sacrificio tal como el sacrificio se ha hecho uno con nosotros sobre el altar. ¿Qué es eso? Es el shemikhah. El acto de la salvación es el acto del shemikhah. Estamos realizando un semikhah cósmico a través del tiempo y el espacio. Realice su semikhah, y no solo una vez; toque la cabeza del sacrificio, ponga sus pecados sobre Él, sus cargas, sus temores, su vergüenza, sus preocupaciones, una cada parte de su vida con el sacrificio, y el sacrificio a cada parte de su vida…para que los dos momentos y las dos vidas se vivan como uno".

La misión: Realice el semihkah sagrado. Ponga sus manos sobre la cabeza de Él; ponga su vida sobre la de Él. Suelte lo que deba ser soltado, y sea liberado.

Levítico 16:21; Gálatas 2:20; 1 Pedro 5:7; 1 Juan 1:8–9

El misterio del semihkah

NOSTALGIA CELESTIAL

Estábamos sentados en un barranco en una de las montañas más elevadas en el desierto, con vistas a un inmenso paisaje de montañas y llanuras distantes, más de un campamento de tiendas, la escuela y varios pastores que cuidaban de sus rebaños.

"Imagine", dijo el maestro, "que su vida hubiera terminado. Está en el cielo, en el paraíso, viendo y experimentando cosas que antes no podía comenzar a imaginar. Si pudiera, ¿regresaría a la tierra?".

"No".

"Pero hay cosas que nunca podrá volver a hacer de nuevo, incluso en el cielo, cosas que solamente podía haber hecho en el tiempo que estuvo en la tierra".

"¿Como qué?".

"Fe. Nunca más podrá volver a vivir por fe".

"Pero en el cielo...".

"En el cielo verá aquello en lo que creyó, pero nunca más podrá permanecer en la fe o decidir creer en Dios. La tierra, no el cielo, es el lugar de la fe; y en el cielo nunca más podrá decidir quedarse con Dios ante la oposición. También eso solamente puede hacerse en la tierra. En el cielo nunca podrá volver a arrepentirse, o bendecir a Dios al alejarse del pecado; en el cielo no podrá tener la oportunidad de compartir la salvación con los incrédulos, o sacar una vida de la oscuridad y llevarla a la luz, pues todos lo conocen a Él allí. En el cielo jamás podrá ayudar a alguien que tenga necesidad o bendecir a Dios al hacerlo. El cielo no tiene necesidades. En el cielo nunca más podrá tener el honor de mantenerse al lado de Dios cuando le cueste hacerlo, o compartir su desprecio; en el cielo nunca más podrá sacrificarse por Dios, pues allí no hay ninguna falta. Y en el cielo nunca más podrá vencer o llegar a ser victorioso, pues allí no hay nada que vencer. El lugar para la victoria es aquí; el lugar para todas esas cosas no es el cielo, sino la tierra; y el momento para esas cosas no es entonces, sino ahora. Mire, la tierra es un lugar de lo más asombroso, y cada momento que tenemos aquí es un regalo muy precioso, que nunca más volveremos a tener, ni siquiera en la eternidad del cielo".

"Bajemos de la montaña", dije yo.

"¿Por qué?", preguntó el maestro.

"Hay cosas que quiero hacer...aún no estoy preparado para el cielo".

La misión: Viva este día como si su vida hubiera terminado pero se le hubiera dado una segunda oportunidad para regresar. Haga ahora lo que en el cielo jamás podrá volver a hacer.

Salmo 90:9–12; Juan 4:35–36; 1 Tesalonicenses 5:16–18; Santiago 1:17

Nostalgia celestial

EL HOMBRE DEL JUBILEO

ÉL SOSTENÍA UN pequeño shofar. "La señal y el sonido del jubileo", dijo, "el año de la restauración. ¿Qué recuerda de eso?".

"Era el año en el cual la tierra regresaba a sus dueños originales", dije yo. "De modo que si su familia había perdido un terreno ancestral, regresaba a casa".

"Sí", dijo el maestro. "Ahora pensemos en eso…Hace dos mil años, el pueblo judío perdió su tierra natal y su ciudad santa, Israel y Jerusalén, sus posesiones ancestrales; pero estaba profetizado que serían devueltas. En otras palabras, sería un jubileo profético, una restauración a su posesión antigua; por lo tanto, ¿podría el jubileo tener la clave del misterio de esa restauración?".

Puso el shofar en mis manos.

"En 1917, en mitad de la Primera Guerra Mundial, el Imperio Británico hizo la Declaración de Balfour para dar la tierra de Israel al pueblo judío, de modo que la tierra sería devuelta a sus dueños originales; pero aún faltaba la devolución de la ciudad santa, Jerusalén. El jubileo llega cada cincuenta años. Si contamos hasta el año número cincuenta desde aquella primera devolución, eso nos lleva hasta 1967. Fue en 1967 cuando la ciudad santa, Jerusalén, fue devuelta al pueblo judío, a sus dueños originales…el aniversario. Y en el mismo momento en que Israel fue devuelta a su antigua ciudad, se manifestó la señal del jubileo: el rabino que acompañó a los soldados hasta el Monte del Templo hizo sonar el shofar. ¿Y sabe qué era el Monte del Templo cuando Israel lo obtuvo por primera vez tres mil años antes? Una era…en hebreo, una *goren*. Y al hombre que hizo sonar el shofar allí en el día de la restauración le pusieron el nombre de 'Goren', rabino Goren. ¿Y sabe cuándo nació él? En 1917, el año de la primera restauración, el primer jubileo. De modo que quien tocó el shofar del jubileo de Israel, el año cincuenta, tenía él mismo cincuenta años de edad, la señal viviente del jubileo. Todo ello sucedió en el lugar exacto y en el momento exacto. Mire, Dios es el Dios de la restauración, y a aquellos que son de Él restaurará todas las cosas…todo lo que se perdió se encontrará otra vez…en su Jerusalén…y en su momento designado de jubileo".

La misión: Si usted pertenece al Mesías, tiene el poder del jubileo, el poder de restaurar lo perdido y lo quebrantado. En este día, viva, hable y utilice ese poder.

Levítico 25:10–11; Joel 2:25–27; Zacarías 8:7–8;
Lucas 4:18–19; Hechos 1:6

El jubileo profético

LAS CUATRO ESQUINAS DEL ALTAR

EL MAESTRO ME llevó a un lugar que era como un valle escondido, pequeño y cercado por montes bajos por todos los lados. En medio del valle había un objeto rectangular, de unos siete pies (2 metros) de anchura y unos cuatro pies (1 metro) de altura.

"¿Qué es?", pregunté.

"Es un altar", respondió él, "un altar de sacrificio, un modelo del altar de bronce que estaba en los atrios del Templo. Observe los cuernos y sus esquinas. El sacrificio se ataba a los cuernos, unido a las cuatro direcciones de las cuatro esquinas del altar...como está escrito en Salmo 118: 'Atad víctimas con cuerdas a los cuernos del altar'. Es del mismo canto que el Mesías y sus discípulos cantaron al final de la última cena".

"Entonces ellos cantaron un canto sobre el sacrificio en el altar, la noche antes de que Él fuera ofrecido...como sacrificio...pero no sobre el altar".

"Pero fue sobre el altar", dijo él. "En hebreo, la palabra para *altar* es *mizbayakh*, y significa un instrumento de matanza mediante el cual era elevado sacrificio. Venga".

Me condujo al otro lado del valle, donde estaba otro objeto detrás de un risco en la montaña que lo ocultaba. Era una cruz grande de madera, que se parecía menos a un objeto religioso que a un instrumento de ejecución.

"Otro altar", dijo él, "de otro sacrificio. El altar en el Templo era un objeto de cuatro direcciones; así también el altar del Mesías era un objeto de cuatro direcciones".

"Pero el altar tenía cuatro esquinas, y no veo que haya ninguna esquina en la cruz".

"Sí", dijo el maestro, "el altar del sacrificio debe tener cuatro esquinas, y las tiene, solamente que usted no las ve. Está buscando cuatro esquinas que señalan hacia fuera y enmarcan el espacio interior, como en el rectángulo del altar de bronce; pero esto es el sacrificio del cielo y el altar del cielo. Las cuatro esquinas de este altar son lo contrario; señalan hacia el interior y enmarcan el espacio exterior".

Y fue entonces cuando lo entendí mientras miraba los maderos.

"¡Ahora lo veo! Las cuatro esquinas son las de un rectángulo dado la vuelta, que convergen en Él. Y el espacio que enmarcan...es el cielo".

"Las cuatro esquinas del altar de Templo contenían un espacio finito, pero el espacio contenido por estas cuatro esquinas es infinito...enmarcan el universo...para cubrir cada terreno, cada circunstancia, cada pecado, cada carga, cada problema, cada culpabilidad, cada dolor, cada lágrima, cada vergüenza, cada corazón, y cada momento de cada vida...al igual que la vida que derrama y el amor que tiene son infinitos...Es el altar de la infinidad".

La misión: Medite en esta verdad: el amor de Dios es más grande que el universo, más fuerte que la maldad y más largo que el tiempo. En eso, venza todo lo que deba vencer.

Éxodo 40:6; Salmo 118:27; Gálatas 6:14; Hebreos 13:10

El Cordero y el altar

ENTRAR EN LA DIMENSIÓN CELESTIAL

EL MAESTRO ME llevó a la Cámara de las Vasijas y a una parte en ella en la que había una reproducción grande del velo del Templo, lo que marcaba la entrada al lugar santísimo.

"¿Qué ve en el velo?", me preguntó.

"Los querubines".

"Una *imagen* de los querubines bordada en el velo…una representación en dos dimensiones de los querubines…con altura y anchura, pero donde falta una dimensión: profundidad. La realidad representada por la imagen tiene, desde luego, más de dos dimensiones, pero en un velo se está limitado a representar realidades de tres dimensiones en un plano de dos dimensiones. Ahora vayamos detrás del velo".

Y atravesamos el velo y entramos en una reproducción del lugar santísimo.

"Ahora, ¿qué ve?".

"El arca del pacto", respondí.

"¿Y qué ve sobre el arca del pacto?".

"Figuras…de los querubines…en oro".

"¿Y cuántas dimensiones tienen?".

"Tres".

"De modo que desde fuera del velo uno ve los querubines en dos dimensiones, pero desde el interior del velo las ve ahora en tres dimensiones. Cuando atravesamos el velo, se añadió otra dimensión. ¿Y dónde estamos cuando atravesamos el velo?".

"En el lugar santísimo".

"Que representa el lugar de morada de Dios, los lugares celestiales y el lugar secreto, el lugar donde permanecemos en oración y adoración delante de la presencia de Dios. Fuera de ese lugar se ven los querubines en dos dimensiones, pero dentro encontramos otra dimensión. Hay realidades", dijo el maestro, "que nunca pueden conocerse hasta que se atraviesa el velo y se vive en la presencia de Dios, realidades que esperan en la profundidad de la presencia de Dios, en la profundidad de la fe y en la profundidad de la oración y la adoración. Comparado con aquello que está en la presencia de Dios, todo lo que hayamos conocido en el mundo es como un dibujo en dos dimensiones sobre un pergamino, y todas nuestras ideas de Dios son como imágenes en dos dimensiones que están bordadas en un velo. Haga que sea su meta traspasar el velo, ir al lugar secreto del lugar santísimo y morar en la presencia de Él…más allá de las imágenes bordadas de los querubines y en la realidad del Altísimo".

— *La misión:* Entre este día más allá del velo, a lo profundo y cada vez más profundo de la presencia de Él, para morar en las dimensiones de los lugares celestiales.

Salmo 100; Hebreos 9:3–5; 10:19–20; 2 Corintios 12:1–4

ESPECIFICIDAD

DESDE NUESTRO PUNTO de vista privilegiado en una pequeña colina cercana a la escuela, observábamos a una joven familia en las tiendas: un padre, una madre y su hijo recién nacido, que estaban sentados en el exterior en una tienda solitaria en medio de una gran llanura en la noche del desierto.

"Una familia pobre", dijo el maestro, "que sostiene a su niño recién nacido en el exterior, bajo las estrellas. Casi podría ser una escena de la Escritura, de Belén. ¿Puede imaginar el milagro? El Dios que creó el universo es ahora un bebé indefenso dentro del universo que Él creó...el Todopoderoso se convierte en el ser más débil...las manos que desplegaron los cielos son ahora demasiado débiles incluso para agarrar la mano de su madre...los ojos que ven todas las cosas apenas pueden ahora enfocarse...la boca que habló y dio existencia al universo ahora solamente puede ofrecer el llanto de un bebé indefenso. ¿Cuán asombroso es eso? Es el milagro del amor...la humildad del amor...y el milagro de la especificidad".

"¿Especificidad?".

"Dios es omnipresente, está en todo lugar al mismo tiempo; pero en la encarnación se vuelve específico en cuanto al tiempo y el espacio, solamente a un punto del espacio y únicamente un momento en el tiempo. Dios es universal, la Luz del mundo, la causa de toda existencia; sin embargo, ahora se vuelve específico a una sola cultura, un pueblo, una tribu, una casa, una genealogía, una familia, una vida. El Dios universal de toda existencia se convierte en un bebé judío, con muchacho judío, después un rabino judío, caminando con sandalias sobre el suelo y el polvo de la Judea del primer siglo. Todo lo que Él hace ahora está contenido en un lugar concreto y un momento concreto en el tiempo. Él perdona a pecadores concretos, acepta a marginados concretos, multiplica panes concretos, y toca a personas concretas y las sana de sus enfermedades".

"¿Cómo se aplica eso?", pregunté.

"A fin de conocer el poder del amor de Dios, tenemos que recibirlo en su especificidad, de modo concreto de parte de Él y concretamente para nosotros, su sacrificio dado específicamente por nosotros, su Palabra específicamente para nuestra vida, su sangre y su perdón derramados específicamente para nuestros pecados concretos. Y por lo tanto, también usted debe vivir su vida en Dios en especificidad. Su amor debe manifestarse en especificidad...en acciones concretas hacia personas concretas que están aquí y ahora en su vida...debe amar, bendecir, y practicar su fe en la tierra...en especificidad".

La misión: Manifieste el amor de Dios en especificidad. Bendiga a personas concretas con actos de amor concretos: específicamente hoy.

Mateo 25:31–46; Lucas 2:1–20; Gálatas 4:4–5; 1 Juan 4:20–21

Dios con nosotros

LLUVIAS DEL DESIERTO

H ABÍA HABIDO VARIAS lluvias en días recientes, principalmente durante la noche. La noche más reciente no fue una excepción, pero en la mañana salió el sol, y el maestro me invitó a acompañarlo a una caminata por el desierto, lo cual hice. Él me llevó a un risco en la montaña con vistas a una gran expansión de valles, colinas y otras montañas.

"¿Recuerda esto?", me preguntó. "Le he traído aquí antes".

"Pero ahora se ve completamente diferente", respondí.

"¿Qué es diferente?".

"La última vez que estuvimos aquí", dije yo, "a excepción de unas cuantas plantas salpicadas por el desierto, estaba muy seco y estéril, pero ahora los valles están verdes, las colinas están verdes, y hay plantas por todas partes. Y allí, aquello era un cauce seco de un río, y ahora es un río. Parece un milagro".

"Lo es", dijo el maestro. "Es lo que sucede cuando llega la lluvia al desierto. Y por eso Dios dio al profeta Isaías esta palabra: 'Se alegrarán el desierto y la soledad; el yermo se gozará y florecerá como la rosa. Florecerá profusamente, y también se alegrará...aguas serán cavadas en el desierto, y torrentes en la soledad. El lugar seco se convertirá en estanque'. Es una profecía de lo que sucedería cuando el pueblo judío regresara la tierra de Israel. La tierra estéril florecería; y eso es exactamente lo que sucedió. Cuando ellos regresaron a la tierra, era casi toda estéril, pero entonces la tierra estéril floreció como una rosa".

"Como hizo este desierto", respondí yo.

"¿Sabe por qué este desierto floreció tan rápidamente? Porque todo estaba ahí a la espera de florecer, las semillas, los cauces secos de ríos, el potencial estaba ahí a la espera. Recuerde lo que ha visto aquí, ya que es una imagen de la redención. El desierto estéril representa nuestra vida sin Dios, y la lluvia es su Espíritu, y el derramamiento de su amor y su gracia sobre nuestra vida; y los brotes de este desierto nos dicen esto: no importa cuán estéril sea nuestra vida o la desesperanzada que se haya vuelto cualquier situación en nuestra vida; no importa cuán seca y sin vida se encuentre. Lo único que se necesita son las lluvias del cielo, y lo que está latente, lo que está muerto y lo que no tiene esperanza volverá a florecer. Y las semillas que Él plantó brotarán, y nuestros valles volverán a cubrirse de verde, y nuestros cauces de ríos volverán a estar llenos de aguas vivas. El más estéril de los desiertos no es otra cosa sino un milagro a la espera de producirse...bajo el derramamiento de las lluvias del desierto".

La misión: Toda su vida es como un desierto que está esperando las lluvias del desierto para florecer y para producir milagros. Busque hoy las lluvias del desierto.

Isaías 35:1–2, 6–7; 43:19; 44:3–4

El Arabá

LA CALÁH

HICIMOS UN VIAJE hasta una de las aldeas de tiendas del desierto que al maestro le era muy familiar, pero yo no había estado nunca.

"¿Ve a la mujer de allí, de cabello largo y rizado, vestida de negro y marrón?", preguntó el maestro. "Es una novia".

"Pero no es igual que la otra".

"Hay más de una novia entre estas gentes; y esta está al final de su espera. Pronto llegará el día de su boda. ¿Recuerda cómo se dice *novia* en hebreo?".

"Caláh", respondí.

"Sí", dijo el maestro, "pero nunca le dije lo que significa. La palabra *caláh* contiene un misterio; no solo significa novia".

"¿Qué otra cosa?".

"*Caláh* también significa la perfecta".

"¿La perfecta? Pero si en el misterio nosotros somos la novia y el Novio es Dios, ¿no debería ser el Novio al que se le llame el perfecto?".

"Ese es el punto", dijo él. "Nacemos *para ser* la novia, pero no nacemos *como* la novia. Nacemos imperfectos y sujetos a la imperfección a lo largo de nuestra vida; pero hemos de recibir a la caláh, la perfecta…cuando decimos sí al Novio…en el nuevo nacimiento".

"¿Y nos volvemos perfectos?".

"Convertirse en novia se trata de unirse al novio; así, convertirse en la caláh se trata de unirnos a Dios. Cuanto más unamos nuestro corazón y nuestra vida a Dios, más nos convertiremos en la caláh…la perfecta. En Él y en nuestra unión con Él se encuentra nuestra perfección. ¿Y sabe qué otra cosa significa *caláh*? Significa la completa. Ser completos es ser perfectos".

"Pero entonces, ¿cómo podemos alguna vez ser perfectos, si solamente podemos ser completos al final?".

"El Novio mira a la novia y la ve como será. Dios nos mira a nosotros y ve aquello que Él creó en nosotros, y cómo llegaremos a ser. Y la novia debe verse a ella misma en los ojos del Novio. Debe verse a usted mismo en los ojos de Dios, y entonces Dios completa su obra. Porque las obras de Dios son perfectas…incluso la *caláh*".

La misión: Case toda parte imperfecta de su vida con el Novio. Permita que Él llene todo lo que falte. Véase en los ojos del amor de Él, como la caláh, la perfecta.

Isaías 62:5; Mateo 5:48; Efesios 5:26–27; Apocalipsis 19:7–8

El misterio de la caláh

DIOS EN EL PLANETA AZUL

ERA DE NOCHE. Nos sentamos en una colina con vistas a la escuela. Las estrellas se veían particularmente brillantes y claras esa noche.

"Imagine", dijo el maestro, "que vinimos de alguna parte ahí fuera en el universo; y oímos que el Dios del universo había visitado este planeta en particular, este planeta azul...la tierra. Imagine que oímos decir que Él caminó entre su gente como uno de ellos, y vinimos para descubrir qué vida vivió Él. ¿Cómo encontraríamos a esa Persona?".

"Él tendría la naturaleza de Dios", dije yo. "Sería la personificación de la bondad; sería santo, recto, amoroso, y sería humilde porque la humildad es parte de la bondad; y Él existiría para *hacer* el bien. Su vida sería entregar de sí mismo; su vida sería un regalo. Respondería a las necesidades del hombre y daría vida a todo aquel que tocara".

"¿Qué otra cosa sería?", me preguntó.

"Tendría que ser una vida única, la vida *más* única. Tendría el mayor impacto sobre este mundo que cualquier otra vida; sería como una piedra lanzada a las aguas de un lago, causaría ondas expansivas por todo el mundo...por todo el tiempo. Cambiaría el curso de la historia y del mundo".

"¿Y no amarían y alabarían todos esa vida?", preguntó.

"No", repliqué yo. "Ya que era un mundo caído, Él sería a la vez amado y odiado. Las fuerzas de la oscuridad estarían contra Él. Él se convertiría en el punto focal de toda maldad; y al ser la encarnación del bien, Él tendría que salir contra el mal. Y al ser Dios, tendría que vencerlo...Si Dios descendiera a la tierra, entonces su vida tendría que convertirse en la vida más central vivida jamás en este planeta".

"Entonces", dijo el maestro, "si Dios fuera a descender a este planeta...entonces Dios ya ha descendido a este planeta. Eso es algo para celebrar. Y qué increíble que incluso pudiéramos llegar a conocer a esa Persona...y que Él nos llamara amigo. Y si llegáramos a tener la vida de Él en nuestro interior, entonces...".

"¿Qué tipo de vida deberíamos vivir?", dije yo. "Una vida de bondad y santidad, una vida que da y es desprendida, que responde a las necesidades de quienes le rodean, que va contra la corriente de este mundo, que vence el mal, y que marca una diferencia por haber sido vivida".

"Sí", dijo el maestro. "Entonces viva esa vida...como si la vida de Dios estuviera, por medio de su vida, caminando entre nosotros en el planeta azul...y así será".

La misión: Que hoy sea su meta vivir la vida de Dios en este mundo. Viva para bendecir, para satisfacer, para salvar, para vencer, y para cambiar el mundo.

Juan 15:14–16; Efesios 1:20–21; Colosenses 1:10–11; Hebreos 13:8

ATZERET

ERA AVANZADA LA tarde un hermoso día soleado de verano. Observábamos a los niños de la aldea de tiendas por debajo de nosotros que jugaban entre una cálida brisa.

"¿Todo esto pasa?", pregunté. "En la eternidad, ¿todo se va, lo bueno y también lo malo?".

"¿Recuerda el día que anuncia todo eso, el final del orden presente y el comienzo de la eternidad?".

"Shemini atzeret".

"Eso es", dijo el maestro. "¿Y recuerda lo que significa?".

"La reunión del octavo día", respondí.

"La palabra para *reunión* es *atzeret*; pero *atzeret* es una palabra misteriosa. Puede utilizarse para hablar de reuniones, pero está especialmente unida a este último día particular y misterioso del año hebreo. La palabra *atzeret* viene del verbo hebreo *atzar*. *Atzar* significa guardar, mantener, retener, recuperar. Por lo tanto, *atzeret* significa literalmente el mantenimiento, la recuperación, la retención. Y el día que anuncia el paso del cielo y la tierra y el amanecer de la eternidad podría llamarse 'el mantenimiento'. El día que habla del último día de la existencia terrenal se llama '*atzeret*', 'la retención'".

"¿Qué significa eso?", pregunté.

"El cielo y la tierra pasarán. Las tristezas de este mundo, sus dolores y sus maldades pasarán, pero habrá un atzeret. Habrá un mantenimiento, una retención. Todo el bien de esta vida que vino de Él será mantenido; todo el bien que fue hecho para Él y para sus propósitos será preservado. Toda obra de fe, de amor, de pureza, de redención, de salvación…esas serán guardadas. Todo lo que nació de Dios, todo lo que fue sacrificado y entregado para Dios, eso será restaurado. Todas las labores de los justos, todas las oraciones de los santos, y todas las alabanzas de sus hijos, todo lo que nación del amor de Él, todo eso será retenido y cruzará el Jordán como un tesoro para ser guardado para siempre. Lo viejo pasará. Ya no habrá más oscuridad, ni lágrimas, ni tristeza; pero lo bueno…lo bueno será guardado en el atzeret del cielo".

La misión: En el cielo, lo bueno de esta vida será retenido. No retenga nada de este día que no sea bueno. Retenga solamente lo que sí lo sea.

Mateo 6:20; 19:21; Apocalipsis 7:9–17; 21:12–14

El misterio del octavo día I–III

EL ARPA INVISIBLE

EL MAESTRO ESTABA sentado en uno de los jardines cuando me acerqué a él. Entre sus piernas y su abdomen tenía un arpa con el que tocaba una música suave y hermosa. Esperé hasta que terminó la pieza antes de hablar.

"No sabía que sabía tocar", le dije.

"Es muy escritural", dijo él. "Las alabanzas de la Biblia se llaman salmos. La palabra salmo es una traducción de la palabra hebrea *mizmor*. Un *mizmor* es una pieza musical, en este caso, una alabanza a Dios tocada con un instrumento".

"¿Una pieza que se toca con *cualquier* instrumento?".

"La palabra está unida concretamente a la música de un arpa. Cuando los antiguos eruditos judíos tradujeron las Escrituras al griego fue cuando *mizmor* se convirtió en *psalmos*, de donde obtenemos la palabra *salmo*. *Psalmos* viene de la palabra *psallo*, y *psallo* habla concretamente de hacer música sobre las cuerdas de un arpa. Por lo tanto, si quiere alabar a Dios, debe tocar un instrumento musical".

"Pero no sé tocar un instrumento musical...Nunca he tenido ninguno".

"Pero sí tiene uno", dijo él. "Hay un instrumento que hace música al Señor...y usted lo tiene".

"¿Qué instrumento?".

"Está escrito en las Escrituras que hagamos melodía en nuestro corazón para el Señor. El instrumento que produce música para el Señor...es el corazón; de modo que su corazón es un instrumento musical. ¿Y qué es el corazón? Es el centro de su ser, la parte más profunda de su existencia. Eso es lo que hace la música de la alabanza de Dios, la parte más profunda de su ser. Su corazón nunca fue creado para producir amargura, odio, ansiedad o tristeza; fue creado para ser un instrumento que haga melodía para Aquel que lo creó, la melodía de alabanza y acción de gracias, la música de amor, adoración y gozo. Y cuando las Escrituras dicen que hagamos melodía en nuestro corazón, ¿sabe lo que hay detrás de eso? La palabra es *psallo*, que significa literalmente tocar las cuerdas. Mire, usted siempre ha tenido un arpa secreta; y como un arpa tiene notas altas y bajas, así también los tiene su vida y su corazón. Y usted ha de alabarlo a Él con eso y con su totalidad. El centro mismo de su ser fue creado como un instrumento para alabar a Dios; por lo tanto, alábelo a Él en todas las cosas, en todo tiempo, y desde su corazón, y su vida misma se convertirá en un salmo...un canto de alabanza a Dios".

La misión: Hoy, aprenda a hacer música con el instrumento de su corazón, desde la parte más profunda de su ser, la melodía de alabanza, gozo y adoración.

Salmo 33:1–5; Efesios 5:19–20

Melodía en su corazón

EL CÓDIGO MISTERIOSO DEL SHABAT

EL MAESTRO Y yo regresábamos a la escuela después de un largo viaje. Antes de llegar, el sol comenzó a ponerse; era el día de reposo. El maestro se sentó en la arena y me indicó que hiciera lo mismo.

"¿Recuerda lo que le dije sobre el Shabat de los tiempos?", me preguntó.

"¿Qué el Shabat es una sombra de los tiempos que vendrán? Sí".

"Una sombra del reino, el milenio. Hay más en ese misterio", me dijo. "¿A quién se le ordenó guardar el día de reposo?".

"Al pueblo judío", repliqué, "los hijos de Israel".

"Y por eso cada semana cuando el pueblo judío guarda el día de reposo, tenemos una sombra profética de los tiempos del Shabat. Entonces, ¿podría ser que lo que ellos hacen en ese día, la liturgia de su observancia del Shabat, albergue el misterio de lo que sucederá en los tiempos que vendrán, la era del Shabat? Cuando comienza la liturgia del Shabat, se hacen proclamaciones de la venida del Señor: 'El Señor viene…a juzgar la tierra', 'el Señor reina. Regocíjese la tierra', 'en su templo todos claman: ¡Gloria!'. Del mismo modo, el tiempo que vendrá comenzará con la venida del Señor a la tierra, para juzgar y reinar desde el Templo de Jerusalén. La liturgia del día de reposo habla entonces de la venida de la novia, y también lo hace el libro de Apocalipsis. Entonces se proclama que 'la Palabra de Dios saldrá desde Jerusalén'. Así también, en el tiempo que vendrá, la Palabra de Dios saldrá desde Jerusalén a toda la tierra. La liturgia continúa con la declaración de bendiciones antiguas, una de las cuales bendice a Dios 'que da vida a los muertos'. Así, el tiempo que vendrá verá la resurrección de los muertos. Después llega la proclamación de que toda rodilla se doblará y toda lengua confesará que el reino pertenece al Señor, 'el Rey de reyes'".

"Eso es exactamente lo que dice el libro de Apocalipsis de los tiempos que vendrán. Es sorprendente cómo coincide todo. La era del día de reposo, la era mesiánica, se correspondería con el milenio. Al final del libro de Apocalipsis, el milenio termina con el comienzo de la eternidad. ¿Hay algo en la observancia del día de reposo que hable de eso…quizá al final de la liturgia?".

"Lo hay", dijo el maestro, "y está al final. Se denomina *Adon Olam*, que se traduce como 'el Señor de la eternidad'. Y se proclaman estas palabras: 'Cuando todo haya dejado de ser, solamente Él reinará, el Asombroso…sin principio y sin fin'. Y así", dijo el maestro, "igual que el pueblo judío espera el día de reposo y se prepara para entrar en él…también usted viva su vida esperando y preparando…el Shabat de los tiempos".

La misión: En Dios, lo mejor llega al final. Viva este día con la plena confianza en ese hecho, esperando y preparándose en esperanza para ese día.

Éxodo 31:16–17; Isaías 2:1–5; 66:22–23; Mateo 12:8

El código misterioso del Shabat I–II

EL OTRO MEDIANTE EL UNO

ERA UN DÍA soleado y soplaba una fresca brisa en la tarde. Íbamos caminando por un huerto de olivos, y sus hojas crujían con el viento.

"Un misterio", dijo el maestro. "Escuche estas palabras escritas por el apóstol: 'porque así como la mujer procede del varón, también el varón nace de la mujer'. ¿Qué significa?".

"'Así como la mujer procede del varón' …De Adán llegó Eva; pero después de eso, todo hombre viene al mundo mediante una mujer… 'también el varón nace de la mujer'".

"Es un círculo de amor", dijo él, "un círculo de ser. El uno viene del otro y el otro viene mediante el uno. Cada uno viene mediante el otro; y aun así, contiene un misterio aún más profundo. Adán fue creado a imagen de Dios, el reflejo visible de las realidades invisibles de Dios. Y si de Adán vino Eva, si del hombre vino la mujer, entonces eso es un reflejo ¿de qué? ¿Qué vino de Dios entonces?".

"La creación vino de Dios", respondí.

"Entonces el uno vino del otro", dijo el maestro, "pero el misterio: entonces el otro debe de llegar mediante el uno. Si la creación vino de Dios, entonces…".

"Entonces Dios… debió de llegar mediante la creación".

"Sí", dijo el maestro. "Así como el hombre viene mediante la mujer que vino del hombre, así Dios debe venir mediante la creación que vino de Él… Y así Dios nace entre nosotros; y el círculo está completo".

"Israel", dije yo. "Israel también vino de Dios. Así como el hombre viene de la mujer, así el Dios de Israel debe venir mediante Israel… Dios debe nacer de Israel".

Él hizo una pausa, me miró a los ojos, y dijo: "¿Y qué más viene de Dios?".

"Nosotros", le dije. "Nosotros llegamos a existir de Dios".

"El uno del otro y el otro del uno. ¿Y qué de usted?".

"Yo llegué a existir de Dios; por lo tanto, estaré completo solamente si Dios nace por medio de mí".

"Usted existe de Él… para que Él pudiera existir por medio de usted. ¿Y qué es la salvación? Es exactamente eso. Es el misterio. Es Dios que viene por medio de usted que vino de Él… la vida de Él ahora nace mediante su vida, y ese es el propósito de su vida. Así que haga que esta sea su meta: permita que Dios venga por medio de usted. Permita que su amor, su bondad, su naturaleza, su presencia, permita que su vida venga mediante la vida de usted… el uno del otro y el otro mediante el uno. Y entonces el círculo… está completo".

La misión: Participe en el misterio hoy. Deje que nazcan la vida, el amor, la bondad, el poder y la presencia de Dios por medio de su vida.

Génesis 2:21–23; 1 Corintios 11:11–12; Efesios 5:25–32

Varón y hembra

LA TIERRA DE LA RESURRECCIÓN

Y O ESTABA SENTADO en su estudio al lado de su escritorio cuando él me mostró una moneda antigua.

"¿Qué ve en ella?", preguntó el maestro.

"Un hombre sentado al lado de una palmera", dije yo. "Y bajo el árbol está una mujer sentándose".

"El hombre es un soldado romano", dijo él, "y la mujer representa a Israel llorando. Se llama *Juidaea Capta*, una moneda conmemorativa que los romanos emitieron para celebrar su destrucción de Israel. Ahora mire esto".

Me entregó otra moneda, de plata y no antigua sino moderna.

"¿Qué ve?".

"La palmera, la mujer y un hombre... pero es distinta. La mujer está de pie y sostiene a un bebé, y el hombre está plantando un árbol".

"Se llama *Israel Liberata*. Es la moneda emitida por Israel después de regresar al mundo. Se basa en la moneda romana, pero la imagen de muerte y tristeza se ha convertido en otra de resurrección y gozo. ¿Y qué es la resurrección? Es una restauración de lo que antes era. De modo que las monedas de Israel son las resurrecciones de sus monedas antiguas; su lenguaje es la resurrección de su lenguaje antiguo; sus ciudades, las resurrecciones de sus ciudades antiguas. Incluso sus árboles y bosques son las resurrecciones de sus árboles y bosques antiguos. Y muchas de esas resurrecciones llegaron mediante traducir en realidad lo que estaba en la Biblia. Mediante la Palabra vino la nación; la resurrección de Israel es una señal, una imagen de salvación. Mire, nuestra salvación no es solamente un nuevo nacimiento; es una resurrección, es una restauración".

"Pero nunca hemos sido otra cosa sino caídos", dije yo. "¿Cómo podemos ser restaurados o resucitados a lo que hayamos sido?".

"Si esta es la versión caída, entonces tiene que haber otra versión, la persona que Dios creó para que fuéramos. Esa es la resurrección de la salvación; es que nos convirtamos en la persona que siempre debimos ser... la santa creación de Dios... el yo como sería si nunca hubiéramos caído. ¿Y cómo participamos en esa resurrección? Hacemos como en la resurrección de Israel. Traducimos a nuestra vida la Palabra de Dios, en cada área y ámbito. Haga que la resurrección sea su meta... para que pueda llegar a ser aquello que, en Él es... y puede ser".

La misión: Su vida es una resurrección. Siga, en la Palabra de Dios, el patrón para la vida y sea la persona que fue creada para llegar a ser.

Jeremías 30–31; Oseas 6:2; Amós 9:14–15; Efesios 2:6

La resurrección de Sion

EL FINAL DE LA HISTORIA

"¿QUÉ ES LO que hace que una historia sea buena o mala, feliz o triste?", preguntó el maestro. "Si le hablara de la historia de un hombre odiado por su propia familia, vendido como esclavo, llevado a una tierra extranjera, metido en la cárcel por un delito que no cometió, y olvidado por el hombre y parece que también por Dios. ¿Qué tipo de historia diría que es?".

"Una historia triste. Una historia de injusticia y opresión...una tragedia".

"Pero la historia es del libro de Génesis; y el hombre es José; y él terminará siendo libre de la cárcel, se le dará un puesto de gran honor, salvará a Egipto de la hambruna, y será reconciliado con su familia. Ahora, ¿seguiría diciendo que la historia es triste y es una tragedia?".

"No. Diría que la historia es de triunfo".

"Y tendría razón", dijo él. "Las partes de una historia no tienen todas el mismo peso. Una historia feliz con un final trágico no es una historia feliz, sino trágica. Una historia trágica con un final triunfante no es una historia trágica, sino triunfante. Nunca se puede juzgar una historia por su comienzo o su mitad, o por ninguna de sus partes antes de su final. Es el final de la historia lo que determina todo lo que pasó antes. Recuerde eso siempre. La naturaleza de la historia está determinada por su final...y así es también la historia de su vida. Nunca puede juzgar su historia por sus circunstancias o problemas presentes. Y mientras esté en la tierra, no ha visto el final de la historia".

"Entonces, uno nunca puede saber en qué tipo de historia está".

"No es así", dijo el maestro. "Si usted es hijo de Dios, el final de la historia está revelado".

"Y es...".

"Victoria, restauración, triunfo, bendición, gozo y gloria. Y el fin es lo que hace que su vida sea una historia buena, una historia maravillosa; por lo tanto, cuando mire su vida, vea todo a la luz de ese final...cada problema, cada derrota, cada tristeza, cada fracaso, cada maldad...son tan solo los componentes de una historia de triunfo y gloria. Fije sus ojos en el final de la historia; y prosiga hacia ese final, porque es el final el que hace que su historia y su vida...sean estupendas".

La misión: Sin importar lo que esté atravesando hoy o en su vida, crea, espere y viva con confianza hasta el final de la historia.

Job 42:10–17; Lucas 24:46–53; 2 Corintios 2:14; Hebreos 12:1–2

LA ADIVINANZA DEL CORREDOR

"**U**NA ADIVINANZA", DIJO el maestro. "Dos hombres en una carrera. El primero es un corredor perfecto, rápido, fuerte, diestro y confiado, uno que solamente corre carreras perfectas. El segundo es lento, torpe, débil e inestable; nunca ha estado en una carrera donde no tropezara y se cayera varias veces antes de terminar la carrera. Los dos compiten en una maratón en un amplio terreno variado y a veces peligroso. El segundo corredor se queda muy por detrás y se cae continuamente durante toda la longitud de la carrera. El primer corredor la realiza con gran velocidad y destreza. En el terreno más peligroso se cae solo una vez, y aparte de eso, corre perfectamente. ¿Quién gana la carrera?".

"El primer corredor", respondí. "Por todo lo que me ha dicho, él tiene que ganar".

"Pero pierde", dijo el maestro. "Es segundo corredor es quien gana".

"Pero ¿cómo?".

"El primer corredor corre solamente carreras perfectas. Cuando se cae, ya no es una carrera perfecta. Su carrera ha terminado; él está acabado. Pero el segundo corredor no está corriendo una carrera perfecta, así que cuando se cae, la carrera no ha terminado".

"Pero ¿cómo sabemos que él gana?".

"Si se sigue cayendo durante toda la carrera, eso significa que también sigue levantándose durante toda la carrera, hasta que cruza la línea de meta. De modo que el ganador no es el mejor corredor, sino el que cruza la línea de meta. Nunca olvide eso. Porque también usted está en una carrera. Haga lo que pueda para evitar caerse, pero no ganará esta carrera corriendo perfectamente; nadie lo hace. Pero cuando se caiga, recuerde la adivinanza del corredor. Levántese y siga adelante; a pesar de lo mucho que se caiga, levántese y prosiga, y si vuelve a caerse, vuelta a levantarse; y si sigue cayéndose, siga levantándose. Y si sigue cayéndose y levantándose de nuevo, terminará cruzando la línea de meta y ganará la carrera. Porque esta carrera y esta fe no son para quienes corren perfectamente o no se caen nunca; más bien, quienes ganan son aquellos que se levantan después de caerse, y quienes se caen y se levantan…son los que ganan".

La misión: Comprométase hoy a que a pesar de todo, incluso si se cae, seguirá corriendo hasta cruzar la línea de meta. Y si se ha caído, que hoy sea el día en que se levanta y sigue adelante.

Proverbios 24:16; 1 Corintios 9:24; Hebreos 12:1

Terminar la carrera

LA HUELLA MACABEA

EL MAESTRO ME llevó por la oscuridad hasta la menorá de oro, que estaba en el centro de su cámara. Encendió la primera de sus siete luces.

"Hemos hablado de Chanuká", dijo el maestro, "la fiesta de las Luces, que conmemora la victoria del pueblo de Dios sobre el mal…pero hay más. Chanuká contiene un misterio. No es tan solo una conmemoración sino también una sombra profética. Comienza cuando un rey malvado levanta un ídolo en el lugar santo, la profanación del Templo, la 'abominación desoladora'. Y sin embargo, el Mesías habla de una abominación desoladora que ha de venir en los últimos tiempos. Por lo tanto, Chanuká contiene un esquema, una huella profética de lo que tendrá lugar al final de los tiempos".

"Además de la abominación, ¿qué otra cosa anuncia?".

"El relato comienza con la apostasía del pueblo de Dios. El pueblo que conoce a Dios y que debe seguir sus caminos, incluso sus ministros, apostataron, se alejaron de Dios y aceptaron los caminos de impiedad y el espíritu de la época; y así será en los últimos tiempos…Habrá una gran apostasía, un gran alejamiento. El relato pasa a documentar el surgimiento de una cultura mundial que busca fundir todas las culturas en una e instar a todo el mundo a abandonar su fe. Cualquier cultura, fe, pueblo o persona que se interponga en su camino, querrá pisotearla; y así será al final de los tiempos…una cultura global…y la persecución del pueblo de Dios…una civilización que criminaliza los caminos de Dios, deroga la Palabra de Dios, cambia el orden de Dios, blasfema el nombre de Dios, profana las cosas sagradas de Dios, y hace guerra contra el pueblo de Dios. Así será al final".

"¿Hay alguna esperanza en la huella?", pregunté.

"Siempre", dijo él. "Aunque la mayoría siguió la apostasía y la oscuridad, hubo un remanente que no lo hizo, que se mantuvo fuerte, y que se convirtió en la resistencia…los macabeos. Y Dios los ungió y los empoderó para vencer la oscuridad y dar entrada a la luz, y de ahí la fiesta de las Luces. Aprenda de la huella macabea y siga sus claves". Entonces me entregó la lámpara de aceite. "Adelante", dijo, indicándome que encendiera el resto de luces de la menorá, y así lo hice. "Y así es como vencemos", dijo. "Luchamos contra la oscuridad brillando en ella con la luz de Dios".

La misión: Viva hoy por la huella macabea. Manténgase en Dios y no sea movido. Vaya contra la corriente. Pelee la batalla. Encienda la oscuridad.

Daniel 11:32; Zacarías 9:13–14; Efesios 6:10–12; Apocalipsis 12:11

La huella macabea I–IV

EL VIENTRE DEL CIELO

HABÍAMOS ESTADO OBSERVANDO una de las aldeas de tiendas cuando de repente la tranquilidad se vio interrumpida por una oleada de agudos gritos de emoción.

"Un nacimiento", dijo el maestro. "¿Recuerda cuando vimos a la mujer sentada en la puerta de la tienda, la que estaba embarazada? Ese es el sonido de celebración de su hijo recién nacido".

Pasó algún tiempo hasta que comenzó a salir gente de la tienda, primero una mujer de mediana edad, una amiga o familiar de la madre, sosteniendo al niño recién nacido.

"¿Recuerda cuando hablé del niño en el vientre…que ese niño nunca podría darle sentido a su vida en el vientre porque el vientre no era el mundo para el que fue creado, sino el lugar de preparación para el mundo para el que fue creado? No era tan solo una revelación sobre el cielo; era una revelación sobre este mundo…y sobre su vida. Cuando el Mesías habló de lo que viene después de este mundo, habló de ello como el día en que 'entramos a la vida'. Piénselo…entrar a la vida. Si entramos a la vida entonces, ¿qué es esta vida presente?".

"Debe de ser una previda", dije yo.

"Sí", dijo él. "Previda…prenacimiento. De hecho, está escrito en las Escrituras que 'toda la creación gime a una, y a una está con dolores de parto hasta ahora'. Toda esta vida es prenatal. ¿Sabe lo que esta vida es realmente?".

"¿Qué?".

"El vientre del cielo", dijo él. "Esta vida es el vientre del cielo. No estamos destinados para ella, no es nuestro hogar, es el lugar de nuestra preparación para el lugar al que estamos destinados. Al igual que el vientre había de prepararnos para esta vida…esta vida ha de prepararnos para lo que ha de venir. Al igual que un niño no nacido nunca puede entender ni juzgar esta vida según el vientre, tampoco podemos entender ni juzgar nuestra vida según nuestras circunstancias presentes…sino solamente según aquello para lo que nos estamos preparando…el cielo. Y Dios usará todo lo de este mundo, y todo en nuestra vida, los gozos y las tristezas, las victorias y las pérdidas, los montes y los valles, todo ello, para prepararnos, para hacernos crecer y para convertirnos en el hijo del cielo que aún hemos de llegar a ser. Desde ahora en adelante, vea este mundo y su vida como realmente son, y que eso le prepare para la vida que hay más allá de esta vida, y el mundo más allá de este mundo, para que esté preparado en aquel día…cuando deje este mundo…y nazca a la eternidad. Porque todo lo que ha conocido de este mundo y de su vida en la tierra…no era otra cosa sino el vientre del cielo".

La misión: Tome parte en una nueva revelación: vea todo en su vida como su preparación para la vida eterna. Vea esta vida como el vientre del cielo; y viva su vida en consecuencia.

Salmo 139:13–16; Mateo 18:3; 19:7; Juan 16:21–22; Romanos 8:22–23, 29

El vientre del cielo

LA MÁSCARA DEL EGIPCIO

ÉL ME CONDUJO a la Cámara de los Libros y a un volumen grande encuadernado en azul y que parecía mucho menos antiguo que la mayoría de los otros libros que había en esa sala. Era un libro de arte de catedral, descripciones del Mesías en cuadros, esculturas y vidrieras.

"¿Cree que Él tiene aspecto de judío?", preguntó el maestro.

"Ahí no", dije yo.

"Hábleme de José como la sombra del Mesías".

"Él fue despreciado y rechazado por sus hermanos, separado de su familia, exiliado a una tierra extranjera, falsamente acusado y encarcelado. Sufrió por los pecados de otros pero después lo sacaron de su mazmorra, fue exaltado y le dieron una posición real desde la cual salvó a una nación".

"Y todo ese tiempo", dijo el maestro, "separado de su familia y ellos de él, pero se convierte en la esperanza de un mundo más allá del mundo de su familia. Sus hermanos no saben que el salvador de Egipto es su hermano José, rechazado y perdido durante tanto tiempo. Entonces ellos descienden a Egipto y se presentan ante él, cara a cara; pero no saben que es él. ¿Por qué?".

"Él estaría vestido como un oficial egipcio".

"Correcto. No podían ver más allá de sus ropas y adornos egipcios; solamente podían ver al señor de Egipto, un salvador gentil de una tierra gentil. ¿Qué más revela el misterio?".

"Durante los últimos dos mil años el Mesías se ha convertido en el Salvador de personas de toda nación y lengua…y sin embargo, ha estado alejado de su propia familia, Israel, el pueblo judío. Para ellos, Él es el Salvador de los gentiles; no pueden ver más allá de la ropa extranjera, los adornos…".

"La vidriera, las estatuas, los iconos, las catedrales de una cultura cortada de sus raíces judías; pero ese no es el fin de la historia. ¿Qué sucede al final?".

"Los hermanos de José finalmente entienden que el egipcio es su hermano por tanto tiempo perdido…y también su esperanza".

"Entonces también la historia del Mesías y su pueblo terminará cuando ellos se presenten ante Él cara a cara y finalmente vean algo más que la ropa, los adornos y la máscara de dos mil años; y entonces se darán cuenta de que el Salvador de los gentiles es su hermano perdido por tanto tiempo, Yeshúa, su José, y también su esperanza. Ore por ese día porque, cuando llegue, será el gozo del Mesías, la redención de Israel y, como esta escrito, riquezas para el mundo".

La misión: Ore por la paz de Jerusalén y para que su pueblo antiguo vea detrás de la máscara y contemple al Mesías, su hermano perdido por tanto tiempo, Yeshúa.

Génesis 44:18; 45:1–2; Oseas 3:4–5;
Zacarías 12:10—13:1; Mateo 23:37–39

El hombre en la sombra I–VI

COMO UN HOMBRE TRAE A SU HIJO

OBSERVÁBAMOS DESDE UN risco en la montaña a una familia de nómadas que se hacía camino atravesando una llanura estéril. El padre llevaba en sus brazos a su hijo pequeño.

"Como un padre trae a su hijo", dijo el maestro. "¿Cuándo trae un hombre a su hijo?".

"Cuando su hijo es pequeño", respondí.

"Sí, ¿y también cuándo?", preguntó él.

"Cuando su hijo está demasiado cansado para seguir caminando, o cuando su hijo está enfermo o discapacitado".

"¿Y cuándo más?".

"Cuando sostiene a su hijo... para abrazarlo".

"¿Sabía que está escrito en las Escrituras que como ese padre es para su hijo pequeño, así es Dios para su pueblo? Cuando los israelitas llegaron al final de su viaje, Moisés les dijo: 'Y en el desierto has visto que Jehová tu Dios te ha traído, *como trae el hombre a su hijo*, por todo el camino que habéis andado, hasta llegar a este lugar'. Recuerde esta imagen... un hombre llevando a su hijo. Es una imagen de Dios y su pueblo... Es una imagen de Dios y usted. El viaje por el desierto es un símbolo de nuestro viaje por esta vida, de modo que nuestro viaje por esta vida habrá momentos en que estaremos demasiado cansados para continuar; será entonces cuando Él nos llevará en sus brazos. Y habrá momentos en que nos encontraremos con enfermedades, heridas, heridas que discapacitan, quebrantamiento, y en cierto modo no podremos seguir. Es entonces cuando Él nos sostendrá. Y cuando nos encontremos en un valle, decaídos, en los tiempos más difíciles de nuestra vida e incapaces de levantarnos, será entonces cuando la mano de Él agarrará la nuestra y nos levantará. Y habrá momentos en que nos sintamos solos y abandonados; y será entonces cuando los brazos de nuestro Padre nos sostendrán y nos abrazarán. No veremos sus manos con nuestros ojos, y solamente a veces los sentiremos, pero estarán ahí, siempre levantándonos, siempre guardándonos, siempre sosteniéndonos, para llevarnos al lugar y el día designados".

Se quedó en silencio mientras miraba a la familia que seguía cruzando la llanura.

"Y hay otra vez", dijo él, "en que un hombre traerá a su hijo... cuando su hijo haya muerto. Y cuando usted cierre sus ojos por última vez en esta vida, los brazos de su Padre le sostendrán una vez más y le traerán de este desierto a la Tierra Prometida... con tanta ternura y amor como un padre trae a su hijo".

La misión: Dé gracias a Dios por los momentos en su vida en que no podía seguir pero Dios le sostuvo. Deje que esos brazos le sostengan a usted y sus cargas ahora.

Deuteronomio 1:31; Cantares 8:5; Isaías 40:11; 46:3–4; Juan 10:27–29

LA PARADOJA DE EMANUEL

"**H**AY ALGO QUE no entiendo...Cuando el Mesías se estaba muriendo, dijo: 'Dios mío, ¿por qué me has abandonado?'. ¿Por qué diría eso?".

"¿Habría sido mejor si Él no hubiera dicho eso?", dijo el maestro. "¿Habría sido más adecuado o más glorioso si morir en la cruz fuese fácil para Él...si no fuer atroz...y si no hubiera estado abrumado? Ese es el punto. A Él le costó todo; fue el sacrificio supremo incluso para Dios. Es aún más glorioso...Es el amor de Dios".

"Pero ¿cómo pudo Él ser abandonado?".

"Recuerde: Él estaba muriendo en nuestro lugar. Él *se hizo* pecado. Se convirtió en el punto focal de todo juicio, de modo que tenía que ser separado...Es parte del juicio: separación de Dios...Y hay otra razón, una razón hermosa. ¿Se le ha ocurrido alguna vez, la paradoja?".

"¿A qué se refiere?".

"Él dijo: 'Dios mío, Dios mío, ¿por qué me has abandonado?'. Pero ¿quién está diciendo esas palabras? Aquel que dice 'Dios mío, ¿por qué me has abandonado?' ...es Dios. Dios es quien pregunta a Dios por qué Dios por qué le ha abandonado".

"Dios siendo abandonado por Dios...una paradoja colosal".

"Y Él está diciendo esas palabras en nuestro lugar. Quien dice esas palabras es Emanuel, 'Dios con nosotros'. De modo que Aquel que pregunta por qué Dios no está con Él es 'Dios con nosotros'. ¿Por qué es eso algo asombroso? Porque significa esto: cuando usted llegue a los momentos más oscuros de su vida, cuando sienta que Dios le ha abandonado, incluso entonces Él estará a su lado. Cuando usted clame: 'Dios mío, ¿por qué me has abandonado?', Dios estará ahí diciendo esas palabras con usted. Cuando se sienta infinitamente alejado y desesperadamente separado de Dios, Dios estará ahí sintiéndose infinitamente alejado y desesperadamente separado de Dios con usted. Que Dios mismo dijera esas palabras en nuestro lugar significa que incluso si usted fuera abandonado por Dios, Dios escogería ser abandonado con usted...y por lo tanto nunca será usted abandonado. Si Dios estaba con nosotros incluso cuando Él estaba separado de Dios, entonces no hay nada en este mundo o más allá, nada en este tiempo o en el que vendrá, que le separará del amor de Dios en Aquel que es el amor de Dios...y que siempre estará con usted".

La misión: Recuerde esos momentos en su vida en que se sintió más lejos de Dios. Ahora medite en esto: Dios estaba ahí sintiéndose tan alejado de Dios con usted. De modo que nada le separará nunca del amor de Dios.

Isaías 43:2; Mateo 27:46; 28:19–20; Romanos 8:35–39

EL GRAN ASCENSO

EL MAESTRO ME había dado un día de antelación para prepararme. Íbamos a hacer una caminata. Debía preparar comida y otras necesidades y acostarme temprano, pues nos llevaría el día entero. Salimos antes del amanecer. Nuestra caminata nos llevó principalmente por un camino llano rodeado de montes bajos a la derecha y a la izquierda. Debido a las colinas, durante la mayor parte de nuestro viaje nuestro panorama del paisaje que nos rodeaba estaba limitado. Hablamos durante horas, deteniéndonos varias veces para hacer descansos. Avanzada la tarde, las colinas que nos rodeaban comenzaron a disiparse, y finalmente llegamos a un saliente dese el cual pudimos divisar nuestro primer destello del paisaje más amplio. Lo que vi entonces me asombró, no solo por la vista, que era impresionante, sino por lo que revelaba sobre el viaje que habíamos hecho. Estábamos de pie en el borde una montaña alta; tenía que ser una de las montañas más altas que yo había ascendido durante mis días en el desierto.

"Mire allí", me dijo. "De allí vinimos".

"No lo sabía", dije yo. "El camino parecía muy llano".

"Parecía llano a corto plazo; pero a largo plazo, con el tiempo, fue un ascenso colosal. ¿Y cómo llegamos hasta aquí? Solamente caminamos…y seguimos caminando…y continuamos caminando. Mire", dijo, "a largo plazo la continuación, la consistencia y la perseverancia vencen a todo lo demás; y los pequeños pasos hacia arriba, si se dan cada día, terminarán llevándonos a las alturas. Dios nos ha llamado no solo a amar, sino a seguir amando; no solo a creer, sino a seguir creyendo; y no solo a hacer el bien, sino a perseverar en hacerlo. Cuando hacemos eso, entonces el poder de nuestro amor, de nuestra fe y de nuestra justicia serán multiplicados…Y una cosa más…No juzgue nunca su vida o lo que Dios está haciendo en su vida por cómo parecen las cosas en el momento del viaje, pues raras veces lo verá; pero cuando llegue a un sitio con vistas privilegiadas como este, y mire atrás a su viaje, al cuadro general, al largo plazo, es entonces cuando verá la magnitud del milagro de lo que Dios ha hecho en su vida. Recuerde este día, y este viaje. Es el viaje en el que está. Nunca abandone, sino siga caminando, y terminará estando de pie en las alturas que soñó que podría alcanzar…y mirando a la magnitud de un milagro y un viaje en los que no se dio cuenta que estaba".

La misión: Tome tiempo hoy para mirar al cuadro general. Vea hasta dónde le ha llevado Dios. Prosiga en su viaje paso a paso hasta las alturas.

Salmos 18:36; 84:5–7; 122; Isaías 2:1–2; Filipenses 3:13–14

Terreno elevado

EL LABRADOR

ÉL ME INDICÓ que nos encontrásemos en uno de los huertos frutales de la escuela. Lo encontré allí con un sombrero de paja grande y trabajando el terreno con un instrumento de labranza.

Él dejó el instrumento, se sentó en uno de los muros de piedra bajos del huerto, y me hizo una señal para que me acercar a él; y así lo hice.

"En el principio", dijo el maestro, "Dios creó al hombre a su imagen. ¿Y dónde estaba el hombre?".

"En un jardín".

"¿Y qué era el hombre?". Esperó una respuesta, pero no se me ocurrió ninguna. "Era un labrador. Dios puso al hombre en Edén para trabajar y cuidar el jardín. El hombre era un labrador; entonces ¿qué significaría eso?".

De nuevo, no supe cómo responder la pregunta.

"El hombre", dijo el maestro, "fue creado a imagen de Dios; y el hombre fue creado concretamente para ser un labrador. Por lo tanto…".

"¿Dios es un labrador?".

"Sí".

"Pero ¿cómo?", pregunté. "¿Cuál es su huerto?".

"La creación es su huerto. Él lo guarda, Él lo cuida, y Él siembra en él su semilla…Él siembra su Palabra en la creación, y su vida en su huerto…para que pueda dar su fruto. Pero el huerto no dio su fruto".

"Lo cual significa", dije yo, "¿que la creación nunca produjo la vida que había de producir?".

"Sí. Por lo tanto, el Labrador entró en el huerto para que el huerto pudiera dar su fruto".

"Dios vino a su creación para que la creación pudiera producir vida".

"Y cuando la creación dio sus primeros frutos de nueva vida, cuando Él apareció por primera vez fuera del sepulcro, ¿en qué forma apareció? ¿Por quién le tomaron?".

"Por un labrador".

"¿Y qué tipo de sepulcro fue el que dio los primeros frutos?".

"Un sepulcro en un huerto".

"Él es el Labrador…".

"Y nosotros somos su huerto".

"Por lo tanto, dejemos que el Labrador venga a su huerto. Dejemos que Él are su tierra, siembre su semilla, y produzca su vida nueva. Porque cada huerto que es tocado por el Labrador dará el fruto que debía dar".

La misión: Hoy, deje que el Labrador venga a su huerto, a cada parte de su vida, especialmente la tierra no tocada, para que cada parte dé su fruto.

Génesis 1:29; 2:15; Cantares 4:16; 5:1; 6:2; Juan 20:13–20

El Labrador

EL PLANETA COMO MISIÓN

YO HABÍA IDO a la ciudad con el maestro a hacer unos recados para la escuela. Cuando comenzamos nuestro viaje de regreso, ya había caído la noche. En lugar de recorrer todo el camino de regreso en la oscuridad, decidimos quedarnos a dormir en un monte cercano. Hablamos hasta bien entrada la noche mientras mirábamos a la oscuridad del desierto, la luz de la ciudad y las estrellas en el cielo de la noche.

"Cada hijo de Dios tiene un llamado", dijo el maestro, "una misión que cumplir. ¿Cuál cree que es la suya?".

"No lo sé", respondí yo. "Pero no puedo verme a mí mismo como misionero".

"¿De veras?", dijo él. "¿Sabe quién fue el mayor misionero? El Mesías".

"¿Cómo fue Él misionero?".

"Su misión era desde el cielo a la tierra, desde Dios al hombre. Su misión en este planeta. En el libro de Hebreos se habla de Él como el apóstol, refiriéndose a alguien enviado como en una misión. Así que, para Él, el mundo no era el hogar ni el lugar donde vivir la vida; el mundo era el campo misionero, y por eso su vida en la tierra fue radicalmente distinta a las vidas de otros. Él no vivía *del* mundo; vivía *para* el mundo. Y si el Mesías está ahora en usted, ¿qué significa eso?".

"El mundo ya no es nuestra tierra natal...¿sino nuestro campo misionero?".

"Así es".

"Pero eso podría ser cierto para Dios, porque Él no es de este mundo, pero nosotros sí".

"No", dijo el maestro, "*éramos* de este mundo, pero cuando nacemos de nuevo nacemos de lo alto; por lo tanto, de ahora en adelante, debe ver este mundo de un modo nuevo: no como su hogar sino como su lugar de misión. De modo que no está en este mundo para hacerse rico, poderoso, o estar cómodo; no está en este mundo para sacar nada de él. Está en este mundo para dar a este mundo, de modo que ya no debe vivir *desde* sus circunstancias, desde sus problemas, o ni siquiera desde su vida.; ahora debe vivir *para* ellos, de Dios y *para* el mundo. Así que no es una cuestión de si usted es llamado a ser misionero en un campo misionero; usted ya *es* un misionero, y ya está *en* su campo misionero. De modo que emprenda su misión; traiga a la tierra la Palabra, la verdad y el amor de Dios, y viva como un agente del cielo en la tierra, en una misión de Dios para traer el mensaje de salvación a los nativos de este planeta: el mundo como misión".

La misión: Usted ya está en el planeta misionero. Comience a vivir hoy no como alguien que está en su hogar, sino como el que es enviado aquí con una tarea. Cumpla su misión.

Juan 8:23; 17:16–18; Hechos 13:3–5; 2 Corintios 5:20; Hebreos 3:1

Mundo misionero

LA VARA DE MEDIR ANGÉLICA

ÉL ME LLEVÓ a la Cámara de las Medidas y a un mueble de madera alto unido a la pared frente al que estábamos de pie. Tenía que tener al menos ocho pies (2,5 metros) de altura.

"Ábralo", dijo el maestro. Y así lo hice. Dentro del mueble, apoyado contra el fondo, había varios objetos parecidos a varas casi tan altos como el armario. Al fondo del mueble había cuerdas de varias longitudes.

"Cuerdas de medir", dijo él, "y varas de medir. Se utilizaban como las reglas y cintas de medir se utilizan en la actualidad".

Sacó una de ellas y me la dio para que la sostuviera.

"Pero no las usaban solamente los hombres", dijo. "Las usaban los ángeles. Los profetas Ezequiel y Zacarías vieron cada uno de ellos a un ángel que sostenía una vara o línea e medir en su mano. En cada caso, el ángel con la vara de medir era una señal con respecto al los propósitos proféticos futuros de Dios, es decir, la reconstrucción de Jerusalén y del Templo. Pero los propósitos proféticos de Dios no solo requieren materiales de construcción, sino también acontecimientos de la historia humana. Para que Jerusalén fuera reedificada, acontecimientos humanos tenían que conformarse a las medidas de los ángeles".

"Y en tiempos modernos", dije yo, "Israel fue restaurada, según la profecía bíblica".

"Sí", dijo el maestro. "Y para que esas profecías se cumplieran, la historia del mundo y las vidas y acciones de individuos en todo el mundo tenían que obrar todas ellas en consonancia, actuando, reaccionando y relacionándose unas con otras en el lugar y el momento exactos, para que se cumplieran los planes de Dios y las medidas de los ángeles. Mire, existe un plan de medidas precisas no solo para la construcción de templos, sino también para la historia humana y para su vida. E incluso en un mundo que hace guerra contra los propósitos de Dios al final se conformará a las medidas angélicas. Él usará todas las cosas de este mundo y su historia, lo bueno, lo malo, lo piadoso y lo impío, para llevar a cabo el cumplimiento de sus propósitos. Así que cuando las cosas parecen estar fuera de control y usted es tentado a temer, esté en paz; recuerde esta vara, que es una señal para usted de que, al final, todo mal será vencido, todo propósito de Dios será cumplido, el bien prevalecerá, y la historia de este mundo y de nuestras vidas se conformarán a los planes del cielo…y a las dimensiones precisas establecidas por la vara de medir angélica".

La misión: Tome hoy la Palabra de Dios y siga sus medidas y especificaciones exactas, y caminará en las dimensiones exactas de la voluntad de Dios para su vida.

Isaías 46:10–13; Jeremías 21:11; Ezequiel 40:1–5; Apocalipsis 11:1; 21:15

EL LIBRO DE LOS TIEMPOS

EL MAESTRO ME llevó a la Cámara de los Rollos. Allí, sobre los repisas de madera, estaban dos rollos abiertos, uno al lado del otro. El rollo de la izquierda estaba abierto por el principio y el rollo de la derecha por el final.

"Este, el de la izquierda", dijo el maestro, es el libro del Génesis. Y a la derecha está el libro del Apocalipsis. ¿Qué tienen en común?".

"Génesis es el primer libro de la Escritura y Apocalipsis es el último".

"El principio y el fin", dijo él, "escritos con un espacio de un milenio, uno en hebreo y el otro en griego. Vamos a ver el principio de los principios y el final del final, los tres primeros capítulos de Génesis y los últimos tres capítulos de Apocalipsis. Aquí, en el principio, en Génesis, es donde comienza la maldición; y es aquí al final, en Apocalipsis, donde está escrito que ya no habrá más maldición. En Génesis comienza la muerte, y al final de Apocalipsis ya no hay más muerte. En Génesis, el árbol de la vida es arrebatado del hombre y desaparece, y en Apocalipsis reaparece el árbol de la vida, y es devuelto al hombre. En Génesis, el primer acto de la creación es cuando Dios llama a existencia a la luz, en Apocalipsis, Dios mismo se convierte en la luz. Y en Génesis Dios crea los cielos y la tierra; en Apocalipsis, Él crea un cielo nuevo y tierra nueva...Lo que comienzan en el principio de Génesis solamente encuentra su resolución, y de modo perfecto, al final de Apocalipsis. Piénselo...La Biblia fue escrita durante varias edades, y no por un solo escritor sino por una multitud, cada uno con un punto de tiempo distinto dentro de esas épocas...Ninguna persona estaba viva para dirigirlo o coordinarlo...excepto una...Dios. Solamente él pudo haber intercalado todo ello desde Génesis hasta Apocalipsis, desde el principio hasta el fin. Y también de modo perfecto Él obra su plan de salvación antes de la creación hasta la nueva Jerusalén. Y no menos perfectamente obrará el plan y la historia de su vida. Y como sucede en mitad de la historia de Él, que no se puede llegar a ver hacia dónde se dirige todo, así en mitad de la historia de usted. Pero al final, todo llega a su conclusión. Al final lo verá usted todo perfectamente intercalado desde el principio; hasta entonces, debe confiar en que Él está obrando de modo perfecto en lo que usted no ve, y proseguir hasta el final, cuando lo verá. Porque al igual que Él ha escrito perfectamente su historia desde Génesis hasta Apocalipsis, igual de perfectamente está escribiendo y escribirá la historia de usted...desde el principio hasta el fin".

La misión: No intente entender su vida desde el medio, sin sepa que a medida que sigue la de Él, su historia al final será perfecta.

Génesis 1—3; Hebreos 3:14; 12:2; Apocalipsis 20:1–22:3

LA NOVIA Y NOVIO EN LA CÁMARA NUPCIAL

"**E**STABA PENSANDO EN la celebración de boda", dije yo. "Nos fuimos al principio…pero continuó".

"Sí", dijo el maestro, "durante siete días".

"Me gustaría haber visto parte de ella".

"Esa celebración hace mucho que terminó", dijo él, "pero hubo otra novia, la que usted vio cuando le hablé de la caláh; y en este momento ella está en mitad de sus siete días. ¿Le gustaría verlo?".

Mi respuesta fue, desde luego, sí. De modo que hicimos el viaje hasta la aldea de tiendas donde la celebración seguía en su apogeo. Era de noche cuando llegamos. Seguimos el sonido de las risas y los cantos y nos hicimos camino hasta la celebración. La novia y el novio estaban en el interior de una tienda que se veía festiva, hecha de telas blancas delgadas. La luz dentro de la tienda hacía que sus sombras se reflejaran en las paredes de la tienda. Había otras personas con ellos: familiares y amigos, pero solamente la silueta del novio y la novia se podían ver a través de la pared de la tienda desde donde estábamos nosotros.

"¿Qué está sucediendo?", pregunté.

"La novia y el novio están rodeados de celebración, y aún así están solamente para los dos, solos en medio de la celebración. Hasta este momento solamente se han visto el uno al otro en medio de otras cosas: mediadores, rituales, familias, aldeas, damas de honor y padrinos. Pero ahora por primera vez están en presencia el uno del otro, y todo a su alrededor queda en un segundo plano…es una imagen del fin".

"¿Del fin?".

"En la celebración de boda, cuando la novia y el Novio estén en presencia el uno del otro. Cuando la novia vea al Novio sin ninguna mediación. Hasta entonces lo habremos visto mediante otras cosas, mediante sus bendiciones, mediante su creación, su pueblo y su obra en nuestras vidas…Pero entonces le veremos sin ninguna otra mediación. Como está escrito, en el cielo ya no habrá más templo, porque Dios mismo será nuestro templo. Y no habrá necesidad de que el sol dé su luz, porque Dios mismo será nuestra luz. Entonces será como si estuviéramos solamente nosotros y Él…solamente usted y Él…entonces lo veremos tal como Él es…y siempre fue…pero ahora cara a cara…Y todo lo demás se fundirá en un segundo plano…solamente la novia y el Novio…usted…y Aquel para quien se le dio a usted existencia…juntos a solas…como por primera vez…usted y Dios…en la cámara nupcial…y nada más".

La misión: Hoy, entre en la cámara nupcial y quédese allí con su amado, usted y Dios, a solas, y nada más.

Cantar de los Cantares 1:4; 2:14; 1 Corintios 13:12; Apocalipsis 22:4

Bajo la huppah

SHEMEN

EL MAESTRO ME llevó a uno de los olivares y hasta una tinaja de piedra que estaba llena de un líquido color marrón. En el borde de la tinaja había un cántaro de arcilla. El metió el cántaro en el líquido, lo sacó, y derramó lentamente su contenido, que brillaba a la luz del sol de la tarde.

"Una sustancia sagrada, dijo. Aceite, las sustancias de la unción; y sin embargo la verdadera unción viene del Espíritu de Dios. El aceite es el símbolo del Espíritu de Dios, y alberga un misterio".

"¿Qué misterio?".

"El nombre para *aceite* en hebreo es *shemen*. La palabra para *octavo* en hebreo es *shemini*. Las dos palabras están unidas. El aceite es el símbolo del Espíritu, y el aceite está unido al número ocho. De modo que el poder del Espíritu está unido al número ocho".

"No lo estoy entendiendo".

"El siete, en la Escritura, es el número de lo completo. Entonces ¿qué es el ocho? Aquello por encima de lo completo, aquello que rebosa, lo que sobrepasa, lo que abunda y rebosa. Así, el poder del Espíritu es el poder para ir por encima, para sobrepasar, para exceder, no solo para ser lleno sino para ser lleno hasta el punto de rebosar. El día séptimo es el final de la semana. El siete significa el fin. De modo que el ocho significa más allá del fin, más allá del límite, más allá de lo finito, más allá de toda limitación. Por lo tanto, el poder del Espíritu es ir más allá del fin, trascender a lo finito y vivir por encima de toda limitación. ¿Y qué es el octavo día de la semana? Es el primer día, el nuevo comienzo, de modo que el poder del Espíritu es el poder de los nuevos comienzos, el poder de la novedad. Y finalmente, el ocho es el número del día misterioso, *Shemini atzeret*, el día que significa lo que viene después del fin, la eternidad...el cielo. ¿Qué será el cielo? Estará lleno del Espíritu de Dios, de modo que el Espíritu es el poder del tiempo que vendrá, el poder del cielo; por lo tanto, viva en el Espíritu, y tendrá el poder del shemen: el poder para vivir por encima, más que lleno y rebosante, con exceso, por encima del fin, trascendiendo a lo finito, rompiendo todas las limitaciones, caminando en novedad y nuevos comienzos, y viviendo ahora, más allá de este mundo, en el ámbito de lo celestial. Ese es el poder del Espíritu...y el misterio del shemen".

La misión: Descubra el misterio del shemen. Viva en el poder del Espíritu, más allá de sus limitaciones, por encima, excediendo, trascendiendo, rebosando y habitando en los lugares celestiales.

Éxodo 30:30–31; Juan 7:37–39; Hechos 1:8;
Romanos 15:19; Gálatas 5:22–23

La vida llena del Espíritu

VOLVER A ENGENDRAR

"**S**E ESTÁ ACERCANDO", dijo él, "el final de nuestro tiempo juntos".

"¿Y entonces qué?".

"Entonces usted seguirá desde aquí".

"Es un poco triste".

"Es el camino de la vida", dijo el maestro. "Cuando crecemos, dejamos el lugar de nuestra niñez. El hijo viene de los padres, y del hijo viene un padre. La vida se reproduce a sí misma. Cuando usted era niño, su propósito era recibir más de lo que daba; pero cuando se convirtió en un adulto, su propósito era dar más de lo que recibía, dar tal como recibió cuando era niño. Por lo tanto, quienes viven para tomar de este mundo no han llegado a lo completo. Solamente quienes dan han llegado a ser completos. Y cuando usted da, entonces lo que se le ha dado también se ha vuelto completo. Y tal como es en el ámbito natural, también lo es en el espiritual. El Mesías hizo discípulos de los pescadores, pero llegó el momento en que ellos tuvieron que salir y hacer discípulos del Mesías. Por lo tanto, del maestro viene el discípulo, y del discípulo viene el maestro. Es el camino de la vida…y el camino de Dios. Cualquier cosa que usted haya recibido de Dios, debe darla a otros. Si ha sido querido, debe querer; y si ha sido amado sin haber merecido ese amor, entonces debe amar a quienes no merecen su amor. Si se le ha dado alegría, su vida debe llevar alegría a otros. Si ha sido salvado, entonces debe salvar a otros. Y si ha sido bendecido, entonces su vida debe llevar bendición a las vidas de otros".

"Pero Dios no solamente dio", dije yo. "Su vida *era* el regalo. Y no solamente bendijo; su vida *era* la bendición".

"Sí, y por lo tanto, si usted ha recibido esa bendición, su vida debe *convertirse* en una bendición. Y si recibió ese regalo, su vida debe *convertirse* en un regalo".

"Y Él no solamente salvó", dije yo, "se convirtió en la salvación. Se convirtió en Yeshúa".

"Sí", dijo el maestro. "Y por lo tanto, si usted recibió a Yeshúa, entonces su vida debe convertirse en Yeshúa y Yeshúa debe convertirse en su vida. La vida engendra vida. El amor engendra amor. Por eso el hizo de su vida un regalo para usted, para que su vida pudiera convertirse en un regalo para el mundo. Solamente entonces se completa el círculo…cuando su vida se convierte en amor".

La misión: La vida debe engendrar vida. Cualquier cosa que usted haya recibido, debe darla. Ame a otros, bendiga a otros, dé a otros y salve a otros, tal como Dios ha hecho con usted.

Deuteronomio 3:14, 23; 34:9; Mateo 10:5–8; 28:19–20;
Juan 14:12; 2 Timoteo 4:1–2

PELEH

ESTÁBAMOS SENTADOS EN las llanuras donde anteriormente habíamos dibujado palabras y letras en la arena. Él volvió a hacerlo ahora.

"Es la palabra *peleh*", dijo el maestro. "Significa una maravilla, algo tan sorprendente que no se puede hacer otra cosa sino preguntarse al respecto. Es la palabra utilizada en la profecía de Isaías del nacimiento del Mesías: nacerá un niño, y su nombre será *Peleh*, la maravilla. El Mesías es Peleh, la maravilla. Su impacto en el mundo desafía toda explicación natural y, después de todas estas épocas, Él sigue causando que personas en todo el mundo se pregunten sobre Él. Pero *peleh* también significa el milagro. De modo que el Mesías es el Peleh, el milagro de este mundo. Su nacimiento fue un milagro, su ministerio fue un milagro, su resurrección fue un milagro. Cada momento de su vida en la tierra fue un milagro; y la palabra también significa demasiado alto, demasiado difícil, demasiado grande y demasiado. ¿Qué nos dice esto sobre la salvación?".

"Que está por encima de nosotros", dije yo. "Está por encima del nuestra capacidad de lograrla. No podemos hacerlo".

"Pero Él si puede…porque Él es el Peleh. Él puede hacer lo que es demasiado difícil para nosotros, incluso lo que es imposible. Y si Él está en usted, entonces usted tiene la capacidad de hacer lo que es demasiado difícil para usted, de obtener lo que es demasiado elevado para que pueda lograrlo, y para vivir una vida que es demasiado grande para que pueda vivirla. Si Él está en usted, entonces el Peleh está en usted y, por lo tanto, usted tiene el poder de Peleh, el poder para vivir una vida milagrosa, una vida que haga que quienes le rodean se asombren. Pero para que eso suceda, nunca debe olvidar el primer significado de peleh".

"¿La maravilla?".

"La maravilla. Él debe ser quien siempre le hace asombrarse…asombrarse por su gracia, asombrarse por su misericordia, asombrarse por el hecho de que Dios le ama, y asombrarse por el hecho de que es usted salvo. Nunca deje de conocerlo a Él como la maravilla de su vida; y nunca deje de asombrarse por la maravilla de ser salvo, la maravilla de ser perdonado, la maravilla de conocer su amor…la maravilla de Él. Si eso no hace que se maraville, entonces no es el Peleh. Deje que Él sea el Peleh, la Maravilla, de su vida…Y su vida estará llena de milagros y maravillas…su vida se convertirá en un peleh".

La misión: Regrese al Peleh, la maravilla de su amor, la maravilla de su salvación, y el poder para hacer lo imposible.

Éxodo 15:11; Isaías 9:6; Hechos 2:43; Efesios 3:19

Peleh

LOS SIETE MISTERIOS DE SU VIDA

ÉL ME GUIÓ por una de las colinas con vistas a la escuela. Allí nos estaba esperando la cumbre donde había siete pilares de piedra, los mismos siete pilares que él me había mostrado en la escuela.

"Los siete pilares", dijo el maestro, "representan los días santos en los tiempos de Israel. Albergan el misterio de los tiempos, pero también albergan el misterio de su vida. Mire, Dios ha ordenado las vidas de sus hijos según el año hebreo sagrado y los días santos de Israel".

"¿A qué se refiere?".

Él me llevó al primer pilar, que representaba la fiesta de la Pascua.

"La Pascua da comienzo al año hebreo sagrado", me dijo. "De modo que también la Pascua da comienzo a su vida en Dios. Su salvación comienza cuando usted participa del Cordero de la Pascua…y su poder comienza a cambiar su vida, liberándolo de la esclavitud, poniendo fin a lo viejo y situándolo en un viaje con Dios".

Llegamos al segundo pilar, que representaba Yom Resheet, el día de las Primicias.

"Después llegan las Primicias cuando usted comienza a dar los primeros frutos de la salvación, los primeros frutos del arrepentimiento, del amor, de la piedad, y comienza a caminar en el poder de la resurrección y la novedad de vida".

Me llevó al tercer pilar, que representaba la fiesta de Shavuot.

"Entonces llega Shavuot, Pentecostés, el poder y la unción del Espíritu para capacitarlo para vencer, para hacer las obras de Dios, y para cumplir todo aquello a lo que ha sido llamado a hacer y llegar a ser".

Llegamos al cuarto pilar, que representaba la cosecha del verano.

"Entonces llega la cosecha de su salvación, cuando usted sale a sus campos, cuando cosecha vida nueva, y cuando bendice y da vida a otros, y cumple su ministerio y su llamado".

Fuimos al quinto pilar, que representaba la fiesta de las Trompetas.

"Y después llega el tiempo de las Trompetas, el otoño de su salvación, el final de su recogida, la terminación de su cosecha, y su preparación para encontrarse con el Señor".

Llegamos al sexto pilar, que representa el día de Expiación.

"Entonces llegará el día en que estaremos delante de Él, más allá del velo…cara a cara".

Me llevó hasta el último pilar, que representaba la fiesta de los Tabernáculos.

"Y finalmente llegará su fiesta de los Tabernáculos, su tiempo de habitar en la presencia de Dios, en su paz, su gozo, su amor y su bendición…para siempre".

La misión: Dios ha ordenado tiempos designados para su vida, y también para sus días. Busque y encuentre sus tiempos y momentos designados de este día.

Levítico 23; Salmo 139:16

Moedeem y el misterio de su vida

LA TIERRA DEL MÁS ALLÁ

EL MAESTRO ME llevó a la Cámara de los Rollos, pero en lugar de desenrollar un rollo y hablar, él comenzó a compartir conmigo sin ningún rollo.

"Le he hablado del ministerio de Shemini atzeret", me dijo, "el último de los días santos señalados, cuando el rollo de la Torá llega a su fin y se leen sus últimas palabras...que hablan sobre el fin, el fin del viaje por el desierto. ¿De qué habla todo esto?".

"Del fin", respondí, "el fin de la existencia terrenal, el fin de esta creación".

"Sí", dijo el maestro, "pero Shemini atzeret también habla de lo que viene después del fin. Y hay otro rollo. Un rollo termina...pero otro comienza".

Entonces me llevó a uno de los estantes, sacó un rollo, lo puso sobre la mesa de madera, y lo desenrolló hasta el principio.

"Este es el otro rollo...el libro de Josué. Para los hijos de Dios, ¿qué viene después del fin? Cuando termina el viaje por el desierto, comienza el libro de Josué, ¿y de qué habla este libro? Habla de salir del desierto, cruzar el Jordán al otro lado...a lo que está más allá del desierto...a la Tierra Prometida...y así, para el hijo de Dios, cuando termine lo viejo comienza un nuevo libro. Cuando la vieja creación ya no exista, llegará una nueva creación, y cuando la vieja vida ha terminado, comienza una vida nueva. Y cruzaremos al otro lado. ¿Recuerda lo que significa la palabra *hebreo* en hebreo?".

"El que cruza".

"Y por lo tanto, el día en que cruzaremos el Jordán hasta la tierra del más allá. Y como fue para los hijos de Israel cuando entraron finalmente en la Tierra Prometida, así será también para nosotros...lo que hemos esperado por tanto tiempo, lo que hemos anhelado, en lo que hemos creído por fe, entonces lo veremos con nuestros ojos y caminaremos por ello con nuestros pies...la Tierra Prometida. ¿Y quién estaba con ellos en la Tierra Prometida, quién había caminado entre ellos en el desierto? *Josué.* ¿Y sabe que es Josué en hebreo?".

"¿Qué?".

"*Yeshúa*...Jesús. Así, cuando todo haya pasado, el viejo mundo y todo lo que hay en él...quien le guió por esta vida le llevará hasta...la Tierra Prometida. Quien le sostuvo, quien le guardó y quien nunca le abandonó...en cada momento de su viaje por la tierra...y quien le llamó antes de que usted fuera...estará con usted cada momento...hasta el final...y más allá del final...para siempre".

La misión: Medite en el día en que cruzará a la Tierra Prometida, y dé gracias porque Aquel que estará con usted *entonces* está con usted *ahora*.

Deuteronomio 8:7–9; 26:15; Josué 1:1–4;
1 Pedro 1:3–4; Apocalipsis 21:1–4

El misterio del octavo día I–III

EL MISTERIO DE LAS PLURALIDADES

ESTÁBAMOS DE PIE en el terrado plano de uno de los edificios de la escuela desde el cual podíamos ver un inmenso panorama del paisaje del desierto que nos rodeaba.

"Hoy", dijo el maestro, "unimos las pluralidades…esas palabras misteriosas del hebreo que solamente pueden expresarse en plural. Dígame lo que recuerda de ellas".

"*Elohim*", dije yo, "la palabra para *Dios*".

"Dios, quien trasciende todas las cosas y todo lo que creemos que Él es".

"*Chayim*, la palabra para *vida*".

"Que la vida es más que esta vida y, en Dios, no tiene fin".

"*Rachamim*, el amor de Dios, su misericordia y compasión".

"Que no hay límites de la misericordia de Dios y no hay fin de su amor".

"*Shamayim*, la palabra para cielo".

"Que siempre hay más en el cielo de lo que creemos que hay".

"Jerusalén…*Yerushalayim*, la ciudad de Dios".

"Que siempre hay dos Jerusalén, la que vemos y la que está por encima de la vista, la que es, y la que ha de venir. ¿Ve algún patrón, algo que las une a todas ellas?", preguntó.

"Todas tienen la propiedad de la trascendencia".

"Así es", dijo él. "Y juntas tienen otra revelación. Chayim, vida eterna. ¿Dónde la pasaremos? En Shamayim, el cielo. ¿Dónde concretamente? Yerushalayim, en la nueva Jerusalén, la Jerusalén de arriba, que aún ha de venir. ¿Y qué discurrirá por esa ciudad? *Mayim*, otra de las pluralidades, el río de aguas vivas. ¿Y qué llenará la nueva Jerusalén? El Panim, el rostro de Dios. ¿Y cuál será la esencia del cielo y lo que lo llene en todo momento? Rachamim, el amor de Dios infinito, rebosante y eterno. ¿Y qué estará en su centro? Estará centrada en Elohim…Dios. ¿De qué hablan todas las pluralidades? De lo que está más allá; de modo que todas serán parte del más allá. Y nos dicen que las cosas de Dios no pueden contenerse y están más allá del fin. Dios está por encima de todo lo que se habla de Dios, por encima de todo lo que se piensa y se imagina de Él, y por encima de todas las alabanzas que se elevan a Él. Él está por encima incluso del más allá. Porque su amor por nosotros…su amor por usted…no tiene límites y no tiene fin; está por encima de todas las cosas, desde la eternidad hasta la eternidad".

La misión: Tome tiempo hoy para meditar y pensar en dónde vivirá para siempre, y en todas sus pluralidades interminables y eternas.

1 Corintios 2:9; Efesios 3:20–21; Apocalipsis 22:1–5

Los misterios hebreos I–IV

EL TIEMPO DE CONOCER

EL MAESTRO ME llevó a la Cámara de los Libros y sacó de uno de los estantes libro grande de aspecto antiguo encuadernado en marrón.

"Mírelo", me dijo, y así lo hice. "¿Cuánto tiempo cree que le tomaría aprender todo lo que está en este libro en profundidad?".

"¿En profundidad? Quizá tres meses".

"¿Y qué todos los demás libros en este estante?".

Había muchos libros. Hice el cálculo en mi cabeza, y respondí: "Quizá diez años".

"¿Y cuánto tiempo para aprender lo que hay en cada volumen de esta biblioteca?".

"Supongo que ochenta años".

"Ahora mire a todas las bibliotecas que hay en esta cámara. ¿Cuánto tiempo cree que le tomaría aprender todo lo que hay dentro de cada uno de estos volúmenes?".

"Muchas vidas", dije.

"¿Sabe por qué Dios nos da la eternidad?".

"¿Por qué?".

"Porque el propósito de nuestra existencia es conocer a Dios, y por eso debe haber eternidad. Porque la eternidad es el tiempo que toma conocer a Dios…por lo tanto, no comenta nunca el error de pensar que ya sabe todo lo que hay que saber sobre Él. Cuando piensa que sabe, es cuando deja de saber. Y si es necesario un eternidad para conocer a Dios, entonces ¿cuánto está cerca toda una vida de conocimiento de lo mucho que queda aún por conocer?".

"Una eternésima", dije yo, "el infinito…cerca de nada".

"Sin importar lo mucho que usted conozca, siempre habrá más…siempre habrá mucho más. Independientemente de lo mucho que usted conozca de Él, sólo acaba de comenzar. Y es así como siempre debe acercarse, como alguien que no conoce ni la mitad, lo cual será siempre el caso matemáticamente. Por lo tanto, debe usted acercarse como niño, como alguien que sabe que hay mucho más por conocer, y para quien todo es juego. Incluso el apóstol Pablo, que conocía más de Dios que ninguna otra persona, incluso él escribió: 'para poder conocerlo'. Si él pudo decir eso, cuanto más lo diremos nosotros. Así que nunca deje de buscarlo a Él, nunca dejé de seguir adelante para conocerlo…y para conocer más de Él…y más que eso. Porque la eternidad es la longitud del tiempo que nos toma conocerlo a Él…y toda una vida es solamente el principio de la eternidad".

La misión: Ya que le tomará toda la eternidad conocer a Dios, hay mucho más que le queda por descubrir. Busque conocerlo a Él hoy como si fuera la primera vez.

Salmos 23:6; 27:4; 63; Mateo 18:3–4; Filipenses 3:10

LA BENDICIÓN SIN FIN

ESTÁBAMOS EN EL límite occidental de la escuela, y más allá estaba el resto del desierto. Justamente fuera del límite estaba uno de los maestros rodeado por sus alumnos. Su curso había comenzado antes del nuestro, y por lo tanto ya había llegado a su fin. Los estudiantes se estaban preparando para irse, y el maestro estaba pronunciando una bendición sobre ellos antes de que comenzaran su viaje.

"Igual estaremos nosotros", dijo el maestro, "dentro de poco tiempo. Me recuerda a otro maestro, otro curso y otra despedida".

"¿Un maestro de la escuela?".

"El Mesías", dijo, "y los alumnos eran los discípulos. Está escrito: 'Y los sacó fuera hasta Betania, y alzando sus manos, los bendijo. Y aconteció que bendiciéndolos, se separó de ellos, y fue llevado arriba al cielo'. Fue el final de curso, y del ministerio en la tierra del Mesías. ¿Y qué sucedió exactamente?".

"Él los bendijo y después ascendió".

"No", dijo el maestro. "No dice eso. Dice que alzó sus manos y los bendijo. Y mientras los bendecía se separó de ellos".

"Pensaba que decía eso".

"No", dijo el maestro. "Usted dijo que los bendijo y después se fue; pero la Escritura dice que los bendijo y *mientras* los bendecía se separó de ellos".

"¿Por qué es importante eso?".

"Él nunca terminó la bendición...no en la tierra...Su bendición nunca terminó. Mire, la bendición del Mesías no tiene fin...no tiene limitación, no tiene explicación y no cesa. Es una bendición interminable. No está limitada al primer siglo, ni a Jerusalén, no a los discípulos, o ni siquiera al libro de Hechos. Él no solo los bendice *a ellos*, le bendice *a usted*. Y la bendición que Él le da no tiene fin. No se detiene debido a sus fracasos, sus caídas y sus pecados; no tiene fin. Hay tanto de ella ahora como había cuando Él los bendijo a todos cuando los dejó. La bendición nunca se acaba, nunca envejece y nunca falla; por lo tanto, recíbala ahora, tan nueva y poderosa como era el día en que Él la dio. Y tal como la bendición prosigue, haga usted lo mismo. Todas las cosas de este mundo deben terminar...excepto esto...la bendición...no tiene fin".

La misión: Reciba este día la bendición que el Mesías dio a sus discípulos. Era también para usted. Reciba tanto como pueda, pues no tiene fin.

Salmos 21:6; 106; Lucas 24:50–53; Apocalipsis 22:21

Lo interminable

EL HOGAR

"**Q**UÉ EXTRAÑO", DIJO el maestro. "Nacemos este mundo, y nunca hemos estado en ningún otro lugar, y sin embargo, nunca nos sentimos en casa aquí. Es el único lugar que hemos conocido jamás, y aún así nunca llegamos a sentirnos en nuestro hogar. Nunca estamos en el hogar con sus dolores y tristezas, con el envejecimiento y la muerte, con sus pérdidas, sus imperfecciones, su oscuridad, sus males...y donde nada dura y todo pasa. Incluso en el mejor de los tiempos y las circunstancias, siempre falta algo. Nunca llega a llenar nuestros corazones; y cuanto más tiempo estamos en este mundo, menos nos sentimos en el hogar en él".

Hizo una pausa para mirar por un momento el cielo que brillaba con las estrellas.

"¿Dónde comienza la historia de la Pascua?".

"En Egipto".

"Los israelitas se criaron en Egipto, era el único hogar que conocían, y sin embargo nunca se sentían en casa allí. ¿Y de qué se trataba la salvación? De salir de Egipto e ir a la Tierra Prometida. Ellos nunca habían estado en la Tierra Prometida...y sin embargo era su hogar. La salvación se trata de llegar a casa. Desde el regreso del pueblo judío a la tierra de Israel hasta el regreso del hijo pródigo a su padre, la salvación se trata de regresar a casa. Y ese es el misterio. Por eso nunca nos sentimos en casa en este mundo".

"¿Por qué no nos sentimos en casa en este mundo?".

"Porque no es el hogar", dijo él. "Porque no es nuestro hogar. Nuestros corazones nunca pueden sentirse en casa en un mundo de imperfección y maldad...de tristezas, de decadencia y de muerte...de ver todo lo que conocemos y el amor envejecer y pasar. Hay un hogar, pero este mundo no lo es. Y nuestra salvación comienza en la Pascua; y la Pascua no se trata solamente de ser libre...se trata de llegar a casa, de llegar a casa a Dios, y de llegar a casa al hogar".

"Entonces el hogar es...".

"El lugar para el cual fueron creados nuestros corazones...es el lugar donde no hay más tristeza ni muerte...donde no hay más maldad o imperfección...y donde nada envejece o se pasa...lo eterno...la Tierra Prometida...el cielo".

"Pero nunca antes hemos estado allí".

"Sí", dijo el maestro, "pero cuando lleguemos allí, entonces por primera vez en nuestra vida...estaremos en casa".

La misión: No está en casa aún. Viva este día a la luz de eso. Aleje su corazón de lo que no es el hogar, y diríjalo hacia lo que sí lo es.

Juan 17:16; Salmo 46:4–5; Hebreos 13:14; Juan 14:1–3

LOS DOS SERÁN UNO

É L VOLVIÓ A llevarme donde había sido la boda. Se estaba poniendo el sol.

"Hemos estado aquí varias veces", dijo el maestro, "desde cuando vimos por primera vez al novio a solas hasta la boda. Esta será la última vez que estemos aquí".

"¿Qué les sucedió al novio y la novia?", le pregunté.

"¿Ve esa tienda, allí…la de color marrón con el cordón dorado sobre la entrada? Es ahí donde han estado desde la boda. Durante la celebración de la boda se fueron juntos a esa tienda y allí los dos fueron uno. 'Por tanto, dejará el hombre a su padre y a su madre, y se unirá a su mujer, y serán una sola carne'. Es completar el círculo", dijo él. "En el principio, en la creación, los dos eran de una carne; y de una carne se convirtieron en dos. Ahora, de dos se convierten en uno. La mujer vino del hombre. Ahora de nuevo está unida a él, como en el milagro de la creación, y de esa unión viene el milagro de la nueva creación. Los dos serán uno".

"Pero está hablando de un misterio", dije yo, "más que del hombre y la mujer".

"Sí", dijo él. "Hablo de un misterio. Tal como la mujer vino del hombre…".

"Así nosotros vinimos de Dios".

"Y tal como la mujer y el hombre deben ser uno de nuevo…".

"Así también nosotros debemos ser uno con Aquel de quien vinimos. Solamente podemos encontrar el propósito para nuestra existencia en Aquel que es la razón de nuestra existencia. Debemos llegar a ser uno con Dios".

"¿Y recuerda lo que significa la palabra *novio* en hebreo?".

"El que se une a sí mismo".

"Y Dios es el Novio, Aquel que se une a sí mismo a nosotros…a usted. Y si estamos casados con Él, entonces también debemos ser uno con Él. Los dos se hacen uno. Y de esto está escrito: 'grande es este misterio…'".

"Es el misterio del amor, ¿verdad? En la ecuación del amor, uno más uno es uno".

"Sí", dijo el maestro, "el misterio del amor y el misterio final. En aquel día, después de la boda, entonces el misterio de Dios y nosotros quedará completo. Es entonces cuando los dos…serán uno".

La misión: Una cada parte de su vida a la vida de Él, y deje que cada parte de la vida de Él se una a la suya. Desate, experimente y viva este misterio: los dos serán uno.

Génesis 2:24; 1 Corintios 6:17; Efesios 5:31–32;
Cantar de los Cantares

Los dos serán uno

DESPUÉS DEL FIN

EL ÚLTIMO MISTERIO había sido dado. Ahora era el día después, el día después del fin. Era momento de irse. Yo había pasado la mañana empacando mis pertenencias. El maestro vino a mi cuarto y me acompañó hasta el límite de los terrenos de la escuela. Allí nos detuvimos y miramos a la inmensa expansión de llanuras y montañas del desierto.

"¿Conoce el camino?", preguntó el maestro.

"Muy bien", respondí.

"Me refiero por el desierto".

"Lo conozco".

"¿Qué siente?", me preguntó.

"Tristeza por irme".

"¿Se alegra de haber venido?".

"Sí. No puedo imaginarme no haber venido. Me gustaría seguir aquí".

"Pero irse es parte", dijo él. "Usted ha estado en una cumbre, y ahora es momento de bajar. Debe tomar lo que ha aprendido y aplicarlo al mundo, a la vida. Ahora debe dar lo que ha recibido. El discípulo debe convertirse en el maestro".

"¿El maestro?", pregunté. "Yo nunca podría ser como usted".

"Pero hubo un tiempo en que yo era como usted", dijo él, "un discípulo, invitado a venir aquí por otro maestro. Y él, a su vez, fue una vez un discípulo como yo, invitado por otro. Y así los misterios han sido transmitidos de maestro a discípulo, de una época a otra. Recuerde lo que le han dado a usted aquí".

"Lo haré. Lo anoté todo. Cada día, después de la enseñanza, anoté todo lo que podía recordar. Lo tengo todo en un diario, un libro".

"¿Un libro?", dijo él. "Un libro de misterios; muy bien, entonces siempre los tendrá, y cada vez que abra los misterios, cada vez que piense en ellos y cada vez que los aplique a su vida, descubrirá más revelaciones y más perspectivas de las que encontró al principio".

Hubo una pausa y un silencio mientras mirábamos al desierto.

"¿Recuerda la fracción que representa nuestro tiempo en la tierra?".

"Una eternésima", dije yo.

"Sí. Eso es cuanto sabe hasta ahora, una 'eternésima' de que lo que hay que conocer. Queda mucho más que aprender, de modo que el curso nunca podría terminar aquí. Y usted nunca debe dejar de buscar más de Él".

"Entonces el curso continúa durante…".

"La eternidad".

"Porque la eternidad es lo que nos toma conocer a Dios".

"Sí, y conocer el misterio final".

"¿El misterio final?

"Dios", dijo él. "El misterio final es Dios…Dios es el misterio final y supremo…el misterio de todos los misterios…y el misterio de usted. Y así, cuanto más lo conozca a Él, más conocerá la respuesta al misterio de usted. Y por lo tanto, el curso continúa".

Después de esas palabras nos dimos un abrazo, y yo me fui. Caminé por el desierto, y entonces me detuve para darme la vuelta".

"Maestro", dije.

"Sí".

"Nunca le di las gracias".

"¿Por qué?".

"Por todo. Por invitar a un viajero que no tenía destino a encontrar uno".

"Ese *era* su destino", dijo él, "todo ello. Con Dios no hay accidentes; fue Él quien le invitó, fue Él quien le llamó, y fue Él quien le enseñó. Y ahora es Él quien va con usted".

Aquellas fueron las últimas palabras que oí decir al maestro. Cuando un poco más adelante me giré para mirar atrás, él ya no estaba. Y así terminó el año de mi morada en el desierto, mis días con el maestro.

Y así, con la escritura de estas palabras, termina el registro de aquellos días y de los misterios que se me dieron allí.

Entonces continué el viaje, y el curso de los misterios, mientras caminaba por el desierto en la presencia del Maestro.

Ojalá haga lo mismo quien lea este libro.

—◦◦◦—

LO RECIBIDO

LO SIGUIENTE TUVO lugar en los primeros días de mi tiempo en el desierto. Lo incluyo aquí y no al principio, pues no fue uno de los misterios; pero fue tan importante como todo lo que sucedió ese año y, en muchos aspectos, fue el punto. Sucedió en la cumbre de un monte después de que el maestro hubiera terminado de hablarme de uno de los misterios.

"Una cosa es aprender de los misterios", dijo él, "pero es otra cosa participar en ellos".

"¿A qué se refiere?".

"Hay una diferencia entre saber sobre Dios y conocer a Dios, oír la verdad y recibirla. Los misterios no pueden meramente aprenderse; debe participarse en ellos, deben ser recibidos".

"¿Cómo se reciben y se participa de los misterios?".

"Al recibir a Aquel que está detrás de los misterios, que está detrás de todos los misterios. Porque detrás de todos los misterios está la Verdad; y la Verdad no puede tan solo percibirse con la mente, sino que debe recibirse con el corazón. La Verdad es como un novio; no puede tan solo saberse de él, sino que ha de ser recibido. ¿Cómo se recibe la Verdad? Como una novia recibe a su novio. Usted lo recibe *a Él*. Como está escrito: 'A todos los que le recibieron, les dio potestad de ser hechos hijos de Dios…'".

"Nacer de nuevo".

"Sí", dijo el maestro. "Al final, todo se reduce a eso…y al final, a una de dos eternidades: vida eterna…el cielo…o separación eterna de Dios…el infierno…Y solamente hay un camino para entrar al cielo; no por buenas obras y no por la religión, sino por el nuevo nacimiento. Solamente se puede entrar al cielo si se nace del cielo, y por eso debe usted nacer de nuevo".

"¿Cómo?".

"Puede comenzar con una oración".

"¿Qué oración?", pregunté.

"No se trata de qué oración", dijo él. "No es una fórmula; lo que importa es la oración del corazón. Es cuando la novia dice sí al novio…cuando ella es de él y él es de ella. De modo que todo lo que es de usted, sus cargas y sus pecados, se vuelven de Él; y todo lo que es de Él, su salvación y sus bendiciones, se vuelve de usted".

El maestro entonces habló con más detalle sobre lo que era recibir la salvación y cómo hacerlo. Fue entonces cuando yo oré; y fue entonces cuando todo cambió. Poco después escribí la oración que hice ese día, todo lo bien que podía recordarla. La incluyo aquí con un propósito: que todo aquel que lea de los misterios pueda conocerlos verdaderamente y participar de ellos, que todo aquel que no es salvo pueda llegar a ser salvo, que todo aquel que aún no ha recibido pueda recibir, y que todo aquel que aún no ha nacido de nuevo pueda hacerlo. La incluyo no como una fórmula sino como una guía, una guía para una oración del corazón, una decisión, una consagración y un nuevo comienzo. Para usted que no tiene una certeza segura de dónde pasará la eternidad, para usted que aún no lo ha recibido a Él, y para usted que aún no ha participado del nuevo nacimiento, incluyo esta oración por causa de usted, para que pueda encontrar vida eterna:

> Señor Dios, vengo a ti ahora, y abro mi corazón y mi vida a tu llamado. Gracias por amarme. Gracias por darme tu vida, por morir por mis pecados, resucitar y vencer la muerte para que yo pudiera ser perdonado y tener vida eterna. Perdona mis pecados; lávame, límpiame y hazme nuevo. Me alejo de mis pecados y acudo a ti. Desde este momento te hago a ti el Señor de cada parte de mi vida. En ti pongo mi fe y te entrego mi vida. Te seguiré como tu discípulo e iré donde tú me guíes. Recibo tu amor, tu perdón, tu limpieza, tu salvación, tu presencia, tu poder y tu Espíritu. Te recibo en mi corazón y mi vida. Tú eres mi Dios y yo soy tu discípulo. Tú eres mío, y yo soy tuyo. Por tu Palabra y mediante esta oración, ahora puedo decir que soy recibido, soy perdonado, soy nuevo, soy bendito, soy libre, soy nacido de nuevo, soy salvo, y tengo vida eterna. Guíame mientras yo te sigo desde este momento y todos los días de mi vida. Te doy gracias y hago esta oración en el nombre que es sobre todo nombre, el nombre del Mesías, Yeshúa, Jesús, la Luz del mundo, la Gloria de Israel, mi Esperanza, mi Redentor y mi Salvación.

Para usted que ha hecho esa oración, lo viejo ha pasado y ha llegado lo nuevo. Deje lo viejo y camine en el poder de lo nuevo, en las huellas del Maestro, más alto, hasta que llegue a la cumbre del monte.

Comience el viaje.

PARA PROFUNDIZAR, PARA DESCUBRIR MÁS, PARA CONTINUAR EL VIAJE...

AL FINAL DE cada misterio encontrará un título. El título identifica la enseñanza o el mensaje total de Jonathan Cahn que profundiza en el misterio, o da más de lo que puede darse en una sola página, o presenta una enseñanza o mensaje complementario que suplementa el misterio dado.

———∽∾∽———

Para recibir esas enseñanzas, vaya a HopeOfTheWorld.org y a la lista de todos los mensajes de Jonathan, y busque por el título o palabra clave.

———∽∾∽———

O puede escribir a Hope of the World, Box 1111, Lodi, NJ 07644, USA y solicitar un pedido por nombre.

ACERCA DEL AUTOR

Jonathan Cahn ha sido llamado la voz profética de nuestra generación. Causó una agitación por todo Estados Unidos y en todo el mundo comenzando con la publicación de su primer libro, *El Presagio*, que lo llevó a una prominencia nacional e internacional. Ha sido orador en las Naciones Unidas, ha hablado a miembros del Congreso en Capitol Hill, y ha sido entrevistado en incontables programas de televisión, radio, y otros medios de comunicación.

———

Él lidera Hope of the World Ministries, un alcance internacional de judíos y gentiles comprometidos a extender la palabra de Dios a las naciones y ayudar a los más necesitados del mundo. También dirige Jerusalem Center/Beth Israel, un centro de adoración formado por judíos y gentiles, personas de todo trasfondo, a las afueras de la ciudad de Nueva York, en Wayne, Nueva Jersey. Es un orador muy solicitado y aparece en toda América y en el mundo. Es un seguidor judío de Jesús.

———

Para ponerse en contacto con el ministerio de Jonathan Cahn, para obtener más misterios y profundizar en ellos, para recibir material gratuito, actualizaciones proféticas u otras enseñanzas, mensajes, o comunicaciones especiales de Jonathan, o para participar en difundir la Palabra de Dios, ayudar a los necesitados en el mundo, o formar parte de la obra y los propósitos de Dios en los últimos tiempos, puede escribir a:

Hope of the World, Box 1111, Lodi, NJ 07644
O ir a: Hopeoftheworld.org y
www.facebook.com/Jonathan-Cahn-Official-Site-255143021176055